Harper Collins | ya!

Zum Buch:

Laylas Welt ist aus den Fugen geraten! Roth hat sich geopfert und ist in den Feuergruben der Hölle gefangen. Doch Layla hat nicht nur mit ihrem Liebeskummer zu kämpfen, sondern kann auf einmal keine Seelen mehr sehen und somit keine Dämonen aufspüren. Inmitten dieses Chaos kehrt unerwartet Roth zurück. Allerdings hat er sich verändert und zeigt Layla die kalte Schulter. Anscheinend ist er aus einem ganz bestimmten Grund zurück auf der Erde – und dieser erfordert, dass Layla ausgerechnet mit Roth und Zayne zusammenarbeiten muss. Mit den beiden Jungs, bei denen ihre Gefühle Achterbahn fahren.

»Der zweite Teil der Dark-Elements-Serie ist einfach phänomenal.«

Romantic Times Book Reviews

Zur Autorin:

Ihre ersten Geschichten verfasste Jennifer L. Armentrout im Mathematikunterricht. Heute ist der bekennende Zombie-Fan eine internationale Bestsellerautorin und schreibt Fantasy- und Liebesromane für Jugendliche und Erwachsene – und denkt nicht mehr an die schlechten Mathenoten von damals.

Lieferbare Titel:

Götterleuchten-Serie

Erwachen des Lichts
Im leuchtenden Sturm
Glanz der Dämmerung

Jennifer L. Armentrout

Dark Elements – Eiskalte Sehnsucht

Roman

Aus dem Amerikanischen von
Ralph Sander

HarperCollins | ya!

HarperCollins YA!®
Band 200041

FSC
MIX
Papier
FSC® C014496

2. Auflage: Januar 2019
Ungekürzte Ausgabe im HarperCollins Taschenbuch

Titel der amerikanischen Originalausgabe:
Stone Cold Touch

erschienen bei: Harlequin Teen, Toronto

Published by arrangement with
Harlequin Enterprises II B.V./S. à r. l.

Umschlaggestaltung: HarperCollins Germany/Deborah Kuschel,
Artwork Formlabor, Hamburg
Umschlagabbildung: karlovserg, pondkungz/Shutterstock
Redaktion: Mareike Müller
Satz: GGP Media GmbH, Pößneck
Printed in Germany
Dieses Buch wurde auf FSC®-zertifiziertem Papier gedruckt.
ISBN 978-3-95967-175-0

www.harpercollins.de

1. KAPITEL

Zehn Sekunden nachdem Mrs. Cleo ins Klassenzimmer geschlendert war, den Projektor ein- und das Licht ausgeschaltet hatte, hatte Bambi offenbar keine Lust mehr, noch länger um meine Taille gewickelt zu sein.

Das äußerst aktive dämonische Schlangentattoo, das über meinen Bauch glitt, war grundsätzlich nicht davon begeistert, längere Zeit bewegungslos an einer Stelle zu verharren – besonders nicht während eines öden Vortrags über die Nahrungskette. Ich rührte mich nicht und widerstand dem Drang, wie eine Hyäne zu kichern, während das Tattoo zwischen meinen Brüsten hindurchglitt und dann den diamantförmigen Kopf auf meine Schulter legte.

Weitere fünf Sekunden vergingen, in denen mich Stacey fragend ansah. Ich zwang mich zu lächeln, wusste aber, dass Bambi noch nicht liegen bleiben würde. Ihre Zunge zuckte hervor und strich über meinen Hals.

Ich hielt mir die Hand vor den Mund, um nicht laut zu lachen, und rutschte auf meinem Platz hin und her.

»Layla? Hast du irgendwas eingeworfen?«, fragte Stacey leise, während sie sich die dichten Strähnen ihres Ponys aus den dunklen Augen strich. »Oder hängt meine linke Brust raus und winkt der Welt zu? Als meine beste Freundin wärst du verpflichtet, mir so was zu sagen.«

Obwohl ich wusste, dass ihre linke Brust nicht raushing, oder es zumindest hoffte, denn der V-Ausschnitt ihres Sweaters war ziemlich tief, senkte ich den Blick und nahm die Hand vom Mund. »Mit deiner Brust ist alles in Ordnung. Ich bin nur … unruhig.«

Sie zog die Nase kraus, dann konzentrierte sie sich wieder auf Mrs. Cleo. Ich atmete tief ein und betete, dass Bambi sich für den Rest der Unterrichtsstunde nicht mehr bewegen möge. Mit der Schlange auf meiner Haut kam ich mir vor, als hätte ich irgendwelche komischen Ticks. Wenn ich alle fünf Sekunden herumzappelte, würde mich das nicht gerade beliebter machen. Zum Glück war es inzwischen schon deutlich kühler geworden, und Thanksgiving stand vor der Tür. So konnte ich Bambi unter Rollkragenpullovern und langen Ärmeln verstecken.

Zumindest klappte das, solange die Schlange nicht auf die Idee kam, sich auf meinem Gesicht zu zeigen. Das machte sie besonders gern, wenn Zayne in meiner Nähe war. Er war ein absolut hinreißender Wächter – eines von jenen Geschöpfen, die wie Menschen aussehen konnten, wenn sie es wollten, deren wahre Gestalt allerdings dem entsprach, was Menschen als Gargoyles bezeichneten. Die Aufgabe der Wächter bestand darin, die Menschheit vor allem zu beschützen, was ihnen nachts Angst einjagte … und tagsüber genauso. Ich war mit Zayne aufgewachsen und jahrelang total verliebt in ihn gewesen.

Bambi bewegte sich, ihr Schwanz kitzelte mich seitlich am Bauch.

Ich konnte mir nicht erklären, wie Roth es ausgehalten hatte, wenn Bambi über seine Haut gekrochen war.

Mir stockte der Atem, als sich ein heftiger, unerbittlicher Stich in meine Brust bohrte. Instinktiv griff ich nach dem Ring mit dem zerbrochenen Stein, den ich an einer Kette um den Hals trug – dem Stein, in dem sich bis vor Kurzem noch das Blut meiner Mutter befunden hatte, Liliths Blut. Das kalte Metall unter meinen Fingern fühlte sich beruhigend an. Das hatte allerdings nichts mit der familiären Verbindung zu tun, zumal ich kein Interesse an einer Beziehung zu meiner Mutter hatte, sondern damit, dass der Ring neben Bambi mein einziges Erinnerungsstück an Astaroth war, den Kronprinzen der Hölle, der das Undämonischste gemacht hatte, was man sich nur vorstellen konnte.

Ich habe mich in dem Moment verloren, in dem ich dich gefunden habe.

Roth hatte sich geopfert, indem er Paimon in einer Teufelsfalle, die jeden ihrer Gefangenen in die Hölle schickte, festgehalten hatte. Paimon hatte eine besonders unangenehme Dämonenrasse auf die Menschheit loslassen wollen. Eigentlich wäre es an Zayne gewesen, Paimon an der Flucht zu hindern, doch Roth … Roth hatte Zaynes Platz eingenommen.

Und jetzt war Roth in den Feuergruben der Hölle gefangen.

Ich lehnte mich vor und stützte die Ellbogen auf die kühle Tischplatte, ohne ein Wort von dem mitzubekommen, was Mrs. Cleo vor sich hin brabbelte. Meine Kehle war wie zugeschnürt, als ich den leeren Stuhl in der Reihe vor mir betrachtete, auf dem Roth gesessen hatte. Ich schloss die Augen.

Zwei Wochen. Dreihundertsechsunddreißig plus/minus ein paar Stunden waren seit jenem Abend in der alten Turnhalle vergangen, und nicht für eine Sekunde war es erträglicher geworden. Es schmerzte immer noch, als wäre es erst eine Stunde her, und ich war nicht sicher, ob sich in einem Monat oder einem Jahr etwas daran ändern würde.

Mit am schlimmsten waren die vielen Lügen. Stacey und Sam hatten mich zuerst mit Hunderten von Fragen bestürmt, als Roth nach jener Nacht nicht zurückgekehrt war, in der wir den *Kleinen Salomon* (das uralte Buch mit Antworten auf all unsere Fragen über meine Mutter) ausfindig gemacht hatten und dann von Abbot ertappt worden waren (dem Anführer des Wächterclans in D.C., der mich als kleines Mädchen adoptiert hatte). Die beiden hatten schließlich aufgehört zu fragen, und es war noch immer eins von vielen Geheimnissen, die ich ihnen nicht anvertrauen konnte.

Trotz unserer Freundschaft wusste keiner von ihnen, was ich wirklich war, nämlich halb Wächterin und halb Dämonin.

Und ihnen war auch nicht klar, dass Roth nicht bloß fehlte, weil er womöglich die Schule gewechselt hatte. Trotzdem war es einfacher, sich das vorzustellen, mir einzureden, dass er einfach gegangen war und nicht in der Hölle schmorte.

Das Brennen bewegte sich in meiner Brust, so wie ein leises Brodeln in den Adern, das man nicht vergessen kann. Es war das Verlangen, eine Seele zu nehmen, ein Fluch, den meine Mutter an mich weitergegeben hatte, und es war in den vergangenen zwei Wochen kein bisschen schwächer geworden. Wenn überhaupt, hatte es zugenommen. Die Fähigkeit, jedem Wesen mit nur einer Berührung die Seele zu entziehen, war der Grund, wieso ich nie etwas mit einem Jungen angefangen hatte.

Außer mit Roth.

Weil er ein Dämon gewesen war, hatte sich das lästige Problem mit der Seele gar nicht erst gestellt. Schließlich besaß Roth so etwas gar nicht. Und im Gegensatz zu Abbot und fast dem gesamten Clan einschließlich Zayne hatte sich Roth nie daran gestört, dass ich ein Mischling war. Er … er hatte mich so akzeptiert, wie ich war.

Mit den Handballen rieb ich mir die Augen und biss mir in die Wange, um die Tränen zurückzuhalten. Als Petr, der Wächter, der sich als mein Halbbruder entpuppt hatte, mich angegriffen hatte, war meine Halskette gerissen. Seitdem ich sie repariert und komplett gesäubert in Roths Apartment gefunden hatte, klammerte ich mich an die Hoffnung, dass Roth doch nicht in den Feuergruben war. Dass ihm irgendwie die Flucht gelungen war. Mit jedem Tag, der ereignislos verstrich, flackerte diese Hoffnung immer stärker, so wie eine Kerze im Zentrum eines Hurrikans.

Mehr als von allem anderen auf der Welt war ich überzeugt: Wenn Roth einen Weg zurück zu mir finden könnte, dann wäre ihm das inzwischen gelungen. Was also nur bedeuten konnte …

Als ich einen brutalen Stich in der Brust spürte, schlug ich die Augen auf und stieß langsam den Atem aus, den ich angehalten hatte. Wegen der Tränen, die mir in die Augen gestiegen waren, war alles um mich herum leicht verschwommen. Ich zwinkerte ein paarmal und ließ mich zurück gegen den Stuhl sinken. Was immer das an die Wand projizierte Bild zeigen sollte, ich hatte keine Ahnung. Irgendwas über den Kreis des Lebens? Nein, darum ging es im *König der Löwen*. Ich würde mit Sang und Klang durchfallen. Zumindest wollte ich versuchen, mir ein paar Notizen zu machen, griff nach meinem Stift und …

In diesem Moment kratzten die metallenen Stuhlbeine in einer der vorderen Reihen über den Fußboden. Als hätte ihm jemand ein Feuerzeug unter den Hintern gehalten, sprang ein Junge von seinem Platz auf. Ein schwaches gelbliches Leuchten umgab ihn – seine Aura. Ich war die Einzige, die sie sehen konnte, und bemerkte, dass sie unablässig flackerte und immer wieder kurz erlosch. Es war für mich nichts Neues, die Aura eines Menschen zu sehen, die eine Art Spiegelung der Seele war. Es gab sie in allen Farben, und bei manchen Leuten wies sie sogar zwei oder mehr Farbtöne auf. Doch so ein Zucken und Flackern hatte ich noch nie beobachtet. Als ich mich umsah, fiel mir auf, dass die Mischung aus Auren ganz schwach flimmerte.

Was war nur los?

Wie erstarrt hielt Mrs. Cleo ihre Hand über den Projektor und sah den Jungen an. »Dean McDaniel, darf ich erfahren, was das …«

Dean wirbelte herum zu den zwei Jungs, die hinter ihm saßen. Beide lehnten sich auf ihren Stühlen nach hinten, hatten die Arme vor der Brust verschränkt und grinsten gleichermaßen spöttisch. Dean hatte die Lippen zu einem schmalen Strich zusammengepresst, sein Gesicht war rot angelaufen.

Mir stand der Mund offen, als er sich mit einer Hand auf dem Tisch abstützte und die andere zur Faust geballt dem einen Jungen ins Gesicht rammte. Das fleischige Klatschgeräusch hallte im Klassenzimmer wider, von allen Seiten folgte ungläubiges Keuchen.

Heiliger Müsliriegel!

Ich setzte mich kerzengerade hin, Stacey schlug mit beiden Händen auf die Tischplatte. »Heilige Scheiße am Sonntagmittag«, flüsterte sie, während sie mit ansah, wie der Junge, auf den Dean eingeschlagen hatte, nach links von seinem Stuhl kippte und wie ein Sack Kartoffeln auf dem Boden landete.

Ich kannte Dean nicht besonders gut. Genau genommen hatte ich in meinen vier Jahren an der Highschool höchstens drei- oder viermal kurz mit ihm geredet. Er war ein ruhiger, durchschnittlicher Typ, so groß und schlaksig wie Sam.

Also keiner, von dem man erwarten würde, dass er einen viel größeren Mitschüler vorübergehend aus dem Verkehr zog.

»Dean!«, brüllte Mrs. Cleo, deren üppige Oberweite in Bewegung geriet, als sie zur Tür lief und das Licht einschaltete. »Was ist denn hier …«

Der zweite Junge in der Reihe hinter Dean sprang auf und ballte die fleischigen Fäuste. »Was hast du für ein Problem?« Er ging um den Tisch herum und zog sein Kapuzenshirt aus. »Willst du was?«

So richtig ernst wurde es immer, wenn die Leute irgendwelche Kleidungsstücke auszogen.

Kichernd stakste Dean in den Mittelgang. Stuhlbeine scharrten über den Boden, da Schüler sich hastig zurückzogen. »Gern, und ich komm's mir sogar abholen.«

»Eine Prügelei!«, rief Stacey, kramte in ihrer Tasche und holte ihr Handy heraus. Einige andere Schüler taten es ihr gleich. »Das muss ich unbedingt aufnehmen!«

»Jungs, sofort aufhören!« Mrs. Cleo schlug mit der flachen Hand auf die Sprechanlage, die sie direkt mit dem Sekretariat verband. Ein Pfeifton ertönte, und sie sprach hektisch ins Mikrofon: »Ich brauche sofort Wachleute in Raum zwei null vier!«

Dean ging auf seinen Widersacher los und stieß ihn zu Boden. Wütend stürzte er sich auf ihn und wälzte sich mit ihm herum, bis sie gegen einen Tisch stießen. Hinten waren wir auf unseren Plätzen eigentlich in Sicherheit, trotzdem stand ich auf. Mir lief ein Schauer über den Rücken, da Bambi sich überraschend bewegte und ihren Schwanz über meinen Bauch zucken ließ.

Stacey stellte sich auf ihre Zehenspitzen, offenbar brauchte sie für ihre Kamera einen besseren Winkel. »Das ist ja …«

»Bizarr?«, ergänzte ich fragend und zuckte zusammen, als der zweite Junge einen so guten Treffer landete, dass Deans Kopf nach hinten geschleudert wurde.

Sie warf mir einen vielsagenden Blick zu. »Ich wollte eigentlich *irre* sagen.«

»Aber die …« Ich zuckte zusammen, als die Klassentür aufschwang und gegen die Wand knallte.

Sicherheitsleute stürmten in das Klassenzimmer und gingen sofort auf die beiden los. Ein massiger Kerl legte die Arme um Dean und zog ihn von dem anderen Schüler weg, während Mrs. Cleo wie ein nervöser Kolibri hin und her schwirrte und dabei mit beiden Händen ihre kitschige Perlenkette festhielt.

Ein Wachmann mittleren Alters kniete sich neben den Jungen, den Dean niedergeschlagen hatte. Erst jetzt wurde mir bewusst, dass er sich seit dem Aufprall nicht mehr gerührt hatte. Mich beschlich ein ungutes Gefühl, das nichts damit zu tun hatte, dass Bambi sich in dem Moment wieder bewegte. Der Wachmann beugte sich tief über den Jungen und legte ein Ohr auf dessen Brust. Dann richtete er sich ruckartig wieder auf und griff nach dem Funksprechgerät auf seiner Schulter. Sein Gesicht war so weiß wie das Papier in meinem Notizbuch. »Ich brauche sofort ein Sanitäterteam. Ich habe hier einen Jungen, ungefähr siebzehn oder achtzehn Jahre alt. Sichtbare Prellung am Kopf. Keine Atmung.«

»Oh mein Gott«, wisperte ich und griff nach Staceys Arm.

Schweigen machte sich im Klassenzimmer breit, Mrs. Cleo blieb an ihrem Pult stehen. Ihr Doppelkinn wackelte lautlos hin und her, als sie fassungslos den Kopf schüttelte. Stacey schnappte erschrocken nach Luft und ließ das Handy sinken.

Die Stille nach dem Notruf war beendet, als Dean den Kopf in den Nacken warf und schallend zu lachen begann, während der andere Sicherheitsmann ihn aus dem Zimmer schleifte.

Stacey strich sich das schulterlange schwarze Haar hinters Ohr. Sie hatte weder das Stück Pizza auf ihrem Teller noch die Dose Limonade angerührt. Mir ging es nicht anders. Vermutlich dachte sie das Gleiche wie ich. Direktor Blunt und der Vertrauenslehrer, von dem ich noch nie richtig Notiz genommen hatte, waren sich einig gewesen und hatten der gesamten Klasse für den Rest des Tages freigegeben.

Ich hatte keine Mitfahrgelegenheit. Morris, der Chauffeur und Hausmeister des Clans sowie ein rundum fantastischer Typ, durfte mich nicht fahren, nachdem wir uns bei unserer letzten gemeinsamen Reise mit einem besessenen Taxifahrer gemessen hatten, der auf uns zugerast war. Zayne und Nicolai wollte ich nicht aufwecken – in erster Linie, weil reinrassige Wächter den Tag über schlafen, eingeschlossen in ihren harten Schalen. Und da Stacey ihren kleinen Bruder nicht um sich haben wollte, saßen wir jetzt beide in der Cafeteria.

Aber keiner von uns hatte Appetit.

»Ich bin jetzt ganz offiziell traumatisiert«, verkündete Stacey und atmete tief durch. »Das ist mein voller Ernst.«

»Es ist ja nicht so, als wär der Typ tot«, erwiderte Sam mit vollem Mund. Seine Nickelbrille war ihm bis auf die Nasenspitze gerutscht, die braunen Locken hingen ihm bis tief in die Stirn. Seine gelblich-blaue Seele flackerte so, wie ich es schon den ganzen Morgen bei allen anderen beobachtet hatte. »Ich habe gehört, dass er im Rettungswagen wiederbelebt wurde.«

»Das ändert aber nichts an der Tatsache, dass wir mit ansehen mussten, wie jemand einen so brutalen Schlag ins Gesicht gekriegt hat, dass der ihn erst mal getötet hat«, betonte Stacey. »Begreifst du nicht, um was es hier eigentlich geht?«

Sam schluckte das Stück Pizza runter. »Woher willst du wissen, dass er wirklich tot war? Nur weil ein Hilfspolizist behauptet, dass jemand nicht mehr atmet, muss das noch lange nicht wahr sein.« Er sah auf meinen Teller. »Isst du das noch?«

Verwundert schüttelte ich den Kopf. »Es gehört alles dir.« Im nächsten Moment hatte er sich schon das Stück Salamipizza von meinem Teller genommen. Dabei sah er mich kurz an. »Ist mit dir alles in Ordnung?«, fragte ich.

Kauend nickte er. »Tut mir leid, aber ich weiß, ich höre mich nicht sehr mitfühlend an.«

»Findest du?«, konterte Stacey ironisch.

Ein dumpfer Schmerz flammte hinter meinen Augen auf, gerade als ich nach meinem Wasser griff. Ich brauchte Koffein. Und dann musste ich unbedingt herausfinden, wieso aus allen Auren auf einmal hektische Blinklichter geworden waren. Das farbige Licht rund um einen Menschen zeigte an, um welche Art von Seele es sich handelte. Weiß stand für eine absolut reine Seele, am häufigsten waren Pastelltöne vertreten, die normalerweise eine gute Seele anzeigten. Je dunkler die Farben waren, umso fragwürdiger war der Status einer Seele. Und wenn ein Mensch von gar keinem Lichtschein umgeben war, hieß das, dass er für das Team der Seelenlosen spielte.

Anders gesagt: Derjenige war ein Dämon.

Ich war nicht mehr so oft unterwegs, um Dämonen zu markieren. Das war noch so eine nette Fähigkeit, die ich meiner Mischlingsherkunft zu verdanken hatte: Wenn ich einen Dämon berührte, dann war das so, als hätte ich ihm einen Neonleuchtaufkleber aufgedrückt; es machte es den Wächtern leichter, die Seelenlosen aufzuspüren.

Nur bei Hohedämonen funktionierte das nicht, aber bei denen funktionierte sowieso so gut wie gar nichts.

Ich hatte nicht aufgehört zu markieren, weil es mir nach dem Zwischenfall mit Paimon verboten worden war. Schließlich hatte Abbot mich nach der Nacht in der Turnhalle auf Lebenszeit von jeglichem Stubenarrest befreit. Aber mir kam es falsch vor, willkürlich Dämonen zu markieren, seit ich wusste, dass viele von ihnen völlig harmlos waren. Wenn ich markierte, dann die Blender, weil sie eine Gefahr darstellten und weil sie die Angewohnheit hatten, Leute zu beißen. Die Chaosdämonen ließ ich dagegen in Ruhe.

Das hatten sie Roth zu verdanken.

»Wahrscheinlich sind diese beiden Idioten Dean auf die Nerven gegangen«, meinte Sam, der innerhalb von Sekunden mein Stück Pizza vertilgt hatte. »Leute rasten schon mal aus.«

»Normalerweise ist eine Faust keine tödliche Waffe«, hielt Stacey dagegen.

Mein Handy klingelte kurz und lenkte meine Aufmerksamkeit auf sich. Ich bückte mich und holte es aus der Tasche. Als ich sah, dass ich eine SMS von Zayne bekommen hatte, musste ich unwillkürlich lächeln, auch wenn der Schmerz hinter meinen Augen immer stärker wurde.

Nic holt dich ab. Komm in den Trainingsraum, wenn du zu Hause bist.

Ah, Training. Mein Magen begann immer zu kribbeln, wenn es ums Trainieren mit Zayne ging. Während der Übungen mit Griff- und Ausweichtechniken war er jedes Mal irgendwann so verschwitzt, dass er sein T-Shirt auszog. Na ja, auch wenn mir Roths Verlust schreckliche Schmerzen bereitete, konnte man sich schon darauf freuen, Zayne ohne T-Shirt zu sehen.

Außerdem ... Zayne hatte mir schon immer sehr viel bedeutet. Daran hatte sich nichts geändert und würde es vermutlich auch nie. Als ich in den Clan eingeführt worden war, hatte ich mich vor Panik in einem Schrank versteckt. Zayne war derjenige gewesen, der mich aus meinem Versteck gelockt hatte – mit einem Teddybären, dem ich den Namen Mr. Snotty gegeben hatte und der inzwischen längst nicht mehr so gut aussah. Seit damals waren Zayne und ich unzertrennlich. Jedenfalls bis zu dem Tag, an dem Roth aufgetaucht war. Zayne war mein einziger Verbündeter gewesen, er war der Einzige, der wusste, was ich wirklich war, und ... oh Gott, er war für mich da gewesen. In den letzten Wochen hatte er sich als mein Fels in der Brandung erwiesen.

»Alsoooo ...« Sam dehnte das Wort, so lang es ging, während ich Zayne eine kurze Bestätigung schickte und dann das Handy zurück in meine Tasche steckte. »Wusstet ihr eigentlich, dass, wenn eine Schlange mit zwei Köpfen zur Welt kommt, die beiden um das Futter kämpfen?«

»Was?« Stacey runzelte zornig die Stirn.

Sam nickte und grinste flüchtig. »Ganz genau. Sozusagen ein Kampf auf Leben und Tod ... mit sich selbst.«

Aus irgendeinem Grund entspannte ich mich ein wenig, als ich hörte, wie Stacey lachte und sagte: »Dein Vorrat an nutzlosem Wissen ist so unerschöpflich, dass ich nur immer wieder staunen kann.«

»Genau deshalb liebst du mich ja so.«

Stacey stutzte, ihre Wangen begannen zu glühen. Sie sah mich an, als könnte ich ihr irgendwie dabei helfen, ihre Gefühle in den Griff zu kriegen, die sie vor Kurzem für Sam entdeckt hatte. Dabei war ich der letzte Mensch auf Erden, der irgendwem mit Rat und Tat beistehen konnte, wenn es um das andere Geschlecht ging.

Ich hatte in meinem ganzen Leben nur einen Jungen geküsst.

Und der war auch noch ein Dämon gewesen.

Also …

Plötzlich lachte sie laut und vergnügt und griff nach der Dose Limonade. »Wie auch immer. Ich bin viel zu cool für die Liebe.«

»Eigentlich …« Sam sah aus, als wollte er ein paar Fakten zu den Themen Liebe und Coolsein zum Besten geben, da flammten die Schmerzen in meinem Kopf wie verrückt auf.

Ich atmete ein, presste mir die Hand auf die Stirn und kniff die Augen zu, um das rot glühende Stechen abzuwehren. Das Ganze dauerte nur einen Moment, dann war auch schon wieder alles vorbei.

»Layla? Ist alles in Ordnung?«, fragte Sam.

Ich nickte vorsichtig, ließ die Hand sinken und öffnete die Augen. Sam sah mich aufmerksam an, aber …

Lächelnd neigte er den Kopf zur Seite. »Du siehst etwas blass aus.«

Mir wurde schwindlig, je länger ich ihn ansah. »Du …«

»Ich? Was?« Irritiert schaute er zu Stacey. »Was habe ich gemacht?«

Sam war mit einem Mal nicht mehr von einem Lichtschein umgeben, da war keine Spur von dem üblichen Eierschalenblau und dem zarten Buttergelb. Erschrocken drehte ich mich zu Stacey um. Ihre blassgrüne Aura war ebenfalls nicht mehr vorhanden. Das hieß, weder Sam noch Stacey hatten eine Seele. Nein, sie hatten sehr wohl jeder eine Seele, das *wusste* ich.

»Layla?«, fragte Stacey sanft und berührte meinen Arm.

Ich wandte mich von ihr ab und schaute mich in der überfüllten Cafeteria um. Jeder hier sah ganz normal aus, nur hatte keiner von ihnen eine Aura. Keiner war von einem sanften Licht umgeben. Mein Puls begann zu rasen, Schweiß trat mir auf die Stirn. Was war nur mit mir los?

Ich suchte nach Eva Hasher, mit deren Aura ich nur allzu vertraut war. Ich entdeckte sie ein paar Tische weiter, umgeben von den Mädchen, die Stacey immer liebevoll als die Zickengang bezeichnete. Neben ihr saß Gareth, ihr On-und-Off-Freund. Er saß vornübergebeugt auf seine verschränkten Arme gestützt und starrte mit roten, glasigen Augen vor sich hin. Ich wusste, dass er gern feierte, aber ich konnte mich nicht daran erinnern, dass er in der Schule mal high gewesen war. Auch ihn umgab keine Aura.

Dann sah ich wieder zur superscharfen brünetten Eva, die normalerweise von einem lila Leuchten begleitet wurde, das mir zeigte, dass sie schon seit einiger Zeit in einen bedenklichen Seelenstatus abgeglitten war. Die Versuchung, ihre Seele zu kosten, war immer groß.

Doch auch ihre Aura war nicht da.

»Oh Gott«, flüsterte ich.

Stacey hielt meinen Arm fest umklammert. »Was ist denn los?«

Erneut sah ich sie an. Noch immer keine Aura. Bei Sam ebenfalls nicht. Nichts, absolut nichts. Ich konnte keine einzige Seele sehen.

2. KAPITEL

Der restliche Nachmittag zog wie in Trance an mir vorüber. Mir gefiel die Vorstellung nicht, dass sich Stacey und Sam an meine abrupten Stimmungsschwankungen und mein ständiges Untertauchen gewöhnt hatten, aber das war der Fall. Keiner von ihnen löcherte mich mit Fragen zu meinem seltsamen Verhalten.

Als ich vor der Highschool Nicolai entdeckte, der auf mich wartete, wusste ich endgültig, dass ich meine superbesondere Dämonenaufspürfähigkeit verloren hatte. Die Wächter hatten alle eine absolut reine Seele, ein wunderschönes weißes Leuchten, von dem ich wusste, dass es himmlisch schmeckte. Selbst Petr besaß eine solch reine Seele, obwohl er ein Mann von der übelsten Sorte war und versucht hatte, mich umzubringen.

Aber Nicolai, den ich genauso gut kannte wie Zayne, war heute nicht von dem üblichen weißen Strahlen eingehüllt. Ich stieg in den schwarzen Escalade und starrte mit weit aufgerissenen Augen vor mich hin, als ich die Tür hinter mir schloss.

Nicolai warf mir einen flüchtigen Blick zu. Seit er seine Frau und sein einziges Kind bei dessen Geburt verloren hatte, brachte er nur selten ein Lächeln zustande. Normalerweise konnte ich ihn eher als jeder andere aufheitern, aber das war nicht mehr der Fall seit jener Nacht, in der der Clan mich mit Roth ertappt hatte.

»Ist alles in Ordnung?«, fragte er. Seine Augen waren genauso blau wie Zaynes. Alle Wächter hatten diese strahlend blauen Augen, die an einen Sommerhimmel kurz vor einem Unwetter erinnerten. Meine Augen waren durch das Dämonenblut in meinen Adern dagegen so blassgrau, als wäre sämtliche Farbe ausgelaufen.

Als ich ihn nur wie ein Volltrottel anstarrte, nahm sein hübsches Gesicht einen leicht besorgten Ausdruck an. »Layla?«

Ich zwinkerte ein paarmal, als würde ich aus einer tiefen Trance erwachen. Mein Blick erfasste die Leute, die sich auf dem Fußweg drängten. Der Himmel war seit dem letzten kalten Schauer immer noch grau verhangen, und die dicken Wolken kündigten weiteren Regen an. Egal, wo ich hinsah, nirgendwo entdeckte ich das Leuchten auch nur einer Seele. Ich schüttelte den Kopf. »Alles in Ordnung.«

Während der unnötig langen Fahrt bis zum Anwesen gleich hinter der Brücke herrschte Schweigen. Der Verkehr war immer eine Qual. Wenn Morris mich fuhr, sagte er kein Wort – er sprach überhaupt nie ein Wort –, aber ich tat dann so, als würde ich mich mit ihm unterhalten. Bei Nicolai war es einfach nur pure Verlegenheit. Ich fragte mich, ob er noch immer glaubte, ich hätte den Clan verraten, als ich Roth geholfen hatte, den *Kleinen Salomon* aufzuspüren. Und ich bezweifelte, dass er mich je wieder anlächeln würde.

Es kam mir vor, als wäre eine halbe Ewigkeit vergangen, bis der Escalade endlich vor dem Anwesen anhielt. Wie immer nahm ich meine Tasche und machte schwungvoll die Tür auf. Das hatte ich schon so viele Male getan, dass ich gar nicht mehr hinsah, wo ich hintrat. Ich wusste auch so ganz genau, dass da die Bordsteinkante des Gehwegs war, der zur Verandatreppe führte.

Aber als ich aus dem Wagen sprang, fanden meine Stiefel dort, wo der Gehweg hätte sein sollen, keinen Halt. Ich verlor die Balance und streckte sofort die Hände aus, während ich ins Nichts eintauchte. Mein Rucksack wurde zur Seite geschleudert, während ich mit den Händen voraus hinfiel. Ohne Vorwarnung veränderte Bambi hastig ihren Platz und wand sich um meine Taille, als wollte sie verhindern, dass sie bei meiner unsanften Landung zerquetscht wurde.

Wirklich sehr hilfreich von ihr.

Bevor ich der Länge nach auf dem rutschigen, geborstenen Pflaster aufschlagen konnte, erlangte ich das Gleichgewicht zurück. Hautfetzen wurden von meinen Händen gerissen, was sich wie feine Nadelstiche anfühlte.

In Rekordzeit sprang Nicolai aus dem Escalade und kam laut fluchend zu mir gelaufen. »Hast du dir was getan, Kleine?«

»Autsch«, brachte ich stöhnend hervor und richtete mich auf, dann hielt ich meine ramponierten Hände hoch. Außer dass ich mich fühlte wie eine dreibeinige Gazelle, ging es mir gut. Meine Wangen glühten, und ich musste mir auf die Lippen beißen, um nicht lautstark zu schimpfen. »Alles in Ordnung.«

»Ganz sicher?« Er hielt meinen Oberarm umfasst und half mir, mich hinzustellen. Bambi veränderte ihre Position in dem Moment, als er mich berührte. Ich konnte spüren, wie sie seitlich an meinem Hals hochglitt, bis sie meinen Unterkiefer erreicht hatte. Nicolai sah die Schlange ebenfalls und zog hastig die Hand weg. Er räusperte sich und sah mir stur in die Augen. »Deine Handflächen sind aufgeschrammt.«

»Das verheilt schon wieder. Dauert nur ein paar Stunden«, versicherte ich ihm. Ich konnte nur hoffen, dass Bambi sich bis dahin an eine Stelle zurückzog, an der sie nicht so offensichtlich zu erkennen war. Für die Wächter gab es tausend Gründe, sie nicht sehen zu wollen. »Was ist mit dem Bordstein passiert?«

»Keine Ahnung.« Nachdenklich betrachtete er die zerbröckelnden Reste. »Muss wohl an dem vielen Regen liegen.«

»Eigenartig«, sagte ich leise und sah, dass meine Tasche in einer Pfütze gelandet war. Seufzend stapfte ich hin und hob sie auf.

Nicolai folgte mir die Treppe hinauf. »Hast du dir wirklich nichts getan? Ich kann Jasmine holen, damit sie einen Blick auf deine Hände wirft.«

Ich hatte keine Ahnung, wieso Jasmine als Mitglied des New Yorker Wächterclans immer noch hier war. Nicht, dass ich etwas gegen sie gehabt hätte. Anders sah das aus, wenn es um ihre Schwester ging, diese wunderschöne, reinrassige Gargoyle, die Kinder von Zayne haben wollte. Aber wenn ich überlegte, was zwischen Roth und mir gelaufen war, hatte ich eigentlich keinen Grund, eifersüchtig zu sein.

Trotzdem war da immer dieser bittere Nachgeschmack, wenn ich die dunkelhaarige Schönheit sah. Mit zweierlei Maß zu messen war nicht gut, aber was sollte ich machen?

»Ja, es ist wirklich alles in Ordnung«, antwortete ich, als wir darauf warteten, dass Geoff aus den Tiefen des Anwesens zum Vorschein kam und uns die Tür öffnete. »Ich bin offenbar bloß nicht besonders anmutig.«

Nicolai erwiderte nichts darauf, und ich dankte dem Jesuskind und allen knuddeligen Engeln dafür, dass in diesem Moment die Haustür aufging. Vorsichtig setzte ich einen Fuß vor den anderen, um nicht auch noch in ein Loch im Boden zu fallen, das sich womöglich inzwischen aufgetan hatte. Meine Tasche stellte ich gleich hinter der Tür ab und rannte nach oben in mein Zimmer.

Wenigstens fiel ich nicht rückwärts die Treppe runter, und Bambi hatte sich aus meinem Gesicht zurückgezogen und lag jetzt wieder um meinen Körper geschlungen.

Wegen des Berufsverkehrs und meiner spontanen Bruchlandung hatte sich mein Treffen mit Zayne hinausgezögert. Als ich meine Stiefel auszog, war ich mir nicht mal sicher, ob ich mich richtig auf das Training würde konzentrieren können. Schließlich würde ich dann auch darüber nachdenken müssen, welches Kabel in meinem Gehirn wohl ausgestöpselt worden war.

Warum konnte ich keine Seelen mehr sehen? Und was hatte das zu bedeuten?

Ich musste mit jemandem darüber reden. Mit Zayne, aber nicht mit seinem Vater. Ich traute Abbot nicht mehr über den Weg, seit ich dahintergekommen war, dass er die ganze Zeit über gewusst hatte, wer meine Eltern waren, ohne mir ein Wort davon zu sagen. Außerdem war ich mir ziemlich sicher, dass ich umgekehrt ebenfalls sein Vertrauen verspielt hatte.

Ich holte eine Jogginghose und ein T-Shirt aus der Kommode und warf beides aufs Bett. Auf Strümpfen und mit aufgeknöpfter Jeans ging ich durchs Zimmer, während ich meinen Sweater über den Kopf zog. Die statische Aufladung knisterte in meinen Haaren, ein paar Spitzen richteten sich geladen auf. Zayne hatte bestimmt eine Erklärung dafür. Nachdem Roth …

Die Zimmertür flog auf, und Zayne kam hereingestürmt. »Nicolai hat mir erzählt … *Heiliger Vater!*«

Wie erstarrt blieb ich neben dem Bett stehen, die Augen weit aufgerissen. Heilige Nüsse! Mein Sweater hing noch um einen Arm gewickelt fest, und ich hatte nichts weiter an als meinen BH – meinen *schwarzen* BH – und meine halb aufgeknöpfte Jeans. Warum die Farbe meines BHs so wichtig war, wusste ich selbst nicht, auf jeden Fall stand ich da und bekam den Mund nicht mehr zu.

Zayne war wie angewurzelt stehen geblieben. So wie bei Nicolai sah ich auch bei ihm keine weißlich schimmernde Aura. Aber in dem Moment kreisten meine Gedanken in erster Linie darum, was *Zayne* sah – nämlich mich, wie ich in meinem BH vor ihm stand. In meinem *schwarzen* BH.

Seine wundervollen blauen Augen waren weit aufgerissen, die Pupillen leicht schräg ausgerichtet. Das wellige blonde Haar hatte er zwar vor nicht allzu langer Zeit gekürzt, aber es reichte immer noch, um seine breiten Wangenknochen einzurahmen. Seine vollen Lippen standen einen Spaltbreit offen.

Zehn Jahre kannte ich Zayne jetzt schon, er war vier Jahre

älter als ich, und ich hatte ihn so angebetet, wie es jede kleine Schwester mit ihrem großen Bruder tat. Aber was ich seit ein paar Jahren für ihn empfand, hatte mit Geschwisterliebe gar nichts zu tun. Seit ich alt genug war, um bei einem Mann sein Sixpack zu bewundern, war ich auf Zayne scharf gewesen.

Aber Zayne war für mich tabu gewesen, und das würde er auch immer bleiben.

Er war ein reinrassiger Wächter, und auch wenn ich im Moment seine Seele nicht sehen konnte, wusste ich, er hatte eine – und zwar eine völlig reine. Zwar hatte er bislang nie ein Problem damit gehabt, sich in meiner direkten Nähe aufzuhalten, aber eine Beziehung mit jemandem, der eine Seele besaß, war viel zu gefährlich, weil ich ihn irgendwann ja doch in einen Milchshake mit Seelengeschmack verwandeln würde.

Und sein Vater erwartete von ihm, dass er sich mit Danika paarte.

Zum Kotzen!

In diesem Moment allerdings schien diese potenzielle Zukunft mit Danika samt Kindern sehr weit weg zu sein. Zayne starrte mich an, als hätte er mich noch nie richtig wahrgenommen. Allerdings konnte ich mich auch nicht daran erinnern, dass er mich jemals in einem Badeanzug gesehen hatte, von einem BH ganz zu schweigen. Ich versuchte, nicht an den rot gepunkteten Slip zu denken, der unter meiner offen stehenden Jeans hervorlugen musste.

Dann endlich begriff ich, worauf er eigentlich starrte.

Meine Wangen fingen an zu glühen, und ich folgte seinem Blick nach unten. Ich spürte, wie sich Bambis Schwanzspitze auf meiner Wirbelsäule hin und her bewegte. Die Schlange hatte sich um meine Taille gewickelt, der lange Hals ruhte auf meinem Busen, den Kopf hatte sie gleich unterhalb der Halskette auf die rechte Brust gelegt, als wäre die ihr persönliches Ruhekissen.

Zaynes Blick folgte dem Verlauf des Tattoos, und ich wand mich innerlich, während meine Wangen umso stärker erröteten. Was ging ihm wohl durch den Kopf, wenn er Bambi so zur Schau gestellt zu sehen bekam und ihm vor Augen geführt wurde, wie sehr ich mich von ihm unterschied? Ich wollte es lieber nicht wissen.

Zögernd machte er einen Schritt auf mich zu und blieb wieder stehen. Sein Blick war so intensiv, dass es mir vorkam, als würde er mich tatsächlich an den Stellen berühren, auf die er sah. Irgendetwas ging in mir vor, meine Verlegenheit wandelte sich in eine berauschende Wärme, ein Gewicht schien sich auf meine Brust zu legen, und mein Magen verkrampfte sich.

Ich wusste, ich sollte den Sweater wieder anziehen oder ihn wenigstens vor mich halten, um damit meine Blöße zu bedecken. Aber etwas an der Art, wie Zayne mich ansah, machte es mir unmöglich, mich zu bewegen. Außerdem ... wollte ich, dass er mich so sah.

Damit er begriff, dass ich nicht mehr das kleine Mädchen war, das sich im Schrank versteckte.

»Mein Gott«, brachte er schließlich heiser hervor. »Du bist wunderschön, Layla. Ein wahres Geschenk.«

Mein Herz machte einen Purzelbaum, aber meine Ohren mussten auch den Geist aufgegeben haben, da ich wusste, dass er das so nicht gesagt haben konnte. Er hatte mich schon mal als hübsch bezeichnet, aber noch nie als wunderschön ... oder als Geschenk. Was ganz bestimmt nicht der Fall sein konnte, wenn meine Haare so bleich waren und meine Augen und mein Mund viel zu groß für mein Gesicht, sodass ich aussah wie eine bescheuert dreinblickende Kewpie-Puppe. Okay, ich war nicht potthässlich, aber ich war auch nicht Danika mit ihren glänzenden schwarzen Haaren und ihren langen, schlanken Beinen. Sie war atemberaubend.

Ich dagegen war vor ein paar Minuten fast aufs Gesicht gefallen und konnte aus einiger Entfernung mühelos als Albino durchgehen.

»Was?«, flüsterte ich und verschränkte die Arme mitsamt halb ausgezogenem Sweater vor dem Bauch.

Er schüttelte den Kopf und kam auf mich zu … nein, er schwebte regelrecht, jeder Schritt so elegant und anmutig wie bei einem Tänzer. »Du bist wunderschön«, sagte er. Seine Augen erstrahlten in einem kraftvollen Blau. »Ich glaube, das habe ich dir noch nie gesagt.«

»Das ist richtig, aber ich bin ja auch ni…«

»Sag nicht, dass du nicht schön bist.« Sein Blick kehrte zu der Stelle zurück, an der sich Bambis Kopf befand. Dieses eine Mal zeigte das dämonische Tier keine Regung. »Denn das bist du, Layla.«

Mir lag ein *Danke* auf der Zunge, weil ich fand, es war die richtige Reaktion, dennoch kam es nicht über meine Lippen, weil er in dem Moment eine Hand nach mir ausstreckte. Behutsam schob er zwei Finger unter den Träger meines BHs, der von der Schulter gerutscht war, und ich erschauerte.

Ein besitzergreifendes Gefühl überkam mich, ein so heftiges Verlangen, ihn für mich zu beanspruchen, dass ich weiche Knie bekam und mir der Atem stockte. Als er den Träger nach oben schob, glitten seine Finger über meinen Arm. Das Verlangen reichte so tief, dass ich wusste, es war meins, trotzdem war irgendetwas daran fremdartig. Eine Begierde, die ich wahrnehmen konnte, die aber …

Unsere Blicke trafen sich, seine Pupillen waren jetzt vollständig senkrecht, mein Mund war wie ausgedörrt, und eine verrückte Sekunde lang dachte ich, er würde mich küssen. Jeder Muskel in meinem Körper spannte sich an, Bambis Schwanz zuckte erneut über meine Wirbelsäule. Keine tausend Wunschträume – und von der Sorte hatte ich jede Menge, wenn es um Zayne ging – hätten mich auf diesen Moment vorbereiten können. Zayne … er bedeutete mir alles, und bevor Roth …

Roth.

Beim Gedanken an den Dämon mit den goldenen Augen musste ich nach Luft schnappen. Sein Bild entstand fast von selbst in meinem Geist – das Haar so dunkel wie Obsidian, hohe, schräg stehende Wangenknochen, die Lippen zu einem wissenden Lächeln verzogen, das mich verärgert und zugleich begeistert hatte.

Wie konnte ich vor Zayne stehen und ihn küssen wollen – denn genau das wollte ich ja jetzt –, wenn ich doch gerade erst Roth verloren hatte?

Aber Roth hatte ich eigentlich nie richtig für mich gehabt, und Zayne zu küssen war völlig unmöglich.

Es schien ihm große Mühe zu bereiten, den Blick von mir abzuwenden und über die Schulter nach hinten zu schauen. Lieber Himmel, die Tür stand ja noch offen. Jeder hätte vorbeikommen und mich sehen können, wie ich in meinem BH – meinem *schwarzen* BH – hier herumstand.

Wieder glühte mein Gesicht, ich trat einen Schritt zurück und streifte hastig wieder den Sweater über. Dann drehte ich mich weg und strich mein statisch aufgeladenes Haar glatt. Mein Gesicht fühlte sich an, als hätte ich während einer Sonneneruption am Strand gelegen. Mit zitternden Fingern knöpfte ich die Jeans zu, ohne eine Ahnung zu haben, was ich hätte sagen können.

Zayne räusperte sich, aber als er weiterredete, klang seine Stimme immer noch tiefer und rauer als üblich. »Ich hätte wohl anklopfen sollen, wie?«

Ich zählte bis zehn, dann wandte ich mich zu ihm um und rang mich zu einem lässigen Schulterzucken durch. Er sah mich noch immer so an, als würde ich ohne Sweater vor ihm stehen. »Das mache ich bei dir doch auch dauernd.«

»Ja, schon …« Er zog die Brauen hoch, mit einer Hand rieb er sich die Wange. »Tut mir leid. Und auch, dass … na ja, dass ich dich angestarrt habe.«

Jetzt kam es mir so vor, als hätte ich mein Gesicht direkt in die Sonne hineingedrückt. Als ich mich auf die Bettkante setzte, biss ich mir auf die Lippe. »Ist schon okay. Ist ja nur ein BH. Keine große Sache.«

Er nahm neben mir Platz und drehte den Kopf zu mir herum. Dichte goldene Wimpern schirmten seine Augen ab. »Richtig. Keine große Sache.« Er ließ eine Pause folgen, und ich merkte, wie er den Blick abwandte. »Ich bin raufgekommen, weil Nicolai mir gesagt hat, dass du hingefallen bist.«

Oh Gott, diese demütigende Episode hatte ich schon ganz vergessen.

»Ist alles in Ordnung mit dir?«

Ich hielt ihm meine Handflächen hin, die mit Schrammen überzogen und gerötet waren. »Ja, alles bestens. Aber mit der Bordsteinkante stimmt was nicht. Hast du eine Ahnung, was da passiert ist?«

»Nein.« Er nahm meine rechte Hand und strich behutsam mit dem Daumen über die geröteten Stellen. »Als ich heute Morgen von der Jagd kam, war noch alles in Ordnung.« Er sah mich wieder an. »Hat Jasmine einen Blick auf deine Hände geworfen?«

So schön es war, dass er meine Hand hielt, zog ich sie dennoch seufzend zurück. Jasmine war ein Naturtalent, wenn es um Heilkräuter und den ganzen anderen Kram ging. »Es geht mir gut. Du weißt, diese Schrammen sind morgen schon nicht mehr zu sehen.«

Einen Moment lang sah er mich an, dann lehnte er sich nach hinten und stützte sich mit einem Ellbogen auf dem Bett ab. »Darum bin ich hergekommen. Ich dachte, du hättest dich vielleicht schwerer verletzt, als du zugeben wolltest, und wärst deshalb nicht zu mir in den Trainingsraum gekommen.«

Ich drehte mich zu ihm um und sah zu, wie er mit dem freien Arm nach Mr. Snotty griff, um ihn zwischen uns aufs Bett zu setzen. Ich musste grinsen.

»Nicolai fand außerdem, dass du dich während der Fahrt seltsam benommen hast«, fügte er nach einer kurzen Pause hinzu.

Wächter waren wie Tratschweiber beim wöchentlichen Bingo-Abend, bloß hatten sie in meinem Fall allen Grund, misstrauisch zu sein. Ich strich mir die Haare hinter die Ohren. »Heute ist was passiert.«

Seine große Hand hielt noch immer den Teddybären fest, während er mir in die Augen sah. »Was denn?«

Ich verdrängte das mit dem BH und die Tatsache, dass ich halb nackt vor Zayne gestanden hatte. Darüber konnte ich später immer noch nachgrübeln. Langsam rutschte ich näher an ihn heran und antwortete wegen der offenen Tür leise: »Ich weiß nicht, wie oder warum es passiert ist. Auf jeden Fall fing ich im Biounterricht auf einmal an, etwas seltsam zu sehen.«

Er zog die Brauen zusammen. »Wie meinst du das?«

»Es geht um die Seelen. Im Unterricht fingen die Auren auf einmal an zu … zu flackern, und als wir in der Cafeteria saßen, waren sie plötzlich ganz weg.«

»Ganz weg?«

Ich nickte.

Abrupt richtete Zayne sich auf. »Du kannst keine Seelen mehr sehen?«

»Genau«, flüsterte ich.

»Nicht mal meine?«

»Ich kann *keine einzige* Seele mehr sehen.« Mein Puls wurde schneller, als ich richtig zu begreifen begann, was mit mir geschehen war. »Von niemandem. Das ist jetzt wie bei Dämonen, da ist kein Lichtschein mehr.«

Er setzte sich im Schneidersitz hin. »Und das ist einfach so passiert? Sie fingen an zu flackern, und dann waren sie weg?«

Wieder nickte ich, während sich mein Magen verkrampfte. »Beim Mittagessen spürte ich auf einmal diesen stechenden Schmerz hinter meinen Augen. Ich hab sie zugekniffen, und als ich sie wieder aufmachte, waren alle Auren weg. Einfach so.«

»Und sonst ist nichts vorgefallen?« Als ich den Kopf schüttelte, rieb er in Herzhöhe über seine Brust. »Du hattest keinen Kontakt mit ... mit irgendwelchen Dämonen?«

»Nein«, erwiderte ich hastig. »Das hätte ich dir sofort gesagt.«

Ein angespannter Ausdruck huschte über sein Gesicht, und ich hatte das Gefühl, dass jemand mein Herz packte und zusammendrückte. Natürlich konnte er nicht von mir erwarten, dass ich ihm sofort davon erzählen würde. Immerhin hatte ich ihm auch zwei Monate lang verschwiegen, dass ich mich mit Roth traf.

»Es gibt für dich keinen Grund, mir zu glauben, und ich ... ich habe dich belogen.« Ich schluckte angestrengt, als er den Blick zur Seite wandte und ich sehen konnte, wie seine Kiefermuskeln zuckten. »Es tut mir wirklich leid, aber ich dachte ...«

»Du dachtest, du tust das Richtige, wenn du uns nichts von ihm und von seiner Suche nach dem *Kleinen Salomon* erzählst«, führte er meinen Satz leise zu Ende, ohne *seinen* Namen zu erwähnen. »Ich verstehe das schon, und ich versuche auch, dir das nicht vorzuwerfen.«

Ich zog die Beine an und drückte die Knie gegen meine Brust. »Ich weiß.«

Nach ein paar Sekunden nahm seine Miene wieder einen sanfteren Ausdruck an. »Okay. Sonst ist also nichts passiert.« Er atmete hörbar aus und schüttelte den Kopf. »Ich weiß auch nichts. Es gibt niemanden, den man fragen könnte. Da ist kein anderer ...«

»Dämon?«

»Ja, richtig. Es gibt hier nirgends andere Dämonen, die das Gleiche können wie du, also haben wir nicht viel, womit wir arbeiten können.«

Meine Mutter konnte Seelen sehen, zumindest hatte Roth das behauptet. Aber es war nicht so, als hätte ich mal eben fragen können. Immerhin war sie bis vor Kurzem noch in der Hölle angekettet gewesen.

»Vielleicht ist es ja nur vorübergehend«, sagte er und strich eine Locke zur Seite, die so hellblond war, dass sie fast schon so kreidebleich wie mein Gesicht wirkte. »Wir sollten ruhig bleiben, bis wir es mit Sicherheit wissen, okay?«

Ich nickte zwar, machte mich aber jetzt schon verrückt. »Ich kann niemanden markieren.«

Zayne neigte den Kopf zur Seite. »Du hast in letzter Zeit so gut wie niemanden markiert, also musst du dir darüber ganz sicher keine Gedanken machen, Layla-Biene.«

»Du sagst doch Abbot nichts davon, oder?«

»Nicht wenn du es nicht willst.« Er hielt kurz inne. »Aber warum soll er es nicht erfahren?«

Ich zuckte nur mit den Schultern, weil ich im Moment einfach nicht über seinen Vater reden wollte. Zayne liebte ihn und vertraute ihm.

Er sah mich eine Weile an, dann ließ er sich der Länge nach aufs Bett sinken und hielt mir lächelnd die Hand hin. »Sollen wir das Training ausfallen lassen?«

Das Training war wichtig. Es sorgte dafür, dass mir niemand den Hintern hinterhertragen musste, wenn ich Dämonen begegnete. Trotzdem nickte ich, nahm seine Hand und ließ mich von ihm aufs Bett ziehen. Eine Weile lagen wir da, ich auf dem Rücken, Zayne auf der Seite.

Er hielt meine Hand fest, achtete aber darauf, dass er auf keine der Schrammen drückte. »Was macht dein Heißhunger in letzter Zeit?«

Ich seufzte. »Unverändert.«

»Hast du normal gegessen?«, fragte er nach einer kurzen Pause.

Argwöhnisch erwiderte ich: »Wieso fragst du?«

Wieder dauerte es einen Moment, ehe er reagierte. »Du hast abgenommen, Layla.«

Ich zuckte mit den Schultern. »Dürfte wohl gut für mich sein.«

»Du musstest nicht abnehmen.« Ein flüchtiges Lächeln umspielte seine Lippen, spiegelte sich aber nicht in seinen Augen wider. »Ich weiß, die letzten zwei Wochen sind für dich sehr schwer gewesen.«

Ein zentnerschweres Gewicht drückte auf meine Brust, ein Schwall von Gefühlen schnürte mir die Kehle zu. Die letzten zwei Wochen hatten ein paar Sekunden Wärme und Licht mit sich gebracht, aber dazwischen erstreckten sich endlose Stunden der Finsternis und Einsamkeit. Ich hatte noch nie jemanden verloren, der mir so nahegestanden hatte oder an den ich mich erinnern konnte. Ich wusste nicht, wie man trauerte und nach vorn schaute. Roth nicht mehr an meiner Seite zu haben, das war so, als würde einem direkt vor der Nase die Tür zu einem Leben zugeschlagen, das man nie für möglich gehalten hätte.

Was geschah in diesem Moment mit ihm? Wurde er gefoltert? Ging es ihm den Umständen entsprechend gut? Diese Fragen waren mir so oft durch den Kopf gegangen, dass sie zu einem dauernden Echo geworden waren.

»Ich weiß, er hat dir viel bedeutet«, sagte Zayne und verschränkte seine Finger mit meinen. »Aber vergiss mich nicht darüber. Ich bin für dich da, und das werde ich auch immer sein.«

Ein Schluchzer nahm mir den Atem.

Zayne ließ den Kopf nach vorn sinken, und eine Sekunde später berührten seine Lippen meine Wange. Er wusste genau, was ich mit denjenigen anstellen konnte, die eine Seele besaßen. Er war der Einzige, der es wagte, mir so nahe zu kommen. »Okay?«

»Okay«, flüsterte ich und kniff die Augen zu, um meine Tränen zurückzuhalten. »Ich werde dich nicht vergessen.«

3. KAPITEL

Beim Mittagessen am nächsten Tag konnte ich noch immer keine Seelen sehen. Aber während ich in der Stunde davor so getan hatte, als würde ich dem Englischunterricht folgen, der sich mit den Konsequenzen unbekümmerter Liebe in *Romeo und Julia* befasste, war mir eine Idee gekommen.

Seit Tagen hatte ich keinen Dämon mehr gesehen, und vielleicht war bei ihnen ja auch auf einmal irgendetwas anders. Das ergab einen Sinn. Zumindest halbwegs. Wenn den Menschen plötzlich die Seele fehlte, könnte ich womöglich bei den Dämonen auch eine Veränderung feststellen. Immerhin hatten die gar keine Seele.

Während Stacey die Brokkoliröschen auf ihrem Teller zu einem dämlich grinsenden Smiley anordnete, schickte ich Nicolai eine SMS, dass er mich später am Dupont Circle abholen sollte. Er würde die SMS lesen, sobald er wach war, und sich nichts dabei denken, da er keine Ahnung hatte, was mit mir los war. Zayne war ein anderes Thema, aber ihm würde ich alles sagen, sobald ich wieder zu Hause war.

»Heute nichts Aufregendes im Biounterricht?«, fragte Sam und spießte seinen Brokkoli mit der Plastikgabel auf.

Stacey schüttelte den Kopf. »Nö. Aber Mrs. Cleo war heute auch nicht da.«

»Die arme Frau hat bestimmt der Schlag getroffen.« Ich schob mein Gemüse auf dem Teller um das rätselhafte Stück Fleisch herum. »Wir hatten heute eine Vertretung. Einen Mr. Tucker.«

Stacey grinste mich an. »Ein heißer, junger Typ.«

»Echt?«, fragte Sam, aber bevor sie etwas sagen konnte, beugte er sich über den Tisch und strich mit dem Daumen über ihre Wange.

Stacey rührte sich nicht, und ich saß wie erstarrt da.

Sam grinste, während er das Spielchen wiederholte. »Hab sie.« Er lehnte sich zurück.

»Hab sie?«, wiederholte Stacey verwundert.

Ich fing an zu lächeln.

»Eine Wimper«, erklärte er, ohne den Blick von ihr abzuwenden. »Wusstest du, dass Wimpern dafür sorgen, dass dir kein Staub in die Augen kommt?«

»Ähm, ja, klar.« Stacey nickte nachdrücklich.

Er lachte leise. »Wusstest du nicht.«

»Wusste ich wohl«, flüsterte sie.

Als ich Sams Blick bemerkte, musste ich lachen. Es war schön, dass Sam endlich etwas Selbstvertrauen an den Tag legte, was Stacey anging. Dass er schwer in sie verliebt war, hatte man ihm schon lange anmerken können.

Was mich auf eine andere Idee brachte. Da meine Dämonenaufspürfähigkeiten mich wohl im Stich gelassen hatten, wäre es ganz schön, in meiner Freizeit mal etwas … etwas Normales zu machen. »Was habt ihr am Wochenende vor?«

Stacey zwinkerte, als sie sich den Pony aus der Stirn strich. »Samstag und Sonntag Babysitten bei meinem kleinen Bruder. Wieso?«

»Ich dachte, wir könnten uns vielleicht einen Film ansehen oder so.«

»Ich habe rund um Thanksgiving an fast allen Tagen Zeit.« Sie sah zu Sam und verzog den Mund zu einem überraschend verlegenen Lächeln. »Und was ist mit dir?«

Sam spielte mit dem Verschluss seiner Wasserflasche. »Ich kann immer.« Er schaute zu mir. »Warum lädst du Roth nicht ein?«

Mein Herz hörte auf zu schlagen. Ich öffnete den Mund, bekam aber kein Wort raus. Na großartig. Da schlage ich was Unterhaltsames vor, und prompt kriege ich dafür einen solchen Schlag ins Gesicht.

Sam warf Stacey einen Seitenblick zu. »Ähm, ich … hab wohl was Falsches gesagt. Du bist nicht mehr mit ihm zusammen, wie? Ich dachte, er würde jetzt auf eine andere Schule gehen.«

Gott, wie sehr wünschte ich mir, dass es so wäre! »Ich … hab schon länger nicht mehr mit ihm geredet.«

Sam verzog den Mund. »Sorry, wusste ich nicht.« Er sah auf seinen mittlerweile leeren Teller.

Stacey kehrte schnell wieder zum Thema Kinobesuch zurück, und nachdem wir uns auf den Weg zum Klassenraum gemacht hatten, lehnte sie sich gegen den Spind neben meinem. »Sam ist in solchen Dingen nicht besonders geschickt«, sagte sie mitfühlend.

Ich stieß einen verächtlichen Laut aus und nahm mein Geschichtsbuch aus dem Spind. »Er scheint aber Fortschritte zu machen.«

»Eher Fortschrittchen«, gab sie kichernd zurück, wurde aber wieder ernst. »Ich hatte gehofft, du würdest mir erzählen, was los ist. Aber ich habe so lange gewartet, wie ich nur konnte. Was ist zwischen dir und Roth vorgefallen? Ihr wart doch ein richtig heißes Paar. Du wolltest die Nacht bei ihm verbringen, dich betrinken und dann …«

»Ich hab wirklich keine Lust, darüber zu reden«, unterbrach ich sie und schloss die Spindtür. Ringsum wimmelte es von Schülern. Irgendwie war es eigenartig, sie ohne ihre schimmernden Seelen zu sehen. Verlegen strich ich über meine schwarze Strumpfhose. »Ich will ja eigentlich gar nicht so sein, aber es ist so …«

»So schwer? Noch zu früh? Schon verstanden.« Sie neigte den Kopf zur Seite und atmete tief durch. »Und Sam …?«

Ich war zurück auf ungefährlicherem Terrain und lächelte. »Ja?«

»Okay.« Sie beugte sich vor, dabei kam wie aus dem Nichts

eine Welle der Hoffnung auf mich zugeschossen, die so heftig war, dass ich einen Schritt nach hinten machen musste. Die Vorfreude verblasste, als Staceys dunkle Augen aufleuchteten. »Okay. Bilde ich mir das nur ein, oder versucht Sam, mich anzumachen?«

Ich schüttelte den Kopf, um das seltsame Gefühl loszuwerden. »Ich glaube schon.«

»Gute Idee von dir, das mit dem Kino einzufädeln«, meinte sie, während sie neben mir herging. »Da bin ich richtig stolz auf dich.«

»Ich kapier nicht, warum du ihn nicht einfach fragst, ob er mit dir ausgeht.« Als wir uns dem Klassenraum näherten, wurde ich langsamer. »Damit hast du doch bislang noch nie ein Problem gehabt.«

»Ja, ich weiß.« Sie legte den Kopf in den Nacken und zog die Stirn in Falten. »Aber er ist anders. Er ist Sam. Er interessiert sich für Computer und Bücher und so Streberkram.«

Ich musste lachen. Sam hatte tatsächlich was Streberhaftes an sich, aber auf eine süße Art. »Und du?«

Sie seufzte und grinste dann breit. »Ich bin an ihm interessiert.«

»Das ist doch alles, was zählt, nicht wahr?«

»Ich glaub schon.« Sie sah auf das rote Tanktop unter ihrem langen Cardigan und zog es ein Stück nach unten, bis der Busenansatz zum Vorschein kam. »Und im Kunstunterricht wird er feststellen, dass ihn Brüste interessieren. Wünsch mir Glück.«

»Viel Glück.« Ich betrachtete ihr Dekolleté. »Nicht, dass du Glück nötig hättest.«

Sie zwinkerte mir zu. »Ich weiß.«

Während Stacey mit federnden Schritten davoneilte, machte ich auf dem Absatz kehrt, um in den Klassenraum zu gehen. Im nächsten Moment blieb ich stehen und zog ungläubig die

Brauen hoch. Vor den Toiletten waren ein Junge und ein Mädchen zugange, und zwar so, dass ich nicht erkennen konnte, wer die beiden waren und wo der eine von ihnen anfing und der andere aufhörte. Sie standen gegen die Wand gedrückt da, sie hatte ein Bein um seine Taille geschlungen, und seine Hüften waren … hoppla!

Ich war mir sicher, die beiden wollten Sex – hier und auf der Stelle!

Sie würden unglaublichen Ärger kriegen. Öffentliche Liebesbekundungen waren komplett tabu, und man erntete ja allein fürs Händchenhalten schon böse Blicke.

Aber … aber Coach Dinkerton, der geschätzte Trainer unseres sieglosen Footballteams, schlenderte an dem Pärchen vorbei, ohne die zwei eines Blickes zu würdigen. Ihn kümmerte nicht mal, dass sie sich im nächsten Moment in die Mädchentoilette zurückzogen.

Was zum Teufel war hier los?

Nach dem Unterricht zog ich meinen Rollkragen noch weiter ins Gesicht und hetzte über den überlaufenen Gehweg zum Dupont Circle. Eine Jacke wäre keine schlechte Idee gewesen. Mein Jeansrock und die Strumpfhose boten kaum Schutz gegen den kalten, feuchten Wind, allerdings hatte ich auch nicht vorgehabt, nach der Schule noch irgendwo hinzugehen.

Um mich herum liefen die Leute hin und her, aber keiner von ihnen hatte eine sichtbare Seele. Als mein spontanes Experiment zwei Stunden alt war, erklärte ich es offiziell für fehlgeschlagen. Ich glaubte zwar, an einem Telefonmast eine Gruppe Chaosdämonen stehen zu sehen, schließlich liebten diese Typen es, mit Elektrik, Baustellen oder auch mit Feuer Unfug zu treiben; aber ich konnte es nicht mit Gewissheit sagen. Sie hatten bislang nicht für Ärger gesorgt, und es gab auch eigentlich nichts, wodurch sie sich von der Menge unterschieden. Sie konnten genauso gut Menschen sein, die darauf warteten, die Straße überqueren zu können.

Die Nacht senkte sich bereits langsam über die Stadt, ließ die Straßenlampen flackernd angehen und warf unfreundliche Schatten über die alten und neuen Häuser, die die Straßen säumten.

Ich drückte meine Tasche fest an die Hüfte und eilte in Richtung Park, wobei ich immer in der Nähe der Schaufenster blieb. Auch wenn ich es nur ungern zugab, hatte ich das Gefühl, dass Paranoia wie eine gute Freundin neben mir herlief. Bislang hatte ich mich immer auf meine Fähigkeit verlassen können, die Seelen der Leute zu sehen und auf die Weise Dämonen ausfindig zu machen. Deshalb hatte sich bei mir nie der natürliche Instinkt wie bei anderen Wächtern entwickelt, Dämonen aufzuspüren. Von Zeit zu Zeit lief mir ein seltsamer Schauer über den Rücken, doch ich hatte keine Ahnung, ob mir damit die Gegenwart eines Dämons angezeigt wurde oder nicht. Eigentlich war es mehr wie das Gefühl, von jemandem beobachtet zu werden.

Jeder, der an mir vorbeiging, hätte ein Blender oder ein Hohedämon sein können. Vielleicht konnte ich ja so wie andere Wächter auch einfach keine Dämonen wahrnehmen. Himmel, es wäre echt scheiße, wenn das der Fall sein sollte. Ich musste dringend herausfinden, ob das ein Thema war. Aber wo sollte ich schon eine Horde Dämonen finden, die mich nicht beim ersten Anblick umbringen wollte?

Gerade als mir eine Lösung für mein Problem einfiel, geriet ich ins Stolpern.

Roths Apartmentgebäude an den Palisaden. Im ganzen Haus wimmelte es von Dämonen aller Art. Aber konnte ich mich dort hinwagen? Konnte ich mich all den Gefühlen stellen, die der Ort auslösen würde, an dem er gelebt hatte? Ich war mir nicht sicher, aber ich musste es zumindest versuchen.

Vielleicht könnte ich ja Zayne überreden, morgen nach der Schule mit mir dort hinzufahren. Begeistert würde er davon bestimmt nicht sein, doch er würde es machen … für mich.

Aber vielleicht konnte ich morgen nach dem Aufwachen auch schon wieder alle Seelen sehen.

Gott, wie oft hatte ich mir gewünscht, normal zu sein – zumindest was die Maßstäbe der Wächter anging! Nun stand ich kurz davor, dass sich dieser Wunsch erfüllte – und ich bekam deswegen gleich ein Magengeschwür und …

Die Gestalt tauchte aus dem Nichts auf, sie war nicht mehr als ein kompakter Schatten, der so schnell aus einer Gasse hervorgeschossen kam, dass ich nicht mal schreien konnte. Eben war ich noch auf der Straße unterwegs gewesen, und jetzt zerrte mich etwas in eine dunkle Gasse. Wut flammte in mir auf, aus der gleich daraus eiskaltes Entsetzen wurde, als sich der harte Griff um meinen Arm löste. Mein Schwung trug mich ein paar Meter rückwärts durch die Luft, dann prallte ich mit dem Rucksack gegen eine Abfalltonne und landete mit dem Hintern auf dem kalten Untergrund.

Verdutzt hob ich den Kopf und sah blassblonde Haare und zwei leuchtend blaue Augen mit vertikalen Pupillen, die mich anstarrten.

»Dämon«, zischte mein Angreifer mich an. In einer Hand hielt er ein Messer mit gezackter Klinge. »Mach dich bereit, in die Hölle zurückzukehren.«

4. KAPITEL

Heilige Mutter Gottes.

Einen Moment lang konnte ich mich nicht rühren. Es war ein Wächter in menschlicher Gestalt – na ja, zumindest annähernd –, den ich noch nie zuvor gesehen hatte. Ich wusste, was er mit dem Messer vorhatte. Ein Stich genau ins Herz war die Methode, mit der Wächter Dämonen in die Hölle zurückschickten.

Dämonen zu enthaupten war eine andere Methode, die auch funktionierte.

Meine lähmende Angst wich dem Instinkt. Jetzt zahlten sich die vielen Stunden Ausweichtraining aus, die ich absolviert hatte. Ich sprang auf und ignorierte meinen schmerzenden Hintern. Die Klinge zerschnitt die Luft, während ich einen Satz zur Seite machte.

»Augenblick mal!«, rief ich und sprang nach hinten. »Ich bin kein Dämon!«

Der Wächter grinste spöttisch. Er schien noch jung zu sein, und sein Gesicht konnte ich nicht zuordnen, was bedeutete, dass er nicht zum Clan in D. C. gehörte. »Hältst du mich für so dumm? Du stinkst nach Dämon.«

Wie bitte? Ich widerstand dem dringenden Wunsch, an mir zu schnuppern, und zog mich hinter den grünen Abfallcontainer zurück. Vielleicht konnte ich den Kerl ja zur Vernunft bringen. »Ich bin nur zum Teil Dämon. Mein Name ist Layla Shaw, ich lebe bei …«

Er machte einen Satz auf mich zu, und ich wirbelte herum. Die Klinge fraß sich durch den Sweater und schnitt die Haut an meinem Oberarm auf. Ich schrie, als mich ein brennender Schmerz durchfuhr.

Alles ging so schnell, dass ich es nicht mehr aufhalten konnte.

Das angeborene Verlangen, mich zu wandeln, überkam mich. Meine Haut begann sich zu dehnen, als Bambi sich von ihrem Schlafplatz erhob und als Ansammlung winziger schwarzer Punkte durch die Luft schoss und dann zwischen dem Wächter und mir hing.

Ich hatte das Gefühl, das alles schon mal erlebt zu haben.

Die Punkte fielen auf den Boden, zogen sich zusammen und bildeten eine dichte Masse, die sich nach oben streckte und die Form einer Schlange annahm.

So riesig hatte ich Bambi noch nie gesehen.

Sie war größer als ich und so breit wie der Wächter, und sie fauchte wie eine Dampflok, während sie sich nach hinten beugte und ihre Attacke vorbereitete.

Fluchend machte der Wächter einen Schritt zur Seite und ging in Lauerstellung. Sein Körper begann sich zu verändern, sein Hemd platzte auf, als seine Brust breiter und breiter wurde. Mein Herz raste, während Bambi das Maul aufriss und dabei Fangzähne zum Vorschein kamen, die so lang waren wie meine ganze Hand. Ich sah zum Anfang der Gasse. Jeden Augenblick konnte uns jemand entdecken und herkommen. Die Anwesenheit eines Wächters wäre leicht zu erklären, aber eine Schlange von der Größe eines Geländewagens war ein ganz anderes Thema. »Bitte, lass mich doch erklären. Ich bin keine von den Bösen.«

»Das behauptet so gut wie jeder Dämon.« Der Wächter ging um Bambi herum, seine Haut nahm eine dunkelgraue Färbung an.

Bambi schnappte nach ihm, der Wächter konnte gerade noch ausweichen. »Bambi! Nicht!«, befahl ich.

Die Schlange lehnte sich erneut nach hinten, ihr kraftvoller Körper wand sich und spannte sich an. »Du wirst den Wächter nicht fressen!«, schrie ich, bevor ich vor Schmerz zu keuchen begann. »Wir müssen hier alle …«

Der Wächter machte seinerseits einen Satz nach vorn und wirbelte unter Bambi hindurch, als die Schlange gerade noch einmal nach ihm schnappte. Er tauchte halb in menschlicher, halb in Gargoyle-Form wieder vor mir auf. Ich sah, wie das Messer durch die Luft zuckte. Schnell stieß ich mich vom Boden ab und sprang auf den Wächter zu, wobei ich in dem Moment unter seinem Arm hinwegtauchte, als er nach mir ausholte. Kaum war ich hinter ihm, drehte ich mich um und trat ihm mit aller Macht in den Rücken. Der Wächter wurde nach vorn geschleudert und musste sich auf einem Knie aufstützen.

»Hör jetzt bitte auf«, keuchte ich in dem Bemühen, diesem Elend doch noch vorzeitig ein Ende zu setzen. »Wir kämpfen beide auf der gleichen …«

Der Wächter sprang auf, drehte sich zu mir um und griff wieder an.

Weit kam er damit nicht.

Schnell wie eine Pistolenkugel schoss die Schlange auf seinen Kopf zu. »Bambi!«

Zu spät.

Wie ein Feigling kniff ich die Augen zu, als der erste gellende Aufschrei ertönte. Mir wurde übel, als ich das eklige Mahlen der Kiefer hörte, das in der Gasse widerhallte. Ich drehte mich weg und sah in Richtung Straße. Dort waren Leute unterwegs, doch keiner von ihnen ahnte, was hier gerade vor sich ging.

Ich hörte ein lautes Schlucken und rechnete jeden Moment damit, mich übergeben zu müssen. Schnell sah ich nach unten, legte die Hand um meinen linken Arm und zuckte vor Schmerz zusammen. Mein Sweater war dunkel, weshalb man das Blut nicht so leicht sehen konnte. Aber es tropfte auch schon auf meine Hand. Ich biss mir auf die Lippe und kniff die Augen zu, als mir auf einmal schwindlig wurde.

Verdammt, ich hatte aber auch immer nur Pech, wenn es um dunkle Gassen ging.

Bambi stieß mich mit der Schnauze an. Ich atmete tief durch und drehte mich zu ihr um. Ihre gespaltene rote Zunge zuckte durch die Luft, dann stieß sie mich wieder an. Ich suchte die Schatten in der Gasse ab. Außer den Ratten und uns beiden hielt sich niemand hier auf.

»Oh mein Gott«, hauchte ich und tätschelte etwas ungelenk Bambis Kopf. »Du hast gerade eben tatsächlich einen Wächter gefressen.«

Damit war mein Leben noch mal um einiges komplizierter geworden.

In meiner Tasche stieß ich ganz unten auf einen alten Schal, mit dem ich das Blut von meiner Hand wischte. Dann knüllte ich ihn zusammen und hielt ihn für den Fall bereit, dass ich unterwegs anfing, die Ledersitze in Nicolais Wagen vollzubluten.

Ich schwieg, denn was hätte ich auch sagen sollen? »Ein Wächter wollte mich umbringen, und jetzt sitze ich hier und verblute womöglich. Ach ja, und ehe ich's vergesse: Bambi hatte einen Wächter zum Abendessen.« Oh ja, das würde wirklich gut bei ihm ankommen.

Stattdessen konzentrierte ich mich von dem Moment an, als Nicolai mich abholte, ganz darauf, bloß nicht ohnmächtig zu werden. Sobald wir zu Hause wären, würde ich zu Zayne gehen und … Gott allein wusste, was dann kommen würde.

Ich brauchte dringend ein WMASP – ein Wächtermordaugenzeugenschutzprogramm.

Angestrengt presste ich die Lippen zusammen, um das Stöhnen zu unterdrücken, das ich bei jedem Schlagloch ausstoßen wollte. Als wir das Anwesen erreichten, fühlte ich mich total daneben. Die Schnittwunde konnte nicht allzu tief sein, zumindest hoffte ich das. Trotzdem fühlte sich mein ganzer linker Arm an wie ein totes Stück Fleisch.

Ich eilte ins Haus und kam im Foyer abrupt zum Stehen, als ich tiefe Männerstimmen hörte, die von allen Seiten gleichzeitig zu kommen schienen. Desorientiert warf ich einen Blick ins Wohnzimmer.

Jasmine stand da. Sie hatte die Arme um einen großen Wächter mit welligem kastanienbraunen Haar geschlungen. Er hielt ihre Tochter Izzy fest. Die Zweijährige hatte eine menschliche Form, jedoch ragten zwei dunkle Hörner aus ihren roten Locken hervor, und unter dem pinkfarbenen T-Shirt zeichneten sich ihre Flügel ab. Izzys Zwillingsbruder Drake klammerte sich an den Beinen des Mannes fest und schnaubte jedes Mal, wenn er hochsprang.

Dez war zurück.

Das hieß, dass Jasmine und Danika bald heimkehren würden, da die Angehörigen des Clans zurückgekommen waren. Damit war es nicht erforderlich, sie aus Sicherheitsgründen noch länger hier im Haus zu behalten. Hurra!

Dez' hübsches Gesicht wirkte irgendwie verkniffen, als er sich umsah. Sein Blick erfasste mich, und auch wenn sich seine Schultern leicht entspannten, behielt er den merkwürdigen Gesichtsausdruck bei.

»Layla«, sagte er und lächelte mich an. Er gab Izzy an Jasmine weiter und hob Drake hoch, um ihn an seine breite Brust zu drücken. »Schön, dich zu sehen.«

Ich zwinkerte träge, während ich meine Tasche neben den kleinen Tisch im Foyer stellte. Den Schal hielt ich weiter zusammengeknüllt in der Hand. »Hey.« Ich zwang mich dazu, das Lächeln zu erwidern. »Wie ... wie geht es dir?«

»Gut. Du siehst ...«

Weiter kam er nicht, da auf einmal Stimmen lauter wurden und die Tür zu Abbots Bibliothek aufging. Ich drehte mich dorthin um, als würde ich mich durch dichten Nebel bewegen. Ein Wächter, den ich ebenfalls nicht kannte, kam nach draußen und blieb stehen, als er mich sah. So wie der Wächter in der Gasse und wie Dez war er noch jung, vermutlich Mitte zwanzig.

»Was, um alles …?«, fragte er und griff hinter sich.

Oh Gott, wenn er jetzt auch noch ein Messer zöge, würde ich das Leben komplett aufgeben.

»Maddox.« Dez ging auf ihn zu und hielt weiter Drake an sich gedrückt, der mit seinen pummeligen Händen nach Dez' Haaren griff. »Das ist Layla.«

Der warnende Unterton in Dez' Stimme war nicht zu überhören, und sofort straffte Maddox die Schultern, so als wäre seine Wirbelsäule durch eine Stahlstange ersetzt worden. Er nickte knapp und machte dann einen so großen Bogen um mich, dass man hätte meinen können, ich verbreite irgendeine todbringende Krankheit.

»Hast du Tomas gesehen?«, fragte Maddox an Dez gewandt, während er mich aus den Augenwinkeln beobachtete. »Er war in der Stadt. Ist er schon zurück?«

»Nein«, sagte Dez und hielt Drake noch etwas höher. Hinter ihm stand Jasmine, die mich besorgt ansah. Ganz sicher arbeitete ihr »Hier ganz in der Nähe ist ein verletzter Vogel«-Sinn gerade auf Hochtouren. Sie war eine verdammt gute Heilerin, also genau das, was ich dringend benötigte. Aber im Moment musste ich erst mal von hier verschwinden. »Er wird bestimmt bald wieder hier sein«, fuhr Dez fort.

Ein ungutes Gefühl sagte mir, dass ich wusste, wer dieser Tomas war … oder vielmehr *gewesen* war. Oh nein. Langsam schlurfte ich Richtung Treppe, doch Zaynes tiefes, raues Lachen fesselte meine Aufmerksamkeit.

Gemeinsam mit seinem Vater und Geoff, unserem hauseigenen Technik- und Gadget-Spezialisten, hielt er sich in der

Bibliothek auf. Auch ein paar andere von unseren Clanangehörigen waren bei ihnen. Abbot saß an seinem Schreibtisch und drehte eine Zigarre zwischen seinen Fingern. Sie war nicht angezündet. Abbot rauchte sie nie, es schien ihm zu genügen, sie in der Hand zu halten.

Zayne stand mit dem Rücken zur Tür, neben sich eine schöne dunkelhaarige Wächterin – die Art von Schönheit, bei der mir schon an einem guten Tag übel wurde. Es war Danika, die sich da an ihn lehnte und lächelnd einem der Clanangehörigen lauschte, der eine Anekdote zum Besten gab.

Ich hatte keine Ahnung, um welche Geschichte es sich handelte. Mir wurde nie etwas davon erzählt. Und wenn ich in der letzten Zeit Abbots Bibliothek betreten hatte, dann nur, um mir Predigten über dies und jenes von ihm anzuhören.

Meine Füße fühlten sich irgendwie komisch an, während ich im Flur stand. »Zayne?« Auch meine Stimme klang eigenartig. Der Schal in meiner Hand fühlte sich feuchter an als zuvor.

Als Zayne sich zu mir umdrehte, erstarrte das Lächeln auf seinen Lippen. »Layla?«

Ich wusste, ich sah vermutlich aus wie vom Tod persönlich durchgekaut und wieder ausgespuckt. Nervös ließ ich den Blick zu Danika wandern. Abbot wollte ich gar nicht ansehen. »K…kann ich kurz mit dir reden? Unter vier Augen?«

»Ja, einen Moment.« Er wandte sich wieder Danika und seinem Vater zu, der ihm wahrscheinlich diesen Blick zuwarf, der so viel besagte wie: *Wage es ja nicht, von Danikas Seite zu weichen. Sie ist die Mutter deiner zukünftigen Kinder.* »Bin gleich wieder da.«

»Schon gut«, sagte sie, nickte und knabberte an ihrer Unterlippe. »Alles in Ordnung?«

Die Frage war an mich gerichtet, und wenn ich mich nicht irrte, bejahte ich sie. Dann humpelte ich an Dez, Jasmine und dem Neuen vorbei, ohne auf Zayne zu warten. Wenn ich mich nicht bald hinsetzte, würde ich ohnmächtig zu Boden sinken.

Mit der rechten Hand umklammerte ich das Geländer, während ich die Stufen raufging. Im nächsten Moment war Zayne bei mir. »Ist dir nicht gut?«

»Ähm …« Nur noch ein paar Stufen. Ein paar Stufen. »Nicht so richtig.«

Er kam näher und schnupperte. »Ich rieche Blut. Du bist verletzt.«

»Sozusagen«, brachte ich heraus. Da er sich umdrehte, wohl um Alarm zu schlagen, fügte ich hastig an: »Sag noch nichts. Bitte.«

»Aber …«

»Bitte.«

Zayne fluchte leise, ging aber weiter mit mir nach oben. »Wie schlimm ist es?«

»Na ja …«

Wir hatten den zweiten Treppenabsatz erreicht und waren damit außer Sichtweite der anderen. Prompt beugte sich Zayne vor und hob mich hoch, um mich den Rest des Weges zu tragen. Bei jeder anderen Gelegenheit hätte ich mich mit Händen und Füßen dagegen gewehrt, aber die Sache mit dem Blut und den Schmerzen sorgte dafür, dass ich den Mund hielt und mich in mein Schicksal ergab.

»Ich brauche schon etwas mehr«, sagte er und ging zielstrebig zu seinem Zimmer – seinem Zimmer, nicht meinem. Das irritierte mich ein wenig, während er mich fester an sich drückte und die Tür öffnete. »Rede mit mir, Layla. Ich werde sonst noch verrückt.«

Nachdem er die Tür mit der Fußspitze hinter sich zugedrückt hatte, zwang ich mich zu einer Antwort. »Könnte sein, dass auf mich eingestochen wurde.«

»Könnte sein?«, herrschte er mich an.

Ich zuckte zusammen. »Okay, auf mich wurde eingestochen.«

»Jesus.« Auf der Bettkante setzte er mich ab, über seine Schulter hinweg konnte ich sehen, dass die großen Regale mit Büchern vollgepackt waren. »Wo? Wo wurdest du getroffen?« Er tastete mich bereits ab, und als er meinen Oberarm berührte, schrie ich auf. »Shit.« Er zog die Hand weg, die Finger waren blutverschmiert. »Warum hast du Nicolai nichts davon gesagt?«

»So schlimm ist es nicht, stimmt's?« Ich sah auf meinen Arm, aber der schwarze Stoff verdeckte alles.

Zayne nahm mir den blutgetränkten Schal ab und ließ ihn auf den Holzboden fallen. »Das kann ich so nicht sagen. Ich muss dir das Oberteil ausziehen.«

Erschrocken zog ich die Brauen hoch.

Er reagierte mit einer ausdruckslosen Miene und strich sich mit dem Unterarm die Haare aus der Stirn. »Und du musst mir sagen, wie das passiert ist.«

»Ich war in der Nähe vom Dupont Circle unterwegs und … Sag mal, musst du mir wirklich das Oberteil ausziehen?«, fragte ich, gerade als er nach dem Saum meines Sweaters griff.

Zayne sah mich an, seine Entschlossenheit war an seinen Augen abzulesen, und seine normalerweise goldene Haut war etwas blasser als üblich. »Ja, dein Pulli ist im Weg.«

»Aber …«

»Ich habe dich gestern im BH gesehen, weißt du noch?« Als er darauf hinwies, gingen mir die Argumente aus. »Du warst am Dupont?«

Ich nickte und schluckte angestrengt, als er den Sweater hochzog. »Ich war unterwegs, um nach einem Dämon zu suchen. Du weißt schon, ich wollte herausfinden, ob mir bei einem von ihnen irgendwas auffällt.«

»Verdammt, Layla, du hättest mich fragen können, dann wäre ich mitgegangen.«

In dem Moment zog er mir den Pulli über den Kopf und von meinem unversehrten Arm, sodass er nicht sehen konnte, welches Gesicht ich zog. »Ich wollte mit keinem von ihnen kämpfen.«

»Tja, das hat sich ja wohl erledigt, nachdem du offenbar von einem Dämon angegriffen worden bist.« Er achtete gar nicht auf meinen rosa Spitzen-BH, als er mir den Stoff vom linken Arm zog.

Ich schnappte nach Luft, als er meine Verletzung berührte.

»Tut mir leid«, brummte er.

»Mich hat kein Dämon angegriffen.« Der Schnitt sah übel aus, alles war voller Blut. Ich zwang mich wegzusehen und starrte stattdessen auf Zaynes Kopf. »Ich glaube nicht mal, dass ich einen Dämon gesehen habe.«

Schweigend befreite er mich von meinem Sweater, dann gab er mir einen Quilt, den ich mir vorhalten konnte. »Und wer hat dir das angetan?«

Mit der anderen Hand griff ich nach der Halskette und schloss die Finger um den Anhänger. »Ein Wächter.«

Verdutzt hob er den Kopf. »Ein Wächter?«

»Ja. Ich hatte ihn noch nie gesehen«, antwortete ich und atmete gleichmäßig und tief durch, da er sich die Wunde genauer ansah. »Er packte mich, als ich auf dem Weg zum Treffpunkt war, an dem mich Nicolai abholen wollte. Ich hab ihn nicht herausgefordert oder sonst irgendwas gemacht. Er tauchte einfach aus dem Nichts auf. Ich habe noch versucht, ihm zu erklären, dass ich keine Bedrohung darstelle. Aber er ging sofort auf mich los.«

»Shit. Das war eine Klinge aus Eisen.« Zayne wirkte angespannt, als er sich zurücklehnte und das Blut an seinen Fingern betrachtete. »Hast du dich gewandelt?«

»Ich fing gerade damit an, als er mich mit dem Messer erwischte. Aber … Bambi hat sich von mir gelöst, und dann … Oh Gott, Zayne, ich habe versucht, sie zurückzuhalten, aber der Wächter … er wollte einfach nicht auf mich hören.«

Er sah mir in die Augen. »Was ist aus ihm geworden?«

Ich schüttelte langsam den Kopf, weil ich es nicht aussprechen wollte. Mir wurde übel. »Bambi … sie hat ihn aufgefressen.«

Entsetzt starrte Zayne mich an. *»Aufgefressen?«*

»Ja. Einfach runtergeschluckt.« Ein ersticktes Lachen kam über meine Lippen, als ich den Kopf sinken ließ. »Oh Gott, das ist so übel. Ich glaube, das war der Wächter vom New Yorker Clan. Tomas, richtig? Der, über den eben unten gesprochen wurde. Ich meine, wie viele fremde Wächter halten sich schon in D. C. auf? Und das heißt, dass Dez ihn kennt und er bestimmt ein guter Freund ist. Und ich mag doch Dez. Er ist immer so nett zu mir, aber jetzt hat meine Dämonenschlange seinen Freund aufgefressen, und ich …«

»Hey, hey, langsam, Layla, Bienchen, okay? Er könnte es gewesen sein, aber daran können wir jetzt nichts mehr ändern. Er hat dich angegriffen, und Bambi hat dich verteidigt. Mehr gibt es dazu nicht zu sagen.«

»Ja«, hauchte ich. Allerdings wusste ich, die anderen Wächter würden das nicht so sehen.

»Du bleibst da sitzen.«

Als ob ich ohne Sweater und mit blutendem Arm irgendwo hingehen würde!

Zayne lief ins Badezimmer und kam kurz darauf mit zwei feuchten Handtüchern zurück. Schweigend wischte er das Blut weg, was mich daran erinnerte … oh ja, es erinnerte mich daran, wie Roth in seinem Apartment genau das Gleiche mit mir gemacht hatte. Mein Herz schmerzte so sehr wie mein Arm, was diese ganze Situation noch tausendmal schlimmer machte.

»Wie sehr tut es weh?«

»Es brennt.« Ich betrachtete das Spiel seiner Muskeln.

»Wo ist Bambi jetzt?«, fragte er und sah auf den Quilt, den ich mir vor Brust und Bauch hielt.

Ich lächelte flüchtig. »Sie hat sich um mein Bein gewickelt. Ich glaube, sie versteckt sich.«

»Vielleicht hat sie sich ja auch den Magen verdorben.«

Ein leicht hysterisches Lachen bahnte sich den Weg, was Zayne zu einem schwachen Grinsen veranlasste. Nichts an dem Ganzen war in irgendeiner Weise amüsant, aber wenn ich jetzt nicht anfing zu lachen, würde ich vermutlich in Tränen ausbrechen. »Ich habe versucht, sie aufzuhalten und dem Wächter alles zu erklären. Ich schwöre es dir, Zayne. Er wollte einfach nicht zuhören. Er sagte, ich würde nach Dämon stinken. Stimmt das?«

Er öffnete den Mund, schwieg dann aber doch. Das blutige Handtuch warf er dorthin, wo mein Sweater lag. »Der Schnitt verheilt nicht, und das wird er auch nicht, weil die Klinge aus Eisen war. So was ist verdammt …«

»… gefährlich für Dämonen. Großartig, einfach fantastisch.« Ich sah ihn an und drückte mir weiter den Quilt auf die Brust. »Stinke ich nach Dämon?«

»Ich werde Jasmine holen …«

»Nein, sie wird Abbot davon erzählen. Dieser Wächter gehörte bestimmt zum New Yorker Clan. Abbot wird mir die Schuld an seinem Tod geben.«

»Das wird er nicht machen.«

Unbehaglich verkrampfte ich mich. »Ich habe mich an dich gewandt, weil ich dir vertraue. Du darfst deinem Vater kein Wort davon sagen. Bitte.«

Zayne sah mich an. »Dann lass mich wenigstens Danika holen. Und schau nicht so drein, als hättest du gerade Katzenpisse geschluckt.«

»Uuh«, brachte ich stöhnend hervor.

»Sie wird kein Wort sagen, und in diesen Dingen ist sie genauso gut wie Jasmine.« Er beugte sich vor und stützte sich links und rechts von meinen Beinen auf der Bettkante ab. »Wir können Danika vertrauen.«

Ich hätte einiges darauf verwettet, dass ich ihn in diesem Moment ansah, als hätte ich auch noch Hamsterpisse geschluckt.

Zayne kam mir so nah, dass er seine Stirn gegen meine lehnen konnte. Ich wollte zurückweichen, aber er folgte meiner Bewegung und war dabei einfach zu nah. Ich kniff die Augen zu und presste die Lippen aufeinander, während das Verlangen stärker wurde als der Schmerz und dieses eisige Gefühl von Panik.

»Ich lasse nicht zu, dass dir was zustößt«, erklärte er und legte seine Hände um meine Knie. »Ich werde dafür sorgen, dass dein Arm heilt, und dann werden wir sehen, dass wir dahinterkommen, was hier wirklich los ist. Aber wenn du mir vertraust …«

Ich wollte den Kopf wegdrehen, doch er legte einen Finger auf meine Wange und hielt mich davon ab. »Zayne.«

»Wenn du mir vertraust, dann musst du mir auch glauben, dass du bei Danika sicher aufgehoben bist«, sprach er weiter. »Ich kann diese Wunde nicht nähen, jedenfalls nicht ganz allein, okay? Glaub mir, ich passe auf dich auf.«

Ich hielt den Atem an und nickte. Dabei wusste ich nicht so genau, ob ich mit allem einverstanden war, damit er endlich auf Abstand zu mir ging, bevor ich mich doch noch auf ihn stürzen konnte, oder ob ich tatsächlich bereit war, Danika zu vertrauen. Ausgerechnet Danika!

Zayne gab mir einen Kuss auf die Stirn, der mein Herz höher schlagen ließ. »Bin gleich wieder da.«

Ungefähr zwei Minuten später kehrte er mit Danika zurück. In der Zwischenzeit hatte ich mir bereits eingeredet, dass Abbot ihm aufgelauert und ihn dazu gebracht hatte, alles zu erzählen. Die Angst, die mir das bereitete, lag mir so schwer im Magen wie eine Portion verdorbenes Essen.

Zayne kam herein und schloss leise die Tür hinter Danika. Sie hatte eine kleine Mappe mitgebracht, die wie ein Nähset aussah. Oh Gott, die wollten mich tatsächlich zusammennähen. Unsicher sah ich Zayne an.

Er setzte sich zu mir. »Ich habe ihr alles gesagt.«

»Ich werde niemandem ein Wort davon erzählen«, versicherte sie mir, legte die Mappe neben mir aufs Bett und begann, darin zu kramen. »Ich bin nur froh, dass du hier sitzt und dass Bambi eine vernünftige Mahlzeit bekommen hat.«

Verwirrt und mit offenem Mund sah ich sie an.

Sie zuckte mit der Schulter. »Ich mag weder voreingenommene Menschen noch voreingenommene Wächter, und wenn es Tomas war, dann ist er ganz sicher voreingenommen gewesen.«

»Du … du hast ihn gekannt?«

Sie nickte, drehte meinen Arm herum und schnalzte mit der Zunge. »Das war eindeutig Eisen«, sagte sie zu Zayne. »Siehst du die Ränder? Als wären sie verbrannt.«

Meine Haut war verbrannt?

»Selbst wenn sie sich gewandelt hätte, würde das nicht verheilen. Aber wenn ich es vernäht habe, geht es ihr wieder gut«, redete sie weiter. Aus dem Augenwinkel sah ich etwas, das nach einem Faden aussah. »Wäre sie eine reinrassige Dämonin …«

»Ist sie aber nicht«, unterbrach Zayne sie. Diese Feststellung war so überflüssig, dass ich fast laut gelacht hätte.

»Ich weiß«, gab sie leise zurück. »Ich kann verstehen, warum du nicht willst, dass Abbot davon erfährt. Du musst schreckliche Angst haben.«

Ich konnte Danika nicht in die Augen sehen, wusste nicht,

was ich mit ihrem Mitgefühl anfangen sollte. Aber eins lag auf der Hand: Sie würde mich mit dieser Nadel zusammenflicken, und ich war kurz davor, mir in die Hose zu machen. Aber dann griff sie nach einem kleinen Glas.

»Das ist eine Mischung aus Kampfer und *Spilanthes*, die wird helfen, die Schnittwunde zu betäuben. Okay?«

Ich presste die Lippen fest zusammen und nickte.

Danika verteilte eine nach Minze riechende Paste auf meinem Arm. Als ich ein Stechen spürte, zuckte ich leicht zusammen. Aber innerhalb von Sekunden wurde die Mischung kalt und drang durch die Haut bis in die Muskeln vor. Danika stellte das Behältnis weg und griff nach den Instrumenten, die unvorstellbaren Schmerz androhten. Ihr hübsches Gesicht mit den vollkommenen hohen Wangenknochen, der geraden Nase und den vollen Lippen war kreidebleich.

So etwas machte mir nicht gerade Mut.

»Wehtun wird es trotzdem«, sagte sie an Zayne gewandt. »Du solltest sie besser ... festhalten.«

Ich musste schlucken.

Zayne legte einen Arm um meine Taille und drehte mich auf die Seite. Dann rollte er sich zusammen und ließ sein Bein auf meinem ruhen. Mit großen Augen sah ich ihn an und konnte nicht glauben, wie nahe er mir war. Roth und ich hatten so dagelegen, nachdem wir ...

Er umfasste meinen Hinterkopf und dirigierte mein Gesicht an seine Brust, mit der anderen Hand hielt er meinen verletzten Arm fest. »Ich kann deinen Herzschlag spüren«, sagte er. Seine Stimme wurde von meinen Haaren gedämpft. »Versuch, ein paarmal tief durchzuatmen.«

Ich hatte das Gefühl, dass mir das Herz aus der Brust springen wollte, weil wir uns so unglaublich nahe waren und ich Angst verspürte, da Danika ihre kalten Finger auf meine Haut drückte.

»Ich werde es schnell machen«, versprach sie mir. »Es wird wirklich nur ein paar Sekunden dauern.«

Ich kniff die Augen zu und atmete weiter tief durch. »Okay, ich krieg das hin. Ich komme damit klar.«

»Das kannst du«, bekräftigte Zayne und ließ seine Wange an meinem Kopf entlanggleiten. »Du bist so stark, Layla, du schaffst das.«

Fast hätte ich es ihm geglaubt.

Als sich die Nadel in mein Fleisch bohrte, drückte ich den Rücken durch. Feuer strömte durch das winzige Loch in meiner Haut und ließ meinen ganzen Körper glühen, als würde ich Flammen berühren.

»Schon okay«, redete Zayne leise auf mich ein und fuhr mit den Fingern durch mein Haar. »Das ist vorbei, ehe du …« Plötzlich drückte er mich so fest an sich, dass der Schrei, den ich in diesem Moment ausstieß, beinah völlig erstickt wurde.

»Es tut mir wirklich leid«, beteuerte Danika. Ihre Finger zitterten leicht. »Ich wünschte, ich hätte dir etwas Stärkeres geben können, aber dann würde Jasmine merken, dass etwas fehlt.«

Das Feuer wanderte in meinem Arm nach oben, und ich versuchte, mich zu befreien. Aber Zayne hatte mich so fest im Griff, dass ich nicht mal meinen verletzten Arm bewegen konnte. Ein Schwall übler Flüche kam mir über die Lippen, und Zayne begann leise zu lachen.

»Ich hatte ja keine Ahnung, dass du so ein loses Mundwerk hast«, sagte er.

»Ist mir egal. Ich will nur, dass sie aufhört. Sofort!« Wieder wollte ich mich losreißen, aber sein Griff wurde noch etwas fester. »Hört auf! *Bitte!*«

»Wir können jetzt nicht aufhören. Es ist gleich vorbei. Zur Hälfte ist sie schon fertig.« Zaynes Muskeln waren alle angespannt, damit ich mich nicht aus seinem Griff befreien konnte. Aber auf einmal bewegte sich Bambi nach oben zu meiner Hüfte. Das fehlte gerade noch, dass sie jetzt zum Vorschein kam und Danika auffraß. Doch dann kam sie wieder zur Ruhe. Vielleicht lag Zayne mit seiner Überlegung ja richtig, und sie hatte sich tatsächlich den Magen verdorben. »Gleich bist du wieder vollkommen.«

»Ich bin ganz sicher nicht vollkommen.« Mein ganzer Körper pulsierte wie eine einzige große Wunde. Gott, was war ich doch verweichlicht! Allerdings wurde mir in diesem Moment aber auch eine Nadel durchs Fleisch getrieben, das nur minimal betäubt worden war. »Ich stinke nach Dämon.«

»Tust du gar nicht.« Er schien den Atem anzuhalten, während mein nächster Aufschrei ebenfalls durch seine breite Brust erstickt wurde. »Du riechst nach … nach Freesien.«

»Freesien? Ich … rieche nach Blut und Dämon«, flüsterte ich heiser und drückte seine Hand, bis ich seine Knochen fühlen konnte, da Danika die Nadel soeben noch einmal durch mein Fleisch zog. »Tut mir leid«, brachte ich keuchend hervor.

»Schon okay.« Zayne kam noch näher und drückte sich an mich. »Du riechst nicht nach Blut.«

Ich stöhnte, als Danika den Faden verknotete. »Du bist ein mieser Lügner.«

»Fertig«, sagte sie und atmete angestrengt aus. »Es tut mir wirklich sehr, sehr leid.«

»Sch…schon okay.« Ich drückte mein Gesicht gegen seine Brust und atmete seinen Duft nach Minze und Winter ein. Meine Finger taten weh, weil ich die ganze Zeit seine Hand umklammert und mich in sein Hemd gekrallt hatte. »D… danke.«

Danika atmete tief durch, als sie zügig einen Verband anlegte. »Du solltest dich erst mal ein paar Minuten hinlegen, damit dein Körper zur Ruhe kommen kann. Es ist wichtig, dass du heute Nacht eine Tiefschlafphase erreichst, damit du dich von diesem Blutverlust erholst.«

Tiefschlaf bedeutete, sich in eine muschelförmige Hülle zurückzuziehen, damit wir uns auf einer zellularen Ebene erholen konnten. Aber so hatte ich noch nie geschlafen. Obwohl ich mich heute wohl gewandelt hätte, wenn Bambi nicht dazwischengegangen wäre, war das seit der Nacht in der Turnhalle nicht mehr vorgekommen. Außerdem konnte ich mir nicht vorstellen, jemals auf diese Weise zu schlafen.

Ich hatte keine Ahnung, wie lange wir dalagen, während Danika auf der Bettkante saß. Zayne strich mir immer wieder über den Rücken, bis das Zittern abebbte und mein Magen zur Ruhe kam. Dann nahm er sein Bein runter.

»Alles okay?«, fragte er. Als ich nickte, rückte er ein kleines Stück von mir weg, strich mir aber mit einer Hand über meine schweißnassen Wangen. »Willst du versuchen, ob du dich hinsetzen kannst?«

Da ich meiner Stimme nicht traute, nickte ich nur. Mit Zaynes Hilfe konnte ich den Sitz des Quilts korrigieren, dann richtete ich mich weiter auf. In meinem Kopf drehte sich alles, und vor mir sah ich tanzende schwarze Punkte.

»Ich kann ihr Schmerztabletten bringen«, schlug Danika vor, deren Stimme ein wenig beiläufig klang, da sie ihre eleganten Hände betrachtete, von denen sie das Blut abwischte. »Das wird Jasmine nicht bemerken.« Sie drehte sich zu mir um und betrachtete Zaynes Arm, der um meine Schultern lag. »Ich kann dir auch was zum Anziehen bringen.«

»Auf meinem Bett sollte ein Kapuzenshirt liegen.«

Danika ging nach nebenan und kehrte Augenblicke später mit dem Shirt zurück. Während sie beide sich wegdrehten, streifte ich es vorsichtig über den Verband. Als ich den Reißverschluss zuzog, wandten sie sich mir wieder zu.

»Danke«, sagte ich nochmals.

»Wie fühlst du dich?« Danika setzte sich zu mir.

»Ich glaube, ich werde nicht kotzen müssen.« Auf ihren erleichterten Blick hin versuchte ich, mein schwaches Grinsen zu überspielen. Zayne sah es dennoch, und sofort leuchteten seine Augen. »Das … ist echt Mist.«

»Du hast dich aber gut geschlagen.« Sie schaute Zayne an, der mit verschränkten Armen und ernstem Blick vor mir stand. »Und was machen wir nun?«

Mein Gehirn fühlte sich wie Brei an, wohl weil ich Zucker brauchte. Jede Menge Zucker. Das half bei meinem Heißhunger. Und ein Nickerchen. Oder auch zwei. Einfach nur so. Und dann würde ich mich ins Bett legen.

Zayne seufzte schwer. »Ich weiß nicht. Ich finde nicht, dass das der richtige Zeitpunkt ist.«

»Sie muss es erfahren. Das ist ganz offensichtlich.«

Ich wurde hellhörig, hob den Kopf und sah zwischen den beiden hin und her. »Was muss ich erfahren?«

Er machte den Eindruck, als wollte er sich weiter sträuben, aber dann kam er einen Schritt auf mich zu und setzte sich ebenfalls zu mir aufs Bett. »Seit ein paar Tagen gibt es da etwas, das ich bei dir wahrnehme.«

»So?« Mein Arm brannte noch immer, aber die Furcht vor dem, was Zayne sagen wollte, verdrängte den Schmerz. »Dass ich wie ein Dämon stinke?«

»Du riechst nicht anders als sonst auch. Dieser Schwachkopf hätte das niemals sagen sollen. Es ist so, dass ich …« Er atmete tief durch und rieb sich die Wange. »Ich habe die dämonische Seite in dir deutlicher wahrgenommen.«

Mein ohnehin empfindlicher Magen verkrampfte sich noch mehr.

»Es ist nicht anders, als wenn man einen anderen Dämon wahrnimmt«, fügte Danika hinzu und verschränkte die Hände.

»Aber es ist so, als würden wir eine bestimmte Art von Dämon spüren ... einen Hohedämon.«

Fast explosionsartig entwich alle Luft aus meinen Lungen, als ich mich zu Zayne umdrehte. Meine Stimme war nicht mehr als ein jämmerliches Wimmern. Hohedämonen waren die mächtigsten und gefährlichsten ihrer Art. »Ich möchte aber lieber wie ein gewöhnlicher Dämon riechen.«

Zwar erwiderte er darauf nichts, sah aber gequält drein.

Eine Sekunde verstrich, dann eine ganze Minute. Ich war mir nicht mal sicher, ob ich es überhaupt wirklich begriffen hatte. Die Tatsache, dass sie mich als einen Hohedämon wahrnahmen, war dabei die unerfreuliche Krönung. »Warum hast du mir nichts davon gesagt?«

»Wie hätte ich das machen sollen? Du hättest sofort das Schlimmste gedacht, und ich wollte dich damit nicht belasten. Außerdem ist es unwichtig, weil du zum Teil Wächterin bist. Du bist von Natur aus ...«

Ein tiefes Summen durchdrang das Haus, im nächsten Augenblick schlossen sich stählerne Schilde vor den Fenstern, was Danika und mich vor Schreck zusammenfahren ließ. Ein ähnlicher dumpfer Knall war zu hören, als Zayne aufsprang. Ich hatte das mit den Fenstern noch nie miterlebt, aber ich wusste, was es bedeutete.

Zayne wirbelte herum, Danika wurde kreidebleich. »Dämonen«, sagte er und ballte die Fäuste. »Hier sind Dämonen. Ihr beide bleibt hier.«

Und damit war er auch schon aus dem Zimmer gestürmt.

Danika und ich sahen uns schweigend an, standen in gegenseitigem Einvernehmen auf und folgten ihm nach unten. Was die beiden mir erzählen wollten, konnte noch warten. Dass die Schilde runtergefahren waren, hieß, dass wir angegriffen wurden.

Zwei Clanangehörige standen vor dem Eingang zum Wohnzimmer, wohin sich Jasmine mit den Kindern zurückgezogen haben musste. Die Haustür war offen, was mich sehr wunderte. Kühle Nachtluft strömte ins Haus und trug einen gewissen Geruch mit sich.

Mein Herz schlug schneller, mein Mund war wie ausgedörrt.

Maddox versperrte den Eingang und sah uns aus zusammengekniffenen Augen an. »Danika, du musst zurückbleiben.«

»Was ist los?«, wollte sie wissen, während sich ihre Pupillen vertikal ausdehnten. »Da draußen sind Dämonen unterwegs, das kann ich spüren.«

»Das tun wir alle. Abbot ist bei ihnen«, erwiderte er. »Und die Männer ebenfalls. Das hier muss dich nicht kümmern.«

Bei diesen Worten versteifte Danika sich.

Ich nahm überhaupt nichts wahr, was zumindest diese Frage beantwortete. Aber dieser Geruch … oh mein Gott, dieser Geruch. Alle winzigen Härchen an meinem Körper stellten sich auf, während ich blindlings weiterging.

»Layla.« Danika lief hinter mir her. »Du solltest da nicht rausgehen.«

Maddox hielt mich nicht auf, als ich um ihn herumging. Der Geruch wurde stärker, während ich in die kalte Nachtluft hinaustrat. Ich bekam eine Gänsehaut. Das süßliche, moschusartige Aroma drang in meine Nase. Mein ohnehin schon rasendes Herz schaltete noch einen Gang höher, gleichzeitig wurden in mir zu viele – viel zu viele – Gefühle geweckt.

Ich sah Zayne in der Auffahrt stehen, neben ihm sein Vater, Geoff, Dez und andere, aber es waren die dunkleren Gestalten nahe dem Rasen, der zum Wald führte, die mich anzogen. Mir zitterten die Beine, während ich schneller wurde und die Stufen runtereilte.

Zayne drehte sich halb zu mir um und streckte eine Hand nach mir aus, als wollte er mich zurückhalten. Seine Gesichtszüge hatten einen entschlossenen Ausdruck angenommen. »Layla …«, begann er.

Ich blieb nicht stehen. Nichts auf der Welt hätte mich davon abhalten können weiterzugehen. Erschöpfung und Schmerz waren von einem Moment auf den nächsten vergessen. Zayne ging nur ein kleines bisschen zur Seite und drehte sich ganz zu mir um.

Und dann sah ich *ihn*.

Tränen stiegen mir in die Augen, mein Herz hörte kurz auf zu schlagen, um dann umso schneller wieder einzusetzen. Alle Schrecken der letzten zwei Wochen waren in der Sekunde vergessen, in der ich in diese goldenen Augen sah.

»Roth«, flüsterte ich.

5. KAPITEL

Roth war so groß und so atemberaubend, wie es ein Prinz an der Oberfläche nur hätte sein können.

Und er sah noch genauso aus wie bei unserer ersten Begegnung.

Pechschwarze Locken hingen ihm lässig in die Stirn und reichten bis zu den genauso dunklen, geschwungenen Augenbrauen. Hohe Wangenknochen und die leicht schräg stehenden bernsteinfarbenen Augen verliehen seinem Gesicht etwas Edles, beinahe Nichtmenschliches. Der Mund stand ein wenig offen, die Unterlippe war deutlich voller als die obere. Ein schwarzes T-Shirt spannte sich über seiner Brust, von der ich wusste, dass die Muskeln dort genauso klar definiert waren wie am Bauch. Seine Jeans hing ihm tief auf den Hüften, ein Nietengürtel gab ihr Halt.

Das Einzige, was ihm fehlte, war Bambi, die sich an meinem Bein auf und ab bewegte. Aber Roth *lebte*, und er war *hier*.

Seine Augen wurden ein wenig größer. Vielleicht bildete ich mir das nur ein, aber ich hätte schwören können, dass ich den metallenen Stecker in seiner Zunge sehen konnte, als er die Lippen benetzte. Seine Kiefermuskeln spannten sich an, als ein undefinierbarer Ausdruck über sein wunderschönes Gesicht huschte. Alles um mich herum war in diesem Moment vergessen, mein Herz schien mir vor Freude aus der Brust zu springen.

Irgendjemand sagte etwas, doch das ging komplett unter, weil mein Herz zu laut schlug und mir das Blut in den Ohren rauschte.

Roth machte einen Schritt auf mich zu und sah an mir vorbei zu meiner Rechten, während Abbot die Hand gleich unterhalb des Verbands auf meinen Arm legte.

Ich blieb stehen, während ich mir einen Aufschrei verkniff.

Zayne trat im gleichen Moment vor wie Roth, aber dann beugte sich Abbot vor: »Pass auf, Mädchen. Ganz gleich, was er für uns getan hat, darfst du nicht vergessen, dass er immer noch ein Dämon ist.«

»Genau genommen bin ich ein Prinz«, korrigierte Roth ihn mit dieser tiefen Stimme, die so satt klang wie Bitterschokolade und bei der mir ein Schauer nach dem anderen über den Rücken lief. Es war die Stimme, von der ich fest geglaubt hatte, ich würde sie niemals wieder hören. »*Das* ist etwas, das *du* besser nicht vergessen solltest.«

Abbot versteifte sich wütend, und seine Hand umschloss meinen Arm noch fester, gerade als ich mich aus seinem Griff befreien wollte.

»Und es wäre auch gut für dich, wenn du sie loslassen würdest«, fuhr Roth fort und reckte das Kinn. »Dann können wir nämlich unsere kleine weiße Freundschaftsflagge schwenken, ohne dass Blut vergossen wird.«

»Obwohl es gar nicht so übel wäre, Blut zu vergießen.« Der Dämon neben Roth grinste so breit, dass seine makellosen weißen Zähne zu sehen waren. Es war Cayman, ein Dämon, den ich als einen infernalischen Herrscher wiedererkannte. Aber wer der dritte Dämon war, der hinter den beiden anderen stand, konnte ich nicht sagen.

»Und für dich wäre es gut, nicht zu vergessen, dass du dich auf meinem Grund und Boden befindest.« Abbot ließ mich los, und eigentlich wäre ich sofort zu Roth gestürmt. Der Blick, den er mir zuwarf, war allerdings eine deutliche Warnung, genau das nicht zu tun.

Verwirrt atmete ich tief durch und versuchte, mein rasendes Herz zu beruhigen. Am liebsten hätte ich seinen Blick ignoriert, um mich ihm an den Hals werfen zu können, damit ich ihn berühren konnte und Gewissheit hatte, dass er tatsächlich da war und dass es ihm gut ging. Andererseits durfte ich auch nicht vergessen, wo ich mich in diesem Moment befand. Ich stand hier von meinem halben Clan umgeben, und auch wenn Roth sich für das höhere Wohl geopfert hatte – zumindest hatte es danach ausgesehen –, würde sich niemand hier darüber freuen, wenn ich mich wie liebestoll auf ihn stürzte.

Doch während ich ihn anstarrte und allmählich zu begreifen begann, dass Roth *tatsächlich* hier und unversehrt war, konnte ich mir nicht erklären, wie er aus den Feuergruben hatte entkommen können. Es hieß doch, sie seien völlig ausbruchsicher.

Abbot schien sich noch imposanter neben mir aufzubauen. »Und es wird für deine und meine Art auch niemals eine gemeinsame weiße Freundschaftsflagge geben.«

Roth legte sich eine Hand auf die Brust. »Oh nein! Damit schwinden alle meine Hoffnungen und Träume, dass wir eines Tages Hand in Hand unter dem Regenbogen tanzen werden.«

An Abbots Stirn trat eine Ader hervor. Er drehte sich zu mir um. »Du musst zurück ins Haus gehen, Layla.«

Den Teufel würde ich tun. Bevor ich das aber laut sagen konnte, nickte Roth mir zu und erklärte: »Nein, sie muss bleiben. Ich bin aus einem bestimmten Grund hier, auch wenn wir ein wenig vom Thema abgekommen sind.«

Von welchem Thema abgekommen? Wie lange hielt sich Roth schon hier auf? Ich strich mir die Haare aus dem Gesicht, während ich das Gefühl hatte, dass mein Gehirn das Geschehen nur in Zeitlupe erfasste. Ich sah zu Zayne, aber er war ganz auf Roth konzentriert, so als wollte er ihn per Fußtritt in die Hölle zurückbefördern. Unwillkürlich zog ich die Mundwinkel nach unten. Mir war schon klar, dass Zayne und Roth nie beste Freunde werden könnten, aber wusste Zayne nicht mehr, was Roth für ihn getan hatte?

Maddox war ebenfalls nach draußen gekommen und stand nun neben dem schweigenden Dez. Irgendwann in den letzten

Minuten musste Maddox sich gewandelt haben, da er seine wahre Form angenommen hatte. Seine Haut war granitfarben, die Flügel reichten in eine beeindruckende Höhe von fast zweieinhalb Metern. Seine Nasenflügel lagen flach an, die gelben Augen leuchteten wütend, und er zeigte seine Fangzähne. »Es kann keinen Grund geben, warum wir es ihnen erlauben dazustehen.« Er wandte sich an Abbot und ballte seine Klauenhände. »Tomas ist verschwunden, und ich möchte wetten, dass die etwas damit zu tun haben.«

Ähm …

Bambi wickelte sich um meinen Bauch und streckte sich, als würde es sie freuen, an ihr frühabendliches Festmahl erinnert zu werden.

»Ich kenne keinen Tomas«, erwiderte Roth und verzog die Lippen – Lippen, die sich in mein Gedächtnis gebrannt hatten – zu einem spöttischen Lächeln. »Andererseits seht ihr Wächter sowieso alle gleich aus.«

»Und du hältst dich für hübsch?«, zischte Maddox.

»Nein, ich halte mich für sexy.« Er lächelte noch breiter, nur seine Augen strahlten weiter Kälte aus. »Und für urkomisch.«

Dez und die übrigen Wächter reagierten angespannt. Bestimmt hatten sie gedacht, Roth wäre beim Anblick von so vielen von ihrer Art eingeschüchtert. Aber Roth … tja, je heikler eine Situation war, desto mehr spielte er den Besserwisser.

Cayman zwinkerte mir zu und trat ein paar Schritte vor. Ich zog die Augenbrauen hoch, weil mir das Ganze so surreal vorkam. Vielleicht hatte ich in Wahrheit zu viel Blut verloren und war ohnmächtig geworden, und das alles war bloß ein verrückter Traum.

»Können wir zum Thema kommen?«, warf Cayman mutig ein. »Die Zeit ist ein entscheidender Faktor.«

Abbot atmete schnaubend aus, seine Nasenflügel blähten sich auf, dann aber nickte er.

»Wir haben ein riesiges Problem«, sagte Roth und konzentrierte sich ganz auf den Clanführer. Das spöttische Grinsen verschwand, und mir lief es eiskalt den Rücken runter. »Eine Lilin wurde geboren.«

Alle Wächter starrten ihn an, als hätte er sich die Hose ausgezogen und einen kleinen Tanz hingelegt. Mir stand der Mund offen, während ich im Geiste das wiederholte, was Roth eben gesagt hatte. Das musste ein Missverständnis gewesen sein. Es war unmöglich, dass eine Lilin entstanden war – ein Wesen, das mit einer einzigen Berührung Seelen an sich reißen konnte. Dabei waren sie so abscheulich, dass die Menschen oder Wächter, die ihre Seele an sie verloren, dadurch nicht einfach getötet, sondern in rachsüchtige Geister verwandelt wurden, die nichts als Zerstörung im Sinn hatten. Die Wächter waren zu Zeiten von Eva und dem verdammten Apfel geschaffen worden, um die Erde vollständig von den Lilin zu säubern.

»Das ist unmöglich«, stieß Zayne hervor. »Was für einen Mist willst du hier durchziehen?«

Roth sah ihn an, sein Gesicht glich einer versteinerten Maske. »Ich will hier gar nichts durchziehen. Glaub mir, ich könnte viel interessantere Lügen erzählen, wenn es mir darum ginge.«

»Das kann nicht sein«, beharrte Abbot und verschränkte die muskulösen Arme vor der Brust. »Wir wissen, was notwendig ist, um eine Lilin entstehen zu lassen, und nichts davon ist geschehen. Abgesehen davon wurde Paimon daran gehindert, das Ritual zu vollenden.«

»Ein Dämon, der versucht, uns zu belügen?« Dez lachte abfällig, während ein kalter Windstoß ihm die Haare zerzauste. »Das ist ja mal was ganz Neues.«

Ein Schalk von der Art, der ganze Städte untergehen lassen

konnte, leuchtete in Roths Augen auf. Gerade setzte er zu einer Erwiderung an, da machte ich einen Schritt nach vorn und fragte: »Wie soll das möglich sein? Du ... wir wissen, dass das nicht sein kann.«

Unverwandt starrte Roth Zayne an. »Es ist aber so.«

»Woher weißt du das?«, hakte ich nach.

Einer der Wächter stieß einen verächtlichen Laut aus und murmelte: »Die Geschichte möchte ich zu gern hören.«

Roth verzog den Mund. »Wie jeder von euch weiß, der das ›Wenn's hart auf hart kommt‹-Handbuch gelesen hat, wird Lilith mit vier Ketten in der Hölle festgehalten.«

Ich nickte. Mir war bekannt, dass meine Mutter Lilith in der Hölle angekettet war, aber ich sah keinen Zusammenhang zu dem, was Roth gesagt hatte.

»Zwei dieser Ketten sind gerissen, als Paimon das Ritual vollziehen wollte, womit nur noch zwei Ketten übrig waren«, fuhr er fort. »Eine dritte K...«

»Augenblick.« Abbot hob die Hand. »Wie sollen diese Ketten zerrissen worden sein? Paimon wurde aufgehalten, und Layla ist nach wie vor unschuldig, was schließlich ein wesentliches Element dieses Rituals ist. Also kann das nicht stimmen.«

Oh mein Gott ...

Jetzt ging die Sache mit der Unschuld wieder los. Ich verkniff mir ein Stöhnen und legte eine Hand um meine Halskette. Um die Lilin entstehen zu lassen, mussten einige Voraussetzungen für das Ritual erfüllt sein. Es musste das Blut von Lilith vergossen werden, was mit dem Ring erledigt worden war, den ich jetzt an meiner Kette trug. Ich musste ebenfalls bluten, was auch geschehen war. Aber die beiden letzten Dinge waren die dicksten Hunde.

Ich musste eine Seele nehmen und meine Unschuld verlieren. Nur Zayne und Roth wussten, dass ich eine Seele genommen hatte. Abbot durfte das niemals erfahren, sonst würde er mich umbringen. Und ich war immer noch Jungfrau, also konnte es nicht …

»Das mit dem Blut hat Paimon hingekriegt«, erklärte Roth, als könnte er meine Gedanken lesen. Während er redete, sah er mich zwar nicht an, aber seine Worte hatten etwas Bissiges. Mir wurde übel. »Sie wurde geschnitten, das habe ich gesehen.«

Es war mir ein Rätsel, wie er während des Kampfs diesen winzigen Pikser hatte sehen können. »Ja, Paimon hat mein Blut vergossen. Das ist richtig, aber …« Die Ereignisse jener Nacht stürmten erneut auf mich ein. Nachdem Roth mit Paimon in der Falle gesessen hatte und dann in die Feuergruben geschickt worden war, war der Boden dort versengt gewesen, wo sie beide gestanden hatten. Und dort, wo man mich festgebunden hatte, klaffte anschließend ein Loch im Fußboden.

Abbot zog die Brauen zusammen, setzte zum Reden an und warf mir dann einen durchdringenden Blick zu. Der vorwurfsvolle Ausdruck in seinen Augen ließ mich zurückweichen. Wusste er von Petr? Dass ich in einem Akt der Selbstverteidigung die Seele des Wächters genommen hatte? Ich konnte schon spüren, wie sich die Schlinge um meinen Hals zuzog. Zayne kam näher, und ich atmete laut aus.

»Deine Unschuld …«, begann Abbot trügerisch leise. »Du hast *behauptet*, du wärst noch immer unschuldig, Layla.«

Behauptet? »Ich habe dich nicht angelogen.«

»Und wie konnten dann die Ketten zerreißen?«, wollte er wissen.

»Jetzt glaubt er uns«, stellte Cayman kopfschüttelnd fest. »Und wie schnell er an Layla zweifelt.«

Auch wenn mir diese zutreffende Beobachtung wehtat, ignorierte ich den infernalischen Herrscher und betrachtete nacheinander die versammelten Dämonen und Wächter. Nicolai wich meinem Blick aus, Dez und Maddox war anzusehen, dass sie allmählich verstanden. Zayne konnte ich nicht anschauen, weil ich nicht wissen wollte, ob auch er voreilige Schlüsse zog.

Das einzig Gute, was ich ihnen allen ansehen konnte, war die Tatsache, dass keiner von ihnen auch nur in Erwägung zog, ich könnte eine Seele genommen haben. Stattdessen waren sie alle davon überzeugt, dass ich die Beine breit gemacht hatte. Ich schürzte die Lippen und schwankte innerlich, ob ich einfach den Mund halten oder ihren Vermutungen widersprechen sollte, womit ich natürlich enthüllen würde, was ich in Wahrheit gemacht hatte.

Zayne seufzte. »Layla hat uns gesagt, dass sie … Na ja, ihr habt alle gehört, was sie gesagt hat. Für uns gibt es keinen Grund, an ihren Worten zu zweifeln, dafür haben wir allen Grund, ihnen nicht zu trauen.«

Meine Erleichterung war nur von kurzer Dauer, da Roth eine tiefe Verbeugung machte. »Angesichts der Tatsache, dass ich dir den Arsch gerettet und deinen Platz in der Falle eingenommen habe, finde ich, du könntest etwas mehr Vertrauen in mich demonstrieren.«

Ich kniff die Augen zu. Diese Unterhaltung konnte nur noch schlimmer werden.

»Und dafür bin ich dir auch dankbar«, gab Zayne zu. »Aber es ändert nichts daran, was du bist, und auch nichts an der Tatsache, dass Layla immer noch …«

Meine Wangen fingen an zu glühen. »Okay, das reicht. Ihr hört jetzt alle auf. Dies Getratsche über meine Jungfräulichkeit ist eine Sache, die ich nicht fortsetzen möchte.«

»Da kann ich mich nur anschließen«, warf Dez ein.

»Aber als ich das letzte Mal nachgesehen habe, hatte ich noch immer ein Jungfernhäutchen, was bedeutet, dass ich nach wie vor unberührt bin.« Ich ballte hilflos die Fäuste, als Roth die Brauen hochzog. »Könnten wir also aufhören, über dieses Thema zu reden?«

»Wenn es stimmt, was du sagst, dann lügt der Dämon«, folgerte Abbot.

»Der Dämon?« Roth verzog entrüstet die Miene. »Für dich immer noch ›Seine Hoheit‹.«

»Okay.« Cayman kam nach vorn und hob die Hände, als würde er vor den Wächtern kapitulieren, die warnend ihre Fangzähne bleckten. »Niemand lügt – weder unser Kronprinz noch die kostbare und jungfräuliche Layla.«

Ich warf ihm einen grimmigen Blick zu.

»Wie üblich«, fuhr er fort, »erklärt der Text, in dem das Ritual verfasst ist, nicht präzise, was erforderlich ist, damit Layla ihre Unschuld verliert.«

»Ich wünschte, du könntest aufhören, das zu sagen«, murmelte ich und rieb mir die Stirn. Kopfschmerzen kündigten sich an. »Es ist schließlich nicht so, als könnte man seine Unschuld tatsächlich *verlieren*, sie versehentlich verlegen und dann vergessen.«

Abbot kniff die Augen zusammen.

»Gutes Argument.« Cayman schob die Hände in die Hosentaschen und wippte auf den Stiefelabsätzen vor und zurück. Sein schadenfrohes Grinsen ließ das schreckliche Gefühl in mir aufsteigen, dass ich mich soeben um Kopf und Kragen geredet hatte. »Der Verlust der Unschuld bezieht sich auf eine fleischliche Sünde, und man muss keinen Sex haben, um die Lust der Sünde zu erleben. Richtig?«

Mein Gesicht wurde kreidebleich, und ich bekam den Mund nicht mehr zu. Oh ja, ich hatte lustvolle Stunden mit Roth erlebt, und meine Wangen begannen schlagartig zu glühen. Roth und ich hatten … na ja, wir hatten nicht *das* gemacht, aber dafür andere Sachen. Er hatte Dinge mit seinen Fingern angestellt, von denen ich nur … Oh Gott! Ich musste sofort aufhören, daran zu denken!

Roth senkte seine unglaublich langen Wimpern, während

allen Anwesenden zu dämmern begann, was Caymans Worte bedeuteten. Einer nach dem anderen sahen sie mich an, als hätte ich ... als hätte ich ein Gemetzel auf einer Säuglingsstation veranstaltet und mich anschließend fröhlich im Blut dieser Kinder gesuhlt.

»Was ist?«, fragte ich in die Runde und trat von einem Fuß auf den anderen. Ich sah zu Zayne und bemerkte den zuckenden Wangenmuskel.

Cayman ließ den Kopf sinken. »Mit anderen Worten: Sie musste bloß einen Orgasmus erleben.«

»Oh mein Gott!« Stöhnend schlug ich die Hände vors Gesicht. Lieber hätte ich jetzt in dieser Gasse gestanden und mich von dem Wächter in kleine Stücke schneiden lassen.

»Und sehr wahrscheinlich hat sie den nicht selbst herbeigeführt«, fügte Cayman hinzu. »Das ist die einzige Erklärung.«

Kann mich bitte jemand auf der Stelle umbringen?

Zayne fluchte leise, und ich glaubte, von irgendwoher das geflüsterte Wort *Hure* zu hören. Aber ich war mir nicht sicher, weil niemand auf das schwache Murmeln reagierte. Man musste kein Genie sein, um zu begreifen, mit wem ich diese »Lust der Sünde« erlebt hatte. Schließlich gab es ja nicht allzu viele Kandidaten ohne Seele, denen ich näherkommen konnte.

»Alsoooo ...« Roth dehnte das eine Wort. »Das ist jetzt etwas peinlich.«

Langsam ließ ich die Arme sinken. »Ach, findest du?«

Er sah mich nicht an. »Nachdem wir das nun geklärt haben ...«

»Aber was ist mit der Seele, die genommen werden muss?«, warf Nicolai ein.

Meine Nackenhaare richteten sich auf. Eigentlich hätte ich froh darüber sein müssen, dass das eine Thema erledigt war, aber *dieses hier* war ja beinah noch schlimmer.

Roth zuckte mit den Schultern. »Vergesst nicht, der *Kleine*

Salomon ist ein antiker Text. Das heißt, er lässt sich nicht so einfach interpretieren. Offenbar ist uns allen irgendein Fehler unterlaufen, sogar mir mit meiner überlegenen Intelligenz. Ihr habt den *Kleinen Salomon*, also seht nach, ob ihr dahinterkommt, was falsch gelaufen ist.«

Für den Augenblick schienen die Wächter ihm das abzunehmen, doch Abbot warf mir einen Blick zu, mit dem er mir ankündigte, dass wir uns später noch unterhalten würden. Ich wusste jetzt schon, dass mir dieses Gespräch nicht gefallen würde.

»Aber zurück zum Thema. Drei ihrer Ketten sind gerissen, und jetzt gibt es eine Lilin.«

»Einen Augenblick«, warf ich ein und atmete tief durch. »Ich wusste nicht, dass ihre Ketten reißen würden, wenn die Lilin geschaffen wird.« Unbehagen erfasste mich, als ich von Abbot über Zayne zu Roth sah. »Keiner … keiner von euch hat mir davon etwas gesagt. Ihr habt mir alle erzählt, wenn die Lilin erschaffen werden, dann haben alle Beteiligten so viel damit zu tun, sie aufzuspüren, dass keinem Zeit bleibt, sich um Lilith zu kümmern.«

»Es war nicht notwendig, dir das zu sagen«, antwortete Abbot knapp.

Eine hitzige und hässliche Gefühlsregung verdrängte meine Furcht, als ich mich zu dem Mann umdrehte, der früher einmal wie ein Vater für mich gewesen war. Ich hatte all diese Lügen *so satt*. Die Tatsache, dass Lilith meine Mutter war, dass der Wächter Elijah, der sich immer so verhielt, als würde meine bloße Existenz ihn anwidern, in Wahrheit mein Vater war – all das hatte Abbot mir verschwiegen. »Ach wirklich? Wie kann so etwas unnötig sein, wo sie doch meine Mutter ist?«

»Gutes Argument«, warf Roth ein.

»Du hast es mir auch verschwiegen«, konterte ich. Er presste die Lippen zusammen, und ich wartete darauf, dass er mich ansah und mir erklärte, warum er mir ein so wichtiges Detail vorenthalten hatte. Als er nicht weiter reagierte, überkam mich große Unruhe. »Und wenn die vierte Kette reißt und Lilith befreit wird?«

Der dritte Dämon, der bislang geschwiegen hatte, schüttelte den Kopf. »Lilith wird nicht befreit werden. Der Boss hat sie jetzt weggesperrt, da müsste schon ein Wunder geschehen, damit sie entkommen kann.« Er lachte, und ich zog eine Braue hoch.

Abbot zuckte mit den Schultern. »Auch wenn sich Lilith weiterhin in Gefangenschaft befindet, soll ja eine Lilin erschaffen worden sein. Wenn das stimmt, haben wir ein gewaltiges Problem.«

»Momentan kann es nur eine geben. Bei mehreren Lilin hättet ihr das längst mitgekriegt, dann hätte es nämlich eine Bevölkerungsexplosion bei den Geistern gegeben. Aber es reicht auch schon, wenn eine Lilin frei herumläuft. Die kann sehr schnell die ganze Stadt in ihren eigenen Spielplatz zum Seelensaugen verwandeln«, erklärte Roth. »Mit einer einzigen Berührung können sie eine Seele nehmen oder mit Leuten spielen, indem sie ihnen Stück für Stück ihre Persönlichkeit wegnehmen und ihren gesamten Ehrenkodex verändern. Die Lilin können sogar einen Wächter auf seine eigenen Kameraden losgehen lassen, wenn sie ihn in die Finger kriegen.«

Oh, das wäre übel. Sehr übel sogar.

»Und sie können als Einzige die Geister kontrollieren«, fügte Cayman hinzu. »Wenn sie eine Seele vollständig nehmen, wird die von ihnen geschaffene rachsüchtige Kreatur nur auf die Lilin hören. Das ist … doppelt beschissen.«

Geister waren alle Wesen, die einmal eine Seele besessen hatten, die ihnen aber abhandengekommen war. Sie fuhren nicht zur Hölle, es gab auch keine Existenz irgendwo zwischen den Ebenen. Sie blieben auf der Erde zurück und saßen hier fest, während Verbitterung und Hass in ihnen wuchsen. Sie wurden schnell gefährlich und waren so mächtig, dass sie auf eine nicht sehr freundliche Weise auf Menschen einwirken konnten. Manchmal nahmen sie sich Leute vor, die sie zu Lebzeiten gekannt hatten, manchmal stürzten sie sich einfach auf den Erstbesten, der ihnen über den Weg lief.

»Ihr wisst ja, dass die Alphas – eure großen bösen Kerle im großen bösen Himmel – wegen der ganzen Regeln darüber gar nicht glücklich sein werden.« Roth verschränkte die Arme vor der Brust. »Deshalb müssen wir die Lilin ausfindig machen, bevor die Alphas auf die Idee kommen einzuschreiten. Ansonsten sind wir alle in Gefahr, auch ihr Wächter.«

Die Alphas waren diejenigen, die das Sagen hatten. Die Engel. Wegen meiner halb dämonischen Herkunft hatte ich noch nie einen von ihnen zu Gesicht bekommen. »Warum sollten die Wächter in Gefahr sein?«, fragte ich verwundert.

»Die Alphas sind nicht gerade die größten Fans der Wächter, obwohl sie sie selbst erschaffen haben«, erklärte Cayman. »Stimmt's, furchtloser Anführer?« Als Abbot nichts erwiderte, grinste der infernalische Herrscher. »Die Alphas werden die Existenz einer Lilin als Beleg dafür ansehen, dass die Wächter nicht in der Lage sind, die Dinge unter Kontrolle zu halten. Damit werden sie für die Alphas nutzlos. Die werden die Wächter zur Strafe auslöschen – und uns alle gleich dazu.«

Oh mein Gott, Alphas alberten nicht bloß herum – die meinten es ernst.

»Deshalb müssen wir zusammenarbeiten«, ergänzte Roth.

Maddox lachte laut auf. »Wir sollen mit Dämonen zusammenarbeiten? Hast du Crack genommen?«

»Wie ich schon einmal gesagt habe, mag der Boss es nicht, wenn man während der Dienstzeit Drogen konsumiert.« Roths Gesicht nahm einen ausdruckslosen Zug an. »Und ihr müsst eure Engstirnigkeit überwinden. Wir leben in einer

Stadt mit einer halben Million Einwohner, die Vorstädte nicht mitgerechnet. Der Schaden, den eine einzige Lilin anrichten kann, ist astronomisch groß.«

»Also sind wir wieder da, wo wir vor zwei Monaten schon mal waren?«, fragte Zayne. »Nur dass wir es damals mit einem liebeskranken Dämon zu tun hatten und heute mit einer Lilin. Einer Lilin, die einem Menschen die Seele entreißen kann und …«

»Augenblick mal«, ging Maddox dazwischen und drehte sich so, dass er endlich den Blick von den Dämonen abwenden musste. »Wenn das Ritual erfolgreich war und eine Lilin geboren wurde, müsste dann nicht Layla die Mutter sein? Diese Dämonin entstand doch aus ihrem Blut.«

»Igitt!« Angewidert verzog ich das Gesicht. »Ich werde diese Lilin ganz sicher nicht als mein Kind bezeichnen. Also versucht auch bitte schön nicht, mir so was anzuhängen.«

»Die Lilin wurde auch aus dem Blut der Lilith geboren, also …« Roth seufzte und schüttelte den Kopf. »Es ist nicht wichtig, du himmlischer Ausschuss.«

»Wie bitte?«, fauchte Maddox.

Er ignorierte den Wächter.

»Genau das, womit wir uns befassen müssen – einer Lilin oder etwas Ähnlichem«, murmelte Abbot vor sich hin. Ich stutzte. Was sollte denn das nun wieder heißen? Er schüttelte den Kopf. »Wir müssen diese Lilin finden und unschädlich machen.«

»Können wir uns denn sicher sein, dass Lilith nicht befreit werden kann?«, fragte ich. Mir war noch immer nicht klar, was ich von der Tatsache halten sollte, dass meine Mutter in der Hölle gefangen war.

»Das wird der Boss nicht zulassen.« Roth beobachtete Abbot und lächelte verkrampft.

Die Anspannung zwischen den beiden war deutlich zu spüren. Mein Instinkt sagte mir, dass mehr dahintersteckte als nur die Tatsache, dass die zwei Feinde waren. »Das Problem ist, dass wir nicht viel über die Lilin wissen.«

Ich hatte das Gefühl, mich hinsetzen zu müssen. »Wirklich nicht?«

»Nein. Es könnte etwas über sie im *Kleinen Salomon* stehen, aber ...« Roth nickte Abbot zu »... den habt ihr.«

»Und er wird auch weiter sicher bei uns aufgehoben bleiben«, erwiderte er.

»Sicherheit ist etwas Subjektives«, kommentierte Roth.

»Wir wissen bereits, was im *Kleinen Salomon* über die Lilin geschrieben steht«, sagte Nicolai.

»Lust, dieses Wissen mit uns zu teilen?«, meinte Roth grinsend. »Teilen macht schließlich Spaß.«

Abbot trat von einem Fuß auf den anderen. »Keine neuen Erkenntnisse. Nur vage Hinweise auf die Zeit, als sie über die Erde geherrscht haben. Nichts, was wir nicht schon längst wussten«, erklärte er und ergänzte nach einer kurzen Pause: »Das ist eine ernste Sache. So ernst, dass wir euch bei euren Nachforschungen in der Angelegenheit nicht behindern werden.«

Es bedeutete, dass die Wächter Roth und die anderen nicht verfolgen würden, was ein enormes Zugeständnis war. Zwar schäumten Maddox und die anderen Wächter vor Wut, aber Abbot sorgte mit einer Handbewegung für Ruhe.

»Als Anführer des Clans in D.C. ist das meine Entscheidung«, verkündete er und warf ihnen allen einen energischen Blick zu. »Wir dürfen nicht riskieren, dass eine Lilin an der Oberfläche ihr Unwesen treibt.« Den gleichen Blick richtete er nun auch auf die Dämonen. »Aber sobald sich mir der Verdacht aufdrängt, dass das Ganze nur irgendeine Finte ist, werde ich persönlich jeden Einzelnen von euch zur Strecke bringen.«

Roth zuckte mit den Schultern. »Ihr müsst nur besonders wachsam sein, wenn ihr auf eure … Jagd geht.«

»Ich kann es nicht fassen, dass wir eine Abmachung mit Dämonen treffen«, sagte Maddox und wich einige Schritte zurück.

Mir ging es nicht anders, aber eine Lilin war wirklich eine schwerwiegende Sache.

»So ist es nun mal«, gab Abbot zurück und atmete tief durch. »Wir werden nach allen verdächtigen Berichten und Meldungen Ausschau halten. Unsere Kontakte bei der Polizei und in den Krankenhäusern dürften sich als hilfreich erweisen.«

Cayman nickte zustimmend. Dass wir alle hier zusammenstanden und uns zivilisiert unterhielten, war wirklich monumental. »Wir werden auch in unseren Reihen Augen und Ohren offen halten. Eine Lilin wird am ehesten andere Dämonen aufsuchen, um Bekanntschaften und Freundschaften zu schließen. Hoffentlich wird sie jemanden finden, dem sie vertraut.«

»Gut«, sagte Abbot und straffte die Schultern. »Aber für den Augenblick werdet ihr verdammt noch mal meinen Grund und Boden verlassen.«

Eine kleine weiße Wolke stieg aus meinem Mund auf, als ich ausatmete. Mir war übel. Sie konnten jetzt noch nicht weggehen. Auf gar keinen Fall. Ich machte ein paar Schritte auf sie zu und nahm dabei einfach keine Notiz von den Blicken der Wächter. Es war mir egal. Sollten sie sich doch ihre engstirnigen Ideale so tief wie möglich in …

»Wir sind schon so gut wie weg, aber …« Jetzt endlich drehte sich Roth zu mir um. Als er mich ansah, traf mich sein Blick wie ein Faustschlag. »… wir müssen erst noch reden.«

6. KAPITEL

Ich wäre fast losgesprintet, um Roth um den Hals zu fallen, doch irgendwo ertönte ein dumpfes Grollen. Im ersten Moment hielt ich das für Abbots Reaktion, aber als mir klar wurde, dass es aus Zaynes Richtung kam, konnte ich mich nicht von der Stelle rühren.

Roth neigte den Kopf zur Seite und sah mich an, während er den Mund zu einem lässigen Grinsen verzog. »Hast du mich jetzt gerade ernsthaft … angeknurrt, Stony?«

»Ja, und ich werde noch viel mehr machen als knurren.«

Er lachte amüsiert. »Das ist aber sehr undankbar von dir.«

Ich drehte mich zu Zayne um, und im gleichen Moment schnürte sich mir die Kehle zu, sodass ich keinen Ton herausbekam. Zayne sah Roth so unglaublich finster an, dass ich nicht verstand, was das sollte. Erst recht nicht nach allem, was Roth für ihn getan hatte. Es war so, als ob … Ich konnte nur den Kopf schütteln.

»Schon gut«, ging Abbot zu meiner großen Überraschung dazwischen. »Lass die beiden reden.«

Wie bitte? Was? Er war damit einverstanden, dass ich mit Roth sprach? Abbots Zustimmung riss mich aus meiner Starre, und mein Herz machte einen Satz.

Zayne setzte zum Reden an, machte dann aber den Mund wieder zu. Wir sahen uns sekundenlang in die Augen, schließlich nickte er widerwillig. »Ich werde auf dich warten.«

Ich wollte ihm sagen, das sei nicht nötig, doch seine sonderbare Bemerkung verschlug mir die Sprache. Nachdem ich tief durchgeatmet hatte, drehte ich mich zu Roth um.

»Sollen wir spazieren gehen?«, schlug er vor.

Die Kälte, die in seiner Stimme mitschwang, weckte mein Unbehagen. Zwar sagte ich mir, dass es nur an den zahlreichen Wächtern liegen konnte, von denen wir umgeben waren, doch meine Knie fühlten sich weich an, als ich zu ihm ging. Sein ganz eigener Geruch stieg mir in die Nase und bestürmte meine Sinne, und trotz der kühlen Luft glühte meine Haut. Als ich bei ihm ankam, drehte er sich zur Seite und ging neben mir her auf den schmalen Trampelpfad zu, den Zayne und ich über Jahre hinweg geschaffen hatten, wenn wir zum Baumhaus im angrenzenden Wald gegangen waren.

Die Haut in meinem Nacken kribbelte, ich sah über die Schulter und atmete kurz ein. Die Wächter standen immer noch vor dem Anwesen verteilt, nur Abbot konnte ich nirgends entdecken. Zayne saß auf der untersten Stufe der breiten Treppe und hatte sich gegen eine der großen weißen Marmorsäulen gelehnt. Cayman und die anderen Dämonen waren verschwunden. Es war offensichtlich, dass sie nicht um Roths Sicherheit fürchteten. Oder aber es kümmerte sie einfach nicht.

Ich schaute wieder nach vorn, und als ich Roth im Profil sah, stockte mir der Atem. Erneut verspürte ich eine schwindelerregende Erleichterung, weil er lebte und hergekommen war.

So viele Dinge gingen mir durch den Kopf, die ich sagen wollte, als wir die Überreste der Steinmauer rund um die gepflegte Rasenfläche hinter uns ließen und uns unter die dicken kahlen Äste begaben, die sich im Wind bogen und ein Geräusch verursachten, als würde jemand mit alten Knochen klappern. Aber ich brachte keinen Ton heraus, denn wieder war meine Kehle wie zugeschnürt.

Mein Verstand schaltete sich ab, und ich lief so um Roth herum, dass er stehen bleiben musste, damit ich endlich das tun konnte, wonach es mich seit seinem Auftauchen vor dem Anwesen gelüstete: Wie eine Rakete schoss ich auf ihn zu, um mich an ihn zu schmeißen.

Roth stolperte ein paar Schritte nach hinten, als ich ihm die Arme um den Hals schlang. Kaum berührten sich unsere

Körper, legte sich ein enormes Gewicht auf meine Brust. Ich kniff die Augen zu, um die brutalen Gefühlswellen abzuwehren. Es waren Erleichterung und Angst, Verzweiflung und Entschlossenheit, eine tief sitzende Sehnsucht, die mit dem Verlangen wetteiferte, dem ich jeden Tag ausgesetzt war, dazu panische Furcht. Diese unterschiedlichen Emotionen waren so widersprüchlich, dass sie für mich keinen Sinn ergaben und ich nicht begriff, wie ich das alles gleichzeitig wahrnehmen konnte.

Als ich mich an seine Brust drückte, konnte ich sein Herz schlagen hören. Doch auf einmal wurde mir klar, dass er seine Arme nicht hochgenommen hatte, um mich zu halten. Ich wurde nervös, hob den Kopf und suchte in der Dunkelheit nach seinen Augen. Aber er hatte sie geschlossen, seine dichten, langen Wimpern berührten ganz leicht seine Wangenknochen. Im schwachen Mondlicht, das sich zwischen den Ästen hindurch seinen Weg bahnte, sah sein Gesicht blass aus, die Lippen waren zu einer schmalen Linie zusammengepresst.

Erneut überkam mich starke Unruhe. Aber erst als ich mich von ihm lösen wollte, legte er endlich – *endlich* – seine Arme um mich. Er zog mich an sich, und wir standen so eng aneinandergeschmiegt da, dass ich an die Nacht denken musste, in der wir den *Kleinen Salomon* gefunden hatten. Muskeln tief unten in meinem Bauch spannten sich an, als er die Hand über meinen Rücken gleiten ließ und in meine Haare fasste. Bambi folgte der Liebkosung, als versuche sie, näher an ihren eigentlichen Besitzer heranzukommen.

Die Umarmung strahlte solche Wärme aus, dass die Schatten verdrängt wurden. Ich kniff die Augen zu und genoss den Moment. Zwar wusste ich nicht, wieso Roth wieder hier war und was seine Rückkehr für uns beide bedeutete, aber das war jetzt für mich auch nicht weiter wichtig.

Er ließ den Kopf nach vorn sinken und sagte etwas. Sein

Tonfall war so tief und guttural, dass ich mir sicher war, dass seine Worte nicht mal annähernd etwas mit meiner Muttersprache zu tun hatten.

»Du bist verletzt«, stellte er fest.

Ich konnte nur den Kopf schütteln, während ich die Finger in sein Shirt krallte. Zu viele widersprüchliche Gefühle stürmten nach wie vor auf mich ein. Einige von ihnen waren meine, aber sie hatten zugleich etwas seltsam Distanziertes an sich, das ich nicht so richtig verstand.

Er legte die Hand auf meinen Arm und schob sie unter den Ärmel meines Kapuzenshirts. Ich biss mir auf die Lippe. »Dein Arm«, sagte er, als es ihm gelungen war, die Finger an meinem Ellbogen entlangzubewegen. »Wie ist das passiert?«

»Das war ein Wächter«, entgegnete ich und rieb meine Wange an seiner Brust wie eine gesättigte Katze, die ein Nickerchen machen wollte. Ein leiser Seufzer entfuhr mir. »Er sagte zu mir, ich würde nach Dämon riechen.«

Roth lehnte sich zurück, beugte den Kopf und zog die Brauen zusammen. »Ein Wächter hat dir das angetan? Mit einer Eisenklinge?«

Ich nickte, dabei wollte ich darüber gar nicht mit ihm reden. »Roth …«

»Was ist mit Bambi?«, wollte er wissen und zog die Hand aus meinen Haaren. »Sie hätte dich doch beschützt.«

»Bambi geht es gut.« Ich rang mich zu einem Lächeln durch, blieb aber unverändert ernst. »Sie hat den Wächter gefressen.«

Erstaunt runzelte er die Stirn. »Na dann …«

»Oh ja«, gab ich gedehnt zurück. Ich wusste, ich sollte ihn danach fragen, warum die Wächter mich plötzlich als Hohedämonin wahrnahmen. Doch so schlimm das auch war, hatte das auf meiner Liste nicht die höchste Priorität. »Ich weiß gar nicht, wo ich anfangen soll. Wieso bist du überhaupt hier?«

Einen Moment lang sah Roth mich noch mit seinen goldenen Augen an, dann beendete er den Blickkontakt, was ich sofort bedauerte. »Na ja, es gibt da diese Dinger, die sich Portal nennen, und da bin ich …«

»Das meine ich gar nicht.« Anfangs hatte mir seine besserwisserische Art den letzten Nerv geraubt, aber jetzt empfand ich es als Erleichterung, mich über ihn zu ärgern. »Du warst mit Paimon in dieser Teufelsfalle, du bist in die Feuergruben geschickt worden.«

»Das ist richtig.« Er verschränkte die Arme und trat noch einen Schritt nach hinten. »Es hat keinen Spaß gemacht, falls du das wissen willst.«

Ich verzog den Mund. »Das habe ich auch nicht erwartet. Aber ich verstehe das Ganze nicht. In den Feuergruben ist man doch für alle Zeit gefangen.«

Er zuckte mit den Achseln. »Das stimmt schon, aber ich bin der Liebling vom Boss und habe getan, was er wollte, nämlich verhindert, dass eine Lilin entstehen konnte. Jedenfalls haben wir das gedacht.«

»Dann wurdest du wegen guter Führung entlassen?«

»Nach ein paar Tagen. Der Boss hatte es nicht so eilig, aber das wundert mich nicht.«

Mein Herz schmerzte. »Aber in den Feuergruben muss es doch …« Mir versagte die Stimme, und ich konnte nur den Kopf schütteln.

»Es war kein Vergnügen, Shortie. Stell dir einfach vor, deine Haut verbrennt über einen Zeitraum von achtundvierzig Stunden.« Wieder zuckte er mit den Schultern, als sei es nichts Besonderes, unendlich lange bei lebendigem Leib zu verbrennen. Er strich sich die Haare aus der Stirn. »Aber es hätte schlimmer sein können. Dieser Idiot von Paimon sitzt jetzt immer noch da.«

Mit anderen Worten: Roth könnte jetzt auch immer noch

dort sein. Zwei Tage mussten buchstäblich die Hölle gewesen sein. Aber wenn er doch so schnell wieder freigekommen war ... »Wo warst du die ganze Zeit?«

Er sah hinauf zu den kahlen Ästen. »Hier und da.«

»Hier und da?«, wiederholte ich ungläubig.

»Ja, da und dort, oben und unten.« Er verzog den Mund zu einem schiefen Grinsen, das aber nicht überzeugend wirkte. »Ich hab rumgehangen.«

Ich starrte ihn an. »Warum bist du nicht zu mir gekommen?« Das klang wie die Frage einer stinksauren Freundin, nur gab es hier ein Problem: Ich war nicht seine Freundin.

Roth zog eine Braue hoch und setzte zu einer Antwort an, sagte dann aber doch nichts. Ich streckte die Hand nach ihm aus, er wich weiter zurück. Am Kiefer zuckte ein Muskel. Das Unbehagen und die Kälte von zuvor kehrten zurück.

»Ich war so in Sorge um dich«, betonte ich und legte mir die Hand auf die Brust. »Du hast mir gefehlt. Ich habe um dich getrauert. Aber ich habe immer gehofft, dass es dir gut geht. Das hier ...« Ich zog die Halskette hervor, der geborstene Stein im Ring war ein trauriges Zeugnis. »... habe ich in deinem Apartment gefunden. Das hast du da zurückgelassen, richtig? Nachdem du aus den Feuergruben befreit worden bist, richtig? Du ...«

»Ja, das ist richtig. Und?«

»Und?«, flüsterte ich und fühlte mich innerlich so leer wie ein Echo. »Warum machst du so was, aber kommst nicht zu mir?«

Er schwieg.

Mir schien das Blut in den Adern zu gefrieren. »Weißt du, wie sehr ich außer mir war? Ich war völlig verloren ohne ...«

»Du warst ohne mich nicht verloren«, unterbrach er mich. »Du hattest Zayne.«

»Ja, aber das ist nicht ...«

»Du hattest ihn«, beharrte er und atmete tief ein. »Was glaubst du, wieso ich seinen Platz in dieser Falle eingenommen habe? Damit du mit ihm zusammen sein kannst.«

Vielleicht war ich etwas begriffsstutziger als üblich, jedenfalls hatte ich keine Ahnung, worauf er mit seiner Bemerkung hinauswollte. »Ich weiß, du hast das für mich getan, und ich kann dir dafür gar nicht genug danken. Aber dich wollte ich auch nicht verlieren, zu keiner Zeit.« Die Worte sprudelten nur so aus mir heraus, wie beim schlimmsten Fall von verbalem Durchfall, der der Menschheit, den Engeln und den Dämonen bekannt war. »Ich habe keine Ahnung, was wir beide hatten, aber irgendetwas war es – und das hat mir viel bedeutet.«

Als er mich daraufhin ansah, spiegelten sich die unterschiedlichsten Emotionen in seinen Zügen wider. Schließlich schüttelte er den Kopf. »Du hast in letzter Zeit viel durchgemacht. Ich verstehe, dass du deswegen außer dir bist. Aber wie ich schon sagte: Du brauchst mich nicht.«

Frust über seine Worte brannte wie Säure in meinen Adern. »Roth, ich …«

»Sag es nicht.« Er hob die Hand. »Sag es nicht.«

»Du weißt doch gar nicht, was ich sagen wollte.« Verdammt, ich hatte ja selbst keine Ahnung, was mir als Nächstes rausgerutscht wäre.

»Ich will es auch nicht wissen.« Hastig fuhr er sich durchs Haar. »Darum müssen wir uns unterhalten. Ich bin zurück. Ich bin wieder hier – wegen der Lilin. Das ist der einzige Grund. Verstehst du, was ich damit sagen will?«

Ein Teil meines Gehirns verstand ihn ganz genau, aber was mein Herz anging, war das ein völlig anderes Thema. Für meine Gefühle ergaben seine Worte keinen Sinn, weil sie nicht zusammenpassten. »Nein, verstehe ich nicht.«

Er senkte den Blick und stieß einen Fluch aus. »Hör zu, als

ich das letzte Mal an der Oberfläche war, mit dir zusammen … das war …« Er schüttelte den Kopf und schien sich zwingen zu müssen weiterzusprechen: »Das war spaßig, Shortie.«

»Spaßig?«, wiederholte ich verständnislos.

Er nickte steif. »Und das war auch schon alles. Es hat Spaß gemacht, solange es gedauert hat.«

Ich zuckte zusammen, als hätte mir jemand eine Ohrfeige verpasst. »Für mich war das mehr als nur *Spaß*.«

»Ja, natürlich.« Roth drehte sich weg und musterte so eindringlich einen Baumstamm, als könnte der ihm alle Antworten auf die Fragen des Lebens geben. »Du hattest damit keine Erfahrung. Du hattest ja bis dahin noch nicht mal einen Jungen geküsst. Es war ganz normal, dass du Gefühle entwickeln würdest.«

Seine Worte waren wie ein Stich ins Herz. »Aber für dich war das nicht normal?«

»Nein, in keiner Weise. Und das aus mehreren Gründen, viele davon sehr langweilig, aber logisch. Ich bin der Kronprinz der Hölle, ich bin nicht so wie dein Stony.«

»Du bist nicht bloß der Kronprinz der Hölle, sondern viel mehr als das. Also fang nicht wieder mit dem Mist an.« Roth hatte sich immer nur als einer von Hunderten Prinzen gesehen, die diesen Platz vor ihm eingenommen hatten. Er war deswegen sogar ein wenig unsicher, und ich wollte seine Gefühle eigentlich schonen. Aber ich verlor die Beherrschung, Wut und Schmerz wichen einer Verzweiflung, die nur noch peinlich war. Ich hielt ihm den Ring hin. »Das hier beweist, dass es für dich mehr als nur Spaß war. Du hast die Kette reparieren lassen und sie in deinem Apartment deponiert, damit ich sie da finde.«

»Und das soll etwas beweisen?«, fragte er leise.

»Ja!« Das kalte Metall schnitt sich in meine Handfläche. »Warum solltest du so etwas machen, wenn es dir egal wäre?«

Seine Schultern verkrampften sich. »Ich habe nicht gesagt, dass es mir egal ist, Shortie.«

»Und wie zum Teufel soll ich dann das verstehen, was du gesagt hast?«

»Ganz einfach: dass wir nicht wiederholen werden, was wir getan haben. Verstehst du das?«

Ich schnappte nach Luft. »Aber die Halskette …«

Er wirbelte so schnell zu mir herum, dass ich vor Schreck nach hinten stolperte. Sein Gesicht hatte einen finsteren Ausdruck angenommen. »Ist das wirklich so wichtig, Layla? Das ist nur eine dämliche Halskette.«

»Das ist doch Schwachsinn! Du wusstest ganz genau, wie viel mir diese Kette bedeutet hat.« Sie war die einzige Verbindung zu meiner Mutter und damit zu dem Menschen, der ich wirklich war, und das wusste er nur zu genau.

»Es ist nicht wichtig.« Er kam auf mich zu, und ich musste mich zwingen, nicht vor ihm zurückzuweichen. Seine Pupillen weiteten sich. »Ich bin nicht daran interessiert, einer sinnlosen Schwärmerei neues Leben einzuhauchen. Ist das für dich verständlich genug? Begreifst du es jetzt? Ich bin ein Dämon, Layla. Ein reinrassiger Dämon, der sich nicht für das schämt, was seinesgleichen tut. Du bist nur zur Hälfte Dämon, und du willst so sein wie deine geliebten Wächter und wie Stony. Mich in deiner Nähe zu haben sollte deinen Abscheu wecken. Warum willst du mit mir hier rumstehen und reden? Und warum willst du mit mir allein sein?«

Der Schmerz breitete sich aus und war überall in meinem Körper spürbar. »Dann war das für dich nur … *was?* Ein Spiel? Das glaube ich dir nicht!« Ich blieb wie angewurzelt stehen, während ich mit zitternden Fingern den Ring festhielt. »Du willst mir einreden, dass du nichts weiter als ein Dämon bist, aber so wie du mich geküsst hast und alles, was du zu mir gesagt hast, bevor du den Platz in dieser Falle übernommen hast – all das beweist das Gegenteil von dem, was du behauptest.«

»Du bist ja so naiv. Ein Kuss? Ein paar sentimentale Worte, bevor ich die Ewigkeit unter Qualen verbringe? Du kannst auf der Basis von ein paar Aussetzern nicht über mich urteilen, Layla. Es zählt nur, wer ich bin.« Er war nur noch ein paar Zentimeter von mir entfernt und ballte die Fäuste. »Ich bin der Kronprinz, ob dir das nun gefällt oder nicht.«

»Das hat gar nichts zu bedeuten«, rief ich und hielt den Ring fester umklammert. Der Ring war der Beweis dafür, dass mehr in ihm steckte, der Beweis für ein Gewissen … und ein Herz. »Du lügst, und dafür muss es irgendeinen Grund geben.«

Er drehte den Kopf weg und fuhr sich diesmal mit beiden Händen durchs Haar. »Du weißt, was ich bin. Ich habe es dir gesagt. Ich begehre alles Schöne. Ich mag es, mir die Dinge zu nehmen, die mir nicht gehören.« Dann lächelte er mich so an, dass mir ein eisiger Schauer über den Rücken lief. »Du hast wirklich geglaubt, du würdest mir etwas bedeuten, wie? Ich wollte dich, Layla. Du hast mir die Langeweile vertrieben, weiter nichts.«

Wieder wich ich ein paar Schritte zurück. Ich wollte nicht, dass seine Worte irgendeine Bedeutung für mich hatten oder mir wehtaten, doch ich konnte nichts dagegen tun. Schlagartig wurde mir klar, dass ich es besser hätte wissen müssen. Die ganze Zeit über hätte ich es besser wissen müssen. Schließlich hatte er recht. Ich hatte in diesen Dingen – Jungs und Beziehungen – keinerlei Erfahrung. Wenn ich … wenn ich ihm etwas bedeutet hätte, wäre er nicht erst heute Abend zu mir gekommen. Umgekehrt hätte mich mein erster Weg zu ihm geführt.

Das war einfach nur traurig.

»Ich weiß selbst nicht, was ich mir dabei gedacht habe. Normalerweise mache ich einen großen Bogen um Jungfrauen, weil die einem nur Schwierigkeiten bereiten. Jemand wie deine Mitschülerin Eva ist wesentlich unterhaltsamer und auf dem Gebiet viel erfahrener. Ist sie immer noch an deiner Schule?« Er seufzte und hob beiläufig die Schultern an, doch sein Kiefermuskel zuckte immer noch. »Wie gesagt, ich hätte wissen müssen, dass du Gefühle entwickeln würdest, Shortie. Mein Fehler.«

Alles Blut wich mir aus dem Gesicht. Dieser Kosename kam mir genauso gemein vor wie alles andere, was er sagte. »Nenn mich nicht so.«

»Wie du meinst.« Er wandte sich ab. »Bambi wird bei dir bleiben.«

Vergeblich versuchte ich, die Tränen, die mir in die Augen stiegen, wegzublinzeln. »Ich will nicht …«

»Mir ist egal, was du willst oder nicht. Sie bleibt bei dir.«

Fassungslos starrte ich ihn an. »Du bist ein Dreckskerl.«

Roth sah über die Schulter zu mir, sein Gesichtsausdruck wirkte im Mondlicht wie erstarrt. »Leb wohl, Layla.«

Und damit war er verschwunden.

7. KAPITEL

An den kurzen Weg zurück zum Haus konnte ich mich so gut wie nicht erinnern. Der Schmerz in meinem Herzen nahm es mühelos mit dem auf, was ich gefühlt hatte, als ich Roth in der Teufelsfalle gesehen hatte. Es war ein eisiger und trotzdem sengender Schmerz, der mein Inneres gleichzeitig erfrieren und verbrennen ließ. Meine Kehle war wie zugeschnürt, und mit jedem Schritt drängten die Tränen in meinen Augen mehr darauf, vergossen zu werden.

Roths Worte waren mehr als nur ein Stich gewesen, und das schreckliche Gewicht, das zwischen meinen Brüsten auf mir lastete, ließ mich befürchten, dass dort drinnen etwas zerbrochen war, auch wenn ich mich nicht dazu bekannt hatte, wie tief meine Gefühle für ihn gewesen waren.

Normalerweise mache ich einen großen Bogen um Jungfrauen.

Gott, war ich wirklich so dumm gewesen? Hatte ich mich tatsächlich so sehr in ihm getäuscht? Meine Wangen fühlten sich wie verbrüht an, als mir jedes seiner Worte durch den Kopf ging. Jedes einzelne war wie ein Dolchstoß gewesen, ausgesprochen mit der Absicht, mich zu verstümmeln. Und das war Roth auch bestens gelungen. Aber diese Umarmung … die Art, wie er mich an sich gedrückt hatte? War das für ihn bedeutungslos gewesen? So einfach konnte ich das nicht hinnehmen. Genauso die Behauptung, seine gequälten Worte an mich, bevor die Falle ihn mir entrissen hatte, seien nur so dahingesagt gewesen. Aber vielleicht war ich ja tatsächlich so naiv, dass ich Gefühle für jemanden entwickelt hatte, für den ich nichts hätte empfinden sollen. Jetzt konnte ich ja sehen, was mir das eingebracht hatte.

Unter dem Schmerz fühlte ich plötzlich noch etwas anderes – ein brennender Durst manifestierte sich. Ich konnte ihn in jeder Zelle meines Körpers spüren, sogar in den Zähnen. Das Verlangen, mich zu nähren, erwachte schnell. Meine Gefühle waren völlig außer Kontrolle und nährten diese verbotene Sehnsucht.

Wütend wischte ich mir über die Wangen, als ich die Zufahrt zum Anwesen erreichte. Vor dem Eingang hielten sich mehrere Wächter auf, die ihre wahre Form angenommen hatten und ihre Flügel dicht am Rücken zusammengelegt trugen. Keiner von ihnen achtete auf mich, als ich vorbeilief. Ihre Seelen konnte ich zwar nicht sehen, aber ich schmeckte ihre Reinheit auf meiner Zungenspitze. Einen Moment lang stellte ich mir vor, wie es wohl wäre, diese Wärme zu spüren, während sie mir durch die Kehle lief und dabei die von Roth zurückgelassene Kälte und den Schmerz linderte. Es wäre auch gar nicht so schwierig. Sie vertrauten mir zwar nicht, aber sie rechneten auch nicht damit, dass ich angreifen würde. Und wenn ich erst einmal eine Seele zu fassen bekommen hätte, würde mich nichts mehr aufhalten kö…

Dieser Gedankengang endete abrupt, als ich entsetzt feststellte, dass ich stehen geblieben war. Ich stand einfach da und starrte auf Zaynes gebeugten goldblonden Kopf, während mir das Wasser im Mund zusammenlief. Das gierige Verlangen, meine Überlegungen in die Tat umzusetzen, ließ meinen Magen verkrampfen.

Die Ellbogen hatte er auf die Knie gestützt, als er den Kopf hob, aber in der nächsten Sekunde stand er schon da. »Layla?«

»Ich bin müde.« Meine Stimme klang nicht so, wie sie sollte. Zu angestrengt, zu bemüht. Ich konnte ihn jetzt nicht in meiner Nähe haben, weder ihn noch sonst jemanden. »Ich … ich gehe ins Bett.«

Das Strahlen seiner Haut verblasste ein wenig, als er sich umdrehte, mir nach drinnen folgte und die Tür hinter uns zumachte. Die Deckenbeleuchtung im Foyer war aus, die kleinen Wandlampen verbreiteten ein sanftes Licht. Aus dem Wohnzimmer drang Jasmines Stimme in den Flur, woraufhin ich schnell weiterging. Jede Stufe saugte mir regelrecht Kraft aus dem Leib, und als ich endlich den Treppenabsatz erreicht hatte, wollte ich mich nur noch umdrehen und mich auf denkbar schlechteste Weise auf Zayne stürzen.

Zügig ging er um mich herum und stellte sich vor meine Schlafzimmertür. »Rede mit mir.«

Langsam hob ich den Blick. Was er in meinem Gesicht sah, konnte ich mir nicht vorstellen, auf jeden Fall veranlasste es ihn, die Hand nach mir auszustrecken. Ich trat einen Schritt nach hinten, um nicht von ihm berührt zu werden. Ich war zu dicht davor, zusammenzubrechen und etwas zu tun, was ich mir niemals würde verzeihen können. Mein Herz raste, ich schüttelte den Kopf. »Ich will nicht reden.«

»Etwas ist nicht in Ordnung.« Leicht neigte er den Kopf zur Seite.

Ich hielt den Atem an.

»Hat er dir wehgetan?«, wollte er wissen.

»Nein«, brachte ich heraus und atmete durch die Nase aus.

»Ich meinte, nicht körperlich. Hat er …«

»Ich kann das jetzt nicht, bitte«, flüsterte ich und sah in seinen Augen, dass er verstand. »Ich muss allein sein.«

Zaynes Nasenflügel blähten sich auf, als er zur Seite trat. »Brauchst du irgendetwas?«

Mir war übel, weil mein Puls so raste. »Orangensaft vielleicht.«

Er nickte und lief nach unten. Ich ging in mein Zimmer und ließ das Licht aus, da ich es nicht brauchte, denn ich verbrachte so viel Zeit hier oben, dass ich mich auch mit verbundenen Augen zurechtgefunden hätte. Ich stellte mich vor das große Fenster und wünschte, ich könnte es öffnen, um die kühle Nachtluft hereinzulassen. Aber es war zugenagelt worden, gleich nachdem ich für den Rest meines Lebens Hausarrest bekommen hatte. Abbot schien wohl zu denken, ich könnte mir Flügel wachsen lassen und davonfliegen, um mich irgendwo mit meiner Dämonenhorde zu treffen.

Ich kniff die Augen zu, und mir wurde klar, dass ich genau das wollte. Nicht den Teil mit der Dämonenhorde, sondern den Teil mit dem Davonfliegen. Fast hätte ich mich heute Abend gewandelt. Vielleicht würde mir das ja noch einmal gelingen. Mein Körper begann zu kribbeln, und die Haut auf meinem Rücken spannte sich. Ich öffnete die Augen und atmete langsam und flach aus. Fast konnte ich spüren, wie die Nachtluft meine Haut streichelte. Ich fragte mich, wie hoch ich wohl kommen würde und ob es ein genauso gutes Gefühl wäre, als würde ich eine Seele nehmen.

Abbot würde ausrasten, sollte ich heute Nacht das Anwesen verlassen. Außerdem wäre es zu gefährlich. Nicht für mich, sondern für andere, weil ich momentan eine Bedrohung für unschuldige Menschen darstellte.

Zaynes Präsenz füllte mein ganzes Schlafzimmer aus. Ich drehte mich um, und zum ersten Mal seit dem Verlust meiner Fähigkeit, Seelen zu sehen, war ich froh, dass ich seine jetzt nicht wahrnehmen konnte. Er stellte ein großes Glas Orangensaft zwischen Notizbüchern und Druckerpapier auf meinem Schreibtisch ab. Dann schaute er mich besorgt an. »Wenn du irgendetwas brauchst, ruf mich an oder schick mir eine SMS.«

Ich nickte.

»Versprich es mir.« Er kam nicht näher, wandte aber auch den Blick nicht von mir ab.

»Versprochen«, sagte ich, obwohl ich einen riesigen Kloß im Hals hatte. Manchmal … nein, nicht bloß manchmal! Jemanden wie ihn hatte ich überhaupt nicht verdient. »Danke.«

Er kniff kurz die Augen zu. »Dank mir nicht, Layla-Biene. Nicht dafür.« Als er mich wieder ansah, hatten seine Augen einen dunkelblauen Farbton angenommen. »Du weißt, ich … ich würde alles für dich tun.«

Ich nickte blindlings, da mir Tränen in die Augen traten und mir die Sicht nahmen. Er lächelte mich schwach an, dann verließ er mein Zimmer. Ich ging sofort zum Schreibtisch, griff nach dem kühlen Glas und trank den Saft in einem Zug aus. Die Zitronensäure linderte den Heißhunger, und als ich das Glas hinstellte, machte ich aus dem Augenwinkel eine Bewegung aus. Ich wischte meine feuchten Hände an meinem Jeansrock ab und drehte mich um.

Die weißen Gardinen flatterten vor dem geschlossenen Fenster.

Ich wurde stutzig.

In meinem Zimmer gab es keinen Lufthauch, die Klimaanlage war nicht angegangen. Ich hätte diese riesige Bestie gehört, wenn sie sich eingeschaltet hätte. Außerdem war es draußen so kalt, dass die Anlage gar nicht anspringen konnte.

Ich wollte zum Fenster gehen, da sackten die Gardinen nach unten, bis sie wieder an der Wand anlagen. Okay, das war jetzt eindeutig merkwürdig. Ein kalter Hauch lief mir über den Rücken. Also gut, das war sogar richtig unheimlich. Aber auf einmal erwachte Bambi zum Leben und lenkte mich ab, da sie sich an meinem linken Bein nach oben schlängelte. Mit ihrer Bewegung waren zwar schmerzliche Erinnerungen verbunden, aber es diente jetzt einem anderen Zweck.

Du hast mich von meiner Langeweile abgelenkt.

Ich schnappte nach Luft, als mich der Schlag unterhalb der Knie erwischte. Ich drehte mich vom Fenster weg, zog den Reißverschluss meines Kapuzenshirts auf und streifte es vorsichtig ab, dann ließ ich es auf den Boden fallen. Ein Blick auf meinen Arm ließ mich zusammenzucken, da der weiße Verband einen großen dunklen Fleck aufwies. Was für eine schreckliche Nacht!

Ich biss mir auf die Lippe, zog mich aus und griff nach der kurzen Schlafanzughose. Ehe ich auch noch ein langärmeliges Oberteil anziehen konnte, glitt Bambi von meiner Haut. In der Dunkelheit war sie nichts als ein Schatten, während sie sich wieder zusammenfügte. Anstatt auf die Jagd zu gehen oder wie ein vergessenes Haustier zu Roth zurückzueilen, schlängelte sie sich zum Puppenhaus, das Abbot für mich gebaut hatte, als ich noch ein Kind gewesen war.

Das Puppenhaus hatte ich total demoliert, nachdem Roth verschwunden war und man mir verboten hatte, das Haus zu verlassen. Vor ungefähr einer Woche tauchte es dann auf einmal wieder hier in meinem Zimmer auf. Dach und Wände waren repariert worden. Ich vermutete, es war Zaynes Werk, aber ich wusste nicht, warum er sich die Mühe gemacht hatte und wieso ich so erleichtert gewesen war, als es auf einmal wieder da war. Offenbar hatte ich Probleme damit, Dinge loszulassen.

Bambi schaffte es, ihre ganzen Einmeterachtzig im obersten Stock zusammenzurollen und den Kopf auf das winzige Bett zu legen. Es schien für sie bequem zu sein. Und es sah eigenartig aus.

Minutenlang betrachtete ich den dämonischen Hausgeist. Eisige Kälte bildete sich in meiner Brust und ersetzte das entsetzliche Brennen. Warum hatte Roth mir Bambi überlassen? Sie war sein Hausgeist, nicht meiner. Außerdem schien ihm die Schlange immer sehr wichtig gewesen zu sein. Es ergab keinen Sinn, war aber vermutlich auch egal. Vor langer Zeit hatte er einmal zugegeben, dass er manche Dinge völlig grundlos tat.

Wie sich jetzt herausgestellt hatte, war ich nur eines von diesen vielen *Dingen*.

Es tat ziemlich weh, als ich ins Bett kletterte und mich auf meinen unversehrten Arm legte. Es war noch gar nicht so spät am Abend, als ich die Augen zumachte, doch es kam mir vor, als wäre seit heute Morgen eine Ewigkeit vergangen. Innerhalb weniger Stunden war meine ganze Welt auf den Kopf gestellt worden.

Ich roch nach einem Hohedämon. Roth war zurück und so gut wie unverletzt. Eine Lilin war geboren worden, weil ein Orgasmus offenbar apokalyptische Dimensionen besaß. Und Roth … ihm hatte ich nie etwas bedeutet.

Ich war für ihn nur ein Job gewesen.

Weiter nichts.

Mein Kopf schmerzte, als hätte ich ihn die ganze Nacht hindurch gegen die Wand geschlagen. Das wäre sicher witziger und fruchtbarer gewesen, als nur an die Decke zu starren und jeden Moment noch einmal zu durchleben, den ich mit Roth geteilt hatte. Ich war auf der Suche nach einem gravierenden Fehler in unserer scheinbaren Beziehung gewesen, aber das hatte genauso viel gebracht, als hätte ich Löcher in einen Eimer gebohrt und versucht, damit Wasser zu transportieren.

Roth war ein Dämon.

Ein männlicher Dämon.

Ein männlicher Dämon, *der schöne Dinge begehrte.*

Und ich war so unerfahren wie eine Nonne, also hatte ich vieles von dem, was er gesagt hatte, auf mich bezogen … was er gesagt und wie er mich angesehen hatte, jede Berührung und jeder Kuss. Ich war der Meinung gewesen, dass das etwas bedeuten musste, und dieser Schmerz war heftig. Er brannte bitter in meiner Kehle. Seltsam war nur, dass die Tränen einfach nicht über mein Gesicht laufen wollten. Ich wünschte, sie würden es tun, weil ich das Gefühl hatte, dass mit ihnen etwas Reinigendes einhergehen würde.

Als es Zeit wurde, zur Schule zu gehen, kuschelte ich mich in die schwere, warme Decke. Ich wartete darauf, dass jemand hereinkam und mir sagte, ich müsse aufstehen. Doch das Einzige, was ich hörte, waren Nicolais Schritte, und zwar zu dem Zeitpunkt, an dem er mich normalerweise zur Schule fahren sollte. Er machte nicht die Tür auf, um nach mir zu suchen. Nach ein paar Sekunden verhallten seine Schritte im Erdgeschoss.

Erneut schloss ich die Augen, war mir aber nicht sicher, ob ich dankbar dafür sein sollte, dass sich niemand für mich interessierte, oder ob ich mich verletzt fühlen sollte. Vor Roth … bevor der Clan von ihm und unserer Beziehung gewusst hatte, wäre Abbot oder sonst jemand längst hergekommen, um mich aus dem Bett zu schleifen oder um sich zumindest zu vergewissern, dass ich nachts nicht von Freddy Krueger entführt worden war. Und jetzt? Nichts. Mehr als jemals zuvor kam ich mir wie ein Hausgast vor, der auf Dauer bleiben sollte, aber längst nicht mehr willkommen war.

Als ich wieder einnickte, begab sich mein Gehirn in alle Richtungen auf Wanderschaft. Ein alter Plan kam mir in Erinnerung, an den ich schon lange nicht mehr gedacht hatte. Mein schläfriger Blick glitt in Richtung Schreibtisch. Das leere Glas stand auf dem Stapel College-Bewerbungen. Diese Papiere waren so gut wie in Vergessenheit geraten, und vermutlich war es bereits zu spät, um sich für den nächsten Herbst noch einzuschreiben. Aber vielleicht sollte ich genau das tun.

Zum Teufel mit allem – mit der Lilin, mit Roth, mit sämtlichen Wächtern. Ich konnte weit weg von hier auf ein College gehen und so tun … *was?* So tun, als wäre ich ganz normal? Das konnte ich hinkriegen, immerhin machte ich das schon seit Jahren. Ich könnte mich dort unter die Leute mischen und aus alldem hier eine weit entfernte Erinnerung machen. Es war eine egoistische Entscheidung, aber das war mir egal. Ich wollte egoistisch sein und nicht länger hierbleiben, gefangen in diesem Körper oder mit all diesen Problemen belastet.

Ein Gutes war, dass ich ihn in der Schule nicht sehen würde. Es gab für Roth keinen Grund, wieder dort aufzutauchen.

Irgendwann schlief ich ein und wachte wieder auf, als ich spürte, wie sich die Matratze unter einem Gewicht neigte und die Decke bewegt wurde. Desorientiert blinzelte ich in die Dunkelheit. Mein Herz schlug wie wild in meiner Brust, und ich schaute über die Schulter.

Ein himmelblaues Augenpaar schaute mich an.

8. KAPITEL

Zayne sah mich an, sein Gesicht war zum Teil durch eine blonde Haarsträhne verdeckt. Ich hielt gebannt den Atem an, während er sich auf die Seite drehte und die Bettdecke bis zur Taille hochzog. Ich ließ den Blick ein Stück nach unten wandern. Zayne trug ein graues Baumwollhemd, das sich über seinen Schultern spannte, als er den Arm unter dem Wust aus Decken hindurchschob, um mich zu berühren. Nachdem er den Arm um meine Taille gelegt hatte, drückte er mich an seine Brust. Jeder Muskel in meinem Körper spannte sich an, als er sich an meinen Rücken schmiegte, als wäre es das Normalste auf der Welt. Außer unseren Schlafanzügen befand sich nichts zwischen uns, und der Stoff bot keinen Schutz vor der Hitze, die er ausstrahlte.

Diese Hitze … *oh*. Sie drang in meine Muskeln ein und löste alle Verspannungen. Nur Sekunden später entkrampfte sich auch meine erstarrte Wirbelsäule, und ich ließ den Kopf zurück auf das Kissen sinken. Das Bett verwandelte sich in eine Wolke, und ich hatte das Gefühl, in einen von diesen peinlichen Werbespots für Matratzen geraten zu sein, über die sich Stacey und Sam immer so amüsieren konnten. Aber Zayne besaß die Fähigkeit, aus einer gewöhnlichen Matratze etwas ganz Wunderbares werden zu lassen. Ich schloss die Augen und ließ mich einfach fallen. In den nächsten Augenblicken dachte ich an überhaupt nichts, und das war einfach *wunderbar*.

Er nahm seine Hand gerade lange genug von meiner Hüfte, um sich ein paar von meinen Haaren aus dem Gesicht zu wischen, dann spürte ich seinen warmen Atem im Genick. Wohlige Schauer liefen mir reihenweise über die Haut. Eine andere Art von Anspannung bildete sich in meinem Bauch, während ich mich darauf konzentrierte, ganz normal zu atmen, aber nicht so, als hätte ich gerade zehn Etagen im Treppenhaus bewältigt.

Es war lange her, dass Zayne sich zu mir ins Bett gelegt hatte, um sich auszuruhen, anstatt in seinen Tiefschlaf zu wechseln. Beim letzten Mal waren wir noch viel jünger gewesen, als es noch ein harmloses, unschuldiges Vergnügen war, zusammen in einem Bett zu schlafen, weil damals noch niemand auf falsche Gedanken kommen konnte. Mich traf fast der Schlag. Vor allem nach dem letzten Abend hätte ich das nicht von ihm erwartet. Er hatte gespürt, dass ich nicht mehr weit davon entfernt gewesen war, meinem Verlangen nachzugeben. Ehrlich gesagt schwebte er in ständiger Gefahr, solange er sich in meiner Nähe aufhielt. Ich konnte mich jederzeit zu ihm umdrehen, und dann wäre mein Mund von seinem nur noch ein paar Zentimeter entfernt. Es wäre so einfach, seine Seele zu nehmen.

»Was macht dein Arm?«, fragte er.

Seine Stimme riss mich aus meinen Gedanken. Ich räusperte mich und verzog den Mund, als ich merkte, wie grob das klang. »Geht so.«

»Wir sollten uns die Verletzung später ansehen.« Er bewegte den Arm ein wenig, und plötzlich befand sich seine Hand unterhalb des Nabels auf meinem Bauch. Ich zuckte überrascht zurück, aber er nahm die Hand nicht weg. »Das ist aber nicht der Grund, weshalb du heute nicht zur Schule gegangen bist, oder?«

Ich verkniff mir einen Seufzer und machte die Augen auf. Der Radiowecker auf dem Nachttisch zeigte in grünen Leuchtziffern 9:01 an. Ich müsste jetzt schon auf dem Weg zum Biounterricht sein. »Nein.«

»Willst du darüber reden?«

Über Roth zu reden, während ich mit Zayne im Bett lag, war eindeutig das Letzte auf der Welt, was ich tun wollte. »Nein.«

Schweigen machte sich breit, während sich seine Brust in einem gleichmäßigen Rhythmus hob und senkte. Ich konnte noch so entspannt neben ihm liegen, mein Körper nahm trotzdem jeden seiner Atemzüge und jedes noch so winzige Muskelzucken wahr. In der Stille schlich sich ein hässlicher Gedanke in meinen Kopf.

Hatte er so auch mit Danika im Bett gelegen? Ich hatte kein Recht auf diese brennende Eifersucht, die durch meine Adern jagte. Aber sie war da, auch wenn sie völlig fehl am Platz war, denn sie beide konnten weitaus mehr teilen, als es zwischen ihm und mir jemals möglich sein würde.

»Es tut mir leid«, sagte er so leise, dass ich mir im ersten Moment nicht sicher war, ob ich mir seine Worte vielleicht nur eingebildet hatte.

Ich machte die Augen zu. »Was?«

Wieder folgte eine lange Pause, dann antwortete er: »Ich weiß, du bist verletzt worden, und dafür möchte ich diesen Hurensohn umbringen.«

Mein Herz verkrampfte sich. Es gab einfach nichts, was ich vor ihm hätte verheimlichen können. Zayne kannte mich besser, als ich es mir eingestehen wollte. Ich wusste nicht, was ich sagen sollte. Ich wollte Roth würgen und ihm einen Tritt in die Weichteile verpassen, aber mich beschlich der Verdacht, dass Zayne tatsächlich das tun wollte, was er gerade gesagt hatte. Weil ich ein Mädchen war, würde ich weinen, wenn es Zayne gelingen sollte, ihn umzubringen.

»Er ist ein Dämon«, redete er weiter. »Es ist nicht wichtig, dass es Momente gibt, in denen er großes Mitgefühl zeigt. Dahinter ist und bleibt er das, was er nun einmal ist.«

Ich saugte an meiner Unterlippe. »Aber das ist das, was ich auch bin.«

»Nein.« Zayne richtete sich ein wenig auf, seine Hand rutschte von meinem Bauch hoch zur Hüfte. »Du bist nicht ausschließlich eine Dämonin, Layla, sondern auch eine Wächterin. Es ist ja nicht so, als könntest du nicht beides sein, und …«

»Und?« Ich drehte mich auf den Rücken und stützte mich auf die Ellbogen. Seine Hand landete wieder auf meinem Bauch, die langen Finger berührten den Bund meiner Schlafanzughose. Unsere Blicke trafen sich. »Und was?«

Er antwortete nicht sofort. Stattdessen ließ er den Blick über mein Gesicht und dann weiter nach unten wandern, über den Kragen meines Oberteils hinweg. Die Decke war mir bis auf Bauchhöhe runtergerutscht, und ich sah, wie Zayne angestrengt schluckte, ehe er sich wieder hinlegte. Seine Stimme klang belegt, als er sagte: »Und warum sollst du nicht das Beste von beiden Seiten in dir vereinen? Also die besten Eigenschaften, weißt du?«

»Die besten Eigenschaften von beiden Seiten?«, wiederholte ich bedächtig. »Heißt das, Dämonen besitzen auch gute Eigenschaften?«

»Nein, *du* besitzt diese Eigenschaften.« Er errötete. Ich zwinkerte ein paarmal, aber diese Röte verblich nur langsam. »Du bist nur zum Teil Dämonin. Wie ich dir an dem Tag in diesem Eissalon gesagt habe, hätten wir besser nicht in der Form auf dich eingewirkt, dass du diesen Teil so hasst.«

Ich konnte mich daran erinnern, dass er das gesagt hatte. Seine Worte waren irgendwie untergegangen, weil sich in dieser Nacht noch so vieles ereignet hatte – Paimon und die Teufelsfalle –, aber ich konnte mich daran *erinnern*.

»Jeder Teil von dir ist gut, sogar deine dämonische Seite.« Nach einer kurzen Pause fügte er an: »Ich habe dich in der Nacht gesehen.«

Ich legte mich hin und atmete tief durch. »Wie meinst du das?«

Er beugte sich über mich, ein paar Strähnen fielen ihm ins

Gesicht. »Als du dich gewandelt hast, da hast du nicht wie wir ausgesehen, aber auch nicht wie eine Dämonin. Du warst eine Mischung aus beidem.«

»Also habe ich ausgeschaut wie ein Freak?«

»Nein.« Er bewegte seine Hand, seine Finger legten sich um meine Taille. »Deine Haut war schwarz und grau, wie aus Marmor. Es sah wunderschön aus. Das Beste von beiden Seiten.«

Eine angenehme Wärme hüllte mich ein, und ich musste mich zwingen, nicht seinem eindringlichen Blick auszuweichen. »Du sagst das in letzter Zeit ziemlich oft.«

»Was?«

»Na, dieses ›wunderschön‹.«

Er lächelte. »Das ist wahr.«

»Musst du mal deinen Kopf durchchecken lassen?«

Er verdrehte die Augen. »Jedenfalls …« Sein Daumen beschrieb kleine Kreise auf meinem Bauch, wovon er selbst gar nichts zu merken schien. »Ich habe keine Ahnung, worüber wir uns gerade eben unterhalten haben.«

Nun lächelte ich ebenfalls. »Es ging darum, wie unglaublich toll ich bin.«

»Ja, das dürfte es gewesen sein.« Er legte sich hin und schien mir näher zu sein als zuvor. Seine Beine drückten gegen meinen Oberschenkel, sein Daumen zeichnete noch immer diese unsichtbaren Kreise unterhalb meines Bauchnabels nach und erzeugte eine träge Wärme, die etwas Vertrautes hatte.

»Ich habe nachgedacht«, sagte ich schließlich und sah ihn an. Seine Augen waren geschlossen, und in diesem Moment wirkte er viel jünger als einundzwanzig.

»Worüber?«, fragte er.

»Ob ich die College-Bewerbungen ausfüllen und versuchen soll, fürs Herbstsemester noch zugelassen zu werden.«

Er machte ein Auge auf. Einige Sekunden verstrichen. »Willst du das seinetwegen machen?«

Ich setzte zu einer Erwiderung an.

»Du weißt, ich habe dich immer unterstützt, was das College angeht.« Nun hatte er beide Augen geöffnet. »Ich finde, es wäre gut für dich. Aber triff eine so weitreichende Entscheidung nicht auf der Grundlage von Gefühlen, die dir in diesem Moment zu schaffen machen.«

Ich wollte abstreiten, dass mein plötzliches Interesse am College irgendetwas mit Roth zu hatte, aber das wäre eine jämmerliche Lüge gewesen. Wem wollte ich hier etwas vormachen? Ich hatte schon zuvor ernsthaft mit dem Gedanken gespielt, von hier wegzugehen und ein College zu besuchen. Aber jetzt ging mir dieser Gedanke aus den völlig verkehrten Gründen durch den Kopf.

Zayne sah mich an, seine Augen leuchteten wie ein Mittagshimmel im Sommer. Plötzliche Rastlosigkeit machte mich zappelig. »Hast du …« Er unterbrach sich, dann setzte er noch einmal an: »Hast du ihn geliebt, Layla?«

Oh Gott! Ich riss die Augen auf und spürte, wie meine Wangen zu glühen begannen. Diese Frage hatte mich völlig aus der Bahn geworfen.

Er wandte sich ab und schüttelte den Kopf. »So ein Shit, Layla-Biene.«

»Nein!«, platzte ich heraus, und als er mich daraufhin wieder ansah, hatte ich einen Kloß im Hals. »Ich habe keine Ahnung, was ich für ihn empfinde«, redete ich hastig weiter. »Ich weiß es nicht, Zayne. Er bedeutet mir sehr viel, und er …« Meine Kehle war so zugeschnürt, dass jedes Wort schmerzte. »Ich weiß es nicht.«

Und das war die Wahrheit.

Die Liebe ist ein seltsames Wesen, von dem man glaubt, man hätte es im Griff und man würde es verstehen, aber dann muss man feststellen, dass es nur ein winziger Hauch von dem gewesen war, was wahre Liebe sein konnte. Ich wusste zumindest, dass es unzählige Arten von Liebe gab, aber ich hatte keine Ahnung, wo ich die zu Roth zuordnen sollte.

Zayne sah mich sekundenlang schweigend an, dann nickte er. »Okay, das verstehe ich.« Er griff nach meiner Hand. »Ich verstehe, was du meinst.«

Verwirrt fragte ich mich, wie er das alles verstehen konnte, wenn selbst ich dazu nicht in der Lage war.

Zayne verbrachte den Tag damit, bei mir im Bett zu schlafen. Er stand erst auf, als die anderen Wächter im Haus wach wurden. Ich sah ihm nach, wie er mein Zimmer verließ. Meine Wangen waren eigentlich völlig grundlos gerötet, auch wenn es so aussehen musste, als würde er sich nach draußen schleichen, nachdem wir … etwas Ungehöriges gemacht hatten.

Danach blieb ich weiter im Bett liegen und versuchte, das sonderbare Kribbeln in meiner Brust zu verstehen. Ich lächelte schwach, weil Zayne … na ja, er hatte mir diesen Tag gerettet, doch dann musste ich auf einmal daran denken, was Roth am Abend zuvor zu mir gesagt hatte. Mein Lächeln war so schnell weggewischt, als hätte es nie existiert.

Vermutlich war es das Beste, wenn ich mich an diese abrupten Stimmungsschwankungen gewöhnte.

Erst nach dem Abendessen beschloss ich zu duschen, um mich vom Dreck eines ganzen Tages zu befreien. Anschließend nahm ich behutsam den Verband ab. Erfreut stellte ich fest, dass die Schnittverletzung wie erwartet angefangen hatte zu verheilen. Ein Verband war nicht mehr nötig. Der Arm war zwar noch etwas empfindlich, aber mein Wächterblut behob den Schaden, den die Eisenklinge angerichtet hatte, zügig.

Nachdem ich einen frischen Schlafanzug angezogen hatte, trottete ich zum Schreibtisch, wo mein Handy lag. Es war die ganze Zeit über auf stumm geschaltet gewesen, und als ich auf den Bildschirm tippte, wunderte es mich nicht, dass eine SMS-Flut von Stacey auf mich wartete.

Wo steckst du?
Machst du blau, du Flittchen?

Eine Minute später:

Dein Spind vermisst dich schon. Schätze, du bist krank und hast Herpes.

Oh mein Gott. Ich musste laut lachen und arbeitete mich grinsend durch die nächsten SMS.

Unsere Bio-Vertretung ist immer noch heiß. Du versäumst was.
Bio ist einsam ohne dich.
Meine Möpse vermissen dich. Wie schräg ist das denn?

Das war allerdings schräg, wenn auch nicht überraschend.

Wenn mir mein Handy weggenommen wird, bist du schuld.
Heilige Scheiße, Layla, wo steckst du?

Mein Atem stockte, als ich die nächste SMS las.

Du glaubst nicht, wer gerade reingekommen ist!!!
Roth ist hier!
Heiliger Müsliriegel, wieso bist du nicht hier, um das zu sehen?
Ok. Er sagt, er hatte Drüsenfieber. Ehrlich? Kriegen

Leute echt noch Drüsenfieber? Und wen, bitte, hat dieser Barsch geküsst?

Eine Sekunde später:

Barsch? Barsch habe ich nicht gemeint. Das habe ich ganz bestimmt NICHT gemeint, scheiß Spracherkennung!

Der nächste Text war eine Viertelstunde später eingetroffen.

Er hat gefragt, wo du bist. Ich habe gesagt, du hast dich einer Sekte angeschlossen. Ich habe gelacht. Er nicht.

Die letzte Nachricht besagte, dass ich sie anrufen sollte, falls ich nicht tot sei.

»Was soll das?«, fauchte ich und warf das Handy aufs Bett.

Wut überkam mich, und ich hieß sie willkommen, weil sie viel besser zu ertragen war als der verdammte Schmerz und die Verwirrung und dieses Gefühl, verloren zu sein.

Roth war wieder in der Schule? Das … das war nicht akzeptabel. Es gab keinen Grund für ihn, dort zu sein. Nicht den geringsten, auch wenn er mühelos für achtzehn durchging. Es war schließlich nicht so, dass ihn die Schule interessierte oder dass er dort die Lilin aufspüren konnte.

Aber was, wenn er gar nicht wegen der Lilin dort war? Hatte er mir gegenüber nicht Eva erwähnt?

Als mir dieser Gedanke kam, stieß ich einen Fluch aus, machte auf dem Absatz kehrt und verließ mein Schlafzimmer. Ich wusste nicht, wohin ich wollte, aber ich musste irgendwo hingehen. Vielleicht dorthin, wo ich auf irgendwas einschlagen konnte.

Auf irgendwas einschlagen. Ja, das hörte sich gut an.

Dass er zurück in der Schule war, war einfach *unerfreulich*.

Ich war im Erdgeschoss angekommen, ging an der Bibliothek vorbei und wäre in meinem gepunkteten Schlafanzug wohl noch bis Gott weiß wo marschiert, da hörte ich *seinen* Namen.

Abrupt blieb ich stehen, drehte mich um und beugte mich zu der Tür vor, die einen Spaltbreit offen stand.

»Was ist mit Roth?« Das war Dez.

»Es ist wohl allen klar, dass wir ihm nicht restlos vertrauen können«, antwortete Abbot. Im Geiste konnte ich ihn sehen, wie er an seinem Schreibtisch saß und mit einer Zigarre spielte. »Wir müssen ihn im Auge behalten.«

»Schon erledigt«, erwiderte Nicolai.

Nach einer kurzen Pause sagte Abbot: »Und wir müssen auch Layla im Auge behalten.«

Ich presste die Lippen zusammen und ballte die Fäuste. Mich im Auge behalten?

Seine Stimme war etwas leiser geworden, aber dann fuhr er so laut wie zuvor fort: »Ihr wisst, womit wir es hier zu tun haben könnten. Jeder von euch weiß das. Wir müssen sehr vorsichtig sein, denn wenn es das ist, was ich vermute, müssen wir un…«

Ein eisiger Windstoß fegte durch den Flur und wehte mir meine feuchten Haare ins Gesicht. Erschrocken schnappte ich nach Luft und wirbelte herum, als ein lauter Knall im Anwesen widerhallte. Es klang wie ein Donnerschlag, der die Engelsbilder erzittern ließ.

Mitten in den großen Panoramafenstern im Atrium gegenüber bildete sich ein Riss. Ich wich zurück, als das Glas zu splittern begann und dann explodierte.

9. KAPITEL

Kreischend drehte ich mich weg und hielt mir schützend die Arme über den Kopf, ehe das Glas auf mich herabprasseln konnte. Winzige Scherben prallten von mir ab, ohne mich zu verletzen, und gingen mit der Geräuschkulisse eines Windspiels auf dem Fußboden nieder.

»Heilige Scheiße«, flüsterte ich und zuckte zusammen, als die Tür zur Bibliothek aufflog und Wächter in den Flur stürmten.

Abbot führte die Gruppe an. »Was zum Teufel ist denn hier passiert?«

»Keine Ahnung.« Ich drückte den Rücken durch und drehte mich um. Drei große Scheiben waren zerstört worden. »Wow.«

»Alles in Ordnung?«, fragte Dez und kam zu mir. Er blieb zwar auf Abstand, war aber nahe genug, dass ich seine geweiteten Pupillen erkennen konnte.

Ich sah nach unten. Barfuß würde es für mich schwierig werden, mich von der Stelle zu rühren. Der Boden war mit Glassplittern übersät, die im Schein der Foyerlampen wie Diamanten funkelten. »Ja, nicht mal einen Kratzer hab ich abbekommen.«

Nicolai und Geoff gingen zu den Fenstern hinüber. Als unser Sicherheitsexperte machte Geoff zu Recht einen beunruhigten Eindruck, als er sich aus dem glaslosen Rahmen lehnte. »Das war verstärktes Glas, da braucht man schon fast eine Rakete, um die Fenster zu zerstören. Aber davon ist da draußen nichts zu entdecken. Außerdem haben weder die Bewegungsmelder noch die Schutzzauber reagiert.«

»Hier drinnen ist auch nichts«, stellte Nicolai irritiert fest. »Weder ein Ziegelstein noch irgendetwas anderes.«

Abbot drehte sich zu mir um. Seine verbissene Miene verriet mir, dass er gar nicht glücklich war. Ich ließ den Blick zu seinen Händen wandern. In der einen hielt er eine kleine Phiole mit einer milchig weißen Flüssigkeit. »Was ist hier passiert, Layla?«, wollte er wissen, ehe ich ihn nach der Phiole fragen konnte.

»Ich weiß nicht. Ich bin durch den Flur gegangen, und auf einmal sind die Scheiben zerbrochen und dann explodiert.« Ich schüttelte den Kopf, Scherben fielen zu Boden, die sich in meinen Haaren verfangen hatten. Na großartig. Es würde ewig dauern, alle Splitter aus meinen Haaren zu kriegen. Vorsichtig machte ich einen Schritt zur Seite.

Abbot zog eine Braue hoch. »Dann hast du also nichts gemacht?«

Ich riss den Kopf hoch. »Natürlich nicht! Ich habe überhaupt nichts gemacht.«

»Und wie konnten dann die Fenster explodieren, wenn hier nichts zu finden ist, was das herbeigeführt haben könnte?«

Die Scherben waren vergessen, ich starrte Abbot an. Durch die leeren Rahmen wehte kalter Wind ins Haus, aber der war nicht der Grund für den eisigen Schauer, der mir über den Rücken lief. »Ich weiß es nicht, aber ich sage die Wahrheit. Ich habe nichts gemacht.«

Geoff wandte sich zu uns um und verschränkte die Arme vor der Brust. Das Grübchen in seinem Kinn war fast nicht mehr zu sehen. »Layla, hier ist nichts, was die Scheiben hätte zerstören können.«

»Ich war's jedenfalls nicht.« Ich schaute die Männer der Reihe nach an, aber nicht mal Dez oder Nicolai ließen erkennen, dass sie mir glaubten. »Warum sollte ich die Fenster zerstören?«

Abbot reckte das Kinn. »Warum warst du im Flur unterwegs?«

»Keine Ahnung.« Verärgerung ließ meine Haut kribbeln.

»Vielleicht war ich auf dem Weg in die Küche oder ins Wohnzimmer oder in irgendein anderes Zimmer hier unten.«

Er kniff die Augen zusammen. »Rede nicht in diesem Ton mit mir, Layla.«

»In was für einem Ton denn?!« Meine Stimme wurde lauter. »Du gibst mir die Schuld für etwas, das ich gar nicht getan habe!«

»Die Fenster sind nicht von selbst kaputtgegangen.« Seine Augen leuchteten in einem intensiven Blau. »Wenn es ein Unfall war, würde ich von dir lieber die Wahrheit hören, aber nicht noch mehr Lügen.«

»Nicht noch mehr Lügen? Das musst du gerade sagen«, konterte ich. Die Worte kamen mir über die Lippen, bevor ich sie zurückhalten konnte. Na ja, es war ja ohnehin so, als würde ich bereits mit einem Bein im Grab stehen. »Vor allem wenn du die Wächter auch noch anweist, mich im Auge zu behalten.«

Er atmete tief durch, machte einen Schritt auf mich zu und baute sich in voller Größe vor mir auf. »Dann hast du also hier draußen gestanden und uns belauscht, als die Fenster zerbrochen sind?«

»Nein!« Eigentlich nicht. Jedenfalls war ich nicht mit dieser Absicht nach unten gekommen, aber darum ging es nicht. »Ich kam hier vorbei und hörte meinen Namen. Die Tür stand ein Stück weit offen. Es war nicht so, als ob ihr alle versucht hättet, kein Wort nach außen dringen zu lassen.«

Dez kam zu uns. »Layla …«

Abrupt hob Abbot die Hand, damit der jüngere Wächter schwieg. »Was hast du gehört?«

Ich verschränkte die Arme vor der Brust und schwieg. Völlig unerwartet überkam mich Sturheit. Ich sagte nichts, obwohl ich eigentlich nur den einen Satz mitbekommen hatte.

Er ließ den Kopf sinken, als wollte er mir demonstrieren,

dass er keine Angst vor mir hatte, was ich aus irgendeinem Grund als erleichternd empfand. Als er weiterredete, war seine Stimme leise und erschreckend ruhig: »Was hast du gehört, Layla?«

Ich nahm all meinen Mut zusammen, schwieg weiter und zwang mich dazu, seinem Blick standzuhalten. »Wieso? Was glaubst du denn, was ich gehört haben könnte?«

Seine Nasenflügel bebten, als er einen verächtlichen Laut ausstieß. »Mädchen, ich habe dich wie eine leibliche Tochter großgezogen. Du wirst mir Respekt entgegenbringen und meine Frage beantworten.«

Angst ließ meine Muskeln zucken. Einerseits wollte ich ihm sagen, dass ich kaum etwas mitbekommen hatte, damit er beruhigt sein konnte. Immerhin war er für mich das, was einem Vater am nächsten kam. Ich wollte, dass er mit mir zufrieden war. Aber das hier … *das* war nicht fair, und ich würde mich von ihm nicht so behandeln lassen.

Weder von ihm noch von irgendwem sonst.

Die Anspannung im Atrium steigerte sich immer weiter, und die anderen Wächter wurden allmählich nervös. »Sag es ihm doch einfach«, meinte Nicolai.

Aber mein Entschluss stand fest, und ich trotzte weiter Abbots Blick.

»Was ist los?« Zayne kam die Treppe herunter und nahm drei Stufen auf einmal. Seine Haare waren klatschnass, sein schwarzes Shirt klebte ihm am Körper. Er hatte gerade eben geduscht und brachte seinen Duft nach Wintermint mit sich. Er sah zuerst zu uns, dann ging er zu den Fenstern. »Vater?«, fragte er verwundert.

Abbot sah mich noch einen Moment lang an, dann drehte er sich zu seinem Sohn um: »Laut Layla sind die Scheiben wie von Zauberhand explodiert.«

»Ich habe damit nichts zu tun«, beharrte ich und musste

mich davon abhalten, mit dem Fuß aufzustampfen, weil ich sonst nur in Glassplitter getreten wäre. »Die Scheiben sind explodiert, aber ich habe keine Ahnung, was passiert ist. Ich war's jedenfalls nicht.«

»Wenn sie sagt, dass sie es nicht war, dann war sie es nicht.« Für Zayne war die Sache ganz einfach. Er glaubte das, was ich sagte, und dafür war er in diesem Moment mein Held. Er sah zu Boden. »Jesus, pass bloß auf. Du hast ja keine Schuhe an.«

Ich wollte lächeln oder ihm um den Hals fallen, aber Abbot ging an uns vorbei und sagte: »Marsch, ab in dein Zimmer, Layla.« Glas knirschte unter seinen Stiefeln. Als ich mich nicht rührte, blieb er stehen und durchbohrte mich förmlich mit seinem zornigen Blick. »Sofort.«

»Ich habe nichts gemacht!«, protestierte ich. »Warum soll ich ...«

»Sofort!«, brüllte er so laut, dass ich einen Satz machte.

Zayne bekam meinen Arm zu fassen und verhinderte, dass ich in das Glas trat. Seinem Vater warf er einen wütenden Blick zu.

Abbot wandte sich den Wächtern zu, doch als die zu ihm kommen wollten, hob er die Hand. »Nur Geoff. Alle anderen können gehen.«

Geoff sah kurz zu den anderen und folgte Abbot in die Bibliothek. Die Tür fiel hinter ihnen ins Schloss, und mein Unfugssensor schaltete sich ab. Ich drehte mich zu Nicolai und Dez um. »Ich war es nicht«, beteuerte ich noch einmal.

Beide sahen zu Boden, und mein Unbehagen breitete sich in mir aus wie ein Buschbrand, als Nicolai das Atrium verließ.

Dez seufzte. »Ich hole Morris, damit er mir beim Aufräumen hilft. Und bei den Fenstern.« Damit war er ebenfalls weg, und ich war mit Zayne allein.

»Er hat schlechte Laune«, erklärte Zayne, während er mir

half, einen Weg durch das Chaos zu finden. »Das ist er schon, seit Ro... seit die Dämonen gestern Abend hier aufgetaucht sind.«

Vielleicht benahm er sich tatsächlich deshalb so gereizt, aber da war noch irgendetwas anderes. Am Fuß der Treppe angekommen, sagte ich: »Er war mit den anderen Wächtern in der Bibliothek. Ich habe ihn etwas sagen hören.«

Zayne starrte zu Boden. »Du bist dir ganz sicher, dass du nicht in die Scherben getreten bist?«

»Ja. Hör mir zu«, erwiderte ich und zupfte an seinem Ärmel. Er sah mich an, die Brauen hatte er hochgezogen. »Er hat den anderen gesagt, sie sollen mich im Auge behalten.«

»Okay«, gab er gedehnt zurück.

»Okay? Hallo! Er hat ihnen gesagt, dass sie mich *beobachten* sollen.«

Zayne nahm meine Hand und führte mich die Treppe rauf. »Na ja, nachdem ... du weißt schon wer wieder da ist, will er natürlich Gewissheit haben, dass du in Sicherheit bist.«

Auf den Gedanken war ich nicht gekommen. »Es war nichts in der Art, Zayne. Er hat noch etwas gesagt, aber das war so leise, dass ich nichts verstanden habe. Und dann redete er davon, dass irgendetwas da ist, was er vermutet hat.«

»Was?«

»Keine Ahnung.« Frustriert befreite ich mich aus seinem Griff. »Ich konnte nicht alles verstehen, und dann mussten auch noch die dämlichen Fenster explodieren.« Ich sah nach unten, wo die Splitter so glänzten, als hätte es im Foyer geregnet. »Ich war das wirklich nicht.«

»Ich glaube dir.«

»Ja, aber deinem Vater vertraue ich nicht.«

»Layla ...« Seufzend trat er einen Schritt zurück. »Ihr beide habt ganz offensichtlich einige Probleme, und ich kann das voll und ganz verstehen. Er hat dir viele Dinge verschwiegen.«

»Kann man wohl sagen«, murmelte ich.

Er verlagerte sein Gewicht auf das andere Bein. »Aber wenn er einen von den Jungs bittet, dich im Auge zu behalten, dann nur, weil er besorgt um dich ist.«

»Und weil er mir nicht vertraut.«

»Das auch«, räumte er ein. »Hey, das musst du aber auch verstehen. Du hast …«

»… ihn belogen. Ich weiß. Aber er hat mir mehr Lügen aufgetischt.«

Zayne sah mich an, als wollte er mir erklären, dass man nicht einfach die Anzahl der Lügen gegeneinander aufrechnen konnte. Stattdessen jedoch seufzte er noch einmal. »Komm mit. Ich hab vom Abendessen noch etwas Brathähnchen mitgenommen. Es ist inzwischen kalt, also genau so, wie du es am liebsten hast.«

»Er hat mich in mein Zimmer geschickt«, erwiderte ich missmutig.

Er verdrehte die Augen und griff nach mir, aber ich machte einen Satz nach hinten. »Du kommst mit, sonst trage ich dich.«

»Himmel, du wirst ja immer bestimmender, je älter du wirst.«

Zayne zwinkerte mir zu. »Dann hast du mich noch nicht in Aktion erlebt. Du hast zwei Sekunden.«

»Zwei Sekunden? Was ist aus den üblichen … Hey!«, kreischte ich, als er wieder versuchte, mich zu fassen zu bekommen. »Schon gut, schon gut, ich komme mit.«

Nun grinste er mich noch breiter an. »Ich wusste doch, dass du Vernunft annimmst.«

Ich streckte ihm die Zunge raus, er lachte, und ich folgte ihm durch den Flur zu seinem Schlafzimmer. Mir knurrte der Magen beim Gedanken an kaltes Brathähnchen, aber die Geschehnisse im Atrium beschäftigten mich noch immer. Erneut musste ich an diese Phiole mit der milchig weißen Substanz denken.

Ich wollte wissen, was das war.

Parasitäre Schmetterlinge hatten sich in meinem Magen eingenistet und waren im Augenblick damit beschäftigt, sich einen Weg nach draußen zu bahnen. Noch nie hatte mich die Schule so nervös gemacht wie heute.

»Fühlst du dich wirklich wieder besser?«, fragte Stacey und lief hin und her, während ich meine Schulbücher aus dem Spind holte. »Du siehst aus, als würdest du jeden Moment umkippen.«

»Ja, mir geht's gut.« Ich rang mich zu einem Lächeln durch, das wahrscheinlich nur beängstigend rüberkam. Als ich meine Tasche über die Schulter hängte, merkte ich, dass die Schnittwunde am Arm kaum noch schmerzte. Dabei fiel mir ein, dass der Wächter Tomas heute Morgen immer noch als vermisst gegolten hatte.

Bambi streckte sich über meinen Bauch.

Böse Schlange.

»Und? Bist du aufgeregt?«, fragte Stacey und hakte sich bei mir unter.

Meine Kehle fühlte sich an, als hätte ich einen Haarballen verschluckt. »Weshalb sollte ich aufgeregt sein?«

»Na, wegen Roth«, erklärte sie in einem so schrillen Tonfall, dass mir die Ohren klingelten. »Weil er wieder da ist.«

Die mörderischen Schmetterlinge fraßen sich weiter in Richtung Freiheit. Nach den Ereignissen der letzten beiden Nächte und der Aussicht darauf, in die Schule zurückzukehren, hatte ich so gut wie gar nicht geschlafen. Insgeheim hatte ich ja gehofft, Zayne würde seinen Dämonendienst ausfallen lassen und noch einmal bei mir bleiben, aber er hatte es nicht getan, und es wäre völlig verkehrt gewesen, ihn darum zu bitten.

»Und sei mir bitte nicht böse, weil ich wirklich nicht weiß, was zwischen euch vorgefallen ist, aber gestern sah er höllisch scharf aus.«

Mein Herz verkrampfte sich. Wie schön. Es war wohl vergeblich gewesen, darauf zu hoffen, dass er von einem schweren Fall von Gesichtsherpes heimgesucht worden war. »So aufgeregt bin ich nicht«, antwortete ich schließlich.

Schweigend ging sie neben mir her durch den Korridor. Die Tatsache, dass ich noch immer nicht die schimmernden Seelen der anderen Schüler sehen konnte, lenkte mich von der bevorstehenden Begegnung mit Roth ab.

»Soll ich ihn für dich aus dem Verkehr ziehen?«, fragte sie schließlich. »Ich kenne zwar niemanden, aber ich möchte wetten, dass Sam im Internet einen Auftragskiller finden kann.«

Ich musste laut lachen. »Das glaube ich auch, aber nein danke. Das ist schon okay.«

»Gut, aber wenn du es dir anders überlegst …« Sie eilte um mich herum und machte die Tür zum Klassenzimmer auf. Noch bevor ich den Raum betrat, wusste ich, er war noch nicht da. »Freundinnen halten eben zusammen.«

Trotz meiner Nervosität lächelte ich und setzte mich an meinen Platz ganz hinten im Klassenzimmer. Mrs. Cleo war noch immer nicht aufgetaucht, und ihr Vertreter Mr. Tucker gab sich vorn am Pult alle Mühe, die anhimmelnden Blicke der Mädchen aus der ersten Reihe zu ignorieren.

Stacey setzte sich zu mir, ich legte das Buch raus, und der Raum füllte sich nach und nach. Ich konzentrierte mich darauf, einen Stift auszusuchen. Meine Wahl fiel auf einen lilafarbenen, der so glitzerte, als hätte er gemeinsam mit Ke$ha ein Bad genommen.

Das Erste, was ich bemerkte, war der Geruch. Dieses sündige, düstere, leicht süßliche Aroma spielte mit meinen Sinnen. Ich hielt den Stift fest umklammert, während sich die

Atmosphäre in der Klasse veränderte. Mir war das bisher noch nie aufgefallen, aber es wirkte wie am letzten Tag vor den Ferien, sobald Roth in der Nähe war. Wohin er auch ging, immer folgte ihm dieses halbherzige Gefühl von Unbekümmertheit.

Meine Nackenhaare richteten sich auf, und ich wusste, er war ganz in der Nähe. Nicht nur, weil Stacey sich plötzlich versteifte. Es war ein sechster Sinn, der ihn auf einer intimeren Ebene wahrnahm.

Ich sah nicht hoch, als ich hörte, wie der Stuhl am Tisch vor mir zurückgezogen wurde. Aber er war so nah, und dieser verdammte Schmerz meldete sich wieder und sorgte dafür, dass sich meine Kehle und meine Brust verkrampften. Ich wollte seinetwegen nicht leiden und wünschte, ich hätte zu der Stelle vorspulen können, an der Schmerz nur noch ein kaum wahrnehmbares Ärgernis war.

»Freut mich, dass du dich doch keiner Sekte angeschlossen hast.«

Der Klang seiner tiefen, samtigen Stimme ließ mir eine ganze Serie von Schauern über den Rücken laufen. Ich holte tief Luft, was ich sofort bereute. Sein Duft war überall, und ich konnte ihn beinah schmecken. Gegen meinen Willen hob ich den Kopf, und mein Hirn stürzte sich aus dem nächstbesten Fenster.

Roth sah mich mit diesen bernsteinfarbenen Augen an, die von dichten schwarzen Wimpern umrahmt wurden. Sein Haar war ein kunstvolles Durcheinander, es reichte bis an seine Augenbrauen heran. Seine vollen Lippen waren nicht zu dem spöttischen Lächeln verzogen, das ich eigentlich erwartet hätte.

Ich sagte nichts, und nach ein paar Sekunden schürzte er die Lippen, drehte sich um und setzte sich hin. Unter seinem ausgeblichenen blauen Shirt konnte ich sehen, dass seine Schultern untypisch verkrampft waren. Es hätte mir eigentlich ein diebisches Vergnügen bereiten sollen, dass er sich unbehaglich fühlte. Wer hätte gedacht, dass dem Kronprinzen der Hölle so etwas widerfahren könnte? Doch diese Erkenntnis verschaffte mir keine Genugtuung.

Stacey beugte sich rüber und kritzelte »Auftragskiller?« in mein Notizbuch.

Ich lächelte und schüttelte den Kopf. Sie zuckte mit den Schultern und widmete sich wieder ganz dem scharfen Vertretungslehrer. Ich versuchte mich ebenfalls darauf zu konzentrieren, wie gut er aussah mit seinen braunen Haaren und dem jungenhaften Grinsen, während er mit dem Overhead-Projektor hantierte, doch ich konnte immer nur daran denken, dass Roth so vor mir saß, als wäre er nicht vor zwei Wochen buchstäblich zur Hölle gefahren und hätte nichts Bedeutsames mit mir geteilt.

Ich dankte Gott und dem McDonald's gleich nebenan auf Knien dafür, dass heute Freitag war. Wenigstens blieb ich so zwei Tage lang davon verschont, Roth zu sehen. Außerdem würde mir diese Pause guttun, denn Bio war das langweiligste Fach meines Lebens – sogar noch vor Geschichte.

Als die Glocke ertönte, schoss ich wie eine Minirakete von meinem Platz auf, packte alle Bücher in meine Tasche und verließ zügig das Klassenzimmer. Stacey war dicht hinter mir, und ich hoffte, sie würde mir meinen fluchtartigen Abgang nicht übel nehmen. Ich entdeckte Sam am Ende des Korridors und atmete erleichtert auf, dass er mir lächelnd zuwinkte, als er mich sah. Er stand über den Wasserspender gebeugt und trank ein paar Schlucke, wobei es mich wunderte, dass sein Kapuzenshirt nicht mit winzigen Tropfen übersät war, was bei ihm normalerweise der Fall war, wenn er aus einem dieser kleinen Springbrunnen zu trinken versuchte. Ich ging schnurstracks auf ihn zu.

Mehr als die Hälfte der Strecke konnte ich aber nicht zurücklegen, da die Tür zum Chemieraum so unerwartet aufflog, dass sie mir fast ins Gesicht geklatscht wäre. Ich stolperte einen Schritt, und in der nächsten Sekunde breitete sich im Flur der Geruch nach faulen Eiern aus, der mir die Tränen in die Augen trieb.

»Nicht schon wieder!«, rief ein Junge und hielt sich die Hände vor den Mund.

Ich wusste nicht, ob er damit den entsetzlichen Gestank meinte, der vor ungefähr einem Monat von dem Zombie im Heizungskeller ausgegangen war, oder ob er sich auf das bezog, was aus dem Dämonenraum geworden war, nachdem Roth ihn in jener Nacht in der Turnhalle in eine stinkende Rauchwolke verwandelt hatte. Aber das war jetzt auch egal.

Ein Lehrer kam in den Flur gerannt, fuchtelte sich vor dem Gesicht herum und stieß laute Würgelaute aus. Zwei Sekunden später stürmte eine Lehrerin aus dem gleichen Raum. Die Spitzen ihrer blonden Haare waren angesengt und vom Ruß geschwärzt, ihre Augenbrauen waren komplett weggebrannt worden, und ihr gerötetes Gesicht war zur Hälfte rußbeschmiert.

»Nett«, murmelte Roth, der es irgendwie – wahrscheinlich als Folge der Gesetze des Universums – geschafft hatte, plötzlich neben mir zu stehen. *Verdammt.* »So was nennt man wohl eine schöne Bescherung.«

Ich warf ihm einen vernichtenden Blick zu und ging um ihn herum, bereit, sämtliche Karzinogene einzuatmen, die mit dem Rauch aus dem Klassenraum quollen. Aber er griff nach meinem Sweater und zog mich zurück. Ich prallte von seiner steinharten Brust ab, drehte mich um und stand kurz davor, ihm meine Faust in den Magen zu rammen, weil es sich so *richtig gut* angefühlt hätte, während die augenbrauenlose Lehrerin weiter durch den Rauch rannte.

Roth ließ die Hand über meinen Rücken wandern. »Vorsicht, Shortie, sie befindet sich auf dem Kriegspfad.«

»*Fass* mich nicht an.« Schnell wich ich vor ihm zurück und ignorierte das kurze Aufflackern von Emotionen, das ihn veranlasste, die Lippen zusammenzupressen. »Und *nenn* mich nicht so.« Ich drehte mich noch gerade rechtzeitig um und sah, wie die Lehrerin einen Hechtsprung machte. »Was zum …?«

Sie war soeben dem anderen Lehrer in den Rücken gesprungen und hatte ihn zu Boden gerungen. Mitten im Flur, umgeben von ungläubigen Kollegen und Schülern. Sie riss seinen Arm nach hinten und versetzte dem Kerl einen Fausthieb genau zwischen die Beine.

10. KAPITEL

»Allmählich glaube ich, dass wir auf die bescheuertste Schule in ganz Nordamerika gehen«, sagte Stacey beim Mittagessen. Zwischen zwei schwarz lackierten Fingernägeln hielt sie ein Chicken Nugget eingeklemmt. »Ich meine, wo findet man sonst Lehrerinnen, die bei einem Kollegen den Nussknacker machen?«

Sam verzog den Mund und ließ seine Kringelfritte auf den Teller fallen. »Ja, das war ziemlich verrückt.«

Es war mehr als nur ziemlich verrückt. Seit der Schlägerei im Biounterricht waren bis zu diesem Zwischenfall nur ein paar Tage vergangen. Da musste noch irgendetwas anderes laufen. Und was war mit dem Pärchen, das es mitten im größten Trubel im Korridor getrieben hatte? Ich knabberte an meinem Nugget und hoffte, dass ich mit meinem Verdacht falschlag. Trotzdem war angeblich eine Lilin geboren worden, und unerklärliches Verhalten war nun einmal ein Zeichen für die Anwesenheit einer Lilin, richtig? Aber wenn die hinter Deans Wut, dem hemmungslosen Pärchen und der Lehrerin steckte, waren das schon vier Leute, die kurz davorstanden, zu Geistern zu werden. Die Last einer solchen möglichen Katastrophe raubte mir den Atem.

Ich schaute über die Schulter und wünschte, ich könnte wieder Auren sehen. Diejenigen, die von der Lilin betroffen waren, mussten irgendwie anders sein, da die Überreste ihrer Seelen irgendeine Art von Makel aufweisen würden. Aber ich nahm nichts wahr und war damit praktisch nutzlos.

Ich erschauderte, als ich das angeknabberte Nugget auf mein Tablett legte. Hing der plötzliche Verlust meiner Fähigkeit vielleicht mit der Lilin zusammen? Falls ja, würde es bedeuten, dass ich mich in ihrer Nähe aufgehalten hatte.

Nein, das war undenkbar. Ich würde es merken, wenn etwas anwesend wäre, das sich mein Blut und das meiner Mutter teilte. Es musste irgendetwas anderes sein.

»Was habt ihr nach der Schule vor?«, fragte Sam. Als ich hochsah, schaufelte er sich gerade alles rein, was noch auf seinem Teller lag. Dieser Junge und sein Appetit waren einfach legendär. »Ich hab überlegt, dass wir uns irgendwo was zu essen holen könnten. Nur wir drei.«

Ich lächelte.

Hoffnungsvoll sah Stacey mich an. »Ich muss heute nicht auf meinen kleinen Bruder aufpassen. Also hab ich Zeit. Layla?«

In Anbetracht der Tatsache, wie sich Abbot gestern Abend aufgeführt hatte, wollte er bestimmt, dass ich von der Schule direkt heimkam. Was bedeutete, dass es das Letzte war, was ich wollte. »Ja, ich schicke Zayne nur eine SMS, damit er Bescheid weiß.« Nicolai würde dagegen ganz sicher keine Nachricht von mir kriegen. »Das dürfte kein Problem sein.«

»Du solltest ihn auch einladen«, schlug sie vor und klatschte dabei in die Hände wie ein Seehund auf Crack.

Als Sam daraufhin die Augenbrauen hochzog, hätte ich die Idee fast verworfen, aber dann nahm ich mein Handy und dachte mir: Was soll's? Mehr als Nein konnte Zayne nicht sagen, und das wäre auch nicht das erste Mal. »Ich frag ihn.«

Während ich anfing zu schreiben, warf Stacey Sam einen überraschten Blick zu.

Stacey & Sam wollen nach der Schule irgendwo was zu essen holen. Willst du mitkommen?

Ich legte das Handy neben den Teller, rechnete aber nicht mit einer schnellen Antwort. Zayne würde jetzt wohl schlafen.

»Meinst du, er kommt?«, fragte Sam, der mit seiner Gabel spielte.

»Wahrscheinlich nicht«, antwortete ich schulterzuckend.

»Falls doch, kannst du ihn nicht um ein Interview bitten.« Mit der Wasserflasche in der Hand zeigte Stacey warnend auf Sam. »Und du kannst dich auch nicht wie ein irrer Fan aufführen. Damit erschreckst du ihn nur, und dann kommt er nie wieder raus, um mit uns zu spielen.«

Sam lachte leise. »Ich werde mich nicht wie ein irrer Fan aufführen.«

Das war eher zweifelhaft. Die wenigen Male, bei denen Sam auf Zayne getroffen war, hatte er ihn voller Ehrfurcht angestarrt und den Mund nicht mehr zugekriegt. Ich konnte ihm das gar nicht mal verübeln. Die Wächter mischten sich nicht oft unters Volk. Die meisten Leute wussten nicht mal, dass ein paar von den ganz normalen Menschen auf der Straße, in Geschäften oder Restaurants in Wahrheit Wächter waren.

Stacey grinste in die Runde. »Irgendeine Idee, wo …«

»… ich bin?«, ertönte in dem Moment eine tiefe Stimme, bei der mein Herz einen Satz machte. »Ich bin genau hier.«

Auf keinen Fall hätte ich Roth an unserem Tisch haben wollen. Ein bösartiges Déjà-vu verpasste mir einen Schlag auf den Kopf. Es war genauso wie damals, als Roth das erste Mal in meinem Leben aufgetaucht war. Ich konnte nicht fassen, dass er die Dreistigkeit besaß, zum Mittagessen ausgerechnet zu uns zu kommen. Und doch stand er jetzt da.

Ich kniff die Lippen zusammen, als er sich ohne Einladung und ohne eine irgendwie geartete Reaktion von unserer Seite einfach neben mich setzte. Er hatte keins von den orangefarbenen Plastiktabletts dabei, sondern stellte eine McDonald's-Tüte auf den Tisch. Grinsend holte er eine kleine weiße Tüte heraus. »Fritte?«

Ich atmete tief durch. »Nein.«

»Ich nehme eine.« Sam beugte sich über den Tisch und schnappte sich gleich ein paar Stück. »Schön, dass du wieder da bist. Drüsenfieber ist Scheiße. Ich hatte das mal, als ich …

Oh!!« Erschrocken riss er die Augen auf, als er den bösen Blick bemerkte, den Stacey ihm zuwarf.

Roth kümmerte sich nicht darum, was zwischen den beiden lief, sondern legte die Frittentüte zwischen uns gleich neben mein Telefon, dann holte er einen Cheeseburger heraus. »Ja, Drüsenfieber war die Hölle. So als wäre man an ein Bett gekettet.«

Fast hätte ich mich verschluckt.

Mein Handy vibrierte, auf dem Display wurde Zaynes Antwort angezeigt. Ehe ich es an mich nehmen konnte, hatte Roth es sich schon geschnappt. »Ich hole euch ab, dann gehen wir rüber.« Er zog eine Augenbraue hoch. »Zusammen?«

Mir ging ein ganzer Schwall aus Flüchen durch den Kopf, als ich ihm das Telefon aus der Hand riss. »Es ist unhöflich, Nachrichten zu lesen, die für andere Leute bestimmt sind.«

»Tatsächlich?«

»Oh ja«, bestätigte Stacey. »Aber ich freue mich, dass Zayne sich uns zum Abendessen anschließt.«

Roth runzelte die Stirn, dann fügte er nach einer kurzen Pause hinzu: »Ich freue mich auch.«

Ich stieß einen verächtlichen Laut aus.

Aus zusammengekniffenen Augen sah er mich an.

»Abendessen?« Sam stutzte. »Ich dachte, wir holen gleich nach der Schule was zu essen. Und ich hatte mir eher den Italiener ein Stück die Straße runter vorgestellt, aber kein richtiges Abendessen …«

»Sam.« Stacey seufzte.

Daraufhin grinste Roth. »Egal, reden wir wieder von mir. Mir geht's wieder gut, und ich bin zurück.« Als er mir einen listigen Blick zuwarf, hätte ich ihm am liebsten eine gescheuert. Stattdessen hatte ich im Bett gelegen und ihm wie ein Baby nachgeweint. »Ich habe euch bestimmt gefehlt.« Er biss von seinem Cheeseburger ab und grinste. »Sogar sehr.«

Ich wusste nicht, warum meine Emotionen so abrupt umschlugen. Der Schmerz, den seine Zurückweisung hinterlassen hatte, explodierte zu unbändigem Zorn von der Art, die Linda Blair im *Exorzisten* dazu veranlasst hatte, den Kopf rotieren zu lassen und grüne Kotze auszuspucken. Mein Verstand schaltete sich einfach ab, ich dachte an überhaupt nichts, als ich ihm den Hamburger aus der Hand nahm und ihn mit aller Kraft hinter Roth auf den Boden schleuderte. Das befriedigende Klatschen, als sich Ketchup und Majo wie ein Burger-Massaker auf dem Fußboden verteilten, zauberte mir ein breites Lächeln auf die Lippen.

Stacey begann hysterisch zu lachen.

Roth sah auf den Boden und drehte sich langsam zu mir um. »Aber den wollte ich doch essen.«

»Pech gehabt«, gab ich zurück und verkniff mir ein irres Kichern. »Deine Fritten landen auch gleich da unten, wenn du nicht endlich deinen Arsch von hier wegbewegst!«

»Oha«, murmelte Stacey, während sie sich jetzt vor Lachen beinah schüttelte.

Sekundenlang starrten Roth und ich uns an, bis auf einmal seine Lippen zuckten, als müsste er sich ein Grinsen verkneifen. Meine Wut legte noch einen Gang zu. Dann griff er nach der Tüte Fritten. »Ich glaube, wir müssen uns unterhalten.«

»Nein, müssen wir nicht.«

»Doch, das müssen wir«, beharrte er.

Ich schüttelte den Kopf.

Roth starrte mich an, und auf einmal … auf einmal veränderte sich etwas an der Art, wie er mich ansah. Sein harter Gesichtsausdruck war ein wenig milder geworden. »Layla.«

»Also gut«, erwiderte ich und griff nach meiner Tasche, während mir ein wirklich dämlicher Gedanke durch den Kopf ging. Vielleicht wollte er sich ja dafür entschuldigen, dass er sich wie ein Arsch verhalten hatte. Nein, das war unwahrscheinlich. Ich drehte mich zu Stacey und Sam um, die sich beide köstlich amüsierten. »Schick mir eine SMS, wenn ihr wisst, wo wir uns nach der Schule treffen.«

»Geht klar.« Nach einer kurzen Pause fügte Stacey hinzu: »Aber tu den Fritten nicht weh. Das wäre ein Sakrileg.«

»Das kann ich nicht garantieren.« Ich ging los, ohne auf Roth zu warten, und war unglaublich stolz auf mich. Vor zwei Monaten hätte ich es nicht gewagt, eine Szene zu machen, aber inzwischen war aus mir ein anderer Mensch geworden.

Das wurde mir jetzt langsam klar.

Als ich an den Toiletten vor der Cafeteria vorbeikam, ging die Tür zu den Jungentoiletten auf, und Gareth kam herausgestolpert, gefolgt von einer Horde kichernder – ja, kichernder – Footballspieler. Sie stanken nach Pot und steuerten auf die Cafeteria zu.

»Für eine Tüte Cheetos könnte ich morden«, verkündete Gareth.

Einer von seinen Kumpels ergänzte lachend: »Und ich würde für ein paar Zimtschnecken ein Baby vor einen fahrenden Bus werfen.«

Wow, das waren aber zu allem entschlossene Schleckermäuler. Ich wusste, dass diese ganze Truppe ohne Ende Party machen konnte, aber keiner von denen kiffte. Das war eindeutig ein untypisches Verhalten. Waren sie womöglich auch … infiziert?

Roth holte mich ein. Er hatte keine Schultasche dabei, nur seine dämlichen Fritten. »Ich bin erstaunt. Das muss ich zugeben. Du hast mich überrascht.«

»Tatsächlich?« Ich stieß ein raues Lachen aus und ärgerte mich, dass er auch noch den Entsetzten mimte. »Hast du gedacht, ich freue mich, dich zu sehen, nach allem, was du mir gesagt hast? Ernsthaft?«

Er steckte eine Fritte in den Mund und kaute nachdenklich darauf herum, als müsste er wirklich erst noch nachdenken. »Ja. Ich weiß, dass es so ist.«

Am Ende des Korridors blieb ich abrupt stehen und drehte mich zu Roth um. »Du bist größenwahnsinnig.«

»So weit würde ich nicht gehen.« Und die nächste Fritte verschwand in seinem Mund.

»Du hältst dich für unentbehrlich, obwohl du es nicht bist.«

Er grinste mich an. »Genau genommen bin ich sogar sehr wertvoll. Als der Kronp…«

Ich riss ihm die Tüte aus der Hand und warf die restlichen Fritten in einen Abfalleimer. »So, jetzt weißt du, für wie wertvoll ich deinen ständigen Kronprinz-Scheiß halte.«

Roth stieß einen tiefen Seufzer aus. »Ich befinde mich noch im Wachstum und brauche Nahrung. Jetzt werde ich verhungern, und das ist allein deine Schuld.«

»Meinetwegen.« Ich verschränkte die Arme vor der Brust.

Er sah mich an, schließlich legte er den Kopf in den Nacken und lachte los. Mir lief ein Schauer über den Rücken, da ich nicht auf diese Reaktion gefasst gewesen war. Ich hatte schon vergessen, wie ansteckend sein tiefes, volltönendes Lachen sein konnte. Aber schnell verstummte er wieder und setzte eine unerwartet düstere Miene auf. »Oh, Shortie, du machst es mir schon jetzt schwer.«

»Was mache ich dir schwer? Und hör auf, mich Shortie zu nennen!«

Er schüttelte den Kopf. »Komm schon, wir müssen ernsthaft reden. Irgendwo, wo uns keiner stören kann.« Er ging auf die doppelflügelige Tür zu, und da wusste ich, wohin er wollte – zu unserer *Treppe*. Jenem Ort, den wir Schüler nicht aufsuchen sollten und um den alle einen großen Bogen machten. Die Treppe führte zur alten Turnhalle, es roch nach Schimmel – aber es war zuvor unser Ort gewesen.

Also auch der Ort, den ich als Letztes aufsuchen wollte. Aber Roth ging bereits die Stufen runter. Ich straffte die Schultern und folgte ihm. Nichts hatte sich in der Zwischenzeit an dem drei mal drei Meter großen Treppenabsatz geändert. Noch immer blätterte graue Farbe von den Betonwänden, das Geländer war von Rost überzogen. Staub trieb durch den Lichtkegel, der durch ein winziges Fenster am Kopf der Treppe fiel. Die Zeit hatte diesen Ort hier scheinbar vergessen.

Roth drehte sich zu mir um und lehnte sich gegen die Wand, dann hob er die Arme und streckte sich. Sein Shirt rutschte dadurch nach oben und gab den Blick frei auf einen Teil seines Bauchs und auf das Drachentattoo – Klopfer. Die blauen und grünen Schuppen leuchteten so strahlend wie immer. Roth hatte einmal gesagt, dass der Drache nur dann in Aktion treten würde, wenn es etwas wirklich Übles abzuwenden galt. Allerdings konnte ich mir nicht vorstellen, was dafür noch passieren musste, wenn er den Drachen in jener Nacht mit Paimon nicht zum Einsatz hatte kommen lassen. Der Drache schlief jetzt, die Flügel hatte er eng angelegt, der Schwanz verschwand unter dem Bund von Roths dunkler Jeans. In Anbetracht dessen, wie tief diese Jeans auf seinen Hüften hing, bekam ich bei der Länge, die ich von Klopfers Schwanz sehen konnte, glühende Wangen.

»Layla …«

Ich zwang mich, den Kopf zu heben, und schnappte unwillkürlich nach Luft, als ich sah, wie sehr seine ockerfarbenen Augen leuchteten.

»Gefällt dir, was du siehst?«

»Nein, überhaupt nicht«, behauptete ich und ballte die Fäuste.

»Du schwindelst.« Er begann spöttisch zu lächeln. »Und du bist nach wie vor eine miserable Lügnerin.«

Während ich um Geduld rang, ließ ich meine Tasche auf den Boden fallen. »Wieso bist du hier, Roth?«

Er antwortete nicht sofort. »Willst du die Wahrheit hören?«

»Nein, ich will natürlich Lügen hören.« Ich verdrehte die Augen. »Was meinst du denn?«

Ein sanftes Lachen kam über seine Lippen. »Mir gefällt die Schule irgendwie. Solche Orte haben wir unten nicht.« Er zuckte mit einer Schulter. »Es ist hier so normal.«

Etwas umklammerte mein Herz. Aus dem gleichen Grund mochte ich selbst auch die Schule. Hier konnte ich mich normal geben. Aber ich weigerte mich, ihm in irgendeiner Weise Verständnis entgegenzubringen. »Du solltest nicht hier sein.«

»Deinetwegen?«, fragte er und zog eine Braue hoch.

Herrgott, natürlich nur meinetwegen! wollte ich ihm ins Gesicht brüllen. »Weil deine Anwesenheit hier sinnlos ist.«

»Eigentlich nicht.« Er nahm die Arme endlich runter, wofür ich Gott dankte, weil sein Bauch mich so nicht länger ablenken konnte. »Du willst mir doch sicher nicht erzählen, dass dieser Kampf auf Leben und Tod heute Morgen ganz normal gewesen ist.«

Ich erwiderte gar nichts.

»Und ich nehme an, dass das nicht der einzige seltsame Zwischenfall in den letzten Tagen gewesen ist, richtig?« Aus leicht zusammengekniffenen Augen sah er mich an.

Am liebsten hätte ich das abgestritten, weil ich nicht wollte, dass er noch überheblicher dreinblickte. Aber das wäre dumm gewesen. Ich durfte nicht das eine sehr reale und gewaltige Problem vergessen, dem wir uns gegenübersahen. »Es gab ein paar merkwürdige Dinge, ja. Dean, ein Junge, der sonst keiner Fliege was zuleide tut, hat einen Mitschüler derart brutal zusammengeschlagen, dass der wiederbelebt werden musste. Und ein Pärchen hat es im Korridor getrieben und …«

»Das ist doch nichts Schlimmes«, meinte er amüsiert.

»Nur dass an dieser Schule ein strenges Verbot für öffentliche Liebesbekundungen gilt und ein Lehrer desinteressiert an den beiden vorbeigegangen ist, als die zwei sich gerade eben auf die Mädchentoilette zurückgezogen haben.« Ich strich meine Haare nach hinten und legte eine Hand auf den Ring an meiner Halskette. »Meinst du also, die Lilin war hier?«

Er nickte. »Das ergibt einen Sinn. Immerhin wurde sie ja auch hier erschaffen. Und genau deshalb müssen wir reden. Du solltest in der Lage sein, die Lilin ausfindig zu machen, zumindest aber jenen seltsamen Dämon, der sich hier an der Schule aufhält.«

»Ähm …« Ich sah zur Seite und zog an der Kette. Ich wollte es ihm eigentlich nicht sagen, aber er war ein Dämon, und vielleicht wusste er ja, was los war. »Na ja, eigentlich nicht.«

Er stieß sich von der Wand ab, stellte sich kerzengerade hin und war ganz auf mich konzentriert. »Wie meinst du das?«

»Ich kann keine Auren mehr sehen. Nichts. Das hat vor ein paar Tagen angefangen.«

»Einzelheiten. Erzähl mir alles.«

»Na ja, die Auren fingen beim Mittagessen an zu flackern«, erklärte ich seufzend. »Dann war da dieser stechende Schmerz hinter meinen Augen, und seitdem sehe ich keine Auren mehr. Ich stehe also praktisch im Dunkeln da und kann Dämonen nicht so wahrnehmen, wie das den Wächtern möglich ist. Jedenfalls nicht so intensiv. Diese Fähigkeit habe ich nie trainieren müssen.«

»Das kann kein Zufall sein.«

»Das habe ich auch schon befürchtet«, sagte ich und ließ den Ring los. »Ich hatte gehofft, es würde keine Verbindung zur Lilin geben.«

Roth erwiderte nichts. Nachdenklich runzelte er die Stirn

und betrachtete mich so eindringlich, dass ich mich am liebsten gewunden hätte. »Und was glaubst du, wie sie auf meine Fähigkeit einwirkt?«, fragte ich, als mir das Schweigen zu viel wurde.

»Ich weiß nicht.« Endlich schaute Roth zur Seite und kratzte sich am Kopf. »Aber dann werden wir die Lilin auf die altmodische Weise suchen müssen.«

»Wir?«

Sein unterwürfiger Blick wäre beinah lächerlich gewesen, aber in Wahrheit war er unglaublich sexy, wofür ich Roth hasste. »Ja. Wir. Du und ich. Wie zwei …«

»Nein.« Ich hob die Hand. »Wir werden nicht noch einmal zusammenarbeiten, ganz gleich, wobei.«

»Hatten wir diese Unterhaltung nicht schon einmal?« Er machte einen Schritt auf mich zu, ich wich zurück. »Denk mal daran, wie gut das ausgegangen ist. Wir waren das perfekte Team.«

Ich ging weiter nach hinten, bis ich die kühle Wand im Rücken spürte. »Da wusste ich auch noch nicht, dass ich nur ein billiger Zeitvertreib für dich war.«

Seine Zungenspitze strich an seinen oberen Schneidezähnen entlang. Ich konnte die kleine Kugel sehen, die dem Stecker Halt gab. Es sollte wohl nicht sein einziges Piercing sein, aber von dem Gedanken verabschiedete ich mich sofort. Darüber musste ich nun wirklich nicht nachdenken.

»Es war gehässig von mir, so was zu sagen. Das gebe ich zu. Ich neige dazu … dumme Dinge von mir zu geben. Ich bin ein Idiot.«

»Da kann ich nur zustimmen.«

Plötzlich kam er so schnell auf mich zugeschossen, dass ich die Bewegungen gar nicht nachvollziehen konnte, sondern nur sah, wie er im nächsten Moment vor mir stand. »Was ich über Eva gesagt habe, war auch nicht so gemeint.«

Etwas in mir – etwas unglaublich Dummes, das erstochen gehörte – öffnete sich wie eine Blüte, die zum ersten Mal die Sonne sah. Ich versuchte es zu ersticken. »Kümmert mich nicht.«

»Doch, tut es.« Er senkte den Kopf, seine Lippen kamen meinen bedenklich nahe. Ich verkrampfte mich, vermochte kaum zu atmen, und mein Herz begann zu rasen. »Es hat dich verletzt.«

»Wieso interessiert dich das überhaupt?«

Roth sagte nichts. Meine Lippen kribbelten, weil er mich so eindringlich ansah. Ganz leicht legte er die Hände auf meine Hüften, sodass sie fast nicht zu spüren waren. Ich umfasste seine Handgelenke und wollte ihn von mir wegdrücken. »Tu es nicht«, sagte er leise.

»Wieso?«, flüsterte ich und klammerte mich schon an den winzigen Funken Hoffnung, der in mir aufkeimte. »Und warum hast du dann all diese Dinge zu mir gesagt, wenn du es nicht so gemeint hast …«

»Ist doch egal.« Innerhalb eines Augenzwinkerns hatte er sich ein paar Meter von mir entfernt. »Wir müssen Freunde sein. Zumindest müssen wir so gut miteinander auskommen, dass du nicht mein Fast Food in den Müll schmeißt, sobald ich den Mund aufmache.«

Mit einem Mal war er ein anderer Roth. Nicht der Junge, der mich noch vor ein paar Wochen in seinen Armen gehalten und all diese wunderbaren Dinge mit mir gemacht hatte. Ehe ich mich zurückhalten konnte, platzte es aus mir heraus: »Habe ich dir irgendetwas bedeutet?«

»Das ist nicht wichtig«, sagte er tonlos, als er sich zur Treppe umdrehte. »Und das war es auch nie, Layla.«

11. KAPITEL

Es kostete mich viel Mühe, über das hinwegzukommen, was Roth gesagt hatte, und den Tag zu Ende zu bringen. Ich hatte ihn nicht verstanden, und es würde noch lange dauern, ehe ich damit aufhören konnte, es zu versuchen. Während des Nachmittagsunterrichts schwankte ich die ganze Zeit zwischen der Alternative, Roth aufzuspüren und mit ihm das Gleiche zu machen wie mit seinem Hamburger, und der, ihn einfach nur endlos lange anzustarren.

Manchmal war es einfach scheiße, ein Mädchen zu sein.

Ich schleppte mich aus der Schule bis zur Straßenecke. Als ich den alten Impala entdeckte, brachte ich ein mattes Lächeln zustande. Fast hätte ich vergessen, dass Zayne mit uns essen gehen wollte, und während ich mit Roth beschäftigt gewesen war, hatte ich gar keine Gelegenheit gehabt, mir darüber Gedanken zu machen, dass Zayne sich einverstanden erklärt hatte, mit uns abzuhängen.

Dabei kam das nur sehr selten vor.

Ich beschloss, einen gewissen wankelmütigen Dämon für die nächsten Stunden zu vergessen, machte die Wagentür auf und nahm auf dem Beifahrersitz Platz. »Hey«, begrüßte ich Zayne.

Er grinste mich an. Er trug eine Baseballkappe, die er so tief in die Stirn gezogen hatte, dass seine obere Gesichtshälfte fast ganz verdeckt wurde. Manche Männer konnten einfach keine Baseballkappen tragen, aber bei Zayne war das Gegenteil der Fall. »Wohin fahren wir?«

»Little Italy – zwei Blocks von hier entfernt.«

»Cool.« Er sah in den Außenspiegel, einen Moment später fuhr er los.

»Danke, dass du gekommen bist«, sagte ich und ließ den Kopf gegen die Rückenlehne sinken. »Ich war überrascht, dass du zugesagt hast.«

»Das hättest du nicht sein müssen. Ich wollte mitkommen.« Er streckte den Arm aus und strich mir sanft eine Strähne aus dem Gesicht. »Wie war's in der Schule?«

Ich drehte mich zur Seite und betrachtete sein markantes Profil. »Darüber möchte ich jetzt nicht reden.« Wenn ich ihm von den Vermutungen rund um die Lilin erzählen wollte, würde ich unweigerlich Roth erwähnen müssen, und dabei wollte ich doch diesen gemeinsamen Abend genießen. »Nach dem Essen?«

Er warf mir einen flüchtigen Blick zu. »Muss ich mir wegen irgendwas Sorgen machen?«, fragte er schließlich.

»Nein.« Es gefiel mir, wie sich seine Haare kräuselten, die unter der Kappe hervorlugten. »Was hast du heute so getan?«

»Geschlafen«, antwortete er, während er am Lokal vorbeifuhr und nach einem Parkhaus Ausschau hielt. »Die letzte Nacht war langweilig. Auf den Straßen herrschte Totenstille. Ich weiß nicht, wieso, aber danach fühle ich mich am nächsten Tag viel müder als üblich.«

»Ist diese Totenstille ungewöhnlich?« Ich musste an die Lilin denken.

»Kommt drauf an. Wenn das so weitergeht, dann ja.« Nachdem wir im Erdgeschoss des Parkhauses einen Platz gefunden hatten – er hatte einfach unverschämtes Glück –, stellte er den Motor aus und drehte sich zu mir um, während er den Schlüssel abzog. »Nicht bewegen«, sagte er, und ich gehorchte ihm aus purer Neugier. Mit dem Daumen strich er über meine Unterlippe. »Du hattest da einen kleinen Fussel, und ich glaube ...«

Weiter kam er nicht, da er abrupt nach Luft schnappte. Zuerst war mir nicht klar, was ich da tat, doch dann begriff ich nach und nach den Grund für seine Reaktion – dieses zermürbende Gefühl, bei dem sich mein Innerstes anspannte, seine geweiteten Pupillen, das plötzliche Strahlen seiner blauen Augen, die Art, wie er angestrengt durchatmete, der salzige Geschmack seiner Haut, als meine Zunge über die raue Daumenkuppe glitt.

Oh Gott!

Oh mein Gott!

Ich leckte an seinem Daumen. Ich leckte *tatsächlich* an seinem Daumen.

Und mein Körper reagierte auf den rundweg verbotenen Geschmack seiner Haut. Ein Gefühl von Schwere senkte sich auf meine Brüste herab, Hitze durchströmte mich. Zayne zog sich nicht zurück, ganz im Gegenteil. Es schien eher so, als würde er sich weiter zu mir vorbeugen wollen, obwohl er bereits mit dem Oberkörper über der Mittelkonsole hing.

Stöhnend wich ich vor ihm zurück. Meine Wangen glühten, mein ganzer Körper schien in Flammen zu stehen. Ich wusste nicht, was ich tun oder sagen sollte. Zayne schaute mich an, sein Atem ging unregelmäßig. Ich hatte keine Ahnung, was ihm durch den Kopf ging, und ich wollte es auch gar nicht wissen.

Entsetzen trat an die Stelle der brodelnden Hitze, die mein Inneres in Lava verwandeln wollte. Was zum Teufel hatte ich mir nur dabei gedacht? Ich brauchte Luft und Platz, also löste ich hastig den Gurt und schmiss mich förmlich aus seinem Wagen.

Mir brannten die Augen. Nach dem, was ich gerade gemacht hatte, würde ich dieses gemeinsame Abendessen nicht durchstehen. Ich musste ein Taxi rufen oder zu Fuß nach Hause gehen oder nach Alaska umsiedeln oder mir den Mund zunähen …

Als ich um den Impala herumlief, stand plötzlich Zayne vor mir. Den Schirm seiner Baseballkappe hatte er nach hinten gedreht, seine Augen waren weit aufgerissen. Ganz sicher hielt er mich für einen Freak. Und ich *war* ja auch ein Freak. Wie ein absoluter Feigling wich ich zur Seite aus, damit ich um ihn herumlaufen konnte, aber er stellte sich mir wieder in den Weg und legte die Hände auf meine Schultern.

»Hey. Wo willst du denn so eilig hin?«

»Keine Ahnung.« Meine Kehle fühlte sich an, als würde sie sich zuschnüren. War ich vielleicht gegen ihn allergisch? Nein, das klang idiotisch. Vielleicht war es ja eine Panikattacke. »Wir sollten gehen. Am besten jetzt. Oder wir fahren nach Hause, wenn du das möchtest. Ich hätte dafür total Verständnis, und es tut mir …«

»Langsam, langsam, kein Grund zur Panik.« Sanft knetete er meine Schultern. »Es ist okay. Alles ist bestens.«

»Nein, ist es nicht.« Mir versagte die Stimme. »Ich …«

»Es ist wirklich alles in Ordnung.« Er wollte mich an sich ziehen, aber als ich mich zu weigern versuchte, zog er einfach umso fester. Mein Gesicht drückte gegen seine Brust, ich atmete seinen frischen Duft ein. »Hör zu, du hast eine Menge Stress aushalten müssen, und es sind ein paar sehr verrückte Dinge passiert.«

Das stimmte zwar, aber das rechtfertigte nicht, dass ich irgendjemandem die Finger ableckte. Ich kniff die Augen zu, während er mich in die Arme nahm. Er beugte sich vor, bis sein Kinn auf meinem Kopf lag. Nur Zayne konnte so verständnisvoll sein. Manchmal war er einfach zu perfekt.

»Ich weiß nicht, warum ich das gemacht habe«, erklärte ich erstickt. »Mir war das nicht mal bewusst, bis … na ja, du weißt schon. Es tut mir schrecklich leid.«

»Hör auf.« Er wiegte mich sanft hin und her, was etwas Beruhigendes an sich hatte. »Es war nicht …«

Ich lehnte mich weit genug zurück, um ihn ansehen zu können. »Es war nicht *was*? Nicht eklig? Ich bin mir ziemlich sicher, es wäre dir lieber gewesen, wenn ich nicht …«

»Du hast keine Ahnung, was mir lieber wäre und was

nicht.« Das klang nicht herablassend, sondern mehr wie eine Feststellung.

In seinem Gesicht suchte ich nach der Antwort auf eine Frage, die ich noch nicht stellen konnte oder wollte. Er sah mir in die Augen, und ich senkte den Blick. Dann legte er eine Hand auf meine Wange, was bei mir ein überwältigendes Gefühl von Zuneigung aufkommen ließ, begleitet von etwas noch Eindringlicherem.

»Wir sollten uns auf den Weg machen. Deine Freunde warten schon auf uns.«

Ich nickte, und als wir aus dem Parkhaus in die rasch verblassende Novembersonne traten, drehte er seine Kappe wieder so, dass der Schirm seine Augen vor dem grellen Licht schützte. Bis zum Lokal war es ein halber Block, aber wir redeten kein Wort. Ich war mir nicht sicher, ob es etwas mit meiner Leckaktion zu tun hatte oder ob es einen anderen Grund gab.

Die hübsche junge Kellnerin führte uns durch den schmalen Gang zwischen den Tischen, wobei sie Zayne kaum einmal aus den Augen ließ.

»Wenn Sie irgendetwas brauchen, lassen Sie es mich bitte wissen«, sagte sie nur an Zayne gewandt, als wir vor einem der Tische stehen blieben.

»Werden wir machen«, gab er lächelnd zurück.

Ich musste mich davon abhalten, die Augen zu verdrehen. Stacey und Sam saßen bereits an dem Tisch, der mühelos Platz für sechs Leute bot. Die beiden gaben ein süßes Paar ab – Sam mit seinem welligen Haar, das bis an den Rand seiner Brille reichte, und Stacey, die die Hände auf dem Tisch gefaltet hatte. Ich hoffte wirklich, dass sich erfüllen würde, was die beiden sich erhofften.

Und dass dazu auch gegenseitiges Fingerablecken gehören würde.

Zayne rutschte auf der Sitzbank durch, woraufhin Sam sich sofort gerader hinsetzte. Ich überspielte mein Grinsen, während ich mich zu Zayne setzte. »Tut mir leid, dass wir etwas spät dran sind.«

»Kein Problem«, sagte Stacey. »Wir haben solange Knabberzeugs gemampft.«

»Vermutlich wären wir zu Fuß schneller gewesen.« Zayne lehnte sich nach hinten und legte einen Arm auf die weinrote Rückenlehne. »Aber ich werde mein Baby auf keinen Fall irgendwo am Straßenrand parken.«

Als Zayne seinen Wagen erwähnte, erwachte sofort Sams Interesse, und er begann eine Unterhaltung über den Impala. Stacey und ich sahen ihn nur an, und vermutlich rechnete sie genauso wie ich damit, dass er jeden Moment anfing zu hyperventilieren, aber er blieb tatsächlich cool.

Nachdem die Kellnerin unsere Getränkebestellung aufgenommen hatte, fuchtelte Sam mit einer Knabberstange, als wäre die ein Zauberstab. Dabei verteilte er kleine Spritzer Knoblauchsoße auf der karierten Tischdecke. »Wusstet ihr, dass sie in *Supernatural* extra einen Chevy Impala genommen haben, weil eine Leiche im Kofferraum Platz hat?«

Zayne blieb ganz gelassen. »Ich möchte wetten, dass man da sogar zwei Leichen verstauen kann.«

Sam grinste, sah aber im gleichen Moment zur Seite, als Zayne neben mir erstarrte. Die Atmosphäre im Restaurant veränderte sich schlagartig und nahm etwas Unnatürliches an. Zayne streckte sich und drehte den Kopf zur Seite, und als ich ihn leise fluchen hörte, wusste ich Bescheid. Ich *wusste* es, auch wenn es keinen Sinn ergab.

Stacey, die mir gegenübersaß, zog abrupt die Brauen hoch. »Ähm …«

Ich kniff die Augen zu, als ich *spürte*, wie er an unserem Tisch stehen blieb.

»Na, dass ich euch hier treffen würde«, sagte Roth und machte keinen Hehl aus seinem spöttischen Tonfall. »Und sogar alle zusammen.«

Als ich mich zwang, die Augen aufzumachen, war er immer noch da. Er zwinkerte mir zu, und ich wollte in diesem Moment nur das Gleiche tun, was ich am Morgen bei dieser Lehrerin beobachtet hatte.

»Hey, Roth.« Sam winkte ihm zu. »Willst du dich zu uns setzen? Wir haben Platz genug.«

Ich wollte protestieren, aber da setzte sich Roth schon neben mich. Stacey sah uns drei an, als würde ihr jetzt nur noch eine Portion Popcorn fehlen.

»Wie praktisch, dass du ausgerechnet hier reinspazierst«, merkte Zayne an. Sein Arm lag weiter auf der Rückenlehne, aber er beugte sich vor und stützte sich mit dem anderen Arm auf dem Tisch ab. »Und das bei bestimmt tausend Restaurants in der ganzen Stadt.«

Roth runzelte die Stirn, streckte sich und verschränkte die Arme vor der Brust. Mit einem Mal kam es mir so vor, als würde ich auf einem schmalen Hocker kauern. »Da habe ich wohl Glück gehabt.«

»Statistisch gesehen ist es eher unwahrscheinlich, dass er uns hier zufällig antrifft«, sagte Sam mehr zu sich selbst, während sich Stacey langsam zu ihm umdrehte. »Aber das Lokal ist nur zwei Blocks von der Schule entfernt, was die Wahrscheinlichkeit erhöht.«

Ich riss die Augen auf. Oh nein, rettet die Panda-Babys! Ich hatte Zayne nichts davon gesagt, dass Roth unsere Schule besucht hatte. Nachdem Roth in die Dämonenfalle geraten und verschwunden war, hatte es dafür auch keine Notwendigkeit gegeben.

»Was hat das damit zu tun?«, wollte Zayne wissen.

Niemand am Tisch außer Roth kannte die Zusammenhänge, und irgendjemand würde es jetzt ausplaudern. Also kam ich allen anderen zuvor, zumal es wohl besser war, wenn er es von mir erfuhr. »Roth geht auf unsere Schule.«

Wie zur Marmorstatue erstarrt saß Zayne da.

Ich wagte einen Blick und sah, dass er Roth anstarrte. »Ach, wirklich?«

»Ihr zwei kennt euch gar nicht?«, fragte Stacey.

Die Muskeln in Zaynes Unterarm zuckten. »Wir sind uns ein-, zweimal begegnet.«

Roth lächelte verträumt. »Ach, das waren noch Zeiten.«

Oh Gott …

»Du weißt, dass er ein Wächter ist, nicht wahr?«, flüsterte Sam ihm zu, nachdem er sich vorgebeugt hatte. »Ich meine, ich hätte es dir mal beim Mittagessen gesagt, aber ich bin mir nicht sicher.«

»Sam!«, zischte Stacey ihm zu.

»Was denn?«, gab er irritiert zurück.

»Ich weiß nicht, aber ich finde es unhöflich, auf so was hinzuweisen.«

»Das ist nicht unhöflich.« Roths goldene Augen funkelten schelmisch. »Ich hab das schon mal gesagt, ich finde das gewaltig.«

Zayne setzte ein Lächeln auf, dabei ballte er eine Faust. »Darauf möchte ich wetten.«

Ich wollte nur noch meinen Kopf auf die Tischplatte hämmern.

»Oh, aber ganz sicher. Du gehst doch da raus und hilfst beim Kampf gegen das Verbrechen und bei all den anderen guten Sachen«, erwiderte Roth, während ich mir ein Aufstöhnen verkneifen musste. »Das ist fantastisch. Ich wette, wenn du abends deinen kleinen … na ja, nicht ganz so kleinen Kopf aufs Kissen legst, fühlst du dich wie ein Held. Augenblick, schlaft ihr überhaupt in Betten? Ich habe mal gehört, dass Wächter …«

»Musst du eigentlich wirklich hier bei uns sitzen?«, unterbrach ich ihn, da meine Geduld am Ende war. Zayne aufzuziehen war ganz eindeutig nichts, was uns hier weiterhelfen würde.

»Na ja, *jemand* hat mich um mein Mittagessen gebracht.« Roth warf mir einen unmissverständlichen Blick zu. »Also habe ich immer noch Hunger.«

»Ja, stimmt. Du schuldest ihm noch ein Essen«, meinte Sam grinsend.

Ich ließ die Schultern sinken.

Zayne lehnte sich zurück und setzte sich kerzengerade hin.

»Das ist jetzt gerade richtig peinlich geworden«, murmelte Stacey, doch ihre dunklen Augen funkelten vor Neugier.

Zu meinem Erstaunen war es aber nicht ganz so peinlich wie der Moment, in dem ich Zaynes Daumen abgeleckt hatte. Das Essen selbst war allerdings eine ziemliche Qual. Roth und Zayne tauschten die ganze Zeit über spitze Bemerkungen aus, Sam und Stacey waren ausschließlich darauf fixiert, dieses Hin und Her zu verfolgen, als würden sie ein Tennismatch ansehen. Als ich um die Rechnung bat, war ich bereit, irgendjemanden mit einem Tritt an den Hals ins Reich der Träume zu schicken.

Vor allem mich selbst.

Roth wollte von Zayne wissen, wie viel er eigentlich wog, da er laut Roth aus Stein bestand. Ich hielt in der Zwischenzeit Ausschau nach der Kellnerin und hoffte, sie würde die Rechnung bringen. Als Sam von den Toiletten zurückkam, fiel an der winzigen Theke im hinteren Teil des Restaurants ein Gast von seinem Hocker. Ich staunte, als Sam kurz über die Schulter schaute, dann mich ansah und die Nase rümpfte. Verdammt, dahinten konnte man sich wohl ordentlich betrinken. Während der Happy Hour gab es hier offenbar ein paar gute Angebote.

»Ich wiege genug«, gab Zayne zurück. »Was ist mit dir? Du siehst aus wie ein Sack Kartoffeln.«

Er stieß einen verächtlichen Laut aus. »Dann sieh lieber noch mal hin – oder besser noch: Lass mal deine Augen überprüfen. Können Wächter eigentlich degenerative Augenkrankheiten bekommen?«

Ich seufzte, betrachtete die anderen, überwiegend leeren Tische und wippte wie gestört auf meinem Platz vor und zurück. Ich war schon zur Toilette gegangen, aber ich überlegte, ob ich mich vielleicht verstecken sollte, bis wir gehen wollten. Im Restaurant war nicht allzu viel los, aber es war auch erst kurz vor der Zeit, um die die meisten Leute zu Abend aßen. Das Gezanke zwischen Zayne und Roth hielt an, geriet aber in den Hintergrund, als mein Blick an einem besetzten Tisch hängen blieb. Irgendetwas lenkte meine Aufmerksamkeit auf die zwei Männer, die dort saßen. Beide waren etwas älter als ich, ich schätzte sie ungefähr auf Zaynes Alter. Beide hatten braune Haare, die sie gleich kurz geschnitten trugen – so wie Cops oder Typen vom Militär. Ihre weißen Hemden wirkten gebügelt, wenn nicht sogar gestärkt. Soweit ich das erkennen konnte, hatten sie helle Kakihosen an. Natürlich gab es keine Aura zu sehen, da ich nach wie vor keine Seelen wahrnahm, und trotzdem wurde mein Blick geradezu magisch von diesen Kerlen angezogen.

Vielleicht lag es ja daran, dass sie die ganze Zeit auf unseren Tisch starrten wie zwei Psychopathen, die uns im Fadenkreuz hatten.

Ich erschauderte, als ich dem rechten Mann in die Augen sah. Sein Blick war völlig ausdruckslos, ja sogar kalt. Als wäre er ein Roboter.

Plötzlich landete Roths Hand auf meinem Oberschenkel, und ich zuckte zusammen. »Was gibt's da zu sehen, Shortie?«

»Gar nichts.« Ich wollte seine Hand wegschieben, aber Zayne kam mir zuvor.

»Finger weg, Kumpel.« Er schleuderte Roth die Hand förmlich ins Gesicht. »Sofern du willst, dass die auch weiterhin zu deinem Körper gehören.«

Roth nickte, seine Miene nahm einen energischeren Ausdruck an. Er setzte zu einer Entgegnung an, aber in dem Moment kam die Kellnerin mit der Rechnung an den Tisch, die ich an mich nahm. »Ihr seid fertig?«, fragte ich Stacey und Sam, die wie gebannt dreinschauten, während sie nickten. Zayne kümmerte sich um die Rechnung, und ich stand so abrupt auf, dass ich Roth regelrecht von der Bank stieß.

Als Zayne sich ebenfalls erhob, beugte sich Roth vor und hauchte mir ins Ohr: »Lauft nicht gleich los. Wir drei müssen uns unterhalten.«

Zayne kniff die Augen zusammen und stellte sich zwischen uns, um eine hohe und breite Barriere zu bilden, die Roth ein unübersehbares Grinsen entlockte. Ich tat so, als müsste ich noch mal zur Toilette, damit Stacey und Sam sich vor uns auf den Weg machten und wir drei ungestört reden konnten. Ich hielt es für sinnvoll, diese Unterhaltung hier im Lokal zu führen und nicht an irgendeinem abgelegenen Ort, wo Zayne und Roth am Ende noch versuchen würden, sich gegenseitig umzubringen.

Kaum waren Stacey und Sam gegangen, setzte sich Roth auf Staceys Platz und gab uns ein Zeichen, dass wir uns ihm gegenüber setzen sollten. Seufzend rutschte ich auf der Bank durch. Die kleine Portion Spaghetti, die ich gegessen hatte, bekam meinem Magen überhaupt nicht, als ich einen Blick zu dem anderen Tisch warf. Beide Männer saßen noch immer da und beobachteten uns.

»Mach's kurz«, warnte Zayne ihn. »Ich weiß nämlich nicht, wie lange ich deine Anwesenheit noch ertragen werde.«

Roth machte einen Schmollmund. »Du bist immer so gemein, Stony. Vielleicht hat dir ja jemand einen Stock in deinen Hintern geschoben, den du mal entfernen lassen musst.«

»Roth«, schimpfte ich und umklammerte die Tischkante. »Hör damit auf.«

»Er hat damit angefangen.«

Einen Moment lang bekam ich den Mund nicht mehr zu. »Was? Hab ich es hier mit Zweijährigen zu tun?«

Er sah den vor Wut kochenden Zayne an, und dann entdeckte ich in seinen Augen wieder dieses leichte Funkeln. »Tja, also zumindest er guckt so aus der Wäsche, als müssten mal seine Windeln gewechselt werden.«

»Jetzt reicht's.« Zayne wollte aufstehen, doch ich legte ihm hastig eine Hand auf den Arm.

»Hör bitte auf, okay?« Als er schnaubend ausatmete und sitzen blieb, ließ ich die Hand auf seinem Arm liegen. »Also, worüber willst du reden, Roth?«

»Er wusste nicht, dass wir in die gleiche Klasse gehen.«

Ich versteifte mich und lehnte mich zurück. »Es hat sich nie eine Gelegenheit ergeben, es ihm zu sagen, und ich will sehr hoffen, dass du nicht *darüber* mit uns reden willst.«

»Ich finde es nur interessant«, meinte er schulterzuckend, »dass du den besten kleinen steinernen Freund auf der ganzen Welt darüber im Dunkeln lässt.«

Nervös trommelte Zayne mit den Fingern auf der Tischplatte herum. »Komm zur Sache, Roth.«

Er ließ sich nach hinten sinken und wurde zum Sinnbild träger Arroganz. »Es gibt außer der köstlichen Lasagne noch einen anderen Grund, weshalb ich hier bin. Aus demselben, aus dem ich wieder in der Schule bin. Obwohl ich es herrlich normal finde, ist da noch was anderes.« Er sah mich an. »Wir glauben, dass eine Lilin in der Schule war oder sogar noch ist.«

»Jetzt lass dir nicht alles aus der Nase ziehen.«

Roth beschrieb den heutigen Zwischenfall, und ich erzählte ihm von der Schlägerei, die sich davor zugetragen hatte. »Bis heute habe ich mir nichts dabei gedacht. Ich wollte es dir sagen, gleich …«

»Nach dem Abendessen?«, unterbrach mich Zayne. »Und dann wolltest du mir auch *davon* erzählen?« Mit einer Kopfbewegung deutete er auf Roth.

»Ja«, antwortete ich. »Ich wollte nicht … na, du weißt schon …«

»Uns das Abendessen verderben?« Er lächelte Roth an. »Das kann ich gut verstehen.«

Roth verdrehte die Augen. »Jedenfalls sind die seltsamen Vorkommnisse in der Schule nicht der einzige Grund. Ich glaube, die Lilin wird auch versuchen, Kontakt zu Layla aufzunehmen«, fuhr er fort und überraschte mich damit völlig.

»Was?«, warf ich ein. »Warum hast du das nicht schon vorher gesagt?«

»Weil du nicht zum Plaudern aufgelegt warst«, gab er lächelnd zurück.

Das stimmte zwar, aber ein Argument war es nicht. »Und wieso glaubst du, sie will zu mir?«

»Die Lilin wird sich zu dir hingezogen fühlen«, erklärte er ruhig. »Immerhin teilt ihr euch das gleiche Blut.«

Ich erschauderte. Mein Stammbaum war wirklich äußerst verkorkst. Mein Vater war ein Wächter, der meinen Tod wollte. Meine Mutter war eine Superdämonin, an die sich niemand heranwagte, und jetzt war irgendwo da draußen auch noch eine Lilin unterwegs, die von sich behaupten konnte, meine Halbschwester zu sein. Super.

»Wäre die Lilin eine Gefahr für Layla?«, hakte Zayne nach und hob die Schultern, als wolle er mich an sich drücken und mit mir davonfliegen.

Roth schüttelte den Kopf. »Ich habe keine Ahnung.«

»Das ist auch nicht unser vorrangigstes Problem«, warf ich ein und beugte mich vor. »Wenn die Lilin auf die Leute in der

Schule eingewirkt hat, dann gibt es bereits vier Betroffene. Was wird aus ihnen werden?«

»Ich weiß nicht, ob es sich verhindern lässt, dass sie ihre Seele verlieren und zu Geistern werden. Es kann gut sein, dass es nicht nur die vier sind. Hunderte könnten ... infiziert sein.« Roth zog die Brauen hoch. Es war tatsächlich eine gute Idee, von Infizierten zu reden. »Es lässt sich nicht mal sagen, ob diese Infizierten diejenigen sind, die die Lilin einsetzen wird.«

»Einsetzen wird?«, wiederholte ich.

Roth zuckte flüchtig mit den Schultern. »Du weißt doch, wenn die Lilin einen Geist erschaffen, können sie ihn auch kontrollieren. Nur sie sind dazu in der Lage. Stell dir mal das Chaos vor. Nicht nur, dass eine Lilin ihr Unwesen treibt, sie erschafft auch noch gehässige beschränkte Geister, die was gegen die Lebenden haben.«

Das hatte ich tatsächlich völlig vergessen. »Wir finden also nur heraus, wen die Lilin ausgesucht hat, wenn ...« Ich musste schlucken. »... wenn die vier in der Schule sterben.«

Er nickte und wandte sich an Zayne. »Deshalb bin ich wieder dort und werde bleiben. Und ich finde, wir könnten ein bisschen ermitteln gehen.«

Ich wartete, aber er redete nicht weiter. »Und was schwebt dir da vor?«, fragte ich schließlich.

»Ich denke, wir können mit Sicherheit davon ausgehen, dass Dean infiziert ist. Mit ihm müssen wir reden.«

»Der hat Hausverbot bis Gott weiß wann«, machte ich ihm klar.

Roth lächelte listig. »Ich bin mir ziemlich sicher, dass ich seine Anschrift mühelos herausfinden kann.«

Daran hatte ich keinen Zweifel. Ich sah Zayne an, der bedächtig nickte. »Vielleicht kann er uns ja etwas erzählen, das uns eine Richtung vorgibt.«

»Seht ihr? Ich bin unverzichtbar.« Roths Augen leuchteten.

»So würde ich das nicht ausdrücken«, konterte Zayne. »Aber ich kann dir eines versprechen: Wenn du Layla wehtust oder auch nur einen Grund lieferst, dass sie dir einen merkwürdigen Blick zuwirft, dann werde ich dich persönlich vernichten.«

Mir fielen fast die Augen aus dem Kopf. »Okay, also gut. Ich würde sagen, unser kleines Meet and Greet ist vorbei.« Ich stieß Zayne an. »Lass uns gehen.«

Er trotzte noch einen Moment lang Roths Blick, dann stand er auf und hielt mir die Hand hin. Keine Sekunde länger konnte ich seinen übertriebenen Beschützerinstinkt leugnen. Aber andere zu verteidigen war schon immer seine Aufgabe gewesen.

»Ich wollte ihr nicht wehtun.«

Wir drehten uns zu Roth um, der ebenfalls aufgestanden war. Ich schnappte leise nach Luft, und Zayne verzog den Mund. »Ganz wie du meinst, Mann.« Er beugte sich vor, und auch wenn er breiter als Roth, aber nicht ganz so groß war, machte ihn das nicht weniger beeindruckend. »Du kannst deine Spielchen mit anderen Leuten treiben, aber bei ihr wirst du diesen Scheiß nicht durchziehen.«

Ich drückte Zaynes Hand, ehe es zwischen den beiden noch zum Kampf auf Leben und Tod kommen konnte. »Lass uns gehen.«

Ein Muskel an Roths Kiefer zuckte, als wir uns wegdrehten. Ich wusste, er folgte uns, und als ich über die Schulter sah, wunderte es mich nicht, ihn hinter uns zu sehen. Allerdings überraschte es mich, dass die beiden Kakihosen-Träger ebenfalls aufgestanden waren. Ich stutzte.

Roth bemerkte meine Reaktion und folgte meiner Blickrichtung. Dann sah er wieder zu mir und presste die Lippen zu einer schmalen Linie zusammen. Es wirkte so, als hätte er verstanden, was ich dachte – dass mit diesen Typen da etwas nicht stimmte.

Draußen gingen gerade die Straßenlaternen an. Zayne hielt meine Hand fester umschlossen, als wir um eine Gruppe Passanten herumgingen, die alle auf den Bus warteten. Er seufzte, als ihm auffiel, dass Roth noch immer bei uns war. »Ist das dein Ernst? Willst du uns zu meinem Wagen bringen?«

»Ich glaube schon.« Roth wurde etwas langsamer und fiel einen Schritt zurück. »Wir werden verfolgt.«

Unter dem Schirm seiner Kappe konnte ich sehen, wie sich Zaynes Pupillen weiteten, als er über die Schulter schaute. Er sah wieder nach vorn und wurde etwas schneller. »Zwei Männer?«

»Richtig«, antwortete Roth.

Ich wollte mich auch so gern umdrehen, aber das wäre sicher zu auffällig gewesen. »Irgendeine Ahnung, wer die zwei sind?«

»Nö. Aber vielleicht wollen sie nur deine Telefonnummer haben«, meinte Roth. »Vielleicht gehören sie zu deinem Fanclub.«

Er hatte mal gesagt, er würde der Präsident meines Fanclubs sein, was eigentlich ziemlich dumm war, weil diese Worte gar nichts bedeuteten. Ich atmete die frische Luft tief ein. »Und was machen wir jetzt?«

»Dein Wagen steht im Parkhaus, richtig?«, wandte sich Roth an Zayne. Als ich ihm einen verwunderten Blick über die Schulter zuwarf, zwinkerte er mir zu. »Ich bin euch beiden gefolgt.«

»Großartig.« Zayne ließ mich los und legte seine Hand stattdessen an mein Kreuz. »Dann bist du also Dämon *und* Stalker. Wahnsinn.«

»Sehr witzig, Stony.« Roth grinste gehässig, als er Zaynes tiefes Grollen hörte. »Wollen wir doch mal sehen, ob sie uns wirklich folgen. Was können sie uns schon Schlimmes anhaben? Es sind ja nur Menschen.«

Ich wollte lieber nicht darüber nachdenken, zu welchen schrecklichen Dingen Menschen fähig waren, aber es ging gar nicht anders. Ich musste an das eine Mal denken, als Roth und ich in einem Parkhaus von diesen Folterdämonen angegriffen worden waren, die zu gern Fußball mit unseren Köpfen gespielt hätten. So wie mit Gassen hatte ich auch mit Parkhäusern nicht sehr viele positive Erfahrungen gemacht.

Wir gingen um die Ecke, und aus meinem Mund stiegen kleine dunstige Wolken auf. Meine Nase war eiskalt, als ich mich endlich umdrehte. Einige Leute waren hinter uns, auch die beiden jungen Männer. Ihre Hemdschöße flatterten bei jedem Schritt. Etwas Metallisches reflektierte das Licht. Mein Herz begann zu rasen. »Ich glaube, einer von ihnen ist bewaffnet.«

»Himmel«, murmelte Zayne.

Roth kicherte schadenfroh. »Wenn die versuchen sollten, uns zu überfallen, lach ich mich tot.«

»Da wärst du aber der Einzige«, gab ich zurück und rümpfte die Nase. Überfallen zu werden gehörte nicht zu den Dingen, die ich auf meine Liste mit allen Katastrophen der aktuellen Woche setzen wollte.

»Was denn?«, fragte Roth, als wir den Eingang zum Parkhaus erreichten. »Wenn es wirklich darum geht, haben sie sich die falschen Leute ausgesucht.«

Im Parkhaus war alles ruhig, die Deckenlampen tauchten die Wagen und den fleckigen Betonboden in mattes gelbes Licht. Nichts an diesem Parkhaus hatte etwas Einladendes an sich, das einem das Gefühl gab, hier werde einem schon nichts passieren.

An der ersten Wagenreihe hallten hinter uns Schritte wider. Roth blieb stehen, Zayne drehte sich um und stellte sich vor mich, dann nahm er die Kappe ab und gab sie mir. Ich fragte mich, was ich seiner Meinung nach damit tun sollte. Aufpassen, dass kein Dreck rankam?

Einer der jungen Männer kam auf uns zu, es war nicht der, bei dem ich die Waffe vermutete. Im fahlen Licht sah sein Gesicht eingefallen aus, so als hätte er schon seit einiger Zeit nicht mehr genug zu essen bekommen.

Roth verschränkte die Arme, sodass sein Hemd am Rücken spannte. »Was geht ab, ihr Bürschchen?«

Ich verdrehte die Augen.

Der vordere Mann griff hinter sich, und mir blieb das Herz stehen. Roth nahm die Arme runter, Zayne ging in Lauerstellung. Der Kerl holte etwas Schwarzes, Rechteckiges hervor, das eindeutig keine Waffe war. Er hob das Ding wie einen Schild vor sich und hielt es krampfhaft fest.

Roth lachte laut auf. »Ihr wollt uns wohl verarschen.«

In der rechten Hand hielt der Typ eine Bibel. »Wir wissen, wer ihr drei seid«, erklärte er, während er Zayne und Roth ansah und dann auf die Stelle schaute, an der ich hinter Zayne hervorlugte. »Gottes Irrtum, ein Dämon aus der Hölle und etwas noch viel Schlimmeres.«

12. KAPITEL

Ungläubig runzelte ich die Stirn. Warum zum Teufel sollte ich die schlimmste Kreatur von uns dreien sein? Mal abgesehen davon, dass ich darauf sowieso besser gar nicht achten sollte. Es war schon eine große Sache, dass dieser Mensch über Zayne Bescheid wusste. Noch schockierender war, dass er in Roth einen Dämon erkannt hatte, wo doch das mit den Dämonen der ganzen Menschheit verschwiegen werden sollte.

»Ich bin beleidigt«, stieß ich wütend hervor.

»Die Hure sollte in der Gegenwart der Heiligen Schrift den Mund halten«, fuhr der Typ mich an.

»Wie bitte?«, brüllte ich und schoss um Zayne herum, der mir die Arme um die Taille legte, um mich zurückzuhalten. »Hast du mich gerade als Hure bezeichnet?«

Der Mann hielt mir die Bibel hin. »Du bist die Tochter einer Hure. Macht dich das dann nicht auch zu einer?«

»Hey, hey, hey«, ging Roth dazwischen, trat vor und ballte die Fäuste. »Das ist wirklich unhöflich und auch äußerst merkwürdig, weißt du? Dass jemand, der eine Bibel in der Hand hält, das Wort Hure in den Mund nimmt, meine ich.«

»Und das kommt von einem Dämon?«, gab der andere Mann zurück. »Du bist die Geißel der Welt! Eine Plage für die Menschheit.«

»Da kann ich nur zustimmen«, raunte Zayne mir zu.

Der Bibel-Typ drehte sich mit wildem Blick zu ihm um. »Und du … du bist kein bisschen besser! Verkleidest dich als unser Beschützer und machst gemeinsame Sache mit unseren Feinden. Falsche Propheten!«

»Die Kirche der Kinder Gottes«, sagte ich, als ich begriff. Die Wut brannte wie Pfeffer auf meiner Zunge. Vor meinem geistigen Auge sah ich diese verdammten Anti-Wächter-Flyer, mit denen sie Strommasten vollgeklebt hatten. »Ihr seid die Fanatiker, die von gar nichts eine Ahnung haben.«

»Wir wissen mehr, als ihr glaubt«, verkündete der Bibel-Typ stolz, dann sah er Roth spöttisch an. »Von deiner Existenz wussten wir schon lange. Und es ist unser Ziel, die Wahrheit über die Wächter zu enthüllen.«

»Sonderbar«, murmelte Roth und machte einen kleinen Schritt nach vorn. Der Bibel-Typ wich sofort zurück und wirkte plötzlich deutlich weniger arrogant. »Woher wisst ihr von uns?«

»Wir haben unsere Quellen«, antwortete der andere Mann, dessen Finger zuckten.

Zayne atmete tief durch. »Wir sind keine Dämonen. Das ist der größte …«

»Du bist mit einem Dämon unterwegs – sogar mit zwei von denen.« Der Mann zwinkerte etliche Male. »Lügen kommen über deine gespaltene Zunge.«

Auch wenn ich noch keine nähere Bekanntschaft mit Zaynes Zunge gemacht hatte, wusste ich, sie war nicht gespalten. »Ihr wisst gar nichts über die Wächter«, sagte ich, in der Hoffnung, ihre Weltsicht etwas realistischer zu machen. »Sonst wäre euch nämlich klar, dass sie den Menschen helfen. Und dass es nichts zu fürchten gi…«

»Klappe halten, du Hure des Satans.«

Ich bekam den Mund nicht mehr zu und hatte das Gefühl, dass mein Kopf jeden Moment in *Exorzisten*-Manier zu rotieren anfing. Roth streckte den Hals und ließ die Wirbel knacken, um anzuzeigen, dass er bereit war, dieser kuriosen Unterhaltung ein Ende zu setzen. »Sag das noch mal, und du hast allen Grund, mich zu fürchten!« Ich hatte keine Ahnung, woher diese Worte kamen, denn selbst mit Zaynes Training war ich keine richtige Kämpferin und erst recht keine von den knallharten Typen, trotzdem verzog ich den

Mund zu einem frostigen Lächeln. »Das kannst du mir glauben.«

Ich spürte, dass Zayne mir einen schockierten Blick zuwarf, wahrscheinlich weil er noch nie gehört hatte, dass ich jemandem drohte. Aber mit Fanatikern zu diskutieren war in etwa so angenehm, als würde man sich einer Lobotomie unterziehen. Die kochende Wut und die Empörung, die in mir brodelten, feuerten meinen Mut an. Vermutlich war das nicht die idealste Kombination, aber ich klammerte mich daran fest. Meine Haut kribbelte, die Kehle brannte. Bambi bewegte sich auf meiner Haut, ihr Schwanz zuckte über mein Kreuz. Ich hätte darauf gewettet, dass ihre Seelen wie gestreckter Erdbeersaft schmeckten – befleckt. »Seid ihr uns eigentlich auch noch aus einem anderen Grund gefolgt, oder wollt ihr bloß euren heuchlerischen Blödsinn predigen?«

Die Wangen des Bibel-Typs liefen rot an.

»Ich möchte bezweifeln …«, redete ich weiter, ehe er etwas sagen konnte, »… dass einer von euch in der Lage ist, auch nur eine intelligente Äußerung zu machen.«

»Layla«, warnte Zayne mich und stellte sich neben mich.

»Dich hätte man sofort nach der Geburt einschläfern sollen«, erwiderte der Bibel-Typ und klang von seinen eigenen Worten erschreckend überzeugt. »Du bist Abschaum.«

Ich wusste nicht, wie weit ich meine Selbstbeherrschung strapaziert hatte, auf jeden Fall gab sie in dem Moment nach wie ein Gummiband, das man zu weit gedehnt hatte. Ich bewegte mich schneller als je zuvor in meinem Leben, schoss nach vorn und riss dem Mann die dicke Bibel aus den Händen, dann holte ich mit ihr aus und verpasste ihm eine Ohrfeige, die von einem Klatschen biblischen Ausmaßes begleitet wurde, das im Parkhaus widerhallte.

Roths überraschtes Lachen traf mich bis ins Mark. »Verdammt, das nenne ich im wahrsten biblischen Sinne ›die Wange hinhalten‹.«

Der Schock über mein eigenes Verhalten ließ mich für einen kurzen Moment erstarren. Der Mann taumelte nach hinten, Blut lief ihm aus dem Mundwinkel. Mit wutverzerrter Miene sah er mich an, während er seine zitternde Hand an die Lippen führte. Ich sah auf die Bibel, deren oberer Rand dunkel verfärbt war. Zaynes leises Einatmen brachte mich durcheinander. Ich ließ das Buch fallen, weil ich damit rechnete, dass es mich verbrannte.

Es lief alles zu schnell ab.

Der andere Typ machte einen Satz auf uns zu, sein Gesicht war wie eine rote Maske aus reinem Hass. Er sah so abscheulich aus, dass mir der Atem stockte. Mit der rechten Hand griff er unter sein Shirt, und ich erinnerte mich an das metallische Funkeln, das mir bei ihm aufgefallen war. Roth fluchte, als der Mann eine Pistole hervorholte, die er aber nicht auf mich, sondern auf Zayne richtete.

»Nein!«, schrie ich.

Zayne wirbelte herum, während mein Herz aufhörte zu schlagen. Ich warf mich ihm entgegen, gerade als es einen lauten Knall gab. Ehe ich Zayne erreichen konnte, wandelte er sich. Sein Shirt riss in der Mitte auf, dunkelgraue Haut kam zum Vorschein. Etwas surrte an meiner Schulter vorbei, und dann fand die Kugel ihr Ziel, als sie Zaynes Brust traf. Er taumelte nach hinten.

Links von mir bemerkte ich eine verwischte Bewegung, mein Aufschrei blieb mir im Hals stecken. Die nachfolgende Stille wurde nur einen Moment später von einem gellenden Wimmern zerrissen, das von dem Geräusch brechender Knochen und aufplatzender Haut begleitet wurde. Der Bibel-Typ machte auf dem Absatz kehrt und rannte davon, als wäre der Leibhaftige persönlich hinter ihm her. Mir war's egal, von mir aus konnte er weglaufen.

Endlich war ich bei Zayne und legte ihm die Hand auf die Brust. Er sah an sich herab und nahm schnell wieder menschliche Form an, die Hautfarbe veränderte sich von Grau zurück nach Blassrosa. »Oh mein Gott …«

»Alles in Ordnung«, sagte er, aber das nahm ich kaum wahr. Mein Herz raste, während ich mit zitternden Fingern seine Brust abtastete, immer darauf gefasst, warmes Blut an meinen Kuppen zu spüren. Ich hörte erst damit auf, als er mein Handgelenk umfasste und meinen Arm wegdrückte. »Layla, mit mir ist alles in Ordnung. Sieh doch.«

»Wie soll mit dir alles in Ordnung sein?«, fragte ich tränenerstickt und voller Angst. »Der Kerl hat dir in die Brust geschossen!«

Er lächelte, als ich den Kopf hob und ihm ins Gesicht sah. »Die Kugel ist abgeprallt. Ich habe mich noch zeitig wandeln können. Es ist nur ein blauer Fleck, sonst nichts.«

»Abgeprallt?« Als er nickte, sah ich zu Boden und entdeckte dort die Kugel. Eine Seite war abgeflacht, als wäre sie gegen eine undurchdringliche Stahlwand geprallt, was mehr oder weniger auch der Fall gewesen war. Mein Gehirn verarbeitete das Ganze etwas zu langsam, denn mir hätte von vornherein klar sein müssen, dass Zayne sich gewandelt hatte. Keine Kugel konnte die Haut eines Wächters durchdringen.

Ich schlang ihm die Arme um den Hals und drängte mich ihm entgegen. Mein Herz raste noch immer, weil ich geglaubt hatte, Zayne sei noch in menschlicher Form getroffen worden. Dann hätte er eine Kugel genau ins Herz nicht überlebt.

Zayne lachte etwas zittrig, während er sich aus meiner Umklammerung löste. »Du erwürgst mich noch, Layla-Biene.«

»Tut mir leid.« Ich zwang mich, einen Schritt nach hinten zu machen. Während ich mich darum bemühte, mich wieder in den Griff zu bekommen, drehte ich mich um und atmete tief ein – und sofort stockte mir erneut der Atem.

Roth sah uns an, aber sein Blick schien in die Ferne gerichtet zu sein. Doch es war nicht sein Anblick, der mich so erstarren ließ, als hätte mir jemand einen Eimer voll Eiswasser über den Kopf gekippt. Ein paar Schritte hinter Roth lag der Mann, der auf Zayne geschossen hatte, auf dem Betonboden.

Oder besser gesagt: das, was von ihm übrig war.

Der rechte Arm war in einem unnatürlichen Winkel verdreht, so wie bei diesen gruseligen Marionetten. Sein weißes Shirt wies auf der Vorderseite einen riesigen Blutfleck auf, und seine Waffe … oh Gott, der Lauf seiner Waffe steckte *in* seinem Bauch, nur der Griff ragte noch heraus. Ich versuchte weiterzuatmen, aber meine Lungen wollten nicht mitmachen.

Er lebte noch. Ich hatte zwar keine Erklärung, wie das sein konnte, aber seine Brust hob und senkte sich mit jedem hastigen, kurzen Atemzug. Die dunklen Augen waren weit aufgerissen und blickten wild hin und her. Die Finger an seiner unversehrten Hand zuckten unkontrolliert.

Meine Beine bewegten sich wie aus eigenem Antrieb, und ich blieb erst stehen, als ich mich nahe der rasch größer werdenden Blutlache unter seinem Körper befand. Wieder schnappte er nach Luft, dann setzte er zum Reden an. Blut lief ihm aus dem Mund. »Es ist … vorbei … Wir wissen … was kommen wird …« Seine Augen schienen mich nicht mehr erfassen zu können. Unablässig strömte mehr Blut aus seinem Mund. »Wir wissen … von der Lilin …«

Der Mann zuckte, dann regte er sich nicht mehr. Kein letztes Röcheln, kein tiefer Atemzug. Alles Leben wich aus ihm. Obwohl er auf Zayne geschossen hatte, um ihn zu töten, so wie er vermutlich uns alle hatte umbringen wollen, fiel es mir schwer, mit anzusehen, wie ein Leben, ein *menschliches* Leben, ausgelöscht wurde. Ich hatte keine Ahnung, wie ich so etwas verarbeiten sollte.

Entsetzt presste ich mir die Hand auf den Mund und stolperte nach hinten. Ich konnte den Blick nicht von dem jungen Mann abwenden. Innerhalb von Sekunden wurde seine Haut blass und nahm den Farbton des Todes an. Dieses Leben war so schnell genommen worden. Es war vorbei, einfach so. Der Mann war tot, und vieles sprach dafür, dass ich die Schuld daran trug. Vielleicht wären die beiden einfach gegangen, wenn ich sie nicht so sehr provoziert hätte.

»Oh Gott«, flüsterte ich.

Jemand zog mich nach hinten und drehte mich weg von diesem grässlichen Anblick. Warme Finger strichen die Haare von meinen Wangen, während ich versuchte, weiter den Toten anzusehen. »Layla.«

Ich blickte in bernsteinfarbene Augen. Roth stand dicht vor mir – viel zu dicht. Er hatte die Hände auf meine Wangen gelegt, um meinen Kopf festzuhalten, seine Hüften drückten gegen meinen Bauch. »Es musste so kommen. Er hatte die Waffe bereits auf dich gerichtet, und du hättest dich nicht schnell genug wandeln können. Dann hätte er dich umgebracht.«

»Ich weiß.« Ich nickte, aber der Mann war jetzt *tot*.

»Du musst ihn nicht länger anstarren, das führt zu nichts.« Er schaute über meine Schulter hinweg. »Bring sie von hier weg, ich kümmere mich um die Leiche.«

Ich wollte gar nicht wissen, was er mit dem Toten machen würde, und auch keine solche Memme sein, die von einer Leiche derart aus der Fassung gebracht wurde. Trotzdem zitterten meine Hände, als seine Finger von meinen Wangen glitten. Roth sah mir noch einen Moment lang in die Augen, dann war Zayne bei mir und führte mich weg vom Ort des Geschehens.

Auf dem Weg zu seinem Impala schaute ich über die Schulter, aber nicht auf die Leiche. Die Schatten schienen sich überall auf dem Parkdeck ausgeweitet zu haben, sie wirkten dichter und fast greifbar. Wir waren nur ein paar Meter gegangen, und dennoch war Roth bereits in den Schatten verschwunden.

»Tut mir leid«, murmelte ich, ohne mir sicher zu sein, zu wem ich das sagte. Aber ich bekam keine Antwort.

Auch die Heimfahrt verlief schweigend. Während Zayne zu seinem Vater ging, um ihm von der Begegnung mit den Typen von der Kirche der Kinder Gottes zu berichten, zog ich mich in mein Zimmer zurück. Eigentlich hätte ich bei dieser Unterhaltung mit dabei sein sollen, aber nach der letzten Nacht zweifelte ich sehr daran, dass es meiner Stimmung guttun würde, wenn ich mich mit Abbot in einem Raum aufhielt.

Meine Haut kribbelte, als würde sie nicht zu mir gehören, gleichzeitig streifte Bambi über meinen Körper, um einen bequemen Platz zu finden. Ich wünschte, sie hätte das wieder in meinem Puppenhaus getan, aber das wollte sie offenbar nicht.

Ich machte mir einen nachlässigen Knoten in die Haare und ging im Zimmer auf und ab. Sobald ich die Augen zumachte, sah ich den Mann auf dem schmutzigen Betonboden im Parkhaus liegen und hörte seine letzten Worte. Sie wussten Bescheid. Die Kirche wusste von der Lilin. Woher, war mir ein Rätsel. Das galt auch für Roth. Woher wussten sie irgendetwas über die Dämonen?

Ich rieb die Hände aneinander und ging wieder an meinem Bett entlang. Noch immer konnte ich nicht fassen, dass ich dem einen Typen die Bibel ins Gesicht geschlagen hatte. Das war schrecklich. Okay, sicher nicht völlig grundlos, aber meine Hand wäre die bessere Wahl gewesen. Und wenn ich einfach nur die Ruhe bewahrt hätte, wäre vielleicht niemand gestorben. Dieser Tod hing mir jetzt an, dabei wusste ich nicht mal, warum ich mich so verhalten hatte. Sicher, ich war außer mir vor Wut gewesen, aber normalerweise war ich kein Aggressor.

Und normalerweise leckte ich auch nicht anderen Leuten die Finger ab.

Das war etwas, was Roth tun würde. Und was er auch bei mir gemacht hatte, als er die Krümel von einem Keks von meinen Fingern geleckt hatte.

Roth.

Ich verspürte ein Ziehen in der Brust.

Uh.

Leise stöhnend hielt ich an und setzte mich mit dem Rücken zur Tür auf die Bettkante. Die Finger-Ableck-Aktion bei Zayne war ganz in Vergessenheit geraten, nachdem ich einen Menschen hatte sterben sehen. Das war so auch besser gewesen. Ich ließ mich nach hinten sinken und starrte an die Decke. Manchmal kam es mir so vor, als würde ein fremdes Wesen von meinem Körper Besitz ergreifen. Ich rieb mir übers Gesicht und hatte das Gefühl, dass mir eine gründliche Dusche guttun würde.

Jemand klopfte an, und ich setzte mich auf, drehte mich um und räusperte mich. »Ja?«

Als die Tür aufging und Danika hereinschaute, sah ich sie überrascht an. Sie verlagerte ihr Gewicht. »Ich wollte nur mal sehen …« Kurz hielt sie inne und schaute über die Schulter. »… was dein Arm macht.«

Verdammt, den hatte ich ja völlig vergessen. »Der tut nicht mal mehr weh.«

»Das wollte ich hören.« Sie zögerte und biss sich auf die Unterlippe. »Kann ich reinkommen?« Sie deutete auf mein Bett.

Okay, das war etwas merkwürdig, aber in letzter Zeit hatte ich so viel Schräges erlebt, dass ich wissen wollte, worauf das hier hinauslaufen sollte. »Ja, klar«, sagte ich und setzte mich im Schneidersitz hin.

Sie lächelte mich zögerlich an, schloss die Tür, durchquerte das Zimmer und setzte sich zu mir. Bei jemandem von ihrer Größe hätte man meinen sollen, dass sie sich nicht ganz so anmutig bewegen sollte, aber das Gegenteil war der Fall. Sie schwebte förmlich dahin. »Was dagegen, wenn ich mir deinen Arm mal ansehe?«

»Kein Problem.« Ich zog meinen Sweater aus, darunter trug ich ein Tanktop, sodass sie die Verletzung mühelos begutachten konnte. Vom Schnitt war nur noch ein rosa Streifen geblieben, die Haut war ein wenig uneben. Daran würde sich wohl nichts mehr ändern, aber das war mir tausendmal lieber, als sterben zu müssen. »Die Fäden sind heute Morgen rausgefallen.«

»Sieht hervorragend aus.« Sie hob den Kopf und strich sich ein paar Haare aus dem Gesicht. Ein paar Sekunden verstrichen, in denen ich damit rechnete, dass sie nun wieder aufstehen würde. Aber sie blieb neben mir sitzen. »Ich habe gehört, was da mit den Mitgliedern dieser Kirche vorgefallen ist.«

Ich wich ihrem Blick aus und fragte mich, ob Zayne seinem Vater gesagt hatte, dass ich die Gewalt mehr oder weniger hatte eskalieren lassen. »Ja.«

»Abbot ist besorgt«, redete sie leise weiter. »Er versteht nicht, woher sie wissen konnten, was dieser … Roth ist und was es mit der Lilin auf sich hat.« Es folgte eine Pause, in der sie ihre endlos langen Beine übereinanderschlug. »Das ist ein Problem, mit dem er sich im Augenblick lieber nicht befassen würde. Aber ich schätze, wenn es kommt, dann kommt es knüppeldicke.«

»Und in diesem Fall noch um ein Vielfaches heftiger.«

Danika spielte mit dem silbernen Armband, das sie am Handgelenk trug. »Ich weiß nicht, ob du es schon gehört hast, aber wir werden noch nicht nach New York abreisen. Nicht solange diese Lilin ein Thema ist. Abbot will alle Leute bei sich haben, die er kriegen kann.«

Juhuu. Ich konnte meine Begeisterung kaum noch bändigen.

»Und da Tomas noch immer nicht aufgetaucht ist, sind Dez und die Jungs so gut wie überzeugt davon, dass ihm etwas zugestoßen ist.«

Ich erstarrte und rieb gedankenverloren die Stelle an meiner Brust, an der sich Bambis Kopf befand.

Mit großen Augen sah Danika mich an. »Ich habe dir und Zayne versprochen, nichts zu sagen, und das werde ich auch nicht tun«, beteuerte sie. Ihre Augen leuchteten im gleichen kräftigen Blau wie die von Zayne. »Niemand zieht auch nur in Erwägung, dass du oder … wie heißt sie?«

»Bambi, aber den Namen habe *ich* ihr nicht gegeben.«

Stirnrunzelnd fuhr sie fort: »Niemand denkt, dass einer von euch etwas damit zu tun haben könnte.«

»Gut zu wissen.« Mein Blick war auf die geschlossene Tür fixiert. Das hier war wirklich … eigenartig. Fast fühlte ich mich versucht, Jasmine zu rufen und ihre Tochter an meinem Zeh knabbern zu lassen. »Ist Zayne noch bei Abbot?«

»Ja, alle Männer sind im Zimmer zusammengekommen. Keiner weiß so recht, was man mit diesen Kirchenleuten machen soll, ohne die Situation nur noch weiter eskalieren zu lassen. Aber … ich glaube, das ist gar nicht das, was Zayne im Augenblick die größten Sorgen bereitet.«

»Nicht?«

Als ich sie ansah, schüttelte sie den Kopf. »Er ist nicht allzu glücklich darüber, dass … Roth an deiner Schule ist. Und Abbot ergeht es nicht anders.«

»Schon klar.« Ich seufzte und streckte die Beine aus, aber meine Füße reichten nicht mal bis zum Boden. Neben Danika kam ich mir wie ein Troll vor. »Er ist ein Dämon, da ist es doch nur natürlich, dass sie sauer sind.«

»Ich bezweifle, dass das für Zayne der einzige Grund ist.«

Verwundert zog ich die Brauen hoch. »Welchen anderen Grund sollte er noch haben?«

Ungläubig sah sie mich an. »Das weißt du wirklich nicht?« Als ich den Kopf schüttelte, lachte sie leise, machte aber ein trauriges Gesicht. »Manchmal, Layla, nimmst du einfach gar nichts um dich herum wahr, und ich würde dir am liebsten die Haare ausreißen.«

Ich verschluckte mich an meinem eigenen Lacher. »Was?«

Sie antwortete nicht sofort, sondern atmete erst einmal tief durch. »Okay, seien wir mal ehrlich: Du magst mich nicht.«

Ich setzte zum Reden an, meine Wangen fingen an zu glühen. Ich wollte es leugnen, doch ihr Blick sagte mir, dass es dafür keinen Grund gab. »Tja … das ist jetzt richtig peinlich.«

»Stimmt.« Sie nickte und zog ihre schmalen Schultern hoch. »Jeder im Clan – in unseren beiden Clans – geht davon aus, dass Zayne und ich uns paaren werden. Ich würde ein solches Angebot nicht ausschlagen. Du weißt sicher, dass ich … dass ich Zayne mag.«

»Ich würde sagen, *mag* ist noch untertrieben.«

Daraufhin lächelte sie. »Er ist … na, du weißt schon, was er ist. Ich weiß auch, dass du ihn magst und dass *mag* vermutlich noch untertrieben ist.«

Ich sagte nichts, weil mir diese ganze Unterhaltung äußerst unangenehm war.

»Na ja, und weil ich jetzt noch eine Weile hierbleibe, möchte ich zwischen uns reinen Tisch machen. Ich mag dich, Layla.« Sie zuckte mit den Schultern. »Ich hoffe, wir können Freundinnen sein. Ich möchte nicht, dass du dir Gedanken über mich und Zayne machst.«

Ich hätte ja gern gesagt, dass ich mir keine Gedanken machte, aber offenbar war ich so leicht zu durchschauen wie eine Glasscheibe. Ich holte tief Luft und kam zu dem Schluss, dass ich jetzt und hier meine Frau stehen musste. »Ich weiß, ich war zu dir auch nicht immer sehr … na ja, entgegenkommend, während du immer nur nett zu mir bist. Das tut mir leid.« Wow, das war wohl die erwachsenste Aneinanderreihung von Wörtern, die Danika bislang von mir zu hören bekommen hatte. »Ich habe akzeptiert, dass ihr beide ein Paar sein werdet.« Diese Worte waren wie eine bittere Pille, aber die musste ich schlucken. »Ihr zwei passt perfekt zueinander. Ihr seht toll zusammen aus, du bist sehr nett und klug, und ich kenne Zayne lange …«

»Halt«, unterbrach sie mich und hob die Hand. »Zayne mag mich, und ich bin auch der Meinung, dass wir perfekt zusammenpassen. Aber dazu wird es nie kommen.«

Verwundert sah ich sie an. »Und wieso nicht?«

»Weil er mich nicht will. Er liebt mich nicht, und das sieht jeder hier, nur du nicht«, antwortete sie und senkte den Blick. Ihre Augen wurden von dichten Wimpern verdeckt. »Zayne will *dich*. Er liebt *dich*.«

13. KAPITEL

Schon bereute ich es, Danika und ihre Nadel auch nur in die Nähe meines Arms gelassen zu haben. Immerhin sprach einiges dafür, dass sie Crack konsumierte.

Zayne wollte mich? Er liebte mich? Sicher, ich wusste, dass ich ihm sehr viel bedeutete, aber *Liebe*? Das war doch nun wirklich eine ganz andere Liga.

Ich konnte es einfach nicht glauben, weil es so viele Gründe gab, wieso er mich nicht lieben konnte. Abgesehen davon, dass alle in seinem Clan von Zayne erwarteten, Danika oder eine andere geeignete Wächterin zu heiraten, damit sie viele kleine Gargoyle-Babys zeugten, war ein wesentlicher Punkt, der dagegen sprach, dass er mich noch nicht mal küssen konnte. Okay, er konnte mir zwar nahe sein und stattdessen … *andere* Dinge mit mir machen, aber es war einfach zu gefährlich.

Den größten Teil des Samstagabends verbrachte ich damit, über die Dinge nachzudenken, bei denen sich unsere Lippen nicht berührten. Auch wenn ich nur wenig Erfahrung mit diesen *anderen* Dingen hatte, brachte meine rege Fantasie mich auf viele, viele Ideen. Ideen, bei denen Hände eine Rolle spielten oder Finger oder andere Körperteile …

Oh Gott.

Ich warf mich bäuchlings aufs Bett und drückte mein Gesicht in das Kopfkissen, um mein Aufstöhnen zu ersticken. Den ganzen Tag über hatte ich von Zayne nicht viel gesehen, was daran liegen mochte, dass ich ihm aus dem Weg ging. Aber nach Danikas Äußerungen, die ich ihr nach wie vor nicht abnehmen konnte, bestand die Chance, dass ich anfing, wie eine Hyäne zu kichern, sobald ich mit ihm allein war.

Und das wäre lächerlich gewesen.

Ich selbst war lächerlich.

Aber der Gedanke, diese Dinge zusammen mit Zayne zu erfahren, ließ meinen Verstand rotieren und veranlasste meinen Puls, überall in meinem Körper heftig zu pochen. Bei dem Versuch, mich bequem hinzulegen, zog ich ein Bein an, doch das half auch nichts. Ich schlug die Decke zurück und trat sie mit den Füßen bis an die Bettkante. Trotzdem fühlte sich meine Haut an, als säße sie zu straff auf meinem Leib, so als wäre da keinerlei Platz zwischen meinen Knochen und meinem Fleisch. Seufzend drehte ich mich auf den Rücken und legte mir die Hand auf den Bauch. Es überraschte mich nicht, dass sich meine Haut warm anfühlte. Nach einer Weile stöhnte ich frustriert auf. Ich war völlig durcheinander, denn sobald ich das schwache Feuer in meinen Adern spürte, sah ich Roth vor mir und alles, was wir gemeinsam erlebt hatten. Und wenn ich auf die gleiche Weise an Zayne dachte, kam es mir so vor, als wäre das verkehrt, was natürlich völlig bescheuert war. Schließlich hatte Roth mir unmissverständlich erklärt, dass zwischen uns nichts war.

Mir war zu warm, und ich war zu aufgewühlt, als dass ich hätte schlafen können, also stand ich auf. Ich zog flauschige Overknees an, die mir bis auf die Oberschenkel reichten, und streifte einen dicken Cardigan über mein Tanktop und meine kurze Schlafanzughose.

Meine Haare waren eine Katastrophe, das Gleiche galt für meine Kleidung, trotzdem verließ ich das Zimmer und ging nach unten. Um diese Uhrzeit herrschte im Haus normalerweise Totenstille. Jasmine und Danika schliefen, oder aber sie waren irgendwo mit den Zwillingen beschäftigt. Nur Geoff war anwesend, da er die Bilder der Überwachungskameras beobachtete. Draußen waren sicher ein paar Wachen unterwegs, nur für den Fall, dass irgendetwas Verrücktes geschah. Ich hatte das Haus also weitestgehend für mich allein.

Als ich die Stufen runtereilte, linderte die kühle Luft ein wenig die Hitze, von der ich geplagt wurde. Die Schöße meines Cardigans, den ich nicht zugeknöpft hatte, wehten wie flatternde Flügel hinter mir her.

Dank der dicken Socken bewegte ich mich völlig lautlos durch die Küche und nahm eine kleine Flasche Orangensaft aus dem Kühlschrank. Bevor die Tür zufallen konnte, griff ich noch einmal rein und holte den restlichen Plätzchenteig raus.

Meine Beute fest an mich gedrückt, machte ich mich in Richtung Wohnzimmer auf den Weg, bog dann aber zur Bibliothek ab. Mit der Hüfte drückte ich die schwere Holztür auf, drinnen stellte ich alles auf den Schreibtisch und knipste die altmodische Lampe an. Ein sanfter Lichtschein erfüllte den großen Raum.

Ich atmete tief ein und inhalierte den intensiven Geruch alter Bücher. Als ich noch jünger war, hatte ich hier in dieser Bibliothek viele Tage und Nächte verbracht. Ich überflog die Titel der unzähligen Bücher und stellte fest, dass ich fast alles hier gelesen hatte. Es waren viele einsame Tage und Nächte gewesen. Das war selbst jetzt noch so.

Ich brach ein Stück Teig ab, ging um den Schreibtisch herum und las die Titel auf den Buchrücken. Ich suchte nichts Spezielles, aber während ich zwischen »gelangweilt genug, um was zu lesen« und »lieber liege ich frustriert im Bett« hin und her schwankte, fiel mir ein Band ins Auge.

Methoden und Praktiken zum Umgang mit Kräutern und ihre Wirkung auf Dämonen und Wächter.

Keine leichte Bettlektüre und erst recht nichts, was man in einer von Menschen zusammengestellten Bibliothek finden würde. Aber ich musste an die Phiole in Abbots Hand denken, und damit siegte meine Neugier. Ich zog das Buch aus dem Regal und legte es auf den Tisch, während ich von dem rohen Keksteig abbiss. Das Buch war zum größten Teil handgeschrieben, die Kräuter waren in alphabetischer Reihenfolge aufgelistet und mit Zeichnungen versehen.

Keine zehn Minuten später dröhnte mir der Schädel. Auf der Welt gab es wahnsinnig viele Kräuter, und aus zu vielen von ihnen konnte man eine Zutat für einen milchig weißen Trank herstellen.

Ich griff nach der Flasche Orangensaft und trank einen Schluck, dabei genoss ich es, wie die kühle Flüssigkeit mir die Kehle hinunterrann. Plötzlich kam mir ein Gedanke. Kein besonders kluger, aber ein sehr faszinierender.

Abbot war so wie die meisten Wächter die ganze Nacht unterwegs. Geoff war zwar im Haus, was ein gewisses Risiko bedeutete, aber ... mir war langweilig, und ich war neugierig.

Abbots Arbeitszimmer befand sich ein Stück weiter den Flur entlang, hineingelangen konnte ich auch von der Bibliothek aus. Eine Tür führte von hier in ein kleines Wohnzimmer, das nie jemand benutzte, von dort ging es weiter ins Arbeitszimmer. Ich musste also nicht den Flur benutzen, der wahrscheinlich von Kameras überwacht wurde. Eine Kamera im Wohnzimmer war dagegen eher unwahrscheinlich.

Ich stellte den Orangensaft weg und lief um den Schreibtisch herum. Auf dem glatten Holzboden rutschte ich mit meinen Strümpfen ein paarmal aus. Ich platzte in das Wohnzimmer hinein, das leer und dunkel war, und noch bevor ich es mir anders überlegen konnte, drehte ich den Knauf an der nächsten Tür zum Arbeitszimmer.

Die Tür war nicht abgeschlossen.

Gebannt hielt ich den Atem an und drückte gegen die Tür, die sich knarrend öffnete. Auf dem Schreibtisch stand eine Lampe mit grünem Keramikschirm, die auf dem Tisch und dem Fußboden ringsum Licht verbreitete.

Das Zimmer roch nach Abbot – nach Seife, nach freier Natur und nach einem schwachen Hauch der Zigarren, mit denen er immer spielte. Als ich auf den großen Schreibtisch aus massiver Eiche zuging, spürte ich einen Kloß im Hals. Ich konnte an einer Hand abzählen, wie oft mich der Wächter umarmt hatte, aber wenn, dann war es immer eine warmherzige, wundervolle Umarmung gewesen.

Diese Umarmungen fehlten mir.

Ich schluckte, um den unangenehmen Kloß loszuwerden, und beschloss, mir zuerst den Schreibtisch vorzunehmen. Es gab zahllose Stellen, an denen er das gesuchte Objekt hätte deponieren können – in den Regalen an der Wand hinter ihm, in den Kisten, die fest verschlossen waren, außerdem in einem Dutzend weiterer Regale, die hier und da verteilt waren.

In den ersten Schubladen fand ich nichts, was mich hätte interessieren können – Papiere und Korrespondenz mit Polizei und Regierung, ausgedruckte E-Mails von anderen Clanführern. In der zweiten Schublade lagen Unmengen Kugelschreiber von der Art, bei der ich mich gern bedient hätte. In der dritten hatte er mehr Post-its angehäuft, als selbst Gott hätte gebrauchen können.

Die vierte und unterste Schublade enthielt den Jackpot.

Auf einem dicken dunklen Handtuch lagen Dutzende von kleinen Phiolen, die in Bewegung gerieten, da ich die Schublade aufgezogen hatte. Ich kniete mich hin und nahm eine heraus, die aussah, als wäre sie mit Grapefruitsaft gefüllt. Vorsichtig legte ich sie zurück und suchte weiter, bis ich auf etwas Vertrautes stieß. Ich hob die Phiole behutsam hoch und sah die milchige Flüssigkeit, die in dem Glasbehältnis hin und her schwappte, als ich mich aufrichtete.

Langsam drehte ich die Phiole um und stutzte, als ich auf einem Etikett an der Unterseite etwas Hingekritzeltes sah. »Blutwurz?«

»Was machst du da?«

Kreischend fuhr ich herum und drückte die Phiole an meine Brust, nachdem sie mir vor Schreck fast aus der Hand gerutscht wäre. »Zayne«, sagte ich und atmete erleichtert auf.

Er stand in dem Durchgang, durch den ich hereingekommen war, und trug eine dunkle Hose und ein schwarzes Shirt. Dass es draußen inzwischen recht kühl war, machte nicht viel aus, hatten reinrassige Wächter doch eine Körpertemperatur, die deutlich über der von Menschen und sogar über meiner lag. Er verschränkte die Arme und zog eine Braue hoch.

»Du hast mir ja vielleicht einen Schreck eingejagt.« Mein Herz raste, aber ich konnte nur an die Phiole in meiner Hand denken. Zayne würde nicht verstehen, weshalb ich mich in Abbots Büro umsah, ganz gleich, wie harmlos meine Absichten auch waren. Als er mich nur weiter anstarrte, versuchte ich, ein Ablenkungsmanöver zu starten, während ich die Arme sinken ließ. »Wieso bist du schon wieder zurück?«

»Was machst du im Arbeitszimmer meines Vaters?«

Ich rümpfte die Nase. »Gar nichts.«

»Gar nichts?«

Die Tischplatte verhinderte jetzt eine freie Sicht auf meine Hände. Ich ließ die Phiole in meiner Handfläche ruhen. Entweder musste ich sie fallen lassen und zum Dalai Lama beten, dass sie dabei nicht kaputtging. Oder aber ich täuschte eine Ohnmacht vor und legte sie schnell zurück. Keine dieser Möglichkeiten erfüllte mich mit großer Zuversicht. »Nö.«

»Mhm.«

Meine Wangen glühten, und ich konnte froh sein, dass der Raum nur so schwach beleuchtet war. »Du hast mir noch nicht gesagt, wieso du so früh zurück bist.«

»Und du hast mir noch nicht gesagt, wieso du wirklich hergekommen bist.«

Ich verlagerte mein Gewicht und machte mich bereit, die Phiole in die Schublade fallen zu lassen. Mir war nur der Name wichtig, und den hatte ich ja jetzt. »Ich konnte nicht schlafen, darum bin ich … Autsch!«

Zayne bewegte sich so schnell, dass es schien, als würde er sich in Luft auflösen und fast im gleichen Augenblick direkt vor mir auftauchen. Bevor ich die Phiole loslassen konnte, hatte er schon seine Finger um mein Handgelenk gelegt.

»Was ist das?«, fragte er und zog meinen Arm hoch.

Ich hielt die Phiole fester umschlossen. »Ähm …«

»Layla.« Seufzend betrachtete er mich.

Nachdem ich vergeblich versucht hatte, mich aus seinem Griff zu befreien, seufzte ich ebenfalls. »Okay. Vor ein paar Tagen habe ich Abbot mit dieser Phiole gesehen, und ich wollte wissen, was da drin ist. Darum bin ich hergekommen und habe danach gesucht.«

»Um drei Uhr morgens?«

»Ich konnte nicht schlafen und bin in die Bibliothek gegangen, und da ist mir diese Idee in den Sinn gekommen.« Wieder versuchte ich, seine Hand abzuschütteln. »Ich bin nicht hier, um die Geheimnisse der Wächter zu kopieren oder um Babys zu ermorden. Hier, guck.« Ich bewegte die Finger, bis die Phiole zum Vorschein kam und er das von Hand beschriebene Etikett lesen konnte. »Ich lüge nicht.«

Verwundert las er ab: »Blutwurz?«

»Weißt du, was das ist?« Falls ja, wäre ich überglücklich, weil es viel besser war, es von ihm erklärt zu bekommen, als wieder das staubige Buch zu wälzen.

»Ja.« Er ließ mich los und nahm mir das Behältnis aus der Hand. »Mit solchen Sachen solltest du nicht einfach so rumhantieren.«

»Wieso nicht?«

Behutsam legte er die Phiole zurück und schloss die Schublade. Dann stand er einen Moment lang da und sah mich nur an. »Komm mit.«

Störrisch blieb ich stehen. »Sag mir, was du weißt.«

Zayne ging um den Tisch herum zur Tür. »Layla, komm

hier raus, bevor noch jemand nach Hause kommt, dich hier entdeckt und ausrastet.«

Er hatte natürlich recht, also ignorierte ich dieses kindische Bedürfnis, hier und jetzt auf einer Antwort zu bestehen. Ich folgte ihm zurück in die Bibliothek, wo ich an Zayne vorbeiging und auf den Schreibtisch zuhielt, während er noch die Tür hinter uns schloss.

Als ich den Orangensaft, das Buch und die … die leere Packung Keksteig sah, wollte ich meinen Augen nicht trauen. Ich drehte mich zu Zayne um und zischte ihm zu: »Du hast meinen Keksteig aufgegessen!«

Ein flüchtiges Grinsen umspielte seine Lippen. »Kann schon sein.«

Laut seufzend griff ich nach der Flasche Orangensaft. »Das ist nicht okay von dir.«

Lässig schlenderte er zum Schreibtisch, stützte sich auf die Kante und beugte sich vor, bis er auf Augenhöhe mit mir war. »Ich besorge dir morgen eine neue Packung.«

»Das rate ich dir auch«, gab ich mürrisch zurück, weil es mich wurmte, dass er mir so nah war und ich nur daran denken konnte, was Danika mir gesagt hatte und welche schmutzigen Ideen mir durch den Kopf gegangen waren, die mich letztlich zum Aufstehen veranlasst hatten. Ich wich vom Schreibtisch zurück.

»Du hast ja reizende Laune.«

Ich zuckte mit den Schultern und betrachtete ihn über die Flasche hinweg, während ich einen Schluck trank. Dann ließ ich mich aufs Sofa plumpsen und setzte die Flasche Orangensaft auf dem Beistelltisch ab. »Erzählst du mir jetzt von dieser Blutwurz?«

»Das ist ein Kraut.«

»Dachte ich mir schon«, gab ich zurück und griff nach einem Kissen, das ich mir auf den Schoß legte.

»Es ist sogar ein ziemlich gefährliches Kraut.« Er kam zu mir, setzte sich neben mich auf die Couch und zog Stiefel und Strümpfe aus. Dann stützte er sich auf die andere Armlehne und streckte sich, so gut er konnte, was bedeutete, dass mir nichts weiter blieb als das Eckchen, auf dem ich saß. »Bei Dämonen zeigt es nicht viel Wirkung, außer dass es sie schläfrig macht. Aber ein Mensch kann daran sterben, und einen Wächter kann man damit für eine Weile außer Gefecht setzen und lähmen.«

Mein Herz setzte einen Schlag aus. »Warum hat Abbot solche Dinge?«

»Ich weiß nicht. Das Fläschchen sieht antik aus, genauso wie die meisten anderen in dieser Schublade. Vielleicht hat er einen Notvorrat angelegt für den Fall, dass ein Wächter außer Kontrolle gerät. So wie damals bei Elijah ...« Er verstummte und schaute zu Boden.

Ich verkrampfte mich unwillkürlich, meine Finger krallten sich in das Kissen. Es war das erste Mal, dass Zayne den Namen meines Vaters aussprach – meines abwesenden Vaters. Er war der Wächter, der mit Lilith geschlafen und dann herausgefunden hatte, dass sie von ihm schwanger geworden war. Danach hatte er eine ganze Reihe von Versuchen unternommen, dieses gemeinsame Kind – also mich – zu töten. Abbot hatte ihn daran gehindert, als ich noch sehr jung war, und jetzt wurde mir klar, dass diese Blutwurz in einem solchen Moment sicher sehr nützlich sein konnte.

»Jedenfalls«, fuhr Zayne fort und sah mich an, »bin ich früher heimgekehrt, weil nicht viel los war. Ach ja, ich bin auch noch mal Roth begegnet.«

Ich bekam ein beklommenes Gefühl in der Magengegend. »Wirklich?«

Er nickte. »Ich schätze, er hat seine nächtlichen Stalking-Aktivitäten drangegeben. Er lief mir unten bei Foggy Bottom über den Weg und wollte wissen, was Abbot von dem Theater mit der Kirche der Kinder Gottes hält.«

Ich reagierte mit einer ausdruckslosen Miene. Roth hätte mir eine SMS schreiben oder mich anrufen können, um das herauszufinden. Andererseits war ich mir nicht sicher, wieso ich von ihm eine solche Reaktion erwarten sollte. »Freut mich zu sehen, dass ihr euch nicht gegenseitig grün und blau geschlagen habt.«

»Ich kann nicht behaupten, dass es eine besonders angenehme Unterhaltung gewesen ist.« Er rutschte auf dem Sofa hin und her, dabei stieß er mit dem Fuß gegen meinen Oberschenkel. »Was ist los?«, fragte er und strich sich eine Haarsträhne aus der Stirn.

Ich hielt das Kissen fester an mich gedrückt und schüttelte den Kopf. »Gar nichts.«

Nachdenklich ließ er sich gegen die Armlehne sinken und legte sich eine Hand in den Nacken. Unter dem dünnen T-Shirt zeichneten sich deutlich seine wohldefinierten Muskeln ab. »Irgendwas belastet dich doch.«

Manchmal fand ich es schrecklich, dass Zayne mich so mühelos durchschauen konnte. Er musste mich nur so wie jetzt ansehen, und ich bekam das Gefühl, dass er allein mit seinem Blick meine sämtlichen Geheimnisse enthüllte. Aber das hieß nicht, dass ich deswegen auch mit ihm teilen wollte, was mir zu schaffen machte.

Zayne seufzte. »Du bist mir heute den ganzen Tag aus dem Weg gegangen.«

»Ist nicht wahr.«

»Ist wohl wahr.« Er machte die Augen zu und zuckte flüchtig mit den Schultern. »Irgendwas stimmt nicht mit dir.«

Ich wickelte mir eine Haarsträhne um den Finger und schnitt eine Grimasse, auch wenn Zayne davon nichts sehen konnte. »Ich bin dir nicht aus dem Weg gegangen.« Was für eine dreiste Lüge. »Das ist bloß deine Unsicherheit, die da aus dir spricht.«

»Wie bitte?«

»Du hast schon verstanden«, sagte ich und versuchte, mein Lächeln zu überspielen. »Ich habe dich nicht ignoriert, ich hatte heute nur sehr viel zu tun.«

Er ließ den Arm auf die Rückenlehne des Sofas sinken und machte auch noch das andere Auge auf. Jetzt hatte ich seine ganze Aufmerksamkeit für mich. »Du hast den ganzen Tag nichts anderes gemacht, als in deinem Zimmer rumzuhängen und Izzy dabei zuzusehen, wie sie versucht hat, dir in den Fuß zu beißen.«

Ich kniff die Augen zusammen.

»Wieso kannst du nicht schlafen?«

»Geht eben nicht«, gab ich zurück und zwirbelte weiter meine Haare.

Nach einer kurzen Pause fuhr er fort: »Ehrlich gesagt bin ich froh, dass du auf bist. Ich wollte mit dir reden. Es hat mit Roth zu tun.« Er klang, als würde er von einer üblen Geschlechtskrankheit sprechen.

»Muss das wirklich sein?«

»Ja«, erwidert er stirnrunzelnd. »Hör auf, mit deinen Haaren zu spielen.«

Ich hielt in meiner Bewegung inne und ließ die Hand sinken, dabei sah ich ihn genauso ernst an. »Was ist mit Roth?«

»Ich vertraue ihm nicht. Nicht nur, weil er ein Dämon ist. Es geht auch darum, was er … na ja, was er dir bedeutet oder eben nicht bedeutet.« Er ließ mich immer noch nicht aus den Augen. »Er ist … Ach, das ist nicht wichtig. Ich weiß, du wirst ihn in der Schule sehen, aber ich möchte nicht, dass du mit ihm allein unterwegs bist.«

Der Frust meldete sich zurück, ließ meine Haut kribbeln und machte Bambi nervös. »Ja, weil das genau das ist, was ich vorhabe.«

»Hör zu, ich sage ja nicht, dass du das machen würdest. Aber ich weiß, du willst mehr über die Lilin herausfinden, und ich möchte nicht, dass du dabei mit ihm allein bist.«

Ich setzte zu einer Erwiderung an.

»Ich will nur nicht, dass er dir noch mehr wehtun kann«, fügte er an. Was sollte ich dazu noch sagen? Aber steckte vielleicht mehr dahinter? Gott allein wusste, worüber Roth und Zayne gesprochen hatten. Und nachdem Zayne nun ganz genau wusste, was mit Roth gelaufen war, konnte ich nur noch raten, was ihm gerade durch den Kopf ging.

Unter meinen Wimpern hindurch beobachtete ich, wie er sich auf dem Sofa reelte, ganz wie eine Katze, die sich den Bauch vollgeschlagen hatte. Zayne war mein großer Beschützer, aber das hieß noch lange nicht, dass er eifersüchtig war oder dass er mich liebte.

»Außerdem gibt es noch einen anderen Grund, wieso ich so früh nach Hause gekommen bin«, meinte er beiläufig. »Ich war mir sicher, dass ich dir fehle.«

»Wohl kaum.« Ich warf mit dem Kissen nach ihm, aber bevor es in seinem Gesicht landen konnte, fing er es ab und legte es sich in den Nacken. »Kein bisschen.«

Er musterte mich. »Du bist eine miserable Lügnerin.« Er konnte nicht wissen, dass er in diesem Moment fast genauso klang wie Roth, aber das würde ich ihm auch nicht verraten.

»Das ist nicht gelogen.«

Seine Lippen zuckten verräterisch. »Klar doch.«

Ich beugte mich vor und stieß seine Beine vom Sofa, aber kaum waren sie auf dem Boden gelandet, legte er sie wieder hoch.

»Sei nicht so ungezogen, Layla-Biene.«

Ich drehte mich weg und atmete tief durch. Meine Ratlosigkeit nervte mich. »Nenn mich nicht so. Ich bin kein kleines Mädchen mehr.«

»Du kannst mir glauben, dass mir das nicht entgangen ist.«

Ich drehte mich um und wollte etwas Bissiges darauf erwidern, brachte aber keinen Ton heraus. Er hatte keinen Witz gemacht, er meinte es verdammt noch mal ernst. Und dazu *dieser* Blick … die halb geschlossenen Augen, der leicht geöffnete Mund … all das war ich bei ihm nicht gewohnt. Nur einmal hatte ich ähnliche Reaktionen bei ihm bemerkt – an dem Tag, als er in mein Zimmer geplatzt war, während ich mich umzog.

Schweigend schauten wir uns an. In diesem Moment veränderte sich nichts und zugleich alles zwischen uns. Die Spannung, die in der Luft lag, war beinahe greifbar und hüllte mich ein wie eine viel zu warme Decke. Seine Augen funkelten im Dämmerlicht wie Saphire, was mir einen kalten Schauer über den Rücken laufen ließ, obwohl mir doch so warm war.

Er setzte sich etwas gerader hin, und wieder musste ich an Danikas Worte denken.

Ich wollte davonlaufen.

Und genau das machte ich dann auch. Ich sprang auf und strich mir die Haare glatt, wobei ich hoffte, dass ihm nicht auffiel, wie sehr meine Finger zitterten. »Das viele Reden hat mich müde gemacht. Gute Nacht.«

Zayne zog nur eine Braue hoch und blieb auf dem Sofa sitzen.

Ich stürmte regelrecht aus der Bibliothek und rannte die Treppe rauf. Was zum Teufel war da gerade zwischen uns passiert? Ich wusste es nicht, aber ich kannte diesen Druck auf meiner Brust, der mir den Atem raubte. Es musste eine Kombination aus Schlafmangel und meiner überaktiven Fantasie sein.

Zurück in meinem Zimmer, zog ich den Cardigan und die Kniestrümpfe aus, wobei ich mich zwang, an gar nichts zu denken, was aber nicht so einfach war. Gerade schlug ich die

Bettdecke zur Seite, da ging die Zimmertür auf. Erschrocken stieß ich einen spitzen Schrei aus.

Zayne kam herein, immer noch barfuß, und verschränkte die Arme vor der Brust. Was, wenn ich nackt hier gestanden hätte? Meine Wangen liefen dunkelrot an, als mir bewusst wurde, dass mein dünnes Tanktop nicht gerade viel Haut bedeckte.

Ich kämpfte gegen den Wunsch an, schützend die Arme vor meine Brüste zu legen, und blieb still stehen. »Was willst du jetzt noch?«

»Gar nichts.« Er stakste zu meinem Bett, setzte sich hin und streckte die Beine aus. Dann klopfte er mit der Handfläche auf den Platz gleich neben ihm. »Komm her.«

»Zayne …?« Ich trat von einem Bein aufs andere und wollte aus dem Zimmer stürmen, mich aber gleichzeitig auch zu ihm setzen. »Du nervst echt.«

»Du auch.« Wieder klopfte er aufs Bett, eine Locke rutschte ihm in die Stirn und über die Augen. »Hör auf, dich so seltsam zu benehmen.«

Ich war diejenige, die sich seltsam benahm? Na gut, wenn er meinte. Ich war vielleicht ein bisschen zappelig. Dass er das Bett in Beschlag nahm, als würde es ihm gehören, war nichts Neues für mich. Vor ein paar Nächten hatte er sogar noch hier geschlafen.

Aber seit Danikas Äußerungen erschien mir mit einem Mal alles anders als zuvor.

»Kommst du her?«, murmelte er und beobachtete mich. Ich holte tief Luft, dann kletterte ich zu ihm ins Bett. Er legte sich auf die Seite, sein Bein berührte meines. »Schöne Shorts.«

Es war ja klar, dass ihm meine Hello-Kitty-Schlafanzughose auffallen würde. »Kannst du aufhören zu reden?«

Er lachte leise. »Du hast heute Nacht echt merkwürdige Laune. Hat das mit dem Keksteig zu tun?«

Ich drehte mich auf die Seite, um ihn ansehen zu können. Zwischen uns beiden war nur wenig Platz. Ich machte den Mund zu, aber etwas höchst Seltsames passierte, als sich unsere Blicke trafen. Mir stockte der Atem, als ich Zayne ansah. Ich kannte sein gesamtes Mienenspiel auswendig, wusste genau, wie er wann reagierte; nur mit dem Gesichtsausdruck, den er jetzt aufgesetzt hatte, konnte ich nichts anfangen. Das war absolutes Neuland für mich.

Und es war unheimlich und beängstigend, da ich nie ernsthaft daran geglaubt hatte, Zayne könnte meine völlig anormalen Gefühle für ihn in irgendeiner Art und Weise erwidern. Es war so beängstigend wegen der Dinge, die ich mit ihm anstellen *wollte* und *konnte*. Aber da war noch mehr … da war Roth, und da war das irrationale Gefühl, dass ich etwas Falsches tat. Er hatte sich buchstäblich für mich geopfert und mir dann erzählt, nichts von allem, was er gesagt oder getan hatte, sei in irgendeiner Weise bedeutsam.

Ich drehte mich auf den Rücken und starrte die Decke an. Meine Brust hob und senkte sich mit jedem meiner kurzen, unregelmäßigen Atemzüge. Zaynes Duft stieg mir in die Nase und lähmte meine Sinne.

»Was ist los, Layla-Biene?«, erkundigte er sich.

»Gar nichts«, flüsterte ich.

»Blödsinn.« Plötzlich stemmte sich Zayne so rasch hoch, dass mir die Luft aus der Lunge gepresst wurde. Er war über mir und sah mich an, die Lippen leicht geöffnet, als wollte er etwas sagen. Aber es schien, dass er vergessen hatte, worum es eigentlich ging. Doch das war nicht weiter schlimm. Ich hatte ja selbst keine Ahnung, worüber wir uns eigentlich unterhielten.

Er war mir so nah, dass seine Haare über meine Wangen strichen. Langsam ließ er den Blick zum Ausschnitt meines Oberteils wandern. Das Tanktop war weit nach unten gezogen und gab viel mehr nackte Haut preis, als es mir angenehm hätte sein sollen. Bambi hatte ihren Kopf wieder mal auf meine rechte Brust gelegt.

»Es gefällt ihr wohl, sich so hinzulegen, nicht wahr?« Zaynes Stimme klang rau.

»Ich nehme an, es ist schön weich.« Kaum hatte ich das ausgesprochen, hätte ich mich am liebsten geohrfeigt. »Gott«, brachte ich ächzend hervor. »Manchmal muss ich einfach …«

Zayne legte einen Finger auf mein Kinn, damit ich aufhörte zu reden. Diese federleichte Berührung löste eine Flut von Gefühlen in mir aus – Begierde, Verlangen, ein so intensives Sehnen, dass es mich bis in mein Innerstes erschütterte. »Das klingt überzeugend.« Er verstummte und musste schlucken, während sein Blick jedes Detail des dämonischen Tattoos erfasste. »Ich möchte wetten, dass das ein weiches Ruhekissen ist.«

Die Unterhaltung war … Oh Mann, mir fehlten die Worte.

»Warum trägst du immer noch diese Halskette?«, fragte er und strich mit den Fingern über die Glieder.

Es kostete mich Mühe, ihm zu antworten. »Ich … ich weiß nicht.«

Sein Gesicht wirkte einen Moment lang wie versteinert, doch dann schien er sich wieder zu fassen. Dass ich die Kette nach wie vor trug, hatte in Wahrheit gar nichts mit meiner Mutter zu tun. Auf einmal bewegte er die Hand und strich mit den Fingern über meinen Hals, über den Ansatz meines Schlüsselbeins und von dort geradewegs zu Bambi, bis er nur noch zwei Zentimeter von ihrem Kopf entfernt war.

Oh mein Gott.

Mein Herz raste so schnell, dass ich fürchtete, es müsste mir jeden Moment aus der Brust springen. Zärtlich streichelte er Bambi.

Sie reagierte wie ein Hund, der nicht genug Streicheleinheiten bekommen konnte, und drehte den Kopf in seine Richtung. Ich atmete langsam ein und fuhr mit der Zunge über meine Unterlippe. Sollte ich darüber entsetzt sein, dass er mich so intim berührte oder dass es Bambi war, die diese Liebkosungen von ihm erhielt? Und sollte ich mich darüber aufregen, dass sie sich jetzt nicht von meinem Körper löste und versuchte, ihn zu verschlingen? Letztlich war das alles egal, denn jedes Nervenende in meinem Leib schien zu vibrieren.

Er zeichnete die feinen Schuppen rund um Bambis Nasenlöcher nach. Als ich erschauerte, sah er mir in die Augen, und es war nur allzu offensichtlich, was in ihm vorging.

Es war so wie in der Nacht, als er mich nur in meinem BH gesehen hatte.

»Es fühlt sich nicht so an, wie ich es mir vorgestellt habe. Die Haut ist ein wenig erhaben, aber sie wirkt wie eine richtige Tätowierung.«

Mein Mund war wie ausgedörrt, ich machte die Augen zu, und er bewegte seinen Finger weiter über ihren Kopf. Dabei näherte er sich der schmalen Spitzenborte am Saum meines Tanktops. Darunter trug ich nichts mehr, und er war so nah, so unfassbar nah.

»Gefällt es ihr?«, fragte er und hauchte seinen warmen Atem auf meine Lippen.

Ich nickte, auch wenn es nur eine Vermutung war, weil sie nicht versuchte, ihn zu töten.

»Dir auch?«

Diese Frage fegte wie ein zerstörerischer Hurrikan durch mich hindurch. Ich riss die Augen auf, mein Atem kam stoßweise. Er war mir immer noch so nah, seine Haare kitzelten mich im Gesicht, während er seinen Finger weiter in südliche Richtung wandern ließ, da er unverändert dem Verlauf der Schlange folgte, die unter meinem Top verschwand.

Sekunden später richtete er den Blick wieder auf mein Gesicht, und wir sahen uns in die Augen. Ich hatte keine Ahnung, wie wir in diese Lage geraten waren. Plötzlich hielt er inne und wartete. Was die treibende Kraft hinter seiner unausgesprochenen Frage war, ließ sich einfach nicht leugnen. Wenn ich Nein sagte, würde er sich zurückziehen. Sagte ich Ja, dann … Ich konnte nicht mal im Ansatz über die damit einhergehenden Möglichkeiten nachdenken.

Wenn ich Ja sagte, würde sich damit alles ändern, und zwar auf eine Weise, die ich nicht mal erahnen konnte. Veränderungen von der Art, die ich zwischen uns beiden niemals ernsthaft für möglich gehalten hätte. Mein Herz schlug viel zu schnell, und eine sonderbare Hitze sammelte sich tief in mir drin.

»Ja«, hauchte ich leise, doch Zayne hörte mich.

Er atmete hastig ein, dann ließ er die Hand zum schmalen Träger meines Tanktops wandern. »Darf ich den Rest der Schlange sehen?«

Meine Herzfrequenz erreichte Infarktregionen. Träumte ich das nur? Oder war ich die Treppe runtergefallen und hatte mir den Schädel aufgeschlagen? So etwas kam mir jedenfalls wahrscheinlicher vor als das hier. Den Rest von Bambi zu sehen bedeutete, den Rest von *mir* zu sehen. Oder zumindest die Hälfte vom Rest von mir.

Ich setzte zu einer Antwort an, aber kein Ton kam über meine Lippen. Mein Blick konzentrierte sich auf die Konturen seines Mundes, auf die Art, wie sich seine Lippen teilten – und unwillkürlich begann ich mich zu fragen, wie sich diese Lippen wohl anfühlten und wie sie schmeckten.

Wie durch einen Nebel drang der Gedanke zu mir durch, dass ich ihn kosten wollte, aber nicht seine Seele.

Bambi ließ ihre Schwanzspitze an meiner Taille entlangzucken, so als würde sie allmählich ungeduldig und könne es nicht erwarten, vorgeführt zu werden. Da ich nicht genug Mut fand, einen Ton herauszubringen, nickte ich einfach wieder.

Zayne ließ seinen fiebrigen Blick über meinen Körper gleiten, als er mir die Träger von den Schultern streifte und das Top hinunterschob.

Ich spürte deutlich seine Blicke, als er jedes Detail von Bambi – und von jeder Stelle meines Körpers, die nicht länger von Stoff bedeckt war – in sich aufnahm. Es war wie eine Liebkosung, als er dem langen, eleganten Hals der Schlange zwischen meinen Brüsten bis hinunter zu meinen Rippen folgte, wo sie sich um mich gewickelt hatte.

»Layla«, stieß er hervor, und seine Stimme klang so rau, dass sich meine Zehen verkrampften.

Ich stellte das Atmen ein, als seine Hand Bambis Lage unter meiner Haut folgte. Das Verlangen und die Begierde steigerten sich, bis ich das Gefühl hatte, unter Strom zu stehen. Alles um mich herum hörte in diesem Moment auf zu existieren – alle Probleme, alle Sorgen, einfach alles. Das alles verschwand, als er seine Hand bewegte und ich den Rücken durchdrückte. Erregt keuchte ich auf.

Seine Berührungen waren leicht, fast ehrfürchtig. Er war so zärtlich, als wäre es das erste Mal für ihn, obwohl ich wusste – oder zumindest glaubte –, dass das nicht der Fall sein konnte. Mit seinem Aussehen und seiner Persönlichkeit musste es Gelegenheiten gegeben haben, wenn er auf der Jagd gewesen war. Es musste Frauen in seinem Leben gegeben haben.

Aber das war mir egal, weil er in diesem Moment seine Lage veränderte, bis seine Lippen sich in Höhe von Bambis Kopf befanden. Es bestand das Risiko, dass sich das hier in eine verheerende Richtung entwickelte, aber ich ballte meine Fäuste und biss mir so fest auf die Lippe, dass sich ein metallischer Geschmack in meinem Mund verteilte, gerade als er hauchzart meine …

Die Schlafzimmertür flog auf und knallte mit einer solchen Wucht gegen die Wand, dass der ganze Raum wie bei einem

Donnerschlag erzitterte. Mit einem Satz sprang Zayne vom Bett und wirbelte zur Tür herum, während ich mich aufsetzte und mir in aller Eile das Top hochzog. Mein Herz raste vor Panik. Wir waren ja so was von aufgefallen, und auf uns wartete unglaublicher Ärger.

Als ich dann aber zur Tür sah, stand dort niemand. Durch die Öffnung konnte ich nur den langen, düsteren Flur mit allen Schatten der Nacht erkennen.

Zayne durchquerte das Zimmer und hielt die Tür fest, während er in den Flur spähte. Schließlich machte er sie zu und drehte sich kopfschüttelnd zu mir um. »Da draußen ist niemand.«

Ich erschauderte, als mir ein eiskalter Hauch über die Haut wehte. Zwar sah ich mich im Zimmer um, aber ich konnte nichts Ungewöhnliches entdecken. »Das war …« Ich musste mich räuspern. »Das war sehr seltsam.«

Er fuhr sich mit den Fingern durchs Haar, den Fingern, mit denen er mich eben noch berührt hatte. Angestrengt atmete er durch und machte einen Schritt auf mich zu, blieb aber gleich wieder stehen. Die Art, wie er mich ansah, ließ mich rot anlaufen. »Ich … ich sollte wohl besser gehen.«

Das wollte ich nicht. Ich wollte, dass er wieder zu mir kam, aber das wäre nicht die vernünftigste Lösung gewesen. Es war besser, ihn gehen zu lassen, also zog ich die Decke bis zum Kinn hoch und zwang mich zu nicken.

Zayne sah mich noch einen Moment lang an, schluckte einmal angestrengt und verließ dann leise mein Schlafzimmer. Ich blieb auf dem Bett sitzen, wo mich augenblicklich die kalte Wirklichkeit der Situation einholte. Ganz gleich, was wir füreinander empfanden, es war einfach zu gefährlich, eine Beziehung mit Zayne anzufangen.

Dazu durfte es niemals kommen.

14. KAPITEL

»Ich hab's gewusst!«

Zerknirscht sah ich Stacey an, die sich im kleinen Spiegel in ihrer Spindtür betrachtete und mit den Fingerspitzen ihr Haar kämmte. Da ich unbedingt mit jemandem über das hatte reden müssen, was sich mit Zayne abgespielt hatte, war Stacey gleich am Montagmorgen von mir überfallen worden. So leise wie möglich hatte ich ihr alles erzählt, angefangen bei Danikas Äußerung bis zur barbusigen Tugendhaftigkeit. Abzüglich der Sache mit dem Tattoo.

»Woher?«

Sie warf mir einen Blick zu, der Überlegenheit vermitteln sollte. »Na ja, wenn man sieht, wie er sich gegenüber Roth verhalten hat, dann war es ziemlich offensichtlich, dass er es nicht mag, wenn du mit einem anderen Typen unterwegs bist.«

Ich machte einem Mädchen Platz, das durch den Korridor rannte. »Er kann Roth einfach nicht leiden.«

Stacey verdrehte die Augen. »Und es passt sehr gut dazu, dass er endlich den ersten Schritt unternimmt. Er hat einen Konkurrenten bekommen.«

Meine Lippen formten ein stummes O. So hatte ich das Ganze noch gar nicht gesehen. Konnte es sein, dass Zayne mich wegen Roth endlich nicht mehr nur als das kleine Mädchen sah, das sich im Schrank versteckt hielt? Oder hatte er mich schon längst nicht mehr so wahrgenommen, und jetzt wurde er endlich aktiv, weil er dachte, ich interessiere mich für einen anderen?

Ich hielt mir vor Augen, dass es letztlich völlig egal war, weil wir nicht zusammen sein konnten. Erstens würde Abbot völlig ausrasten, zweitens konnten wir uns ja nicht mal küssen. Trotzdem ging mir die Sache nicht aus dem Kopf, als wir in Richtung Klassenraum losmarschierten.

»Es kann doch eigentlich nicht so unvorstellbar für dich

sein, dass Zayne sich zu dir hingezogen fühlt. Du bist richtig hübsch, Layla. Von der Art, die Jungs …«

»Sag jetzt nicht ›von der Art, die Jungs ins Bett kriegen wollen‹. Das ist nämlich einfach nur schräg.«

Lachend knuffte Stacey mich in die Seite. »Okay, ich will damit nur sagen, dass man kein Genie sein muss, um das mit Zayne zu kapieren. Es ist ja schließlich nicht so, als wollte Danika dich verkuppeln. Und Zayne«, sie sprach jetzt deutlich leiser, »hat dich auf eine total unplatonische Weise berührt. Es ist alles ganz simpel. Tu es einfach.«

Tu es einfach.

Ich schüttelte den Kopf, auch wenn mein Herz wieder schneller zu schlagen anfing. »Es ist kompliziert.«

»Nein, ist es nicht.« Vor der Tür zum Klassenzimmer blieb sie stehen und riss die Augen auf. »Ich hatte gerade die perfekteste Idee in der Geschichte aller Ideen.«

Skeptisch zog ich eine Braue hoch. So was aus Staceys Mund zu hören machte es sehr unheimlich, und vermutlich bestand dabei auch noch das Risiko einer Gefängnisstrafe. »Was denn für eine?«

»Du weißt doch, wie du das mit dem Kinobesuch zu Thanksgiving für Sam und mich arrangiert hast, oder?« Ihre Augen funkelten vor Begeisterung. »Du solltest Zayne einladen und dann alles klarmachen – ein Kinodate.«

»Ein Kinodate?«, wiederholte eine tiefe Stimme. Wir drehten uns um und sahen einen grinsenden Roth dastehen. »Wie süß. Und wer spendiert das Popcorn?«

Sein plötzliches Auftauchen verärgerte mich so sehr, dass meine Haut zu kribbeln begann, während ich in seine spöttisch dreinblickenden bernsteinfarbenen Augen schaute. Dass ich nicht bemerkt hatte, wie er sich uns näherte, war ein weiterer Beweis dafür, wie sehr ich von der Rolle war. Verdammt. »Andere zu belauschen ist unhöflich.«

Er zuckte mit den Schultern. »Die Tür zum Klassenzimmer zu blockieren ist ebenfalls unhöflich.«

»Von mir aus.« Ich drehte mich weg und wollte Stacey nach drinnen dirigieren, da hielt Roth mich zurück.

»Eigentlich möchte ich dich für zwei Sekunden ausleihen«, sagte er und sah zu Stacey, die ihm eben einen sehr bösen Blick zuwerfen wollte. »Wenn du nichts dagegen hast.«

Sie verschränkte die Arme. »Ich bezweifle, dass sie von dir ausgeliehen werden möchte.«

»Noch nie wurden wahrere Worte gesprochen«, bestätigte ich und lächelte unverbindlich.

»Ich glaube, sie wird ihre Meinung ändern.« Vielsagend sah Roth mich an. »Es ist *wichtig*.«

Was bedeutete, dass es um die Lilin oder einen Dämon oder einen Wächter oder etwas anderes ging, womit ich mich wirklich nicht befassen wollte. Seufzend machte ich einen Schritt zur Seite, was Stacey mit ungläubiger Miene kommentierte. »Ist schon okay«, sagte ich.

Mit zusammengekniffenen Augen sah sie Roth an. »Pass bloß auf, dass ich dich nicht noch mehr hasse.«

Erstaunt schaute er ihr nach, als sie das Klassenzimmer betrat. »Was hast du ihr von mir erzählt?«

»Eigentlich nichts«, gab ich beiläufig zurück. »Sie muss wohl von selbst zu der Erkenntnis gelangt sein, dass du ein Arschgesicht bist.«

Grinsend wandte er sich mir zu. »Das hat wehgetan, Shortie.«

»Oh ja, als ob dich das interessieren würde.« Ich warf einen Blick durch das kleine Fenster in der Tür und sah, dass Mr. Tucker bereits am Pult saß. Ob Mrs. Cleo wohl jemals zurückkommen würde? Bis zum zweiten Klingeln hatten wir nur noch höchstens eine Minute. »Also, was willst du?«

Aus der Hosentasche zog er einen schmalen gelben Papierstreifen, mit dem er mir vor der Nase herumfuchtelte. »Rat mal, was ich gefunden habe.«

»Offensichtlich keine bessere Persönlichkeit«, antwortete ich.

»Ha. Sehr witzig.« Mit der Kante des Streifens strich er mir über die Nase und lächelte amüsiert, als ich nach dem Papier schlug. »Ich habe Deans Adresse.«

»Oh. Wow, das ging aber schnell.«

»Kann man wohl sagen.«

Ich wollte nicht wissen, wie er an die Adresse gekommen war. Bestimmt war er ins Sekretariat spaziert und hatte da irgendwas Widerwärtiges gemacht. Ich griff nach dem Zettel, aber er zog die Hand zurück. »Ich brauche die Adresse, damit Zayne und ich mit ihm reden können.«

»Du und Stony?« Lachend steckte er den Papierstreifen zurück in die Hosentasche.

»Ja«, stieß ich zähneknirschend hervor.

»Du meinst, ihr zwei habt euren Spaß ohne mich? Falsch gedacht. Wir werden daraus einen flotten Dreier machen.« Er grinste verrucht, als er sah, wie ich die Augen verdrehte. »Heute. Nach der Schule. Du und dein Gargoyle-Toy-Boy, ihr wartet draußen auf mich.«

Ich wollte mich weigern, aber er zwinkerte mir schnell zu, schlug sich mit der flachen Hand auf seine Hosentasche und ging in den Klassenraum.

Das würde sicher sehr vergnüglich werden.

Von dem Moment an, als Roth auf die Rückbank des Impala kletterte, wusste ich, unser spontan verabredeter Ausflug würde kein gutes Ende nehmen. Selbst wenn die zwei sich darauf einigen konnten, dass wir alle zusammenarbeiten mussten, würde keiner von beiden es dem anderen in irgendeiner Weise leicht machen.

Dabei erwartete niemand von ihnen, dass sie sich an den Händen fassten und »Kumbaya« sangen.

Zwischen Zayne und mir herrschte auch so schon eine seltsame Stimmung, aber Roth mit dabeizuhaben machte es so etwa um ein Zehnfaches schlimmer. Wenn es Zayne am Samstag so vorgekommen war, als würde ich ihm aus dem Weg gehen, konnte er sich am Sonntag absolut sicher sein, dass ich das tat. Ich wusste nicht, wie ich ihn auch nur ansehen sollte, ohne von Kopf bis Fuß rot zu werden.

»Wir müssen noch gut drei Blocks fahren. Er wohnt in einem dieser alten Backsteingebäude«, sagte Roth, der in der Mitte der Rückbank saß und sich auf beiden Rückenlehnen der Vordersitze aufstützte. »Vorausgesetzt natürlich, du gibst irgendwann mal so viel Gas, dass wir nicht erst Ende des Jahres ankommen.«

»Klappe«, gab Zayne zurück.

»Ich meine ja nur«, sagte er. »Ich bin mir sicher, der Junge, den Dean plattgemacht hat, kann heute schon wieder schnell genug laufen, um uns zu überholen.«

»Klappe«, erwiderte ich.

Im Rückspiegel sah ich seinen verkniffenen Blick und schenkte ihm ein breites Lächeln. Er lehnte sich nach hinten und schaute störrisch drein, hielt aber den Mund. Nach einiger Zeit fand Zayne das Haus, und ein Stück weiter entdeckten wir einen Parkplatz, in den er den Impala hineinquetschen konnte.

Braune und goldene Blätter wurden vom Wind über den Gehweg geweht, während wir zu dem Haus zurückgingen. Die Stufen zur Haustür waren verwittert und wiesen Risse auf, Gleiches galt für die Backsteinfassade.

Zayne ging um Roth herum und griff nach dem eisernen Türklopfer, während er den missmutigen Blick des Kronprinzen einfach ignorierte.

»Lass gut sein«, raunte ich Roth zu, als die Tür geöffnet wurde.

Eine ältere Frau erschien. Sie trug ihr volles rotes Haar nach hinten gekämmt, aber ringsum an ihrem Kopf standen kürzere Strähnen in alle Richtungen ab. Fältchen umgaben ihre braunen Augen genauso wie die blassrosa Lippen. Sie wirkte müde, richtiggehend erschöpft. Neugierig ließ sie den Blick zwischen Zayne und Roth hin und her wandern, dabei strich sie mit einer Hand über ihren grauen Sweater.

»Kann ... kann ich Ihnen behilflich sein?«

»Ja, wir sind ... äh ... Freunde von Dean und wollten nur mal kurz zu ihm und mit ihm reden«, erklärte ich.

Sie legte die Hände auf den Saum ihres Sweaters und drückte sie fest an den Körper. »Dean kann im Moment keinen Besuch empfangen. Es tut mir leid, aber Sie werden wiederkommen müssen, wenn er keinen Hausarrest mehr hat.«

»Sehen Sie, das ist für uns nicht so einfach«, mischte Roth sich ein und schob Zayne aus dem Weg. Als Mrs. McDaniel Roth sah, wirkte ihr Gesicht sofort viel entspannter.

»Wir müssen mit Dean reden, und zwar jetzt«, wiederholte Roth freundlich, aber bestimmt.

Zayne versteifte sich zwar, sagte aber nichts. Da wir nicht gerade vorhatten, das Haus zu stürmen, war ein wenig dämonische Überredungskunst genau das, was wir brauchten.

Und sie funktionierte auch.

Die Frau nickte langsam und trat einen Schritt zur Seite. »Er ist oben. Das zweite Schlafzimmer links. Möchten Sie gern etwas trinken? Oder ein paar Kekse?«

Ehe Roth etwas dazu sagen konnte, ging ich dazwischen: »Nein, das ist nicht nötig.«

Mürrisch verzog er das Gesicht.

Mrs. McDaniel nickte noch einmal, dann verschwand sie ins nächste Zimmer und summte dabei »Paradise City«.

Die vertraute Melodie sorgte dafür, dass mir prompt übel wurde. Von Roth hatte ich sie seit seiner Rückkehr nicht mehr gehört. Daher konnte ich ihn einen Moment lang nur anstarren.

»Ich hätte wirklich einen Keks genommen«, brummte er und nahm auf dem Weg nach oben immer zwei Stufen auf einmal.

Zayne verdrehte die Augen. »Pech gehabt.«

Ich kam wieder zur Besinnung und folgte den Jungs in den ersten Stock. Der Flur war schmal und schlecht beleuchtet. An den Wänden löste sich die alte beigefarbene Tapete. Als wir uns der zweiten Tür links näherten, beschlich mich ein unbehagliches Gefühl. Von allen Seiten schien etwas auf meinen Hals zu drücken und mir den Atem zu rauben. Die Luft war stickig. Ich sah zu Zayne und erkannte an der verspannten Haltung seiner Schultern, dass er es ebenfalls spürte.

Es fühlte sich nach dem Bösen an, dem reinen Bösen. Anders ließ sich das nicht beschreiben.

Als Roth ohne anzuklopfen die Tür öffnete, verstärkte sich das Gefühl noch weiter. Die Wächterin in mir wollte diesem Gestank den Rücken kehren oder ihn eliminieren. Aber die Dämonin war nur neugierig.

Die beiden Jungs blieben vor mir stehen und nahmen mir die Sicht auf das Zimmer, also musste ich um Zayne herumspähen, um etwas sehen zu können. Der Raum war ein einziger riesiger Widerspruch. Eine Hälfte war tadellos aufgeräumt, Bücher lagen ordentlich aufeinandergestapelt, und Papiere waren in Ordnern verstaut, bei deren Beschriftung es jemand mit dem Etikettendrucker ein wenig übertrieben hatte. Ein kleiner Hocker stand an einem Teleskop, das zum Fenster hin ausgerichtet war. Die andere Hälfte sah aus, als hätte sich ein Hurrikan dort ausgetobt. Kleidung lag auf dem Boden verstreut. Auf einem Relaxsessel türmten sich noch halb volle

Essensverpackungen vom Chinesen, ein Berg aus Mountain-Dew-Flaschen reichte fast bis auf Höhe der Bettkante.

Auf dem Bett selbst fand sich Dean McDaniel.

Er lag rücklings da und trug nur Socken und blaue Boxershorts. Er hatte Kopfhörer aufgesetzt, seine Füße bewegten sich zu einem Rhythmus, den wir nicht hören konnten.

Dean wusste, wir waren hier. Seine Lider bewegten sich, als er zu uns hinüberschaute, um kurz darauf wieder an die Decke zu starren. Deutlicher hätte er seine Missachtung uns gegenüber nicht ausdrücken können. Ich folgte seinem Blick, und mir stockte der Atem.

Heilige Scheiße, an der Decke fanden sich mit Marker angefertigte Zeichnungen. Kreise, die mit Sternen durchsetzt waren. Linien, die sich zu Formen zusammenschlossen, wie ich sie aus dem *Kleinen Salomon* kannte.

Roth betrachtete ebenfalls kurz die Decke, schlenderte zum Bett und riss Dean die Kopfhörer runter. »Es ist unhöflich, uns zu ignorieren.«

Der Junge auf dem Bett – dieser Junge, der immer so ruhig und unauffällig gewesen war und der anderen Schülern die Tür aufgehalten hatte – grinste spöttisch und verschränkte die Hände hinter dem Kopf. »Sehe ich wirklich so aus, als würde mich das kümmern?«

»Und sehe ich wirklich so aus, als könnte ich dir nicht auf der Stelle den Kopf abreißen?«, gab Roth zurück.

»Hey, hey«, rief ich dazwischen und warf ihm einen warnenden Blick zu. »Das ist überhaupt nicht hilfreich!«

Dean sah mich an und setzte sich auf. Blitzschnell griff er sich zwischen die Beine und machte etwas, das meine Ohren knallrot anlaufen ließ. »Du kannst natürlich gern bleiben, Süße. Aber diese beiden Vollpfosten sollen sich verpissen.«

Ich bekam den Mund nicht mehr zu. »Okay, du kannst das mit dem Kopfabreißen durchziehen, Roth.«

Roth grinste.

»Wir sind uns noch nicht begegnet.« Zayne trat vor und versuchte wohl, als die Stimme der Vernunft zu agieren. »Mein Name ist …«

»Ich weiß, was du bist.« Dean ließ sich zurück aufs Bett fallen. *»Magnam de cælo, et tu super despectus.«*

»Und jetzt spricht er auch noch Latein?« Das wurde ja immer verrückter. »Was hat er gesagt?«

»Etwas, das Stony nicht gefallen dürfte«, antwortete Roth lachend.

»Und ich weiß auch, wieso ihr hier seid. Ihr kriegt von mir gar nichts. Also … wo die Tür ist, wisst ihr ja.« Dean sah wieder mich an. »Aber wie gesagt, du kannst …«

»Wenn du den Satz zu Ende bringst, wirst du für den Rest deines Lebens humpeln«, warnte ich ihn und brachte Zayne zum Lächeln. Als ich Dean betrachtete, versuchte ich, den stillen Jungen aus meiner Klasse in ihm wiederzuerkennen, aber was mich da so lüstern anstarrte, war eher ein Mann Mitte vierzig, der zu viel getrunken hatte. »Bist du noch da drin, Dean?«

»Ich glaube, die Antwort darauf kennen wir alle«, sagte Roth und kniete sich neben dem Bett auf den Boden. Dean richtete seine Aufmerksamkeit auf ihn. »Falls da noch ein Stück Menschlichkeit in ihm stecken sollte, kann ich es jedenfalls nicht entdecken.«

Ich wollte das nicht glauben. Mich machte die Vorstellung krank, dass diesem Jungen nach und nach seine ganze Seele entrissen wurde. Vielleicht ging mir das einfach alles zu nah. Ich war mir nicht sicher, auf jeden Fall wollte ich nicht glauben, dass es keine Hoffnung mehr für ihn gab. »Weißt du, wer dir das angetan hat?«

Dean lag einen Moment lang reglos da, doch auf einmal sprang er so schnell vom Bett, dass er vor meinen Augen verwischte und ich nicht wusste, ob er es auf mich abgesehen hatte oder nicht. Zayne ging noch rechtzeitig dazwischen und bekam den Jungen an der Schulter zu fassen. Ein heftiger Stoß, und Dean flog zurück aufs Bett. »Wenn du das noch mal versuchst, wird dir nicht gefallen, was ich dann mit dir mache.«

Dean atmete angestrengt ein, ein Schaudern überkam ihn, das seinen schmächtigen Leib durchschüttelte. Er lag auf der Seite und zog die Beine so weit an, dass die Knie sein Kinn berührten. Sein ganzer Körper wackelte, als würde jemand brutal das Bett hin und her schaukeln.

»Es ist konstant«, sagte er und legte die Hände auf seine Ohren.

Mein Puls beschleunigte sich. »*Was* ist konstant?«

»*Es.* Ich höre *es* die ganze Zeit.« Er vergrub die Finger in seinen Haaren. »Es hört nie auf, es gönnt mir nie eine Pause.«

»Was ist es?«, fragte Zayne.

Der Junge verzog das Gesicht, die Wangen wurden bleich. »*Es* hört nicht auf.«

»Ich glaube, er hat Schmerzen.« Hilfe suchend wandte ich mich an Zayne. »Was können wir machen?«

Zayne zog die Brauen hoch. »Er ist nicht besessen. Das kannst du an seinen Augen erkennen.«

»Ihm fehlt ein großes Stück seiner Seele, und vermutlich fühlt sich das wie eine Schusswunde an.« Roth schüttelte den Kopf und stand auf. »Dean, du musst uns sagen, was mit dir geschehen ist.«

»Ich verstehe nicht«, stöhnte er.

Er schaukelte unverändert hin und her, und trotz seines anfänglichen Verhaltens hätte ich ihn am liebsten in die Arme genommen und an mich gedrückt. Erneut stellte Roth ihm die Frage, und Zayne wiederholte sie noch einmal, aber keiner von ihnen konnte ihm eine verständliche Antwort entlocken.

Ich ging näher ans Bett heran. »Wann hat es angefangen, Dean?«

Erst nach einer Weile erwiderte er: »Vor Tagen.«

Roth sah zu mir und nickte, dass ich weitermachen sollte. »Wo hat es angefangen? In der Schule?«

»Ja«, krächzte Dean. »Da hat es angefangen.«

Zayne stellte sich zu mir. »Hat es jemand ausgelöst?«, wollte ich wissen.

Dean wippte langsamer vor und zurück, ließ die Hände sinken und starrte mich mit leerem Blick an. Ich verlagerte mein Gewicht, da mir sein eindringliches Starren Unbehagen bereitete. Er sah mich an, als müsste ich die Antwort auf meine Frage längst kennen, aber für mich ergab das alles keinen Sinn.

Als er nichts sagte, legte Roth eine Hand auf seine nackte Schulter. Dean zuckte zurück, als hätte jemand versucht, ihn zu brandmarken. Er riss den Mund auf und heulte laut auf wie ein verwundetes Tier.

»Was hast du gemacht?«, fragte Zayne aufgebracht.

Roth zog die Hand zurück. »Überhaupt nichts.«

Ich drehte mich um, da die Tür zu Deans Zimmer aufging. Seine Mom kam herein, offensichtlich war sie aus der Trance erwacht, in die Roth sie versetzt hatte. »Was machen Sie hier? Was tun Sie meinem Sohn an?«

»Shit«, murmelte Roth und ging zu Deans Mutter, legte die Hände an ihre Wangen und hinderte sie daran, noch mehr Fragen auf uns abzufeuern. »Schhht, es ist alles in Ordnung. Ihrem Sohn geht es gut.«

Mrs. McDaniel begann zu zittern. »Nein, das stimmt nicht«, flüsterte sie, und ihre traurige Miene und ihr Kummer brachen mir fast das Herz. »Er ist ein guter Junge, aber es geht ihm nicht gut. Es geht ihm überhaupt nicht gut.«

»Wir sind hier, um ihm zu helfen«, versuchte ich sie zu beruhigen. Wenigstens hatte Dean aufgehört zu heulen.

Roth versteifte sich, hielt seinen Blick aber weiter auf die Mutter gerichtet. »Es ist alles in Ordnung. Sie müssen nur wieder nach unten gehen und mit dem Abendessen anfangen. Chili Dogs wären gut.«

Nach einem angespannten Augenblick zog sich Mrs. McDaniel zurück und verließ das Zimmer, wobei sie wieder Roths Song vor sich hin summte. Ich atmete erleichtert aus und drehte mich zu Dean um, der seine Kopfhörer in der Hand hielt.

»Dean …«

»Raus hier«, sagte er. Als wir uns nicht von der Stelle rührten, hob er den Kopf, und mir lief ein eisiger Schauer über die Haut. Sein starrer Blick hatte etwas erschreckend Leeres. »Raus hier.«

Zayne blieb stehen. »Wir müssen …«

»Raus hier!« Dean sprang auf, holte aus und warf die Kopfhörer in Roths Richtung. »Raus hier!«

Roth bekam sie zu fassen, bevor sie in seinem Gesicht landen konnten. Der Kunststoff zerbröselte zwischen seinen Fingern, die Reste warf er auf den Boden. »Ich kann es auf den Tod nicht ausstehen, wenn Leute mir Sachen ins Gesicht schleudern.«

Den Jungen schien das nicht zu kümmern, stattdessen drehte er sich zur Seite und stürmte auf Zayne los. Doch der musste etwas bemerkt haben, da er sich sofort wandelte. Das Shirt zerriss auf der Vorder- und der Rückseite, Granit trat an die Stelle menschlicher Haut, und er breitete seine Flügel aus, die das gesamte Zimmer in Anspruch zu nehmen schienen. Zayne schnappte sich Dean, drehte ihn herum und legte ihm den Arm um den Hals, sodass der massive Bizeps auf Deans Kehle drückte.

Daraufhin rastete Dean erst richtig aus, trat und schlug um sich, während er unaufhörlich irgendwelche lateinischen Worte hinausbrüllte.

»Angeber«, meinte Roth und verdrehte die Augen. »Als ob du dich hättest wandeln müssen.«

Zayne ignorierte ihn und ließ die Armmuskeln spielen, um Dean lange genug die Kehle zuzudrücken, bis das unmenschliche Heulen aufhörte. Schnell wurden seine Arme und Beine schlaff, und dann war er auch schon am Boden.

Nachdem er Dean aufs Bett gelegt hatte, nahm Zayne wieder seine menschliche Gestalt an und betrachtete sein in Fetzen herabhängendes Shirt. »Tut mir leid, aber ich glaube, jetzt werden wir nicht mehr viel aus ihm rausholen können.«

»Nicht, dass wir vorher schon viel aus ihm rausgekriegt hätten«, betonte Roth und verzog die Lippen, während er den bewusstlosen Jungen betrachtete. »Er hat nur bestätigt, dass er in der Schule mit der Lilin in Kontakt gekommen ist.«

»Das ist doch schon mal etwas, oder nicht?«, fragte ich.

Keiner von beiden reagierte. Als wir das Haus der McDaniels verließen, fühlte ich mich irgendwie niedergeschlagen. Ich wusste nicht, was ich mir davon versprochen hatte, Dean einen Besuch abzustatten. Jedenfalls hatte ich nicht damit gerechnet, ihn so zu erleben. Keiner von uns schien eine Ahnung zu haben, was Dean Schreckliches hörte.

Als wir wieder im Impala saßen, beugte sich Roth vor und tippte mir auf die Schulter. »Was du da oben gesagt hast, war falsch.«

Ich registrierte Zaynes verwunderten Gesichtsausdruck, als ich mich zu Roth umdrehte. »Wovon redest du?«

»Dass wir ihm helfen können.« Ein ernstes Funkeln war in seinen bernsteinfarbenen Augen zu erkennen.

»Wieso?«, fragte ich, während sich mein Magen leicht verkrampfte.

»Weil ich nicht glaube, dass wir das tatsächlich können.«

15. KAPITEL

»Ich habe eine Idee.«

Als Roth am Dienstag vor Beginn des Biounterrichts diesen Satz von sich gab, war ich sofort auf jede Art von Verrücktheit gefasst, insbesondere so kurz nach unserem Besuch bei Dean.

»Ja, und?«

»Nachdem wir gestern bei Dean nicht weitergekommen sind, habe ich nachgedacht.« Er neigte den Kopf vor und fuhr leiser fort: »Es hat sich doch niemand ernsthaft in der alten Turnhalle umgesehen, oder?«

»Nicht seit jener Nacht. Jedenfalls habe ich davon nichts mitbekommen. Wieso?«

Seine Augen strahlten. »Wer weiß, welche Beweise wir da unten finden können, wenn da die Lilin geboren wurde. Nachschauen kann jedenfalls nicht schaden. Ich habe mir überlegt, ob du Lust hast, in der Mittagspause mal hinzugehen und nachzusehen.«

Ich setzte zum Reden an, machte aber gleich wieder den Mund zu. Das war genau das, was Zayne nicht wollte. Aber wenn ich mich in der alten Turnhalle umsah, konnte man das schließlich nicht so auslegen, als würde ich mit Roth davonlaufen.

»Ich weiß, du willst nicht einfach nur dasitzen und uns alles erledigen lassen«, sagte er. »Zumindest war die Layla, an die ich mich erinnere, jemand, der sich ins Geschehen einmischte, anstatt am Spielfeldrand rumzusitzen und nur zuzuschauen.«

Ich kniff die Augen zusammen. »Ich weiß genau, was du versuchst. Du willst mich dazu verleiten, dass ich mit dir runter in die Turnhalle gehe.«

»Und? Funktioniert's?«

»Ja«, erwiderte ich und seufzte.

»Hervorragend«, entgegnete er und drehte sich zur Klassentür um, die er mir aufhielt. »Dann haben wir ein *Date*.«

Als er über seine Bemerkung lachte, wusste ich, die Chancen standen gut, dass ich ihn da unten umbringen und seine Leiche unter der Tribüne verstecken würde.

Anstatt die Mittagspause so wie jeder normale Mensch in der Cafeteria zu verbringen, verstaute ich meine Tasche im Spind und ging in die entgegengesetzte Richtung. Den größten Teil des Vormittags hatte ich damit verbracht, mir einzureden, dass ich nichts Verkehrtes tat. Sobald ich Zayne nach der Schule sah, würde ich ihm als Erstes davon erzählen, dass Roth und ich uns in der Turnhalle umgesehen hatten.

Der Flur war menschenleer, durch die geschlossenen Türen der Klassenzimmer waren gedämpfte Stimmen zu hören. Über mir flatterten rotgoldene Banner, da die Heizung sich eingeschaltet hatte. Als ich am Computerraum vorbeikam, ging die Tür auf, und Gareth taumelte nach draußen.

Die Verbindung zwischen seinem Gehirn und seinen Beinen schien getrennt worden zu sein. Er wankte zur Seite und lehnte sich gegen einen Spind, während er das Kinn auf die Brust drückte und sich vorbeugte.

Unsicher blieb ich stehen und biss mir auf die Unterlippe. Gareth und ich waren weit davon entfernt, Freunde zu sein. Ich war sogar richtig geschockt gewesen, dass er überhaupt meinen Namen kannte, als er mich vor Kurzem ganz plötzlich eingeladen hatte, ich sollte mir doch mal das Footballtraining ansehen. Laut Stacey kannte Gareth vermutlich längst meine Körbchengröße, was ich irgendwie unheimlich fand.

Er zitterte am ganzen Leib, als er tief einatmete.

Aber er war in Schwierigkeiten – womöglich solche, die die Lilin ausgelöst hatte.

Ich ging auf ihn zu. »Gareth? Geht es dir gut?«

Gareth legte einen Arm vor seine Brust. Als er nicht reagierte, berührte ich ganz leicht seine Schulter. Er schoss hoch und schlug meine Hand weg. Aus blutunterlaufenen Augen sah er mich an.

Erschrocken wich ich zurück. So wie bei Dean hatten auch diese Augen etwas Leeres, als wäre ihnen etwas genommen worden.

»Was starrst du mich so an, du Freak?«, fragte er und fing an zu lachen. »Freak-a-deek-a-deek …«, murmelte er kichernd vor sich hin und schleppte sich in Richtung Cafeteria.

Lieber Gott …

Ich lief weiter zur Treppe, und an der Tür zur Turnhalle angekommen, lehnte ich mich gegen die Wand. Im Treppenhaus über mir ging eine Tür auf, und ich hob den Kopf. In der nächsten Sekunde wurde der gerade noch freie Raum vor mir komplett von Roth ausgefüllt. Vor Schreck machte ich einen Satz nach hinten.

»Himmel! Warum hast du das denn gemacht?« Ich presste mir die Hand auf die Brust. »Du hättest genauso gut die Treppe nehmen können.«

Er grinste, während er auf den Absätzen seiner Sneakers balancierte. »Das würde doch keinen Spaß machen.«

»Mir egal. Hör gefälligst damit auf, einfach so aus dem Nichts aufzutauchen.«

»Du bist ja nur neidisch, dass du das nicht auch kannst, weil du keine hundertprozentige, reinrassige Dämonin bist.«

Ich verdrehte zwar die Augen, aber tatsächlich war ein ganz winziger Teil von mir neidisch auf diese Fähigkeit. Sie wäre einfach sehr praktisch, falls ich mich irgendwann mal in einer Situation befinden sollte, in der ich mich mit einem Plopp in Luft auflösen wollte.

Ohne etwas auf seine Äußerung zu erwidern, konzentrierte ich mich auf das Wesentliche: »Ich glaube, Gareth ist infiziert.«

»Ich kann nicht behaupten, dass mich das zu Tränen rührt.« Dass ich ihn daraufhin mit einem giftigen Blick bedachte, veranlasste ihn zu einem verdutzten: »Was denn? Ich hab schon mal gesagt, dass Gareth und sein Daddy sich sowieso für alle Ewigkeiten gegenseitig die Augen auskratzen oder irgendwas in der Art machen werden.«

»Gareth mag ja ein Idiot sein, aber er verdient es nicht, seine Seele zu verlieren.« Da sich Roth von diesen Worten nicht beeindrucken ließ, konnte ich nur frustriert seufzen. »Bedeutet dir ein Menschenleben denn wirklich gar nichts?«

»Ich bin ein Dämon«, konterte er. »Sollte es mir etwas bedeuten?«

Ich wusste es besser. Seine Worte klangen kalt und abweisend, doch ich *wusste*, Roth war mehr als nur ein Dämon. Allerdings würde ich mich nicht schon wieder auf diese Unterhaltung mit ihm einlassen. Ich ging die letzte Treppe hinunter, da ich keine Lust hatte, mich mit Roth allzu lange in diesem Treppenhaus aufzuhalten und damit Erinnerungen zu wecken. Lautlos wie ein Geist folgte er mir.

»Die Tür ist verriegelt«, sagte ich und zeigte auf eine Kette, die um den Türgriff gelegt worden war. »Kriegst du das auf?«

Er stellte sich vor mich und warf mir über die Schulter hinweg ein diabolisches Grinsen zu. »Kleinigkeit.«

Es kostete ihn kaum Mühe, er musste nur mit beiden Händen ein Stück Kette fassen und daran ziehen, bis eines der Glieder nachgab. Die Leichtigkeit, mit der er das anstellte, machte mir etwas bewusst: Roth war gefährlich, und genau das durfte ich nicht vergessen.

Muffige kalte Luft schlug uns entgegen, als er die schwere Tür öffnete. Während er leise eine Melodie summte, ging er ein paar Schritte in die völlige Schwärze der Turnhalle und sah sich nach dem Lichtschalter um.

Mein Herz fühlte sich an, als würde es zerquetscht, als mir

klar wurde, dass er »Paradise City« summte. Dieser Song weckte Sehnsucht in mir, und ich wünschte, ich könnte mir Stöpsel in die Ohren drücken.

Roth fand einen Schalter und legte ihn um, ein tiefes Surren hallte von allen Seiten wider, dann flackerten ein paar Deckenlampen, ehe sie richtig angingen. Das Licht war schwach, und meine Augen benötigten ein paar Sekunden, um sich an die Sichtverhältnisse zu gewöhnen.

Roth war schon ein Stück weitergegangen und näherte sich dem ringlosen Basketballkorb. Alle okkulten und satanischen Objekte waren schon vor langer Zeit weggeräumt worden, aber in der kalten, feuchten Turnhalle hielt sich immer noch etwas Böses. Diese Halle ließ mich einfach schaudern.

Ich schlang die Arme um mich und folgte Roth. Mir fiel eine Stelle auf, an der die Folterdämonen mit ihren Krallen feine Schnitte in den Fußboden geritzt hatten.

Die Fläche, auf der man mich festgebunden hatte, war von dem Feuer schwarz verbrannt worden, das Roth und Paimon verschlungen hatte. Ich sah zu Roth, der mir den Rücken zuwandte, und fragte mich, ob diese Umgebung bei ihm wohl irgendwelche Gefühle auslöste.

Er kniete sich hin, strich mit der Hand über den Boden und wischte Dreck und Staub zur Seite. »Also … du und Stony?«

Seufzend ging ich um ihn und die feine weiße Linie herum, die ein Teil des Pentagramms gewesen war. Wenn ich mich hier umschaute, fiel es mir nicht schwer, mir vorzustellen, wie ich hier gelegen hatte. Ich fröstelte und atmete tief durch.

»Ihr verabredet euch also für ein Kino-Date?«, fragte er, obwohl ich beharrlich schwieg.

Ich kniete mich an der Stelle hin, an der meine Arme festgebunden gewesen waren. Teilweise verbrannte, ausgefranste Seilenden waren übrig geblieben und lagen herum. »Ich rede nicht mit dir über Zayne.«

»Wieso nicht?«

Ich presste die Lippen zusammen und schaute ihn an. Unsere Blicke trafen sich, aber als er fragend eine Braue hochzog, schüttelte ich den Kopf und konzentrierte mich wieder auf den Boden, den ich sehr aufmerksam nach Spuren absuchte.

»Du und Stony, ihr seid euch nahegekommen, habe ich das Gefühl«, redete er weiter und drückte den Rücken durch. »Ihr geht zusammen essen und vielleicht auch ins Kino …«

»Wir leben im gleichen Haus, Roth. Da ist es nicht ungewöhnlich, wenn man mal gemeinsam irgendwo was zu essen holt.«

Als er mit dem Zungenpiercing an seinen Zähnen entlangstrich, vernahm ich ein Klicken.

»Aber es steckt noch mehr dahinter, stimmt's? Vor allem wenn ich bedenke, dass Stony mich jetzt schon zweimal gewarnt hat.«

»Zweimal?« Mit den Fingerspitzen strich ich über den Boden.

»Einmal im Restaurant, was als Showeinlage für dich gedacht war«, sagte er. Seine Stimme klang näher als noch vor einem Moment, und als ich über meine Schulter sah, stellte ich fest, dass er dicht hinter mir stand. Mir war gar nicht aufgefallen, dass er sich von der Stelle bewegt hatte. »Und das andere Mal war am Samstagabend, als wir uns zufällig begegnet sind.«

»Ich weiß.« Wieder konzentrierte ich mich auf mögliche Hinweise auf dem Fußboden, während ich das seltsame Gefühl zu ignorieren versuchte, das durch seine Nähe in mir ausgelöst wurde.

»Ach, dann hat er davon erzählt?« Roth griff mir in die Haare und zog sanft meinen Kopf nach hinten. Ich kniff die Augen zusammen und sah ihn wütend an, dann entwand ich mich ihm. Er aber grinste nur. »Hat er dir auch erzählt, was er mir gesagt hat?«

»Das will ich gar nicht wissen.«

Roth kniete sich so dicht neben mich, dass sein Oberschenkel gegen meinen drückte. »Er hat gesagt, ich soll mich von dir fernhalten.«

»Soso«, murmelte ich.

»Ja.« Sein Atem strich über meine Wange. »Und dass du nicht zu mir gehörst.«

Ich drehte mich zu ihm und sah, dass sein Gesicht dicht vor meinem war. »Tja, als ich das letzte Mal nachgesehen habe, war das auch immer noch so.«

Sein Lächeln wurde noch etwas breiter. »Und weißt du, was er noch gesagt hat?«

»Wirst du endlich Ruhe geben, wenn du mir das verraten hast?«

»Klar«, meinte er amüsiert.

Das nahm ich ihm nicht ab. Ich lehnte mich ein wenig nach hinten und zwang mich, seinem Blick standzuhalten. »Also was, Roth?«

»Er hat gesagt«, er tippte mir auf die Nase, »dass du zu ihm gehörst.«

Einen Moment lang bekam ich den Mund nicht mehr zu. »Ich glaube dir kein Wort.«

Er zuckte mit den Schultern.

»Einen solchen Spruch würde er niemals von sich geben.« Frust erfasste mich wie eine Hitzewallung. »Niemals.«

Roth schürzte die Lippen. »Es ist deine Sache, ob du es mir glaubst oder nicht, aber mir fällt auf, dass du der Aussage an sich nicht widersprichst.«

Das hatte ich eigentlich zuerst machen wollen, aber je länger wir uns gegenseitig anstarrten, umso wütender wurde ich. »Warum unterhalten wir uns überhaupt darüber?«

»Reine Neugier.« Er stand auf und rieb mit einer Hand über sein Pink-Floyd-Shirt. »Ich finde es nur … *toll*, wie schnell du mit der Vergangenheit abgeschlossen hast.«

Ich stutzte, weil ich meinte, ich hätte ihn falsch verstanden. Aber dann wurde mir klar, dass ich richtig gehört hatte. Am liebsten hätte ich ihm auf der Stelle meine Faust in den Schritt gerammt. »Ist das dein Ernst?«

Er zog die Brauen zusammen. »Sehe ich etwa so aus, als könnte das nicht mein Ernst sein?«

»Du findest es also toll, wie schnell ich mit der Vergangenheit abgeschlossen habe? Richtig? Welche Vergangenheit?« Ich stand ebenfalls auf. »Womit genau soll ich denn abgeschlossen haben? Du hast selbst gesagt, dass das, was zwischen uns war, bedeutungslos ist und das auch immer bleiben wird. Ich war doch nur dazu da, dich von deiner Langeweile abzulenken. Erinnerst du dich noch an deine Worte?«

»Ich habe mich dafür bereits entschuldigt«, konterte er, wobei seine Augen in grellem Gelb aufblitzten. »Willst du, dass ich vor dir auf die Knie falle, oder was?«

»Nein!« Schwer atmend machte ich einen Schritt auf ihn zu. »Lass mich dir eine Frage stellen: Willst du mit mir zusammen sein, Roth?«

Seine Pupillen weiteten sich, während er zurückwich. »Was?«

»Beantworte die Frage.«

Wieder trat er einen Schritt zurück und atmete tief durch. »Es geht nicht darum, was ich will.«

»Wie du meinst, Roth.« Ich ging weiter auf ihn zu und tippte ihm auf die Brust. »Ich habe dich gemocht, sehr sogar, und als du weg warst und ich dachte, du wirst in einer Feuergrube gequält, da hat mir das *verdammt* wehgetan.«

»Layla …«

»Ich weiß, wir waren eigentlich nie richtig zusammen, aber

nachdem du verschwunden warst, konnte ich weder essen noch schlafen. Der Einzige, der mich davor bewahrt hat, den Verstand zu verlieren, war Zayne, und das wusstest du! Du hast mir ja sogar erklärt, dass du deswegen seinen Platz eingenommen hast. Dann kommst du auf einmal zurück und erzählst mir, dass dir das, was zwischen uns gewesen ist, nie etwas bedeutet hat. Du hast mir Zayne regelrecht aufgedrängt. Und jetzt muss ich mir von dir anhören, wie toll es ist, dass ich so schnell mit der Vergangenheit abgeschlossen habe? Weißt du was? Du kannst dich selbst fi…«

»Layla.«

»Was?«, brüllte ich ihn an.

Seine Augen leuchteten auf wie goldene Teiche. »Du bist echt sexy, wenn du sauer bist.«

Fassungslos starrte ich ihn an, dann reagierte ich, ohne zu überlegen, und rammte ihm meine Hände mit aller Kraft gegen seine muskulöse Brust. Das kam so unverhofft, dass er ein Stück weit nach hinten taumelte. »Du nervst!«

Roth warf den Kopf in den Nacken und lachte lauthals. Als er schließlich wieder verstummte, lächelte er noch immer. »Aber mal ernsthaft. Wenn ich dich wollte …« Plötzlich stand er genau vor mir und legte die Finger seitlich an mein Gesicht. Die leichte Berührung genügte, um mich wie angewurzelt dastehen zu lassen. In mir hatte sich so viel Frust aufgestaut, dass ich das Gefühl hatte, jeden Moment explodieren zu müssen. »Wenn ich dich noch wollte, würdest du dich dann immer noch für Zayne interessieren?«

Sekundenlang starrte ich ihn an, dann wich ich vor ihm zurück und unterbrach den Kontakt zwischen uns. Diese Frage … die … die machte mich so unglaublich sauer. Und gleichzeitig überforderte sie mich, denn wie sollte ich darauf antworten? Das *konnte* ich gar nicht. Es war einfach nicht fair, weil ich Roth nie richtig gehabt hatte und Zayne praktisch schon mein Leben lang kannte. Wenn es um diese beiden ging, war einfach nur alles unglaublich kompliziert.

»Es ist grausam, mir diese Frage zu stellen«, flüsterte ich aufgewühlt.

Für einen Bruchteil von Sekunden wirkte auch er mitgenommen, bevor er wieder eine teilnahmslose Miene aufsetzte.

Voller Wut auf ihn und auf mich selbst widmete ich meine Aufmerksamkeit wieder dem Fußboden und fand endlich das, wonach ich gesucht hatte. Ein Loch von der Größe eines Quarters. Die Ränder waren gezackt, als hätte sich Säure durch den Boden gefressen, was irgendwie beunruhigend war, hatte doch mein Blut dieses Loch verursacht.

»Hier oben gibt es nichts«, stellte Roth fest und sah sich um. »Wenn man vom Gestank verlorener Träume und verpasster Gelegenheiten absieht.«

Ich begann zu überlegen. »Aber was ist hier drunter?«

Er drehte sich zu mir um. »Braves Mädchen. Genau da müssen wir hin.«

»Ich bin kein Hund«, raunte ich ihm zu, stand auf und wischte mir die Hände an meiner Jeans ab. »Warum hast du das nicht sofort vorgeschlagen?«

Ohne zu antworten, ging Roth zu einer der Türen an der Hallenwand. Während ich ihm folgte, malte ich mir aus, wie ich ihn mit einem Tritt gegen den Kopf zu Boden schickte. Keiner von uns sagte ein Wort, als wir in ein weiteres altes und vergessenes Treppenhaus gelangten, das uns hinunter in eine uralte Umkleidekabine mit Spinden führte.

Der Gestank nach Schimmel und etwas … etwas Verkrustetem schlug mir entgegen. Auch wenn es ein ganz anderer Geruch war als der eines Zombies, hatte er auf mich in etwa die gleiche Wirkung. Er war ekelerregend!

Roth fand den Lichtschalter, aber nur eine Handvoll Neonröhren funktionierte noch. Etliche Reihen aus grauen, verlassen wirkenden Spinden wurden von dem wenigen Licht beschienen. Gut die Hälfte der Sitzbänke war zerbrochen oder verrottet. Seltsame Schatten wurden auf die Spinde geworfen, aber als Roth sich ihnen näherte, stöhnte er auf.

»Schleim«, sagte er und verzog angewidert den Mund.

Ich ging zu einer Bank, eine dreckige weißliche Substanz lief an den Metallbeinen nach unten. Auf der anderen Seite tropfte die Masse so dick und zäh wie Honig oder Sirup auf den Boden. Ich musste schlucken. »Ist das Ektoplasma?«

»Ja, und zwar jede Menge davon.« Roth machte einen raschen Schritt zur Seite und wäre dabei mit seinen Stiefeln beinahe in eine Lache aus Widerwärtigkeit getreten. »Ich glaube, wir sind auf dem richtigen Weg.«

»Ach, wirklich?«, murmelte ich ironisch.

Er stieß einen verächtlichen Laut aus. »Erstaunlich, dass niemand in der Schule das gesehen hat.« Er suchte die mit Schleim bedeckten Wände ab und lachte humorlos auf. »Es wäre schwierig, das zu erklären.«

»Kein Mensch hat einen Grund hierherzukommen.« Ich ging weiter und achtete darauf, dass ich nicht in etwas Klebriges trat. »Was hat das alles zu bedeuten?«

»Keine Ahnung«, meinte Roth und stieß den Atem aus. »Es gibt einige Geschöpfe, die Ektoplasma zurücklassen. Aber nicht eines von ihnen sollte sich auf einer Highschool aufhalten.«

Wir gingen weiter, und ich versuchte mir vorzustellen, wohin das Blut gelangt sein musste, das während des Rituals oben in der Turnhalle vergossen worden war. Dann wurde mir klar, dass das irgendwo in der Nähe der alten Duschen passiert sein musste.

Ich fand die Tür, die zu den Duschen führte. Das Licht flackerte dort unablässig. Ich straffte die Schultern und zwang mich, einen Fuß vor den anderen zu setzen. Langsam ging ich in den Raum mit den offenen Duschen. Die meisten Duschköpfe und Armaturen waren aus den Wänden gerissen worden, zurück waren klaffende Löcher geblieben. Noch mehr von dem Schleim lief an den Wänden hinab zu Boden.

Das hier war einfach ekelhaft.

»Der Gestank ist hier eindeutig noch stärker … oh, und das aus gutem Grund, wie ich sehe.« Roth legte eine Hand an meinen Rücken, ich drehte mich langsam in die Richtung, in die er sah.

»Heilige Muttergottes«, flüsterte ich und riss die Augen auf.

Im hinteren Teil der Duschkabinen hing … *etwas* von der Decke herab. Gehalten wurde es von dicken weißlich-grauen Ranken, die mich an ein Spinnennetz erinnerten. Allerdings hätte eine Spinne schon haufenweise Steroide schlucken müssen, um etwas so Riesiges zu schaffen. An den Strängen hing ein zerstörter Kokon, der weiße Kadaver war ziemlich genau in der Mitte aufgeplatzt. Die Kapsel an sich war ausgehöhlt, sie hatte die Farbe von verblichenem Zeitungspapier. Eine dunkle ölige Substanz war ringsum auf dem Boden verteilt.

Das Ganze sah aus wie einem Science-Fiction-Film entsprungen.

Ich sah zur Decke und kam zu dem Schluss, dass sich das Netz in etwa unter der Stelle befinden musste, wo in der Turnhalle mein Blut das Loch in den Boden gefressen hatte – also die Stelle, an der man mich festgebunden hatte.

»Dazu ist mein Blut fähig?«, fragte ich.

»Unter bestimmten Umständen kann das wohl möglich sein.« Roth ging weiter. »Ziemlich cool, wenn du mal überlegst.«

Ich rümpfte die Nase. »Es ist nichts cool daran, dass mein Blut eine Kapsel entstehen lassen kann, die aussieht, als würde sie aus *Alien* stammen.«

»Großartiger Film, wenn du mich fragst. Gilt aber nicht für die Fortsetzungen.« Als ich leise aufstöhnte, grinste er mich über die Schulter auf eine derart verruchte Weise an, dass mein Herz trotz allem einen Purzelbaum schlug. »Offenbar ist hier unsere kleine Lilin herangewachsen.«

»In dieser Kapsel?«

Er nickte. »Niemand weiß wirklich etwas Genaues über die Lilin. Wie sie heranwachsen, wie sie aussehen oder sonst irgendetwas. Aber was sollte das sonst sein?«

»Es muss doch da draußen irgendjemanden geben, der uns etwas dazu sagen kann.« Ich wollte nicht näher an das Ding herangehen, mir genügte es schon, damit in einem Raum zu sein. »Was ist mit dem Seher?«, fragte ich, als mir der Junge einfiel, der sich mit X-Box und Engeln oder was auch immer unterhielt.

Roth stieß ein ersticktes Lachen aus. »Ich glaube, diesmal wäre mehr als ein Huhn nötig, um ihm solche Informationen zu entlocken.«

»Und was will er haben?« Frustriert trat ich von einem Bein aufs andere. »Wir wissen rein gar nichts. Wieder mal. Das Einzige, was uns der kleine Ausflug gebracht hat, ist die Erkenntnis, dass mein Blut abscheuliche Kapseln entstehen lassen kann.«

Er drehte sich zu mir um und neigte den Kopf zur Seite. »Wir haben jetzt den Beweis, dass die Lilin von hier gekommen ist und dass sie *hier war*, Shortie.«

Abwehrend hob ich die Hände. »Wussten wir das nicht längst?«

Roth antwortete nicht, sondern wandte sich wieder dem Kokon zu. »*Das* muss der Beweis für das Entstehen der Lilin sein, denn ich weiß nicht ...«

»Wer ist da?«, dröhnte in dem Moment eine Stimme durch die Umkleidekabine. »Wer ist hier unten?«

Erschrocken riss ich die Augen auf und sah fragend zu Roth, der nur mit den Schultern zuckte. Wirklich sehr hilfreich. Ehe ich entscheiden konnte, was ich tun sollte, schob sich ein Schatten in den Durchgang. Mir stockte der Atem, als ein Mann mittleren Alters den Raum betrat.

Er hatte kupferrotes Haar, sein Gesicht war mit Sommersprossen übersät. Wer er war, wusste ich nicht, aber der dunkelblaue Overall und der große Schlüsselbund an seinem Gürtel verrieten mir, dass wir es mit einem Hausmeister zu tun hatten.

Er sah von mir weg, und ich spürte, dass Roth zu mir kam.

Der Hausmeister verschränkte die Arme vor der Brust.

Roth legte einen Arm um meine Schultern und zog mich an sich. Ich verkrampfte mich, als seine Hand über meinen Rücken strich und er seine Finger in meinen Haaren vergrub. »Wir haben nach einem abgeschiedenen Plätzchen gesucht … Na, Sie wissen schon, eine Ecke, in der wir ungestört sind.« Er beugte den Kopf zu mir herunter, pechschwarze Locken fielen ihm in die Stirn. »Und dann haben wir das hier entdeckt und wurden völlig abgelenkt. So war's doch, nicht wahr, Baby?«

Mir tat der Kiefer weh, weil ich die Lippen so fest zusammenpresste. Was Roth hier machte, war völlig unnötig. Ich hatte ihn schon dabei beobachtet, wie er in den Verstand anderer Leute eindrang und sie mit ein paar gezielten Worten sonst wo hinschickte. So war es auch bei Mrs. McDaniel gelaufen. Mich dabei anzufassen war also absolut nicht erforderlich.

Aber da er schon mal damit angefangen hatte …

Ich schlang ihm den Arm um die Taille und bohrte meine Finger in seine Seite. Als er ein warnendes Knurren ertönen ließ, lächelte ich ihn strahlend an. »Ja, so war's, *Honey*.«

»Ja, okay.« Der Hausmeister schüttelte mit dem Kopf.

Das war nicht die Reaktion, die ich erwartet hatte. Ich wollte mich aus Roths Griff lösen, aber er ließ mich nicht los. Der Hausmeister ließ die Arme sinken, und ich sah endlich seinen Namen, der in die Klappe einer breiten Tasche eingestickt war. Gerald Young.

»Ihr müsst keine Geschichten erfinden.« Dabei rollte er den Ärmel hoch, zum Vorschein kam eine Tätowierung in schwarzer Tinte. Vier Kreise, die durch einen kleinen Kreis miteinander verbunden waren. Das Muster erinnerte mich an ein Windrad, und es kam mir irgendwie bekannt vor. Als er uns wieder ansah, hatten seine Augen die Farbe von dunklen Kirschen. »Es wird Zeit, dass sich mal jemand um diese Sauerei hier unten kümmert.«

Roth atmete hastig und murmelte: »Hexer.«

16. KAPITEL

Hexer.

Ich starrte den Hausmeister an. Hätte mein Verstand nicht einfach komplett den Geist aufgegeben, wäre mir wohl aufgefallen, dass mit ihm etwas anders war, da die Aura eines Hexers – eines echten, richtigen Hexers – anders aussehen musste. Ein echter Hexer war zu einigen krassen Dingen fähig – Zaubersprüche, Heilzauber, die Entstehung von Feuern aus dem Nichts und das gesamte andere Zeugs, das mich vor Neid erblassen ließ. Aber zu Gesicht bekommen hatte ich einen Hexer bislang noch nie. Die Wahrscheinlichkeit, in der heutigen Zeit noch einem Original zu begegnen, war in etwa so groß wie die, im Lotto den Jackpot abzuräumen oder das Ungeheuer von Loch Ness zu beobachten.

»Du bist tatsächlich ein Hexer?«, fragte ich, aber es klang irgendwie dumm. »Ich dachte, eure Art ist schon ausgestorben.« So etwa im Mittelalter …

Gerald verzog den Mund zu einem ironischen Lächeln. »Wir sind immer noch aktiv.« Er krempelte den Ärmel wieder runter und schaute Roth an. »Aber wir sind sehr vorsichtig.«

»Kann ich gut verstehen«, gab Roth zurück. Endlich nahm er seine Hand weg, ich wich sofort einen halben Meter zurück. »Wächter hatten noch nie sonderlich viel für Hexen übrig, nicht wahr?«

Meine Verwunderung steigerte sich noch weiter, als Gerald nickte und sagte: »Ganz genau.«

»Wieso?« Über Hexen war nicht viel bekannt. Jedenfalls hatte ich mir nicht allzu viel Mühe gemacht, mehr über sie in Erfahrung zu bringen.

»Hexen haben nicht nur eine rein menschliche DNA.« Roth betrachtete Gerald mit einem gewissen Respekt. »Auch wenn sie ihre andere Hälfte nicht für sich beanspruchen wollen, fließt trotzdem dämonisches Blut in ihren Adern.«

Abrupt drehte ich den Kopf zu Roth um. »Was?«

Roth nickte. »Hexen sind die Nachkommen von Dämonen und Menschen, Shortie. Aber nicht, dass sie auf diese Tatsache besonders stolz wären. Manche sind die erste Generation, andere hatten vor langer Zeit mal einen Dämon in der Familie. Ihr Blut ist nicht mehr so ausgeprägt, aber es ist immer noch da. Wie sollten sie denn sonst so erstaunliche magische Fähigkeiten entwickeln?«

Ich zwinkerte ein paarmal. »Davon wusste ich nichts.«

»Und was ist mit dir, Gerald?«, fragte Roth und beugte sich vor. »Bist du die erste Generation, oder war es dein Urgroßvater, der seinen Federkiel in ein verbotenes Tintenfässchen tauchte?«

Ich hielt es für seltsam, dass Roth bei all seinem Dämonenkönnen nicht automatisch wusste, was Gerald war.

Gerald musste meine Gedanken gelesen haben, denn auf einmal grinste er noch etwas breiter. »Dämonen können uns nicht wahrnehmen. Wir haben Schutzzauber, die das verhindern, weil wir nämlich nicht im Team der Dämonen mitspielen. Wir gehören eher zur Mannschaft von Mutter Erde. Aber um deine Frage zu beantworten: Es war eine Großmutter, eine Chaosdämonin. Sie brachte ein Kind zur Welt, das eine Hexe war – meine Mom.«

Roth wippte auf den Absätzen vor und zurück und verschränkte die Arme vor der Brust. »Cool. Aber auch egal. Zurück zum Thema.« Mit einer Kopfbewegung deutete er auf den unheimlichen Kokon. »Ich nehme an, dir ist klar, dass so was nicht normal ist.«

»Das ist weit davon entfernt«, gab Gerald ironisch lachend zurück. »Ich behalte das Ganze jetzt schon im Auge, seit ich es vor gut zweieinhalb oder drei Wochen entdeckt habe.«

Erneut sah er mich an, und ich ließ die Schultern sinken. »Ich bin mir nicht sicher, was es darstellt, und in meinem Zirkel weiß es auch niemand. Aber das da ist noch nicht alles.«

»Tatsächlich?«, murmelte Roth. »Oje.«

»Ja, da ist noch mehr.« Er machte kehrt. »Kommt mit.«

Ich schaute Roth an, er nickte mir zu. Entschlossen, das hier durchzuziehen, folgte ich Gerald zurück in den Hauptraum. Es war irgendwie eigenartig, dass der Hexer wusste, was wir waren – was *ich* war. Ich sollte mich deswegen eigentlich nicht so sonderbar fühlen, aber bislang war ich anderen gegenüber immer im Vorteil gewesen, wenn es darum ging, das Nicht-so-Normale ausfindig zu machen.

Gerald ging um die schleimbedeckte Bank herum und blieb vor einem geschlossenen Spind stehen. »So viel Ektoplasma kann nichts Gutes bedeuten, richtig? Zuerst dachte ich, das hätte mit dem Ding da drinnen zu tun, aber inzwischen bin ich mir nicht mehr sicher.«

Roth trat einen Schritt vor und verrenkte sich fast den Hals. »Und wieso nicht?«

»Es dürfte leichter sein, euch das zu zeigen.« Gerald ging zur Seite, zog ein rotes Taschentuch aus der Gesäßtasche, das er benutzte, um die Tür so vorsichtig und so langsam wie möglich zu öffnen.

»Teufel«, flüsterte Roth.

So unglaublich klein, wie ich nun mal war, versperrten mir beide Männer die Sicht. Seufzend ging ich um Roth herum – und wünschte mir in der nächsten Sekunde, ich hätte es nicht getan.

In den Spind gestopft befand sich ein *Ding* … eine Kreatur, die ich so noch nie gesehen hatte. Der Farbton des Körpers erinnerte an geronnene Milch, gebrochen weiß und irgendwie klumpig. Haare waren ebenso wenig zu erkennen wie irgendwelche Konturen an der schlanken, großen Statur. Das Ding mochte um die eins achtzig groß sein und etwas breiter als einen halben Meter. Die Arme waren vor der Brust verschränkt, den Kopf hielt das Ding nach vorn gebeugt. Gesichtszüge waren keine auszumachen. Wir hatten die Quelle für den Schleim gefunden. Die schmutzig weiße Masse tropfte aus den kaum geformten Füßen.

Mir drehte sich der Magen um. »Was zum Teufel ist denn das?«

»Gute Frage.« Gerald machte die Spindtür leise zu. »Es ist übrigens nicht das Einzige seiner Art. In fast jedem Spind kauert so ein Ding.«

»Oh …« Ungläubig schüttelte ich den Kopf. »Und dir ist nicht in den Sinn gekommen, irgendwem etwas davon zu sagen?«

»Wem denn?« Gerald drehte sich zu uns um und sah uns vorwurfsvoll an. »Die Wächter würden uns wegen des Bluts in unseren Adern wahrscheinlich auf der Stelle töten, die Dämonen würden wohl das Gleiche machen wollen, allerdings eher nur zum Spaß. Außerdem habe ich so wie mein ganzer Zirkel keine Ahnung, was diese Dinger da sein sollen. Wir beabsichtigen nicht, wahllos zu töten.«

»Weicheier«, murmelte Roth verächtlich, was ihm einen bösen Blick einbrachte. »Das da in dem Spind ist weder der Weihnachtsmann noch der Osterhase.«

Ein Schauer lief mir über den Rücken. Das hier bereitete mir großes Unbehagen.

»Und wenn ihr wüsstet, was es mit diesem Kokon auf sich hat, dann würdet ihr auch begreifen«, fuhr Roth fort und zeigte auf die Spinde, »dass ihr das hier lieber nicht auf eine Schule voller Menschen loslassen solltet.«

Gerald straffte die Schultern.

»Aus dem Kokon ist eine Lilin geboren worden.«

Als Gerald das hörte, wurde sein Gesicht kreidebleich, und er schien kurz vor einer Ohnmacht zu stehen. »Die Lilin?«

»Du weißt etwas über die Lilin?«, warf ich hastig ein. »Irgendwelche Einzelheiten?«

Er nickte eifrig. »Ein paar von den Zirkeln, also die extremeren, nicht unserer, also die glauben, dass Lilith bei dem Deal die schlechteren Karten gekriegt hat. Dass sie die Mutter von uns allen ist.«

Ich zog eine Augenbraue hoch, als ich das hörte.

»Wir beten Lilith nicht an – jedenfalls wir nicht, sondern ...« Er unterbrach sich und schaute zur Tür, die zu den Duschen führte. »Eine Lilin soll hier sein?«

»Das nehmen wir an. Aus verständlichen Gründen sind wir daran interessiert, sie aufzuspüren.« Roth kniff die Augen zusammen. »Sondern *was*, Gerald? Du wolltest doch noch irgendetwas sagen?«

Er schluckte, mit einem Mal war er nervös. »Es gibt einen Zirkel in der Nähe von Bethesda, der Lilith anbetet. Wenn jemand etwas über die Lilin weiß ...«

»Oder wenn eine Lilin Zuflucht suchen würde ...« Mein Herz machte einen Freudensprung. »Sie würde zu ihnen gehen, weil sie am ehesten Mitgefühl mit ihr haben würden.«

Gerald begann zu schwitzen. »Aber ihr versteht nicht. Die sind nicht so wie ich oder wie mein Zirkel.«

Ich sah zu Roth, der mich strahlend anlächelte. »Mit anderen Worten: Das sind die Bösen.«

»Ja, und ich weiß auch, was ihr denkt – dass ihr sie aufsuchen solltet. Das würde ich euch nicht raten. *Ihn* würden sie willkommen heißen«, sagte er und deutete auf Roth. »Aber dich? Du bist zum Teil Wächter, das kann ich dir ansehen. Die würden dich bei lebendigem Leib häuten.«

Eben wollte ich ihm sagen, dass Lilith auch meine Mutter war und dass sie mich deshalb mit offenen Armen empfangen sollten, aber Roth warf mir gerade noch rechtzeitig einen warnenden Blick zu. »Wie können wir diesen Zirkel finden?«

Er atmete tief durch. »Die betreiben einen Club nach dem Row Cinema. Ihr werdet ihn schon am Symbol erkennen.« Dann zeigte er auf die Tätowierung, die jetzt unter dem Ärmel verborgen war. »Diejenige, mit der ihr reden müsst – die Alte –, wird beim nächsten Vollmond dort zu finden sein. Und kommt gar nicht erst auf die Idee, mit einem Wächter da aufzutauchen. *Sie* wird schon schlimm genug sein.«

Roth verzog den Mund zu einem begeisterten Grinsen, während er mich mit seinen goldenen Augen ansah. »Das ist perfekt.«

Na großartig.

»Aber noch mal zurück zu den Dingern in den Spinden.« Roth schaute jetzt ganz ernst und mahnend Gerald an. »Das sind Nachtkriecher im Metamorphose-Stadium, und ich möchte lieber nicht darüber nachdenken, wie viele von denen schon fertig ausgebildet sein könnten.«

Vor Entsetzen verkrampfte sich mein Magen. Nachtkriecher waren so wie Hellions und Folterdämonen Kreaturen, die in der Hölle erschaffen wurden und denen es verboten war, sich an der Oberfläche aufzuhalten. Abgesehen davon, dass sie kein bisschen menschlich aussahen, waren sie vor allem außerordentlich gefährlich. So wie Hellions waren sie stark und wild, aber noch schlimmer war das Gift in ihrem Speichel, mit dem sie ihre Opfer lähmen konnten – um sie dann zu vertilgen, während sie noch lebten. Genau das taten sie unten in der Hölle, wo sie ihre Beute bis in alle Ewigkeit quälten.

Anders als zum Beispiel die Blender waren sie keine Beißer. Sie verfügten über die beeindruckende Fähigkeit, Projektile auf ihre Opfer zu spucken, so ähnlich wie diese unheimlichen kleinen Dinosaurier in *Jurassic Park*. Wenn ihr Speichel unter die Haut gelangte, ging es schnell bergab.

Gerald sah über die Schulter. »Das wusste ich nicht. Keiner von uns hatte eine Ahnung, was sie darstellen.«

»Das habe ich gemerkt«, grummelte Roth. »Wir müssen diesen Bereich absperren und …«

Ein lauter Knall ließ uns zusammenzucken. Ich wirbelte herum, mir stockte der Atem, während ich nach der Ursache für das Geräusch suchte. Da es von allen Seiten zurückgeworfen wurde, hatte ich Schwierigkeiten, die eigentliche Quelle zu bestimmen.

»Könnte sich hier unten noch jemand aufhalten?«, fragte ich und fürchtete mich schon jetzt vor der Antwort.

»Nein.« Gerald wischte sich mit dem Handrücken über die Stirn. »Hier kommt sonst niemand runter. Ich bin auch nur versehentlich hier hergeraten, und dabei habe ich dann das entdeckt.«

Roth horchte auf ein metallisches Knarren und auf das markante Geräusch alter Türangeln. Mich erfasste ein eisiger Schauer. Einen Moment lang herrschte Stille, dann hörte ich schwere, gleichmäßige Schritte.

»Besitzt du irgendwelche ganz besonderen Zauberkräfte, von denen wir wissen sollten?«, erkundigte sich Roth.

Gerald schüttelte den Kopf. »Ich kenne mich nur mit Zaubern aus, vor allem mit Liebes- und Glückszaubern.«

Liebeszauber? Aus einem seltsamen Grund ließ mich das aufhorchen, aber jetzt hatten wir keine Zeit, um das Thema zu vertiefen. Die Schritte kamen näher und folgten dem Verlauf der anderen Reihe Spinde. »Dann solltest du besser von hier verschwinden.«

Ich machte einen Schritt nach hinten, wobei ich aufpassen musste, dass ich nicht in den Schleim trat. Roths Augen glühten. »Du musst auch gehen.«

»Nein«, widersprach ich ihm und holte tief Luft. »Ich habe trainiert, und du … *uuah*!«

Das Ding war am Ende der Reihe angelangt und kam um die Spinde herum, es war komplett nackt, aber das war längst nicht das Beunruhigendste an dieser Kreatur.

Sie hatte die Statur eines Mannes und war über zwei Meter groß. Muskeln spielten unter der glänzenden mondsteinfarbenen Haut. Zwei monströse, nach innen geschwungene Hörner ragten aus dem Schädel heraus. Die Spitzen wirkten scharf, und ich war mir sicher, wenn dieser Nachtkriecher jemandem einen Kopfstoß verpassen sollte, würde das kein schönes Ende nehmen. Die Pupillen hatten die gleiche Form wie bei Katzen, die Iris war blutrot. Die Kreatur lächelte uns an und zeigte uns zwei rasiermesserscharfe Fangzähne.

Aber Roth war unglaublich schnell.

Er bückte sich und zog zwei lange schmale Objekte aus den Stiefelschäften. Eisenklingen. Davon war mir nichts bekannt gewesen. Wow. Die Tatsache, dass er etwas bei sich trug, das für seine eigene Art so tödlich sein konnte, machte es erst richtig krass.

Geschickt rammte er beide Klingen in die Bauchregion des Nachtkriechers, der daraufhin zu brüllen anfing und Roth mit einem Hieb zur Seite schleuderte. Ächzend knallte er gegen einen Spind, das Metall gab nach, und ihm fielen die Klingen aus den Händen. Eine landete im Schleim, die andere rutschte über den Fußboden.

»Seid gesegnet«, murmelte Gerald und zog sich schnell zurück.

Ich verdrängte die eindringliche Angst, weil sie für mich keinen Nutzen hatte, rannte ein Stück weit und hob eine der Klingen auf. Zwar hatte Roth das Heft mit einem schwarzen Tuch umwickelt, dennoch drang die Hitze des Eisens bis zu meinen Fingern vor, als ich mich aufrichtete.

Roth brüllte mir etwas zu, und Adrenalin pumpte durch meinen Körper, als der Nachtkriecher sich hastig zu mir umdrehte. Er neigte den Kopf zur Seite und atmete tief durch stierähnliche Nasenlöcher ein. Es war so, als könnte er nicht verstehen, was ich war.

Ich stürmte auf den Nachtkriecher los, musste aber gleich wieder stehen bleiben, weil das Ding sich vor meinen Augen in Luft auflöste. Hinter mir tauchte es wieder auf, und ich wirbelte herum. Aus zwei Löchern in dem mit Muskeln überzogenen Bauch lief eine weiße Substanz aus.

Ich holte nach dem Nachtkriecher aus, aber wieder verschwand er und nahm einen Meter links von mir erneut Gestalt an. Ich duckte mich so, wie ich es von Zayne gelernt hatte, und zielte auf die Beine der Kreatur. Dabei hielt ich mir vor Augen, dass das Ding wirklich splitternackt war.

Igitt.

Unmittelbar bevor ich einen Treffer landen konnte, wich der Nachtkriecher zur Seite aus und riss das Maul auf. Ich machte einen Satz nach rechts, als aus dem Mund eine nach Säure riechende Flüssigkeit geschossen kam. Diese Aktion irritierte mich so sehr, dass ich nicht schnell genug reagieren konnte, als die Kreatur mit ihrer Klauenhand nach mir ausholte. Ich brachte zwar noch einen Satz nach hinten zustande, doch die Krallen schnitten sich durch den Stoff meines Sweaters und ritzten mir die Haut auf. Mir wurde die Luft aus den Lungen gepresst, als sich unsere Blicke trafen. Ich verspürte ein rasches Brennen, und dann taumelte der Nachtkriecher zur Seite.

Erschreckend schnell drehte er sich zu Roth um, bekam die andere Klinge zu fassen, die Roth inzwischen aufgehoben hatte, und brach sie einfach mittendurch.

»Verflucht«, murmelte Roth.

Dann hatte er ihn auch schon an der Kehle gepackt und zerrte ihn hoch. Der ganze Körper des Nachtkriechers vibrierte, als er den Kopf in den Nacken legte, seine todbringenden Fangzähne bleckte und sich bereit machte, seinen giftigen

Speichel in Roths Gesicht zu spucken. Roth hielt sich an den fleischigen Handgelenken fest, zog die Beine an und benutzte die Brust der Kreatur als Sprungbrett. Es gelang ihm, sich aus dem Griff zu befreien, schlug auf dem Boden auf und war mit einem Satz wieder auf den Beinen.

Ich lief um die verrottete Bank herum und verpasste dem Ding einen Tritt in den Rücken, auf den Zayne stolz gewesen wäre. Mit der Hand, in der ich die Klinge hielt, holte ich aus und wollte mit einem Stich ins Herz meinen Gegner zurück in die Hölle schicken.

Doch der Nachtkriecher löste sich in dem Moment erneut in Luft auf, und ich landete auf dem Boden, wobei ich gerade noch verhindern konnte, dass ich mit dem Gesicht in einen Klumpen Schleim eintauchte. Blitzschnell tauchte der Nachtkriecher über mir auf, packte mich im Genick und hob mich hoch.

Bambi bewegte sich über meinen Bauch, während der brutale Griff schreckliche Schmerzen entlang meiner Wirbelsäule ausstrahlte. Trotzdem holte ich mit einem Bein aus und traf ihn genau dort, wo es am meisten wehtat. Der Nachtkriecher heulte auf und ließ mich fallen, dann krümmte er sich vor Schmerzen.

Ich landete sicher auf den Beinen, drehte mich um und sah, dass Roth sich dem Ding von hinten näherte. Im Moment hatten wir die Oberhand, und die nutzte ich, um die Eisenklinge tief in die Brust der Kreatur zu treiben und dann gleich wieder herauszureißen. Weißer Nebel strömte aus der Wunde und verteilte sich zischend in der Luft. Das Heulen des Nachtkriechers nahm ein jähes Ende, als er in Flammen aufging. Sekunden später erinnerte außer einer verkohlten Stelle auf dem Fußboden nichts mehr an ihn.

Schwer atmend schwankte ich rückwärts und ließ die Klinge sinken. Ich sah zu Roth, der mich wie unter Schock stehend anstarrte. »Was ist?«, fragte ich außer Atem.

Bedächtig schüttelte er den Kopf. »Ich hatte ganz vergessen, dass du kämpfen kannst. Und dass das verdammt scharf aussieht.«

Ich schaute ihm ein paar Sekunden lang in die Augen, dann drehte ich mich zu den Spinden um, wo sich Gerald an die Wand gedrückt hatte. Entsetzt und mit aufgerissenem Mund starrte er vor sich hin. »Du hast doch gesagt, dass sich in fast jedem Spind so ein Ding befindet, richtig?«

Gerald nickte.

Mein Magen verkrampfte sich, ich wischte mir den Schweiß von der Stirn. »Dann haben wir ein Problem.«

»Ich könnte hier sauber machen«, schlug Roth vor.

»Und wenn noch welche aufwachen? Du kannst unmöglich gegen mehr als eins von diesen Wesen gleichzeitig kämpfen.«

Mürrisch zuckte er mit den Schultern.

»Sei kein Idiot«, bat ich ihn. »Das hat mit deinen Fähigkeiten gar nichts zu tun, aber wir hatten schon genug Mühe, zu zweit einen einzelnen Nachtkriecher zu besiegen.« Ich schaute zu Gerald, dessen Gesicht allmählich wieder etwas Farbe bekam. »Tut mir leid, aber den Job müssen die Wächter erledigen. Ich werde ihnen nichts von dir erzählen, aber an deiner Stelle würde ich mich irgendwo verstecken, wenn sie herkommen, um hier aufzuräumen.«

Wieder nickte Gerald bestätigend.

Roth steckte die zerbrochene Klinge zurück in seinen Stiefel, dann kam er zu mir und hielt wortlos die Hand hin. Ich gab ihm die andere Klinge zurück.

»Warum sind so viele von denen hier unten? Es muss doch mit der Lilin zu tun haben, richtig?«

»Das muss so sein.« Besorgt sah Roth mich an. »Es sei denn, der Kokon hat gar nichts mit der Lilin zu tun.«

Ich spürte einen dumpfen Schmerz an meinen Schläfen. »Ich dachte, du bist dir sicher, dass er zu einer Lilin gehört.«

»Dachte ich auch, aber …« Er betrachtete kurz die Spinde, dann runzelte er die Stirn, drehte sich um und beugte sich zu mir vor.

Da er mir für meinen Geschmack zu nah kam, trat ich prompt einen Schritt zurück.

Roth folgte mir und senkte für einen Moment den Blick. Als er mich wieder ansah, leuchteten seine Augen auf. »Bist du verletzt?«

»Nein. Ja.« Ich sah nach unten und betrachtete die Stellen, an denen mein dicker Pullover aufgeschlitzt worden war. Mein Bauch tat mir aber nicht weh. »Ich bin mir nicht sicher.«

Sein Blick wurde noch eindringlicher. »Shortie …«

Als er die Hand nach mir ausstreckte, wich ich zurück. »Mir geht es gut, hörst du? Ich habe nur gerade eben einen Nachtkriecher getötet.«

Ich fand, er sollte sich eigentlich mehr auf diese Tatsache konzentrieren. Irgendwie kam ich mir vor wie eine Ninja.

»Du musst mich wenigstens nachsehen lassen, ob mit dir alles in Ordnung ist.« Wieder fing er an zu grabschen und bekam dabei den Saum meines Sweaters zu fassen. Der Stoff war straff gezogen, sodass die drei Schnitte gut zu sehen waren.

Er stieß einen wüsten Fluch aus. »Hat das Ding dich mit seinen Klauen erwischt?«

»Hey!« Ich schlug nach seinen Händen, trotzdem hatte er im nächsten Moment den Sweater hochgeschoben und konnte das eierschalenweiße Tanktop sehen, das ich darunter trug. Oberhalb des Bauchnabels hatte sich der Stoff blutrot verfärbt.

»Layla«, flüsterte er und begann das Tanktop hochzuschieben.

»Hör auf!« Ich befreite mich aus seinem Griff. »Ich habe jetzt endgültig genug davon, du elender Grabscher! Mein Bauch tut nicht mal weh. Das sind bloß Kratzer.«

Gerald stand immer noch gegen die Wand gedrückt da.

Roth presste die Lippen zusammen und sah mich aufgebracht an. »Hör auf, dich wie ein Kleinkind zu benehmen. Ein Nachtkriecher …«

»Ich bin mit seinem Gift nicht in Berührung gekommen.«

»Aber er hat dich mit seinen *Krallen* erwischt.« Er redete mit mir, als wäre ich fünf und hätte keine Ahnung von Logik. »Ich muss dich sofort zu mir bringen, damit ich …«

Mein nerviges raues Lachen schnitt ihm das Wort ab. »Geht's dir noch gut? Glaubst du wirklich, auf den Trick falle ich rein?«

»Layla …«

»Halt die Klappe, Roth. Das ist mein Ernst.« Ich stürmte um ihn herum in Richtung Treppe und blieb gerade noch lange genug stehen, um mich zu dem wie erstarrt dastehenden Gerald umzudrehen. »Ich schicke die Wächter her, so schnell ich kann.«

Er schluckte angestrengt und atmete leise aus. »Ich werde dafür sorgen, dass niemand sonst herkommt.«

Ich hoffte, alle Wächter aufwecken und nach hier unten schaffen zu können, ohne für Unruhe zu sorgen. Auf dem letzten Treppenabschnitt fühlte sich meine Haut klamm an, ich war außer Atem. Das musste das Adrenalin vom Kampf mit dem Nachtkriecher sein. Mit meinem Bauch konnte es nichts zu tun haben, denn der tat mir ja nicht mal weh.

Ich drückte die Tür auf und durchquerte die muffige Turnhalle, als Bambi auf einmal an meinem Bein nach oben kroch.

»Layla! Du bleibst sofort stehen!«

Roths bestimmender Tonfall und die Dreistigkeit, mir etwas befehlen zu wollen, waren der einzige Grund, wieso ich mich überhaupt zu ihm umdrehte. Aber obwohl ich mich nicht bewegte, kreiste der Raum in einem Kaleidoskop aus

Grau- und Schwarztönen um mich herum. »So sollte das aber nicht sein.«

»Was?« Roths Gesicht wurde unscharf.

Die Ränder meines Gesichtsfeldes wurden schwarz. »Oh verdammt.«

Ich nahm irgendwie wahr, dass Roth zu mir gelaufen kam, als meine Beine mir den Dienst versagten und unter mir wegknickten. Dann war da nichts mehr.

17. KAPITEL

Als ich die Augen wieder aufschlug, fiel mein Blick auf Roths versteinertes Profil. Er saß auf dem Fahrersitz seines Porsches, hielt das Lenkrad fest umklammert und sah konzentriert geradeaus. Ich lag zusammengerollt auf dem Beifahrersitz.

Angestrengt atmete ich ein. Mein Gehirn war wie benebelt. »Was …?«

Kurz warf er mir einen besorgten Blick zu. »Wir sind fast da, Shortie.«

»Wie …?« Ich schluckte, meine Kehle fühlte sich wie ausgedörrt an. Was geschehen war, hatte ich noch gut in Erinnerung, aber ich konnte mir nicht erklären, wie ich es in seinen Wagen geschafft hatte. »Wie hast du mich … aus der Schule rausgekriegt?«

Er grinste schief, achtete aber weiter auf den Verkehr. »Ich bin begabt.«

Es war durchaus möglich, dass die Schule zu Hause anrief, wenn auffiel, dass ich beim Nachmittagsunterricht fehlte. Mein Herz pochte träge, aber energisch vor sich hin, wohl weil es wusste, wohin er mich brachte. Ich wollte mich gerade hinsetzen, sank aber wieder in mich zusammen.

»Du musst mich zur Schule zurückbringen«, brachte ich keuchend heraus. »Ich kann nicht mit in dein Apartment gehen.«

»Sei nicht kindisch«, gab er zurück. »Die Krallen eines Nachtkriechers sind extrem gefährlich, und ich kann dich wohl kaum mitten im Flur behandeln. Es ist schon schlimm genug, dass wir noch fahren müssen, aber am Tag ist es einfach zu riskant zu fliegen.«

»Ich kann Zayne anrufen«, hielt ich dagegen und kniff die Augen zu, da mir übel wurde. Roth sagte nichts, und ich stöhnte. »Ich glaube, ich muss mich übergeben.«

Anstatt mir zu erzählen, ich solle das doch bitte nicht in seinem schönen kleinen Porsche machen, hörte ich, wie der Motor aufheulte, und dann wurde ich auch schon in den Sitz gedrückt.

»Wir haben es gleich geschafft«, erwiderte er angespannt.

Ich wollte nicht zu ihm in sein Apartment, aber viel Gegenwehr konnte ich nicht leisten, wenn ich mich nicht gerade aus dem Wagen stürzen wollte.

Eine Zeit lang nahm ich alles nur undeutlich wahr. Da ich darauf konzentriert war, mich nicht selbst vollzukotzen, hielt ich die Augen geschlossen. Ich spürte, wie der Wagen anhielt, und sah durch die Lider hindurch, wie sich die Lichtverhältnisse änderten. Ich verfolgte nicht bewusst mit, wie Roth mich letztlich in sein Apartment brachte, was auch gut war, weil ich mir sicher war, dass ich von ihm getragen wurde.

»Das hab ich doch schon mal gesehen«, vernahm ich eine sanfte, kultivierte Stimme, als eine Tür hinter uns zufiel. Ein leichter Apfelgeruch stieg mir in die Nase.

»Halt den Mund, Cayman.«

Ein tiefes Lachen irritierte mich, und ich versuchte, nicht an meinen ersten Aufenthalt in dieser Wohnung zu denken, bei dem ich mich in einer ganz ähnlichen Lage befunden hatte. »Hör mal, ich will nur darauf hinweisen, dass sich das allmählich zu einer Gewohnheit entwickelt, und deshalb sollten wir …«

Der Knall der zufallenden Tür tat mir in den Ohren weh und verhinderte, dass Cayman seinen Satz beenden konnte. Im nächsten Moment wurde ich auf ein Bett gelegt – Roths Bett. Ich machte die Augen einen Spaltbreit auf und bereute es sofort.

Als ich die vertrauten Wände voll mit DVDs und Büchern sah … das Piano in der Ecke … die makabren Gemälde, die ans Beängstigende grenzten … das war wie ein Fausthieb in den Bauch, und das war für meinen überempfindlichen Magen denkbar ungünstig. Meine Füße baumelten ein paar Zentimeter über dem Boden, und mir fielen die kleinen Vampirkätzchen ein, die Tätowierung und Schoßtiere gleichzeitig gewesen waren. Ich fragte mich, ob sie auch wieder hier waren und sich unter dem Bett versteckten, wo sie nur darauf warteten, ihre kleinen Fangzähne in die Stellen meines Körpers zu bohren, die nicht mit Stoff bedeckt waren.

Ich durfte nicht hier sein.

Als Roth einen Schritt zurücktrat, setzte ich mich auf, aber er warf mir einen warnenden Blick zu. »Bleib da sitzen. Je mehr du dich bewegst, umso weiter breitet sich die Infektion aus, und dann wird das hier kein Spaziergang mehr werden.«

Mit jedem Atemzug hob und senkte sich meine Brust, während ich zusah, wie er zum schwarzen Kühlschrank in seiner kleinen Küche ging. Er machte ihn auf und holte eine Wasserflasche ohne Etikett heraus. Skeptisch beobachtete ich ihn, wie er damit ans Bett kam.

»Weihwasser.« Er schüttelte die Flasche ein wenig. »Das dämonische Gegenstück zu Peroxid.«

»Du hast eine Flasche Weihwasser im Kühlschrank?«

Gleich vor mir blieb er stehen. »Man weiß nie, wofür man es gebrauchen kann.«

Ich konnte mir nicht viele Situationen vorstellen, in denen ein Dämon Weihwasser benötigte. »Soll ich das jetzt trinken?«

Angewidert verzog er das Gesicht. »Du bist zum Teil Dämonin, Layla. Wenn du das trinkst, wirst du dich übergeben, als wärst du besessen. Da es normalerweise gegen Dämonen eingesetzt wird, kann es auch Verletzungen heilen, die von Dämonen verursacht worden sind, immer abhängig von der Wunde und ein paar anderen Dingen.«

»Und was soll ich dann damit?«

Er grinste. »Zieh dein Oberteil aus.«

Entgeistert starrte ich ihn an.

Roth zog die Brauen hoch. »Ich meine das ernst. Ich muss das hier …«, wieder schüttelte er die Flasche, »… auf den Kratzern verteilen.«

Nach einer Sekunde antwortete ich: »Ich werde mein Oberteil nicht ausziehen.«

»Doch, das wirst du.«

Ich stützte mich auf den Ellbogen und hielt seinem entschlossenen Blick stand. »Du musst schon auf Crack sein, wenn du glaubst, ich würde auch nur den kleinsten Fetzen Stoff ablegen.«

»Wie ich schon sagte: Crack taugt nichts.« Er begegnete meinem wütenden Blick mit einem breiten Grinsen. »Dein Oberteil muss dran glauben, Shortie. Dein Bauch tut dir nicht weh, weil etwas von dem Gift zusammen mit deinem Blut in den Stoff eingezogen ist. Das betäubt die Haut, fördert aber nicht die Heilung. Also weg mit dem Oberteil.«

Ich sah nach unten. So dunkel, wie mein Sweater war, konnte ich nicht erkennen, ob sich Dämonenblut auf dem Stoff befand.

Roth kam noch etwas näher und hockte sich hin. »Du musst nicht schüchtern sein.«

»Darum geht es nicht«, brachte ich heraus und zwang mich dazu, aufrecht zu sitzen. Der Raum drehte sich leicht, und ich musste die Augen zukneifen.

»Es ist ja nicht so, als hätte ich dich nicht schon mal so gesehen.«

»Oh mein Gott«, stöhnte ich. »Ich sage doch, dass es darum nicht geht.«

Roth seufzte. »Hör zu, wir verlieren hier kostbare Zeit. Dir wird es nur immer schlechter gehen, und das Weihwasser wird keine Wirkung mehr zeigen. Das sind die Fakten, also hör auf, dich wie ein kleines Mädchen zu benehmen, und zieh dein Oberteil aus.«

Ich zwang mich, die Augen aufzumachen, gleichzeitig kämpfte ich mit meinem rasenden Puls. Dann wurde mir klar, dass, wenn ich den Sweater nicht auszog, Roth das für mich übernehmen würde, und das wäre noch viel schlimmer. Ich konnte das hier. Er empfand nichts für mich und ich nichts für ihn. Großartig. Ich war ein erwachsenes Mädchen.

Während ich Sweater und Tanktop gleichzeitig auszog, fluchte ich leise vor mich hin. Als ich die Sachen auf den Boden fallen ließ, sah ich auf meinen Bauch.

Das sah eigentlich gar nicht so schlimm aus.

Die Krallen hatten meine Haut nur angeritzt, aber die Kratzer waren dunkelrot verfärbt, und von den feinen Linien breiteten sich in alle Richtungen Verästelungen aus.

Nach ein paar angespannten Sekunden wurde mir bewusst, dass Roth sich nicht gerührt hatte. Ich dachte, es kam auf jede Sekunde an. Als ich den Kopf hob, musste ich feststellen, dass er sich tatsächlich nicht bewegte.

Er kauerte vor dem Bett, die Flasche Weihwasser noch immer fest umklammert. Dabei starrte er mich so intensiv an wie zuvor in der Umkleidekabine, doch diesmal war sein lauernder Blick auf meine Brust fixiert. Wenigstens hatte sich Bambi dort nicht wieder schlafen gelegt, sondern ließ ihren diamantförmigen Kopf auf meinem Bauch ruhen.

Je länger er mich anstarrte, desto heißer wurde mir, vor allem als er sich mit der Zunge über die Oberlippe leckte. Sein Piercing reflektierte das Licht, und ich spürte, wie meine Haut zu glühen begann. Mir gefiel nicht, wie mein Körper reagierte, und erst recht nicht, dass Roth mich anstarrte – und dass er offenbar der Meinung war, er hätte das Recht, mich so anzuglotzen.

»Hör auf, mich anzustarren«, fuhr ich ihn an.

Er schockierte die Dämonin in mir, als er den Blick hob und die darin verborgene konzentrierte Macht meine Haut versengte, während er aufstand. Nach einem kurzen Moment des Schweigens forderte er mich auf: »Leg dich hin.«

Ich wollte mich seinem schroffen Tonfall widersetzen, aber je eher ich das hier hinter mir hatte, desto besser. Also ließ ich mich aufs Bett sinken und starrte an die Decke, während ich spürte, wie er sich mir näherte.

Roth beugte sich über mich, ich krallte die Finger in die weiche Bettdecke, damit ich mich nicht bewegte. »Das kann ein wenig brennen.«

Ich biss die Zähne zusammen. »Ist aber nicht schlimmer, als genäht zu werden, richtig?«

Er sah mir kurz in die Augen und raunte mir zu: »Richtig.«

Gebannt hielt ich den Atem an und versuchte, auf jeden noch so schlimmen, Hirnzellen zerstörenden Schmerz gefasst zu sein. Roth schraubte die Flasche auf und hielt sie über meinen Bauch. Der erste Tropfen zischte auf meiner Haut, dann schwappte das Wasser aus der Flasche, verteilte sich auf den Verletzungen und lief links und rechts an meinem Körper entlang bis auf die Bettdecke.

Bambi zuckte zurück, ihr Kopf verschwand unter den Hosenbund, um vor dem Weihwasser sicher zu sein. Meine Haut brannte und färbte sich ein wenig rötlich. Ich biss mir auf die Lippe. Es war zwar nicht so schlimm wie das Vernähen einer Verletzung, aber richtig angenehm war es auch nicht.

»Tut mir leid«, sagte er und drehte die Flasche noch einmal in die Waagerechte. Das machte er so vorsichtig, dass es ihm gelang, jeden direkten Kontakt mit dem Wasser zu vermeiden. Ich konnte mir gut vorstellen, dass seine Reaktion als reinrassiger Dämon noch viel heftiger ausfallen würde.

Auf den Schnitten hatte sich weißer Schaum gebildet, der so sehr stach, dass es mir die Tränen in die Augen trieb.

Schließlich war das Wasser aufgebraucht, und Roth richtete sich wieder auf. »Bleib noch ein bisschen liegen.«

Ich atmete gleichmäßig ein und aus und rührte mich nicht von der Stelle, bis Roth mit einem Handtuch zurückkehrte. Schweigend wischte er die überschüssige Flüssigkeit ab, dabei fiel mir auf, dass seine Fingerspitzen einen intensiven Rosaton angenommen hatten.

»Du hast dir die Finger verbrannt«, stellte ich fest, nachdem ich mich geräuspert hatte.

»Kommt vor«, meinte er schulterzuckend. Als er sich wieder aufrichtete, berührte er zwar nicht die Kratzer, aber seine freie Hand strich über die allmählich verblassende Narbe an meinem Arm, die ich dem Wächter zu verdanken hatte. »Noch nicht bewegen.«

Lange musste ich nicht warten, dann war Roth wieder bei mir. Er hatte eine schwarze Decke von der Art mitgebracht, in die er mich auch in der Nacht nach Petrs Anschlag auf mein Leben gehüllt hatte. Sie war aus einem dicken, edlen Stoff. Er legte sie mir auf die Brust, mein Bauch blieb frei.

»Du musst noch liegen bleiben, bis es aufhört zu zischen.« Er setzte sich ans Piano und senkte den Kopf. Dunkle Locken fielen nach vorn und schirmten sein Gesicht ab. Weiter sagte er nichts.

Ich atmete nur flach weiter. Ein schweigsamer, trübsinniger Roth war ein Grund zur Sorge, weil so was sehr selten vorkam und ich mir nicht sicher war, wie ich in einer solchen Situation mit ihm umgehen sollte. In gewisser Weise wunderte mich sein abrupter Stimmungswandel, aber ich wollte ihn nicht darauf ansprechen und dadurch möglicherweise interessiert erscheinen.

Denn genau das war ich ja eigentlich.

Wofür ich mich ganz gern geohrfeigt hätte.

So verrückt das auch erschien, musste ich doch eingedöst

sein, während ich darauf gewartet hatte, dass das Weihwasser seinen Job erledigte. Denn als ich die Augen aufmachte, hatte das Zischen aufgehört. Ich verspürte weder Übelkeit noch Schwindel, nur rund um die Schnitte fühlte sich alles wund an.

Und Roth saß neben mir auf dem Bett.

Genauer gesagt lag er mehr auf der Seite, das Gewicht ruhte auf dem einen Arm, den Kopf hatte er auf der Hand aufgestützt. Ein sonderbares Lächeln zierte sein Gesicht, das auf unheimliche Weise schön anzusehen war. Es war ein deutlicher Kontrast zu der düsteren Miene, die ich vor dem Einschlafen bei ihm gesehen hatte. Sein Mund war leicht geöffnet. »Du murmelst noch immer vor dich hin, wenn du schläfst.«

Ich zog die Brauen zusammen.

»Du gibst manchmal solche Laute von dir. So ähnlich wie bei jungen Katzen. Es ist niedlich.«

»Was machst du da?« Meine Wangen fingen an zu glühen, ich setzte mich rasch auf. Dabei vergaß ich die Decke, die bis zur Taille runterrutschte.

Er sah sehr aufmerksam zu und grinste breiter, als ich die Decke schnell wieder hochzog. »Ich sehe dir beim Schlafen zu.«

»Das ist gruselig«, sagte ich und hielt die Decke an mein Kinn.

Roth zuckte mit einer Schulter. »Wie fühlst du dich?«

»Gut.« Irgendwie schaffte ich es, noch hinzuzufügen: »Vielen Dank.«

»Ich schreib's mit auf deinen Deckel.«

Diesen Spruch quittierte ich mit einem finsteren Blick.

»Übrigens perfektes Timing, dass du jetzt gerade aufwachst«, sagte er, als er sich vom Bett rollte und genüsslich streckte. »Du würdest schließlich bestimmt nicht wollen, dass Stony reinkommt und dich in zufriedener Pose auf *meinem* Bett liegend vorfindet.«

»Was?«

»Stony. Er ist auf dem Weg hierher.« Er verschränkte die Arme und musterte mich. »Um dich abzuholen.«

Ich zwinkerte ein paarmal, während mir erneut übel wurde.

»Ich habe dein Handy benutzt«, erklärte er. »Es war in deiner Hosentasche. Du hast wie tot geschlafen, als ich es rausgezogen habe. Na ja, du hast ein bisschen gestöhnt, was mich auf den Gedanken gebracht hat, dass es dir gefallen haben könnte, meine Finger in deiner …«

»Du hast mein Handy rausgeholt und Zayne angerufen?« Ich sprang vom Bett auf. »Bist du denn völlig bescheuert?«

»Nicht dass ich wüsste. Du solltest dich eigentlich freuen, weil Stony sich gleich nach dem ersten Klingeln gemeldet hat.« Er schürzte die Lippen und setzte eine nachdenkliche Miene auf. »Allerdings war er nicht so erfreut, meine Stimme zu hören. Und zu erfahren, dass du bei mir bist. Und dass du in meinem Bett liegst und schläfst. Und dass du verletzt worden bist. Und dass …«

»Ja, ja, ich hab schon begriffen!«, brüllte ich ihn an, während ich mir weiter die Decke an die Brust drückte. »Warum hast du ihn angerufen?«

Seine gespielte Unschuldsmiene brachte mich so zum Kochen, dass ich Feuer speien wollte wie ein Drache, der Verderben bringt. »Wie hättest du denn sonst nach Hause kommen sollen?«

»Keine Ahnung, Roth. Vielleicht mit einem verdammten Taxi?« Mein Herz raste. Oh Gott, Zayne würde ausflippen. Er würde auf eine ganz monumentale Weise ausrasten. »Was hast du dir nur dabei gedacht?«

»Ich habe mir gedacht, dass wir die Wächter auf die Nachtkriecher in der Schule hinweisen müssen«, machte er mir völlig überzeugend klar. So überzeugend, dass ich ihn dafür ohrfeigen wollte. »Immerhin war das deine Idee, und ich muss dir zustimmen. Allein kann ich es mit so vielen Nachtkriechern nicht aufnehmen.«

Meine Finger bohrten sich in die Bettdecke. Ich nahm ihm kein Wort ab. Es war ihm nicht darum gegangen, Zayne auf die Kreaturen in der Schule hinzuweisen. Die kümmerten ihn eigentlich gar nicht. Er hatte ihn nur ärgern wollen.

Der Anflug eines Lächelns entlarvte ihn.

»Ich wette, du bist jetzt unendlich stolz auf dich, wie?«

Er sah mich an, dann verdrehte er die Augen. »Es ist ja nicht so, als würde Stony zu Daddy laufen und ihm erzählen, dass du hier bist.«

Das war für mich gar nicht so wichtig. Natürlich würde es Abbot nicht gefallen, dass ich in Roths Apartment war, aber ich machte mir größere Sorgen, wie Zayne das aufnehmen würde.

Irgendwie gelang es mir trotzdem, in diesem Moment Ruhe zu bewahren. »Ich brauche meinen Sweater. Wo ist der?«

»Im Abfall.«

Ich kniff die Augen zu und zählte bis zehn. »Ich brauche was zum Anziehen.« Entschlossen ging ich zu seinem Schrank, aber Roth tauchte vor mir auf und versperrte mir den Weg. »Mach schon.«

»Ich brauche ein Oberteil«, beharrte ich. »Sei nicht so ein Arsch, Roth.«

Nachdem er mich kurz angesehen hatte, funkelten seine Augen, und bei mir schrillten die Alarmglocken. Listig lächelnd griff er nach dem Saum des langärmeligen Shirts, das er trug, und zog es mit einer geschmeidigen Bewegung aus.

Ich bekam große Augen.

Wow.

Ich ... ich hatte schon ganz vergessen, wie Roth mit nacktem Oberkörper aussah.

Okay, ich hatte es bestimmt nicht völlig vergessen, aber

meine Erinnerung daran wurde ihm nicht gerecht. Kein bisschen. Roth schien nur aus Muskeln zu bestehen. Von der Brust bis hin zu den V-Lines war er ein einziges hartes, deutlich definiertes Muskelpaket.

Das Drachentattoo befand sich an seinem üblichen Platz seitlich seiner Bauchmuskeln, der Schwanz verschwand unter dem Hosenbund. Meine Frage nach den Kätzchen beantwortete sich in diesem Moment von selbst, da sich eine unter seinem rechten Brustmuskel aufhielt und wie ein kauernder Tiger wirkte. Die zweite machte den Eindruck, als würde sie sich an seine Seite schmiegen.

»Wo ist die dritte Katze?«, rutschte es mir raus, ehe ich mich zurückhalten konnte.

Er senkte den Blick. »Wenn du die sehen willst, muss ich die Hose ausziehen.«

Sofort kniff ich die Augen zu.

Roth lachte leise. »Die Zeit läuft davon. Und wenn du noch viel länger nur im BH vor mir stehst, werde ich mich umso mehr versucht fühlen, in die Rolle des bösen Jungen zu schlüpfen.«

Ich riss die Augen auf, unsere Blicke trafen sich, wobei seiner so eindringlich war, dass ich unwillkürlich einen Schritt nach hinten machte. Es gab keinen Zweifel daran, dass er die Wahrheit sagte. Es mochte stimmen, dass er nicht mit mir zusammen sein wollte, aber er begehrte mich – das war offensichtlich.

»Gib mir das Shirt«, presste ich heraus.

Er warf es mir zu, aber ich war etwas träge, und so traf mich das Teil, das nach ihm und nach etwas Wildem, Sündigem roch, an der Brust und fiel zu Boden. »Beeil dich lieber. Er wird jeden Moment hier sein.«

»Du bist ein Arsch«, spie ich ihm entgegen und hob das Shirt auf.

»Und dazu noch ein knackiger, wie mir zu Ohren gekommen ist.«

Ich ignorierte ihn, drehte mich weg und ließ die Decke fallen. Vielleicht bildete ich mir das nur ein, aber meine Wirbelsäule schien unter seinem Blick in Flammen aufzugehen. »Warum lässt du ihn überhaupt herkommen? In ein Gebäude voller Dämonen, meine ich. Ist das nicht gefährlich?«

»Er parkt unten auf der Straße und kommt übers Dach rein«, antwortete Roth und klang mit einem Mal nicht mehr so locker. »Keine Sorge. Stony passiert hier nichts.«

Ich zog Roths Shirt an und ertrank sofort in all dem Stoff und seinem Aroma. Als ich mich zu ihm umdrehte, hatte ich das Gefühl zu glühen. Ich wusste nicht mal, was ich sagen sollte, als ich mich auf die Bettkante setzte. Es war mir unmöglich, mich in irgendeiner Weise auf Zaynes Ankunft vorzubereiten.

Allerdings musste ich darauf auch nicht lange warten.

Nach nicht mal einer Minute ertönte vom Dach her ein dumpfer Knall, der die seltsamen Gemälde in Roths Apartment erzittern ließ. Ich stand auf, als sich Roth zu der schmalen Tür umdrehte, die hinauf aufs Dach führte. Im nächsten Moment machte Roth die Tür auf, und Zayne kam hereingestürmt.

Sein blondes Haar war zerzaust, er war ganz in Schwarz gekleidet – schwarzes T-Shirt, schwarze Armeehose. Er sah aus, als wollte er auf die Jagd gehen.

Zielstrebig ließ er den Blick zu mir wandern. Seine Augen waren von einem intensiven Kobaltblau, die Pupillen waren vertikal gestreckt, dazu kam die Art, wie er die Kiefer aufeinanderpresste. Ich musste nicht seine Gedanken lesen, um zu wissen, was er davon hielt, dass ich mich in Roths Apartment aufhielt, dass ich neben *seinem* Bett stand und *sein* Shirt trug, während Roth einen nackten Oberkörper hatte.

Ich wollte zu einer Erklärung ansetzen, so überflüssig die auch zu sein schien, aber bevor ich einen Ton herausbekam, meldete sich Roth zu Wort.

Er lächelte Zayne strahlend an, doch das Lächeln spiegelte sich nicht in seinen Augen wider. »Hey, Bru…«

Ein Muskel zuckte in Zaynes Kiefer, dann wirbelte er zu Roth herum, holte aus und rammte ihm seine Faust ins Gesicht.

18. KAPITEL

Roth stolperte einen Schritt nach hinten, dann setzte die Wandlung ein. Die Haut verfinsterte sich zu glattem, glänzendem Onyx, Flügel wuchsen aus dem Rücken, die eine Spannweite von drei Metern hatten und bis hoch an die Decke reichten. Die Stirn war mit spitzen, tödlichen Hörnern besetzt, doch anders als bei den Wächtern war sein Schädel völlig kahl.

Er zog die Lippen zurück und bleckte seine Fangzähne: »Mach das noch mal.«

Zayne hatte sich nicht gewandelt, trotzdem wirkte er, als wollte er Roth noch einen Schlag ins Gesicht verpassen. Ich zweifelte nicht an Zaynes Fähigkeiten, sich in einem Kampf zu behaupten, aber Roth war ein Hohedämon und der Kronprinz, und vor allem war es albern, meinetwegen einen Kampf anzufangen.

Ich ging dazwischen und sah Zayne energisch in die blauen Augen. »Hör auf.«

»Hör nicht auf sie.« In seiner wahren Form klang Roths Stimme guttural und rau. »Du weißt, du willst nicht aufhören, Stony.«

Ihm warf ich einen vernichtenden Blick zu. »Lass es, Roth!«

Seine immer noch goldenen Augen erfassten mich. Ein angespannter Moment verstrich, während er seine Klauenhand auf- und wieder zumachte. Ich rechnete fest damit, von ihm gepackt und aus dem Weg geschleudert zu werden. Als er dann aber einen Schritt zurücktrat, schlug mein Herz gleich wieder etwas ruhiger. »Stony hat angefangen.«

»Wow.« Ich drehte mich zu Zayne um, der Roth nicht aus den Augen ließ. Schnell legte ich ihm die Hände auf die Brust und spürte durch sein Shirt hindurch die lodernde Hitze seines Körpers. »Du musst dich jetzt beruhigen.«

»Du hast zugelassen, dass sie verletzt wurde«, fauchte er.

Roth knurrte und drückte das Kinn runter, als mache er sich zum erneuten Wandeln bereit. »Ich habe mich um sie gekümmert.«

»Und das macht die Sache besser?«

Ich schob Zayne ein Stück zurück. »Ich habe nichts getan, was er wollte. Ich bin aus freien Stücken da runtergegangen, und als er mir gesagt hat, ich solle weggehen, bin ich geblieben. Du hast mich trainiert, Zayne. Ich war dem Kampf mehr als gewachsen – ich habe den Nachtkriecher getötet.« Das war eine Sache, die jeder hier einfach zu vergessen schien. »Du kannst ihm nicht die Schuld dafür geben, dass ich verletzt wurde – minimal verletzt, um genau zu sein. Wie du siehst, geht es mir gut.«

Endlich sah Zayne mich an. Seine Nasenflügel bebten, als er tief durchatmete. Wieder herrschte eine Zeit lang Schweigen, dann nickte er.

Ich betrachtete ihn noch einen Moment lang, um Gewissheit zu haben, dass er es sich nicht doch noch anders überlegte, dann nahm ich die Hände runter und wandte mich zu Roth um. Als ich sah, dass er wieder seine menschliche Gestalt angenommen hatte, entspannte ich mich ein wenig.

»Nachdem das jetzt geklärt wäre: Haben sich Abbot und der Clan auf den Weg zur Schule gemacht?«

»Sie sind bereits da, aber sie wollen vor Unterrichtsende nichts unternehmen«, sagte Zayne kurz und knapp. »Wir kümmern uns drum. Kein Grund zur Sorge.«

»Nicht, dass ich besorgt gewesen wäre«, erwiderte Roth abfällig.

Ein Anflug von Zorn huschte über Zaynes Gesicht. Ich wusste, je länger die beiden zusammen in diesem Raum blieben, desto wahrscheinlicher wurde eine zweite Runde im Jungskampf.

»Wir sollten jetzt gehen«, schlug ich ruhig vor.

Zayne nickte. »Ganz meine Meinung.«

Ich drehte mich um, weil ich noch etwas zu Roth sagen wollte, etwas in der Art eines Dankeschöns, weil er mir geholfen hatte. Doch in dem Moment fasste Zayne unerwartet nach meiner Hand und verschränkte die Finger mit meinen. Aus zusammengekniffenen Augen sah Roth auf unsere Hände. Er presste die Lippen zu einem schmalen Strich zusammen, sein Gesicht nahm einen ungewohnten Ausdruck an, so als würde es vor allem aus Haut und Knochen bestehen. Und dann fiel ein Portal zu, das jeden Gedanken und jede Gefühlsregung daran hinderte, an die Oberfläche zu gelangen.

»Übrigens, Zayne …« Roths frostiger Tonfall jagte mir einen Schauer über den Rücken. »Das gerade eben war das erste und letzte Mal, dass du mich schlägst und ungeschoren davonkommst.«

Während der Heimfahrt sprachen Zayne und ich kaum ein Wort. Jedes Mal, wenn ich ihn ansah, schien er wie verrückt die Kiefer aufeinanderzupressen. Ich wusste, er war wütend, und zwar so wütend, dass er kein Wort mehr herausbringen konnte.

Seine Wut reichte zurück bis zum vergangenen Samstagabend und zu dem, was sich in meinem Bett abgespielt hatte. Ich konnte mir gar nicht erst vormachen, dass es einen anderen Grund gab. Es war so gekommen, wie ich es erwartet hatte: Seine Berührungen hatten alles zwischen uns verändert, und seine momentane Laune war auch ein Ergebnis dieser Veränderungen.

Aber ich hatte nichts Falsches getan, sondern genau genommen sogar etwas enorm Richtiges. Ich hatte einen Nachtkriecher getötet. Damit war der Beweis erbracht, dass ich auch nach dem spurlosen Verschwinden meiner speziellen Fähigkeiten noch zu gebrauchen war.

Als wir in die Privatstraße einbogen, hielt ich das Schweigen nicht länger aus. »Ich hätte dir davon erzählt, dass ich mit Roth runter in die alte Turnhalle gegangen bin.«

Ein Kiefermuskel zuckte. »Ach, wirklich?«

Sein Tonfall tat weh. »Ja, ich wollte dich anrufen, sobald wir da unten raus waren. Aber dann wurde mir von dem blöden Kratzer übel.«

»Dieser ›blöde Kratzer‹ hätte gravierende Folgen für dich haben können, Layla.«

»Hat er aber nicht«, betonte ich sanft. »Roth ist mir mit dem Anruf zuvorgekommen, aber ich hätte mich gemeldet.«

»Roth …«, stieß er zwischen zusammengebissenen Zähnen hervor.

Nach einer winzigen Pause fuhr ich fort: »Und ich muss dir auch noch was anderes sagen. Ich glaube, wir haben eine Spur, die uns zur Lilin führen könnte, allerdings kommt sie aus einer … einer sehr unkonventionellen Quelle.«

Mit den Fingern tippte er auf das Lenkrad. »Ich fürchte mich fast, dich danach zu fragen.«

»Es ist etwas, das du den anderen nicht verraten darfst. Ich weiß, das klingt nicht gut, aber ich vertraue dir. Du bist nicht voreingenommen und wirst nicht …«

»Schon gut.« Er seufzte. »Ich habe verstanden.«

Da ich ihm vertraute, erzählte ich von Gerald und seinem Zirkel, außerdem von den anderen Hexenzirkeln in Bethesda. Es gefiel ihm überhaupt nicht, dass keine Wächter ins Spiel kommen durften. »Layla, ich möchte nicht, dass du da hingehst.«

»Irgendjemand muss es machen«, gab ich zurück.

»Lass *ihn* hingehen.«

»Ich würde Roth niemals zutrauen, dass er das in Angriff nehmen kann, ohne jeden anderen so sehr gegen sich aufzubringen, dass wir überhaupt keine Antworten mehr bekommen.«

Er schwieg, als wir um das Haus herum zur Garage fuhren. »Weißt du, wie schwer es mir fällt, allein schon darüber nachzudenken, dass du mit ihm zusammen da hingehen willst?«

Ich biss mir auf die Unterlippe und ließ seine Frage unbeantwortet.

»Ich weiß, er hat mich heute geködert, und ich habe sofort angebissen.«

Dem konnte ich nur voll und ganz zustimmen. Aus irgendeinem Grund hatte Roth ihn aus der Reserve locken wollen, und das war ihm mühelos gelungen.

»Aber er hat auch zugelassen, dass du bei dieser Aktion verletzt wurdest«, redete er weiter, als er den Impala in der Garage neben der SUV-Flotte einparkte. Nachdem er den Motor ausgemacht hatte, drehte er sich zu mir um. Wieder fuhr er fort, ohne eine Reaktion von mir zu verlangen. »Und du riechst jetzt nach ihm. Darum möchte ich ihm noch eine reinhauen.«

»Du kannst ihm nicht noch eine reinhauen.«

Zweifelnd zog er die Augenbrauen hoch.

»Dass ich verletzt wurde, war nicht seine Schuld.«

»Er hat dich nach da unten mitgenommen, obwohl er das genauso gut allein hätte erledigen können. Und als er den Kokon und die Nachtkriecher gesehen hat, hätte er dich von da wegbringen sollen. Aber das hat er nicht gemacht. Und das nicht nur, weil er mich ärgern, sondern weil er dich bei sich haben wollte.«

Unwillkürlich musste ich lachen. »Ich bin mir ziemlich sicher, dass er dich nur ärgern wollte, weil er wusste, ich würde dir alles berichten.«

Er schüttelte den Kopf, zog den Schlüssel ab und machte die Tür auf. »Das ist nicht der einzige Grund, Layla.« Nachdem ich ausgestiegen war, betrachtete er mich von der anderen

Seite des Wagens und legte einen Arm aufs Dach. »Mir ist nicht entgangen, wie er dich ansieht.«

Ich machte die Wagentür zu und drehte mich weg, um zu der Tür zu gehen, die in die Küche führte. Roths Gesichtsausdruck war mir auch aufgefallen, aber es würde nichts bringen, wenn ich das zugab. Vermutlich würde Zayne dann erst recht seine Flügel spreizen, zu Roths Apartment fliegen und ihm diesmal direkt einen Tritt verpassen. »Du weißt nicht, was du gesehen hast.«

Gerade mal einen Schritt hatte ich machen können, da tauchte Zayne wie aus dem Nichts vor mir auf. Ich schnappte nach Luft und stolperte nach hinten, aber dann legte er seine Hand um meinen Oberarm. Sein Griff war sanft, aber zugleich auch fest.

»Ich weiß, was ich gesehen habe.« Die Luft wurde aus meiner Lunge gepresst, als er mich ruckartig an sich drückte. Den Kopf beugte er so weit vor, dass sein Gesicht nur ein paar Zentimeter von meinem entfernt war. Diese Nähe ließ mich erstarren. »Ich weiß genau, wie er dich ansieht, und du weißt das auch.«

Ich brachte kein einziges Wort heraus, als ich in seine Augen blickte, die die Farbe des endlosen Himmels hatten, denn ich … Oh Gott, unsere Lippen waren sich so nah, das Verlangen, das in mir wach wurde, hatte nichts mit dem Nähren zu tun, sondern nur damit, seine Lippen zu kosten.

Mit der anderen Hand streichelte er mir den Rücken und fasste mir ins Haar. »Ich kenne diesen Blick … und du auch. Weil es der Blick ist, mit dem *ich* dich ansehe.«

Mein Herz stockte, als ich begriff, was er da gesagt hatte. Ich wusste nicht, was ich darauf erwidern sollte. Es war, als würde etwas in meiner Brust anschwellen, das meinen Puls beschleunigte.

Ein kehliger Laut kam über Zaynes Lippen, und in der

nächsten Sekunde kam er mir noch näher. Plötzlich setzte mein gesunder Menschenverstand wieder ein, und ich riss mich aus Zaynes Umarmung los.

Mein Atem ging unregelmäßig, während ich weiter vor ihm zurückwich, bis ich gegen den Impala hinter mir stieß. Meine Lippen kribbelten, obwohl wir uns nicht mal geküsst hatten. Aber fast wäre es dazu gekommen, und das machte mir entsetzliche Angst. Das Blut gefror in meinen Adern und ließ meine Haut so kalt werden wie einen Februarmorgen.

Ich hielt mir die Hand vor den Mund und starrte Zayne an. »Was hast du dir dabei gedacht?«

Er atmete angestrengt ein und aus. »Layla …«

Meine Angst steigerte sich zu einer Panik, die das übertraf, was ich beim Anblick des Nachtkriechers empfunden hatte. Wäre es zu diesem Kuss gekommen, hätte ich Zaynes Seele genommen. Ich hätte ihn in etwas Schreckliches, Bösartiges verwandelt. Ich hätte das getötet, was er war.

So, wie es eine Lilin gemacht hätte.

Ich stieß mich vom Impala ab und schoss um Zayne herum in den kleinen Flur im Haus. Nachdem ich dort schlitternd zum Stehen gekommen war, betrat ich die hell erleuchtete Küche.

Am runden Esstisch saßen Danika und Jasmine mit den Zwillingen. Eisbecher standen auf dem Tisch, aber es sah danach aus, als ob die Babys von der süßen Leckerei mehr auf ihrem Körper verteilt als tatsächlich gegessen hatten.

Danika lächelte mich zögerlich an. Ihre rechte Hand war mit Streuseln in allen Farben des Regenbogens bedeckt. »Du bist zurück.«

Ich zwang mein Herz dazu, langsamer zu schlagen. »Ja.«

Die Tür im Flur hinter mir knallte gegen die Wand und kündigte Zaynes Auftritt an. Er kam in die Küche gefegt und wurde erst langsamer, als ihm, so wie mir zuvor, auffiel, dass sich dort jemand aufhielt. Nach einem flüchtigen Blick zum Tisch sah er mich eindringlich an.

Oje.

Jasmine schaute zwischen ihm und mir hin und her. Peinliche Stille machte sich breit, als Danika sich wieder auf ihren Becher konzentrierte.

»Wollt ihr zwei auch ein Eis?«, fragte Jasmine, nachdem sie sich geräuspert hatte. »Ich bin mir sicher, dass noch … ein bisschen übrig ist.«

Izzy begann zu kichern, schüttelte ihre roten Locken nach hinten und schlug mit beiden Fäusten in ihren Becher. Eine Ladung Eis spritzte auf ihren Latz. »Mehr!«

»Ähm … danke, aber ich verzichte.« Ich drehte mich weg, gerade als Geoff in die Küche kam. Erstaunt nahm er von dem Zustand Notiz, in dem sich der Tisch befand.

»Irgendwelche Neuigkeiten von den Männern?«, wollte Jasmine wissen und setzte sich aufrechter hin.

Er nickte und strich dabei über sein schulterlanges braunes Haar. »Ja, da die Schule für den Rest des Tages schließt, werden sie gründlich sauber machen. Ein paar haben sie bereits weggeschafft, weil bei ihnen der Reifeprozess am weitesten fortgeschritten war.« Dann drehte er sich zu mir um und überraschte mich mit einem Lächeln. »Gute Arbeit übrigens, Layla. Wie ich höre, hast du einen von denen unschädlich gemacht.«

Endlich fand mal jemand, dass er mich für meine überragende Leistung loben sollte. »Danke.«

Geoff nickte und wandte sich Zayne zu. »Hast du einen Moment Zeit?«

Ich nahm das als Anlass für einen hastigen Rückzug. Ich brauchte einen Moment für mich allein, um einen klaren Kopf zu bekommen. Außerdem wollte ich duschen, weil ich mich nicht behaglich fühlen konnte, wenn ich nach Roth roch. Ich schaffte es bis in den Flur, dann spürte ich auf einmal einen sonderbaren kalten Lufthauch durch mich hindurchziehen. Nicht um mich herum, sondern tatsächlich durch mich hindurch. Es veranlasste mich, stehen zu bleiben. Und dann hörte ich Zayne sagen: »Das kann warten.«

Mein Herz machte einen Satz, während ich in Richtung Treppe davonrannte. Ich kam nur zwei Schritte weit, dann hatte ich auf einmal keinen Boden mehr unter den Füßen und wurde über eine starke Schulter geworfen. Ich war so verdutzt, dass ich keinen Ton rausbrachte. Als ich den Kopf hob, sah ich, wie das Foyer um mich herumwirbelte. Zielstrebig ging Zayne mit mir durch das Wohnzimmer in die Bibliothek, wo er die Tür zunächst mit dem Fuß zuwarf, sich dann aber umdrehte und sie zusätzlich abschloss. Ich bekam ein beklommenes Gefühl in der Magengegend, während meine Fantasie sich geradezu überschlug.

So abrupt, wie ich über seine Schulter geworfen worden war, so abrupt setzte er mich jetzt wie einen Sack Reis ab. Ich stand da, wich zwei Schritte zurück und schoss dann nach vorn, wobei ich ihm mit beiden Fäusten gegen die Brust trommelte.

»Was soll das?«, fuhr ich ihn an.

Zaynes Mundwinkel zuckten, als wollte er sich ein Lachen verkneifen. »Wir müssen uns unterhalten.«

»Du musst dich mit Geoff unterhalten.«

»Was er zu sagen hat, kann warten.« Er folgte mir bei jedem Schritt, den ich mich vor ihm zurückzog. »Warum bist du weggerannt?«

»Ich … ich muss duschen«, behauptete ich wenig überzeugend.

Er kniff die Augen zusammen. »Das wäre nicht verkehrt, aber du hast dich aus dem Staub gemacht, als wäre eine ganze Armee Hellions hinter dir her.«

»Stimmt doch gar nicht.«

Er zog eine Braue hoch.

»Okay, stimmt vielleicht ein bisschen. Über was willst du dich mit mir unterhalten? Über die Hexen und wann wir zu diesem Club gehen können?«

»Nein.«

Als wir uns in Höhe der Couch befanden, setzte er sich hin. Ich wollte weiter auf Abstand zu ihm gehen, aber er bekam meinen Arm zu fassen und zog mich an sich. »Was hast du …?«

Mir blieb nichts anderes übrig, als mich rittlings auf seinen Schoß zu setzen. Als ich saß, befand sich mein Mund auf Höhe seines Halses. Einen Moment lang war ich wie erstarrt. Dass ich in dieser Position auf seinem Schoß gelandet war, hatte etwas so Ungewohntes an sich, dass meine Nerven bis zum Zerreißen gespannt waren. Wenn ich jetzt nur ein kleines Stück vorrutschte, dann … Ich konnte das nicht mal zu Ende denken.

»Ich laufe nicht vor dir weg«, murmelte ich.

»Doch, das tust du. Und du gehst mir schon wieder aus dem Weg.« Er legte die Hände um meine Taille, als ich aufstehen wollte. »Von wegen. Du gehst hier nicht weg.«

»Was … was soll das werden?«, hauchte ich.

»Ich will dich davon abhalten, wieder vor mir wegzulaufen.« Er zog mich ein Stück weiter zu sich heran, und ich musste mich mit den Händen auf seinen Schultern abstützen, um eine Berührung diverser Körperpartien zu vermeiden. »Falls du es noch nicht gemerkt haben solltest: Ich stehe nicht darauf, gejagt zu werden.«

Damit hatte ich alles ausgesprochen, was mein Gehirn an intelligenten Antworten anbieten konnte. Langsam hob ich den Kopf und schaute Zayne in die Augen. Er sah mich so an, wie … ja, genauso, wie er es gesagt hatte. Und da waren sie wieder, die Schmetterlinge in meinem Bauch.

Ich schüttelte den Kopf. »Warum solltest du mich jagen wollen?«

Seine Miene spiegelte eine Mischung aus Zuneigung und Unglauben wider – der »Bist du denn wirklich so dumm?«-Ausdruck. »Ich will es nicht, aber ich habe es gemacht. Und ich mache es noch. Und ich dachte eigentlich, dass das seit Samstagabend ziemlich offensichtlich wäre.«

Das Blut in meinen Adern schien dicker zu werden.

»Genau genommen …« Forschend betrachtete er meine Augen. »Es hätte schon … seit Langem offensichtlich sein sollen. Aber vielleicht war es das einfach nicht. Trotzdem sollst du es wissen.«

Ich hätte schon dumm sein müssen, um es nicht zu wissen, erst recht nach all dem hier, und dennoch … »Ich begreif das nicht.«

»Vielleicht ist es nicht richtig. Was weiß ich schon? Als Vater dich vor Jahren mit nach Hause brachte, sagte er zu mir, dass es meine Aufgabe ist, auf dich aufzupassen, und dass ich derjenige bin, der für dich einem Bruder am nächsten kommt. Das habe ich mir zu Herzen genommen, schon als ich zwölf war.« Er senkte den Blick, seine dunkelblonden Wimpern nahmen mir die Sicht auf seine Augen. Ich musste an Mr. Snotty denken. Ein Schwall von Gefühlen explodierte in meiner Brust und schnürte mir die Kehle zu. »Ich weiß, ich hätte dich nie anders wahrnehmen sollen, aber du wurdest älter und älter, und in diesem letzten Jahr …«

Ich klammerte mich an seinen Schultern fest und bohrte die Fingerspitzen in sein Shirt. Das Blut rauschte mir in den Ohren.

»Ich kann nicht anders, als dich anzusehen, und es war sehr schwierig für mich, meine Zeit eben nicht mit dir verbringen zu wollen. Warum bin ich sonst immer so früh aufgestanden?« Er lachte leise, seine Wangen wurden rot. »Und als Vater dann Danika mitbrachte, da wusste ich …«

»Was wusstest du?«, fragte ich im Flüsterton.

»Ich wusste, ich konnte nicht mit ihr zusammen sein. Jedenfalls nicht, wenn du permanent in meinem Kopf herumspukst. Ist das denn verkehrt?« Wieder trafen sich unsere Blicke. »Nein. Zum Teufel damit. Es ist richtig, und es war schon immer richtig.«

Meine Kehle schmerzte, als ich zu reden begann: »Du darfst nicht …«

»Was darf ich nicht, Layla-Biene? Darf ich nicht an dich denken? Darf ich dir nicht sagen, dass du schon immer das erstaunlichste Mädchen gewesen bist, das ich kenne? Darf ich nicht aufhören vorzutäuschen, dass ich für dich nur brüderliche Liebe empfinde? Und dass ich von dir nicht mehr will als ein Bruder?« Während mir der Atem stockte, strich er mit den Händen über meine Rippen und löste einen Schauer nach dem anderen aus. »Dass ich dich nicht festhalten darf? Dich nicht berühren darf? Als ich mich das letzte Mal vergewissert hatte, war ich zu all diesen Dingen in der Lage.«

»Zayne …«

»Und ich weiß, es ist das, was du wolltest. Das ist mir schon lange klar.« Zärtlich streichelte er mich weiter. »Oder hat sich daran durch *ihn* etwas geändert?«

Mit *ihm* hatte das nichts zu tun. Aber nachdem ich jahrelang gewartet hatte, nachdem ich all meine mädchenhaften Fantasien rund um Zayne erduldet und geglaubt hatte, dass es keinerlei Hoffnung gab, bekam ich jetzt auf einmal diese fast schon heiligen Worte zu hören – und ich wusste nicht, was ich mit ihnen anfangen sollte. Mein Herz schien sich in meiner Brust bis zum Zerplatzen auszudehnen, aber zugleich war auch ein beharrlich lauter werdendes Flüstern zu hören, das von Verwirrung und Angst sprach.

»Wieso jetzt?« Die Frage kam mir ohne mein Zutun über die Lippen.

»Ist ›Weil ich jetzt endlich den Arsch hochgekriegt habe‹ die verkehrte Antwort? Ich schätze, sie ist zumindest nicht gut genug.« Er ließ den Kopf nach vorn sinken, bis er seine Stirn auf meine Schulter legen konnte. Seine Finger vergrub er im Stoff des geborgten Shirts. Mir stockte erneut der Atem. »In der Nacht, als Paimon dich in seine Gewalt bekam, hätte ich dich fast verloren. Mir wurde bewusst, dass du da hättest sterben können.«

Er erschauderte. »Ich hätte sterben können. Ich wollte … ich *konnte* das hier nicht länger leugnen.«

Ich starrte auf seinen Kopf und hob langsam die Hände. War es das? Oder war da mehr? Hatte es mit Roth und mit der Tatsache zu tun, dass Zayne mich einfach nicht an Roths Seite sehen wollte? Oder lag es daran, dass er jetzt wusste, ich konnte mich wandeln, was mich auf irgendeine Weise für ihn geeignet machte? Ich kniff die Augen zu und ignorierte das sonderbare Unbehagen. Nein, so war er nicht, und er hatte auch nie geglaubt, mit mir könnte etwas nicht in Ordnung sein. Behutsam strich ich über seine Haare. Zayne würde mich nicht belügen.

Seine seidenweichen Haare glitten zwischen meinen Fingern hindurch, und ich fragte mich, ob er spüren konnte, wie mein Herz zerbrach. Tränen standen mir in den Augen. Es war leichter für mich gewesen, jegliche Gefühle für mich für nichts weiter als einen Wunschtraum meinerseits zu halten, als jetzt das hier von ihm gesagt zu bekommen und zu wissen, dass alles vergebens sein würde.

»Es ist egal«, sagte ich leise. »Es ist sowieso unmöglich.«

Zayne hob den Kopf und lehnte sich zurück. »Wieso?«

»Wir können nicht … ich meine, wir könnten nicht …« Meine Wangen glühten, und ich sah nach unten.

»Wir können nicht?« Die Schwingungen seines tiefen, unglaublich sexy Lachens übertrugen sich auf meinen Körper.

»Ich glaube, der Samstagabend hat den Beweis erbracht, dass wir eine ganze Menge können.«

Hitze durchströmte mich, es war eine Mischung aus Verlegenheit und Feuer, die durch die Erinnerung an das erwacht war, was wir getan hatten. »Aber es ist zu gefährlich.«

»Ich vertraue dir.«

Diese drei Worte klangen so einfach, aber sie waren verwirrend. »Das solltest du nicht. Nicht wenn es um dein Leben geht.«

Er runzelte die Stirn. »Du traust dir einfach viel zu wenig zu, und du glaubst nicht genug an dich selbst. Seit ich dich kenne, habe ich mich noch nie von dem bedroht gefühlt, wozu du fähig bist.«

Noch mehr Tränen stiegen mir in die Augen, und ich stand kurz davor, loszuheulen, als hätte ich einen Schnulzenmarathon im Fernsehen hinter mir.

»Du bist nicht böse, Layla. Das bist du auch noch nie gewesen.« Er lächelte mich so strahlend an, dass er es schaffte, sich einen Weg zu meinem Herzen zu bahnen. »Und ich glaube, wenn ich dich jetzt küssen würde, dann würdest du mir dabei nicht meine Seele rauben.«

Ich schnappte nach Luft und lehnte mich nach hinten. »Wag es ja nicht, das zu versuchen! Ich kann nicht …«

»Beruhige dich«, meinte er amüsiert.

Wie sollte ich mich nach seiner Bemerkung noch entspannen? So wichtig, wie er mir war, würde ich innerlich verkümmern und absterben, sollte ich seinen Tod verursachen. Allein bei dem Gedanken wollte ich am liebsten drei Postleitzahlenbereiche weit wegziehen.

Zayne strich mir über die Haare, während er mein Gesicht beobachtete. Er neigte den Kopf zur Seite, und ehe ich dahinterkam, was er vorhatte, drückte er seine Lippen auf meine wild pulsierende Halsschlagader.

Nur zu deutlich nahm ich wahr, wie seine Lippen einem schmalen, lodernden Pfad folgten und Kurs auf die empfindliche Stelle gleich unterhalb meines Ohrs nahmen. Mein Gehirn begann Purzelbäume zu schlagen, während es alles ganz genau wahrnahm – seine Haare, die mich unter dem Kinn kitzelten, seine weichen Lippen und das flüchtige Zucken seiner Zunge, als würde er meine Haut kosten. Ich erkannte die plötzliche Anspannung in meinem Körper wieder, die Gluthitze und die Wucht der Gefühle, die sich in meiner Brust sammelten. Aber da war noch etwas anderes, etwas Fremdartiges, das ich schon einmal wahrgenommen hatte. Als er seine Hand an meinen Nacken legte und unter meine Haare schob, wurden diese Empfindungen umso stärker. Sie hatten einen eindeutig *maskulinen* Zug angenommen.

Als ich auf einmal zu verstehen begann, umschloss ich sein Gesicht mit meinen Händen. Er sah mich fragend an, und auch wenn mir nicht klar war, wie das möglich sein konnte, wusste ich dennoch tief in meinem Inneren, was hier geschah.

»Oh mein Gott«, flüsterte ich und strich mit den Fingerspitzen über sein Gesicht. »Jetzt begreif ich's!«

Ratlos sah er mich an.

»Ich kann dich fühlen. Ich kann *deine* Emotionen spüren.«

Mit dieser Aussage hatte Zayne ganz offensichtlich nicht gerechnet. Verwirrt sah er mich an.

Seine Emotionen fühlen zu können klang zwar verrückt, ergab aber durchaus Sinn.

»Wie meinst du das?«, fragte er.

Ich zog die Hände zurück und ballte sie zu Fäusten, und fast im gleichen Moment ließ das intensive Verlangen nach. »Ich kann fühlen, was du fühlst«, antwortete ich und hörte mich genauso fassungslos an wie Zayne. »Ich habe keine Ahnung, wie das geht, aber ich weiß, das gerade eben war nicht das erste Mal. Ich habe es schon häufiger erlebt, nur hab ich nicht kapiert, womit ich es zu tun hatte.«

Er lehnte sich zurück. »Das musst du mir genauer erklären.«

»Wenn du mich anfasst, also Haut mit Haut in Berührung kommt, dann nehme ich schwache Reste von irgendwelchen Gefühlen auf, die nicht zu mir gehören.« Ich musste an Stacey denken, wie sie mich angefasst hatte, während sie mit mir über Sam redete. Da hatte ich Hoffnung verspürt, die aber nicht meine eigene gewesen war. Dann bei Roth, bei Zayne und sogar bei den Leuten, die mich in der Nacht angerempelt hatten, als ich unterwegs gewesen war, um hoffentlich wieder Auren sehen zu können. Moment mal! »Es hat angefangen, als ich keine Auren mehr sehen konnte. Eigentlich direkt danach. Heilige Scheiße!«

»Verdammt«, murmelte Zayne und schüttelte den Kopf. »Dann konntest du alles fühlen, was ich im Augenblick der Berührung empfunden habe.«

»Ganz schwach, wie ein plötzliches Aufwallen von Gefühlen. Nichts allzu Deutliches.«

Er verzog den Mund zu einem schwachen Lächeln. »Na,

dann bin ich ja beruhigt. Hättest du nämlich das Gleiche gefühlt wie ich, wäre das ziemlich peinlich geworden, wenn ich bedenke, was mir da durch den Kopf gegangen ist.«

Ich lachte, obwohl meine Wangen glühten. »Ja, ich schätze, das wäre wirklich peinlich.«

»Irgendwie schon.« Er schluckte, dann legte er die Hand an meine Wange. »Was fühlst du jetzt?«

»Keine Ahnung.« Es war schwierig, zwischen meinem eigenen Gefühlschaos und dem zu unterscheiden, was möglicherweise von ihm dazukam. Aber dann stieß ich auf etwas, das von ihm stammen konnte. Eine beständige Empfindung, die sich ihren Weg rund um alle meine Vorbehalte bahnte. »Glück?«, flüsterte ich und legte die Finger um sein Handgelenk. Die Wärme steigerte sich, als würde ich in der Sommersonne stehen. »Du bist glücklich.«

Er lächelte mich an. »Ja, das kann man so sagen.«

Ich versuchte zu verstehen, wie durch den Verlust meiner Fähigkeit, Seelen zu sehen, diese neue Begabung ausgelöst worden war. Nachdenklich ließ ich die Hand sinken und wollte von Zaynes Schoß aufstehen, aber er fasste mich an den Hüften und hielt mich fest. Fragend sah ich ihn an.

Zaynes Grinsen hatte einen jungenhaften Charme. »Was ist?«

»Das weißt du ganz genau.«

Er zuckte beiläufig mit der Schulter. »Konzentrier dich auf das eigentlich Wichtige. Die ganze Sache mit Gefühlen. Wir wissen, dass sich ein Sukkubus genauso wie ein Inkubus von Emotionen ernährt, richtig? Und Lilith wird in manchen Texten als Sukkubus beschrieben. Vielleicht hast du diese Fähigkeit schon immer besessen, und sie zeigt sich erst jetzt.«

Mit anderen Worten: eine dämonische Fähigkeit. »Warum können nicht zur Abwechslung mal ein paar Wächterfähigkeiten zum Vorschein kommen?«

»Ist das wichtig?« Er tippte mit den Fingern auf meine Hüften.

»Das sollte es sein. Für dich.«

Er wurde ernst. »Ist es aber nicht. Es ist nichts Böses dabei, wenn man die Gefühle anderer Leute wahrnimmt. Vermutlich kann sich das sogar als sehr nützlich erweisen.«

Vermutlich ja, dennoch war es eine weitere Sache, die mich von Zayne unterschied und die dafür sorgte, dass ich mich in meiner eigenen Haut nicht mehr wohlfühlte. Mir kam ein Gedanke, gerade als sich mein Körper entspannte. Ich faltete die Hände. »Glaubst du, die Lilin kann Emotionen fühlen und Seelen sehen?«

»Ich weiß nicht.«

Ich konnte mir selbst nicht erklären, wieso ich mir diese Frage stellte. Vielleicht hing es damit zusammen, dass ich wissen wollte, wie ähnlich sich meine DNA und die der Kreatur waren.

Zayne verlagerte das Gewicht, ich rutschte ein kleines Stück nach vorn. »Ich weiß, was du jetzt denkst.«

»Tatsächlich?«

Er nickte. »Du denkst an diesen Zirkel und daran, wann du mehr über die Lilin herausfinden kannst.«

Wie üblich traf er genau ins Schwarze. »Na ja, meine Gründe dafür sind völlig selbstlos. Je mehr wir über die Lilin wissen, desto schneller können wir sie finden.«

»Und deren Alte wird nicht vor dem nächsten Vollmond in diesem Club sein?«, fragte er gleich darauf. »Das dauert ja noch Wochen. Ich glaube, das müsste am 6. Dezember so weit sein.«

Ich nickte gedankenverloren. Dämonen, Gargoyles, Hexen – alle hatten sie es mit dem Vollmond. »Dann bist du einverstanden, dass ich hingehe?«

»Eigentlich nicht, aber so, wie ich dich kenne, wirst du sowieso alle Hebel in Bewegung setzen, um dort hinzukommen. Ich unterstütze dich lieber und bin auf dem Laufenden, anstatt nicht zu wissen, wo du bist und was du machst.« Er ließ den Kopf gegen die Rückenlehne sinken und betrachtete mich unter seinen langen Wimpern hindurch. »Und ich nehme an, Roth ist schon außer sich vor Freude, dass ihr zwei zusammen hingehen werdet.«

Ich wusste nicht, was ich darauf erwidern sollte.

»Mir ist schon klar, dass die Hexen mich dort nicht sehen wollen, vor allem diese Sorte Hexen. Aber ich werde dich an dem Abend begleiten, zumindest soweit das möglich ist«, redete er weiter. »Und auch wenn ich das am liebsten nicht zugeben würde, aber mit Roth dort aufzutauchen halte ich für eine gute Idee.«

»Was?« Völlig verblüfft sah ich ihn an. »Hast du das jetzt gerade wirklich gesagt?«

»Ich würde Roth am liebsten Schicht für Schicht abschälen, ganz langsam, bis ich auf den Knochen angekommen bin. Du weißt schon, mit einer Art Spargelmesser.«

Ich rümpfte die Nase. »Iiih.«

Er lächelte verhalten. »Aber in seiner Gegenwart bist du relativ sicher.«

Noch immer schaute ich ihn erstaunt an. »Relativ?«

»Er wird dich beschützen … besser, als er es heute gemacht hat.« Der Widerwille war ihm sehr deutlich anzuhören. »Du bist aber nicht vor *ihm* sicher.«

»Es ist egal, was er tatsächlich oder deiner Meinung nach von mir will, ich bin vor ihm sicher. Vertrau mir. Er hat keinen Zweifel daran gelassen, dass zwischen ihm und mir nichts weiter ist als …«

»Lust?«

»Ja«, wisperte ich.

»So ein Arschloch.«

Ich konnte mir ein Auflachen nicht verkneifen. »Stimmt.«

»Tut mir leid«, sagte er dann. Nach allem, was er mir gestanden hatte, kam mir diese Entschuldigung sehr ungewöhnlich vor, aber das war das Gute, das in Zayne steckte.

Er legte die Arme um mich und zog mich an seine Brust. Ich schmiegte mich an ihn, machte die Augen zu und lauschte seinem gleichmäßigen Herzschlag. So, wie ich in seinen Armen lag, fand ich genau die Art von Trost, die nur er spenden konnte.

Ich atmete zittrig ein. Im Augenblick überstürzten sich die Ereignisse, und innerhalb weniger Wochen war so viel geschehen, doch in ruhigen Minuten wie diesen dachte ich an all diese wundervollen Dingen, von denen ich immer geträumt hatte, dass Zayne sie irgendwann einmal zu mir sagen würde. Und jetzt war aus diesen Träumen Wirklichkeit geworden. Eigentlich gab es Wichtigeres, um das ich mich hätte kümmern sollen, aber in diesem Moment war das hier für *mich* das Allerwichtigste.

Diese Entwicklung mit Zayne war völlig unerwartet gekommen. Lust zu empfinden war eine Sache. Einen Menschen zu haben, der einem wirklich wichtig war, eine ganz andere. Aber seine Worte … waren von einer anderen, tieferen Bedeutung. Sie drangen bis ins Herz vor, rissen Mauern ein, zerstörten Barrieren und ebneten sich ihren eigenen Weg.

Als Zayne über meine Wirbelsäule strich, konnte ich mir einen Seufzer nicht verkneifen.

»Schön?«, fragte er.

Ich nickte.

Er machte weiter, und ich zwang mich, die Augen aufzumachen. Langsam ließ ich den Blick über die staubigen Rücken der Bücher in den Regalen wandern. Ich musste etwas sagen, aber es war mir noch nie leichtgefallen, laut auszusprechen, was ich für Zayne empfand. Nicht einmal Stacey hatte ich anvertraut, welche Gefühle ich für ihn hegte. Seit ich in ihn verknallt war, hatte ich das für mich behalten und die Wahrheit mit Lügen geschützt. Aber Zayne hatte sich mir offenbart, und ich schuldete es ihm, genauso offen und ehrlich zu sein.

»Ich muss dir was gestehen«, flüsterte ich.

»Hmm?«

Den Mut zusammenzunehmen war gar nicht so einfach. »Ich habe immer davon geträumt … dass du mir das sagst … dass du mich willst.« Ich hatte das Gefühl, in Flammen zu stehen, doch ich zwang mich weiterzureden. Jedes Wort kam mir sehr langsam und leise über die Lippen. »Ich wollte dich schon, seit … seit ich den Unterschied zwischen Jungs und Mädchen erkannt hatte.«

Sein Griff um mich wurde noch etwas fester. Mit belegter Stimme erwiderte er: »Das klingt nach einer langen Zeit.«

»Das war es auch.« Plötzlich hatte ich einen Kloß im Hals, und aus einem unerfindlichen Grund wollte ich weinen. »Und es war so schwer für mich, weißt du? Ich musste immer aufpassen, dass niemand mir etwas anmerkte. Und ich musste versuchen, nicht eifersüchtig zu sein auf Danika und alle anderen Mädchen, die …«

»Es gab nie ein anderes Mädchen, Layla-Biene.«

Es dauerte ein wenig, bis diese Worte meinen Dickschädel durchdrungen hatten, dann lehnte ich mich zurück und hob den Kopf. »Wie bitte?«

Diesmal war er derjenige, der rot anlief. »Ich bin nie mit einem Mädchen zusammen gewesen.«

Ich bekam den Mund nicht mehr zu.

»Musst du mich wirklich *so* überrascht ansehen?«

»Tut mir leid. Es ist nur so, dass ich nicht glauben kann, dass du noch nie … Ich meine, du bist schließlich *du*. Du siehst wahnsinnig gut aus, du bist nett und klug und perfekt, und egal, wo du auftauchst, überall sehen dir die Frauen hinterher.«

Er musste lächeln. »Ich habe ja nicht gesagt, dass sich nie eine Gelegenheit ergeben hat. Ich habe sie nur nie genutzt.«

»Wieso?«

Unsere Blicke trafen sich. »Die Wahrheit?«

Ich nickte.

»Anfangs wusste ich nicht, warum ich mich zurückhielt, wenn ich ... na ja, wenn ich es hätte tun können. Es kam mir so vor, dass es nicht interessant genug für mich war, um es bis zum Schluss durchzuziehen. Erst letztes Jahr wurde es mir klar.« Als er eine Pause einlegte, begann mein Herz wieder schneller zu schlagen. »Es liegt an dir.«

»An mir?«

»Ja.« Er spielte mit einer von meinen Haarsträhnen und wickelte sie um seine Finger. »Ich kam bis an einen bestimmten Punkt, und dann konnte ich nur noch an dich denken. Über diesen Punkt hinaus weiterzumachen wäre mir verkehrt vorgekommen. Du weißt schon ... mit einer anderen Frau auszugehen, wenn ich mir dabei vorstellte, mit dir zusammen zu sein.«

Oh mein Gott ...

Mein Herz floss über bei diesen Worten, und alle möglichen Partien meines Körpers begeisterten sich an der Tatsache, dass er sich vorgestellt hatte, mich an seiner Seite zu haben ... und dass er sich das schon länger vorstellte, als ich es mir hätte träumen lassen.

Zayne schob die aufgerollte Haarsträhne auf meine Schulter, wo sie sich langsam wieder entrollte. »Und was machen wir jetzt?«

Unglaublich, aber tatsächlich begann ich mir in diesem Moment zu überlegen, wie wir beide am besten unsere Unschuld verlieren könnten – gemeinsam. Aber ich zweifelte daran, dass

Zayne es wirklich ernst meinte. Nachdem ich all den Schweinkram aus meinem Gehirn verbannt hatte, setzte ich zum Reden an, doch er legte mir einen Finger an die Lippen.

»Du musst das jetzt nicht beantworten«, sagte er. »Ich weiß, das ist nicht leicht für dich. Nichts wird bei uns beiden jemals leicht sein, und ich weiß, du hast vor vielen Dingen Angst. Ich will dich nicht drängen, weil ich weiß …« Er unterbrach sich und nickte, als würde er mit sich selbst reden. »Ich weiß, *er* bedeutet dir immer noch etwas. Roth, meine ich.«

Ich wich zurück. »Ich …«

»Ja«, fuhr er ernst fort. »Das ist etwas, das ich nur ungern laut aussprechen oder auch nur denken möchte, aber ich weiß, dass es so ist. Du hast … viel mit ihm geteilt, und er war für dich da, als ich es nicht war.«

Ich wusste, er bezog sich auf die Nacht, als Petr mich angegriffen hatte. Ich hatte ihn angerufen, aber er war nicht rangegangen, weil er sauer auf mich war und seine Zeit mit Danika verbrachte. Das hatte er sich bis heute nicht verzeihen können. »Zayne, dich trifft keine Schuld, was diese Nacht angeht.«

»Ich hätte auf deinen Anruf reagieren müssen, aber darum geht es nicht. Er war für dich da, und er hat dich so akzeptiert, wie du bist. Noch eine Sache, in der ich nicht immer allzu gut gewesen bin.« Er strich mit einem Finger an meiner Wange entlang und ließ die Hand sinken. »Jedenfalls weiß ich, dass du immer noch Gefühle für ihn hegst, aber ich finde, wir können dem hier eine Chance geben – wir können *uns* eine Chance geben.«

Mein Herzschlag geriet ins Stocken und beschleunigte sich dann. Zayne hatte recht. So ungern ich das auch zugeben wollte, empfand ich tatsächlich immer noch etwas für Roth. Aber … aber das hier war Zayne, wir beide hatten eine gemeinsame Vergangenheit. Jahrelang hatte ich ihn verehrt und von ihm geträumt. Da war all das, was er gerade eben gesagt hatte.

Und natürlich war da auch alles, was *ich* für ihn empfand. Die Freude auf jeden neuen Tag, an dem ich ihn wiedersehen würde. Die Art, wie er mir mit einem einzigen Blick ein Lächeln entlocken konnte. Seine Macht, mich dazu zu bringen, mich nach einer kurzen Berührung oder einem Kuss zu sehnen. Zwischen uns war immer etwas gewesen, nur hatte ich stets geglaubt, dieses Etwas würde nicht auf Gegenseitigkeit beruhen.

Er lächelte schwach. »Darum finde ich, sollten wir es langsam angehen lassen.«

»Langsam?« Langsamer, als mir das Oberteil auszuziehen und auf seinem Schoß zu sitzen?

»Ja, wir können uns für ein Date verabreden. Was hältst du davon?«

Spontan wollte ich ablehnen. Es war einfach zu riskant … Und wenn ich mir selbst gegenüber ehrlich war, dann hatte ich schreckliche Angst davor, endlich das zu bekommen, was ich immer hatte haben wollen. Was, wenn es aus irgendeinem von einer Million Gründen, die dagegen sprachen, nicht funktionierte? Was, wenn es in Enttäuschung endete und unsere Freundschaft dabei zerstört wurde? Was, wenn Zayne durch mich seine Seele verlor?

Es gab so viele Risiken und Gefahren, aber als mein Herz einen Schlag lang aussetzte, wurde mir klar, dass das Leben voller Risiken war, für Halbdämonen genauso wie für jeden anderen, und dass ich es leid war, *nicht* zu leben und nichts zu versuchen.

Ein Date war nichts Schlimmes, richtig? Ich sah ihn an und begann breit zu lächeln. »Wie wäre es mit einem Kinobesuch?«

Am folgenden Morgen blieb Zayne nach der Jagd noch auf und fuhr mich zur Schule. Für den Clan war das nichts Ungewöhnliches, und Nicolai freute sich vermutlich, endlich mal zu Hause bleiben zu können.

Zwischen uns war alles ganz normal.

Er neckte mich.

Brachte mich zum Erröten.

Und als wir an der Schule angekommen waren, lehnte er sich zu mir rüber und gab mir einen sanften Kuss auf die Wange, der den Wunsch in mir weckte, ihm einen anständigen Abschiedskuss geben zu können.

Ich war mir nicht sicher, wie man unsere Beziehung bezeichnen sollte. Gingen wir miteinander aus? War er mein Freund und ich seine Freundin? Wir hatten nichts festgelegt, und das war für den Augenblick vermutlich auch besser so. Auch wenn ich bereit war, ein Risiko einzugehen, war ich mir nicht sicher, ob wir das tatsächlich durchziehen konnten.

Oder ob der Versuch mich zum egoistischsten Menschen auf der Welt machen würde.

Es änderte aber nichts an dem dämlichen Grinsen, mit dem ich die Schule betrat. Als ich am Morgen aufgewacht war, waren mir sämtliche Probleme leichter erschienen, so als wären sie alle in Glitzer getaucht worden, was sie gleich viel schöner aussehen ließ.

Ich musste darüber kichern, was mir den sonderbaren Blick einer Mitschülerin einbrachte. Na wenn schon. Ich bog um die nächste Ecke und ging an der immer noch leeren Vitrine für die Pokale vorbei, als ich einen vertrauten Rotschopf entdeckte. Mit dem Besen in der einen Hand winkte Gerald mich zu sich, kaum dass er mich gesehen hatte.

Ich ging um eine Mädchengruppe herum und steuerte auf ihn zu. »Ist alles in Ordnung?«

Er nickte. »Sie haben sich um das Problem im Keller gekümmert. Alles rausgeschafft und sogar den Schleim weggewischt.«

»Gut.« Es war eine Erleichterung, das zu hören. Zayne war letzte Nacht zu den anderen dazugestoßen, aber heute Morgen hatten wir nicht mehr darüber geredet.

Er runzelte die Stirn, während er sich umschaute. »Ich wollte dir auch noch danken.«

»Wofür?«

»Dafür, dass du den Wächtern nichts von mir gesagt hast«, antwortete er und nahm den Besenstiel in die andere Hand. »Ich weiß, du hast nichts gesagt, weil ich sonst jetzt nicht hier stehen würde. Das weiß ich zu schätzen.«

»Kein Problem. Ich glaube zwar nicht, dass sie überhaupt was gegen dich haben, aber ich wollte kein Risiko eingehen.« Vor ein paar Monaten hätte ich es vielleicht getan, aber jetzt nicht mehr. Diese Erkenntnis nahm mir ein bisschen von meiner guten Laune.

Wieder zuckten Geralds kirschrote Augen nervös hin und her. »Habt ihr noch immer vor, den Zirkel in Bethesda zu besuchen?«

»Ja.« Die ersten Schüler warfen uns merkwürdige Blicke zu, und auch ein paar Lehrer wurden auf uns aufmerksam. Ich konnte Stacey sehen, die an meinem Spind auf mich wartete. Neben ihr stand ein verdutzt dreinschauender Sam. Staceys Gesichtsausdruck sprach Bände.

Gerald machte eine sorgenvolle Miene. »Ich wünschte, ihr würdet euch das noch mal überlegen. Es muss doch auch einen anderen Weg geben.«

»Wenn du nicht zufällig eine Ausgabe von *Lilin für Dummies* zur Hand hast, wüsste ich keinen anderen Weg.« Das wäre natürlich richtig hilfreich gewesen. »Danke, dass du so besorgt bist, aber ich muss jetzt …«

»Du begreifst nicht.« Seine Hand schoss nach vorn und legte sich um mein Handgelenk. Die plötzliche Angst glich einem Fausthieb in den Magen, was umso beunruhigender war, weil ich inzwischen wusste, es war nicht meine eigene Angst. »Trotz allem machst du einen netten Eindruck, Kind. Aber manchmal stellst du Fragen, auf die du Antworten erhältst, von denen du lieber nichts wüsstest.«

Gerald ließ meine Hand los, noch bevor ich mich losreißen konnte. Im Wegdrehen sah er zu meinem Spind, dann eilte er zurück in den Materialraum.

Okay, das war ziemlich schräg gewesen, aber vielleicht war es für einen Hexer sogar noch etwas schräger als schräg.

Kopfschüttelnd wandte ich mich um und wurde von Stacey neugierig beobachtet, als ich mir den Weg durch die Menge bahnte. »Hängst du jetzt schon mit Hausmeistern rum?«

»Und ihr haltet sogar schon Händchen?«, ergänzte Sam.

»Klappe«, gab ich zurück. »Und damit meine ich euch beide.«

Stacey zeigte mir den Stinkefinger und grinste, als ich die Augen verdrehte. »Was war gestern los mit dir? Und sag bitte nicht, dass du mit Roth durchgebrannt bist.«

Tja … »Nein, ich bin nach Hause gegangen. Mir war nicht gut. Ihr wisst doch, wie …« Ich unterbrach mich, neigte den Kopf zur Seite und zog die Brauen zusammen. Irgendwie sah Sam anders aus. Mit seinen Haaren hing es nicht zusammen, auch wenn es so schien, als hätte er seine unbändigen Locken wenigstens mal gebürstet. Dann sah ich es. »Wo ist deine Brille, Sam?«

»Er hat sie verloren«, antwortete Stacey, als wir durch den Flur gingen. »Sieht er jetzt nicht heiß aus?«

»Auf jeden Fall«, meinte ich grinsend. »Aber kannst du ohne Brille überhaupt was sehen?«

»Das reicht schon.« Mühelos fädelte er sich in den Strom

aus Schülern ein. »Aber warum hat der Hausmeister eben nach deiner Hand gegriffen? Sah ein bisschen seltsam aus.«

»Er hat mir gestern geholfen, als mir so übel war.« Die Lüge kam mir etwas zu schnell und zu glatt über die Lippen. »Er hat mir nur die Hand geschüttelt.«

Ein süßliches, wildes Aroma kündigte Roths Gegenwart an, und als ich über die Schulter schaute, kam er mitten durch den Flur auf uns zu. Mit besorgter Miene sah er auf sein Handy, ohne auf die Umgebung zu achten. Aber zum Glück wich ihm jeder aus, der ihm entgegenkam.

Auf einmal hob er den Kopf, und unsere Blicke trafen sich. Nahe dem Kinn wies seine Haut einen bläulichen Schimmer auf, es war der Beleg für die Kraft, die hinter dem Fausthieb eines Wächters steckte. Ich sah schnell zur Seite und verfluchte mich stumm für das schlechte Gewissen, das sich bei mir regte. Zwei Sekunden später schlich er um mich herum. »Guten Morgen, die Damen, der Herr.«

»Hey«, erwiderte Sam grinsend. »Ich muss zum Unterricht. Wir sehen uns beim Mittagessen?«

Ich sah ihm nach, wie er auf dem Absatz kehrtmachte und den Flur entlanglief. Roth beobachtete ihn ebenfalls und verzog dabei sonderbar einen Mundwinkel. »Wird aus unserem kleinen Sam etwa auf einmal ein großer Junge?«

»Was?«, fragte ich.

»Ich weiß nicht.« Er zuckte mit den Schultern und drehte sich zu Stacey um. »Keine Brille. Dazu so angezogen, als hätte ihm seine Mom mal nicht die Sachen hingelegt, und du starrst ihn an, als hättest du gern Brillen tragende Babys von ihm.«

Staceys Wangen liefen rot an, sie fing an zu kichern. »Vielleicht ist es ja so.«

»Oh.« Roth riss die Augen auf. »Wie verdorben.«

Von der Bemerkung über die Babys abgesehen verhielt sich Roth während des Unterrichts ziemlich ruhig. Er drehte sich nicht zu mir um, wie er es sonst tat, um mich zu ärgern, und er lehnte sich auch nicht ein einziges Mal so nach hinten, dass er den Arm auf meinem Tisch hätte abstützen können.

Er war irgendwie … anders.

Wie immer wurde Bambi während des Unterrichts unruhig und folgte auf meinem Körper einer unsichtbaren Landkarte. Als die Stunde um war, konnte ich es nicht erwarten, endlich rauszukommen. Die Glocke ertönte, der Vertretungslehrer machte das Licht an.

»Und nicht vergessen«, sagte er, fuhr sich durchs Haar und legte sich eine Hand in den Nacken, während er auf seinen Terminplaner sah. »Es ist ein Test angesetzt für …«

Weiter kam er nicht, da ein gedämpftes Kreischen zu hören war. Er sah zur Tür, in dem Moment ertönten lautere Schreie, schrille, entsetzte Schreie, die aus dem Flur kamen. Geschlossen standen wir auf und traten nervös auf der Stelle.

Als die Schreie noch heftiger wurden, lief Roth los.

»Was ist das?«, flüsterte Stacey mir zu.

»Ich denke, wir sollten alle hier im Klassenzimmer bleiben«, sagte Mr. Tucker und versuchte Roth aufzuhalten, doch der war zu schnell für ihn. Die halbe Klasse folgte ihm bereits zur Tür. »Wir wissen nicht, was da draußen los ist! Kommt, kommt, alle zurück auf eure Plätze!«

Mr. Tucker hatte keine Chance.

An der Tür kam es zu einem kurzen Rückstau, dann quollen wir hinaus in den überlaufenen Flur. Stacey klammerte sich an meinem Sweater fest. Im Gang war es so ruhig geworden, dass man einen Floh hätte husten hören können. Diese Stille empfand ich als noch entsetzlicher als die Schreie.

Ich drängte mich durch die Menge und entdeckte Roth. Seine Schultern wirkten unnatürlich verkrampft. Als ich bei ihm ankam, drehte er sich zu mir um und schüttelte den Kopf. Ich ließ den Blick zu der fast kreisrunden freien Fläche mitten zwischen den Schülern wandern und sah ein Paar Beine in mattgrauer Hose, das leicht hin und her schaukelte.

»Oh mein Gott«, flüsterte Stacey.

Ich zwang mich, nach oben zu sehen, und legte mir eine Hand auf die Brust. Im ersten Moment wollte mein Verstand sich weigern, das zu akzeptieren, was meine Augen erfassten. Aber das Bild löste sich nicht in Luft auf, und es veränderte sich auch nicht zu etwas Harmloserem.

Mitten im Gang hing Gerald Young an einer Lampenhalterung, das rot-goldene Schulbanner um den Hals gewickelt.

20. KAPITEL

Da Polizei und Sanitäter anrückten, fiel für den Rest des Tages der Unterricht aus.

Mit meinem Anruf riss ich Zayne aus dem Schlaf, aber nachdem er gehört hatte, was geschehen war, machte er sich sofort auf den Weg. Keine zwanzig Minuten später, nachdem man uns aus dem Schulgebäude geschickt hatte, saß ich mit Zayne *und* Roth zusammen an einem Tisch in einer Bäckerei ein Stück weit die Straße runter.

Wir waren nicht die Einzigen aus der Schule, die die Bäckerei aufgesucht hatten. Eva und Gareth saßen an einem Zweiertisch unter dem gerahmten Foto eines frischen Brotlaibs. Gareth kauerte über einer Tasse, die er mit seinen bleichen Händen festhielt. Seine Schultern waren schmaler, als ich sie in Erinnerung hatte, seine Haare fettig und strähnig.

Gareth wirkte extrem ausgelaugt, aber ich hatte nicht vor, mich noch einmal einzumischen.

Ich brach meinen Keks in der Mitte durch, aber diesmal sprach mich die übliche süße Verführung überhaupt nicht an. Ich kannte Gerald kaum, ich hatte ihn gestern zum ersten Mal gesehen. Aber es war das Gleiche wie mit der Kirche der Kinder Gottes. Dem Tod gegenüberzustehen war nie leicht, ganz gleich, ob man den Betreffenden kannte oder nicht.

»Vielleicht hat Gerald sich ja das Leben genommen«, sagte Zayne und lenkte meine Aufmerksamkeit auf das eigentliche Problem. »So traurig das auch ist, könnte es doch so einfach sein.«

Roth spielte mit dem Deckel auf seinem Kakaobecher. Aus irgendeinem Grund musste ich bei dem Gedanken ironisch grinsen, dass ein Dämon – und noch dazu der Kronprinz der Hölle – heißen Kakao trank. »Ich weiß nicht. Warum sollte er das machen, vor allem mitten im Gang? Das ist ein verdammt ausgefallener Abgang.«

»Aber du hast ihn nicht gekannt ... und Layla auch nicht.« Erstaunlicherweise konnten sich die beiden Jungs ganz zivilisiert unterhalten. »Ihr habt einmal mit ihm gesprochen.«

»Zweimal, um genau zu sein«, korrigierte ich ihn und brach noch ein Stück von meinem Keks ab. »Auf dem Weg zum Klassenzimmer hat er mich heute Morgen noch abgepasst und sich bei mir dafür bedankt, dass ich den Wächtern nichts gesagt habe.«

»Das hört sich nicht nach jemandem an, der sich eine Stunde später mit dem Schulbanner erhängt«, betonte Roth und lehnte sich auf der Sitzbank nach hinten. Den Arm legte er auf die Rückenlehne. »Warum sollte er sich bei Layla bedanken, dass sie sein Leben verschont hat, wenn er vorhatte, sich zu erhängen?«

»Hat er sonst noch was gesagt?«

Ich nickte. »Er sprach vom Zirkel in Bethesda und warnte mich, ich solle vorsichtig sein.« Ich wischte die Kekskrümel von meinen Fingern. »Sinngemäß meinte er, dass uns die Antworten nicht gefallen würden, die wir da auf unsere Fragen bekommen sollten. Es war fast so, als hätte er etwas gewusst, das er mir vor lauter Angst nicht sagen konnte.«

Roth stutzte. »Könnte das jemand vom Zirkel gewesen sein?« Die Frage war nicht speziell an mich gerichtet. »Oder war das das Werk der Lilin?«

»Hättest du das nicht gemerkt, wenn eine Hexe hier gewesen wäre?«, wollte Zayne wissen.

»Die benutzen Schutzzauber«, erklärte er, »die uns blockieren. Ganz so, wie sie es auch bei den Wächtern machen. Und wir wissen nicht genug über die Lilin, um etwas darüber sagen zu können, ob ich sie aufspüren kann oder nicht.«

Ich lehnte mich zurück und verschränkte die Arme vor dem

Bauch, um mich gegen die Kälte zu schützen, die ich plötzlich verspürte. »Es war fast wie eine Botschaft.«

Zayne drehte sich zu mir um. Er hatte tiefe Schatten unter den Augen, weil er in der letzten Zeit zu wenig Schlaf bekommen hatte. »Mir gefällt nicht, worauf dein Gedanke hinausläuft.«

»Aber es passt zusammen«, fand Roth.

»Gestern begegnen wir ihm erstmals, er sagt uns, was er ist und wo wir mehr über die Lilin erfahren können. Er lässt mir eine Warnung zukommen, eine Stunde später wird er erhängt aufgefunden.« Ich atmete tief durch. »Sieht für mich nach einer ziemlich klaren Nachricht aus: Kommt ja nicht her.«

Roths Augen blitzten auf. »Den Gefallen werden wir ihnen nicht tun.«

»So ungern ich das auch sage, aber der Zirkel ist unsere einzige Spur.« Zayne legte den Arm hinter mir auf die Rückenlehne. In einer scheinbar gedankenverlorenen Geste strich er mit den Fingern durch meine Haare. »Auf der Straße hört man nichts, wir haben nicht einen einzigen Hinweis finden können.«

»Das sieht bei mir nicht anders aus.« Roth ließ den Blick zu Zaynes Hand wandern. »Irgendwelche Neuigkeiten über weitere Todesfälle, die mit der Lilin zu tun haben könnten?«

»Nichts Ungewöhnliches. Aber das hat nicht zwangsläufig etwas zu sagen.«

Ein Muskel zuckte an Roths Kiefer, und ich konzentrierte mich auf meinen Keks. Plötzlich hörte ich einen dumpfen Knall von der anderen Seite der Bäckerei, und als ich mich umdrehte, sah ich, dass Gareth von seinem Stuhl gerutscht war und auf dem Boden kniete. Eva war bei ihm, die Arme hatte sie um seinen Oberarm geschlungen. Ihre Wangen wurden rot, als sie merkte, dass fast alle Gäste sich zu ihr umgedreht hatten und sie anstarrten.

»Komm schon«, sagte sie und zwang ein Lächeln auf ihre Lippen, die fast frei von Make-up waren. »Du musst aufstehen.«

Es war mir peinlich, das mit anzusehen. Ich war kein Fan von Eva, aber diese Szene brachte mich in Verlegenheit.

»Der Junge braucht einen Entzug«, sagte ein älterer Mann laut genug, um von Eva gehört zu werden.

Sie errötete noch mehr, während Gareth wieder auf diese Weise kicherte, die mir eine Gänsehaut bereitete.

»Wohl ein dämonischer Entzug«, murmelte Roth, der die Szene mit unübersehbarer Abscheu verfolgte.

Gareth stand auf, kippte aber gleich wieder zur Seite und stieß gegen den nächsten Tisch. Getränke wurden verschüttet, und die Leute suchten das Weite. Evas Augen nahmen einen glasigen Ausdruck an, und ich konnte nicht länger still sitzen.

»Los«, sagte ich und stieß Zayne an.

Er rührte sich nicht. »Was denn?«

»Das ist wirklich eine zu peinliche Vorführung. Jemand muss ihr helfen.«

Einen Moment lang sah Zayne mich an, dann seufzte er: »Du bleibst hier, ich kümmere mich darum, dass sie ihn hier rausschafft.«

»Danke.«

Als Zayne zu ihr ging, wurde mir bewusst, wie intensiv Roth mich anstarrte. Ich sah ihm in die Augen.

»Wie machst du dich?«, fragte er.

Das kam völlig überraschend. Ich konnte mich nicht daran erinnern, dass ihn das jemals interessiert hatte. »Ganz okay.«

»Das heute Morgen war kein Vergnügen.«

Ich legte meine Hände auf die Tischplatte, damit ich vor Unbehagen nicht damit herumzufuchteln begann. »Das war es tatsächlich nicht.«

»Und der Typ, der vor ein paar Nächten gestorben ist?« Eine Locke fiel ihm in die Stirn und ließ seinen Gesichtsausdruck sanfter erscheinen. »Wie kommst du damit zurecht?«

Ich presste die Lippen aufeinander und antwortete zunächst nicht, sondern sah zu Zayne, der Gareth bis zur Tür gebracht hatte. Ich konnte nur hoffen, dass sie keinen weiten Weg vor sich hatten, denn es war sehr zweifelhaft, dass sie auch ein paar Meter weit kommen würden, ohne dass Zayne ihn trug. Erneut wandte ich mich an Roth, der noch immer auf meine Antwort wartete.

»Ich will nur hoffen, dass du nicht dir die Schuld gibst«, sagte er und beugte sich vor. »Aber so wie ich dich kenne, machst du das wahrscheinlich.«

»Na ja, ich habe ihn mit der Bibel geschlagen.« Bei der Erinnerung daran wurde mir übel. »Ich bin mir sicher, dass es für die Situation eine bessere Lösung gegeben hätte.«

»Aber du hast den Abzug nicht durchgedrückt. Und du hast den Kerl auch nicht umgebracht.« Leiser ergänzte er: »Das habe ich gemacht.«

»Aber ich …«

Er schloss seine Finger um meine Hände und erschreckte mich damit. »Red dir nicht diesen Mist ein. Du hast genug andere Dinge, über die du dir Gedanken machen musst.«

Ein Teil des Frusts, der sich seinen Weg in mein Innerstes bahnte, gehörte mir, aber da war auch eine Härte, die nichts mit mir zu tun hatte. Eine Unruhe, die ich nicht so ganz verstehen konnte und die aus den Tiefen von … von *Roth* kam. Je länger er meine Hände festhielt, desto klarer wurden die Emotionen, als würden sich die Wolken teilen und die Sonne zum Vorschein kommen lassen. Dicht hinter dem Frust war noch ein anderes Gefühl … vergleichbar mit dem, was ich von Zayne empfangen hatte.

Ich schnappte nach Luft und versuchte, die Hände wegzuziehen. Im ersten Augenblick ließ er mich nicht los, gab dann aber doch nach. Als meine Finger frei waren, lief ein ganzer Schwall von eisigen Schauern über meine Arme.

»Was ist?«, fragte er, während sein Blick mich zu durchbohren schien.

»Gar nichts«, erwiderte ich kopfschüttelnd.

Roth sagte weiter nichts.

Ich schwieg ebenfalls.

Später am Nachmittag sah ich Izzy zu, wie sie sich immer wieder wandelte, während Drake sich an Jasmines Bein festklammerte. Hin und wieder beugte sie sich vor, um dem Jungen über das lockige rote Haar zu streicheln. Er nuckelte begeistert an seinem Daumen.

Izzy war ein Naturtalent im Wandeln, aber sie war auch ein Wirbelwind. Mit Warpgeschwindigkeit raste sie durchs Wohnzimmer, flatterte mit nur einem Flügel und ließ den anderen herunterhängen. Ein paarmal näherte sie sich Drake und machte im letzten Moment einen Satz in die Luft, was ihn vor Entsetzen kreischen ließ.

Die meiste Zeit über saß ich unbehelligt und in mein Kapuzenshirt verpackt in einer Ecke des Sofas. Mir kam das Haus kalt wie eine Kühltruhe vor, aber das galt wohl nicht für Danika, die genug damit zu tun hatte, Izzy zu schnappen, bevor die sich auf mich stürzen konnte.

Als es bis zum Abendessen noch gut eine Stunde war, stand ich auf und ging nach oben. Ich bediente mich lieber später bei den Resten, anstatt während des Essens von allen Seiten argwöhnischen Blicken ausgesetzt zu sein.

Ich ging an der Küche vorbei und sah Morris, der Gemüse mit einem riesigen Messer klein schnitt, bei dem jeder Serienmörder blass vor Neid geworden wäre. Er hob den Kopf und lächelte mich an. Mit dem Messer in der Hand winkte er mir fröhlich zu.

Bei jedem anderen wäre ich in Sorge gewesen, aber so winkte ich zurück und ging die Treppe hoch. Auf dem obersten Absatz angekommen, lief mir ein seltsamer Schauer über den Rücken. Als ich mich umdrehte, rechnete ich fast damit, am Fuß der Treppe jemanden zu entdecken, der mir einen bösen Blick zuwarf. Aber da stand niemand.

Aus der Ferne waren Izzys Gelächter und Drakes tieferes Heulen zu hören, aber das Gefühl ließ nicht nach. Ich schob die Hände in die Taschen meines Kapuzenshirts und schüttelte den Kopf. Die Ereignisse der letzten Zeit hatten mich nicht ohne Grund paranoid werden lassen.

Langsam drehte ich mich um und sah vor mir die geschlossene Tür zu Zaynes Zimmer. Er hatte sich schlafen gelegt, nachdem wir von der Bäckerei zurückgekommen waren. Ich wusste, er würde bald aufstehen, um vor dem Essen noch zu trainieren. Ich schlich bis zur Tür, hob die Hand, um anzuklopfen, aber aus mir unerfindlichen Gründen öffnete ich sie dann einfach.

Er stand nicht halb nackt mitten im Zimmer, und er befand sich auch nicht am großen Panoramafenster, wo er gern war, wenn er in den Tiefschlaf versank. Manche Wächter fanden sogar Gefallen daran, auf dem Dach zu kauern, so wie es die steinernen Wasserspeier an alten Kirchen und Schulen machten. Aber nicht Zayne. Ihm gefiel dieses Fenster.

Ich ließ den Blick zu seinem großen Bett schweifen … und da entdeckte ich ihn dann auch. Sein Anblick ließ mich lächeln. Er lag auf dem Bauch und schlief. Das Bettlaken war um seine Hüften gewickelt, die Rückenmuskeln wirkten völlig entspannt. Eine Wange lag auf dem angewinkelten Ellbogen, das Gesicht war zur Tür gewandt, der Mund stand ein wenig offen. Seine vollen dichten Wimpern berührten seine

Wangen – Wimpern, auf die jeder Mascara-Hersteller neidisch sein musste.

Leise schloss ich die Tür hinter mir und ging zum Bett. Wenn er schlief, wirkte er viel jünger, entspannt und in gewisser Weise verwundbar. Wer ihn so zu sehen bekam, würde nicht glauben wollen, dass er im wachen Zustand eine tödliche Bedrohung darstellen konnte.

Ich wusste, ich sollte mich nicht hier aufhalten, trotzdem ließ ich mich auf der Bettkante nieder. Mein Blick folgte dem Verlauf seiner Wirbelsäule. Ich hatte wirklich keine Ahnung, warum ich sein Zimmer betreten hatte, doch meine Gedanken kreisten die ganze Zeit nur um etwas, was er zu mir gesagt hatte.

Gib uns eine Chance.

Mein Herz klopfte. Konnten wir das wirklich machen? Ich war mir noch immer nicht sicher, ob es klug war, es miteinander zu versuchen. Aber wenn ich mich dagegen entschied, dann wäre das, als würde ich mich von unserer ganzen gemeinsamen Vergangenheit abwenden. Während ich Zaynes Anblick genoss, drängte sich mir die Frage auf, ob es zwischen uns beiden überhaupt jemals so weit gekommen wäre, wenn Roth nie eine Rolle in unserem Leben gespielt hätte.

Beim Gedanken an Roth verspürte ich einen Stich, da mich eine Mischung aus Schmerz, Verwirrung und … schlechtem Gewissen überkam. Die Hände lagen in meinem Schoß und fassten hilflos ins Leere. Ich hasste diese Gefühle, und ich hasste es, dass Roth immer noch diese Wirkung auf mich hatte, die mich glauben ließ, ich würde etwas Verkehrtes machen. Dabei war er doch derjenige, der mich weggestoßen und damit geradewegs in Zaynes Arme getrieben hatte.

Die im Übrigen sehr schön anzusehen waren, wie ich feststellen konnte, als ich seinen Bizeps betrachtete.

Ich kam mir wie eine Stalkerin vor.

Ja, es war Zeit zu gehen. Ich wollte aufstehen, da legte sich eine Hand um mein Handgelenk. Erschrocken schnappte ich nach Luft und sah Zayne an.

Ein Auge konnte ich sehen, ein schläfriges Lächeln umspielte seine Lippen. »Wohin willst du?«

»Wie lange bist du schon wach?« Verlegen sah ich ihn an.

»Lange genug, um zu wissen, dass du mich gründlich gemustert hast.« Sein Lächeln wurde noch etwas breiter. »Ich komme mir vor wie bei einer Fleischbeschau.«

»Ach, sei ruhig.«

»Ich habe ja nicht gesagt, dass es mir nicht gefallen hat.« Er drehte sich auf die Seite, und ich sah, dass die dunklen Schatten unter seinen Augen verschwunden waren. Er betrachtete mein Gesicht. »Es gefällt mir, aufzuwachen und dich hier zu sehen.«

Ein angenehm warmes Gefühl erfasste mich und bahnte sich seinen Weg durch meinen Körper. Als ich wegsah, rutschten mir die Haare von der Schulter und verbargen mein Gesicht.

»Was ist?«, fragte er, ließ mein Handgelenk los und strich mir die blonden Locken zurück.

»Ich weiß nicht.« Ich sah ihn kurz an und zwang mich, meinen Blick nicht weiter nach unten als bis zu seinem Kinn wandern zu lassen, um nicht völlig die Konzentration zu verlieren. »Es ist nur so … ich … ich weiß nicht, wie ich mich verhalten soll, wenn du … wenn du so offen damit umgehst.«

Seine Finger strichen weiter durch mein Haar. »Verhalte dich einfach weiter so, wie du es schon immer getan hast, Layla-Biene. Das ist genau das, was ich an dir von Anfang an leiden konnte.«

»Du meinst, dass ich mich die meiste Zeit wie ein Trottel benehme?«

Er grinste mich an. »Ganz genau.«

Da ich mich zu entspannen begann, musste ich lachen. Ich legte die Beine aufs Bett und schlug sie übereinander, dann sah ich, wie Zayne den Arm unter seinen Kopf schob.

»Ich wünschte nur, ich wäre schon früher so offen damit umgegangen«, gab er leise zu. »Ich hätte nicht so lange warten sollen.«

Da konnte ich ihm nur zustimmen, denn dann wäre jetzt vielleicht nicht alles so verwirrend und kompliziert.

»Aber besser spät als nie, stimmt's?« Als ich nickte, streichelte er meinen Arm. Sogar durch den Stoff hindurch konnte ich seine Berührung deutlich spüren. »Was gibt's zum Abendbrot?«

»Irgendeinen Eintopf, glaube ich. Oder Schmorbraten.«

»Wirst du mit uns essen?«

Ich zuckte beiläufig mit den Schultern. »Weiß nicht. Ich komme mir irgendwie fehl am Platz vor.«

»Es ist aber nicht so, als wollte dich niemand dabeihaben, Layla.«

So kam es mir aber vor. Ich sah zur Wanduhr. »Ich gehe jetzt besser mal. Du brauchst ...«

Zayne bekam meinen Arm zu fassen, hielt mich zurück und drehte sich so schnell um, dass ich gar keine Chance hatte. Plötzlich lag ich auf dem Rücken und sah in seine Augen, die vor Schalk funkelten. Er befand sich dicht über mir, da er sich mit beiden Armen auf dem Bett abstützte.

»Deine übereilte Flucht ist nicht das, was ich brauche«, sagte er.

»Nicht?« Es war die wohl denkbar dümmste Frage, die mir in den Sinn kam, aber ich konnte nichts dafür. Das Bettlaken hing inzwischen sehr tief auf seinen Hüften, und ich konnte beim besten Willen nicht sagen, ob er darunter etwas trug oder nicht.

»Richtig.« Sein Grinsen ließ mich dahinschmelzen. »Lass uns eine Weile kuscheln.«

»Kuscheln?« Ich musste kichern, als ich mir einen über zwei Meter großen Gargoyle beim Kuscheln vorstellte.

»Ich dachte, Mädchen mögen das«, gab er amüsiert zurück.

»Davon habe ich keine Ahnung.« Was natürlich nicht stimmte. Ich kuschelte gern.

Nervös atmete ich ein paarmal ein und aus.

Zayne wurde ernst und sah mich an. »Manchmal bist du so verschlossen, wenn du bei mir bist, und vermutlich möchte ich nicht mal wissen, wo du dann mit deinen Gedanken bist.«

Mir stockte der Atem. Ich wollte ihm sagen, dass ich mich gar nicht zurückzog, und wenn doch, dann aus keinem besonderen Grund. Aber das wäre eine Lüge gewesen, und er hätte sie durchschaut.

Er zog einen Mundwinkel hoch. »Aber du bist hier. Und nur das zählt.«

»Genau.«

Nach einem Moment erdrückender Stille ließ er den Blick zu meinen Lippen und dann weiter zum Kragen meines Kapuzenshirts wandern. Der Reißverschluss war bis oben hin zugezogen. »Ist dir kalt?«, fragte er grinsend.

»Im ganzen Haus ist es etwas kühl«, antwortete ich und war froh darüber, dass er das Thema gewechselt hatte.

Er sah mir ins Gesicht, ich schaute in seine elektrisierenden Augen und musste erneut tief durchatmen. »Ich sollte mich jetzt wohl fertig machen«, sagte er leise.

»Denke ich auch.«

»Aber lieber würde ich hier liegen bleiben und gar nichts tun.«

Mein Körper begann zu kribbeln. »Das ist nicht sehr wächterlike.«

»Wenn du wüsstest, wie unwächterlike meine Gedanken

sind, würdest du vermutlich die Flucht ergreifen.« Ihm entging nicht, wie ich nach Luft schnappte. »Oder vielleicht auch nicht.«

Meine Finger wollten ihn berühren, aber ich ließ meine Hände bei mir. Er selbst hatte vorgeschlagen, es langsam angehen zu lassen und uns eine Chance zu geben. Dazu gehörte wahrscheinlich auch, ihn jetzt nicht anzugrapschen. Aber es fiel mir so schrecklich schwer, mich zurückzuhalten.

»Willst du heute Abend ein wenig mit mir trainieren?«, fragte er schließlich.

»Ja.« Meine Stimme klang belegt. »Das … das wäre cool.«

»Ja, richtig cool. Aber vielleicht auch heiß … wahrscheinlich sogar richtig heiß …« Er ließ den Satz unvollendet und beugte den Kopf vor.

Ich wich zurück und drückte mich in die Matratze, als könnte die mich verschlucken. »*Zayne*, du solltest nicht so …«

»Ist schon gut.« Er kam näher und näher, ganz ohne Scheu. »Du machst dir einfach zu viele Gedanken.«

»Du bist verrückt.« Ich drehte den Kopf weg, aber er legte zwei Finger an mein Kinn und bewegte meinen Kopf in die entgegengesetzte Richtung. Ich riss die Augen auf. »Absolut und total verrückt.«

»Nein, ich vertraue dir nur.« Er ließ seine Stirn auf meine sinken, jeder Muskel in meinem Körper verkrampfte sich. »Siehst du? Du isst meine Seele nicht auf, oder?«

Ich presste die Lippen zusammen. In meiner Kehle nahm ich ein schwaches Brennen wahr, weshalb ich es nicht wagte, einen Ton zu sagen.

Zayne bewegte sich ein wenig, seine Nasenspitze strich über meine, was für mich eine ganz neue Erfahrung war. Mein Herz schlug schneller, bis es sich fast zu überschlagen schien. Ein durchdringender Seufzer sprang von Zayne auf mich über. Ich schloss die Augen, als seine Fingerspitzen von meiner Wange zur Halsschlagader wanderten und dort den rasenden Puls ertasteten. Wenn er nur noch ein winziges Stück näher kam, würden wir auf die Art aneinandergeschmiegt daliegen, bei der sich meine Zehen verkrampften und meine Knie weich wurden. Ich hatte das Gefühl, in allernächster Zeit herauszufinden, ob er unter dem Bettlaken etwas trug oder nicht.

Oh Gott, das war in diesem Moment nun wirklich nicht der richtige Gedanke.

Ich glaubte zu hören, wie er meinen Namen flüsterte, und dann bemerkte ich eine hauchzarte Berührung auf meinen Lippen, so leicht wie das Flattern eines Schmetterlings. Nur war es kein Schmetterling, sondern … Zaynes Lippen!

Ein Schock durchfuhr mich und raubte mir den Atem. Ich riss die Augen auf, gerade als Zayne den Kopf hob. Er lächelte mich ein ganz klein wenig besserwisserisch an. Meine Lippen kribbelten immer noch von der leichten Berührung.

»Hmm …«, machte er und fuhr sich genüsslich mit der Zunge über seine Oberlippe. »Ich bin immer noch hier. Mitsamt meiner Seele. Stell dir das mal vor.«

Ich war absolut wie vor den Kopf geschlagen und konnte keinen Ton mehr herausbringen. Es war kein richtiger Kuss gewesen. Meinen Mund hatte ich fest geschlossen gelassen, darum konnte man nicht mal von einem Knutscher sprechen. Aber Zayne … er hatte es gewagt, seine Lippen auf meine zu drücken. Er … er hätte seine Seele verlieren können, und das alles nur für einen kurzen, flüchtigen Kontakt mit meinem Mund.

Zayne streckte sich, küsste mich auf die Stirn und drehte sich auf die Seite. »Ich muss jetzt wirklich in die Gänge kommen und mich umziehen.« Er kam unter dem Bettlaken hervor und stand auf.

Er war komplett nackt.

Überrascht starrte ich ihm auf den Hintern, diesen knackigen … »Oh mein Gott!«

Über die Schulter sah er mich an, zog eine Braue hoch und lächelte mir verrucht zu. »Was ist?«

»Was ist?« Ich bekam den Mund nicht mehr zu. Schließlich sah ich woanders hin, während mein Gesicht glühte, als hätte es mich in den ersten Kreis der Hölle verschlagen. »Oh mein Gott«, wiederholte ich und stieg auf der anderen Seite aus dem Bett. Verlegen begann ich zu kichern. »Du bist völlig nackt.«

»Ehrlich?«, gab er ironisch zurück, nahm das Laken vom Bett und drehte sich ein Stück weit zu mir um und … Ach, du lieber Gott! Ich wirbelte in die entgegengesetzte Richtung herum.

Bei allen heiligen Gargoyle-Babys! Er war …

»Alles okay mit dir?«

»Ja«, krächzte ich. Jetzt war mir aus einem ganz anderen Grund heiß. Langsam drehte ich mich zu ihm um.

Er lachte amüsiert, als er sich das Bettlaken um die Taille wickelte, das seine … seine unteren Regionen bedeckte.

»Ich werde das Laken wieder weglegen müssen, wenn ich mich anziehen will.« Seine Augen funkelten spitzbübisch. »Ich will damit nicht sagen, dass du gehen sollst, ich will nur …«

»Ich gehe schon.« Ich jagte so schnell um das Bett herum, dass meine Haare flatterten. Als ich auf seiner Höhe war, streckte er den Arm aus und gab mir einen Klaps auf den Po. Ich zuckte zusammen und sah kurz zu ihm. »Du bist so was von verdorben.«

»Ja, ganz schrecklich«, gab er zurück und grinste mich an, während eine Hand auf dem Knoten ruhte, den er in das Laken gemacht hatte. »Wir sehen uns gleich.«

Ich gab einen zustimmenden Laut von mir, dann stürmte ich hinaus in den Flur. Ich hatte das Gefühl, von Kopf bis Fuß in Flammen zu stehen, während ich eine Hand auf meine immer noch kribbelnden Lippen presste. In meine Netzhaut war das Bild von Zaynes Rückansicht eingebrannt worden.

Er hatte einen tollen Hintern.

Und soweit ich das hatte erkennen können, gab es auch in anderen Bereichen keinen Grund zur Klage.

Ausgelassen kichernd lief ich zur Treppe und wäre dabei fast mit Maddox zusammengestoßen, der soeben die oberste Stufe erreicht hatte. »'tschuldigung«, murmelte ich.

Wachsam betrachtete er mich, nickte aber und trat einen Schritt zur Seite, um mich vorbeizulassen. Ein Anflug von Verärgerung kroch mir den Rücken hinauf. Würde es ihn umbringen, auch nur einmal ein Wort mit mir zu reden? Der Wächter hatte noch nie etwas zu mir gesagt.

Nicht ein einziges Mal.

Ich atmete tief durch und setzte einen Fuß auf die nächste Stufe, als durch den Flur hinter mir ein kalter Wind jagte, der mir die Haare in die Augen wehte.

Ich schaute nach links und sah, dass Maddox' Gesicht vor Entsetzen kreidebleich geworden war, und im nächsten Moment stürzte er an mir vorbei die steile Treppe runter.

Kreischend rannte ich hinter ihm her und verzog den Mund, als er auf dem Holzboden im Erdgeschoss landete und ich hören konnte, wie sein Kopf auf dem Boden aufschlug. Als ich bei ihm angekommen war, hörte ich von allen Seiten hastige Schritte, die sich mir näherten.

Maddox lag in einer unnatürlichen Pose, einen Arm auf den Rücken gedreht, ein Bein im verkehrten Winkel abgeknickt. Ich beugte mich über ihn. »Maddox?«

Er antwortete nicht.

21. KAPITEL

Sekunden später hatte ich immer noch keine Ahnung, was geschehen war.

Dez erreichte uns als Erster und schob mich behutsam zur Seite, während er sich hinkniete. »Maddox?«, sprach er den blassen Wächter an, der sich nicht rührte. Als keine Reaktion kam, legte er Maddox die Hand auf die Brust. »Himmel.«

Ich verschränkte die Arme. Maddox musste noch leben, das wusste ich ganz genau. Ein Sturz würde einen Wächter nicht umbringen, nur in ihrer menschlichen Form waren sie für Verletzungen empfänglich.

»Wie ist das passiert?« Dez sah mich über die Schulter an.

Ich schüttelte den Kopf. »Keine Ahnung. Er kam die Treppe rauf, und dann ist er auf einmal rückwärts runtergefallen.«

Zayne kam zu uns geeilt, er trug nur eine weite Jogginghose. »Was ist los?«

»Er ist gestürzt«, erklärte ich.

»Jasmine!«, rief Dez, als er sich aufrichtete.

Im nächsten Moment tauchte Jasmine auf und sah erschrocken, was passiert war. Sie drehte sich um und übergab Drake an Danika. »Halt ihn und Izzy von hier fern«, sagte sie und wandte sich wieder Maddox zu.

Danika nickte und sah zu Zayne und mir, dann zog sie sich mit Drake in das Zimmer zurück, aus dem sie gekommen war. Eine Tür wurde leise zugezogen.

Während sich Jasmine neben Maddox hinkniete und seinen Hals abtastete, kamen die restlichen Wächter zu uns. Nachdem sie gehört hatten, was geschehen war, drehte sich Abbot zu mir um.

In dem Moment wusste ich, was als Nächstes kommen würde.

»Er ist einfach rückwärts die Treppe runtergefallen?«, fragte Abbot und machte keinen Hehl aus seinem Unglauben. »Und du erwartest, dass irgendjemand dir das abkauft?«

Wenigstens redete er diesmal nicht um den heißen Brei herum. »Ja! Er ist runtergestürzt. Ich weiß nicht, ob er das Gleichgewicht verloren hat oder ob ... Augenblick mal, da war dieser kalte Lufthauch, unmittelbar bevor er runterfiel.« Jetzt, da ich es laut aussprach, wusste ich, dass ich ihn nicht zum ersten Mal gespürt hatte. »Das war genau wie bei den Fenstern. Da war erst dieser kalte ...«

»Windhauch?«, beendete Abbot den Satz zweifelnd. »War der Lufthauch kräftig genug, um das Glas bersten zu lassen? Oder um einen hundertzwanzig Kilo schweren Wächter die Treppe hinunterzuschleudern? Immer vorausgesetzt, die Klimaanlage wäre eingeschaltet gewesen, um den Lufthauch zu produzieren – was allerdings nicht der Fall ist.«

»Okay, ich weiß selbst, dass das albern klingt. Aber ich lüge nicht.«

Zayne stellte sich zu mir. »Sie hat keinen Grund zu lügen, Vater. Wenn sie sagt, er ist gestürzt, dann ist er gestürzt.«

»Sie hat allen Grund dazu, uns Lügen aufzutischen«, widersprach ihm sein Vater. Ich wurde bleich. »Einmal hat gereicht, aber das hier?« Er deutete auf Maddox. »Einer von uns – ein Gast in unserem Clan – ist verletzt worden, ein anderer ist spurlos verschwunden.«

Ich versteifte mich angesichts dieser Unterstellung, auch wenn Abbot in der anderen Sache durchaus richtiglag. Zayne stellte sich vor mich, um mich vor Abbot abzuschirmen. »Was willst du damit sagen?«

»Jungs«, meldete sich Jasmine zu Wort. »Ich muss Maddox von hier wegschaffen, damit ich mir seine Verletzungen genauer ansehen kann. Im Moment sieht es so aus, als ob er nur bewusstlos ist. Vielleicht ein gebrochener Arm oder ein Schädelbruch. So was verheilt wieder. Aber ich brauche Hilfe, um ihn wegzutragen.«

Zayne und Abbot starrten sich nur gegenseitig an und schienen sie gar nicht wahrzunehmen.

Dez nickte und stellte sich vor Maddox' Füße. »Nicolai? Kannst du ihn an den Armen fassen?«

Während Nicolai ihm half, ließ Abbot seinen Sohn nicht aus den Augen. »Weder ich noch sonst jemand hier kann daran glauben, dass er das Gleichgewicht verloren hat und gestürzt ist.«

Wächter bewegten sich für gewöhnlich viel zu elegant, als dass ihnen so etwas widerfahren könnte. Aber eine andere Erklärung gab es nicht ... nur diesen merkwürdigen Wind.

»Willst du etwa andeuten, Layla könnte ihn gestoßen haben?«, hakte Zayne nach, während sich seine Rückenmuskeln anspannten. »Das wäre nämlich äußerst dumm.«

Abbot machte einen Schritt auf Zayne zu, sodass kaum noch Platz zwischen ihnen war. Mein Herz verkrampfte sich. »Pass lieber auf, wie du mit mir redest, Junge. Ich bin dein Vater.«

Fast hätte ich laut losgebrüllt, weil ich mir vorstellte, wie Abbots Kopf unter dem Helm von Darth Vader verschwand. Zum Glück konnte ich mir das Lachen aber verkneifen, denn das wäre jetzt alles andere als hilfreich und obendrein äußerst unpassend.

Geoff trat vor. »Darf ich einen Vorschlag machen?« Nachdem Abbot knapp genickt hatte, fuhr er fort: »Was immer da passiert ist, muss von den Überwachungskameras festgehalten worden sein. Also genauso wie bei den Fenstern.«

Ich drehte mich zu ihm um. Wieso hatte ich nicht eher daran gedacht? »Dann habt ihr euch das Video von den Fenstern angesehen? Und was ist dabei rausgekommen?«

»Die Fenster wurden aus den Rahmen gesprengt, anscheinend ganz von selbst«, antwortete Geoff.

Zayne reckte das Kinn. »Dann sehen wir uns die Videos an.«

Ich war mir nicht sicher, was mir das bringen würde, denn sie hatten ja schon eine Aufnahme, die ihnen zeigte, dass ich nichts getan hatte. Trotzdem gingen wir nach unten ins Kommandozentrum. In der Nähe der Trainingsräume war es immer ein paar Grad kälter als im Rest des Hauses, aber heute kam es mir überall gleich frisch vor, als wir durch den schmalen, schwach beleuchteten Korridor gingen.

Ich blieb in Zaynes Nähe und hielt den Mund, was im Moment das Beste war. Abbot schäumte vor Wut, und es war klüger, ihn nicht noch mehr zu reizen. Sogar Bambi, die bislang relativ ruhig geblieben war, wurde rastlos und glitt auf meinem Bauch hin und her.

Auch Zayne war die Anspannung anzumerken, während er dicht bei mir blieb. Er sagte nichts, als wir Geoffs zweite Heimat betraten.

Das Kommandozentrum war ein kreisrunder Raum, der schnell überfüllt war, als wir alle hineingegangen waren. Monitore nahmen eine halbe Wand in Anspruch, der Rest war beklebt mit alten Tourplakaten von Bands, die von Bon Jovi über Pink Floyd und AC/DC bis Aerosmith reichten. Einige von ihnen sahen durchaus echt aus, da sie sich an den Ecken zusammenrollten.

Es war irgendwie eigenartig, diesen winzigen Teilaspekt von Geoffs Persönlichkeit zu sehen, dem diese NSA-artige Überwachungstechnologie gegenüberstand.

Geoff ging zu einem der Computer und tippte etwas ein, dann zeigte der Bildschirm die leere Treppe. Die Aufzeichnung wurde weitergespult, bis ich auf einmal auftauchte … gerade als ich mir die Finger an die Lippen legte.

Wie nett.

Ich atmete leise aus und sah zu Zayne. Unsere Blicke trafen

sich, er zog einen Mundwinkel hoch und schaute mich mit einem wissenden Ausdruck in den Augen an. Seufz.

Als ich mich wieder dem Monitor widmete, war gerade zu sehen, wie Maddox ins Bild kam. Ton gab es keinen, aber man konnte deutlich beobachten, wie er mir aus dem Weg ging. Kamerabilder zeigten nichts als die Wahrheit, und es gab keinen Zweifel an dem argwöhnischen Blick, den er mir zuwarf.

Es herrschte gebanntes Schweigen, als die Aufnahmen genau das zeigten, was ich beschrieben hatte. Aus diesem Kamerawinkel war der Moment zu erkennen, in dem mich der Windstoß erfasste. Meine Haare, die auf dem Bildschirm weiß aussahen, wurden nach vorn gewirbelt, als hätte ich mich mit dem Rücken vor einen Ventilator gestellt. Die Kamera hatte auch erfassen können, wie Maddox die Augen aufriss und den Mund aufmachte – und eine Sekunde später die Treppe runterflog. Erst jetzt wurde mir bewusst, dass Maddox beim Sturz gar nicht von Stufe zu Stufe gerollt war, sondern so durch die Luft gewirbelt worden war, dass er erst auf dem Boden im Erdgeschoss aufschlug.

So als hätte er sich aus eigener Kraft von der Treppe abgestoßen, um den Sturz in die Tiefe zu unternehmen. Oder als hätte ihn etwas mit großer Wucht weggeschleudert.

»Wie ihr alle sehen könnt, habe ich ihn nicht angefasst«, sagte ich in die Runde und sah zu Abbot, der neben Geoff stand. »Ich habe nichts getan.«

Ein Muskel zuckte an seinem Kiefer, während er beobachtete, wie Geoff die Aufnahme anhielt.

»Es lässt sich nicht leugnen«, meinte Zayne und verschränkte die Arme vor seiner breiten Brust. »Sie hat nicht gelogen.«

»Aber sie hat ihn angesehen«, gab Abbot zurück und drehte sich zu uns um.

Erstaunt zog ich die Augenbrauen hoch. »Falls ich nicht irgendwelche coolen Superkräfte entwickelt habe, von denen ich selbst nichts weiß, wird mein Blick ihn nicht von der Treppe geschleudert haben.«

Er sah zu mir, und sofort spürte ich einen enormen Druck auf der Brust. Es schmerzte ungeheuer, so von ihm angestarrt zu werden, als wäre ich der Wolf in der Schafsherde, die er beschützen sollte. Er machte keinen Hehl aus seinem Misstrauen, nur verstand ich nicht, woraus das überhaupt resultierte. Zugegeben, ich hatte ihn belogen, aber er hatte mir wissentlich viel bedeutendere Dinge verschwiegen – unter anderem, wer meine Eltern waren.

So war es nicht immer gewesen. Mich ärgerten die Tränen, die mir in die Augen steigen wollten. Weinen war ein Zeichen von Schwäche, trotzdem tat es weh zu akzeptieren, dass Abbot mich nicht länger als Teil seiner Familie betrachtete. Das war jetzt wirklich offensichtlich.

Zayne hatte in der Zwischenzeit irgendetwas zu seinem Vater gesagt, wahrscheinlich etwas, womit er mich verteidigen wollte, was Abbot nur noch mehr verärgerte.

»Wir haben keine Ahnung, wozu sie wirklich in der Lage ist. Ich bezweifle, dass sie das selbst weiß«, konterte Abbot.

Vor Wut straffte Zayne seine Schultern noch mehr. »Was soll das heißen, dass wir es nicht wissen? Ich weiß, wozu sie fähig ist und wozu nicht. Wie kannst du das anders sehen?«

Dass er mich so standhaft verteidigte, obwohl er sich dadurch mit seinem Vater überwarf, erfüllte mich mit Stolz.

Abbot fluchte leise. Als er weiterredete, hatte er entweder vergessen, dass ich gleich danebenstand, oder ich war ihm völlig egal. »Du musst deine Gefühle aus dem Spiel lassen, Sohn. Sie ist nicht mehr das verängstigte kleine Kind, das ich mit nach Hause gebracht habe. Je eher du das begreifst, desto besser.«

Ich schnappte nach Luft, mir brannten die Augen. Aber das hier war eine andere Art von Brennen, ausgelöst von einem irrsinnigen Ansturm von Gefühlen. Meine Haut zog sich zusammen und veranlasste Bambi dazu, sich auf meinen Rücken zurückzuziehen. Das Verlangen, mich zu nähren, traf mich wie ein Schlag in die Magengrube.

Geoff schürzte die Lippen und schaute zur Seite, während Zayne seinen Vater auf eine Weise anstarrte, als könnte er nicht glauben, was der ihm soeben gesagt hatte.

Demütigung vermischte sich mit einem Schmerz, der bis in meine Seele reichte. Ich wollte zum Reden ansetzen, musste aber erst noch einmal tief durchatmen, ehe ich meiner Stimme vertraute, dass sie durchhielt: »Und was bin ich dann?«

Abbot sah mich an, sagte aber nichts.

Meine Stimme zitterte, als ich nachlegte: »Warum lässt du mich überhaupt noch hier wohnen?«

Erneut herrschte Schweigen. Schwer seufzend drehte Abbot sich weg. »Das weiß ich auch nicht.«

Ich zuckte zusammen, Zayne machte einen Schritt auf seinen Vater zu, seine Augen blitzten in einem kraftvollen, unnatürlichen Kobaltblau auf. »Wie kannst du so etwas bloß sagen?«

Da ich nicht länger dabeistehen konnte, ohne Gefahr zu laufen, irgendetwas Dummes zu tun – also in Tränen auszubrechen oder Abbot mit Fußtritten zu traktieren –, machte ich auf dem Absatz kehrt und stürmte nach draußen. Meine Hände kribbelten, als ich die Fäuste ballte. Ich atmete so hastig, als würde ich zweimal ein- und nur einmal ausatmen. Wann hatte Abbot begonnen, mich so zu verabscheuen? Ich kam dahinter, als ich den Trainingsraum durchquerte, und blieb abrupt stehen. Es ging schon seit einer Weile so, dass ich nicht mehr sein Vertrauen genoss. Aber das offene Misstrauen war erst so richtig zum Vorschein gekommen, als Roth zurückgekehrt war und die Nachricht von der Geburt einer Lilin überbracht hatte.

»Layla.«

Ich klammerte mich an der Spindtür fest und verkniff mir ein genervtes Stöhnen, als ich Roths Stimme hörte. Obwohl ich nicht auf ihn reagierte, lehnte er sich gegen den Spind gleich neben meinem. Ich war heute wirklich überhaupt nicht in der Laune, mich mit ihm auseinanderzusetzen. »Was ist?«

»Du siehst ja beschissen aus.«

Ich packte meine Bücher in den Spind. »Besten Dank.«

»Im Biounterricht dachte ich ein paarmal, du würdest jeden Moment einschlafen.«

»So geht es in Bio doch allen, oder nicht?«

Er lachte leise. »Gutes Argument …« Er verstummte, als ein Schüler sich dem Spind näherte, gegen den Roth sich gelehnt hatte. Der Junge blieb stehen, und als Roth vielsagend eine Braue hochzog, ergriff er die Flucht. Grinsend deutete Roth mit dem Kinn auf mich. »Hast du letzte Nacht nicht genug Schlaf bekommen?«

Nach allen Ereignissen des gestrigen Tages war ich nur mit viel Mühe eingeschlafen. Wortlos schüttelte ich den Kopf und nahm die Bücher für den Nachmittagsunterricht aus dem Spind.

»Hat Stony dich wach gehalten? Hat er dir unschuldige, reine Gedanken ins Ohr geflüstert?«

Ich verdrehte die Augen, als ich seinen abfälligen Tonfall registrierte. »Nein.«

Er stellte sich anders hin, sodass er sich zu mir vorbeugen konnte. »Hat er dich wach gehalten, indem er dir all die unanständigen Dinge zugeflüstert hat, die er mit dir anstellen will?«

Ich atmete tief durch, dann drehte ich mich zu ihm um.

Roths Haar war ein einziges Durcheinander aus pechschwarzen Locken, das graue Shirt spannte sich über seine breite Brust. Die Jeans hing tief auf seinen Hüften, an den Knien waren die Hosenbeine aufgerissen. Perfekt verkörperte er lässige Arroganz.

»Ich schätze, das hat er auch nicht gemacht. Er ist einfach viel zu anständig für irgendwelchen Schweinkram.« Mit einem Finger tippte er nachdenklich gegen sein Kinn. Dabei fiel mir auf, dass der Nagel schwarz lackiert war. »Wahrscheinlich hat er nur mit dir gekuschelt.«

Wir hatten tatsächlich miteinander gekuschelt, bevor es zu diesem Zwischenfall mit Maddox gekommen war, aber ganz so rein und unschuldig war Zayne auch wieder nicht gewesen. »Warum willst du wissen, was zwischen mir und Zayne läuft? Das geht dich überhaupt nichts an.«

Er zuckte mit der Schulter. »Bin nur neugierig.« Als ich nichts darauf entgegnete, seufzte er. »Also, was ist heute los mit dir? Hat das was damit zu tun, was unserem freundlichen Hexer von nebenan zugestoßen ist? Oder ist sonst noch was vorgefallen?«

Seine überhebliche Art missfiel mir. »Ja, das … und dann auch noch gestern Abend …« Was dachte ich mir bloß dabei, mich Roth anzuvertrauen?

»Wieso? Was war denn gestern Abend?«

Seufzend fuhr ich mir durchs Haar. Das Bedürfnis, über diese Dinge zu reden, war so heftig, und es war ja auch nicht so, als hätte ich mich an Stacey wenden können. Zayne wollte ich nicht noch weiter belasten, der stand auch so schon genug unter Druck, weil er mich verteidigt hatte.

»Abbot hält mich für die Inkarnation des Bösen.«

Er zog die Brauen so hoch, dass sie unter seinen Locken verschwanden. »Was?«

»Kurzfassung gefällig? Im Haus haben sich ein paar seltsame Dinge ereignet. Das Glas wurde aus den Fensterrahmen gesprengt, und ein Wächter ist die Treppe runtergeflogen.« Ich strich ein paar Haarsträhnen hinters Ohr und fühlte mich todmüde. »Zusammen mit der Tatsache, dass Tomas immer noch gesucht wird, er aber von Bambi verschlungen worden ist, glaubt Abbot, ich würde hinter allem stecken.«

Roth stutzte. »Und wieso glaubt er das?«

Ich wartete, bis eine Gruppe Schüler auf dem Weg zur Cafeteria an uns vorbeigegangen war, dann fuhr ich fort: »Weil ich da war, als die Fensterscheiben zerplatzten und als Maddox die Treppe runterfiel. Keine Ahnung, wie er Tomas mit mir in Verbindung bringt.«

»Und? Bist du für das alles verantwortlich?«

»Was?« Frustriert hob ich die Hände. »Nein, natürlich nicht. Ich habe überhaupt nichts gemacht. Das kann man sogar auf den Bildern der Überwachungskamera sehen.« Bereits ein wenig paranoid sah ich ihn finster an. »Warum fragst du mich so was?«

»Warum sollte ich nicht fragen, um mich zu vergewissern? Du hast gesagt, du warst es nicht. Es gibt einen Beweis, der dich entlastet. Warum glaubt er also immer noch, dass du dahintersteckst?«

Und damit waren wir an dem Punkt angelangt, der mich die ganze Nacht wach gehalten hatte. »Abbot meint, sie wüssten nicht, wozu ich alles fähig bin. Er meint wohl, ich hätte Superkräfte und könnte das alles mit einem einzigen Gedanken erledigt haben.«

»Das wären ja coole Fähigkeiten, und sehr dämonische dazu. Fähigkeiten eines Hohedämons, um genau zu sein«, sagte er und grinste mich an.

Die Fähigkeiten eines Hohedämons … oh Gott, das hatten auch Zayne und Danika über mich gesagt, aber bei dem ganzen Trubel war mir das gleich wieder entfallen.

»Hey«, redete Roth leise weiter. »Layla, das war nicht ernst gemeint.«

Ich sah ihm in die Augen, und mein Herz schlug schneller. »Abbot hält mich für das Böse.«

Roth straffte die Schultern und drückte den Rücken durch. Je länger er schwieg, desto unbehaglicher fühlte ich mich. »Lass uns schwänzen.«

»Was?«, fragte ich verdutzt.

»Lass uns schwänzen«, wiederholte er.

Das war nun wirklich nicht die Reaktion, die ich von ihm erwartet hatte. »Ich bin auf dem Weg zum Mittagessen.«

»Du kannst auch mit mir zu Mittag essen.«

Ich schüttelte den Kopf. »Das ist keine gute Idee.«

»Wieso nicht?« Da war wieder dieses teuflische Grinsen, das ihm einen jungenhaften Charme verlieh. »Wäre Stony damit nicht einverstanden?«

Oh, das war noch untertrieben.

»Oder hast du Angst, Abbot könnte was dagegen haben?« Er beugte den Kopf so weit vor, dass sein Atem über meine Lippen strich. »Er hält dich für böse. Na und? Dann sei auch böse.«

»Ich wüsste nicht, was ich damit erreichen sollte.«

»Es wird was nützen, glaub mir.« Er streckte den Arm aus und schob den Tragegurt meiner Büchertasche von meiner Schulter, dann warf er die Tasche in den Spind. »Komm mit und lass uns zusammen böse sein.«

Ich wich einen Schritt vor ihm zurück. »So weit kommt es ganz sicher nicht.«

»Hey, ich wollte dir nicht vorschlagen, Sex mit mir zu haben, Layla.« Als ich bis zu den Haarwurzeln errötete, grinste er anzüglich. »Eigentlich wäre das gar keine so schlechte Idee, aber das wollte ich damit nicht sagen.«

Zweifelnd sah ich ihn an.

Roth machte einen Schritt auf mich zu und umfasste meine Oberarme. »Ich verspreche dir, wir sind zurück, bevor Stony herkommt, um dich abzuholen. Ich bringe meine fantastischen Fähigkeiten ins Spiel, und niemand wird irgendetwas erfahren. Großes Pfadfinderehrenwort.«

»Du warst nie ein Pfadfinder.«

Er lächelte mich an. »Hm, gutes Argument. Aber jetzt komm schon. Wen soll es denn stören? Wir sind Freunde. Dämon und Dämon gesellt sich gern, das Sprichwort kennst du doch bestimmt.«

Fast hätte ich laut gelacht, aber ich riss mich zusammen, weil er sich sonst nur bestätigt gefühlt hätte.

»Es gibt da etwas, das ich dir zeigen möchte.« Als ich eine Braue hochzog, zog Roth einen Schmollmund. »Natürlich nicht meine Weichteile, du kleine Perverse.«

»Deine Weichteile?« Diesmal musste ich einfach lachen. »Du bist so was von bizarr.«

»Aber du hast an meine Weichteile gedacht.«

Meine Wangen fingen an zu glühen. Jetzt dachte ich tatsächlich daran. »Nein, hab ich nicht.«

Er grinste mich an. »Übrigens, meine Weichteile sind nicht wirklich weich. Nur damit es da kein Missverständnis gibt.«

»Oh mein Gott …«

»Komm schon, es gibt da einen Ort, den du dir ansehen solltest, weil er dir helfen wird, die Dinge ins richtige Verhältnis zueinander zu rücken. Dann wirst du sehen, dass es gar nicht so schlimm ist, wenn man böse ist. Jetzt komm endlich, Shortie«, köderte er mich, während seine Augen wie zwei Topase funkelten. »Lass uns schwänzen.«

Irgendwie hörte sich das gut an. Außerdem war ich neugierig, was genau er mir zeigen wollte, das angeblich meine Sichtweise verändern könnte. Aber vorzeitig den Unterricht mit ihm zu verlassen konnte einfach nicht gut ausgehen. Und Zayne wäre dann … na ja, gar nicht glücklich.

Aber Roth war wie dieser kleine Teufel, der auf der Schulter saß und mich dazu drängte, böse zu sein und jeden Moment zu genießen. Nur war das nicht irgendein kleiner Teufel, sondern der Kronprinz der Hölle.

Meine Vernunft musste sich wohl in diesem Moment aus dem Fenster gestürzt haben und mit dem Gesicht voran auf dem Betonboden gelandet sein, denn auf einmal nickte ich. »Okay.«

22. KAPITEL

Ich starrte das metallene Monster vor mir an und zwang mich dazu, den Kopf zu Roth umzudrehen. Diese Form vom Bösesein war für mich jetzt schon eine schreckliche Idee.

»Wann hast du denn angefangen, Motorrad zu fahren?«

»Das ist nicht nur ein Motorrad, Shortie, sondern eine Hayabusa, eine echte Rakete auf zwei Rädern.« Er hielt mir einen Helm hin. »Hier.«

Ich musterte die in Silber und Rot gehaltene Maschine, die kaum genug Platz für zwei Personen bot.

»Es ist nichts Schlimmes.« Der Kinngurt schlug gegen den Helm, als er ungeduldig damit herumfuchtelte. »Wir müssen los, bevor der Mietbulle beschließt, aus seinem Mittagsschlaf zu erwachen, und mich dazu zwingt, noch mehr unschöne Dämonendinge zu tun.«

In der Schule hatten wir noch das Sekretariat aufgesucht, und auch wenn ich nicht wusste, wie er das gemacht hatte, konnte ich jetzt sicher sein, dass niemand zu Hause anrufen und mein Fehlen melden würde. Seufzend betrachtete ich das Motorrad.

Es fiel mir leicht, mir Roth auf dem Ding vorzustellen. Ohne Shirt.

Warum mussten meine Gedanken eigentlich ständig in diese Richtung schweifen? Ich würde den Genen meiner lieben Mommy die Schuld dafür geben müssen.

»Was geht wohl gerade in deinem hübschen Kopf vor?«, wollte Roth, dem die Neugier ins Gesicht geschrieben stand, wissen.

»Gar nichts.« Ich nahm ihm den Helm ab und benötigte einen Moment, um ihn korrekt aufzusetzen. Und als ich den Kinnriemen festgezurrt hatte, stellte ich fest, dass Roth seinen schwarzen Helm längst trug und sich soeben auf die Maschine setzte.

Ich schluckte, als mir klar wurde, wie eng aneinandergeschmiegt wir auf dem Ding sitzen würden. Da blieb so wenig Distanz, dass man es schon als unanständig bezeichnen konnte. Zayne und ich waren jetzt ein Paar, aber gleich würde ich Roth körperlich näher sein, als ich es Zayne bislang gewesen war.

»Scheiße«, murmelte ich.

Roth drehte sich zu mir um und klappte das Visier hoch. »Was war?«

Verdammt, er musste unglaublich gute Ohren haben. Ich winkte ab und ging auf die Maschine zu. Zwar wusste ich, ich würde das hier genauso bereuen wie eine in einem Zug verputzte Torte, trotzdem legte ich ein Bein über die Sitzbank und nahm hinter Roth Platz. Fast sofort rutschte ich nach vorn, sodass meine Oberschenkel gegen seine Hüften drückten.

Oh nein, das war überhaupt nicht gut.

Roth startete den Motor, und ich riss die Augen weit auf, als das laute Grollen der Maschine ertönte. Zögerlich legte ich die Hände an seinen Oberkörper, aber er sah mich über die Schulter an. Durch das Visier konnte ich sein Gesicht nicht erkennen. Kopfschüttelnd drehte er sich wieder weg, nahm meine Hände und zog sie weit genug nach vorn, damit ich die Arme ganz um ihn schlingen konnte.

Zwangsläufig drückten meine Brüste gegen seinen Rücken, aber noch bevor ich auf Abstand zu ihm gehen konnte, verschränkte er meine Arme auf seinem Bauch und legte eine Hand darauf. Ich konnte spüren, wie er amüsiert lachte, und dann gab er auch schon Gas.

Es war so, als hätte der Idiot gewusst, dass ich mich ein wenig von ihm lösen wollte, und diese Aktion von vornherein verhindert.

Mein Herz schlug wie wild, als er sich seinen Weg durch den Straßenverkehr hindurch bahnte und dabei immer wieder eine Lücke zwischen zwei Wagen nutzte, um Gas zu geben und hindurchzurasen. Wir waren so schnell unterwegs, dass alle anderen Wagen praktisch stillzustehen schienen.

Roth schirmte den Fahrtwind zum größten Teil ab, als er um ein Taxi herumfuhr, trotzdem gelang es immer wieder der einen oder anderen Böe, bis zu mir vorzudringen, wo sie dann mit den Haarsträhnen spielte, die es nicht mit unter den Helm geschafft hatten.

Ein Stück vor uns sprang eine Ampel auf Gelb um, das Bike schoss regelrecht nach vorn, als Roth richtig Gas gab. Wir flogen über die Kreuzung, als gerade Rot wurde. Ein Wagen hupte, verstummte aber gleich wieder, als Roth ihm mit dem Bike auswich. So, wie er fuhr, war es nicht länger nötig, dass er meine Hände festhielt. Ich hatte mich längst freiwillig um seine Taille geklammert.

Wie ein Profi bahnte sich Roth seinen Weg durch die belebten Straßen, und nach einigen Minuten war es nicht mehr die Angst, die das Adrenalin strömen ließ, sondern pure Begeisterung.

So musste es sich wohl anfühlen, wenn man fliegen konnte.

Ich lachte begeistert und war froh, dass ich das Visier vor dem Gesicht hatte, da ich vermutlich ziemlich dämlich dreinschaute. Ich hielt mich nicht mehr so krampfhaft an Roth fest, lehnte mich ein wenig nach hinten und schloss die Augen.

Oh, wie gern hätte ich mich jetzt gewandelt. Ich wollte von dem Motorrad absteigen und meine Haut zwingen, sich auszudehnen und meine Knochen zu strecken. Ich wollte spüren, wie sich meine Schwingen ausbreiteten, und ich wollte fliegen. Es wäre nur sicher nicht sehr gut aufgenommen worden, wenn ich einfach mal mittags durch Downtown D. C. geflogen wäre.

Wenig später wurde mir bewusst, dass wir in Richtung Palisades unterwegs waren, wo Roth lebte. Mein Instinkt bombardierte mich mit Warnungen, aber im Augenblick konnte ich dagegen wenig unternehmen. Ich wartete, bis Roth ins Parkhaus eingebogen war und das Motorrad auf einen freien Platz gefahren hatte. Als wir standen, nahm ich den Helm ab und stieß Roth damit an.

Er ließ sich viel Zeit damit, den Kinnriemen zu lösen und den Helm vor sich auf den Tank zu legen, ehe er sich zu mir umdrehte. »War das nicht fantastisch?«

»Ja, das war es. Aber sind wir zu deinem Apartment gefahren? Ich sollte gar nicht hier sein.«

»Wer sagt das?«

Ich warf ihm einen finsteren Blick zu.

»Stony?«

»Roth.«

Er verdrehte die Augen. »Ich habe davon gesprochen, dass ich dir etwas zeigen möchte. Das ist aber nicht mein Apartment. Ein klein wenig kreativer bin ich schon.«

Ich widersetzte mich dem Wunsch, ihn mit dem Helm zu schlagen, als er elegant vom Motorrad abstieg. Während ich meine zerzausten Haare glatt strich, verfluchte ich mich im Geiste. Ich hatte mich selbst in diese Lage gebracht, wobei ich nicht mal wusste, was mich eigentlich erwartete. Roth fuhr sich ebenfalls durchs Haar und schüttelte seine Locken aus, und mir wurde klar, dass ich später für mein unüberlegtes Handeln noch teuer würde bezahlen müssen.

Als ich auf dem Sitz nach hinten rutschte, um abzusteigen, murmelte Roth: »Na endlich.«

Ich verharrte mitten in der Bewegung und zeigte ihm den Stinkefinger, aber er lachte nur und nahm mir den Helm ab, den er auf das Motorrad neben seinem legte.

»Niemand wird sich an ihnen zu schaffen machen«, erklärte er, als er merkte, dass ich ihn beobachtete. Dann hielt er mir die Hand hin. »Und ab jetzt keine Zweifel mehr.«

Ich sah auf seine Hand. Es wäre nicht schlecht, wenn wir ernsthaft versuchen würden, die Lilin ausfindig zu machen oder wenigstens ein paar Informationen zusammenzutragen. Dann hätte ich wenigstens eine Ausrede, warum ich mich hier aufhielt. Dann wäre ich nicht nur die Böse. Aber dafür war es jetzt bereits zu spät.

Ich ließ mich nicht von Roth stützen, als ich abstieg, auch wenn das bei mir nicht annähernd so elegant wirkte wie bei ihm. Er schüttelte den Kopf und trat einen Schritt nach hinten, damit ich genug Platz hatte. »Und? Was wirst du mir jetzt zeigen?«

Sein leises Lachen ließ mich erschauern. »Einiges. Aber du musst mir versprechen, nicht über das zu reden, was du zu sehen bekommst.«

Unsere Blicke trafen sich, und dann unterlag ich endgültig meiner Neugier. Ich folgte ihm bis zu einer fensterlosen Tür, wobei ich besorgt auf meiner Unterlippe herumkaute. Er schloss auf, dann breitete er die Arme aus und beschrieb eine große Geste, mit der er mich bat einzutreten. Als ich an ihm vorbeiging, deutete er eine Verbeugung an. In der Lobby des Apartmentgebäudes schlug mir der vertraute Geruch von Tabak und Kaffee entgegen.

Alles war noch so, wie ich es in Erinnerung hatte. Alter Hollywood-Chic, mit goldenen Kronleuchtern, die die braunen Ledergarnituren in helles Licht tauchten. Die Sofas waren abgewetzt und wirkten bequem. Ich ließ den Blick weiter zur Kuppeldecke wandern.

Das Gemälde dort oben war das Einzige, was nicht zum Rest der Einrichtung passte: eine brutale Schlacht, die Engel zeigte, die mit flammenden Schwertern kämpften und mit schmerzverzerrten Gesichtern durch die Wolken in die Tiefe stürzten. Diesmal fiel mir etwas auf, was ich zuvor nie bemerkt hatte: Alle Engel, die die Augen geöffnet hatten, schauten mit strahlend blauen Augen auf ihre Gegner – jenem intensiven Blau der Wächter. Als ich das sah, stutzte ich. Wie hatte Roth die Wächter mal bezeichnet? Als himmlischen Ausschuss?

»Shortie?«

Ich drehte mich zu Roth um, der an den Aufzügen wartete, die nur eine Fahrtrichtung kannten: nach unten. Und das bedeutete wirklich *gaaaanz* weit nach unten. Er machte eine weitere Tür auf, aber anstatt die Treppe nach oben zu nehmen, ging er auf die Stufen zu, die abwärtsführten.

Ich blieb an der Treppe stehen. »Wohin kommen wir da?«

»Erinnerst du dich daran, wie Gerald erwähnt hat, dass manche Zirkel Clubs besitzen, in denen andere ihrer Art unbehelligt zusammenkommen können? Wir haben auch so was.« Er nahm zwei Stufen auf einmal. »Wenn wir uns an der Oberfläche aufhalten, dann kommen wir gern in Häusern wie dem hier zusammen, und im Keller gibt es dann immer etwas Besonderes.«

Eine Etage tiefer erwartete uns eine zweiflügelige blutrote Tür, die mir wie ein Leuchtfeuer der Sünde erschien. Roth legte seine Hände auf die Griffe, grinste mir kurz zu und stieß dann die Türen auf.

Ich wusste selbst nicht so genau, womit ich rechnete, als ich den Raum dahinter zu sehen bekam. Vermutlich etwas in der Art einer düsteren Spelunke – aber was sich mir da präsentierte, war das genaue Gegenteil. Keine schummrige Beleuchtung, keine Neon-Bierreklame. An den Wänden standen Plüschsofas, die durch Seile aus schwarzem Samt voneinander abgeteilt waren. Gäste unterschiedlichen Alters hatten es sich auf den Sofas bequem gemacht. Auf meine verschwundene Fähigkeit, Seelen zu sehen, konnte ich in diesem Moment getrost verzichten – ich wusste auch so, ich war von Dämonen umgeben.

Berauschende Musik dröhnte aus den Boxen, die Art von Musik, zu der man tanzen und in der man sich verlieren konnte. Der Laden war überlaufen, und in den etwas düstereren Ecken konnte ich dichtere Schatten ausmachen, die sich fließend bewegten. Es war kurz nach Mittag, deshalb wunderte es mich, hier so viele Gäste anzutreffen. Andererseits war es doch eher zweifelhaft, dass Dämonen den gleichen Tagesablauf hatten wie Menschen.

Roth lachte leise, als er sich zu mir rüberbeugte und mir ins Ohr flüsterte: »Du müsstest mal dein Gesicht sehen.«

Ich schüttelte den Kopf, da ich mir völlig fehl am Platz vorkam. »Das ist so ... so anders.«

In der Mitte befand sich eine s-förmige Bühne, umgeben von runden Tischen mit Stühlen, aber was meine Aufmerksamkeit wirklich auf sich zog, war das Geschehen auf der Bühne.

Spärlich bekleidete Frauen tanzten dort, Frauen von solcher Schönheit, dass sie in New York oder Mailand bei Modeschauen hätten laufen können. Eine Frau in der Mitte des Saals fiel mir besonders auf. Ein winziger, mit Rüschen besetzter Rock bedeckte sie von der Taille abwärts, ihr Oberteil bestand nur aus einem BH, der im Licht der Scheinwerfer blitzte und funkelte.

»Trägt sie einen BH aus Diamanten?«, fragte ich.

Roth zuckte mit den Schultern, ohne den Blick von mir abzuwenden, als wolle er unbedingt jede meiner Reaktionen beobachten. »Vermutlich ja. Überraschen würde es mich nicht. Wir Dämonen mögen alles, was glitzert.«

Die Blonde mit dem Diamanten-BH tänzelte im Takt der Musik, ging in die Hocke und stand wieder auf. Sie bewegte sich wie eine Schlange oder wie jemand, der eins mit der pulsierenden Musik war. Im nächsten Moment kniete sie sich hin, warf den Kopf in den Nacken und lächelte flüchtig den Mann an, der vor ihr saß. Ihre Augen spiegelten ein seltsames Licht wider.

»Sie ist eine Dämonin«, stellte ich völlig überflüssig fest, als hätte ich das nicht längst gewusst.

»Ihre Art möchte Sukkubus genannt werden«, erklärte Roth beiläufig. »Ich glaube, das ist die politisch korrekte Bezeichnung.«

Ich warf ihm einen giftigen Blick zu, sah dann aber gleich wieder die Frau an. Einen Sukkubus hatte ich noch nie zu sehen bekommen. »Wie können die sich hier aufhalten? Die Alphas haben ihnen doch untersagt, an die Oberfläche zu kommen.«

»Ich werde sie nicht anschwärzen. Du etwa?«

Ehe ich darauf etwas erwidern konnte, stand ein Mann auf und lehnte sich gegen die Bühne. Die Frau im Diamant-BH lächelte ihn freundlich an, bückte sich und gab ihm einen keuschen Kuss auf die Lippen.

Sofort versteifte sich der Mann, die Hände verkrampften sich, während die Haut des Sukkubus zu leuchten begann. Ich konnte nicht glauben, was ich da sah. Eine solche Reaktion konnte nur eines bedeuten: Dieser Mann war … ein *Mensch*!

»Hey!«, rief ich. »Sie hat seine …«

Roth legte einen Finger auf meine Lippen. »Shortie, was du hier beobachtest, bleibt in diesen vier Wänden. Das hast du mir versprochen.«

Das stimmte zwar, allerdings war ich auch nicht davon ausgegangen, so etwas zu sehen zu bekommen. Ich stieß seine Hand weg. »Das ist verkehrt!«

»Oder es ist richtig. Sieh mal.« Er drehte mich wieder zur Bühne um. Der Mann saß auf seinem Platz und lächelte völlig zufrieden vor sich hin. »Ihm ist nichts passiert. Er hat ihr nur einen kleinen Energieschub spendiert. Und er hat den flüchtigen Kuss gründlich genossen. So wie wohl die meisten hier einen Kuss von dir genießen würden.«

Die letzte Bemerkung ignorierte ich einfach. »Aber wieso sind hier Menschen? Wissen die, wovon sie umgeben sind?« Ich konnte mir nicht vorstellen, dass sie Bescheid wussten, immerhin gab es dafür Regeln. Aber seit Roth mir diese rote Tür geöffnet hatte, kam es mir so vor, als wäre meine ganze Welt auf den Kopf gestellt worden.

»Manche Menschen finden den Weg hierher, aber ob sie wirklich wissen, womit sie es zu tun haben? Na ja, die Dämonen geben sich nicht zu erkennen, doch die Menschen, die herkommen, sind auch nicht unschuldig. Wenn du ihre Seelen sehen könntest, wüsstest du es.« Er legte seine Hand um meine Taille und zog mich an sich, während wir um die Bühne herumgingen. Bambi reagierte auf seine Berührung und glitt zu ihm. »Mit anderen Worten: Diejenigen, die herkommen, kriegen das, was sie verdienen.«

Was sollte ich dazu sagen? Während ich nach einer passenden Erwiderung suchte, fielen mir mehrere vergoldete Käfige auf, die hinter der Bühne von der Decke herabhingen. In ihnen befanden sich ebenfalls Frauen, und als eine vollbusige Rothaarige auf mich aufmerksam wurde, lächelte sie mich provozierend an. Ihr Kleid zeigte mehr Haut, als es bedeckte. Ich schaute schnell weg, meine Wangen glühten.

In den dunkelsten Ecken des Clubs wurde Poker gespielt. Ein Mann Mitte dreißig, der ein Mensch sein musste, saß schweißgebadet an einem Tisch, ihm gegenüber ein verboten gut aussehender Mann, der zufrieden grinste. Seine Augen reflektierten das Licht genauso, wie es bei den Sukkubus-Tänzerinnen auf der Bühne der Fall gewesen war.

Der Dämon zeigte sein Blatt. »Ein Flush. Und Sie?«

Mit zitternden Fingern drehte der Mann seine Karten um.

»Ein Straight«, erwiderte er heiser. Er ließ sich auf seinem Platz nach hinten sinken, sein Gesicht wurde kreidebleich.

»Spielen die um Kätzchen?«, fragte ich und dachte an eine *Buffy*-Episode, die ich mal in einer schlaflosen Nacht im Internet gesehen hatte.

Verwundert sah Roth mich an. »Was?«

»Schon gut«, sagte ich kopfschüttelnd. »Um was spielen sie?«

»Ich bin mir nicht sicher, ob ich das wirklich wissen will.« Roth lotste mich von den Pokertischen weg.

»Na, hübsches kleines Mädchen, willst du mit mir tanzen?«

Hastig drehte ich mich um. Eine der Tänzerinnen in den Käfigen streckte ihren Arm zwischen den Gitterstäben hindurch nach mir aus. Als sie nicht an mich herankam, stand sie auf, schloss die Augen und legte den Kopf in den Nacken. Ihre langen braunen Haare reichten ihr bis tief in den Rücken, sie bewegte die Hüften im Takt der Musik. »Komm schon. Werd locker, leb ein bisschen. Die Freiheit wird dir gefallen. Die Art, wie die Musik dein Blut in Flammen aufgehen lässt. Du wirst das Brennen lieben, so wie wir alle.«

»Eine Harpyie«, murmelte Roth.

Als sie sich vorbeugte, verengte sie die Augen zu schmalen Schlitzen und strich mit den Händen über ihren nur minimal bekleideten Körper. Sie lächelte Roth an. *»Mei Domina.«*

Die Sprache, die sie benutzte, klang in meinen Ohren irgendwie alt. »Was hat sie zu dir gesagt?«

Roth grinste. »Tanz mit keiner von den Frauen hier im Club.«

»Hatte ich auch nicht vor«, gab ich beiläufig zurück. »Du hast meine Frage nicht beantwortet.«

»Hatte ich auch nicht vor«, wiederholte er meine Worte und führte mich zur Theke. Die Hand, die er mir an den Rücken gelegt hatte, war so etwas wie eine konstante Größe in dieser verrückten Welt, in die ich hier geraten war.

»Und was würde passieren, wenn ich doch mit einer von ihnen tanze?«, erkundigte ich mich einen Moment später.

Wieder beugte er sich vor und flüsterte mir zu: »Dann würdest du damit nie wieder aufhören, Shortie. Du bist nur zum Teil Dämonin, deshalb bist du für manche von diesen Dämonenzaubern empfänglich. Ein paar von den Frauen da oben sind menschlich, sie haben auch nur mal tanzen wollen. Und jetzt sieh dir an, was aus ihnen geworden ist.«

Ich erschauderte, wusste aber nicht genau, ob das an seinen Worten oder an seinem Atem lag. »Das kommt mir nicht richtig vor.«

»Könntest du ihre Seelen sehen, dann würdest du das wohl nicht sagen.«

Ich sah zu den Frauen. Jede von ihnen war auf ihre Art schön. Ein paar waren so dünn wie Supermodels, andere waren von normaler Statur. Einige wirkten blass, andere gebräunt. Die Haarfarbe reichte von Brünett bis Blond. »Das heißt, ihre Seelen sind befleckt?«

Roth nickte erfreut. »Das ist so eine Art Wartezimmer und Empfangszimmer in einem.«

»Ist das das … Fegefeuer?«

»Nein«, antwortete er lachend. »Das Fegefeuer ist nicht annähernd so unterhaltsam wie das hier.«

Ich war mir nicht sicher, was ich von dem Ganzen halten sollte und wieso er mir das hier unbedingt hatte zeigen wollen. Er führte mich zur Theke, die überraschend verwaist wirkte. Nur ein paar Gäste – allesamt menschlich – saßen daran. Roth dirigierte mich zu einem Hocker ganz am Ende der Theke, wo ein Schälchen Nüsse stand.

»Ich werde uns was zu essen holen, das nicht schon von hundert Leuten vor uns angefasst worden ist. Tanz mit niemandem und lass dir auch von niemandem was zu trinken spendieren.«

»Aber …«

»Ich vertraue darauf, dass du dich nicht in Schwierigkeiten bringst«, redete er weiter und sah mir in die Augen. »Ich weiß, du kannst gut auf dich selbst aufpassen. Ich weiß, dass du schlau bist. Ich werde dich nicht in irgendeinem Zimmer einsperren, nur damit ich die Gewissheit habe, dass du die richtigen Entscheidungen triffst.«

Ich setzte zum Reden an, aber dann begriff ich. Roth vertraute mir, dass ich mir keinen Ärger einhandeln würde. Das gab mir ein Gefühl von … von Freiheit, wie ich sie noch nie richtig erlebt hatte. Mein Leben lang war ich in einem Käfig eingesperrt gewesen. Nicht in so was wie diese Tänzerinnen hier, aber in einem vergoldeten Käfig, in dem sich alle Wächterinnen wiederfanden. Auch wenn man mir ein paar Freiheiten gestattet hatte, war der Frust dennoch der gleiche.

»Layla?«, fragte er leise.

Noch etwas wurde mir in dieser Sekunde bewusst: Zayne würde mich in ein Zimmer sperren, damit mir nichts zustoßen konnte, sobald er auch nur den Hauch einer Bedrohung witterte. Roth dagegen … okay, er hatte auch versucht, mich aus der Schusslinie zu bringen. Aber er würde mich nicht so von der Außenwelt abschirmen, sondern zulassen, dass ich ich selbst sein konnte.

»Alles klar«, erwiderte ich schließlich. »Ich werde hier auf dich warten.«

»Gut.« Lächelnd wandte er sich ab und war im nächsten Moment in der Menge verschwunden.

Ich drehte mich auf dem Hocker hin und her, schaute nachdenklich drein, während ich mir sagte, dass ich das hier voll im Griff hatte. Alles war cool, absolut cool.

Nachdenklich trommelte ich mit den Fingern auf der Theke herum, während ich beharrlich vor mich hin starrte. Ein Blickkontakt war in dieser Bar sicher keine gute Idee. Wenn sich hier schon Sukkuben aufhielten, wer weiß, was sich hier sonst noch so tummelte. Ich musste an den gut aussehenden Dämon denken, der in der Ecke saß und Karten spielte.

War dieser Dämon so etwas wie ein Makler? Eine besondere Art Herzog, den man aus der Hölle herbeiholen konnte, um einen Pakt abzuschließen? Soweit ich wusste, waren sie früher an der Oberfläche überall anzutreffen gewesen, aber dann hatten die Alphas sie zusammen mit allen anderen gefährlichen Dämonen in die Hölle verbannt.

Oh Gott! Wenn die Wächter wüssten, dass dieser Club existierte, wäre es ihnen ein Vergnügen, herzukommen und hier aufzuräumen.

»Sie sagt, ich brauche einen besseren Job. Sie meint, wenn ich schon meine eigenen Rechnungen nicht bezahlen kann, wie soll ich dann auch noch für ihre aufkommen können«, erzählte der Mann, der ein paar Plätze weiter an der Theke saß. Er trug einen schmucklosen grauen Anzug, der aussah wie eine billige Fälschung. Sein Name war Rick. »Ich weiß nicht, was ich tun soll. Ich will sie nicht verlieren.«

Ich ließ den Blick zum Barkeeper wandern, musste aber zweimal hinsehen. Das war tatsächlich Cayman! Er zwinkerte mir zu, während er dem anderen Gast ein Glas einschenkte. Sein eisblondes Haar trug er zum Pferdeschwanz zusammengebunden, die Ärmel seines schwarzen Hemds waren bis zu den Ellbogen hochgekrempelt.

Dann war Cayman nicht nur infernalischer Herrscher und Roths rechte Hand, sondern er betätigte sich auch noch als Barkeeper.

Wie seltsam.

Er stellte die Flasche ab und lehnte sich mit der Hüfte gegen den Tresen. »Frauen machen nur Ärger, Ricky. Darum gebe ich einem guten, ehrlichen Mann den Vorzug.«

Dass er Männer mochte, war für mich nichts Neues, aber ich hatte ernsthafte Zweifel daran, dass er an *guten, ehrlichen* Männern interessiert war.

Rick strich sich mit dem Handrücken über die Stirn und blinzelte kurz. »Du würdest anders darüber denken, wenn du Angela kennen würdest. Sie ist ein Engel, so wie es auch ihr Name sagt. Ich liebe sie.«

»Ein Engel? Und dann will sie, dass du ihre Rechnungen bezahlst?« Das Leuchten in seinen honigfarbenen Augen wurde stärker. »Klingt für mich aber nicht nach einem himmlischen Wesen.«

»Sie ist wunderschön, so was hat der Himmel nicht zu bieten.« Ricky ließ den Kopf sinken und barg das Gesicht in den Händen. Einen Moment lang dachte ich, der Typ würde anfangen zu weinen. »Sie ruft nicht zurück, sie antwortet nicht auf meine E-Mails. Das will sie erst machen, wenn ich nachweisen kann, dass ich in abgesicherten finanziellen Verhältnissen lebe.«

Cayman seufzte. »Was würdest du für diesen Engel tun, der nur auf dein Geld aus ist?«

Ricky hob den Kopf, seine Augen hatten einen glasigen Ausdruck. Er war eindeutig betrunken. »Ich würde alles dafür tun.«

»Alles?«, hakte der Dämon nach und beugte sich vor, um den Sterblichen nicht aus den Augen zu lassen.

Ein ungutes Gefühl beschlich mich.

»Alles«, erklärte Ricky nachdrücklich.

»Und was glaubst du, was nötig ist, damit diese wundervolle Frau bei dir bleibt?«

»Geld«, antwortete der Mann. »Ich muss im Lotto gewinnen.«

Cayman grinste anzüglich und schenkte erneut nach. »Dann noch einen Drink auf das Glück, mein Freund.« Er hielt die Flasche hoch.

Mir wurde noch übler.

Rick stieß mit Cayman an, dann trank er sein Glas in einem Zug aus. Als er es auf die Theke zurückgestellt hatte, schimmerte es auf einmal für ein oder zwei Sekunden rötlich. Soeben war ein Pakt geschlossen worden.

Liebe im Tausch gegen eine Seele.

Ein paar Minuten später taumelte Ricky in Richtung Ausgang davon. Ich hoffte nur, dass er nicht versehentlich in den falschen Lift einstieg. Dann warf ich Cayman einen erwartungsvollen Blick zu.

Lachend kam er zu mir. »Na, willst du mir deine Sorgen anvertrauen?«, fragte er fast beiläufig.

Ich lehnte mich zurück. »Nein, vielen Dank.«

Er stellte die Flasche vor mir auf die Theke. »Möchtest du denn dann lieber etwas trinken?«

Ich kniff die Augen zusammen. »Nein danke.«

»Kluges Kind«, gab er zurück. »Andererseits bezweifele ich, dass es irgendeinen Pakt gibt, den ich mit dir schließen könnte.« Er sah über meine Schulter und beobachtete einen Moment lang den Trubel in der Bar. »Du guckst mich an, als hätte ich ein Baby umgebracht, Süße. Du weißt, was ich bin und was *du* bist.«

»Du hast den Typ gerade eben dazu gebracht, seine Seele gegen Liebe einzutauschen.«

»Nur gegen einen Teil seiner Seele, einen ganz winzigen Teil, mehr nicht.« Er sah mich wieder an. »Was hat sich Roth dabei gedacht, dich herzubringen?«

»Ich habe keine Ahnung«, gab ich schulterzuckend zurück.

»Und wo ist er jetzt?«

»Losgezogen, um Essen für uns zu besorgen.«

Er musste lachen. »Roth bringt dich her, um zu essen? Ist ja toll. Du scheinst dich hier genauso wohlzufühlen wie ein Kätzchen mitten in einem Pitbull-Rudel.«

Ich verzog den Mund. »Wirke ich so fehl am Platz?«

»Du hast diesen Ausdruck drauf, der aussagt, dass du nicht ganz menschlich bist, aber das meine ich nicht.« Cayman neigte den Kopf zur Seite. »Ehrlich, wenn du dich umschaust, dann könnte man meinen, dir wäre irgendein übler Gestank in die Nase gestiegen, Süße.«

Stimmte das?

Cayman warf sich das weiße Handtuch über die Schulter. »Ich muss dich nicht so unglaublich gut kennen, um zu wissen, dass du nicht glücklich bist mit dem, was du bist.«

»Das ist nicht ...« Ich ließ den Satz unvollendet, weil es sinnlos war, es abzustreiten. Ich hatte eben einfach noch nicht so richtig akzeptieren können, dass ich Wächterin und Dämonin in einer Person war und dass ich damit das Gute *und* das Böse gleichzeitig verkörperte.

Wieder lächelte Cayman mich an. »Weißt du, ich glaube, ich verstehe jetzt, wieso Roth dich hergebracht hat. Er wollte, dass du das hier zu sehen bekommst – damit du verstehst, was für ein Ort das ist.«

»Ein Sündenpfuhl?«

»Ganz reizend, Süße«, sagte er amüsiert. »Aber ich bin mir sicher, er hat dir erzählt, dass bestimmte Leute hierherkommen, richtig?«

»Leute, deren Seele bereits befleckt ist?«

Er nickte und redete leiser weiter: »Das ist der Bodensatz der Gesellschaft. Das sind die Menschen, die ganz allein und von sich aus Böses tun. Sie finden den Weg hierher, weil es ihnen im Blut liegt, und mit unseren Dienstleistungen tun wir der Gesellschaft einen Gefallen.«

Ich zog die Brauen hoch.

»Wir unterstützen den Prozess, sie sozusagen aus dem Genpool herauszufiltern, aber immer nur ein kleines bisschen. Das ist genau das, was die meisten Dämonen machen. Wir haben es nicht auf die Unschuldigen abgesehen, sondern auf die Sünder – und die lieben wir wirklich sehr.« Er stellte sich gerader hin. »Aber das versteht ihr Wächter nicht. Nur weil es ein paar wirklich üble Dämonen gibt, müssen Wächter nicht gleich glauben, dass wir anderen auch so sind. Was wir leisten, ist das unverzichtbare Böse.«

Seine Worte prasselten auf mich ein, als wäre ich in einen Schneesturm geraten. Deshalb hatte Roth mich hergebracht? Um mir zu zeigen, dass es das Böse geben musste, dass es unverzichtbar war? Und dass es vielleicht gar nicht wirklich so böse war?

Ich sah mich im Club um und konnte die anwesenden Menschen auf den ersten Blick erkennen. Vermutlich hatte Roth recht, dass ich ihre Sünden hätte erkennen können, wenn ich immer noch in der Lage gewesen wäre, die Seelen dieser Leute zu sehen. Aber was hatte das letztlich mit mir zu tun?

Die Antwort darauf war so offensichtlich, dass ich mich am liebsten geohrfeigt hätte.

Vielleicht wollte Roth mir auf diese Weise zeigen, dass meine dämonische Seite notwendig war. Dass sie mir die Fähigkeit gegeben hatte, zunächst Seelen zu sehen und jetzt die Gefühle anderer zu empfinden. Und dass es die Dämonin in mir gewesen war, die mich in der Nacht zum Wandeln veranlasst hatte, als Paimon Lilith befreien wollte. Tatsächlich hatte er stets versucht, mir den Nutzen meines düsteren Erbes vor Augen zu führen. Der Anflug eines Grinsens umspielte meine Lippen. Der Gedanke an diesen Nutzen konnte zwar nicht den Schlag lindern, den mir Abbots offensichtliche Abscheu verpasst hatte, aber es half mir trotzdem ein wenig.

»Dann hat Roth es also geschafft, dich deinen gesamten gesunden Menschenverstand vergessen zu lassen? Er ist schon ein Schnuckelchen, nicht wahr?«

Die Frage überrumpelte mich fast, und ich wurde wieder ernst. »Nein! Nein, so ist das gar nicht.«

»Nicht?« Caymans Augen funkelten. »Wie soll es mit Roth denn jemals nicht so sein? Sich ihm zu verweigern ist in etwa so, als würde man das Atmen einstellen.«

»Tja, dann kann es nur so sein, dass ich nicht atmen muss. Roth und ich sind bloß Freunde.« *Freunde* klang so kläglich und stimmte eigentlich auch nicht so ganz, wenn ich an unsere Vergangenheit dachte.

Er zog zwar eine Braue hoch, zuckte dann aber mit den Schultern. »Ganz wie du meinst, Süße. Wenn du so tun willst, als würde dich ein so heißer Typ nicht interessieren, dann ist das ganz allein deine Sache. Allerdings trägt er die Haare normalerweise nicht so dunkel. Mir gefällt es besser, als wenn er sie bleicht. So bleich, dass man jeden Moment mit einem Anruf von Billy Idol rechnen muss, weil der seine Frisur zurückhaben möchte. Ich ziehe den dunkleren Look vor.«

Meine Neugier erlangte wieder die Oberhand, also beugte ich mich vor und fragte: »Wie meinst du das?«

Er beugte sich ebenfalls vor, um auf Augenhöhe zu sein. »Er ändert gern seine Haarfarbe. Das Gesicht bleibt immer gleich, auch die Piercings. Aber das Haar ist immer wieder anders. Jetzt, wo er den düsteren und nachdenklichen Look draufhat, geht's ihm wohl nicht so sehr um ›White Wedding‹ oder ›Cradle of Love‹.«

»Was?«

Cayman verdrehte die Augen. »Ihr jungen Dinger könnt gute Musik nicht mal erkennen, wenn man euch mit der Nase draufstößt, wie? Na, egal. Auf jeden Fall mag ich ihn, wenn er düster und poetisch daherkommt. Dann finde ich ihn unterhaltsamer.«

»Ich mag ihn so auch.« Dann biss ich mir auf die Lippe und ohrfeigte mich im Geiste. »Ich meinte, ich mag es, wie er die Haare trägt.«

Ein anderer Gast nahm auf dem Hocker Platz, auf dem Ricky gesessen hatte, und seufzte schwer. Cayman sah zu ihm, und augenblicklich schlich sich ein Ausdruck reinster Habsucht in seine Gesichtszüge. »Ah, die Arbeit ruft, kleine Layla. Ich habe einen neuen Gast.«

»Okay, dann … ähm … viel Spaß?«

Cayman zog das Handtuch von der Schulter. »Ich habe immer viel Spaß. Schließlich liebe ich meinen Job. Bleib du da sitzen, Roth wird bestimmt bald mit irgendetwas Fetttriefendem auftauchen.«

Mein Magen knurrte bei dem Gedanken an etwas Essbares. Ich lehnte mich auf meinem Hocker nach hinten und kam zu dem Schluss, dass das gerade eben wohl eine meiner bizarrsten Unterhaltungen gewesen sein musste, und das wollte schon was heißen. Noch seltsamer war allerdings die Tatsache, dass keiner der anwesenden Menschen so verlockend auf mich wirkte, dass ich ihm die Seele aus dem Leib hätte saugen wollen. Vielleicht waren ja auch meine Sinne überreizt, oder all das Böse herum hielt die Dämonin in mir in Schach. Wäre das nicht ironisch, dass sich die Dämonin in mir nur dann benehmen konnte, wenn sie von anderen Dämonen umgeben war? So was könnte wohl auch nur mir passieren.

Plötzlich spürte ich eine Hand auf meiner Schulter. »Na, hallo.«

Ich drehte mich um, vor mir stand eine junge Frau, die nicht viel älter war als ich. Ihr bis zur Taille reichendes schwarzes Haar glänzte so wie das hautenge Kleid, das sie trug. Ihre Augen waren dunkel, die vollen Lippen in kräftigem Rot geschminkt. Ihre Schönheit strahlte pure Sünde aus.

Eine andere, schwerere Hand legte sich auf meine andere Schulter. »Schwester, was hast du Schönes für uns entdeckt?«

Ich sah in die Richtung, aus der die tiefere Stimme kam. Der Mann hätte der Zwillingsbruder der Frau sein können. Pechschwarzes Haar fiel ihm bis auf die fahlen Wangen. Sein schneeweißes Hemd bildete einen krassen Gegensatz zu den dunklen Haaren und den roten Lippen. Ich sah zu Cayman, aber der widmete sich seinem neuesten Gast.

»Ich bin mit Roth hier«, sagte ich, nachdem ich geschluckt hatte.

»Hast du das gehört, Schwester?« Der Typ lächelte herausfordernd. »Sie gehört zu Roth.«

»Moment mal. Ich *gehöre* nicht zu ihm, ich bin nur als sein Gast hier.«

Die Schwester lachte sanft. »Hast du das gehört, Bruder? Sie ist nur sein Gast.«

Vermutlich hätte ich sie in dem Glauben lassen sollen, dass ich zu Roth gehörte.

»Dann müssen wir sie auch wie einen Gast behandeln.« Der Bruder ließ seine Hand über meinen Arm nach unten gleiten und verschränkte die Finger mit meinen. Das plötzlich einsetzende Verlangen veränderte sich zu betäubender Lust, als seine Finger meine nackte Haut berührten. »Wir werden uns gut um dich kümmern.«

»Ich … ich denke nicht, dass ich …« Er sah mir in die Augen, und ich hatte das Gefühl, im Wasser zu landen und so schnell zu versinken, dass mir keine Zeit mehr blieb, um noch einmal Luft zu holen.

»Sie denkt nicht«, murmelte die Schwester. »Niemand denkt hier. Das ist der Ort, an dem nicht gedacht wird.«

»Genau«, stimmte der Bruder ihr zu, dessen Gesicht nur noch aus Augen zu bestehen schien. »Hier fängt der Spaß an, und hier hört er auf. Und du musst dich uns anschließen.« Er zog an meiner Hand. »Komm mit.«

Ich stand auf, meine Beine fühlten sich wacklig an, und mein Verstand war wie benebelt.

Die Schwester nahm meine andere Hand, dann führten sie mich auf die Tanzfläche. Einer von ihnen ließ mich los, der andere ließ mich Kreise ziehen. Der Bruder bekam mich an der Taille zu fassen und zog mich an sich. Ich sah auf, seine Augen waren pechschwarz. Kein bisschen Weiß. Aber weder erschreckte mich der Anblick, noch bekam ich Angst. Ich empfand einfach überhaupt nichts.

»Was bist du?«, fragte er und wirbelte mich wieder herum.

Die Schwester nahm meine Arme und führte mich durch einen gekünstelten Walzer. »In dir steckt eine starke Dämonin.« Sie ließ mich los und fauchte wie eine gereizte Katze.

»Aber«, flüsterte der Bruder mir ins Ohr und legte von hinten den Arm um meine Taille, »da ist auch eine Wächterin in dir.«

Einige Augenblicke lang bewegten wir uns zum dumpfen Beat der Musik und streiften an anderen Paaren vorbei, die so wie wir anscheinend auch alles um sich herum vergessen hatten. Der Bruder ließ die Hände zu meinen Hüften wandern, und ich schloss die Augen. Mein Blut brannte tatsächlich. Die Frau aus dem Käfig hatte recht gehabt. Jetzt dirigierte er mich in die wartenden Arme seiner Schwester.

»Du bist so wunderschön«, flüsterte sie schmachtend und legte den Kopf auf meine Schulter, während wir uns wieder und wieder um uns selbst drehten. »Du wirst anders als alles andere schmecken, aber kosten muss ich dich.«

Als ich herumwirbelte, sah ich seltsame Formen und Schatten. Fleisch ohne Gesichter. Gesichter, die aus Skeletten und sonst nichts bestanden. Weicher, geschmeidiger Stoff wallte um meine Beine, und einen Moment glaubte ich, ein Kleid zu tragen. Doch als ich nach unten sah, konnte ich nur meine Jeans ausmachen.

Der Bruder zog mich zurück in seine Arme. Ich drückte mich an ihn und atmete tief ein. Von ihm ging keinerlei Geruch aus, schlichtweg gar nichts. Meine Hüften schmiegten sich an seine, während wir weiter dem Rhythmus folgten.

»Wir fühlen das gleiche Verlangen.« Er drückte seine Lippen auf meine rot glühende Stirn. »Eine Kostprobe tut nicht weh.« Er stieß mich weg.

»Eine Kostprobe wird dich von deiner Last befreien«, flüsterte die Schwester und küsste mich am Hals. »Eine Kostprobe wird dir helfen zu verstehen.«

»Was verstehen?«, fragte ich außer Atem und ein wenig benommen.

Die Schwester lächelte. »Bruder, sie will verstehen.«

Wieder war er hinter mir und legte seine Hand auf meinen Bauch. »Wir haben eine für dich, unsere reizende kleine Schwester.«

Ich ließ zu, dass er mich von der Schwester wegzog und mich so drehte, dass ich mit dem Rücken zu ihm stand. Wir hatten uns schon tiefer in den Schatten zurückgezogen, als es mir bewusst gewesen war. Alle anderen schienen so schrecklich weit entfernt. Die Schwester eilte davon und wirbelte wie ein kleiner Tornado zwischen den tanzenden Paaren hindurch.

»Reizend«, sagte er wieder, küsste mich am Hals, wo mein Puls zu spüren war, dann unter dem Kinn und auf die Wange.

Wieder machte ich die Augen zu und ließ mich gegen den Bruder sinken. In seinen Armen, die mir Wärme spendeten, fühlte ich mich begehrt und geschätzt. Ich war weder einsam noch unerwünscht. In seiner Welt war ich das allerschönste Mädchen, und seine ganze Welt drehte sich *nur um mich*.

»Mach die Augen auf, meine Liebe«, forderte er mich sanft auf.

Ich gehorchte.

Vor mir stand eine Rothaarige in einem rosa Kleid mit lila Punkten. Ein hübsches Cremeschnittchen, dachte ich. So etwas mochte ich, vor allem diese Sorte.

Nur das Gesicht wirkte irgendwie verschwommen. Womöglich war sie etwas älter, und vielleicht sollte mir das Ganze mehr Sorgen bereiten, als es tatsächlich der Fall war. Aber ich wusste nicht länger, wer ich war. Die Schwester flüsterte ihr etwas ins Ohr und nahm ihr das Glas aus den plötzlich erschlaffenden Fingern.

»Tanzt«, sagte der Bruder.

Und dann tanzte ich mit dieser anderen Frau. Wir berührten uns nicht, aber wir bewegten uns absolut synchron, so als wären wir Spiegelbilder, die sich in keiner Weise ähnelten – so viel war mir klar. Kurz darauf schloss sich der Bruder uns an und flüsterte Worte vor sich hin, die ich nicht verstand. Ich hielt es für eine Sprache, die ich hätte kennen sollen, die sich mir aber entzog. Die Schwester machte genau das Gleiche. Die Frau wurde immer unschärfer.

Plötzlich blieb sie stehen, neigte den Kopf zur Seite und machte ihre blauen Augen zu. Blaue Augen? Sie war keine Dämonin, sie war nicht so wie ich. Aber das war egal. Ich machte einen Schritt auf sie zu, weil ich wusste, was zu tun war. Es war das, was der Bruder wollte. Und ich wollte es ebenfalls.

Ich stellte mich auf die Zehenspitzen, sodass ich gerade eben noch an sie herankommen konnte. Hände legten sich auf meine Schultern und gaben mir Halt. Ich war ihr nah, nah genug. Ich schloss die Augen und wartete einen Moment lang, einen köstlichen Moment purer Qual. Dann atmete ich langsam und tief ein …

… und nahm ihr die Seele.

Wärme strömte durch meine Adern bis hinunter zu meinen verkrampften Zehen. Diese Frau schmeckte nach Zuckerguss und Sekt. Jede Zelle meines Körpers öffnete sich wie eine Blüte, der man zu lange Wasser und Sonne vorenthalten hatte. Ohne nachzudenken atmete ich wieder tief ein.

Die Luft bewegte sich, als die Frau zusammenzuckte.

Oh Gott, warum hatte ich mir das bloß so lange Zeit versagt?

Der Bruder seufzte und krallte die Finger in meine Arme. Der winzige Schmerz war nichts im Vergleich zu dem Rausch, den die Essenz dieser Frau mir bereitete. Ich nahm sie weiter in mich auf, füllte meinen Körper mit Licht und Luft. In meinem Innersten schien sich eine Tür zu öffnen, ich konnte die Frau deutlicher sehen. Sie war hübsch, aber sie hatte einen grausamen Mund, der grausame Worte sprach. Ihre gesamte Schulzeit hatte sie sich mit Mogeleien und Betrügereien über Wasser gehalten und dann auch noch ihren Verlobten betrogen. Wie ein Lichtblitz tauchte eine Erinnerung auf, in der sie einen Kollegen bei ihrem Vorgesetzten anschwärzte und sich köstlich amüsierte, als der Kollege daraufhin gefeuert wurde.

So viele Erinnerungen stürmten auf mich ein, jede von ihnen belastete die Frau noch etwas mehr. Sie war gehässig, durch und durch boshaft, aber ich wusste, wenn ich weitermachte, wenn ich weiter ihren Geist kostete, würde ich herausfinden, was den Schaden verursacht hatte. Irgendetwas hatte sie zu dieser hasserfüllten Person gemacht, etwas, das noch finsterer und gehässiger war als alles, wozu sie selbst fähig war.

Ohne Vorwarnung wurde sie mir plötzlich entrissen. Ich stolperte nach vorn und schnappte nach Luft. Der Bruder ließ meine Arme los, ich hob den Kopf.

Roth stand vor mir, groß und Furcht einflößend. Er hielt das Kinn der Frau fest und zwang sie, ihm in die Augen zu sehen. »Du wirst dich an nichts erinnern«, sagte er. »Verlass diesen Ort. Geh nach Hause und komm nie wieder her. Hast du mich verstanden?«

Die Frau brachte ein knappes Nicken zustande, dann lief sie schwankend weg und verschwand in der Menge. Wohin sie ging, wusste ich nicht, und es war mir auch egal. Mein Blick war auf Roth gerichtet.

Die Schwester kicherte. »Du verdirbst uns den ganzen Spaß. Sie hat gesagt, sie gehört nicht zu dir.«

Roth ließ mich nicht aus den Augen. »Sie gehört auch zu keinem von euch.«

Ich seufzte verträumt. »Wo warst du so lange? Du bist Stunden weg gewesen.«

»Nein, nur zehn Minuten«, gab er aufgebracht zurück. Sein Tonfall gefiel mir nicht, und ich mochte es auch nicht, dass er sich anscheinend frustriert durch die Haare fuhr. »Verdammt, Layla. Habe ich dir nicht gesagt, du sollst da sitzen bleiben? Und nicht tanzen?«

Seine ernste Miene ließ mich unwillkürlich kichern. »Die haben mich dazu gebracht.«

»Wir haben sie nur eingeladen«, widersprach die Schwester. »Wir haben sie zu nichts überredet, schließlich kennen wir die Regeln.«

»Sie wollte es nur mal versuchen«, ergänzte der Bruder und berührte erneut meinen Arm. Ich erschauderte. »Wir haben ihr nicht wehgetan, oder etwa doch, reizende kleine Schwester?«

Roth schoss auf uns zu, legte eine Hand um die Kehle des Bruders und hob ihn hoch, bis seine Füße in der Luft schwebten. »Wie hast du sie gerade genannt?«

Die Schwester fauchte, ihre Fingerspitzen verwandelten

sich in tödlich aussehende Klauen. Im nächsten Moment hatte ihre Schönheit sich förmlich aufgelöst: Haut spannte sich über kantigen Knochen, sie kniff die Augen zusammen und wirkte wie ein Raubtier. Genau genommen hatte sie mehr von einer Katze als von einem Menschen.

»Wenn du nur einen Schritt auf mich zumachst, werde ich deinem Bruder das Genick brechen«, warnte Roth sie, ohne den Blick von dem Mann abzuwenden. »Und sie werdet ihr auch nie wieder anfassen. Ihr seid hier nicht länger willkommen.«

»Du kannst uns nicht verbannen«, kreischte sie. »Du bist kein König.«

Roth ließ den Bruder fallen und drehte sich um. »Das mag sein, trotzdem kann ich dir das Herz rausreißen und es an die Hellions verfüttern. Wie klingt das? Wäre das eine Party nach deinem Geschmack?«

Die gestörten Geschwister zogen sich zurück und tauchten in der Menge unter. Ich schwebte davon und betrachtete einen Tänzer auf der Bühne. Er war schön und muskulös, hatte langes, wallendes blondes Haar. Cayman stand vor der Bühne und lächelte den Typen an.

Plötzlich schob sich ein Arm um meine Taille und hielt mich zurück. »Wohin willst du, Shortie?«

Ich lehnte mich gegen Roth. »Keine Ahnung. Ich fühle mich ... einfach gut.«

»Stimmt.« Ein Seufzer schien sich den Weg freikämpfen zu wollen, und als Roth weiterredete, klang seine Stimme tief und wunderschön. »Du hättest diese Frau beinah umgebracht, Shortie. Es war ein Fehler, dich allein hier zurückzulassen.«

Ich zuckte mit den Schultern und bewegte die Hand hin und her. Ein seltsamer perlmuttfarbener Schleier folgte den Bewegungen.

»Was machst du da?«

Ich drehte mich in seinen Armen um und sah in sein fast vollkommenes Gesicht. Oh Gott, wie schön er doch war. Warum musste jemand, den ich nicht haben konnte, nur so heiß sein? Warum ich nicht mit ihm zusammen sein konnte, wollte mir im Moment nicht einfallen, ich wusste nur, es gab Gründe, die dagegen sprachen. Gute Gründe. »Ich glaube, ich kann meine Seele sehen.«

Erstaunt zog er die Brauen hoch. »Wirklich? Und was ist mit den anderen? Kannst du die auch wieder wahrnehmen?«

»Nein, aber meine ist weiß.« Ich seufzte glücklich. »Das heißt, meine Seele ist rein.«

Roth musterte mich und lächelte nachsichtig. »Dämonen können keine reine Seele haben.«

Irgendwie ruhte mein Kopf im nächsten Moment an seiner Brust. »Dann kann ich nicht wie du sein.«

»Oh wow, du bist ja völlig durch den Wind.« Kopfschüttelnd hob er mich hoch, und im nächsten Moment wurde ich von ihm weggetragen.

Ich begann hysterisch zu lachen. »Was machst du denn da?«

»Dich dahin bringen, wo du keinen Unfug mehr anstellen kannst.«

Für mich stand die Bar auf dem Kopf. »Die gehen ja alle an der Decke lang.«

Sein Lachen war bemüht, wirkte aufgesetzt, als er meine Position veränderte. Nun lag mein Kopf wieder an seiner Brust. »So besser?«

Die Welt war wieder korrekt ausgerichtet. »Was waren das vorhin für Leute?«

Mit der Schulter drückte er eine Tür auf, wir gelangten in einen schwach beleuchteten Korridor. »Ein Sukkubus und ein Inkubus. Ich nenne die beiden Sucky und Inky, aber ich glaube, Tot und Toter würde besser passen. Man kann dich keine zehn Minuten allein lassen, ohne dass die Wölfe dich anspringen.«

Ich verschränkte die Hände hinter seinem Kopf. »So übel waren die beiden gar nicht.«

»Soll ich dir was sagen?« Sein Grinsen wirkte unecht.

»Was?«

»So wirst du später nicht darüber denken.«

Ich fing an zu kichern. »Du bist so ein Arschloch.«

Roths Lachen klang unbeschwerter, als er in Richtung Treppe ging. »Irgendwie mag ich dich, wenn du so bist.«

»Kann schon sein.« Ich strampelte mit den Beinen und kicherte weiter. »Du kannst mich absetzen, ich bin durchaus in der Lage, selbst zu laufen.«

Trotzdem trug er mich so mühelos die Treppe hinauf, als wäre ich leicht wie eine Feder. Er ging mit mir durch einen Korridor, dann führte eine weitere Treppe nach oben. »Du würdest stolpern und dir das Genick brechen. Oder du würdest über einen von unseren Wachposten fallen oder versuchen, ihn zu streicheln.«

»Was für Wachposten?« Ich sah mich auf der Treppe um. »Ich kann niemanden entdecken.«

Roth antwortete nicht, sondern ging beharrlich Stufe für Stufe nach oben. Ein normaler Mann hätte mich nicht über fünfzehn Etagen nach oben tragen können, doch Roth war nicht mal ansatzweise außer Atem. Als er eine weitere Tür öffnete, entdeckte ich etwas, das zuvor nicht dort gewesen war. Vor der nächsten Tür am Ende des Korridors saßen zwei Hunde, die gerade mal so groß waren wie Chihuahuas.

Ich quiekte vor Freude und klatschte in die Hände. »Die will ich streicheln! Die sind ja so winzig!«

Er seufzte. »Mir hat man mal gesagt, dass es nicht auf die Größe ankommt.«

»Dann hat man dich belogen.«

»Ja, das kann natürlich sein.« Er setzte mich ab, ließ aber einen Arm um mich gelegt. »Denk immer dran, dass das Aussehen täuschen kann.«

Ich wollte mich zu einem der rattengroßen Hunde umdrehen, da stand der auf. »Den könnte ich in einer Handtasche mitnehmen, in einem von diesen teuren Designerteilen.«

»Ich glaube nicht, dass ihnen diese Vorstellung gefällt.«

Und tatsächlich: Beide Hunde waren aufgestanden, legten die Ohren an und knurrten. Einer von ihnen bellte, was sich mehr nach dem Quietschen einer Maus anhörte.

Ich musste lachen. »Was haben die zwei vor? Wollen sie sich in meinem Knöchel verbeißen?«

Roth zog mich zu sich heran, wogegen ich nichts einzuwenden hatte. Mir gefiel die Wärme, die er ausstrahlte, genauso wie die Art, wie sich unsere Körper perfekt aneinanderschmiegten, obwohl er eigentlich viel größer war als ich. Wieso war mir das zuvor noch nie aufgefallen? Doch, natürlich war mir das aufgefallen. Aber ich hatte es vergessen, oder ich hatte zumindest versucht, es zu vergessen, allerdings kam ich nicht dahinter, warum. Ich wollte es jetzt sofort zugeben, es vom Dach des Gebäudes in die Welt hinausschreien und alle möglichen verrückten Dinge tun.

Die Miniaturhunde waren vergessen, ich drehte mich um und legte die Hände auf Roths Brust.

Das gefiel seinen Hunden gar nicht.

Einer von ihnen stieß ein tiefes Grollen aus. Ich wirbelte herum und stolperte zur Seite. Die Hunde knurrten mich an und schnappten nach mir, ihre Leiber verdrehten sich und wurden größer. Riesige Pranken ersetzten kleine Pfoten, die Krallen kratzten über den Boden, als die Kreaturen näher kamen und mich weiter anknurrten. Unter ihren Flanken zeichneten sich die Muskelpakete ab, die Schwänze waren mit buschigem Fell besetzt. Die Schnauzen wurden länger, die

Kiefer gingen in die Breite, die Ohren drückten sich auf das verfilzte rostbraune Fell. Die Zähne wuchsen zu rasiermesserscharfen Ungetümen heran. Das Rehbraun der Augen verwandelte sich in Blutrot, und Schwefelgestank zog durch den Korridor.

Sie hatten jetzt die Größe von Bären erreicht, und eine leise Stimme in meinem Kopf flüsterte mir zu, dass ich es mit Höllenhunden zu tun hatte.

»Heilige Scheiße«, flüsterte ich. Mir war klar, dass ich Angst hätte empfinden müssen, aber ich schwebte immer noch.

»Sitz«, befahl Roth, der urplötzlich vor mir stand. *»Vos mos non vulnero suus!«*

Gleichzeitig traten die Hunde den Rückzug an und setzten sich neben die Tür. Die Ohren hatten sie noch immer angelegt, aber sie machten nicht länger den Eindruck, als wollten sie mich verschlingen. Ich hielt das für eine gute Entwicklung.

Über die Schulter sah Roth zu mir. »Du hast recht. Es kommt doch auf die Größe an. Sie werden dir nichts tun, komm mit«, sagte er und hielt mir die Hand hin.

Ich fasste danach und beobachtete weiter die beiden Bestien. Während Roth die Tür aufschloss, schnupperte ein Hund an meinem Hosenbein, der andere warf sich hin und rollte sich auf den Rücken, die Zunge hing ihm aus dem Maul. Roth beugte sich über ihn und streichelte ihm den Bauch.

»Was für ein braver Junge«, lobte er ihn. »Wer ist hier ein braver Junge?«

»Wie heißen die eigentlich?«, fragte ich und lehnte mich gegen den Türrahmen. Mein Kopf fühlte sich schwer an.

Er sah hoch und grinste mich an. »Das hier ist Bluebelle, und der da«, er zeigte auf den Hund, der an meiner Jeans schnupperte, »ist Blume.«

Ich verzog den Mund. »Was hast du nur mit *Bambi*?«

»Das ist ein amerikanischer Kinoklassiker«, antwortete er und richtete sich auf.

Lächelnd schloss ich die Augen. »Du bist unmöglich.«

»Mach lieber die Augen auf, Shortie.«

Ich spürte, wie er abermals nach meiner Hand griff, und sah ihn an. »Wieso?«

»Weil du sehen musst, wohin du gehst.« Er zog mich hinter sich her in die Dunkelheit. Eine Sekunde später wurde der Raum in sanftes Licht getaucht, und Roth ließ mich los. Dunkle Jalousien waren vor den Fenstern runtergelassen und hielten die Sonnenstrahlen zurück.

Ich zog die Schuhe aus, und als die Strümpfe folgten, stolperte ich einen Moment lang hin und her, bis meine Füße weichen Teppich berührten. »Ich glaube, ich habe Hunger.«

»Ich habe das Essen nach hier oben liefern lassen.«

Ich drehte mich zu ihm um und musste nach Luft schnappen, als er sein Hemd auszog und zur Seite warf. Glatte Haut spannte sich über seinen harten Muskeln. Seine Hose saß wieder so tief auf den Hüften.

»Ich habe von allem etwas zubereiten lassen: Hamburger, Fritten, Hähnchenteile.« Er unterbrach sich und schaute mich an. Ein überhebliches Lächeln umspielte seine Lippen, als er seine Schuhe auszog. »Siehst du schon irgendwas, das dir zusagt?«

Ich konnte nicht darauf antworten, aber ich sah einiges, was mir zusagte.

Er schlich quer durchs Zimmer auf mich zu und blieb vor mir stehen. »Tut mir leid, aber ich kann den Geruch von Rauch nicht ausstehen. Hast du was dagegen?«

Ich wusste, es gab einen Grund, warum es mich stören sollte, trotzdem schüttelte ich den Kopf. Meine Stimme gehorchte mir, und ich erklärte tollkühn: »Nein.«

»Dann würde es dir nichts ausmachen, dieses Teil auszuziehen?« Roth wickelte die Schnüre um seinen Finger, mit denen ich die Kapuze zuziehen konnte. »Das stinkt nämlich nach Sucky und Inky.«

Ehe ich etwas sagen konnte, hatte er schon den Reißverschluss nach unten gezogen. Gebannt hielt ich den Atem an, als ich spürte, wie er mich berührte. Mein Körper begann zu kribbeln, und zumindest für einen Moment verschwand der Nebel, der mein Hirn eingehüllt hatte. Dann schob Roth den »störenden« Stoff von meinen Schultern und ließ ihn auf den Boden fallen.

»Hübsch ... wie heißt das?«, fragte er leise. Sein Blick war ganz eindeutig nicht auf mein Gesicht gerichtet.

»Das ist ... ein ... Mieder«, hauchte ich und wollte tief durchatmen, aber es kam nicht genug frische Luft in meine Lungen. »Roth?«

Er sah hoch. »Layla?«

Ich wollte weiterreden, aber in diesem Moment strich etwas Weiches, Pelziges an meinem Fuß entlang und lenkte meine Aufmerksamkeit auf sich. Ein kleines weißes Kätzchen saß bei mir und sah mich mit wundervollen blauen Augen an. Ich bückte mich und wollte das Fellknäuel hochnehmen, um es an mich zu drücken und es zu streicheln. Dann kam mir aber noch gerade rechtzeitig etwas in Erinnerung.

Während ich den kleinen Teufel irritiert ansah, zog ich die Finger schnell wieder zurück. »Nein, nein, ich kenne dich noch ganz genau. Böses Kätzchen.«

Das Fell auf dem Rücken der kleinen Katze sträubte sich, sie fauchte mich an, dann machte sie kehrt und schoss zurück in ihr Versteck unter dem Bett.

»Wie ich sehe, hast du aus deinen früheren Fehlern gelernt. Allerdings glaube ich, dass du Nitro verärgert hast.«

»Diese Kätzchen haben die Tollwut.« Ich richtete mich auf, als mir plötzlich schwindlig wurde.

Roth legte eine Hand auf meinen Arm, ich verspürte eine gedämpfte Besorgnis. »Alles in Ordnung?«

»Ja … alles bestens. Das passiert nach d…« Ich unterbrach mich, als das schwarz-weiße Kätzchen den Kopf unter dem Bett hervorstreckte, die Ohren anlegte und mich beobachtete.

»Nach dem Nähren?«

Nähren? Hatte ich das gemacht? So wie die übrigen Dämonen an diesem Ort mitten in den Eingeweiden des Apartmentgebäudes? Hatte ich bloß meinen Teil zur dämonischen Nahrungskette beigetragen? Ich schauderte.

»Du hast ihre Seele nicht genommen, Shortie.«

Ich neigte den Kopf zur Seite. Ja, das stimmte. »Es ging ihr gut, richtig?«

»Ja.«

»Und wenn sie sich da unten aufhält, bedeutet das, dass sie ein schlechter Mensch ist, richtig?«

Sein warmer Atem streifte meine Wange. »Ja.«

War damit alles wieder in Ordnung? Ich war mir nicht sicher. »Darüber möchte ich nicht nachdenken.«

»Das musst du auch nicht. Warum setzt du dich nicht hin?«

Da es eigentlich nichts anderes zu tun gab, ging ich um das riesige Bett herum und setzte mich zwischen die ebenfalls riesigen Kissen. Roths Geruch war überall, und wenn ich die Augen zumachte und tief durch die Nase einatmete, konnte ich mich daran erinnern, dass ich schon mal hier gewesen war, auf diesem Bett … in Roths Armen.

Eine angenehme Wärme machte sich auf meiner Haut breit, mir fielen die Augen zu. Als ich sie wieder aufmachte, sah ich Roth, wie er mit einem großen Tablett in den Händen auf das Bett zukam. Einige Teller standen auf dem Tablett, auf allen befanden sich silberne Deckel.

Verwirrt setzte ich mich etwas gerader hin. »Bin ich eingeschlafen?« Es war mir so vorgekommen, als hätte ich die Augen nur für ein paar Sekunden geschlossen.

Lachend setzte er sich zu mir und stellte das Tablett zwischen uns ab. Darauf standen auch zwei mit Eiswürfeln gefüllte Gläser sowie zwei Dosen Limonade. Besser als Zimmerservice, schoss es mir durch den Kopf, geliefert von einem heißen, halb nackten Dämon. »Nein, du hast dagesessen und gesungen.«

»Was habe ich?«

»Ja. ›Paradise City‹.« Er lächelte, während er mich unter seinen dichten Wimpern hindurch ansah. »Ich glaube, ich beeinflusse dich.«

Aus irgendeinem Grund gefiel mir das gar nicht, doch dann nahm er nach und nach alle Deckel weg, und ich war verliebt – verliebt in all dieses prachtvolle, wunderbare Essen, das vor mir stand. Ein Buffet aus Fleisch, Fett und Salz.

Mit Roth zusammen brauchte ich nur eine Nanosekunde, um alles runterzuschlingen. Als er die leeren Teller in die Küche brachte, lehnte ich mich auf dem Bett nach hinten und tätschelte mir den Bauch. »Jetzt ist mein Magen glücklich.«

»Darauf möchte ich wetten.« Ich hörte, wie er kurz das Wasser im Spülbecken laufen ließ. Danach verging nicht mal eine Sekunde, und schon saß er neben mir. Er legte eine Hand auf meine Schulter und beugte sich über mich. »Wie fühlst du dich?«

Strahlend lächelte ich ihn an. »Gut. Großartig. Glücklich. Vielleicht ein bisschen müde, aber …«

»Schon gut, ich habe verstanden«, unterbrach er mich amüsiert. Er neigte den Kopf nach rechts, gleichzeitig wurde sein Blick immer eindringlicher, bis es mir vorkam, als könnte er durch mich hindurchsehen. Sein Gesicht nahm einen angespannten Ausdruck an, während er sorgfältig meine Haare von den Schultern strich und auf dem Kissen ausbreitete. »Ich wünschte, du würdest später immer noch so empfinden, aber das wird nicht der Fall sein.«

Mein Herz klopfte heftig in meiner Brust, während er den Blick senkte. »Obwohl du der Frau nicht wehgetan hast, wirst du dich später für das hassen, was du getan hast. Die Frau wird das gleiche Gefühl haben, als hätte sie nach einer durchtanzten Nacht einen Kater vom vielen Alkohol. Der winzige Teil ihrer Seele, den du ihr genommen hast, wird ihr nicht fehlen. Allerdings vermisst sie sowieso keinen der vielen Teile ihrer Seele, die sie bereitwillig mit jeder begangenen Sünde aufgegeben hat.« Tief seufzte er auf, so als würde eine gewaltige, unsichtbare Last auf ihm ruhen. Seine Wimpern zuckten, als er mich wieder ansah. »Als ich dich hergebracht habe, wollte ich nicht, dass du so etwas machst. Sucky und Inky hätten dich in Ruhe lassen sollen, und das hätte ich ihnen auch klarmachen müssen.«

Er schüttelte den Kopf. »Ich wollte dir nur zeigen, wie die andere Hälfte lebt. Nicht diese beiden Bastarde. Die zwei verheißen nie was Gutes, aber wir … wir sind nicht alle so wie sie. Ich wollte dir das zeigen. Damit du siehst, was in dir steckt …« Er tippte mir auf den Bauch. »… das ist nicht böse. Es ist egal, was dieser Arsch von Clanführer dir einreden will oder wie du seiner Meinung nach empfinden sollst.«

»Gleichfalls.«

Er stutzte. »Was hat das zu bedeuten?«

Ich hob die Hand und tippte mit einem Finger auf seine Brust. »Du bist nicht so böse, wie du das selbst gern glaubst. Du bist zu großer Freundlichkeit und Güte fähig.«

»Du musst high sein«, brachte er hervor.

»Bin ich nicht.« Wieder tippte ich ihm gegen die Brust. »Du hast Dinge getan, zu denen nicht mal ein Mensch mit Seele bereit wäre. Du …«

Er hatte mein Handgelenk gepackt und schob meine Hand weiter weg von seiner Brust.

»Alles, was ich tue, geschieht aus rein egoistischen Gründen. Das kannst du mir glauben.«

Ich glaubte es ihm nicht. Eigentlich wollte ich den Arm wegziehen, aber irgendwie schaffte ich es dabei, Roth nur noch enger an mich heranzuziehen. Sein Bizeps spannte sich an, als er sich über mich gebeugt abstützte. Die Wärme seines Körpers sprang sofort wieder auf mich über. Bambi regte sich. Mir wurde deutlich, wie sehr ich die Schlange inzwischen mochte. Sie glitt über meine Haut und kitzelte mich, als ihr Kopf meine Schulter erreichte. Ein schwaches Lächeln zeichnete sich auf Roths Lippen ab, als er Bambi entdeckte, und ich fragte mich, ob sie ihm wohl fehlte.

Unsere Blicke trafen sich, und dieses Gefühl, das ich schon zuvor gespürt hatte, regte sich wieder. Es bahnte sich den Weg durch meine Adern, und ehe ich wusste, was ich da tat, sagte ich auch schon zu ihm: »Küss mich.«

Die bernsteinfarbenen Sprenkel in seinen Augen verfinsterten sich. Sein Gesicht war so angespannt, als müsse er Schmerzen aushalten. Ich war mir nicht sicher, warum meine Bitte ihm so zu schaffen machen sollte. »Layla …«

Ich zog Roth noch etwas näher an mich. Als ich ihn erneut aufforderte, mich zu küssen, waren unsere Lippen nur Zentimeter voneinander entfernt.

Er senkte die Lider, sodass ich ihm nicht in die Augen sehen konnte. »Du weißt nicht, was du da von mir verlangst.«

»Doch, das weiß ich.«

Er schüttelte den Kopf und ließ meine Hand los. »Nein, das weißt du nicht. Du hast wirklich …«

Ich versetzte ihm einen Stoß, und er landete so schwungvoll auf dem Bett, dass es nachfederte. Vielleicht hatte ich ihn tatsächlich überrumpelt, auf jeden Fall nutzte ich den Moment, setzte mich rittlings auf seine Hüften und drückte meine Handflächen auf seine Schultern.

Er bekam große Augen, als ich das Gewicht verlagerte. Die Haare rutschten über meine Schultern und schufen einen weißlich-blonden Vorhang. Zwischen meinen Beinen spürte ich ihn unter mir, und ich kam mir vor wie eine Göttin auf einem sexy Thron. Beinah hätte ich losgekichert, aber ich dachte mir, dass das nicht so sexy rüberkommen würde.

»Gott«, stöhnte er, drückte den Kopf aufs Bett und legte die Hände auf meine Hüften. »So kann ich dich wirklich *ganz besonders* gut leiden.«

»Und wo ist dann das Problem?«, fragte ich, lehnte mich nach hinten und strich mit den Fingerspitzen über seinen flachen Bauch.

Seine Finger bohrten sich in meine Hüften, mit halb geschlossenen Lidern sah er mich an. »Im Moment fällt mir dazu nichts ein.«

»Sehr gut.« Ich beugte mich vor und zielte darauf ab, ihn zu küssen.

Plötzlich fasste er mich an den Handgelenken, hob meine Arme hoch und hielt mich zurück. »Dazu ... dazu wird es nicht kommen, Baby.«

Verwirrt versuchte ich mich weiter vorzubeugen, aber er hielt mich nach wie vor auf Abstand. Etwas von diesem angenehmen Dunstschleier lichtete sich, als mein Herz schneller zu schlagen begann. »Du ... du willst mich nicht?«

Roth reagierte so schnell, dass ich nicht mal die Zeit hatte, wahrzunehmen, was er da eigentlich machte. Im nächsten Moment lag ich auf dem Rücken, meine Arme wurden über meinem Kopf aufs Bett gedrückt. »Ob ich dich nicht will?«, erwiderte er und hielt mich fest. Unsere Körper waren eng aneinandergeschmiegt, was mir die Luft zum Atmen nahm. »Ich glaube, die Antwort darauf kennst du.«

Oh ja, davon war ich auch überzeugt.

Erneut drängte ich mich ihm entgegen. Winzige Funken tanzten über meine Haut und ließen meinen Körper kribbeln. Wieder stöhnte Roth auf.

»Ich will dich so sehr! Es ist wie ein Hungergefühl, das ständig an mir nagt und einfach nicht nachlassen will.« Er drückte den Kopf an meinen Halsansatz und atmete tief durch. »Du hast ja keine Ahnung.«

»Dann tu doch was dagegen«, flüsterte ich.

Er hob den Kopf, seine Pupillen hatten sich vertikal ausgedehnt. »Layla …« Er sprach meinen Namen aus, als wollte er mich segnen. »Bitte …«

Hilflos griff ich in die Luft, streckte mich und schaffte es endlich, an ihn heranzukommen. Unsere Lippen berührten sich nur flüchtig, doch es genügte, um Roth erbeben zu lassen. Der Griff um meine Handgelenke wurde fester.

Und dann war er bei mir.

Es war so, als hätten die Ketten nachgegeben, von denen er zurückgehalten worden war. Roth küsste mich, aber nicht sanft und liebevoll, sondern stürmisch und verlangend. Er hielt meine Handgelenke mit einer Hand fest, die andere ließ er über meinen Arm nach unten zum Saum meines Mieders wandern. Seine Finger schienen die Haut auf meinem Bauch in Flammen aufgehen zu lassen. Ich drückte den Rücken durch, um Roth noch besser spüren zu können. Begierig verlor ich mich in diesem Kuss, in seinem Geschmack, der so vertraut war, dass es schmerzte.

Er küsste mich noch intensiver, und sein Geschmack brandmarkte mich von innen heraus. Sein Herz schlug mit meinem um die Wette. Unsere Körper rieben sich aneinander, und jede Zelle in mir verlangte nach mehr. Und Roth gab mir mehr. Seine Hüften kreisten auf eine Weise, die mich diesen heftigen Kuss immer wieder unterbrechen ließ, weil ich nach Luft schnappen musste. Ich schlang die Beine um ihn.

»Du fühlst dich so gut an«, murmelte er. Ein tiefes kehliges Stöhnen bahnte sich seinen Weg, als er mich weiter küsste. »Du schmeckst zu gut, um wahr zu sein.«

Mir war nicht ganz klar, was das bedeuten sollte, aber ich wollte ihn berühren, ich wollte über seine Rückenmuskeln streichen, wollte meine Finger in seine locker sitzende Jeans schieben. Es war, als würde ich meinen eigenen Körper verlassen, wie ich es schon einmal erlebt hatte … in jener Nacht mit ihm, die so lange zurückzuliegen schien. Aber das hier war das Jetzt, und sein Körper war die pure Sünde.

Ohne Vorwarnung warf er sich zur Seite und landete mit so viel Schwung auf dem Bett, dass das ganze Gestell wackelte. Sekundenlang konnte ich mich nicht rühren, dann setzte ich mich keuchend auf und drehte mich zu ihm um. »Roth …«

»Nicht!«, unterbrach er mich und hielt mich mit zitternder Hand zurück. »Oh Gott, ich kann gar nicht glauben, dass ich das sage, aber komm nicht näher. Rühr dich nicht von der Stelle.«

Dann stand er auf, und ich beobachtete, wie er um das Bett herumging.

Mit beiden Händen fuhr er sich durchs Haar und fluchte leise. Wie ein wildes Tier, das man in einen Käfig gesperrt hatte, sah er mich an. In seinen Augen loderte ein Feuer.

Ich folgte seinem Blick und entdeckte, dass mein Unterhemd bis über den BH hochgerutscht war. Ehe ich den Stoff nach unten ziehen konnte, drehte Roth sich um und stürmte ins Badezimmer. Die Tür flog hinter ihm zu, der Knall hallte von allen Seiten des Lofts wider.

Ich atmete tief durch, ließ mich zurück aufs Bett sinken und kniff die Augen zu. Was war hier gerade passiert? Ich hatte den Eindruck gehabt, dass wir beide das Gleiche wollten. Hatte ich mich getäuscht?

Mit beiden Händen rieb ich mir über das Gesicht, dann zog ich mein Unterhemd zurecht. Einige Zeit verging, in der ich damit beschäftigt war, mich zu beruhigen. Roth war noch immer nicht aus dem Badezimmer zurück, mein Gesicht glühte in einem sündhaften Rot, als ich mich fragte, was er so lange da drinnen machte.

Der Rausch ebbte schnell ab, und alle Logik und Vernunft meldeten sich wieder, nachdem ich sie zuvor wie lästige Mücken verscheucht hatte. Die leise Stimme in meinem Hinterkopf wurde lauter, sie fühlte sich völlig zu Recht gedemütigt und drohte mir damit, mich links und rechts zu ohrfeigen. Doch in dem Moment tauchten die drei dämonischen Höllenkätzchen am Fußende auf, schlichen sich an mich heran und beobachteten mich, als wäre ich ein wunderschöner Schmetterling, der so dumm gewesen war, in ein Spinnennetz zu geraten.

Ich erstarrte, als sie weitertapsten, bis sie an meiner Seite waren. Zu meiner Verwunderung rollten sie sich neben mir zu kleinen Fellkugeln zusammen, die so laut schnurrten, dass das ganze Bett vibrierte.

Völlig verdutzt sah ich die Tiere an, während die leise Stimme in meinem Kopf wieder in den Vordergrund rückte und mich aufforderte, aufzustehen und so schnell wie möglich von hier zu verschwinden, ehe alles zu spät war. Aber das Schnurren der Kätzchen lullte mich ein, und mit einem Mal kam es mir so vor, als hätte ich unendlich viel Zeit.

24. KAPITEL

Als ich aufwachte, hatte ich rasende Kopfschmerzen. Etwas verwirrt betrachtete ich die flackernden Kerzen und brauchte einen Moment, um zu erfassen, wo ich eigentlich war und was sich in diesem seltsamen Raum im Untergeschoss des Palisades abgespielt hatte.

Ruckartig setzte ich mich auf und spürte, wie mein Herz raste. Da war ein eigenartiger Geschmack ganz hinten auf meiner Zunge. Ich schlug die Bettdecke zur Seite und stellte mit großer Erleichterung fest, dass ich nicht nackt war. Ich konnte mich daran erinnern, dass ich mit Roth hergekommen war, mit Cayman und den bösartigen Dämonenzwillingen geredet hatte und dann …

Oh mein Gott!

Ich wusste auch, dass ich von der Seele dieser Frau gekostet hatte. Seltsamerweise war die Übelkeit, die sonst dem Hochgefühl nach dem Kosten einer Seele folgte, diesmal nur minimal wahrnehmbar. Es war mehr ein leichter Druck auf den Magen, aber das war harmlos im Vergleich zu dem, was ich sonst schon durchgemacht hatte.

Ich stieg aus dem Bett und sah mich in Roths Loft um. Am Bettrand lag das kleine weiße Kätzchen und streckte sich genüsslich. Als das Tier mich sah, fauchte es. Die schwarz-weiße Katze saß auf dem Klavier und stand auf, um gemächlich über die Tasten zu spazieren. Jeder Ton, den das Kätzchen dabei anschlug, tat mir in den Ohren weh. Aus dem Augenwinkel entdeckte ich einen Schatten, der an der Glaswand vorbeistrich und dabei für einen Moment den Mondschein und das Licht von den Gebäuden ringsum absorbierte. Voller Angst drehte ich mich um.

Aber da war nichts.

Ich sah zur Badezimmertür. Sie stand offen, aber sie war

geschlossen gewesen, als ich … Oh verflucht! *Roth.* Ich hatte mich an ihn rangemacht. Oder genauer gesagt: Ich hatte ihn auf den Rücken geworfen und mich auf ihn gesetzt. Ich hatte ihn geküsst, und er hatte den Kuss erwidert, dann aber das beendet, was ich sehr wahrscheinlich einfach fortgesetzt hätte.

Ich legte mir eine Hand an die Schläfe und verzog den Mund. In diesem Augenblick wusste ich nicht, was schlimmer war: dass ich Roth belästigt hatte, bis er sich vor mir ins Badezimmer flüchten musste, oder dass ich eine Seele gekostet hatte.

Wieder sah ich mich um, konnte Roth aber nirgends entdecken. Jeder Schritt war eine Qual, meine Beine fühlten sich wacklig an. Meine Schuhe und mein Kapuzenshirt lagen zusammen mit meiner Tasche auf einem Stuhl neben der Tür. Ich konnte mich nicht mal mehr erinnern, dass ich die Tasche mitgebracht hatte. Nachdem ich mein Handy herausgekramt hatte, tippte ich auf das Display. Stacey hatte zweimal versucht, mich zu erreichen. Zaynes Anrufe konnte ich gar nicht erst zählen. Erst dann fiel mir die Uhrzeit auf.

3:15 Uhr am Morgen.

»Oh Scheiße«, schrie ich, das Kätzchen auf dem Piano zuckte hoch und rannte los. Das Tempo der missklingenden Töne entsprach meinem erhöhten Puls. »Scheiße, Scheiße, Scheiße!«

Ich wühlte in der Tasche nach meiner Brieftasche, die ich zwischen Notizblöcken entdeckte. Ich musste ein Taxi bekommen. Als ich das Handy wegsteckte, fielen mir die entgangenen Anrufe von Zayne ein. Er war sicher in Panik geraten und hatte geglaubt, dass … Nein, diesen Gedanken konnte ich nicht zu Ende führen. Meine Hand zitterte, als ich nach dem Tragegurt der Tasche fasste. Natürlich musste ich ihn anrufen, aber ich konnte mich nur darauf konzentrieren, einen Fuß vor den anderen zu setzen.

Wo war Roth?

Es war egal. Er hatte mich hergebracht und … und mich stundenlang schlafen lassen. Wut überkam mich, aber konnte ich ihm wirklich die Schuld an dieser Bescherung geben? Ich hätte auf meinen Instinkt hören sollen, stattdessen war ich mit ihm hergekommen. Ich war diejenige, die mit Sucky und Inky getanzt hatte, und auch wenn die zwei irgendwas mit mir angestellt hatten, änderte es nichts daran, dass ich von der Seele dieser Frau gekostet hatte. Es war so, als hätte Roth mit seinem Vorschlag, meiner bösen Seite freien Lauf zu lassen, eine Tür geöffnet, durch die ich prompt gerannt war.

Ich hatte mir das Ganze selbst eingebrockt.

Es kostete mich ungeheuer viel Energie, zur Tür zu gehen und sie zu öffnen. Im Korridor vor dem Loft saßen die beiden Höllenhunde wie Wachposten. Die Ohren hatten sie gespitzt, aber sie drehten sich nicht zu mir um. Als ich an ihnen vorbeiging, bemerkte ich das Spiel ihrer Rückenmuskeln. Ich hielt den Atem an und betete, dass sie nicht auf die Idee kamen, mich aufzufressen. Dann hatte ich endlich das Ende des langen Gangs erreicht und machte die Tür zum Treppenhaus auf.

Ich stürmte Etage um Etage nach unten, bis ich auf einmal gellende Schreie hörte. Vor der Tür, die in die Lobby führte, blieb ich wie erstarrt stehen. Ausgelassenes Gelächter schallte durch das Treppenhaus, immer wieder untermalt von Schreien und lautem Stöhnen.

Was war da los?

Ich wich zurück, dabei fiel mir der Durchgang zum Parkhaus auf. Alles war besser, als noch einmal diese Bar zu betreten, diesen Ort des Wahnsinns, wenn Roth nicht bei mir war. Oder hielt er sich in der Lobby auf und genoss die Party?

Durch den Zugang gelangte ich in das düstere Parkhaus und von dort nach draußen auf die Straße. Mein dünner Sweater nützte bei der kalten Nachtluft nicht viel. Ich drückte die

Tasche an mich und schlang die Arme um mich, während ich durch die nebelverhangenen Straßen lief. Auf einmal musste ich an Jack the Ripper denken. Hatte der seine Opfer in London nicht immer bei Nebel überfallen? Nicht, dass ich mich gegen einen Serienmörder nicht zur Wehr hätte setzen können, trotzdem gruselte mir bei der bloßen Vorstellung.

Ich lief weiter und hielt dabei Ausschau nach einem Taxi. Gott, ich hatte mir ja solchen Ärger eingehandelt. Ich hatte eine Seele gekostet. Mein Inneres verkrampfte sich vor Scham und schlechtem Gewissen, bis ich mich ermahnte, nicht länger darüber nachzudenken. Schließlich konnte ich daran sowieso nichts mehr ändern.

Was hatte ich bloß getan?

Der Entzug hatte offenbar noch nicht eingesetzt, und ich verdiente dieses Wechselbad aus heißen und kalten Schauern ebenso wie den Hunger, der nicht gestillt werden konnte. Das alles und noch viel mehr hatte ich verdient.

Die Gebäude standen ruhig und dunkel da. Als ich die Straße überquerte, fiel mir auf, dass sich ein Schatten vom Rest gelöst hatte und neben mir über den Gehweg huschte. Er war dicker und größer als mein eigener schmächtiger Schatten, und ein ausgeprägter Schwefelgeruch verdrängte den fauligen Geruch vom nahen Fluss.

Ich blieb stehen.

Der Schatten hielt an.

Mir gefror das Blut in den Adern, während der Gestank nach faulen Eiern so intensiv wurde, dass mir die Tränen in die Augen schossen. Der Schatten hob die Arme hoch in die Luft, beugte sich zu einer Seite und hob ein Bein an. Der dichte Nebel zog sich davor zurück, als wollte er mit etwas so Abscheulichem nicht in Berührung kommen. Langsam begann sich der Schatten wie die Primaballerina auf dieser Schmuckdose zu drehen, die ich noch nie benutzt hatte.

Oh verdammt.

Das war ein Schemen – ein dämonischer Geist. Die Sorte, die von schwachen Menschen Besitz ergreifen und sehr viel Ärger verursachen konnte.

Ein eisiges Lachen schien von dem Schemen, dem Gehweg und allen Gebäuden ringsum auszugehen. Das Lachen umhüllte mich und bewirkte, dass mir alle feinen Härchen an meinem Körper zu Berge standen. Ich machte einen Schritt nach hinten.

Der Schemen hielt inne, setzte sein Bein auf den Boden, dann stemmte er die rauchigen Arme auf die Partie, die ich für seine Hüften hielt, und vollführte einen kleinen fröhlichen Tanz. Schließlich verbeugte er sich und hielt mir eine durchsichtige Hand hin. Die dünnen Finger wackelten hin und her wie eine Einladung zum Tanz.

Weitere Schemen gesellten sich dazu und schlossen sich dem bizarren Treiben an. Sie wirbelten um mich herum und sorgten dafür, dass sich dichte Nebelschwaden auflösten. In schwindelerregendem Tempo machten sie weiter und winkten mir zu, damit ich mich ihnen anschloss. Es erinnerte mich an diese Zwillinge und an den Anblick der fleischlosen Gesichter im Club.

Für so was hatte ich nun wirklich keine Zeit.

»Geht weg«, drängte ich sie. »Ich will nichts von dem, was ihr mir anbietet.«

Sie stoppten mitten in der Bewegung und neigten ihre rauchigen Köpfe zur Seite – nur nicht der erste Schemen. Der schwoll mit jeder Sekunde mehr an und wurde dabei fester und fester. Es begann Asche zu regnen, die auf meinen Händen und Haaren landete und nach Bösartigkeit und verbranntem Fleisch roch.

»Aber wir haben Zeit für dich«, erwiderte der Schemen heiser. »Wir wissen, wonach du suchst.«

Alle meine Instinkte schrien mich an, so schnell wie möglich wegzulaufen, doch ich blieb stehen. »Tatsächlich?«

Der Schemen nickte, und Rauch stieg auf. »Du suchst die Lilin, aber du suchst am falschen Ort.«

»Wow, besten Dank für den nützlichen Hinweis.«

Der Schemen lachte, was die Glasscheiben der Gebäude um uns herum erzittern ließ. »Du suchst zu weit weg. Du musst es in der Nähe versuchen, ganz in der Nähe«, verkündete er. »Die Wahrheit ist viel seltsamer als alles, was deine Fantasie sich ausdenken könnte.«

Gegen meinen Willen beugte ich mich vor, da die rauchige Stimme mich anzog.

Das wabernde Gesicht nahm Gestalt an, zwei Augen brannten in einem Meer aus sich windenden länglichen Dingern. Maden.

Schreiend machte ich einen Satz nach hinten und rannte los. Meine lauten Schritte auf dem Asphalt wurden von den Hauswänden zurückgeworfen. Die Schemen setzten zur Verfolgung an und liefen lachend neben mir her, während ich verzweifelt versuchte, sie irgendwie hinter mir zu lassen. Ich sah Leute auf der Straße, Obdachlose. Menschen, die wohl schon so gut wie alles zu sehen bekommen hatten. Doch als sie mich bemerkten, zogen sie sich in schmale Gassen oder einfach nur aus dem Licht der Straßenlampen zurück, um nicht auf sich aufmerksam zu machen.

Der Schemen mit dem Madengesicht ließ sich zurückfallen und stieg wirbelnd in den Himmel auf. Ein Luftzug erfasste mich, als ein zweiter die Verfolgung abbrach. Mitten in dem rauchigen Gesicht verliefen die Details, als wäre das Gesicht aus flüssigem Kerzenwachs. Einer nach dem anderen ließ mich in Ruhe, aber jeder von ihnen war schrecklicher anzusehen als der vorangegangene. Der Letzte, der fast greifbar fest war, sah mich mit meinem eigenen Gesicht an.

Erschrocken blieb ich stehen.

Meine eigenen runden Augen blickten mich an, aber sie waren seltsam verändert. Das Grau wurde in der Mitte durch einen schmalen Spalt geteilt, so wie bei einer Katze – und so, wie es mir erging, wenn ich mich wandelte. Mein Gesicht fauchte mich an und zeigte mir einen Mund voller Maden anstelle von Zähnen.

Ich war so entsetzt, dass ich nicht wegsehen konnte.

Die Maden befreiten sich und landeten leise klatschend auf dem Gehweg. Der Schemen mit meinem Gesicht sagte: »Bald wirst du erkennen, dass du so bist wie wir, und dann werden wir alle frei sein.«

Dann trieb der Schemen davon, und ich erwachte wie aus einer Trance. Schnell wandte ich mich ab und rannte weg. Die Straßen waren verwaist, ich lief auf die gegenüberliegende Seite und wagte einen Blick zurück.

Ich wurde langsamer und drehte mich schließlich ganz um. Schweiß lief mir über den Rücken und brannte in der feuchten, kalten Luft. Mein Magen verkrampfte sich. Da waren keine tanzenden Schemen zu sehen. Ich schaute auf meine Hand, sie war mit Asche bedeckt, die ich schnell an meiner Jeans abwischte. Schließlich sah ich wieder nach oben.

Der Schemen hatte mir mein Gesicht gezeigt.

Mein Gesicht.

Ein gewaltiger Druck legte sich auf meine Brust, und ich hatte Mühe durchzuatmen, während ich ein herannahendes Taxi zu mir winkte.

Ich riss die hintere Tür auf, schaute mich noch einmal auf der Straße um und stieg ein.

»Wohin?«, fragte der Taxifahrer.

Im Rückspiegel sah ich den Mann an. Er schien todmüde, denn er hatte Mühe, die Augen aufzuhalten. »Dunmore Lane.«

Er nickte und fuhr los. »Das ist ziemlich weit weg von hier. Sie sehen ein bisschen zu jung aus, um …«

In dem Moment fiel ein Wächter vom Himmel und landete genau vor dem Wagen.

Die harte Landung auf der Straße schüttelte das Taxi durch und sorgte für ein weiteres Schlagloch. Die Schwingen waren ausgebreitet und wirkten wegen ihrer beachtlichen Spannweite zusätzlich beeindruckend. Seine breite Brust hatte die Farbe von Granit und war völlig glatt. Ich musste nicht mal genau hinsehen, mir war auch so klar, wer da vor uns stand.

Zayne.

»Jesus!«, keuchte der Taxifahrer und drückte sich eine Hand auf die Brust. Menschen wussten von der Existenz der Wächter, allerdings hatte ich ernsthafte Zweifel, dass auch nur einer von ihnen damit rechnete, ein Wächter könnte mitten in der Nacht vom Himmel fallen. »Wo ist der hergekommen?«

Zayne drückte eine Klauenhand auf die Motorhaube, bis das Heck des Wagens in der Luft hing. Der Fahrer klammerte sich an seinem Lenkrad fest, ich wurde gegen den Vordersitz gedrückt.

»Steig aus dem Wagen«, befahl Zayne und ließ die Hinterreifen des Taxis wieder behutsam auf der Straße aufsetzen. Sein wütender Blick war auf mich gerichtet.

Der Fahrer drehte sich zu mir um: »Meint er Sie?«

Ich nickte.

»Dann raus hier«, forderte er mich auf und zeigte auf die Tür. »Mit denen will ich keinen Ärger haben. Er will, dass Sie aussteigen, also tun Sie es.«

Ich stutzte und hätte den Mann gern darauf hingewiesen, dass ich eine unschuldige Frau sein könnte, die Hilfe benötigte. Aber das war natürlich nicht der Fall, und ich wollte auch keinen Unbeteiligten in diese Sache hineinziehen.

Also machte ich die Tür auf und stieg aus. Sie war gerade erst zugefallen, da gab der Fahrer auch schon Vollgas und raste mit durchdrehenden Reifen davon.

»Du warst bei ihm.«

Mein Herz blieb fast stehen, als ich mich zwang, Zayne in die Augen zu sehen. In seiner wahren Form war er ein wirklich beeindruckender Granitklotz.

»Du riechst nach ihm, also versuch gar nicht erst, es abzustreiten.«

»Das hatte ich auch gar nicht vor, das schwöre ich.« Ich schluckte, weil ich einen Kloß im Hals hatte. »Zayne …«

»Seit gestern Abend suche ich nach dir«, unterbrach er mich und machte einen Schritt auf mich zu. Den Kopf hielt er tief nach vorn gebeugt. »Ich war bei ihm. Ich kam nicht ins Haus, aber er hat sich mit mir auf dem Dachgarten getroffen. Er sagte, du wärst nicht bei ihm.«

Was hatte er gesagt? Das musste in der Zeit passiert sein, als ich geschlafen hatte. Aber warum erzählte Roth ihm eine Lüge? Vermutlich weil er wusste, dass ich von einer Seele gekostet hatte, und er nicht einschätzen konnte, ob ich immer noch high war.

»Offenbar hat er gelogen«, fauchte Zayne. »Dass er so was macht, überrascht mich nicht. Aber *du*?« Wut strömte förmlich aus ihm heraus, während er einen Schritt zurückwich. Er atmete tief durch und ließ dabei die Schultern sinken. »Du hast die Nacht mit ihm verbracht.«

Seine Feststellung – keine Frage, sondern eine Feststellung – traf mich tief. »Nein, nein! So war es nicht! Deshalb bin ich nicht mit ihm losgezogen.«

Er drehte den Kopf zur Seite, das Licht der Straßenlaterne wurde von den glänzenden schwarzen Hörnern reflektiert. Dass er immer noch in seiner Gargoyle-Form vor mir stand, war ein Beleg dafür, wie aufgebracht er war. Es hatte einmal eine Zeit gegeben, da war er darauf bedacht gewesen, sich mir ja nicht in seiner natürlichen Form zu zeigen.

»Ich habe mit ihm zusammen das Mittagessen ausfallen lassen, sonst nichts! Ich weiß, es sieht nicht danach aus, aber darum habe ich heute einen halben Tag blaugemacht.« Meine Tasche fiel zu Boden. »Ich war sauer wegen der Sachen, die Abbot letzte Nacht gesagt hatte. Ich ... ich wollte einfach nur abhauen.«

Zayne sah mich an. »Mit *ihm* zusammen?«

»So war das nicht geplant.« Ich kniff einen Moment lang die Augen zu, weil ich wusste, dass das, was ich ihm gleich gestehen würde, weitaus schlimmer war als alles, was Zayne wohl erwartete. »Wir sind in diesen ... Laden gegangen, und da war diese Frau ... und ich habe ...«

»Was hast du?«

Ich machte die Augen auf und sah abermals, was der Schemen mir gezeigt hatte – mein Gesicht. »Da war diese Frau, und ich ... ich habe mich von ihr genährt.«

Ungläubig schüttelte Zayne den Kopf. »Nein.«

Dieses eine kurze Wort klang so gequält, dass es mir einen Stich versetzte. »Ich wollte es nicht, und ich weiß auch, dass das keine Entschuldigung ist.« Es war nicht wichtig, dass Sucky und Inky bei dem Ganzen auch eine Rolle gespielt hatten. Ihnen die Schuld geben zu wollen wäre völlig sinnlos gewesen. »Ich habe sie nicht umgebracht. Es ging ihr anschließend gut. Aber ich habe es gemacht und war dann ...«

»High?«

Meine Wangen glühten vor Verlegenheit. »Ja.«

»Lass mich gerade mal zusammenfassen, ob ich das jetzt alles richtig verstanden habe. Du bist weggegangen, weil du dich darüber geärgert hast, was gestern rund um Maddox' Sturz passiert ist, der übrigens wieder bei Bewusstsein ist und bestätigen konnte, dass du ihn nicht gestoßen hast.« Er redete weiter, bevor ich anmerken konnte, dass diese Tatsache wohl kaum etwas daran ändern würde, wie sein Vater über mich dachte. »Also machst du heute blau und verbringst deine Zeit mit einem Dämon, um genau das zu tun, was mein Vater dir unterstellt?« Aufgeregt ging er vor mir hin und her. »Wie zum Teufel soll das einen Sinn ergeben?«

Ich fuhr mir durchs Haar. »Tut es nicht, und ich weiß auch, dass ich Mist gebaut habe …«

»Weil du mit *ihm* unterwegs warst.«

Ich schüttelte den Kopf, da ich wusste, dass ihm das Schlimmste noch längst nicht bekannt war und dass ich es ihm sagen musste. »Das hatte nichts mit ihm zu tun. Er hat mich zu überhaupt nichts gezwungen.«

Zayne setzte zu einer Erwiderung an, aber dann zuckte Schmerz über sein Gesicht. Er trat einen Schritt nach hinten, seine Haut wurde heller, und gleich darauf stand er in seiner menschlichen Form vor mir. Auch wenn er nur eine tief auf den Hüften sitzende Lederhose trug, sah er immer noch beängstigend aus.

Aber es war sein Gesichtsausdruck, es waren diese stechend blauen Augen, die mich bis ins Mark erschütterten. Er fuhr sich durchs Haar und ließ die Hand anschließend wieder sinken. »Was … was hast du getan?«

»Ich … ich habe Roth geküsst«, sagte ich und musste mich zwingen, nicht den Blick von ihm abzuwenden, sondern zu dem Fehler zu stehen, den ich begangen hatte. »Ich war nicht bei Sinnen und …«

»Mit anderen Worten: Es war so, als würde man sich betrinken und mit irgendwem ins Bett gehen?« Er lachte ohne einen Anflug von Humor. »Meinst du, damit fühle ich mich besser?«

»Nein, natürlich nicht. Aber ich hätte es nicht gemacht, wenn ich klar bei Verstand gewesen wäre.« Die Stimme in meinem Hinterkopf widersprach diesen Worten zwar vehement, aber ich drehte dem Miststück sofort den Saft ab. »Es war ein Fehler«, flüsterte ich. »Und es tut mir leid. Ich weiß, das ändert nichts, und dadurch wird es auch nicht besser, aber es tut mir wirklich schrecklich leid.«

Traurig schüttelte er den Kopf. »Ich weiß überhaupt nicht, was ich noch dazu sagen soll, Layla. Ich kenne dich.« Er fasste mich an den Schultern und ließ den Kopf nach vorn sinken. »Ich *kenne* dich, und trotzdem kommt es mir manchmal so vor, als wärst du mir völlig fremd. Du machst Dinge, mit denen du dir am Ende nur selbst wehtust, und du weißt nicht mal, warum du sie machst.«

»Es ist …«, begann ich und kniff die Augen zu. Wusste ich, warum ich manchmal solche Dinge tat? Die Antwort darauf war viel zu einfach. Es lag mir im Blut. Das war keine Entschuldigung. Mich nicht zu nähren, das lag mir nicht im Blut. Aber nichts davon war im Moment wirklich wichtig, denn als ich die Augen aufmachte, sah ich nur Zaynes Schmerz. »Es tut mir leid.«

Er strich über meine Arme, dann ließ er mich los und straffte die Schultern. »Als ich sagte, wir sollten uns eine Chance geben, da hatte ich nicht damit gerechnet, dass so etwas geschehen würde.«

Alles in mir verkrampfte sich bei diesen Worten. Das war es dann also. Was zwischen uns hätte sein können, war vorüber, noch bevor es überhaupt begonnen hatte. Vielleicht war es auch besser so. Eine Beziehung zwischen uns war sowieso unmöglich, und sie würde nur einen Keil zwischen ihn und seinen Vater treiben. Obwohl ich mir genau das gerade einredete, schnürte sich mir die Kehle zu, und ich rang mit den Tränen.

»Dann gibt es jetzt keine Chance mehr?«, fragte ich.

Eine Weile erwiderte er nichts. »Ich weiß es wirklich nicht.«

Ich zwang mich, tief durchzuatmen. Es war besser gelaufen als erwartet, aber es half nicht gegen mein schlechtes Gewissen.

Ein paar Sekunden später fügte er hinzu: »Ich habe dich gedeckt.«

Ich hob den Kopf und sah ihm an, dass er die Wahrheit sprach. Am liebsten hätte ich mir die Zunge rausgerissen. »Wieso?«

»Irgendwie wusste ich, dir ist nichts zugestoßen«, erklärte er und rieb mit der Handfläche an seinem Kiefer entlang. »Das hat mich allerdings nicht davon abgehalten, stundenlang nach dir zu suchen. Es war aber auch nicht so schwierig, dich zu decken.«

Vor Scham wäre ich am liebsten im Erdboden versunken.

»Als du heute Nachmittag unterwegs warst und … na ja, was immer du auch gemacht hast … auf jeden Fall hat uns die Nachricht erreicht, dass Dean McDaniel gestorben ist.«

Ich legte die Hand vor den Mund, alles andere war für den Augenblick vergessen. »Oh mein Gott.«

»Du weißt, was das bedeutet.«

Abgesehen davon, dass ein Mensch viel zu früh sein Leben verloren hatte? Ich ließ die Hand sinken. »Es bedeutet, dass er zum Geist geworden ist.«

25. KAPITEL

Schlechte Neuigkeiten sprachen sich immer schnell herum.

Am nächsten Morgen bei Unterrichtsbeginn schien jeder von Deans Tod gehört zu haben. Er war zwar nie sonderlich beliebt gewesen, und die meisten Mitschüler waren erst durch die Schlägerei im Biounterricht auf ihn aufmerksam geworden, dennoch lag ein Schatten über der gesamten Schule. Niemand lächelte oder lachte. Die unterschwellige Begeisterung über die nahenden freien Tage zu Thanksgiving hatte einen Dämpfer erhalten. Deans Tod machte uns alle betroffen, vielleicht weil er auf schmerzhafte Weise daran erinnerte, dass sogar junge Menschen von einem Moment zum nächsten aus dem Leben gerissen werden konnten.

»Jemand hat gesagt, dass er einen Herzinfarkt hatte«, erzählte Stacey, als wir auf dem Weg zu unserem Klassenzimmer waren. »Aber wie kann man an einem Herzinfarkt sterben, wenn man erst siebzehn ist?«

Ich schüttelte den Kopf. Mehr konnte ich nach den Erlebnissen der letzten Nacht nicht dazu beitragen. Seltsam war, dass sich der Entzug noch nicht eingestellt hatte, der dem Nähren üblicherweise folgte und wohl in etwa dem entsprach, was ein Drogensüchtiger durchmachte, wenn der Schuss seine Wirkung zu verlieren begann.

Nach allem, was Zayne mir heute Morgen erzählt hatte, ging man bei Dean von einer natürlichen Todesursache aus, aber wir wussten, dass sein Tod alles andere als normal war.

Dean war tot, doch er hatte ganz sicher keinen Frieden gefunden.

Diese Wolke aus Bosheit, diese dicke, fast erstickende Schicht dicht unter der Oberfläche, die ich schon in Deans Haus bemerkt hatte, war heute auch in der Schule zu spüren. Sie war wie ein Schatten, der sich hinter jeder Ecke versteckte, wie ein unsichtbarer Stalker, der auf den richtigen Moment wartete, um zuzuschlagen.

»Vielleicht waren ja Drogen im Spiel«, meinte eine Mitschülerin gleich neben uns, an deren Namen ich mich beim besten Willen nicht erinnern konnte. »Er könnte eine Überdosis genommen haben, und sie sagen einfach nur, dass es sein Herz war.«

Bis die Glocke läutete und den Unterrichtsbeginn ankündigte, wurde überall fleißig weiterspekuliert. Als ich Roth sah, der in letzter Sekunde in den Raum geschlendert kam, verkrampfte ich mich unwillkürlich. Seine Haare waren vom Duschen noch feucht und gekräuselt, aber er sah genauso müde aus, wie ich mich fühlte. Leise vor sich hin summend setzte er sich an den Tisch vor uns und warf mir über die Schulter einen fragenden Blick zu, doch ich ignorierte ihn einfach und konzentrierte mich stattdessen auf Mr. Tucker, der Mrs. Cleo anscheinend dauerhaft ersetzen würde. Er stellte sich vor die Klasse und legte die gefalteten Hände auf die Folien für den Projektor.

Ich fühlte mich einfach zu kaputt, um verlegen wegen der Sache zu tun, die ich mir am gestrigen Tag erlaubt hatte. Allerdings wusste ich auch nicht, was ich zu Roth hätte sagen sollen. Sollte ich mich bei ihm dafür entschuldigen, dass ich ihn sexuell belästigt hatte? Das hörte sich sehr unterhaltsam an. Ich spürte, dass er mich noch sekundenlang ansah, ehe er sich endlich wieder umdrehte.

»Was ist denn mit euch beiden los?«, fragte Stacey. Sie flüsterte zwar, aber ich wusste, dass Roth dabei immer noch jedes Wort hören konnte.

»Gar nichts«, antwortete ich.

Roth lehnte sich zurück und ließ die Arme baumeln.

»Erzähl mir keinen Scheiß.« Mit dem Bein stieß sie mich an. »Du bist gestern wieder spurlos verschwunden. Warst du mit ihm unterwegs?«

Eine Lüge lag mir als Antwort auf der Zungenspitze, aber ich war es so unglaublich leid zu lügen. Daher entgegnete ich einfach gar nichts, was Antwort genug war. Roth balancierte seinen Stuhl auf den beiden hinteren Beinen, was auch nur er konnte, ohne sich vor der ganzen Klasse zu blamieren, da er einfach nie umkippte oder wegrutschte.

Erschrocken schnappte Stacey nach Luft. »Und was ist mit Zayne?«

Mein Herz fühlte sich an, als hätte es jemand in einen Entsafter gesteckt und ausgepresst. Genau. Was war mit Zayne? Eine wirklich gute Frage. Ich hatte letzte Nacht gewaltigen Mist gebaut und Zayne schlimmer wehgetan, als es mir sogar jetzt klar war. Als er mich heute Morgen zur Schule gefahren hatte, war von ihm kein Wort zu hören gewesen. Ich hatte mich ebenfalls in Schweigen gehüllt, denn Worte kosteten nichts und waren nutzlos, da sie voller falscher Versprechen steckten und Erwartungen weckten, die nicht erfüllt werden konnten.

Roth stützte sich mit den Ellbogen auf unserem Tisch ab, und Bambi bewegte sich unablässig über meinen Bauch. Als ich letzte Nacht nach Hause gekommen war, hatte sie sich sofort von mir gelöst und war dann nicht mehr zu sehen gewesen. Sehr wahrscheinlich hatte sie sich auf die Suche nach etwas Essbarem gemacht. Als ich aufwachte und gerade noch eine halbe Stunde Zeit hatte, um zur Schule zu kommen, hatte sie zusammengerollt im Puppenhaus gelegen.

Mr. Tucker räusperte sich. »Ich weiß, dass ihr alle heute sehr tragische Neuigkeiten über einen eurer Klassenkameraden erfahren musstet.«

Ich sah zu dem Tisch mit den beiden Jungs, die hinter Dean gesessen hatten. Lenny war noch nicht wieder zum Unterricht erschienen, nur Keith war da. So lässig, wie er auf seinem Stuhl saß und die Beine ausgestreckt hatte, schien ihm diese Mitteilung nicht sonderlich nahezugehen.

»Man hat mich wissen lassen, dass Therapeuten im Haus sind, die bei der Bewältigung der Trauer helfen können. Jeder, der mit ihnen reden möchte, kann sich jederzeit an sie wenden«, fuhr Mr. Tucker fort und fuchtelte mit den Folien herum, die er jetzt in der Hand hielt.

Mein nächster Atemzug blieb mir auf halbem Weg im Hals stecken, als ich spürte, wie das seltsame Gefühl aus dem Korridor in diesen Klassenraum vordrang. Es war wie eine dunkle, dichte Wolke, die sich vor die Sonne schob. Unwillkürlich lief mir ein Schauer über den Rücken.

Ich legte den Stift auf meinen Notizblock und schaute mich um. Alles sah ganz normal aus, trotzdem stimmte etwas nicht.

Als Roth den Kopf zur Seite neigte, wusste ich, dass er es auch wahrnahm.

»Es gibt keinen Grund, sich zu schämen, wenn man meint, man sollte mit jemandem darüber reden«, betonte Mr. Tucker. »Niemand wird euch das zum Vorwurf machen. Der Tod ist immer ein schwieriges Thema, ganz egal, wie alt man ist.«

Die Deckenlampe über Mr. Tucker begann zu flackern, was aber außer Roth und mir niemand sonst bemerkte. Roth ließ seinen Stuhl auf alle vier Beine zurücksinken. Die Lampe über dem Vertretungslehrer hörte auf zu flackern, stattdessen blinkte nun die Lampe davor. Kaum leuchtete die wieder ordentlich, flackerte eine weitere, was sich durch den Mittelgang fortsetzte, bis die Störungen Keiths Platz erreicht hatten.

Keith bemerkte das Flackern und sah irritiert nach oben.

»Wendet euch also bitte an eure Lehrer, und wir vereinbaren dann für euch einen Termin bei einem der Therapeuten …« Mr. Tucker verstummte und ließ den Blick nun ebenfalls zu der flackernden Deckenleuchte wandern.

Einen Moment lang herrschte völlige Stille. Jeder Muskel in meinem Körper spannte sich an, als mir ein eisiger Hauch über die Haut strich. Ich erschauderte, denn mir war klar: Irgendetwas würde gleich passieren. Das hier fühlte sich genauso an wie der Moment, kurz bevor die Fensterscheiben im Anwesen aus den Rahmen gesprengt wurden und Maddox die Treppe runtergeflogen war.

Ich wollte aufspringen, doch Stacey fasste mich am Arm.

Dann explodierte die Deckenlampe über Keith, und es regnete Glassplitter auf ihn herab. Entsetzte Schreie gellten durch den Klassenraum, hastig wurden Stühle hin und her gerückt, da alle erschrocken aufsprangen.

»Jetzt geht's los«, sagte Roth und setzte sich gerader hin.

Mr. Tucker warf die Folien zur Seite und kam nach vorn. »Bleibt alle zurück! Da ist überall Glas …«

Keith stieß gegen den freien Stuhl neben seinem Platz und schüttelte den Kopf. Winzige Scherben wurden so aus seinen Haaren geschleudert. Gerade drehte ich mich zu Stacey um, da sprang Roth auf, weil aus einer Ecke des Raums ein dunkler Schwaden herangeschossen kam, der sich so schnell bewegte, dass kein menschliches Auge ihm folgen konnte.

Ich bekam eine Gänsehaut.

Ein Geist! Im Klassenzimmer hielt sich ein Geist auf, und ich hätte einen Jahresvorrat Zuckerplätzchen darauf verwettet, dass es Deans Geist war.

Die schattenhafte Form, die höchstens einen Meter groß war, rammte Keiths Bein, woraufhin der über den Stuhl geworfen wurde. Für alle anderen hatte es vermutlich so ausgesehen, als hätte er nur das Gleichgewicht verloren. Aber ich wusste, es steckte etwas anderes dahinter.

Keith schlug hart auf dem Boden auf und ächzte laut, seine Beine prallten gegen den Stuhl. Das schattenhafte Etwas verwischte, da es sich wieder bewegte. Gleichzeitig wurde der Stuhl nach hinten geschleudert und traf Keith mitten im Gesicht.

»Heilige Scheiße!«, rief Mr. Tucker. Bei jeder anderen Gelegenheit hätte ich über seinen Ausruf gelacht, aber hier war im Augenblick überhaupt nichts lustig.

Der Schatten zog sich in die entgegengesetzte Ecke zurück und wartete in der Nähe der Tür, während sich Mr. Tucker vorbeugte, um dem blutüberströmten und sichtlich schockierten Keith zu helfen.

Entsetzt und totenbleich sah Stacey mich an. »Allmählich glaube ich, es wird Zeit, die Schule zu wechseln.«

»Vielleicht keine so schlechte Idee«, erwiderte Roth, der sich in den Mittelgang begab.

Ich verfolgte den Schatten, wie er zur Tür schoss, in sich zusammenfiel und als trübe Pfütze unter der Tür hindurch in den Korridor entkam. Die Wächterin in mir verlangte, dass ich den Geist nicht entkommen ließ.

»Was hast du vor?«, fragte Stacey und wollte mich erneut festhalten, doch ich war schon zu weit weg.

»Bin gleich wieder da«, rief ich ihr über die Schulter zu.

Mr. Tucker und die halbe Klasse waren so sehr damit beschäftigt, sich um Keith zu kümmern, der zusammenhangloses Zeugs redete, dass niemand darauf achtete, was ich vorhatte.

Ich verließ das Zimmer, sah nach rechts und entdeckte sofort den Geist, der als unheimliche Nebelschwade durch den Korridor trieb. Eine Kraft, von der ich nicht gewusst hatte, dass ich sie besaß, erwachte in mir und ließ mich ungewohnt schnell rennen.

Der Geist hielt eine Sekunde lang inne, dann hallte ein leises, boshaftes Gelächter durch den Flur, und im nächsten Moment flogen sämtliche Spindtüren auf. Bücher und Jacken wurden ebenso in den Gang geschleudert wie Notizblöcke und lose Blätter.

Ich schrie auf, denn ein besonders schweres Geschichtsbuch traf mich am Oberschenkel. Als ich weiterlief, verlor ich im Durcheinander der umherfliegenden Bücher und Zettel den Geist aus den Augen. Dann musste ich mit Schrecken erkennen, dass sich die Stifte in winzige Waffen verwandelt hatten, da sie wie Projektile durch die Luft schossen und von den Wänden abprallten.

Die Wolke aus Büchern und Stiften traktierte meine Arme, die ich schützend vor mich hielt. Für jedes Objekt, das ich von mir wegschleuderte, schienen Dutzende mehr nachzurücken.

Plötzlich war Roth bei mir und bewahrte mich davor, von einem Buch am Kopf getroffen zu werden. »Einen Geist verfolgen zu wollen ist vermutlich keine so kluge Idee.«

»Und was sollen wir stattdessen tun?« Ich bückte mich, um einer großen Schminktasche auszuweichen. »Soll er noch jemanden verletzen?«

Roth wollte etwas erwidern, doch in dem Moment nahm das Chaos ein jähes Ende. Bücher, Hefte und alles andere hingen sekundenlang in der Luft, dann klatschte alles auf den Boden.

Der Flur sah aus wie ein Schlachtfeld.

Lehrer kamen aus den umliegenden Klassenzimmern in den Gang gestürmt, betrachteten einen Moment lang die Bescherung und sahen schließlich dorthin, wo Roth und ich standen. Aus den ungläubigen wurden sehr schnell argwöhnische Mienen.

»Oh Mist«, murmelte ich.

Ich stand draußen vor der Schule und konnte noch immer nicht glauben, was auf diesem buttergelben Zettel vermerkt war, den ich in der Hand hielt.

Hinter mir wurde eine der Eingangstüren geöffnet, aber ich musste mich nicht umdrehen. Ich wusste auch so, wer es war, da der süßliche Geruch ihn verriet. »Na, hat man dich auch vom Unterricht ausgeschlossen?«

Seufzend faltete ich den Zettel zusammen und steckte ihn in die Hosentasche, als sich Roth zu mir stellte. »Ja, dank dieser ›Null-Toleranz‹-Politik.«

Roth lachte leise. »Wenigstens ist es nur für ein paar Tage. Nächste Woche haben wir Thanksgiving-Ferien, und danach dürfen wir ja wieder zurück.«

Der Rektor und die Verwaltung hatten sich den Flur angesehen und prompt Roth und mir die Schuld an dem Chaos gegeben. Angeblich hätten wir uns einen Vorabstreich vor den Zeugnissen oder irgendeinen anderen Mist geleistet. Und wie hätten wir uns schon dagegen verteidigen sollen? Mit der Erklärung, dass ein Geist dafür verantwortlich war?

Oh ja, das wäre sicher gut angekommen.

»Kriegst du deswegen Ärger?«, fragte er, als ich nicht reagierte.

Ich blinzelte in die grelle Sonne und schüttelte mich. »Vermutlich ja.«

»Das ist nicht gut.« Er drehte sich so zu mir um, dass er mich ein wenig vor dem kalten Wind, der um den Pavillon herumpfiff, abschirmte.

Nickend schaute ich zur Straße.

»Wie viel Ärger hast du wegen letzter Nacht bekommen?«

Ich zog die Ärmel meines Sweaters bis über die Finger und hielt den Stoff fest. »Zayne hat mich gedeckt. Die anderen wussten nicht, dass ich spurlos verschwunden war.«

»Das ist doch gut.«

Ich sah ihn an und zog die Brauen hoch. Er stand nur da und schürzte die Lippen. »Du hast Zayne gesagt, dass ich nicht bei dir war.«

»Du weißt, warum ich das gemacht habe.«

»Er hat es dir nicht geglaubt.«

»Macht das was aus?«

»Du hast mich bis drei Uhr morgens durchschlafen lassen«,

erwiderte ich gereizt. »Wenn Zayne mich nicht gedeckt hätte …«

»Hat er aber«, unterbrach er mich. »Ich wollte dich nicht aufwecken.«

»Wieso nicht? Hattest du Angst, ich könnte mich wieder auf dich stürzen?« Die Frage platzte aus mir heraus, bevor ich reagieren konnte.

»Ich hatte mehr Angst davor, dass du das *nicht* machen würdest, denn das wäre ein Problem gewesen.« Er stieg auf der breiten Treppe eine Stufe nach unten und drehte sich zu mir um. »Ich bin gegangen, weil ich vermeiden wollte, dass du aufwachst und mich bittest, dich zu küssen. Ein zweites Mal hätte ich mich nicht zurückhalten können.«

Seine Worte verwirrten mich. Gluthitze strömte durch meine Adern, mein Herz begann zu rasen, doch diese Reaktionen waren aus einer Vielzahl von Gründen völlig verkehrt.

»Du musst dir keine Sorgen machen. Das kommt nicht wieder vor«, erklärte ich ihm. »Ich war high.«

Er zog einen Mundwinkel hoch und meinte lachend: »Du bist wirklich eine miese Lügnerin.«

»Ich lüge nicht.«

Lächelnd beugte Roth den Kopf so weit vor, dass seine Lippen fast meine berührten. Ich weigerte mich beharrlich, vor ihm zurückzuweichen. »Ich weiß, warum du das sagst«, entgegnete er. »Ich kann es sogar verstehen, Layla. Wirklich. Ich habe dir wehgetan und verdiene es, von dir belogen zu werden.«

Ich rührte mich nicht, als sein warmer Atem über meine Haut strich.

»Aber es gibt so viel, das du nicht weißt oder nicht verstehst«, redete er weiter und drehte den Kopf dabei so, dass ich seinen Atem an meinem Ohr spürte. Eine Gänsehaut lief mir über den Rücken. »Behaupte also nicht, dass du weißt, was ich wirklich will oder was ich tun werde, um es zu beschützen.«

Während ich noch verdutzt dreinschaute, machte er auf dem Absatz kehrt und ging die Treppe runter, wobei er immer zwei Stufen auf einmal nahm. Ich drückte eine Hand gegen meinen Hals, während ich ihm hinterhersah. Es gab so vieles, was ich nicht wusste?

Wenn das Roth betraf, glaubte ich allmählich, dass es stimmte.

Kaum war Abbot aufgewacht, brüllte er auch schon meinen Namen, was sich so anhörte, als wollte das *Cloverfield*-Monster das Anwesen dem Erdboden gleichmachen. Augenblicke später saß ich vor dem Schreibtisch im Arbeitszimmer und sah Abbot an, der mich in diesem Moment sogar sehr an das *Cloverfield*-Monster erinnerte.

»Vom Unterricht ausgeschlossen?«, fragte er und betrachtete den gelben Zettel.

Ich nickte. »In der Schule ist ein Geist aufgetaucht. Er hat Keith angegriffen und ist dann in den Flur entkommen. Ich bin ihm gefolgt, und plötzlich ist er völlig ausgerastet und hat alle Spinde geöffnet und alles rausgeschleudert, was sich darin befand. Was hätte ich sagen sollen, als die Lehrer hinkamen und das sahen?«

Abbot legte den Zettel auf den Schreibtisch und kniff sich in den Nasenrücken. Er selbst sagte nichts, dafür nickte Nicolai, der rechts von ihm stand, und erklärte: »Seit dem Tod des Jungen wussten wir, dass ein Geist erschaffen werden würde. Das passiert immer, wenn einem Menschen die Seele entrissen wird.«

Ich warf Nicolai einen dankbaren Blick zu.

»Ich weiß«, murmelte Abbot und rieb sich die Stirn. »Dass

der Geist auf direktem Weg die Schule aufgesucht hat, ist besorgniserregend.«

Zayne verschränkte die Arme vor der Brust und lehnte sich mit den Schultern gegen die Wand. Auf dem Rückweg von der Schule hatte er wieder geschwiegen, und auch jetzt sagte er kaum etwas. Unsere Blicke trafen sich kurz, dann sah er zur Seite.

Ich sank im Sessel in mich zusammen. Während Abbot darüber redete, wie sie heute Nacht in der Schule aufräumen sollten, lief vor meinem geistigen Auge noch einmal das Geschehen im Klassenzimmer ab. Keith hätte schwere Verletzungen erleiden können, und solange der Geist da irgendwo sein Unwesen trieb, war jeder in Gefahr. Ein kalter Lufthauch strich über meine Haut, und ich fröstelte. Moment mal ... *der kalte Lufthauch.*

Die Kälte unmittelbar vor dem Angriff des Geists war mir vertraut vorgekommen. Wie konnte ich das vergessen? »Augenblick mal. Bevor der Geist auf Keith losgegangen ist, habe ich diesen eisigen Wind gespürt. Es war genauso wie hier im Haus, kurz bevor die Fenster explodierten und Maddox die Treppe runtergefallen ist.«

Abbot hielt mitten in der Bewegung inne und sah mich an. »Willst du damit sagen, dass sich hier im Haus ein Geist aufhält?«

Es klang verrückt, aber es war nicht unmöglich. Schutzzauber gegen dämonische Aktivitäten *im* Haus waren praktisch nutzlos, weil ich mich hier aufhielt. Und Geister zählten genau genommen nicht zu den Dämonen.

»Warum sollte sich hier ein Geist aufhalten?«, fuhr Abbot fort und legte die Hand auf den Schreibtisch. »Normalerweise suchen sie die Orte auf, die ihnen zu Lebzeiten vertraut waren.«

Dez rutschte in seinem ausladenden Ledersessel hin und

her und schaute nachdenklich drein. Er sagte kein Wort, daher wusste ich nicht, was ihm durch den Kopf ging und ob seine Überlegungen in die gleiche Richtung tendierten wie meine.

Ein Geist entstand, wenn einem Menschen die Seele entrissen wurde. Nur bestimmte Dämonen waren dazu in der Lage, nämlich Lilith, die Lilin und … und ich. Wächter hatten Seelen, sogar reine Seelen, und ich hatte Petrs Seele in jener Nacht genommen, als er mich angegriffen hatte. Es war Selbstverteidigung gewesen, da er mich andernfalls ganz sicher getötet hätte. Dennoch war es unter allen Umständen verboten, eine Seele zu nehmen.

Petr war etwas ganz Schreckliches widerfahren. Er war nicht wie ein Mensch gestorben, wenn man ihm den letzten Rest seiner Seele entriss. Er hatte sich in etwas Diabolisches verwandelt, das noch erschreckender als ein Hohedämon war. Und dann hatte Roth das getötet, was aus ihm geworden war.

Konnte es sein, dass sich Petr als Geist noch immer hier aufhielt?

Mein Magen verkrampfte sich, und ich senkte den Blick. »Du hast recht«, sagte ich. Jedes Wort brannte wie Säure auf meiner Zunge. »Es gibt keinen Grund, warum ein Geist sich hier aufhalten sollte.«

Als ich den Kopf hob, wurde mir bewusst, dass Zayne kerzengerade dastand, weil er wusste, was sich in jener Nacht tatsächlich abgespielt hatte.

»Und was willst du gegen den Geist unternehmen, der Keith attackiert hat?«, wollte ich wissen und hoffte, seine Aufmerksamkeit auf das Problem in der Schule zurückzulenken.

Abbot sah mich an, aber seine Miene verriet nicht, was in ihm vorging. »Wir werden einen guten alten Exorzismus durchführen.«

26. KAPITEL

Die Zeit schlich förmlich dahin, ohne dass sich irgendetwas ereignete, was vermutlich auch damit zusammenhing, dass ich das Haus nicht mehr verlassen hatte. Abbot hatte keinen Hausarrest verhängt, was mich überraschte. Auch wenn ich ganz offensichtlich nichts mit dem Chaos zu tun hatte, das mir den vorläufigen Ausschluss vom Unterricht eingebrockt hatte, war ich davon überzeugt gewesen, dass Abbot noch irgendein Argument finden würde, um mir trotzdem die Schuld daran zu geben.

Aus einer der wenigen Unterhaltungen mit Nicolai wusste ich, dass am Freitag nach Unterrichtsschluss in der Schule ein Exorzismus durchgeführt worden war. Demnach war der Geist, der zuvor unter dem Namen Dean bekannt gewesen war, keine Bedrohung mehr. Ich war erleichtert, dass der bösartige Geist beseitigt worden war, ohne dafür extra noch die Ghostbusters bemühen zu müssen. Doch das änderte nichts an der Tatsache, dass Dean ohne Seele gestorben und damit in der Hölle gelandet war.

So etwas hatte Dean nicht verdient, und es war einfach nicht fair. Schlimmer aber war, dass es längst noch viel mehr Geister geben konnte, die wir bislang bloß nicht entdeckt hatten. Die Wächter untersuchten verdächtige Todesfälle, aber es war selbst für sie unmöglich, alles im Auge zu behalten und auf jede Unregelmäßigkeit zu achten. Wir tappten im Dunkeln und konnten eigentlich nur darauf warten, dass sich die nächste Katastrophe ereignete.

Solange ich noch zur Schule gegangen war, hatte ich geglaubt, ich könnte in irgendeiner Form eingreifen, wenn etwas passierte. Hier dagegen kam ich mir einfach nur nutzlos vor, so als würde ich auf der Stelle treten.

Die einzige Abwechslung kam durch Anrufe und SMS von

Stacey und Sam, die beide immer noch der Meinung waren, ich würde mich zusammen mit Zayne ihrem geplanten Kino-Date anschließen. Aber dazu würde es nicht kommen. Zayne hatte ich so gut wie gar nicht mehr gesehen, aber ich nahm es ihm auch nicht übel, dass er mir aus dem Weg ging. Sobald ich an ihn dachte, regte sich ein pochendes Sehnen in meiner Brust. Ich bereute es nicht, dass ich ihm die Wahrheit gesagt hatte, allerdings machte das den Umgang mit den Konsequenzen kein bisschen leichter.

Das Abendessen war bereits angerichtet, und die meisten Wächter machten sich bereit, um für die Nacht auszuschwärmen. Bevor ich mich auf den Weg in die Küche begab, um zu sehen, was ich mir da zu essen holen konnte, ging ich zum Fußende meines Betts, wo mein Handy lag.

Aus einem seltsamen und nervtötenden Impuls heraus griff ich nach dem Telefon, zog aber noch gerade rechtzeitig den Arm zurück. »Mist.«

Auf dem Handy wartete eine tickende Zeitbombe auf mich.

Es war eine SMS von Roth. Eine zwei Tage alte SMS, auf die ich nicht reagieren wollte und konnte.

Der Inhalt an sich war völlig harmlos. *Langweilst du dich schon?* Mehr nicht. Aber es war die erste SMS von ihm seit seiner Rückkehr aus der Hölle, und aus irgendeinem verrückten Grund meinte mein Magen immer dann, wenn ich an diesen Text dachte, er sei Kunstturner. Für mich symbolisierte dieser Text eine klar und deutlich gezogene Trennlinie, die ich überrennen würde, sobald ich reagierte.

Roth hatte recht mit dem, was er mir bei unserer letzten Begegnung gesagt hatte.

Ich wusste wirklich absolut nichts, was ihn betraf. Ich hatte keine Ahnung, was er plante oder was er mit den Dingen erreichen wollte, die er zu mir sagte. Ich wusste nur: Tief in meinem Herzen steckten seine Worte noch immer wie eine gärende Infektion fest, wonach ihm das, was zwischen uns gewesen war, überhaupt nichts bedeutet hatte. Das war eine Tatsache, das war die Realität, und ich würde nicht zulassen, dass sich das wiederholte.

Und dann war da auch noch Zayne.

Leicht zitternd atmete ich durch und zwang mich, auf Abstand zum Bett zu gehen. Als ich mein Zimmer verließ, zog ich das Haargummi vom Handgelenk und band meine Haare zu einem nachlässigen Pferdeschwanz zusammen, was zu meinem oberflächlichen Versuch passte, mich anzuziehen. Meine Jogginghose war mir mindestens zwei Nummern zu groß, das langärmelige Oberteil war dagegen wohl zwei Nummern zu klein.

Ich musste total scharf aussehen. Oh ja.

Bewusst machte ich einen großen Bogen um das Esszimmer, in dem eine ganze Footballmannschaft Platz gefunden hätte. Tiefe Stimmen drangen von dort nach draußen in den Flur, ab und zu unterbrochen von hellem Lachen, das von Jasmine oder Danika kommen musste. Einen Moment blieb ich vor der geschlossenen Schiebetür stehen und ließ das dümmliche Verlangen in mir hochkommen, zu *ihnen* dazugehören zu wollen.

Wie albern.

Ich schüttelte den Kopf und schlurfte weiter in Richtung Küche. Nicht die, in der Jasmine ihre Babys fütterte, sondern die, die ich gern als den Ort ansah, an dem mit Essen gezaubert wurde. Die Tür fiel leise hinter mir zu. Die Hausangestellten eilten betriebsam hin und her, niemand wunderte sich, dass ich mich hier aufhielt.

Morris stand vor einer Reihe von Schüsseln und drehte sich um. Als er mich sah, lächelte er mich an, nahm einen abgedeckten Teller und stellte ihn auf die Kücheninsel. Dann tippte er auf den Hocker, der gleich vor ihm stand.

Ich grinste ihn an, während ich Platz nahm. »Danke, das wäre aber nicht nötig gewesen.«

Er zuckte mit den Schultern und reichte mir Besteck, dann nahm er den Deckel hoch. Schmorbraten und rote Kartoffeln. Mir lief das Wasser im Mund zusammen. Ich haute rein und kaute genüsslich zu einer Geräuschkulisse aus laufendem Wasser und klappernden Tellern. Im Verlauf des letzten Monats hatte sich das für mich zu einem tröstenden Hintergrundlärm entwickelt. Außer Morris nahm hier eigentlich niemand richtig Notiz von mir, aber das störte mich nicht.

Ich war diesen Leuten ziemlich ähnlich. Wir waren wie Geister in diesem Haus, in dem es eigentlich nichts gab, dem man sich verbunden fühlen konnte.

Lieber Himmel! Meine Laune bewegte sich irgendwo zwischen *Im Müllcontainer* und *Mit dem Gesicht voran in einer Schlammpfütze*.

Als ich fertig war, brachte ich den Teller dorthin, wo sich das andere benutzte Geschirr stapelte. Wie üblich versuchte ich, ihn selbst abzuspülen, aber eine Küchenhilfe nahm ihn mir so schnell aus der Hand, dass mich diese Reaktion wirklich beeindruckte.

»Sie wissen ja, dass ich das auch kann«, machte ich ihr klar.

Die Frau erwiderte nichts, sondern stellte meinen Teller auf den Stapel, der gespült werden musste. Ich verzog den Mund und drehte mich weg, da lief mir ein heftiges Kribbeln über die Wirbelsäule, als ich in ein blaues Augenpaar sah.

Zayne stand in der Küche. Seinem Gesicht war keine Gefühlsregung anzusehen, während er den Blick nach unten zu dem Messer wandern ließ, das ich in der Hand hielt. Er zog eine Braue hoch. »Sollte ich deswegen beunruhigt sein?«

Ich fühlte mich etwas überrumpelt, ihm hier zu begegnen.

Morris kam zu mir, nahm mir das Messer aus der Hand, sah mich mit großen Augen an und versetzte mir dann einen alles andere als dezenten Schubser in Zaynes Richtung. »Ich … ähm … ich habe zu Abend gegessen.«

»Das dachte ich mir schon.« Wieder sah er nach unten, aber diesmal wusste ich, dass ich keine Hieb- und Stichwaffe in der Hand hielt. Stattdessen starrte er auf den breiten Streifen nackte Haut, der durch mein zu knappes, hochgerutschtes Oberteil zum Vorschein gekommen war. Meine Wangen begannen zu glühen, dann bahnte sich diese Hitze ihren Weg bis in viel, viel tiefere Regionen meines Körpers. Als Zayne mir schließlich wieder ins Gesicht sah, wusste ich, dass mein Kopf so rot wie eine Tomate sein musste. »Ich bin auf dem Weg in den Trainingsraum. Willst du mitkommen?«

Gerade wollte ich ihm antworten, da ging Morris an mir vorbei und versetzte mir einen weiteren gezielten und kraftvollen Schubser. »Hey!«, rief ich ihm über die Schulter zu.

Aber er zwinkerte nur.

Als ich mich wieder Zayne zuwandte, bemerkte ich, dass seine Lippen zuckten, da er versuchte, sich ein Lächeln zu verkneifen. War das ein gutes Zeichen? »Gern.«

Zayne nickte, und ich folgte ihm zu der schmalen Tür neben dem riesigen Kühlschrank. Das war ein Zugang zu den Untergeschossen, den ich nur selten benutzte.

»Ich habe heute verschlafen«, erklärte er mir, als er die Tür hinter mir zuzog. »Vor dem Essen hatte ich keine Zeit mehr zum Trainieren.«

»Hattest du … viel zu tun letzte Nacht?« Ich folgte ihm durch den schwach beleuchteten Flur, aber dann wurde er langsamer, bis ich ihn eingeholt hatte, damit wir nebeneinander hergehen konnte. »Hast du gejagt?«

»Wir sind auf eine Meute Terrier drüben am Rock Creek Park gestoßen, mit denen hatten wir fast die ganze Nacht zu tun.«

»Terrier?« Als er nickte, konnte ich nur verwundert den Kopf schütteln. Terrier waren eine Art Kreuzung aus Strauß und Greifvogel, eine weitere Klasse dämonischer Lieblichkeiten. »Das ist aber eigentlich nicht normal, oder?«

Zayne wurde langsamer, als wir die Tür erreichten, die zu einem der Trainingsräume führte. »Das letzte Mal, dass wir welche gesehen haben, war unmittelbar bevor Dez Jasmine mit nach hier unten brachte.«

»Das ist ja schon Jahre her.« Ich betrat den Raum, da Zayne mir die Tür aufhielt.

»Richtig.« Er ging an mir vorbei und überquerte die blauen Matten in Richtung der Bänke, auf denen die Ausrüstung ausgebreitet lag. Er griff nach ein paar Stoffstreifen und wickelte sie um seine Knöchel. »Tatsache ist, dass es vielen dieser Dämonen nicht gestattet ist, an die Oberfläche zu kommen. Wir kriegen sie nur selten zu Gesicht, und deshalb glauben wir, dass sie sonst nicht hier sind. Aber das sind sie. Sie sind nur besser darin geworden, sich vor uns zu verstecken.«

Ich musste an diesen Club unter dem Palisades und an all die Dämonen denken, die sich eigentlich gar nicht unter die Menschen mischen sollten.

»Willst du mitmachen?«, fragte er, als er seine Knöchel fertig umwickelt hatte.

»Nein, ich hab zu viel gegessen. Ich schau nur zu.« Ich zog den Saum meines Oberteils nach unten, aber als ich losließ, flutschte es zurück in die ursprüngliche Position. Damit war mein halber Bauch nach wie vor unbedeckt. Vielleicht hätte ich mir doch etwas mehr Mühe mit der Auswahl meiner Kleidung geben sollen. Nach diesem Abendessen war bei mir nämlich deutlich ein kleine Plauze zu sehen.

Zayne ging an mir vorbei und legte die Hände an den Sandsack. »Ich wünschte, du würdest es dir noch mal überlegen und zusammen mit uns allen essen.«

»Und ich wünschte, du würdest das Thema endlich mal auf sich beruhen lassen.«

Über die Schulter sah er mich an und zog die Brauen hoch. »Du sollst nicht das Gefühl haben, dass du nicht dazugehörst. Denn das tust du. Und dein Fehlen beim Essen fällt auf.«

»Wem denn bitte?«, gab ich lachend zurück.

»Mir.«

Ich setzte zu einer Erwiderung an, aber im Grunde wusste ich gar nicht, was ich dazu sagen sollte. Er ging in Position und hob die Arme. »Genießt du eigentlich deine freie Zeit?«, wollte er wissen und versetzte dem Sandsack einen Schlag, der ihn weit über einen Meter wegschleuderte.

»Ich gehe ein vor Langeweile.«

Voll konzentriert holte er mit dem anderen Arm aus. »Und du hast noch den Rest der Woche vor dir.«

»Ja, danke, dass du mich daran erinnerst.« Im Schneidersitz ließ ich mich auf einer Matte nieder.

Er lächelte flüchtig, während er sich um den Sandsack herumbewegte und ihn von verschiedenen Seiten mit einer Reihe von Schlagtechniken traktierte. Schweiß trat ihm auf die Stirn und wurde von den blonden Haaren an seinen Schläfen aufgesogen. »Von einem Kontaktmann in dem Krankenhaus, in das man Dean gebracht hatte, haben wir erfahren, dass vor zwei Nächten noch eine Person eingeliefert wurde, die beim Eintreffen bereits tot war. Eine junge Frau, die bis dahin keinerlei gesundheitliche Probleme hatte, ist an einem schweren Herzinfarkt gestorben. Ihr Herz war mehr oder weniger von innen heraus zerfetzt worden, so wie bei Dean.«

Ich verzog missmutig den Mund.

»Ihr Verlobter wird übermorgen abreisen, weil die Beisetzung in Pennsylvania stattfindet. Dann werde ich mich in ihrem Haus umsehen«, redete er weiter. »Nur so können wir feststellen, ob sie infiziert war, weißt du? Wenn sie jetzt ein Geist ist, dann wird sie sich am ehesten in diesem Haus aufhalten.«

In letzter Zeit waren die Wächter sehr viel damit beschäftigt, Todesfälle zu untersuchen. »Kann ich mitkommen?«

Er unterbrach seine Übungen, wischte sich über den Unterarm und sah mich einen Moment lang nur an. »Du hörst dich schon an wie Danika. Sie beharrt auch darauf, endlich mit auf die Jagd gehen zu dürfen.«

»Warum auch nicht? Schließlich ist sie ausgebildet und eine vollwertige Wächterin. Sie kann kämpfen.«

»Du kennst die Antwort auf deine Frage.«

Es kam mir schon etwas eigenartig vor, Danika zu verteidigen, nachdem ich so viel Zeit damit verbracht hatte, sie zu hassen. »Vielleicht möchte sie einfach nicht am laufenden Band Babys produzieren.«

Kopfschüttelnd widmete er sich wieder dem Sandsack. Nur Zayne war in der Lage, wie ein Besessener auf etwas einzuprügeln, ohne anschließend außer Atem zu sein. Ich würde jetzt schon japsend in einer Schweißlache liegen.

»Also? Darf ich?«, fragte ich. »Ich war nicht markieren, da wäre es einfach ... ein gutes Gefühl, mich in irgendeiner Weise nützlich zu machen.«

Nach ein paar weiteren Fausthieben wandte er sich vom Sandsack ab. Sein graues Shirt war auf der Brust komplett durchgeschwitzt. »Ich denke, das dürfte kein Problem sein. Klar doch.«

Ich konnte mir ein strahlendes Lächeln nicht verkneifen. »Danke. Ich möchte wirklich gern was tun, das nicht ...«

Weiter kam ich nicht, weil er in diesem Moment sein Shirt auszog und es zu Boden fallen ließ.

Lieber Himmel ...

Oh, das war so verkehrt.

Meine Augen klebten förmlich an seiner Brust und dem flachen Bauch, beinahe so wie ein Verhungernder, dem man ein All-you-can-eat-Buffet hingestellt hatte. Die Jogginghose hing so tief, dass seine V-Lines deutlich zu sehen waren. Zayne hatte eigentlich kein Sixpack. Eher schon ein Eightpack.

»Was hast du gesagt?«

Jeder Muskel war ganz klar und deutlich definiert, so als hätte sie jemand in seinen Bauch eingemeißelt. »Was?«

Plötzlich fasste er mir unters Kinn und hob meinen Kopf weit genug an, dass ich Zayne in die Augen sehen konnte. Er lächelte, während ich rot anlief. »Du hast davon gesprochen, mich zu dem Haus der verstorbenen Frau zu begleiten.«

»Oh … ja … richtig.«

Zayne lachte leise, nahm die Hand weg und kehrte zum Sandsack zurück. Es war einfach faszinierend, das Spiel seiner Muskeln zu beobachten, wenn er Schlag auf Schlag austeilte. Ich war mir sicher, wenn ich noch länger hier saß und ihm zusah, würde ich irgendwann auf dieser Matte dahinschmelzen. Trotzdem stand ich nicht auf. Das war viel besser, als sich auf Tumblr Fotos von heißen Typen anzusehen, die irgendwer gepostet hatte. Als er fertig war, griff er nach einem frischen Handtuch. Ich saß immer noch da, und vermutlich hing mir die Zunge aus dem Mund, und ich sabberte alles voll. »Was morgen das Kino angeht …«

Das kam so rüber, als hätte er mir einen Eimer mit eiskaltem Wasser ins Gesicht geschüttet.

Die Wirklichkeit war scheiße. Ich stand auf und hielt meinen Blick stur nach unten gerichtet. »Ja, was das angeht …« Ich atmete gedehnt aus und kämpfte gegen den Kloß in meinem Hals an. »Ich schätze, ich werde Stacey eine SMS schicken, dass das mit dem Kino für uns nicht infrage kommt … ich meine, für mich«, korrigierte ich mich. »Es gibt eigentlich keinen Grund für mich, mitzugehen, und es ist bestimmt auch besser so. Immerhin soll das für Sam und Stacey das erste Date sein.«

Ich wollte an Zayne vorbeigehen, aber er legte mir den Arm um die Taille und hielt mich zurück. Dabei drückte sein Unterarm auf meinen Bauch, und Haut berührte Haut. Ich erstarrte, als im gleichen Moment ein wirrer Schwall von Emotionen auf mich einstürmte. Ich hatte einfach noch nicht genug Erfahrung, um dieses Durcheinander zu entschlüsseln.

»Hoppla«, sagte er und zog mich weiter zurück, bis ich wieder vor ihm stand. Erst dann ließ er den Arm sinken. »Du willst nicht mehr ins Kino gehen?«

»Na ja, ich dachte ... ich ... ich war der Meinung, dass du nicht mehr gehen wolltest. Du weißt schon ... wegen Donnerstagnacht ... und ... und allem anderen.« Ich stotterte, als hätte ich gerade erst sprechen gelernt. »Ich kann das auch total verstehen, dass du ...«

»Habe ich irgendwann gesagt, dass ich mir das mit dem Kino anders überlegt habe?«, fragte er irritiert.

»Nein, aber ...«

»... aber ich habe es nicht gesagt, und soweit ich weiß, gehen wir ins Kino.« Ohne mich aus den Augen zu lassen, warf er sich das Handtuch über die Schulter. »Du hast es dir auch nicht anders überlegt, also bleibt's dabei.«

Ich starrte ihn nur an, und plötzlich begann ich mich zu fragen, ob mich der Schlag getroffen hatte, weil ich mir zu lange seine Bauchmuskeln angesehen hatte. »Aber wieso?«

»Wieso?«, wiederholte er leise.

»Ja, ich ... ich hab doch schließlich Mist gebaut, riesigen Mist.« Es kam mir unnötig vor, es ihm auch noch zu erklären. »Warum solltest du noch mit mir ins Kino gehen wollen? Stacey und Sam werden glauben, dass das was zu bedeuten hat.«

»Denkst du denn, dass es etwas bedeutet, wenn wir zusammen ins Kino gehen?«

Ich stand nur da und brachte keinen Ton heraus.

Er beugte sich ein wenig vor und sah mir in die Augen. »*Möchtest* du, dass es etwas bedeutet?«

»Ja«, flüsterte ich und fasste die ganze Wahrheit mit diesem einen Wort zusammen.

Er griff nach meinem Ellbogen. »Dann gehen wir morgen ins Kino.«

Es klang alles so einfach und selbstverständlich, doch ehrlich gesagt verstand ich nicht, warum er immer noch wollte. Ein Lächeln umspielte seine Lippen, als wüsste er genau, was mir durch den Kopf ging. »Ich habe dich nicht verdient«, sagte ich und hatte das Gefühl, als würden diese Worte aus eigenem Antrieb über meine Lippen kommen.

»Siehst du, und genau da irrst du dich.« Mit der anderen Hand strich er mir eine Strähne hinters Ohr, die sich aus dem Pferdeschwanz gelöst hatte. »Du verdienst alles.«

Vielleicht waren meine Prioritäten irgendwie auf den Kopf gestellt worden, auf jeden Fall spielten die Lilin, die Geister und der Unterschied, den ich in mir selbst wahrnahm, kaum noch eine Rolle, als ich dasaß und Lipgloss auftrug.

Ich lehnte mich ein Stück weit nach hinten und musterte mein Outfit sehr kritisch im Badezimmerspiegel. Stacey hätte bestimmt längst gesagt, ich müsse mehr Busen zeigen. Die dunkle Jeans saß hauteng, die weite weiße Bluse zierte ein dunkelblauer, geflochtener Gürtel. Und die schwarzen High Heels verliehen mir das Gefühl, größer als die Munchkins aus *Der Zauberer von Oz* zu sein.

Mein Haar trug ich offen, es fiel mir in lockeren Wellen über die Schultern. Das helle Rouge auf meinen Wangen sagte mir, dass es keinen Grund gab zu erröten. Hatte ich tatsächlich ein Date mit Zayne? Geschah das alles wirklich? Freudige Erregung strömte durch meine Adern und machte Bambi ganz nervös, dennoch kam es einem Teil von mir so vor, als würde ich das alles nur träumen.

Niemals hätte ich glauben wollen, dass es jemals irgendwann dazu kommen könnte.

Ich griff nach dem Mascara und überlegte, ob meine Wimpern noch eine Lage vertragen konnten oder ob sie dann aussahen, als hätten sich ein paar Spinnen auf ihnen gepaart.

»Du siehst toll aus. Jetzt hör schon auf, an dir rumzuwurschteln. Wir kommen sonst noch zu spät.«

Vor Schreck ließ ich den Mascara fallen. Zayne stand mitten in meinem Zimmer und beobachtete mich. Sein strahlendes Lächeln gab mir das Gefühl, als hätte ich einen Regenbogen entdeckt.

Er trug einen dunkelgrauen Sweater mit V-Ausschnitt, der sich über seine breiten Schultern spannte. Die helle Jeans dazu stand ihm ganz fantastisch.

»Danke«, sagte ich. »Du siehst auch sehr … sehr gut aus.«

Zayne lachte, als ich aus dem Badezimmer kam. »Dein Gesicht ist so rot.«

»Herzlichen Dank.«

»Ich finde das süß.«

Dass ich vermutlich aussah wie eine Chilischote, war überhaupt nicht süß. Beharrlich wich ich seinem Blick aus. »Würde es dir was ausmachen, wenn wir Stacey und Sam zu Hause abholen? Das wäre einfacher, als mit zwei Wagen zu fahren.«

»Kein Problem.«

»Gut.« Ich drehte mich um und betrachtete das Durcheinander, das in meinem Zimmer herrschte. »Jetzt muss ich nur noch meine Handtasche finden.«

So lautlos wie ein Schatten kam Zayne näher. »Die brauchst du nicht, weil ich bezahle. Das machen Männer so bei einem Date.«

Mein Herz machte einen Satz. Das hier war ein Date. Ich konnte es noch immer nicht begreifen. Beim Anblick der verstreut herumliegenden Bücher und Kleidungsstücke gab ich die Suche nach meiner kaum benutzten Handtasche auf und drehte mich zu Zayne um.

Er war noch näher gekommen, so nahe, dass ich die Wärme spüren konnte, die er ausstrahlte. Ich sah ihm in die Augen, aber ich fühlte mich unsicher.

»Du siehst wirklich wunderschön aus«, sagte er rau. »Aber das machst du sowieso immer. Ein wenig ist das so, als wärst du nicht so ganz real.«

Wenn ich Zayne solche Dinge sagen hörte, beförderte mich das jedes Mal in den siebten Himmel. Ich konnte ihn nur noch dämlich angrinsen.

Dann begann er zu lachen. »Jetzt komm schon, wir müssen los.«

Ich nickte, und als wir uns zum Gehen wandten, wurde uns bewusst, dass wir nicht allein waren. Draußen im Flur standen Danika und Maddox zusammen. Mir wurde einen Moment lang heiß, aber diese Hitze verflog gleich wieder, als sich eisige Finger über meine Haut bewegten.

Danika starrte den Flur entlang, ihre Miene verriet keine Gefühlsregung. So seltsam das auch war, verspürte ich ihretwegen einen kurzen Stich. Es war so eigenartig, aber ich wusste, was sie wirklich für Zayne empfand, und genau deswegen fühlte ich mich mies. Ich hatte das Gefühl, dass ich besser auf Abstand zu Zayne gehen sollte.

Und Maddox? Es war das erste Mal, dass ich ihn seit dem Sturz von der Treppe im Haus herumlaufen sah. Ich wusste zwar, er war schon seit einer Weile wieder auf den Beinen, aber ich hatte darauf geachtet, ihm aus dem Weg zu gehen. Was ich genau genommen auch bei allen anderen versuchte.

Maddox sah Zayne mit großen Augen an. Seine Kiefer waren angespannt, als müsse er sich mit allen Mitteln dazu zwingen, ja den Mund zu halten, während er mich betrachtete.

Jetzt hatte ich erst recht den Eindruck, dass ich mich ein Stück weit von Zayne entfernen sollte.

In diesem Moment griff Zayne nach meiner Hand und hielt sie fest, was für mich völlig überraschend kam. »Was ist los, Leute?«, fragte er.

Danika schüttelte den Kopf und lächelte. »Gar nichts. Wir waren gerade auf dem Weg nach unten zu den Trainingsräumen, stimmt's?«, fragte sie Maddox.

Der nahm keine Notiz von ihr, sondern sah nur stur auf unsere verschränkten Finger, als würden wir gemeinsam eine Handgranate festhalten. Verärgerung regte sich in mir und verdrängte meine Verlegenheit.

»Wolltest du irgendwas sagen?«, hakte Zayne nach und betrachtete Maddox mit zusammengekniffenen Augen.

Der Wächter schüttelte den Kopf und verzog den Mund. »Nein. Überhaupt nichts.« Dann drehte er sich weg und ging steifen Schrittes in Richtung Treppe.

Danika warf uns einen mitfühlenden Blick zu, der irgendwie nicht zu ihr zu passen schien. »Tut mir leid. Ich ...« Ihr Lächeln wirkte aufgesetzt. »... ich wünsche euch viel Spaß.«

Als nur noch wir beide im Flur standen, schaute ich Zayne an. »Maddox schien nicht gerade glücklich zu sein.«

»Sehe ich etwa so aus, als würde mich das kümmern?« Er hielt meine Hand fester umschlossen. »Jetzt komm schon, das Kino wartet nicht auf uns.«

Ich saß auf dem Beifahrersitz von Zaynes Impala, aber mein Kopf war nach hinten gewandt, weil ich nicht anders konnte, als Sam anzustarren und mich zu fragen, ob Aliens ihn entführt und ihm eine neue Persönlichkeit verpasst hatten. Nichts an diesem Typ, der da hinten neben Stacey saß, erinnerte an den seltsamen Streber, den ich seit dem ersten Schultag nur so und nicht anders erlebt hatte.

Sein sonst ungekämmtes Haar war tatsächlich *gestylt*. Ich war mir sicher, dass er uns allen erzählen konnte, wann das Haargel erfunden worden war, aber ich hätte nie geglaubt, dass er eine Ahnung hatte, wie man es benutzte. Seine Locken hatte er auf eine kunstvoll unordentliche Weise aus der Stirn gekämmt, wodurch sich sein ganzes Erscheinungsbild veränderte. Sein Kiefer wirkte kantiger, die Wangenknochen schienen ausgeprägter zu sein, und ohne Brille kamen mir seine Wimpern unglaublich lang vor.

Er saß sogar anders da, hatte den Körper entspannt und die Beine gespreizt, während er aus dem Fenster sah. Von seiner üblichen Trägheit war ihm nichts anzusehen. Und er war gut angezogen: Er trug einen Sweater, darunter ein weißes Hemd.

Sam sah wirklich gut aus. Fast war es so, als würde ich meinem eigenen Sohn beim Erwachsenwerden zusehen.

Stacey konnte sich an ihm gar nicht sattsehen. Ihre Finger hatte sie um seinen Unterarm gelegt, seine Hand … oha! Seine Hand lag auf ihrem Oberschenkel, und zwar auf der *Innenseite*!

Sofort drehte ich mich nach vorn, weil ich mir vorkam wie ein Spanner. Ich sah Zayne an. Die rechte Hand lang auf seinem Bein, mit der linken hielt er das Lenkrad fest. Ich hätte zu gern nach seiner freien Hand gegriffen, aber nachdem wir jahrelang nur gute Freunde gewesen waren, konnte ich nicht so schnell umschalten.

Und dann ging mir ausgerechnet in diesem Moment auch noch das denkbar Schlechteste durch den Kopf! Würde es mir bei Roth auch so schwerfallen zu vergessen, wer ich früher war, und zu akzeptieren, wer ich jetzt war? Ich drehte mich hastig weg und atmete flach aus, während ich beobachtete, wie ein Taxi anhielt, um ein Paar einsteigen zu lassen.

Ich werde nicht an ihn denken. Ich werde nicht an ihn denken. Für ihn war hier kein Platz.

Auf den Straßen war unglaublich viel los, und wir brauchten eine halbe Ewigkeit, um das Kino zu erreichen, das sich im historischen Viertel befand. Es war kein Multiplex, sondern ein altmodisches Kino mit nur ein paar Sälen, aber es war irgendwie schrullig und niedlich, und nachdem wir uns für einen Film entschieden hatten, war klar gewesen, dass wir in dieses Kino wollten.

Als wir endlich angekommen waren und die Eintrittskarten kauften, hielt sich im Foyer kaum noch ein Mensch auf. Der Duft nach gebuttertem Popcorn tröstete uns darüber hinweg, dass wir die Vorschauen für die kommenden Filme verpasst hatten.

Wir gingen zum Snackstand, Sam wechselte auf Staceys andere Seite und legte einen Arm um ihre Taille. Ganz offensichtlich hatte ich den Tag verpasst, an dem sich ihre Beziehung vom Flirten zum Grabschen weiterentwickelt hatte.

Wenn ich mir vor Augen hielt, wie weit Zayne und ich gekommen waren, ohne uns eigentlich von der Stelle zu bewegen, dann musste ich mich ernsthaft fragen, welche Erlebnisse Sam und Stacey miteinander geteilt hatten, um solche Fortschritte zu machen. Ich nahm mir vor, Stacey über den aktuellen Stand der Dinge auszuhorchen.

Aber im Moment war mein eigener Stand der Dinge wichtiger.

Mich wunderte, dass ich nach allem, was sich ereignet hatte, jetzt tatsächlich mit Zayne hier stand. Ich sah ihn an und bemerkte, dass er mich beobachtete, wie ich an meinem Daumennagel knabberte.

»Alles in Ordnung?«, erkundigte er sich.

Ich nickte.

Langsam beugte er den Kopf vor, bis sein Mund dicht an meinem Ohr war. »Dann entspann dich.«

Erst da wurde mir klar, wie angespannt ich war. Ich atmete ein paarmal tief durch und zwang mich, ein wenig zu relaxen.

»Schon besser.« Er legte eine Hand an mein Kreuz und flüsterte: »Ich will heute Abend hier sein, Layla-Biene. Egal, was mal passiert ist, heute Abend will ich hier sein.«

Seine Worte verschlugen mir den Atem und ließen mein Herz Pirouetten drehen wie eine Ballerina. »Ich will heute Abend auch hier sein«, erwiderte ich im gleichen Tonfall.

Mit den Lippen berührte er leicht meine Schläfe. »Genau das wollte ich hören.«

Als er sich aufrichtete, lächelte er so strahlend, dass ich Angst haben musste, mir die Augen zu verbrennen.

Das Geräusch der Eingangstür hinter uns verriet, dass wir uns nicht als Einzige verspätet hatten. Ich sah über die Schulter zu den Nachzüglern und … konnte nicht fassen, welcher Anblick sich mir da bot.

Hereingekommen war der Mann, dem ich die Bibel ins Gesicht geschleudert hatte – der Mann von der Kirche der Kinder Gottes, der uns entwischt war. Wie an jenem verheerenden Tag trug er auch jetzt ein weißes Hemd und eine Hose mit Bügelfalte. Die Haare waren auf wenige Millimeter gestutzt. Er hatte eine Flasche Wasser bei sich. Das konnte doch kein Zufall sein. Aber woher hatte er gewusst, dass er uns hier finden würde? War er Zayne und mir gefolgt? Oder meinen Freunden?

Ich bekam den Mund nicht mehr zu, drehte mich hastig weg und zog an Zaynes Shirt. Fragend sah er mich an, und ich sagte leise: »Guck mal, wer da eben reingekommen ist.«

Als er den Mann entdeckt hatte, fluchte er leise. »Das kann doch wohl nicht wahr sein.«

»Was redet ihr zwei denn da?«, fragte Stacey und drehte sich so zu uns um, dass sie sich auf eine Weise an Sams Arm anlehnen konnte, die supersüß ausgesehen hätte – wenn ich nicht kurz davor gewesen wäre, völlig auszuflippen.

»Gar nichts«, antwortete Zayne und lächelte sie lässig an, während er mir den Arm um die Schultern legte und mich dabei so hinstellte, dass ich mich vor ihm befand. »Nehmt ihr Popcorn oder was?«

»Ich brauche was Süßes. Skittles«, erklärte Sam und betrachtete den Tresen, während er die Hände auf der gläsernen Abdeckung abstützte. Die Bedienung – eine junge Frau mit mehr Sommersprossen im Gesicht, als es Sterne am Himmel gab – beugte sich zu ihm vor.

»Skittles?« Stacey rümpfte die Nase. »Du kannst Skittles nicht ausstehen.«

Zayne legte eine Hand um meinen Oberarm. »Wir gehen schon mal rein und …«

In dem Moment stellte sich uns der Mann in den Weg und sah Stacey und Sam an. »Mit denen solltet ihr nicht unterwegs sein.«

Verwundert musterte Stacey den Mann, während sich Sam von der Theke abstieß und neugierig in die Runde sah. »Wie bitte?«, fragte sie.

»Ihr solltet nicht zusammen mit ihnen hier sein«, wiederholte der Mann leise. »Das sind die Handlanger des Teufels.«

Nach einer kurzen Pause fing Stacey an zu lachen. »Oh Gott, bist du einer von diesen Freaks, die diesen Hass auf die Wächter haben?« Sie zog an Sams Hand. »Hey, jetzt lernst du endlich mal einen von denen persönlich kennen.«

Sam musterte den Mann. »Kann mich nicht beeindrucken.«

»Ihr versteht nicht«, redete der weiter. »Das hat nichts mit ihm zu tun, sondern …«

»Oh nein, damit fangen wir gar nicht erst an«, fiel Zayne ihm ins Wort und hielt meinen Arm fester umklammert. »Kommt, wir gehen rein.«

»Popcorn kann ich später immer noch holen«, meinte Stacey und griff nach Sams Hand. »Und dann bringe ich dir auch deine Skittles mit.«

Wir gingen los, zwar für meinen Geschmack nicht schnell genug, aber immerhin hatten wir uns in Bewegung gesetzt. Mein Herzschlag beruhigte sich ein wenig. Wir waren bis in den Flur gekommen, der zum Eingang zu unserem Kinosaal führte. Auf einmal rief uns der Mann vier Worte nach, die uns alle abrupt stehen bleiben ließen: »Sie ist eine Dämonin.«

Mir blieb die Luft weg.

»Sie ist eine Dämonin«, wiederholte er in jenem überzeugten Tonfall, zu dem nur echte Eiferer fähig waren. »Und ich kann es beweisen.«

Stacey drehte sich um und schüttelte den Kopf. »Bist du nicht ganz dicht?«

Ich hatte keine Ahnung, wie er es beweisen wollte, und ich wollte es lieber auch nicht wissen. Bambi wurde rastlos, da meine innere Anspannung wuchs. »Das ist nicht wahr.«

Er sah mich an, in seinen Augen war außer blankem Hass nichts zu sehen. Was ist mit den Regeln? wollte ich ihn anschreien. Menschen sollten nicht wissen, dass Dämonen existierten. Das hatten die Alphas so bestimmt, weil sie wollten, dass die Menschen auch ohne einen Beweis für die Existenz der Hölle an ihrem Glauben festhielten. Ich hatte das schon immer für eine verrückte Idee gehalten, aber der Mann musste darüber Bescheid wissen, und trotzdem kümmerte es ihn nicht. »Du erzählst bloß Lügen.«

Zayne ließ den Arm sinken und stellte sich vor mich. »Zwing mich lieber nicht zu irgendetwas, das ich später bereuen werde.«

»Es gibt schon genug, was du bereuen solltest.« Er entfernte sich von Zayne.

Mein Herz raste wieder wie wild. Er wollte mich bloßstellen, hier, in aller Öffentlichkeit. Die weitreichenderen Folgen einer solchen Aktion waren mir egal, aber das hier waren meine Freunde, die mich für einen normalen Menschen hielten und von denen ich akzeptiert wurde. Ich durfte das nicht zulassen.

Ich griff nach Staceys Arm und warf Zayne einen panischen Blick zu. »Kommt schon, lasst uns weitergehen. Wir können …«

»Sie will nicht, dass ihr die Wahrheit erfahrt«, redete der Mann weiter und zog etwas aus seiner Gesäßtasche. Zayne war auf alles gefasst, aber dann sah er, dass der Mann nur ein Stück Papier in der Hand hielt, das sich an den Rändern aufrollte. Er hielt es uns hin, und wir sahen, dass es sich um das Foto einer älteren Frau handelte. Sie trug ein orangefarbenes Oberteil, ihre hellblonden Haare sahen fettig und strähnig aus. Schorf überzog ihre hängenden Lippen, ihr Gesicht war von tiefen Falten durchzogen.

»Was sollen wir mit einem Foto aus einer Verbrecherkartei?«, fragte Sam stirnrunzelnd.

»Ihr Name war Vanessa Owens«, erklärte der Mann. Seine Hand zitterte. »Sie war zwanzig, als sie Ende der Neunziger in einem staatlichen Kinderheim arbeitete. Sie ging in Georgetown zur Schule, vor ihr lag eine strahlende Zukunft. Sie hatte einen liebevollen Freund und engen Kontakt zu ihrer Familie und ihrem Freundeskreis.«

Ungeduldig neigte Stacey den Kopf zur Seite. »Und? Hat sie Meth entdeckt? So sieht das auf dem Foto nämlich aus. Drogen sind Müll. Ich habe keine Ahnung, was wir damit anfangen sollen.«

Ich betrachtete das Foto. Weder der Name noch das Gesicht waren mir vertraut, trotzdem verspürte ich ein wachsendes Unbehagen.

»Das reicht«, sagte Zayne und griff erneut nach meinem Arm. »Verschwinden wir von hier.«

»Er will auch nicht, dass ihr es erfahrt, denn die Wächter beschützen sie. Sie beschützen, was sie wirklich ist und was sie dieser unschuldigen Frau angetan hat.«

»Ich habe diese Frau noch nie gesehen«, betonte ich, hatte aber das Gefühl, mit dem Rücken zur Wand zu stehen. »Ich weiß nicht, wer sie ist.«

»Vielleicht erinnerst du dich nicht an sie, aber ich bin mir sicher, sie würde dich noch wiedererkennen. Immerhin hast du ihr Leben zerstört«, gab er zurück und verzog angewidert den Mund. »Sie hat auf dich aufgepasst, als du bei ihr zur Pflege untergebracht warst. Deinem wahren Wesen entsprechend hast du dich von ihr genährt und ihr damit einen Teil ihrer Seele genommen. Damit begann für sie ein Teufelskreis, der zu Drogen und Diebstahl und schließlich zum Tod führte.«

Das Blut wich mir so schnell aus dem Gesicht, dass ich damit rechnete, ohnmächtig zu werden. Das Bild der Frau veränderte sich vor meinen Augen, es zeigte sie jünger und jünger, mit gesundem blonden Haar, mit makelloser Haut und einem warmherzigen Lächeln.

Oh mein Gott …

Das war die Frau, von der ich mich genährt hatte, als ich noch klein gewesen war? Die Frau, die ich *angegriffen* hatte, wodurch die Wächter überhaupt erst auf mich aufmerksam geworden waren? Ich wusste, man hatte sie anschließend ins Krankenhaus gebracht, aber … so etwas?

»Oha«, murmelte Sam und rieb sich die Stirn.

»Über zehn Jahre lang saß sie immer wieder für kurze Zeit im Gefängnis, bis sie vor Kurzem auf die Idee kam, einen

Supermarkt auszurauben. Sie tötete einen Angestellten und wurde von der herbeigerufenen Polizei erschossen.« Der Mann ließ das Foto sinken. »Das ist dein Werk. Wie viele Leben hast du seitdem noch geraubt?«

Zayne sagte wieder irgendetwas und zog an meinem Arm, aber ich stand wie erstarrt da. In all den Jahren hatte ich mir nie ernsthaft Gedanken darüber gemacht, was aus der Frau geworden war. Da ich nur einen Teil ihrer Seele genommen hatte, war ich davon ausgegangen, dass sie sich davon erholen würde. Aber ich hatte dieser Frau tatsächlich das ganze Leben versaut.

Bei dieser Erkenntnis rebellierte mein Magen so sehr, dass ich dachte, ich müsste mich auf den Kerl vor mir übergeben. Was ich mit dieser Frau gemacht hatte, unterschied sich kein bisschen von dem, was Dean widerfahren war und was Gareth und vielleicht noch vielen anderen Leuten bevorstand.

»Du bist eine Dämonin«, zischte der Mann mir zu. »Und es wird der Tag kommen, an dem du das nicht länger verheimlichen kannst.«

Ich wusste keine Erklärung, wieso die Kirche so viel über mich hatte herausfinden können, aber das war jetzt auch nicht wichtig. Wichtig war nur, was er behauptet und ich über mich selbst erfahren hatte.

»Wow, Mann, du bist ja total irre.« Stacey verschränkte die Arme vor der Brust und schüttelte den Kopf. »Das ist überhaupt nicht witzig. Vielleicht sollten wir die Bullen rufen.«

»Du glaubst mir nicht?«, fragte er.

Sie stieß einen abfälligen Laut aus. »Glaubt dir irgendjemand?«

»Du wirst schon sehen.« Er ließ die Hand, in der er die Wasserflasche hielt, so plötzlich vorschnellen, dass ihn niemand mehr aufhalten konnte. Nicht mal Zayne hatte das kommen sehen. Zielsicher bespritzte er uns mit dem Inhalt der Flasche. Stacey und ich bekamen eine Ladung ins Gesicht ab, Zayne wurde am Hosenbein getroffen.

Stacey kreischte, als sie das Wasser mit den Händen abzuwehren versuchte. »Was soll denn das?«

Mir lief das Wasser über den Kopf, übers Gesicht und in die Augen, mehrere Stellen meines Shirts wurden getränkt und damit so gut wie durchsichtig. Nur … nur war das kein normales Wasser. Ich stolperte rückwärts und stieß gegen Stacey, während Zayne nach vorn schoss und dem Mann einen Stoß versetzte, der ihn ein paar Meter weit nach hinten schleuderte. Dann drehte er sich zu mir um, Entsetzen stand ihm ins Gesicht geschrieben, was meinen Verdacht bestätigte.

»Oh nein«, flüsterte er.

Meine Haut auf Stirn und Wangen schmerzte, ich sah nur noch verschwommen, und mein Mund brannte, als hätte ich literweise extrascharfe Sauce getrunken. Verschiedene Stellen auf Brust und Bauch begannen schmerzhaft zu pulsieren. Bambi zog sich fluchtartig auf meinen Rücken zurück.

Das Brennen wurde schnell intensiver und nahm mir die Luft zum Atmen. Ich hob die Hände, dünne Rauchfahnen stiegen von meinen viel zu rosig schimmernden Fingern auf.

»Oh mein Gott!«, schrie Stacey entsetzt. »Layla …«

Der Kerl stand auf, hielt die leere Flasche in der Hand und spuckte mir zutiefst befriedigt ein einziges Wort entgegen. »Weihwasser.«

27. KAPITEL

Nur beiläufig nahm ich wahr, wie Zayne dem Typ von der Kirche der Kinder Gottes so heftig ins Gesicht schlug, dass der bis an die gegenüberliegende Wand flog und dort in sich zusammensank. Die Wasserflasche des Verderbens rollte über den Boden. Es kam mir so vor, als würde das Fleisch von meinen Knochen wegbrennen. Das war kein Vergleich mit der winzigen Menge, die Roth benutzt hatte, als ich von dem Nachtkriecher gekrallt worden war.

Wie Schockwellen bahnten sich die Schmerzen ihren Weg durch meinen Körper. Ich stützte mich auf den Knien auf und versuchte durchzuatmen, aber das war fast unmöglich. Ich konnte Staceys aufgeregte Stimme hören, aber sie schien sehr weit weg zu sein.

»Wir müssen gehen.« Zayne war neben mich getreten und stützte mich auf dem Weg aus dem Gang und durch die Lobby nach draußen. Die kühle Luft verstärkte das Brennen nur noch mehr, und ich biss mir auf die Unterlippe. »Ich muss das Zeug von ihr abwaschen!«

»Kann mir bitte jemand erklären, was hier los ist?«, rief Stacey, die nun wieder deutlicher zu verstehen war. »Was ist da eben passiert?«

»Ich habe jetzt keine Zeit für Erklärungen. Du fährst.« Er warf Sam den Wagenschlüssel zu. Wäre ich in diesem Moment nicht schon drauf und dran gewesen, zu Boden zu sinken, hätte es mich ganz sicher umgehauen, dass er jemand anders seinen Impala fahren ließ. »Zu dir nach Hause, das ist näher.«

Sam fing die Schlüssel auf, schüttelte aber den Kopf. »Wir können nicht zu mir fahren. Meine Eltern würden ausflippen.«

Zayne stieß ein kehliges Grollen aus. »Sie braucht sofort eine Dusche. Mir ist egal, was deine Eltern denken …«

»Nein«, ging ich keuchend dazwischen. »Fahr mich zu Staceys Haus … das sind nur ein paar Blocks mehr.«

»Layla …«

»Sie hat recht. Meine Mom ist nicht zu Hause, und es sind nur ein paar Blocks. Und wenn wir die Fifth Avenue nehmen, könnten wir sogar noch Zeit sparen«, stimmte Stacey mir außer Atem zu. »Aber sollten wir sie nicht besser ins Krankenhaus bringen? Ihre Haut ist überall knallig rosa. War das Säure? Oh mein Gott, hat dieser Verrückte …«

»Es war keine Säure, und in einem Krankenhaus kann man ihr nicht helfen.« Wir waren gut einen halben Block weit gelaufen, dann fluchte Zayne und hob mich hoch, um mich zu tragen. Ich konnte mir beim besten Willen nicht vorstellen, was für ein Bild wir abgaben, aber es kümmerte mich auch nicht. Ich versuchte ein Stöhnen zu unterdrücken, als er meine Position ein wenig veränderte. »Tut mir leid«, flüsterte er mir heiser zu.

»Ich verstehe das nicht«, fing Stacey schon wieder an. Ihre Stimme kam abermals aus weiter Ferne. »Es war nur Wasser. Ich bin doch auch davon getroffen worden. Ich *verstehe* das nicht.«

Niemand erwiderte etwas. Dann hatten wir endlich den Impala erreicht. Zayne kletterte mit mir auf den Rücksitz und wischte den größten Teil des Wassers mit einem alten T-Shirt weg, das er im Wagen liegen hatte, doch es half nichts. Ich musste duschen. Die Fahrt zu Staceys Haus war die pure Hölle. Nebenbei bekam ich etwas davon mit, wie Zayne Nicolai anrief und ihn warnte, dass womöglich ein PR-Desaster von dämonischen Dimensionen auf uns wartete. Ich konnte der Unterhaltung weit genug folgen, um zu erfassen, dass Nicolai sich im Kino umsehen würde, um Schadensbegrenzung zu betreiben. Nach einer Weile konnte ich wieder klar genug sehen, um Staceys bestürzte Miene zu erkennen.

Sie starrte mich an, als ob … als ob sie nicht wüsste, wen oder was sie vor sich hatte. Vielleicht weigerte sich ihr Verstand noch, eins und eins zusammenzuzählen, aber früher oder später würde das passieren. Ich wiederum hielt es nicht aus, so von ihr angesehen zu werden. Also machte ich die Augen zu und beließ es dabei, bis wir bei ihr zu Hause angekommen waren.

Die Schmerzen tief in meinem Inneren waren genauso schlimm wie das Feuer überall auf der Haut. Ich sprach kein Wort, als Stacey vor uns die Treppe hinaufging und uns in ihr Badezimmer führte. Sam blieb unten, ganz bestimmt weil er recherchieren wollte, wie es möglich war, dass jemand von Weihwasser Verbrennungen erleiden konnte. Er hatte sich die ganze Zeit über bemerkenswert ruhig verhalten.

»In den nächsten zwei Stunden dürften wir noch ungestört sein«, sagte Stacey, und ihre Stimme klang seltsam verzerrt. »Kann ich … irgendwie helfen?«

»Hast du etwas für sie, das sie anziehen kann?« Sie musste daraufhin genickt haben, denn Zayne fuhr fort: »Gut, dann leg das vor die Tür.«

»Aber …«

»Wir werden dir alles erklären.« Er machte die Tür auf und dirigierte mich ins Badezimmer. »Versprochen.«

Stacey bekam die Tür zu fassen, bevor er sie hinter uns schließen konnte. »Ist alles in Ordnung, Layla?«

»Ja«, krächzte ich und drehte ihr weiter den Rücken zu. »Das … wird schon wieder.«

Zayne gelang es, die Tür zu schließen, und ging um mich herum, damit er den Hahn aufdrehen konnte. Im nächsten Moment stand ich unter einem eiskalten Wasserstrahl und schnappte nach Luft. Wasser lief mir übers Gesicht und machte alle Mühe hinfällig, die ich mir mit der Mascara und dem Eyeliner gegeben hatte.

»Deine Sachen müssen runter«, forderte er mich auf.

Das musste er mir nicht zweimal sagen. Ich drehte den Kopf zur Seite und nickte zustimmend. Keiner von uns sprach auch nur ein Wort, außerdem war absolut nichts Sexuelles damit verbunden, dass ich unter dem beständigen Strom aus kaltem Wasser stand, während Zayne mir meine Klamotten auszog. Weg war die hautenge Jeans, ebenso der geflochtene Gürtel und mein BH. Alles, was mit dem Weihwasser in Berührung gekommen war, musste runter von meinem Körper.

Bambi hatte es sich auf meinem Rücken in Kreuzhöhe bequem gemacht und zu einer gut geschützten Kugel zusammengerollt, während Zayne nasse Arme bekam, weil er mich unter dem Wasserstrahl immer wieder von einer Seite auf die andere drehte, damit alles Weihwasser abgespült wurde.

Nachdem ich das Gefühl hatte, ungefähr fünf Jahre im fünften Kreis der Hölle zugebracht zu haben, ließ das Brennen endlich ein wenig nach, und überall an meinem Körper bildete sich Gänsehaut wegen des eisigen Wassers. Ich zwinkerte ein paarmal, um die Tropfen loszuwerden, die an meinen Wimpern hingen. Als ich auf meine Arme blickte, die ich vor der Brust verschränkt hatte, zuckte ich zusammen, so ramponiert sahen sie aus.

»Es tut mir leid, dass ich den Kerl nicht aufgehalten habe«, erklärte Zayne leise. »Ich hätte das verhindern müssen. Ich hätte es verhindern *können.*«

»Es ist nicht deine Schuld. Wer sollte denn ahnen, dass er … dass er mich mit Weihwasser vollspritzt.«

Er sah mir ins Gesicht. »Ich hätte so etwas erwarten müssen.«

Zitternd schüttelte ich den Kopf. »Es ist n…nicht deine Sch…schuld.«

Seine Miene nahm einen zweifelnden Ausdruck an, was ihn mit einem Mal älter aussehen ließ. »Brennt's noch?«

»Nein.«

Er stellte das Wasser ab, und ich konnte weder mein Gesicht noch meine Zehen spüren, was vermutlich eine gute Sache war. Meine Haut fühlte sich so kalt an, dass sie einem verschneiten Tag im Februar Konkurrenz machen konnte.

Zayne legte mir ein großes flauschiges Handtuch um und klemmte es mir unter die Achseln.

»Hier, halt das«, sagte er, und ich nahm die Enden und knotete sie zusammen. Dann hob er mich aus der Wanne und drehte sich mit mir um, setzte sich auf den Wannenrand und zog mich auf seinen Schoß. Mit einem anderen Handtuch begann er meine Haare trocken zu rubbeln. »Himmel, du fühlst dich an wie ein Eiswürfel.«

»W…warum hat er es da im Kino gemacht, w…wo nur Stacey und Sam es mitbekommen konnten? Warum n…nicht vor einer großen Menschenmenge?«, fragte ich zähneklappernd.

»Es war eine persönliche Sache, das ist der einzige Grund.« Zayne rieb mit dem anderen Handtuch über meine Arme, um die Kälte zu vertreiben. »Wie fühlst du dich jetzt?«

»B…besser.« Ich starrte auf die butterblumengelbe Wand, während er dafür sorgte, dass meine kalte Haut wieder durchblutet wurde. Ich wusste nicht, wie viel Zeit verstrichen war, als ich ihn endlich fragte: »W…was sollen wir ihnen s…sagen?«

Er reagierte nicht sofort, sondern rieb mit dem Handtuch sanft über meine Wangen. »Die Wahrheit, denke ich.«

»Und was ist m…mit den Regeln?«

Zayne legte mir das Handtuch über die Schultern. »Na ja, genau genommen wurden sie bereits gebrochen, und bislang ist uns kein aufgebrachter Alpha ins Gesicht gesprungen. Außerdem sind die zwei deine besten Freunde, und du vertraust ihnen.« Er machte eine kurze Pause. »Abgesehen davon habe ich keine Ahnung, welche Lüge wir ihnen auftischen könnten, die sie uns auch wirklich abnehmen würden.«

Vergeblich versuchte ich zu lächeln. »Was ist, wenn S... Stacey mich deswegen hasst o...oder Angst vor mir hat?«

»Ach Layla, sie wird dich nicht hassen.« Er beugte sich vor und küsste mich auf die Stirn. »Sie wird auch keine Angst vor dir haben oder dich auf einmal mit anderen Augen sehen.«

Ich hatte das Gefühl, dass dicke Seile um meine Brust gewickelt waren und festgezurrt wurden. »W...wieso sollte sie das nicht t...tun?«

»Weil sie dich so kennt, wie ich dich kenne. Und das gilt auch für Sam.« Seine eindringliche Art verlieh seinen Worten eine überraschende Überzeugungskraft. »Was du bist, ändert nichts daran, wer du bist.«

Ich nickte.

Er suchte den Blickkontakt zu mir, legte die Arme um mich und ließ das Handtuch zu Boden fallen. Ich ließ mich in seine Umarmung sinken und genoss seine Wärme und sein Verständnis. Sein Glaube an mich erschien mir verkehrt, wenn ich mir selbst nicht sicher war, dass er berechtigt war.

Aber ich musste mich zusammenreißen, weil Stacey und Sam draußen auf uns warteten und weil ich mich nicht für alle Zeit halb nackt zusammen mit Zayne hier im Badezimmer verstecken konnte.

»Ich bin bereit«, sagte ich, auch wenn mein Herz einen Schlag aussetzte, als ich mich aus seiner Umarmung löste und aufstand.

Zayne holte die Kleidung herein, die Stacey vor die Tür gelegt hatte. Ich zog Jogginghose und Sweater an, dann zwang ich mich, nach draußen zu gehen. Zayne hatte sich an die Wand gegenüber der Badezimmertür gelehnt und wartete auf mich, sein matter Blick war zur Decke gerichtet. Als er sich von der Wand abstieß und sich vor mich stellte, hätte ich am liebsten diesen ganzen Tag zurückgespult und ihn noch mal von vorn anfangen lassen.

»Es wird alles gut werden«, versicherte er mir.

So guter Hoffnung war ich nicht.

Stacey und Sam warteten unten im Wohnzimmer auf uns. Als wir reinkamen, stand meine Freundin auf, ihr normalerweise dunkler Teint war blass. Sam drehte sich zu uns um und sah uns erwartungsvoll an.

»Okay«, sagte sie und legte die Hände zusammen. »Bevor wir über irgendwas reden – geht es dir gut?«

Ich nickte. Meine Haut war gerötet und fühlte sich ein wenig wund an, aber bis morgen früh würde sich das wieder gelegt haben. »Ja, alles okay.«

Sie kniff die Augen zu und stieß einen erleichterten Seufzer aus. »Du hast uns wirklich Angst eingejagt. Erst dachte ich, der Typ hätte dich mit Säure übergossen, aber ich weiß … dass das nicht der Fall war. Erstens musstest du nicht ins Krankenhaus, und zweitens hat sich deine Haut nicht abgeschält.«

Ich zog die Brauen hoch.

»Außerdem wurde Stacey genauso von dem Wasser getroffen«, fügte Sam hinzu und musterte mich eingehend. Nicht so, als hätte er Angst vor mir. Es kam mir mehr wie pure Neugier vor. »Und ihr ist nichts passiert.«

»Aber dir ist was passiert«, fuhr Stacey fort und atmete wieder tief durch. »Irgendwas ganz Seltsames. Ich habe gesehen, wie deine Haut gedampft hat.«

Tja, spätestens damit wäre für jeden klar gewesen, dass mit mir etwas nicht stimmte. Ich sah zu Zayne, der aufmunternd nickte und sich auf die Lehne eines Sessels setzte. »Ich weiß nicht mal, wie ich anfangen soll.«

»Wie wäre es zuerst mal mit der Wahrheit?«, schlug Sam vor.

Seine Bemerkung versetzte mir einen Stich, den ich auch verdient hatte. »Es tut mir leid, dass ich euch gegenüber nicht ganz ehrlich war. Aber es gibt Dinge … Regeln …, die haben mir das bislang immer unmöglich gemacht.«

»Bist du so wie Zayne?«, wollte Stacey wissen und sah ihn an. »Wenn ja, dann wüsste ich nicht, wo das Problem ist.«

»Ich bin ein bisschen so wie Zayne. Ich bin zum Teil Wächterin.« So etwas zu meinen Freunden zu sagen war irgendwie seltsam. Ich setzte mich in den Sessel, auf dessen Armlehne sich Zayne niedergelassen hatte. »Aber ich bin nicht so wie er. Nicht so ganz. Ich … ich bin zum Teil auch Dämonin. Darum hat das Wasser bei mir so gewirkt. Es war Weihwasser.«

Stacey setzte zum Reden an, zwinkerte einmal, dann ein zweites Mal, schließlich ließ sie sich lachend auf den Platz neben Sam fallen. »Okay, Layla, verarsch mich nicht.«

»Tue ich auch nicht.«

»Dämonen existieren nicht«, sagte sie und verdrehte die Augen. »Der Typ im Kino war verrückt.«

»Gargoyles existieren auch nicht«, wandte Zayne leise ein. »Richtig?«

Stacey schüttelte den Kopf. »Aber das ist auch was anderes. Ihr seid ja bloß eine weitere Spezies, stimmt's? So was wie Bigfoot. Ihr seid keine mythischen Geschöpfe aus der Bibel.«

»Unsere Art wurde früher auch für mythisch angesehen.« Zayne beugte sich vor und stützte die Hände auf den Knien auf. »Layla sagt die Wahrheit. Sie ist zum Teil Dämonin.«

»Dämonen gibt es nicht, das kann einfach nicht sein.«

»Glaubst du an Engel?«, fragte Sam und sah mich dabei an. »Wenn ja, wie kannst du dann die Existenz von Dämonen bezweifeln? Waren nicht die meisten von denen irgendwann mal Engel?«

Einerseits wunderte es mich nicht, dass Sam das Ganze so gut aufnahm, andererseits war ich doch schockiert, weil er mich wie ein wissenschaftliches Experiment genau unter die Lupe nahm.

»Nein«, beharrte Stacey und schüttelte energisch den Kopf. »Das ist nicht möglich.«

»Okay«, sagte ich und stand auf. »Ich bin zum Teil Dämonin, und hier ist der Beweis. Bambi?« Mit meinen Gedanken forderte ich sie auf, sich von mir zu lösen, und ich konnte nur hoffen, dass sie gehorchte und nicht auf die Idee kam, mich wie einen Trottel dastehen zu lassen. »Geh runter.«

Bambi regte sich auf meinem Rücken, und dann spürte ich, wie sie sich von meiner Haut löste. Ein Schatten aus winzigen Punkten nahm neben mir Gestalt an. Stacey sprang auf und bewegte den Mund, als wollte sie etwas sagen, während sich die Punkte zusammenfügten. In der nächsten Sekunde war Bambi entstanden und hob den diamantförmigen Kopf, um Sam und Stacey zu mustern, als hätte sie ihre nächste Mahlzeit vor sich.

»Du wirst sie nicht auffressen«, warnte ich sie leise.

Nach einem Augenblick völliger Stille begann Stacey zu kreischen und klammerte sich an Sam fest, als wollte sie sich hinter ihm in Sicherheit bringen. »Oh mein Gott! Oh mein Gott! Eine Schlange! Das ist eine riesige Schlange!«, schrie sie und wurde so weiß wie die Seele eines Wächters. »Wo zum Teufel ist die denn hergekommen?«

»Von mir«, antwortete ich. »Die meiste Zeit über befindet sie sich auf meiner Haut. So wie ein Tattoo. Sie ist ein Hausgeist.«

Stacey sah aus, als würde sie jeden Moment ohnmächtig werden, also pfiff ich Bambi zurück. Die Schlange zischte mich verärgert an und zeigte mir ihre Zunge, aber dann kehrte sie auf meinen Arm zurück und bewegte sich weiter bis zu meinem Bauch.

»Ach du heilige Scheiße«, flüsterte Stacey und sank auf der

Couch in sich zusammen. »Das gerade eben habe ich nicht gesehen.«

»Doch, das hast du.« Ich nahm wieder Platz.

»Wie hast du das Ding die ganze Zeit verstecken können? Das ist doch riesig.«

»So lange habe ich Bambi noch gar nicht. Sie ist ein Dämonenhausgeist, aber sie gehört eigentlich nicht mir.«

Ihr dämmerte etwas. »Moment mal … Roth hat ein Schlangentattoo.«

»Hatte«, korrigierte ich sie.

Sie riss die Augen so weit auf, dass ich fürchtete, sie könnten ihr jeden Moment herausfallen. »Willst du etwa sagen, dass Roth auch ein Dämon ist?«

»Ein reinrassiger«, bestätigte Zayne. »Eigentlich heißt er Astaroth, er ist der Kronprinz der Hölle.«

Stacey sah Sam an, der uns nur wortlos anstarrte, und drehte sich wieder zu uns um. »Ich … ich weiß im Augenblick nicht, was ich sagen soll.«

»Ganz gleich, wie du über Dämonen denkst, und entgegen allen Äußerungen, die dieser Spinner im Kino von sich gegeben hat, sollst du wissen, dass Layla keine von den Bösen ist. Sie ist nur gut«, betonte Zayne. Die ehrliche Überzeugung, die in seinen Worten mitschwang, brachte mich zum Lächeln. »Sie ist mehr Wächterin und mehr Mensch als jeder andere, den ich kenne.«

Stacey verzog das Gesicht. »Dass sie nicht böse ist, weiß ich selbst. Ich kenne sie seit Jahren. Wenn überhaupt, dann ist sie das Gegenstück zu einem bösen Baby-Panda oder so was in der Art.«

Ungläubig sah ich sie an, und Zayne musste grinsen.

»Und was ist mit Roth?«, fragte sie. »Ich meine, du hast ihn gerade als … als Kronprinz der Hölle bezeichnet.«

»Absolut böse«, sagte Zayne sofort.

»Er ist nicht absolut böse«, widersprach ich ihm seufzend. »Er ist hier, weil er etwas wirklich Wichtiges zu erledigen hat.«

»Und das wäre?«, warf Sam sofort ein, während er zwischen Zayne und mir hin und her sah. »Das musst du uns erklären.«

Zayne nickte bedächtig, woraufhin ich ihnen alles über mich erzählte – wozu ich in der Lage war, wer meine Mutter war. Auf halber Strecke übernahm Zayne und erklärte ihnen die Situation, die die Lilin betraf. Er kam auch darauf zu sprechen, was sich unserer Meinung nach in der Schule abspielte. Es wäre eine maßlose Untertreibung gewesen, die beiden nach unseren Ausführungen als verdutzt zu bezeichnen.

»Keiner von euch darf darüber auch nur ein Wort verlieren«, machte Zayne ihnen klar und schloss damit den monumentalsten Informationsschwall in der Geschichte der Menschheit und Wächter ab. »Ich meine das ernst. Unsere Aufgabe ist es, alles zu tun, damit die Öffentlichkeit nicht von der Existenz der Dämonen erfährt. Wenn ihr also auf die Idee kommen solltet, irgendwem davon zu erzählen …«

»Endet deine Warnung mit ›Dann muss ich euch umbringen‹?«, fragte Stacey und schluckte, als wir nicht darauf reagierten. »Himmelherrgott …«

Als sie nach einer Weile wieder etwas sagen konnte, kam sie ausgerechnet auf das wohl Unwichtigste von allem zu sprechen, was wir soeben enthüllt hatten. »Und deshalb bist du nie mit Jungs ausgegangen? Weil du ihnen die Seele nimmst, wenn du sie küsst?«

»Mir wäre es recht, wenn das nicht der *einzige* Grund war«, murmelte Zayne.

Ich nickte. »Ich bin so eine Art Sukkubus, aber eine sehr seltene Sorte.«

»Und dieses Lilin-Dings ist so wie du? Nur dass sie bloß

jemanden berühren muss, um ihm seine Seele zu nehmen? Wow.« Sie sah zu Sam. »Wir müssen wirklich dringend die Schule wechseln.«

»Oh ja«, stimmte er ihr zu. »Am besten eine in einer anderen Stadt. Oder in einem anderen Land.«

Als wir über alles gesprochen hatten, war es bereits spät am Abend, und Stacey erwartete jeden Moment ihre Eltern zurück. Weder sie noch Sam sah mich an, als hätten sie einen lebensgefährlichen Freak vor sich, allerdings war ich mir ziemlich sicher, dass sie das Ganze noch längst nicht richtig verarbeitet hatten. Ich rechnete immer noch damit, dass Sam irgendeine Bemerkung über Dämonen machte, weil er irgendwo etwas darüber gelesen hatte. Es kam aber nichts, was mir zeigte, dass er von unseren Erklärungen völlig überrumpelt worden war.

»Wir sollten jetzt gehen«, sagte Zayne und stand von der Sessellehne auf. »Aber ihr zwei ...«

»Wir werden kein Wort darüber verlieren. Und abgesehen davon würde uns sowieso kein Mensch glauben.« Als Stacey mich ansah, wusste ich, unsere Freundschaft hatte sich verändert. Vielleicht nicht so schwerwiegend wie von mir befürchtet, aber etwas war jetzt anders als noch vor ein paar Stunden. »Wie können wir helfen?«

Verwundert sah Zayne sie an.

Ich konnte mir ein breites Lächeln nicht verkneifen. »Du bist wohl verrückt.« Als ich ihren Blick bemerkte, entschuldigte ich mich sofort. »So habe ich das nicht gemeint. Es ist nur so, dass ich schreckliche Angst hatte, ihr zwei könntet mich hassen, wenn ihr die Wahrheit erfahrt, und stattdessen bietet ihr mir eure Hilfe an.« Tränen brannten in meinen Augen. »Ich weiß wirklich nicht, was ich sagen soll.«

»Na ja, wenn ich diese völlig verrückte Unterhaltung richtig verstanden habe, dann ist es doch so: Wenn diese Lilin weiter ... ähm ... Seelen raubt, schalten sich irgendwann die

Alphas ein, und das wäre für euch alle schlecht, nicht wahr? Warum sollten wir nicht versuchen, euch irgendwie behilflich zu sein?«

»Wir wissen euer Angebot zu schätzen, aber es ist zu gefährlich, euch irgendwelche Aufgaben zu übertragen«, meinte Zayne und hob die Hand, als sich Protest regte. »Wenn ihr uns helfen wollt, dann seid besonders wachsam. Beobachtet eure Umgebung genau, achtet auf jeden, der sich irgendwie seltsam verhält. Haltet euch von den Leuten fern, aber gebt uns sofort Bescheid.«

»Er hat recht«, bekräftigte ich. »Ich könnte es nicht ertragen, wenn einem von euch etwas zustoßen würde.«

»Uns passiert schon nichts.« Sam sah kurz zu Stacey. »Wir halten uns raus, aber wenn ihr Hilfe braucht, sind wir für euch da.«

»So wie die Scooby-Doo-Gang«, fügte Stacey amüsiert hinzu. »Nur cooler und ohne Hund.« Dann hielt sie kurz inne und rümpfte die Nase. »Dafür haben wir eine riesige Dämonenschlange.«

Ich musste unwillkürlich lachen und konnte es noch immer nicht richtig fassen, wie locker die zwei das Ganze nahmen. Jetzt blieb nur zu hoffen, dass sich daran nichts änderte, wenn sie erst mal lange genug darüber hatten nachdenken können. Als ich schließlich aufstand, fühlte ich mich von den Ereignissen des Tages wie erschlagen.

An der Tür hielt Stacey mich zurück. Mir stockte der Atem, und Zayne, der bereits draußen stand, beobachtete uns argwöhnisch. »Ich wünschte, du hättest mir das schon vor langer Zeit sagen können, aber ich verstehe, warum du das nicht gemacht hast. Das ist schließlich nichts, was man jemandem nebenbei erzählen kann, ohne damit rechnen zu müssen, dass derjenige völlig ausflippt.«

»Ja, richtig«, flüsterte ich.

Sie atmete tief durch und sah kurz über die Schulter in den dunklen Flur, wo Sam auf sie wartete. »Du bist nach wie vor meine beste Freundin, du bist bloß kein Mensch. Also ich find es irgendwie cool, dass meine beste Freundin halb Wächterin und halb Dämonin ist und gar keine Dämonin sein will.«

Ich schaute sie an, und auf einmal wich das tonnenschwere Gewicht von mir, und ich verspürte grenzenlose Erleichterung.

»Verschweig mir nur nie wieder irgendwas, okay? Versprich es mir.«

Ich sah ihr tief in die Augen. »Versprochen.«

Dann umarmte sie mich, und ich wusste, die ganze Welt konnte am Rand einer Katastrophe stehen, Stacey und ich würden auch weiterhin Freundinnen sein.

Ja, zwischen uns würde alles in Ordnung sein.

Abbot erwartete uns bereits, als wir zum Anwesen zurückkehrten.

Kaum hatten wir das Foyer betreten, stand er auch schon vor uns, so groß und prachtvoll wie ein riesiger Löwe, der im Begriff war, eine Gazelle zu töten. Mich sah er nur kurz an, fragte mich aber gar nicht erst, ob ich mich zu lange gesonnt hatte und ob es mir gut ging, sondern wandte sich gleich seinem Sohn zu.

»Wir müssen uns unterhalten«, sagte er mit verbissener Miene. »Unter vier Augen.«

Zayne schaute zu mir, ich zuckte nur mit den Schultern, da ich davon ausging, dass Abbot mit ihm über den Vorfall im Kino reden wollte. Ich winkte Zayne flüchtig zu, machte einen Bogen um Abbot herum und ging die Treppe rauf. Dass Abbot kein Interesse daran hatte, wie es mir ging, enttäuschte mich nur ein bisschen, vermutlich weil ich mich schon daran gewöhnt hatte, wie er sich mir gegenüber verhielt.

In meinem Zimmer legte ich Staceys Kleidung ab und zog meinen Schlafanzug an. Es war zwar noch früh, aber ich war einfach nur geschafft. Nachdem ich meine noch etwas feuchten Haare zusammengebunden hatte, legte ich mich ins Bett und starrte auf mein Handy. Sollte ich Roth wissen lassen, dass Stacey und Sam jetzt seine wahre Identität kannten?

Meine Finger schwebten über dem Display. Ich musste es ihm schreiben, weil es nur fair ihm gegenüber war. Und es war auch der einzige Grund, wieso ich mit ihm Kontakt aufnahm. Meine Nachricht war kurz und treffend.

Stacey und Sam wissen, was wir sind.

Gut eine Minute verging, dann war seine Reaktion da. *Erzähl.*

Kirche der Kinder Gottes. Weihwasser. Ich. Schlechte Kombination. Aber alles cool.

Diesmal ging die Antwort sofort ein. *Geht es dir gut?*

Ich nickte, bis mir auffiel, dass er mich nicht sehen konnte. *Ja.* Dann fügte ich noch hinzu: *Und Bambi auch.*

Einige Minuten verstrichen, bis mir klar wurde, dass von ihm nichts mehr kommen würde. Ich wusste nicht, ob er sauer war, weil wir seine Identität verraten hatten, aber mein Gefühl sagte mir, dass es ihm wahrscheinlich völlig egal war. Gerade wollte ich mein Handy auf den Nachttisch legen, da kam doch noch eine Nachricht von ihm.

Wärst wohl besser nicht mit Stony ins Kino gegangen, wie?

Ich sah auf den Text, ein wenig verärgert, aber auch ein wenig amüsiert darüber, dass das Roths einzige Sorge war. Als ob Stonys … ähm … Zaynes Anwesenheit irgendetwas ausgemacht hätte. Diesmal schrieb ich ihm nicht zurück, weil ich das Gefühl hatte, dass diese Unterhaltung von jetzt an nur noch bergab gehen konnte.

Wieder meldete mein Handy den Eingang einer SMS. Aber die kam von Zayne.

Darf man dir Gesellschaft leisten?

Ich musste lachen, weil wir uns im selben Haus befanden und er mir trotzdem eine SMS schickte.

Klar.

Bin gleich da.

Ich sah zur Tür, die keine Sekunde später geöffnet wurde. »Hast du im Flur gestanden?«, wollte ich wissen und kämpfte gegen ein Lächeln an.

»Kann schon sein.« Zayne hatte sich umgezogen, er trug eine schwarze Hose und ein weißes Hemd. »Alles in Ordnung?«, fragte er, als er sich zu mir aufs Bett setzte.

»Ja. Ich bin nur müde.«

Er machte es sich neben mir bequem und legte einen Arm unter seinen Kopf. »Das war ja auch ein höllischer Tag.«

»Was hat Abbot dazu gesagt?«

Seine Miene verfinsterte sich. »Nicht viel.«

Mir war sofort klar, dass irgendetwas nicht stimmte, und setzte mich auf. »Was verschweigst du mir?«

»Gar nichts.« Zwar lachte Zayne über meine Frage, aber das klang irgendwie bemüht. »Entspann dich, Layla-Biene. Der heutige Tag war schon verrückt genug, da brauchst du nicht noch irgendwelchen anderen Mist.«

»Aber …«

»Es ist alles in Ordnung. Ich habe den restlichen Abend frei, und den würde ich gern mit dir verbringen, um wenigstens den Rest unseres Dates noch zu retten«, erklärte er und spielte mit dem Saum meines Ärmels. »Okay?«

Eigentlich wollte ich weiter protestieren, aber er hatte recht. Wir hatten heute so viel Mist erlebt, dass das locker bis zum Ende der Woche reichte. Dabei fiel mir der morgige Tag ein. »Sehen wir uns morgen Abend in diesem Haus um?«

»Auf jeden Fall.«

Ich legte mich wieder hin und betrachtete ihn. Die dichten

Wimpern schirmten seine Augen ab, während er mit einem Finger über die Ader an meinem Handgelenk strich. Seine Berührung löste keine überwältigenden Gefühlsregungen in mir aus, aber das war auch kein Wunder, war ich doch noch immer völlig durcheinander.

Während wir schweigend Seite an Seite lagen, schweiften meine Gedanken zu dem Foto ab, das mir der Kerl im Kino gezeigt hatte. »Kann ich dich was fragen und eine ehrliche Antwort bekommen?«

Er zog eine Braue hoch. »Ich kann versuchen, so ehrlich wie möglich zu sein.«

Ich ignorierte die Spitzfindigkeit. »Glaubst du, es besteht ein Unterschied zwischen dem, was ich dieser Frau angetan habe, und dem, was die Lilin macht?«

Mit leuchtend kobaltblauen Augen sah er mir ins Gesicht. »Das sind völlig verschiedene Dinge, Layla. Du warst damals noch ein Kind und hattest keine Ahnung, was du da tust. Die Lilin macht das mit voller Absicht.«

»Das schon, aber …« Ich unterbrach mich und sprach im Flüsterton weiter: »… aber ich habe mich letzten Donnerstagabend von dieser Frau genährt. Zugegeben, die Umstände waren ziemlich schräg, aber gemacht habe ich es trotzdem.«

»Wir wissen ja nicht mal, ob dieser Mistkerl die Wahrheit gesagt hat«, hielt er dagegen. »Nur weil er behauptet, dass es diese Frau ist, muss sie das noch lange nicht sein. Und selbst wenn sie es war, gibt es keinen Beleg dafür, dass du ihr Leben in dieser Weise verändert hast. Es gibt einfach keinen Grund, diesem Typen irgendwas zu glauben.«

»Meinst du wirklich?« Ich wünschte, ich könnte seine Überzeugung teilen.

»Ja.« Nach einer kurzen Pause fragte er: »Apropos Donnerstagabend: Über welche ›schrägen‹ Umstände reden wir hier?«

Ich sah stur zur Decke. Wenn ich ihm darauf antwortete, musste ich ihm verraten, was sich unter dem Palisades abspielte. Aber ich hatte versprochen, genau das nicht zu tun.

Zayne seufzte leise. »Ich dachte, wir haben keine Geheimnisse mehr voreinander.«

»Ich weiß. Aber wenn ich es dir erzähle, musst du es deinem Vater sagen, und dann ... na ja, was dann passieren würde, wäre meine Schuld, und an meinen Händen würde Blut kleben.«

»Meinst du, ich erzähle ihm alles?«

Sein gereizter Tonfall ließ mich aufhorchen. »Nein. Allerdings glaube ich, dass es ein paar Dinge gibt, die du ihm lieber sagen würdest, anstatt sie für dich zu behalten. In eine solche Lage will ich dich nicht bringen.«

Er drehte sich auf den Rücken, seine Kiefermuskeln arbeiteten unablässig. »Ich weiß, was dir durch den Kopf geht«, sagte er nach einer Weile. »Du vergleichst dich mit der Lilin.«

Das stimmte zwar, aber es war mehr als nur das.

»So bist du aber nicht.« Er drehte den Kopf zu mir um und sah mir in die Augen. »Nichts von dir ist so wie sie.«

Oh Mann, es wäre wirklich schön gewesen, wenn ich ihm das einfach so hätte glauben können. Aber sobald ich die Augen zumachte, sah ich das Gesicht von Vanessa Owens vor mir, das sich mit dem von Dean abwechselte. Was, wenn ...? Ich durfte nicht mal zulassen, dass ich diesen Gedanken bis zu Ende führte und dass diese Vorstellung sich festsetzen konnte.

Er streckte den Arm aus. »Näher ran?«

Ich biss mir auf die Lippe, dann rutschte ich näher an ihn heran, bis ich den Kopf auf seine Brust legen konnte. Sein Herz schlug gleichmäßig. Er legte den Arm um meine Taille und hielt mich fest.

So viele Gedanken wirbelten mir durch den Kopf, aber an

einem von ihnen klammerte ich mich fest – eine Theorie, der ich nachgehen musste. »Erinnerst du dich, wie wir mit Abbot über die Geister gesprochen haben?« Als er nickte, holte ich tief Luft und fuhr fort: »Das war kein Blödsinn, als ich gesagt hatte, dass ich in der Schule den gleichen kalten Lufthauch gespürt habe wie hier, bevor die Fensterscheiben zerplatzten und Maddox auf der Treppe den Abflug machte. Und ich …« Gott, was fiel mir das schwer. »In der Nacht mit Petr … da hatte ich …«

»Du musstest dich verteidigen«, führte er den Satz für mich zu Ende und drückte mich etwas fester an sich. »Ich weiß, was du getan hast, Layla. Du musst es nicht aussprechen.«

Ich kniff die Augen zu. »Er könnte hier sein, weißt du? Er könnte ein Geist sein.«

»Darüber habe ich auch nachgedacht«, erwiderte er nach einer kurzen Pause. »Aber in einem Haus voller Wächter sollte man meinen, dass wir auf so etwas schon viel früher aufmerksam geworden wären.«

Das konnte stimmen, aber es musste nicht zwingend so sein. »Tut mir leid, dass uns der Abend ruiniert wurde«, sagte ich, nachdem ich entschieden hatte, dass ich lieber nicht über Petr nachdenken wollte, wenn Zayne bei mir im Bett lag.

»Dich trifft keine Schuld, also musst du dich auch nicht entschuldigen.«

Ich wollte es trotzdem, wieder und wieder, so als würde ich mich allmählich in einen von diesen Menschen verwandeln, die sich ständig für alles entschuldigten. Aber Zayne an meiner Seite zu wissen sorgte dafür, dass sich wenigstens ein Teil meiner unerfreulichen Gedanken in Luft auflöste.

Er beugte sich zu mir rüber und strich leicht mit den Lippen über meine Stirn. Die zarte Berührung ließ mein Herz schneller klopfen, und in diesem Moment wusste ich, ich durfte Zayne nicht in Gefahr bringen. Es war egal, was er sagte und was er glauben wollte, wir durften nicht die Augen vor der Realität verschließen.

Ich starrte die Wand an und spürte mit allen Fasern meines Körpers jeden seiner gleichmäßigen, beruhigenden Atemzüge. Wenn es stimmte, was dieser Mann gesagt hatte, dann war mein Verhalten identisch mit dem der Lilin. Wir zerstörten beide Leben, und in meinem Fall würde dafür ein Moment der Unachtsamkeit genügen. Ein winziger Augenblick, in dem ich mich nicht unter Kontrolle hatte, konnte Zayne das Leben kosten.

Das konnte und wollte ich ihm einfach nicht antun.

Auch wenn es für mich bedeutete, auf sehr, sehr großen Abstand zu ihm zu gehen.

28. KAPITEL

»Du siehst aus wie eine Ninja«, sagte Danika. »Okay, nicht wie eine besonders begabte, sondern mehr so wie eine Nach-der-Schule-Spezialninja.«

Ich sah über die Schulter zu meinem Bett, wo sie saß. Beim besten Willen konnte ich mich nicht daran erinnern, sie in mein Zimmer gebeten zu haben. »Danke. Besten Dank.«

»War nur ein Scherz«, kicherte sie. »Eigentlich siehst du richtig heiß aus.«

»Das will ich gar nicht«, gab ich zurück und zog meine flachen Schuhe an. Die Anspielung mit der Ninja hatte ich schon begriffen, weil ich eine schwarze Yogahose und dazu ein schwarzes Oberteil trug. Vermutlich sah ich auch noch aus wie eine Leiche. Zu viel Schwarz machte sich bei meinem Teint nie gut.

»Du willst das eigentlich nie.« Sie stand vom Bett auf. »Und gerade das macht dich so sexy.«

Ich wandte mich zu ihr um und musste daran denken, wie bizarr es war, eine solche Bemerkung von ihr zu hören. Danika konnte es in Sachen Aussehen und Körper mit allen Models von Victoria's Secret aufnehmen. Menschen und Wächter überall auf der Welt würden vor ihr auf die Knie sinken, wenn man ihnen die Chance dazu gab.

»Deine Haut sieht schon viel besser aus«, stellte sie fest, nachdem sich betretenes Schweigen breitgemacht hatte.

Wir hatten uns zwar gegenseitige Freundschaft versprochen, aber die kam nur sehr langsam auf Touren. »Ich habe letzte Nacht eine Tonne Feuchtigkeitscreme verbraucht.«

»Darf ich dir etwas sagen, das sich bestimmt sehr seltsam anhören wird?«

Ich stellte mich vor den kleinen Spiegel neben dem Kleiderschrank und knotete mein Haar zum Dutt. »Klar.«

Sie setzte sich wieder auf die Bettkante. »Ich bin eifersüchtig auf dich.«

Langsam ließ ich die Hände sinken und sah Danika an.

Sie errötete. »Aber nicht wegen Zayne. Obwohl ... ja, okay, das macht mich auch irgendwie eifersüchtig, aber das ist jetzt nun mal so. Vielmehr beneide ich dich darum, dass du aus dem Haus kommst und Dinge tun kannst. Du kannst zur Schule gehen und Dämonen kennzeichnen, wenn du willst. Du hast schon gegen Dämonen gekämpft und bist verletzt worden.«

»Du bist eifersüchtig auf mich, weil ich verletzt worden bin?«

»Ich weiß, das ergibt keinen richtigen Sinn«, sagte sie seufzend. »Ich freue mich nicht darüber, dass du verletzt worden bist, aber du bist da draußen unterwegs gewesen. Du bekommst Schrammen und Kratzer ab, während du draußen bist. Ich dagegen ...« Sie machte eine ausladende Geste. »Ich sitze hier in der Falle.«

Im ersten Moment wusste ich nicht, was ich darauf erwidern sollte, auch wenn ich sie verstanden hatte. Die Frauen im Clan wurden derart nach allen Seiten hin abgeschirmt und behütet, dass es einem die Luft zum Atmen nehmen konnte. Wahrscheinlich hatten sie nicht mal unter einem Niednagel zu leiden, und falls es doch einmal vorkommen sollte, war das ein guter Grund, den nationalen Notstand auszurufen.

Danika und die anderen Frauen saßen tatsächlich im goldenen Käfig und waren zur Untätigkeit verdammt.

»Schon klar«, sagte ich verständnisvoll und setzte mich zu ihr. »Weißt du, als ich jünger war, da war ich eifersüchtig auf andere Wächterinnen, weil sie vom Clan akzeptiert wurden. Jeder kümmerte sich um sie und hörte ihnen zu, wenn sie etwas zu sagen hatten. Sie waren alle erwünscht, während ich ... na ja, ich war einfach nur da. Aber darüber bin ich dann doch ziemlich schnell hinweggekommen.« Ich sah Danika an und wünschte, die Verhältnisse könnten für uns alle einfacher sein. »Ich glaube, in gewisser Weise ergeht es euch schlechter als mir.«

Sie nickte bedächtig. »Es ist ja nicht so, als wollte ich mich grundsätzlich nicht paaren und keine Kinder haben. Aber ich …«

»Du möchtest gern auch noch was anderes machen, richtig?« Wieder nickte sie, und ich biss mir auf die Lippe. »Warum tust du es dann nicht einfach? Du hast dein Training absolviert, du kannst kämpfen. Oder brauchst du die Erlaubnis der Männer? Wer will dich aufhalten, wenn du das Haus verlassen und auf die Jagd gehen willst?«

Sekundenlang saß Danika schweigend da, plötzlich leuchteten ihre Augen auf. »Weißt du was? Du hast recht. Ich kann das machen, und was wollen sie schon dagegen unternehmen? Wollen die mich vielleicht nach Hause schicken?« Sie musste lachen. »Da möchte ich sehen, wie sie das versuchen.«

»Wie wer was versucht?«

Wir drehten uns zur Tür um, als wir Zaynes Stimme hörten. Gütiger Himmel! So wie er in seiner dunklen Cargohose und dem eng anliegenden Shirt dastand, war er unglaublich heiß.

»Gar nichts«, gab Danika amüsiert zurück und überraschte mich damit, dass sie sich zu mir rüberbeugte und mich kurz an sich drückte. Dann sprang sie auf, winkte Zayne zu und schob sich an ihm vorbei nach draußen.

Verwundert sah er mich an. »Was ist hier los?«

Ich schüttelte den Kopf und wiederholte Danikas Antwort: »Gar nichts. Bist du so weit?«

»Ja.« Er musterte mich, als ich zu ihm kam. »Hübsches Outfit.«

»Danika meint, ich sehe aus wie eine Nach-der-Schule-Spezialninja.«

»Nett«, gab er lachend zurück.

Ich wollte an ihm vorbeigehen, aber er legte eine Hand an den Türrahmen und versperrte mir den Weg. Ich sah ihn an, und er beugte den Kopf nach vorn, so als wollte er mich küssen. Aber das konnte nicht sein. Er würde nicht noch einmal etwas so Verrücktes versuchen. Zayne wurde schließlich nicht von Todessehnsucht geplagt. Aber je näher sein Mund kam, desto nervöser wurde ich. Sein frischer Duft nach Wintermint hüllte mich ein, dann strichen seine Lippen über meine Wange.

Ich verkrampfte mich auf die denkbar wundervollste Weise. Ich kniff die Augen zu, während meine Finger zuckten, da sie ihn berühren wollten. Zwischen uns war mit einem Mal alles so ... so eigenartig. Beide hatten wir uns eingestanden, dass zwischen uns irgendetwas war und dass wir mehr wollten. Aber es verlief auch eine Trennlinie zwischen uns, die aus Zeichen, Versprechen und Gefahren bestand.

Mir fiel das Versprechen ein, das ich mir letzte Nacht selbst gegeben hatte. Das Versprechen, das alles veränderte, was wir beide wollten. Tiefe Enttäuschung traf mich mit der Wucht von sturmgepeitschten Wellen, gerade als ich unter seinem Arm hindurchtauchte.

Ohne auf seinen irritierten Blick einzugehen, strich ich mir die Hose glatt. »Brauchen wir noch irgendwas, bevor wir uns auf den Weg machen?«

Einen Moment lang sah er mich nur an, schließlich antwortete er: »Alles, was wir benötigen, habe ich bereits in den Impala gepackt.«

Was wir für einen möglichen Exorzismus brauchten, war Weihwasser – von dem ich mich auf jeden Fall fernhalten würde –, raffiniertes Salz und stinkender, gesegneter Weihrauch. Es war genau das, was wir auch für einen Exorzismus hier im Haus benötigt hätten, den ich vorübergehend in Erwägung gezogen hatte, den ich den Wächtern aber nur mit viel Mühe hätte erklären können. Ich würde dann auf Petr zu sprechen kommen müssen, und wenn ich daran dachte, wie sich Abbot mir gegenüber verhielt, wäre das alles andere als klug gewesen. Ich hatte keine Ahnung, was ich wegen Petr machen sollte, zudem hielt sich in meinem Hinterkopf die zweifelnde Frage, ob er tatsächlich als Geist ins Haus zurückgekehrt war. So oder so war ich aufgeregt und begeistert, als wir zur Garage gingen. Einen Exorzismus hatte ich noch nie beobachten können, das würde ganz sicher sehr interessant werden.

»Darf ich ›Im Namen des Herrn treibe ich dich aus‹ rufen, wenn sich die Gelegenheit ergibt?«, wollte ich wissen.

»Was?« Zayne begann zu lachen, während er mir die Beifahrertür aufhielt. »Ich sag dir das ja nur ungern, aber wir müssen überhaupt nichts sagen, und niemand wird irgendwas in dieser Art rufen.«

Ich machte einen Schmollmund. »Dann ist das Ganze ja nicht halb so unterhaltsam wie die Exorzismen, die im Fernsehen gezeigt werden.«

Er warf mir einen vielsagenden Blick zu, als ich einstieg. Eben wollte er die Tür schließen, da betrat Dez die Garage, ging zu einem der SUVs und sah zwischen Zayne und mir hin und her.

»Begleitet sie dich zum Haus?«

»Ja.« Zayne lehnte sich gegen seinen Wagen und betrachtete den älteren Wächter. »Ist das ein Problem für dich?«

Abwehrend hob Dez die Hände. »Ich habe kein Wort gesagt. Sei nur vorsichtig.« Als er mich ansah, kam es mir so vor, als hätte er mich am liebsten aus dem Wagen gezerrt und mich über die Schulter geworfen, um mich von hier wegzuschaffen. »Sie ist …«

»Eine Dämonin?«, fragte ich und verzog mürrisch den Mund.

»Nein.« Dez runzelte die Stirn. »Ich wollte ›ein Mädchen‹ sagen, das nicht in Gefahr gebracht werden muss und das verletzt werden könnte.«

»Oh.« Jetzt fühlte ich mich mies. »Danke, dass du darauf hingewiesen hast.«

Zayne schloss die Wagentür, bevor ich noch mehr sagen konnte. Als er an Dez vorbeiging, meinte er: »Du weißt, ich werde nicht zulassen, dass ihr etwas zustößt.«

Dez nickte. »Sei trotzdem vorsichtig.«

Während Dez in den hinteren Teil der Garage ging, beobachtete ich, wie Zayne einstieg und hinter dem Lenkrad Platz nahm. »Schon gehört?«

»Was?« Der Motor erwachte schnurrend zum Leben.

»Ich bin ein Mädchen.«

Er musste lächeln. »Ach, halt die Klappe.«

Ich kicherte ausgelassen.

Zayne lenkte den Wagen aus der Garage, dabei fragte er mich, ob ich schon etwas von Stacey oder Sam gehört hatte. Von Stacey war ich heute angerufen worden. Das Telefonat war ein bisschen bemüht gewesen, aber insgesamt völlig normal verlaufen. Außer dass ich ihr zum ersten Mal hatte erzählen können, was ich heute Abend unternehmen würde. Es hatte etwas Befreiendes für mich, endlich nicht mehr lügen zu müssen, wenn es darum ging, was ich außerhalb der Schule so trieb.

Die Fahrt bis zum Stadthaus der Verstorbenen in Alexandria dauerte nicht allzu lange. Unterwegs war kaum etwas los, und wir hatten das Glück, einen unauffälligen Parkplatz hinter dem Haus zu finden.

Zayne dabei zuzusehen, wie er das Türschloss knackte, war unglaublich scharf.

Ich konnte mich nur wundern, was das wohl über mich aussagte, wenn es mich anmachte, wie selbstbewusst er mit dem Einbruchswerkzeug hantierte.

»Praktisch, wenn man so was kann«, stellte ich fest, als ein lautes Klack verkündete, dass die Tür entriegelt worden war.

Grinsend richtete er sich auf. »Entweder es geht auf diese Tour, oder man bricht die Tür auf. Ich finde die sanfte Methode aber besser.«

Roth hätte das Schloss mit roher Gewalt geknackt und dabei noch seinen Spaß gehabt. Die beiden hätten wirklich nicht unterschiedlicher sein können.

Nachdem er die Tür leise geöffnet hatte, warteten wir einen Moment lang, um Gewissheit zu haben, dass keine Alarmanlage anschlug. Da alles ruhig blieb, betraten wir das dunkle Foyer. Im Haus war alles in tiefe Schatten getaucht. Im Zimmer zur Straße hin brannte nur eine einzelne kleine Lampe auf einem Beistelltisch. Die Dielenbalken knarrten bei jedem Schritt.

Zayne hängte sich die Stofftasche über die Schulter und sah sich die Gemälde an den grünen Wänden an. Als wir in das Esszimmer kamen, schoss ein kleiner Schatten unter dem Tisch hervor.

Eine graue Katze.

Anstatt vor den Fremden davonzulaufen, schmiegte sich die Katze zuerst an Zaynes, dann an meine Beine. Bambi regte sich interessiert, als ich mich vorbeugte und die Katze hinter den Ohren kraulte. Wortlos ermahnte ich die Schlange, gar nicht erst mit dem Gedanken zu spielen, dass es sich bei dem Tier um eine Mahlzeit handeln könnte.

Ich fragte mich, ob die Katze der Frau oder dem Verlobten gehörte. Oder vielleicht beiden zusammen? Der Gedanke daran machte mich traurig.

Auch als wir die Küche betraten, herrschte überall Grabesstille. Nahe dem Herd standen ein Fressnapf und ein Schälchen mit Wasser.

»Mir kommt hier alles normal vor«, sagte Zayne. »Oder spürst du irgendwas?«

Ich schüttelte den Kopf.

»Wir müssen uns oben umsehen.«

Die Katze folgte uns durchs Haus und die Treppe rauf in den ersten Stock. Es war zu düster, um die Motive der gerahmten Fotos an den Wänden genauer zu erkennen, aber sie sahen nach Familienfotos aus, wie sie gern über die Weihnachtszeit herum aufgenommen wurden.

Oben gab es nur zwei Zimmer, die durch ein gemeinsames Badezimmer miteinander verbunden waren. Ein Zimmer war als provisorisches Büro eingerichtet worden, im anderen brannte eine kleine Stehlampe.

Die Katze huschte an uns vorbei und sprang aufs Bett, kaum dass wir die Tür geöffnet hatten. Sie drehte sich auf den Rücken und präsentierte uns ihren gut genährten Bauch.

Ich streichelte die Katze, während Zayne sich umsah. Im Gegensatz zu Roths Kätzchen versuchte diese hier nicht, mich umzubringen, als ich vorsichtig ihren Bauch massierte.

Es kam mir verkehrt vor, in diesem Zimmer zu sein, weil das hier die Privatsphäre eines anderen war. Das Bett war nicht gemacht, Kissen lagen herum. Die Schubladen der Kommode standen offen, auf dem Nachttisch war ein Glas Wasser zurückgelassen worden. Gleich daneben fand sich das gerahmte Foto eines Paars. Das Bild zog mich an, ich ließ die Katze in Ruhe und nahm den Bilderrahmen, um ihn in den Lichtschein der Lampe zu halten.

Plötzlich begann meine Hand so heftig zu zittern, dass ich das Bild fast hätte fallen lassen. »Oh mein Gott.«

»Was ist?«, fragte Zayne.

Ich brachte keinen Ton heraus und starrte nur auf das Foto. Ein Mann lächelte in die Kamera, er schien Ende zwanzig zu sein. Seinen Arm hatte er um die Schultern einer Frau gelegt, die ein Stück kleiner war als er.

Die Frau hatte ich schon mal gesehen, wenn auch nur kurz.

Zayne kam zu mir und nahm die Tasche von der Schulter. »Was ist denn?«

Mit zitternden Fingern gab ich ihm den Bilderrahmen. »Den beiden gehört dieses Haus, richtig?«

Er stutzte und nahm mir den Rahmen ab. »Ich schätze, ja. Es wäre etwas eigenartig, wenn sie sich das Foto eines anderen Paars auf den Nachttisch stellen.«

Panik erfasste mich. »Ich kenne die Frau.«

»Woher?«

Ich bekam weiche Knie. »Das ist *sie*.«

Völlig ratlos sah er mich an. »Ich habe keine Ahnung, was du da redest.«

Wenn mein Herz noch wilder schlug, würde es mir wahrscheinlich gleich aus der Brust platzen. »Sie ist die Frau, von der ich mich Donnerstagabend genährt habe.«

»Ganz sicher?«, fragte Zayne und stellte die Tasche auf den Boden.

»Ja.« Ich wollte mich hinsetzen, war aber zu nervös.

»Wie kannst du dir da so sicher sein? Du hast sie doch nur …«

»Es ist die Frau!«, brüllte ich ihn an und presste mir die Hände auf den Bauch. Mir wurde übel. »Oh mein Gott!«

»Langsam!« Er wollte nach mir fassen, aber ich wich ihm aus. »Jetzt beruhige dich erst mal. Du hast dich von ihr genährt, und sie ist weggegangen. Hat sie den Eindruck gemacht, dass mit ihr alles in Ordnung war?«

»Ja, aber du siehst, was mit der Frau aus dem Kinderheim passiert ist. Vanessa.«

»Wir wissen nicht, ob das stimmt. Und selbst wenn, hast du Vanessa trotzdem nicht umgebracht.« Er fuhr sich durchs Haar. »Und diese Frau auch nicht.«

»Aber sie ist tot. Seltsamer Zufall, oder?« Mir trat kalter Schweiß auf die Stirn. Der verheerende Gedanke der letzten Nacht kam mir in den Sinn. »Was ist, wenn …«

In diesem Moment spürte ich es.

Die Härchen auf meinen Armen stellten sich auf. Der Gestank nach etwas Unnatürlichem schlich sich wie tückischer Rauch in den Raum. Die Katze machte einen Buckel, wie ich ihn nur von Katzenbildern zu Halloween kannte, fauchte und versteckte sich unter dem Bett.

»Verdammt.« Zayne kniete sich hin und machte die Tasche auf. »Wir haben einen Geist.«

»Natürlich haben wir den«, murmelte ich und fühlte mich durch und durch taub.

Ich hatte diese Frau umgebracht, dabei ihre Seele genommen und sie zu einer Ewigkeit in der Hölle verdammt. Wie sollte sie sonst ein Geist geworden sein? Die Wahrscheinlichkeit, dass sie der Lilin in die Finger gefallen sein könnte, war astronomisch gering.

Und dafür hätte erst mal klar sein müssen, dass die Lilin tatsächlich existierte …

Die Temperatur im Schlafzimmer sank so weit, dass ich meinen Atem in Form von weißen Wölkchen sehen konnte, die aus meinem Mund aufstiegen.

»Layla.«

Der Geist war ganz in der Nähe. Der Geist, den *ich* erschaffen hatte.

»Layla«, fuhr Zayne mich an und stand gleich wieder dicht neben mir. »Ich brauche dich hier bei mir. Hast du verstanden? Das wird nicht einfach werden, deshalb brauche ich dich *hier bei mir*. Bist du bei mir?«

Die Luft wich aus meiner Lunge. *Reiß dich zusammen.* Ich verdrängte Panik und Entsetzen und zwang mich zu einem Nicken. Ich musste mich konzentrieren. »Ja, ich bin da.«

»Gut.« Zayne sah auf die offene Badezimmertür. »Unser Geist ist nämlich auch da.«

Eine dunkle Masse füllte den Durchgang aus, sie war in etwa so groß wie Deans Geist. Eine Schattenperson. Das Ding rührte sich nicht, sondern stand einfach nur da und beobachtete uns.

Zayne drückte mir ein Bündel getrockneten Weihrauch in die Hand, dann zündete er ihn an. Stechender Geruch breitete sich im Zimmer aus, als sich dichte Rauchwolken verteilten. »Egal, was du machst, lass den Weihrauch nicht fallen. Wenn das passiert, wird der Exorzismus sofort unterbrochen.«

Das hörte sich nicht kompliziert an. »Okay.«

Der Geist kam näher, das Zimmer verwandelte sich in einen Kühlschrank. Wind kam auf und wehte durch den Raum. Kleidung flog aus dem Schrank, die Lampe kippte um, und ich wurde von einem Kissen am Arm getroffen.

Zayne machte einen Schritt nach vorn, in der einen Hand die Flasche mit Weihwasser, in der anderen ein kleines Glas Salz. »Bleib zurück, ich will nicht, dass du irgendwas davon abbekommst.«

Ich ging ihm aus dem Weg, während der Rauch mir die Luft nahm. In dem Augenblick stieß der Geist einen schrillen Ton aus, der sich wie eine Kombination aus dem Jaulen einer Hyäne und dem Kreischen eines Babys anhörte. Der Geist ging auf Zayne los. Der stand eben noch vor mir, doch keine Sekunde später wurde er gegen die Wand am anderen Ende des Zimmers geschleudert. Die Wasserflasche hielt er immer noch in der Hand, aber das Glas mit dem Salz rollte über den Boden und befand sich damit hinter dem Geist.

Oh verflucht!

Der Geist zischte mich an, was sich zwar verzerrt, aber doch weiblich anhörte. Das Zischen ging in ein Heulen über. Zayne war wieder auf den Beinen, seine Haare waren zerzaust, aber er hatte noch immer seine menschliche Gestalt. Er holte mit der Flasche aus und spritzte das Wasser auf den Geist. Es schoss nicht durch den Schatten hindurch, sondern wurde von ihm aufgenommen, woraufhin er sich so sehr aufblähte, dass er mich an dieses nervtötende Kind aus *Charlie und die Schokoladenfabrik* erinnerte.

Als der Geist sich auf Zayne konzentrierte, lief ich zu dem Glas, aber meine Beine wurden mir unter dem Leib weggerissen, und ich landete laut ächzend auf dem Rücken. Irgendwie gelang es mir dabei, den Weihrauch weiter festzuhalten. Ich drehte den Kopf zur Seite und entdeckte das Salzgläschen, das keinen halben Meter von mir entfernt auf dem Boden lag.

Der Geist lachte boshaft, während ich mich auf die Seite rollte, das Glas zu fassen bekam und mit einer Hand den Deckel aufschraubte. Dabei strichen mir eisige Finger über den Nacken. Die Gänsehaut, die das bei mir auslöste, war so heftig, dass ich beinah aufgeschrien hätte.

»Schleuder das Salz auf den Geist«, brüllte Zayne, um den tosenden Wind zu übertönen.

Während ich gegen den Luftstrom ankämpfte, wusste ich, ich würde mir das raffinierte Salz nur selbst ins Gesicht schleudern, wenn ich auf Zaynes Anweisung hörte.

Ich zwang mich dazu, aufzustehen, hielt den Weihrauch krampfhaft fest und machte Schritt um Schritt auf den Geist zu. Anstatt das Salz in die Luft zu werfen, drückte ich einfach das geöffnete, volle Glas in die Gegend, in der sich möglicherweise der Bauch der Kreatur befand.

Die Reaktion erfolgte augenblicklich.

So als würde ein gespanntes Gummiband reißen, wurde ich nach hinten geschleudert. Gleichzeitig stieß der Geist einen

Schrei aus, der einem Albträume bereiten konnte. Ich landete mitten auf dem Bett, der Weihrauch wollte mir aus der Hand rutschen. Ich hielt ihn so fest umklammert, wie ich nur konnte, damit der qualmende Kram nicht auf der Bettwäsche landete, was den Exorzismus unterbrochen und vermutlich das Stadthaus in Brand gesetzt hätte.

Der Geist explodierte und löste sich in feine Rauchschwaden auf, die sich so schnell verflüchtigten, als wäre ein Vakuum im Raum entstanden, das alles Böse mit sich riss. Allmählich kehrte Ruhe ein, der Druck des Abnormen ließ nach, und die Luft ließ sich wieder leichter atmen.

Ich schaute zu Zayne.

Er sah aus, als hätte er eine Weile in einem Windkanal zugebracht. »Alles in Ordnung?«

»Ja«, krächzte ich und setzte mich hin. Der Weihrauch war von selbst ausgebrannt und verglimmt. Sehr praktisch. »Wow.«

»War das so, wie du es erwartet hast?«

Ich dachte darüber nach, in dem Moment lugte die Katze unter dem Bett hervor. »Es war ganz okay, aber meinen Spruch hätte ich ja doch ganz gern losgelassen.«

Kopfschüttelnd kam Zayne zu mir und half mir hoch. Er nahm den Weihrauch, warf ihn in die Tasche und machte sie zu. »Wir müssen sofort von hier verschwinden, bevor jemand auf die Idee kommt, dem Lärm auf den Grund zu gehen.«

Ich war ganz seiner Meinung.

Ein letztes Mal streichelte ich die Katze, dann verließen wir zügig das Haus. Als wir im Impala saßen, war ich froh darüber, dass unsere Kleidung nicht den fiesen Geruch angenommen hatte. Ich sah Zayne an, der den Wagen anließ und ihn durch die schmale Gasse lenkte. Alles, was ich bis jetzt von mir ferngehalten hatte, ließ ich nun auf mich einstürmen.

Das Adrenalin strömte immer noch durch meine Adern, was jeden meiner Gedanken rasiermesserscharf wirken ließ.

Wir waren zurück auf der Landstraße, die Zayne als Abkürzung nach Alexandria genommen hatte, und endlich fühlte ich mich in der Lage, etwas zu sagen. »Wir können nicht ignorieren, was wir entdeckt haben.«

Er warf mir einen flüchtigen, forschenden Blick zu. »Was meinst du damit?«

»Na, ich meine, wer diese Frau war. Und dass ich ihr das angetan habe.« Meine Worte versetzten mir selbst einen Stich. »Ich muss mich mehr von ihr genährt haben als gedacht.«

Zaynes Knöchel traten weiß hervor, so fest hielt er das Lenkrad umklammert. »Wäre das der Fall gewesen, hättest du das sofort festgestellt. Es muss dafür eine andere Erklärung geben.«

»Und welche?«, wollte ich wissen und ballte die Fäuste. »Die einzige Erklärung wäre die, dass die Lilin mir gefolgt ist und ihr die Seele genommen hat.«

»Dann ist es so passiert.« Er presste die Lippen aufeinander. »So muss es gewesen sein.«

Ich starrte ihn an. Tränen brannten mir in den Augen. Es war einfach herzzerreißend, wie entschlossen er war, mich um jeden Preis zu verteidigen. »Was ist … was ist, wenn es gar keine Lilin gibt?«

»Was?«

Mein Magen rebellierte, aber ich musste meine Angst in Worte fassen, musste loswerden, was mich belastete. »Was ist, wenn es keine Lilin gibt, Zayne? Wenn wir das nur glauben und wenn die Hölle das auch nur glaubt, aber in Wahrheit gibt es sie gar nicht?«

»Das ergibt keinen Sinn.«

»Doch, das tut es«, flüsterte ich, während die Bäume am Fahrbahnrand an uns vorbeihuschten. »Überleg doch mal. Niemand weiß eigentlich ganz genau, was erforderlich war, um das Ritual zu vollenden. Es geht nur darum, wie wir das wahrnehmen. Was ist, wenn ich meine Unschuld hätte verlieren müssen? Habe ich aber nicht. Wenn sich Cayman also geirrt hat, dann hat das Ritual nicht gewirkt, weil es gar nicht wirken *konnte*. Und Abbot hat sogar gesagt, dass es eine Lilin oder etwas Ähnliches war. Ich habe ihn das in der Nacht sagen hören. Deshalb hat er wahrscheinlich den anderen aus dem Clan befohlen, mich im Auge zu behalten. Er hat den gleichen Verdacht.«

»Wenn das Ritual nicht funktioniert hat, wie konnten dann Liliths Ketten zerreißen?«

»Keine Ahnung, vielleicht hängt es mit irgendwas zusammen, das ich tue. Immerhin bin ich ihr Kind. Überleg doch mal. Die Lilin und ich können das Gleiche: eine Seele nehmen. Wir machen es bloß auf unterschiedliche Art.« Die Worte sprudelten fast so schnell aus mir heraus, wie Zayne den Wagen fuhr. »Und wo, bitte schön, ist diese dämliche Lilin? Wieso haben wir sie noch nie gesehen? Und wieso hat Roth sie nicht zu Gesicht bekommen? Sie soll sich angeblich in der Schule aufhalten, aber entdeckt hat sie bislang keiner. Allerdings bin ich auch in der Schule. Ich war immer in der Nähe, wenn jemand infiziert wurde. Wer weiß, wie viele Leute ich noch infiziert habe, von denen wir nur nichts mitbekommen haben?«

»Und was ist mit dem Kokon im Keller? Und mit den Nachtkriechern?«

»Niemand weiß, wieso die da sind und was in dem Kokon gesteckt hat. Es wäre ja nicht das erste Mal, dass irgendwas Dämonisches geschieht, weil ich in der Nähe bin. Denk nur an den Zombie im Heizungskeller. An Raum, den Dämon, der von Roth erledigt wurde.«

Zayne schüttelte den Kopf. »Ich kann nicht fassen, dass du so etwas überhaupt nur sagst.«

»Und ich kann nicht fassen, dass du dich weigerst, das Offensichtliche zu sehen!«

»Shit.« Er lenkte den Wagen an den Straßenrand und trat auf die Bremse. Als wir mit quietschenden Reifen zum Stehen kamen, wurde ich nach vorn geschleudert, aber mein Gurt hielt mich fest. Zayne drehte sich aufgebracht zu mir um, seine blauen Augen funkelten. »Aber du hast dich nicht von Dean genährt! Oder Gareth! Du bist dafür nicht verantwortlich, Layla.«

»Vielleicht muss ich mich ja gar nicht nähren, um ihre Seelen zu nehmen. Wer will das wissen?« Meine Kehle war wie zugeschnürt. »Meine Fähigkeiten haben sich schließlich verändert. Ich kann keine Auren mehr sehen, aber Gefühle anderer wahrnehmen. Vielleicht hat sich auch die Art verändert, wie ich Seelen nehme.«

»Das ist doch lächerlich. Hörst du dir eigentlich zu, wenn du redest?«

»Hörst du mir zu?«, konterte ich. »Was ich sage, ist nicht unmöglich, und das weißt du auch.«

Als er nichts erwiderte, löste ich den Sicherheitsgurt. Ich konnte nicht länger in diesem Wagen sitzen. Ich durfte mich nicht in Zaynes Nähe aufhalten, wenn meine Gefühle so explosiv waren. Das Verlangen, mich zu nähren, war vorhanden, es brodelte dicht unter der Oberfläche, was mir gerade noch gefehlt hatte.

Ich machte die Wagentür auf, ignorierte Zaynes Protest und lief los. Nach ein paar Metern stand er plötzlich vor mir und versperrte mir den Weg. »Du musst dich beruhigen«, redete er auf mich ein.

»Nein, du musst mir zuhören! Du weißt doch, was im Haus passiert ist. Ich dachte ja, es hätte etwas mit Petr zu tun, weil ich seine Seele genommen habe, aber möglicherweise liegt es an mir.« Mein Herz raste so sehr, dass ich glaubte, jeden Moment umfallen zu müssen. »Vielleicht hat Abbot ja recht, und ich merke selbst nichts von den Dingen, die ich anrichte.«

»Nein, du …«

»Du begreifst es einfach nicht!« Der Wind pfiff um uns herum, doch davon bekam ich fast nichts mit. »Ich war wütend, als die Fensterscheiben explodierten, und ich war sauer auf Maddox, weil er mich so von oben herab angesehen hat. Gleich darauf wurde er von der Treppe geschleudert! Außerdem hast du genauso wie Danika gesagt, dass ich euch allen inzwischen mehr wie ein Hohedämon vorkomme!«

»Und wenn schon. Das heißt ja noch lange nicht, dass du durch die Gegend läufst, Leute umbringst und nichts davon weißt!« Der Wind schien mir seine Worte ins Gesicht zu schleudern. »Ich kenne dich, Layla.«

Tränen stiegen mir in die Augen, und ich trat einen Schritt zurück. »Du willst nur nicht, dass es so ist, und deshalb bist du blind für alles, was …«

»Ich bin nicht blind.« Abrupt machte er einen Satz auf mich zu und packte mich an den Schultern. »Wenn ich dich anschaue, weiß ich genau, was ich sehe. Wenn ich dich anfasse, weiß ich genau, womit ich es zu tun habe. Und ich bin felsenfest davon überzeugt, dass du mir unter keinen Umständen wehtun würdest. Und deswegen bin ich sicher, dass du nicht diejenige bist, die all diese Dinge zu verantworten hat.«

Ich schüttelte den Kopf. »Du kannst nicht …«

Er schnitt mir das Wort ab, zog mich an seine Brust und hob mich ein Stück hoch, sodass ich den Boden nur noch mit den Zehenspitzen berührte. Ich riss die Augen auf, als mir im Bruchteil einer Sekunde klar wurde, was er vorhatte und welches Risiko er eingehen wollte, um zu beweisen, dass er die Wahrheit sagte und dass er aus gutem Grund von meiner Unschuld überzeugt war. Ich wollte den Kopf noch wegdrehen, aber es war zu spät.

Zayne küsste mich.

29. KAPITEL

Überrascht wollte ich nach Luft schnappen, doch da spürte ich auch schon Zaynes Lippen auf meinen. Verzweifelt versuchte ich, ihn von mir wegzuschieben, aber er ließ mich nicht los. Und das hier ... oh Gott, das hier war kein unschuldiges kleines Küsschen, sondern ein *richtiger* Kuss.

Die Art von Kuss, mit dem man ein Herz brechen und gleich wieder flicken konnte. Immer fordernder und stürmischer liebkoste Zayne meine Lippen, während ich alles tat, um bloß nicht den Mund aufzumachen. Tief stöhnte er auf, als er an meiner Unterlippe knabberte. Ich schien innerlich in Flammen zu stehen und konnte mich kaum noch beherrschen.

Als er sich irgendwann von mir löste, stieß ich einen Schrei aus. Ich war mir nur nicht sicher, ob ich es tat, weil er mir jetzt schon fehlte oder weil ich wusste, wie es ihm gleich ergehen würde.

Zayne ließ die Hände auf meinen Schultern ruhen und sah mir in die Augen. Es schien ihm gut zu gehen. Er hatte keine Krämpfe, sank nicht zu Boden und verwandelte sich auch nicht in eine furchterregende Kreatur.

Wir sahen uns lange Zeit nur an und atmeten beide gleichermaßen angestrengt. »Du ... Alles okay mit dir?«

»Bestens«, gab er ein wenig erstaunt zurück. »Mir geht es wirklich bestens.«

»Ich verstehe das nicht«, flüsterte ich und konnte mich nicht von seinen Augen losreißen.

Er zog einen Mundwinkel hoch. »Ich hab's dir doch gesagt, Layla-Biene. Ich *hab* es dir gesagt.«

Vor Freude begann mein Herz schneller zu klopfen. »Das ergibt keinen Sinn. Das ist unmöglich. Irgendetwas muss ...«

Erneut küsste Zayne mich und schnitt mir auf diese Weise das Wort ab. Gleichzeitig schien er damit auch alle Teile meines Verstands abzuschalten, die nicht darauf konzentriert waren, das Gefühl seiner Lippen auf meiner Haut zu genießen. Er raubte mir auf die wunderbarste Weise den Atem.

Diesmal ließ er mich nicht auf den Zehenspitzen stehen, während er die Hände an meine Wangen legte und meinen Kopf leicht nach hinten drückte. Ich stöhnte leise auf und klammerte mich an seine Schultern, als er mich noch stürmischer und länger küsste als zuvor.

Ich hatte keine Ahnung, was in uns gefahren war. Vielleicht hatte es damit zu tun, dass wir eine Ewigkeit lang geglaubt hatten, wir könnten niemals miteinander teilen, was für alle anderen selbstverständlich war. Oder es lag an den unbändigen Gefühlen, die wir beide empfanden. Vielleicht war es mehr als nur flüchtige Leidenschaft. Mir war es egal. So oder so löste sich in diesem Moment das Versprechen, das ich mir erst in der vergangenen Nacht gegeben hatte, in Luft auf.

Wir ließen nicht voneinander ab – auch nicht, als er meine Taille umfasste und mich so hochhob, dass ich ihm die Beine um die Hüften schlingen konnte. In diesem Moment war es unvorstellbar für mich, dass wir je wieder aufhören würden, uns zu küssen. Es war völlig unmöglich. Nicht mal, wenn neben uns ein Alpha landen und einen Nackttanz vorführen würde.

Zayne drehte sich um und ließ die Hände über meinen Rücken bis hinab zu meinen Hüften wandern. Ein ums andere Mal erschauerte ich, und als er mich mit dem Rücken gegen den Impala drückte, stöhnte ich laut auf.

Ich vergrub die Finger in seinen Haaren, während er sich zur Seite beugte und nach dem Türgriff fasste. Er besaß wirklich Talent, denn irgendwie gelang es ihm, die hintere Tür zu öffnen, ohne den Kuss auch nur einmal zu unterbrechen.

Er ging leicht in die Knie, und dann waren wir auch schon raus aus der Kälte und lagen auf dem Rücksitz. Sein großer Körper drückte mich ins Polster, während er mich immer weiter küsste, aber er hätte ebenso gut eine Tonne wiegen können – es war einfach unglaublich schön, ihn so auf mir zu spüren.

»Oh Gott«, hauchte er, als er den Kopf hob. »Ich habe mir das schon so lange ausgemalt, aber ich hatte keine Vorstellung davon, dass es sich so anfühlen würde.«

Völlig durcheinander schaute ich ihn an, unfähig, ein Wort hervorzubringen. Wieder küsste er mich, zwischendurch atmete er so hastig und tief ein, als hätte man ihm eine Ewigkeit jeglichen Sauerstoff vorenthalten. Zwischendurch knabberte er wieder an meiner Unterlippe, bis die Situation völlig außer Kontrolle geriet.

Stöhnend ließ er die Hand unter mein Shirt gleiten. Seine Haut auf meiner, dazu sein Verlangen und alle anderen Gefühle, die von ihm auf mich übersprangen und sich mit dem vermischten, was ich empfand ... das alles drang tief in mein Innerstes vor, es wärmte jede Faser meines Körpers und erfüllte jeden dunklen Ort in mir.

Jahrelang hatten wir nur davon geträumt, zu so etwas in der Lage zu sein. Dass das alles jetzt zum Greifen nah war, machte uns gierig und verrückt. Ich verkrallte mich in sein Shirt, und als er einmal kurz den Kopf hob, zog ich den Stoff ein Stück weit hoch. Er hielt mich nicht auf, sondern ließ es zu, dass ich ihm das Shirt auszog. Meine Hände glitten über seine nackte Brust, während er mich wieder küsste. Ich schmeckte mein eigenes stürmisches Verlangen, ließ mich davon mitreißen und genoss es in vollen Zügen. Jetzt war ich diejenige, die den Kuss intensivierte.

Der kehlige Laut, den er von sich gab, als seine Hüften sich an meinen rieben, ließ mir einen wohligen Schauer über den Rücken laufen. Mein Herz schaltete noch einen Gang höher, das Blut rauschte durch meine Adern. Und dann hatte Zayne mir auf einmal mein Oberteil ausgezogen, das irgendwie auf dem Boden des Impala landete. Geschickt öffnete er den Verschluss meines BHs, und plötzlich waren wir beide von der Taille an aufwärts nackt.

Oh mein Gott, wir lagen halb angezogen auf dem Rücksitz eines Wagens, der am Straßenrand geparkt war. Das war so … so menschlich und so normal.

Unwillkürlich musste ich lachen.

Zayne zog verwundert die Brauen zusammen, aber noch bevor er mich fragen konnte, streckte ich mich und küsste ihn weiter. So richtig konnte ich es noch immer nicht fassen, dass ich in der Lage war, ihn zu küssen … dass das hier möglich war.

»Entschuldige«, sagte ich. »Ich hätte das hier niemals erwartet. Ich dachte immer …«

Er küsste mich zärtlich weiter, wobei mir auffiel, dass die Wagenfenster beschlagen waren. »Ich habe es immer für möglich gehalten«, erwiderte er. »Ich habe dir vertraut.«

Tränen stiegen mir in die Augen, diesmal jedoch aus einem ganz anderen Grund. »Zayne, ich …«

Ich konnte den Gedanken nicht zu Ende führen, aber das war auch okay.

Die Zeit schien für uns stehen geblieben zu sein, und was wir hier machten, war völlig verrückt. Aber wir waren beide zu berauscht, als dass wir uns darüber hätten Gedanken machen können. Seine Lippen beschrieben einen flammenden Weg über meine Wange, während er die Hand dorthin schob, wo sich Bambi um meine Rippen zusammengerollt hatte. Wieder mal benutzte sie meine Brust als Kissen für ihren Kopf, aber es störte mich nicht, denn Zayne folgte dem eleganten Schwung ihres Körpers erst mit der Hand und dann mit den Lippen. Seine Berührungen waren so wundervoll, dass ich jedes Mal den Rücken durchdrückte, um ihn besser spüren zu können.

Er hob den Kopf, sah mich an und ließ den Blick dann langsam über meinen Körper nach unten wandern, was mir einmal mehr den Atem stocken ließ. Dann drückte er mich an sich, Brust schmiegte sich an Brust, und was ich dabei fühlte, hatte ich niemals zuvor in meinem ganzen Leben wahrgenommen. Zayne stöhnte lustvoll, tausend Gefühle durchströmten mich. Wir bewegten uns im gleichen Rhythmus auf der Rückbank des Wagens. Eine ungewohnte Wildheit hatte mich im Griff. Ich zog ihn näher an mich heran, küsste ihn und spürte, wie ein Beben seinen Körper durchfuhr. Ich wollte mehr fühlen, also ließ ich die Hand von seinem Nacken über den Rücken weit nach unten wandern, woraufhin er heftig nach Luft schnappte.

Danach zu urteilen, wie er seinen Körper an mir rieb und wie sehr sich die Anspannung in jedem von uns aufbaute, war für mich klar, wohin das führen würde. Was den Ort des Geschehens anging, wäre es nicht unmöglich. Ich wäre nicht die erste Frau und vielleicht auch nicht mal die erste mit Wächterinnenblut in ihren Adern, die so ihr erstes Mal erleben würde. Wo ein Wille war – und der Wille war *eindeutig* da –, war schließlich auch ein Weg.

Doch irgendetwas in mir trat plötzlich auf die Bremse. Ich hatte keine Ahnung, was es war oder wie es sich benennen ließ. Womöglich wusste ich es auch, und mein Herz und Hirn wollten sich nur nicht dazu bekennen, auf jeden Fall sorgte meine Verwirrung dafür, dass sich meine Haut mit einem Mal kalt anfühlte. Ich wollte das hier, sehr sogar. Vielleicht gingen meine Nerven mit mir durch, auf jeden Fall zitterten mir auf einmal die Hände. Mir war nur klar, dass meine Angst nichts mit dem idiotischen Zauber zu tun hatte, der untrennbar mit meiner Unschuld verbunden war. Falls eine Lilin erschaffen worden war, dann war meine Unschuld sowieso kein Thema mehr. Und selbst wenn es keine Lilin gab, waren Liliths Ketten bereits zerrissen. Nein, da war noch irgendetwas anderes.

»Zayne«, flüsterte ich. »Wir sollten …«

Er hielt seine Augen geschlossen, als er fragte: »… aufhören?«

Ich nickte.

»Du hast recht.« Er legte seine Stirn auf meine und atmete tief durch. »Ich möchte nicht, dass es so passiert … hier auf dem Rücksitz meines Wagens.«

Ich bekam einen roten Kopf, was mich wunderte, denn dass ich immer noch halb nackt unter ihm lag, war für mich kein Anlass für Verlegenheit. Ich schluckte, während er mir einen letzten Kuss auf den Nasenrücken gab. Dann stemmte er sich hoch.

So, wie er mich dann ansah, hätte ich am liebsten doch wieder den Fuß von der Bremse genommen und es durchgezogen. »Mein Gott, Layla, ich … ich kann es nicht in Worte fassen.«

Das war nicht schlimm, ganz im Gegenteil sogar. Auch wenn etwas Seltsames an mir nagte und drohte, diese wundervolle Wärme zu zerschlagen, war Sprachlosigkeit in diesem Moment Gold wert.

Zayne strich bedächtig über meine nackte Haut, als wollte er sich ganz genau einprägen, wie sie sich anfühlte. Dann hob er die Kleidungsstücke auf, die auf dem Boden gelandet waren, und half mir beim Anziehen. Das nahm viel mehr Zeit in Anspruch als nötig, da er immer wieder innehielt, um meine Schulter oder meinen Hals zu küssen, bis ich mir wünschte, dort weiterzumachen, wo ich ihn vor ein paar Minuten unterbrochen hatte.

Als er mich vom Rücksitz nach draußen zog, strich kühle Nachtluft über meine immer noch glühende Haut. Er umfasste mein Gesicht und sah mir in die Augen. »Ich will nichts von diesem Unsinn hören, dass du für irgendwelche Ereignisse die Verantwortung trägst«, sagte er ernst. »Wenn das gerade eben eines bewiesen hat, dann ist das die Tatsache, dass du sehr wohl in der Lage bist, deine Fähigkeiten zu kontrollieren. Du würdest es wissen, wenn du eine Seele nimmst. Das ist nicht passiert, also ist das Thema erledigt, und zwar endgültig. Versprich mir das.«

Ich war in letzter Zeit nicht gut darin, mich an gegebene Versprechen zu halten, trotzdem nickte ich und betete im Stillen, dass es in diesem Fall auch klappen würde.

Es war kurz nach sechs am Morgen, als ich im Halbschlaf bemerkte, wie sich meine Matratze zu einer Seite neigte, da plötzlich ein Gewicht auf sie einwirkte. Ich öffnete die Augen und lächelte, als meine Decke in Bewegung geriet und sich ein Arm um meine Taille legte.

Wärme strahlte auf meinen Rücken ab. Seit einer Woche wurde ich so jeden Morgen von Zayne geweckt, wenn er von der Jagd zurückkehrte. Diese letzten Tage … oh ja, sie hätten glatt ein Traum sein können. Wir verbrachten viel Zeit zusammen, indem wir uns entweder in seinem oder meinem Schlafzimmer verkrochen oder indem wir Sam und Stacey bei ihren Eltern zu Hause besuchten. Thanksgiving zog an uns vorüber. Am Samstag waren wir losgezogen, um wie üblich unseren Kaffee zu trinken, nur war es diesmal anders gewesen, weil wir uns geküsst hatten. *Sehr viel* sogar. So viel, dass sich meine Lippen anschließend fast den ganzen Rest des Tages wie geschwollen angefühlt hatten.

Ich liebte es, von Zayne geweckt zu werden. Morgens war er immer besonders gefühlsbetont, und das war eine absolut irre Art und Weise, aus dem Schlaf geholt zu werden. Ich wusste, früher oder später würde das vorbei sein. Jemand würde ihn dabei ertappen, wie er mein Zimmer betrat oder verließ, und dann würde sein Vater komplett ausrasten – wenn auch aus viel bedeutenderen Gründen. Seit meiner Beurlaubung vom Unterricht hatte zudem die Realität irgendwie aufgehört zu existieren. Die Lilin machte keinen Ärger, von Roth bekam ich nur hin und wieder eine belanglose SMS, und wenn ich mit Zayne zusammen war, konnte ich ohne Weiteres daran glauben, dass ich für die Infektion nicht verantwortlich war.

Zayne knabberte an meinem Hals und begann zu lachen, als er eine besonders empfindliche Stelle traf und ich mich zu winden begann. »Guten Morgen, Schlafmütze.«

»Guten Morgen.« Ich drehte mich auf den Rücken und landete dabei irgendwie genau in seinen Armen. »Du bist früh zurück.«

»Ja.« Er zog meine Decke runter bis zur Taille und grinste, als er Bambis Kopf entdeckte, der über dem tiefen Ausschnitt meines Oberteils zum Vorschein kam. »Letzte Nacht war praktisch gar nichts los.«

Zayne beugte sich vor, mit den Lippen strich er verlockend sanft über meine. Ich legte meine Hand auf seine Brust, der dünne Stoff seines Shirts war ein ärgerliches Hindernis, doch ich konnte auch so seinen kraftvollen Herzschlag spüren.

Wir küssten uns leidenschaftlicher, als er näher an mich heranrückte und ein Bein zwischen meine Schenkel schob. Zärtlich ließ er die Hand über meinen Bauch und unter den Saum meines Oberteils gleiten. Als seine Finger nackte Haut berührten, nahm ich seine Gefühle deutlicher wahr. Sein Verlangen, die Begierde. Angetrieben wurde er von etwas viel Stärkerem. Ich drückte den Rücken durch, um seine Berührungen besser zu spüren.

Nach einer scheinbaren Ewigkeit, die dennoch nicht lange genug anhielt, zog er sich seufzend zurück. Unser Atem ging angestrengt, meine Brust drückte gegen seine. Seine Hand war noch immer unter meinem Shirt und berührte meine Haut, leichte Schauer bahnten sich ihren Weg durch meinen Körper.

Als er seine Stirn auf meine legte, kitzelten seine Haare mich an den Wangen. »Wenn ich so weitermache, kommst du noch zu spät zur Schule.«

Das wäre nicht das Einzige, was geschehen würde, wenn er mich weiter küsste oder streichelte. Seit der Nacht in diesem Haus waren wir keinen Schritt weitergegangen, nicht mal bis zu dem Punkt, an dem wir unsere Kleidung abgelegt hätten. Am leichten Zittern erkannte ich, dass er den nächsten Schritt nur allzu gern gemacht hätte. Ich war mir ziemlich sicher, dass ich das ebenfalls wollte, dennoch hatte ich auch große Angst davor.

Aber die Rückkehr in die Schule bedeutete, dass uns die Realität wieder eingeholt hatte, und wenn es eine Sache gab, die mir die Lust an allem nehmen konnte, dann war es genau das hier. Zurück in die Schule, wo ich nicht nur Stacey und Sam um mich hatte. Zurück an den Ort, an dem ich mit der erschreckenden Möglichkeit konfrontiert wurde, dass ich der Verursacher dieser Infektion sein könnte. Auch wenn ich überraschenderweise in der Lage war, Zayne zu küssen, ohne ihm dabei die Seele aus dem Leib zu saugen, war das kein Beleg dafür, dass ich mit den anderen Vorfällen tatsächlich nichts zu tun hatte.

Zayne merkte, dass ich mich innerlich von ihm zurückzog. »Was ist los?«

»Gar nichts.« Ich rang mir ein Lächeln ab. Seit jener Nacht hatte ich nicht mehr mit ihm über meine Ängste gesprochen, weil ich wusste, er war von meiner Unschuld überzeugt. Ich wollte, dass das so blieb, schließlich hatte ich bei ihm nicht das Gefühl, eine tickende Zeitbombe zu sein, die jederzeit hochgehen konnte. Bei ihm fühlte ich mich ganz normal. »Könnte ich nicht schwänzen?«

»Hmm …« Er gab mir einen leichten Kuss auf die Nasenspitze. »Das hört sich zwar sehr verlockend an, aber du musst deinen süßen kleinen Hintern wirklich wieder in die Schule bewegen.«

Ich machte einen Schmollmund.

Er lachte leise, aber mit einem Mal wurde er ernst. »Du weißt, du hast niemanden infiziert, Layla-Biene. Es passiert nichts, wenn du in die Schule zurückkehrst. Tief in deinem Inneren weißt du das auch.«

»Ja, du hast recht.«

Wieder küsste er mich, und für eine Weile verlor ich mich in diesem Kuss, in Zaynes berauschendem Duft und Geschmack. Dabei blieb ich einfach in unserer gemeinsamen Welt, auch wenn es nur eine Scheinwelt war.

Stacey und Sam warteten an meinem Spind auf mich. Meine Freundin kam mir entgegen und umarmte mich kurz. Bevor ich sie von mir schieben und wie ein Freak dastehen konnte, hatte sie sich schon wieder von mir gelöst.

»Schön, dass du wieder da bist«, sagte Sam, der seine Brille immer noch nicht trug. »Ich möchte wetten, dass dir die Schule gefehlt hat.«

»Ein klein bisschen schon.« Ich machte den Spind auf und holte mein Biobuch heraus. Es stimmte schon, die Schule war für mich irgendwie so was wie eine Zuflucht ... jedenfalls dann, wenn sich hier keine Zombies, Nachtkriecher und Geister herumtrieben.

Meine Highschool entwickelte sich offenbar zum Höllenschlund.

Ich musste kichern.

»Was ist?«, fragte Stacey verwundert.

»Gar nichts, ich musste nur gerade an *Buffy* denken.« Es war eine wirkliche Erleichterung für mich, ihnen gegenüber offen und ehrlich sein zu können. Ich drückte die Spindtür zu und drehte mich zu den beiden um. »Ich hatte überlegt, dass unsere Schule schon so was ist wie der Höllenschlund bei *Buffy*.«

Sie grinste mich an. »Dann bin ich Cordelia, und du bist Buffy.«

Lachend gingen wir den Korridor entlang. Sam hielt Staceys Hand, was bei mir ein angenehm warmes Gefühl auslöste. »Nein, ich bin nicht Buffy, sondern eher so wie Willow. Du, Sam, bist absolut so wie Xander.«

»Ich würde sagen, ich bin mehr wie Angel«, widersprach er mir. Ich erwartete eigentlich noch ein paar erläuternde *Buffy*-Fakten, aber es kam nichts.

»Ach, übrigens«, sagte Stacey und beugte sich zu mir rüber. »Ich nehme an, du hast Roth gesagt, dass wir ... na ja, die Wahrheit über ihn wissen, oder?«

Sofort bekam ich ein beklommenes Gefühl in der Magengegend. Die beiden hatten ihn nicht mehr gesehen, seit man uns vorübergehend vom Unterricht ausgeschlossen hatte. »Ja, das weiß er. Aber ich würde ihn nicht unbedingt darauf ansprechen. Ich muss noch schnell zum Klo.«

»Ich auch.« Stacey gab Sam einen flüchtigen Kuss auf die Wange. »Bis später.«

Er nickte nur und ging weg, dabei fuhr er sich durchs Haar. Ich sah ihm einen Moment lang nach und schüttelte den Kopf. »Musst du wirklich zum Klo?«, wollte ich von Stacey wissen.

»Nein«, meinte sie kichernd. »Ich wollte nur kurz mit dir allein sein und dich fragen, ob du schon Sex mit Zayne hattest.«

Meine Wangen begannen zu glühen. »Was? Nein. Du und Sam etwa?«

Als sie mich breit angrinste, riss ich verdutzt die Augen auf. Wir betraten die Toiletten, die Luft roch nach Desinfektionsmitteln und ganz leicht nach Zigaretten. »Oh mein Gott, du hattest wirklich Sex mit …« Ich ließ den Satz unvollendet und blieb abrupt stehen.

Stacey rempelte mich an und blieb dann ebenfalls stehen.

Eva stand über eines der Waschbecken gebeugt, sie hielt die Hände vors Gesicht gedrückt. Ihre schmalen Schultern zitterten. Im Waschbecken und auf dem Boden ringsum waren Kügelchen aus zusammengerolltem braunen Papier verstreut. Auf der Ablage über dem Becken lag ein Handy.

Eva weinte … nein, sie schluchzte richtiggehend.

»Das ist aber eigenartig«, murmelte Stacey, während hinter uns die Tür zufiel.

Eigenartig war das wirklich. Eva war ein boshafter Mensch, und wenn ich es nicht gewusst hätte, wäre sie von mir mühelos als Dämonin eingestuft worden. Aber sie war einfach nur gehässig, vermutlich weil sie von ihren Eltern nicht genügend geliebt wurde. Trotzdem meldete sich mein Mitgefühl.

Seufzend ging ich auf sie zu und verzog das Gesicht, da ich überlegte, was ich eigentlich sagen sollte. »Ähm … Eva … alles okay mit dir?«

Ihre Schultern verkrampften sich, sie nahm die Hände runter. Oh, Eva sah nicht gut aus, wenn sie weinte, was aus einem unerfindlichen schrecklichen Grund dafür sorgte, dass ich mich etwas besser fühlte. Im Spiegel sah ich ihre mit Mascara verschmierten Wangen und ihr aufgedunsenes, gerötetes Gesicht.

Dann verzog sie das Gesicht, und ein weiterer Schwall Tränen lief ihr über die Wangen. »Nein, es ist nichts okay. Und es wird auch nie wieder okay sein.«

Staceys Miene verriet, dass sie sich fragte, ob Eva es nicht ein wenig übertrieb. Ich dagegen bekam ein ungutes Gefühl.

Eva drehte sich zu uns um, die geballten Fäuste hielt sie gegen ihre Wangen gepresst. »Er ist tot. Gareth ist tot.«

30. KAPITEL

Gareth war in der letzten Nacht an einer Überdosis gestorben. Sein Vater hatte den Leichnam am Morgen in der Garage gefunden, als er zur Arbeit fahren wollte. Gerüchten zufolge hatte er Alkoholdämpfe geschnüffelt.

Über der Schule lag eine bedrückte Stimmung. Deans Tod war schon eine schlimme Nachricht gewesen, aber jetzt auch noch Gareth – der bei allen beliebte Gareth? Jeder kannte ihn, und auch wenn sein kontinuierliches Abgleiten in die Drogensucht viele vor den Kopf gestoßen hatte, war doch immer noch die Hälfte aller Mädchen hinter ihm her gewesen, und die Hälfte aller Jungs hatte so sein wollen wie er.

In allen Klassen redeten die Lehrer über den Vorfall, sprachen von einem tragischen Unglück und hielten nach dem Unterricht Vorträge über Drogen und die damit verbundenen Gefahren. Ich dagegen wusste, es hatte damit nichts zu tun.

Das war auch Stacey und Sam klar.

Und Roth ebenfalls.

Nicht, dass Drogen harmlos wären, aber das hier hatte mit Drogensucht und ähnlichen Dummheiten nichts zu tun. Gareth war infiziert worden. Man hatte ihm sein Leben und seine Seele weggenommen. Jetzt hatten wir es mit einem weiteren Geist zu tun, während Gareth für alle Ewigkeit in der Hölle gefangen war.

Diese Erkenntnis machte mir zu schaffen, selbst wenn doch noch irgendwo eine Lilin auftauchen sollte.

Roth kam zu mir, als ich auf dem Weg in die Cafeteria war. Mit ihm allein zu sein machte mich ohne Ende nervös. Ich wusste, das hing mit Zayne und mir zusammen … und mit Roth.

»Ich habe noch keinen Geist wahrnehmen können«, sagte er und schob die Hände in die Taschen seiner zerrissenen Jeans. »Du?«

Ich schüttelte den Kopf. Bambi bewegte sich zwischen meinen Brüsten und bekam sofort eine ernste Warnung von mir zu hören, sich ja nicht bis zum Gesicht vorzuwagen. Sobald Roth in der Nähe war, zeigte sie sich gern. Ein bisschen war sie wie diese nervigen kläffenden Hunde, die um Aufmerksamkeit buhlten.

»Wird wohl nur noch eine Frage der Zeit sein, bis der Geist sich blicken lässt. Bleibt es dabei, dass wir uns am Wochenende den Zirkel ansehen?«, fragte ich. Als er bestätigend nickte, lehnte ich mich gegen die Wand. Der Flur war so gut wie menschenleer. Ich hob den Kopf und bemerkte, dass Roth mich aufmerksam beobachtete. »Können wir irgendwas für ihre Seelen tun? Irgendeine Chance, sie zu befreien?«

Roth drehte sich so, dass ich ihn im Profil sah. »Nur wenn du dich mit dem Boss auf einen Deal einlassen willst. Aber davon würde ich dir abraten.«

Ich setzte zum Protest an, doch er legte mir einen Finger auf die Lippen, damit ich schwieg.

»Ich weiß, du willst ihnen helfen, Shortie«, sagte er und lächelte mich schief an. »Aber wenn eine Seele erst mal da unten gelandet ist, wird es sauschwer, sie zurückzuholen. Und damit meine ich keine langwierigen Verhandlungen. Wenn der Boss etwas hergibt, dann will er etwas Gleichwertiges dafür zurückerhalten. Wenn du also eine Seele zurückholen willst, wird der Boss dafür eine andere Seele einfordern. Auf solche Deals willst du dich ganz bestimmt nicht einlassen, weil du dann nämlich diese Last auf deinen Schultern mit dir herumträgst.«

Er hatte zwar recht, aber ich trug schon jetzt einiges auf meinen Schultern mit mir herum.

»Du hast auf meine SMS und Anrufe nicht reagiert«, wechselte er einen Moment später das Thema und lehnte sich gegen die Wand. Den Kopf hielt er gesenkt. »Ich hab mir Sorgen um dich gemacht.«

»Ach, wirklich?«, gab ich zurück und zog die Brauen hoch.

»Ja.« Leicht mürrisch sah er mich an. »Warum wundert dich das so?«

Ich zuckte die Achseln. Er hatte während unserer zwangsweisen Beurlaubung und während der Feiertage einige Male versucht, mit mir Kontakt aufzunehmen, aber ich war nicht darauf eingegangen. Es hätte sich verkehrt angefühlt. Dass ich mit Zayne zusammen war, bedeutete nicht, dass ich mit keinem anderen Typen mehr reden durfte. Bloß war Roth kein gewöhnlicher »anderer Typ«, sondern viel, viel mehr als das.

»Du bist jetzt mit Zayne zusammen, oder?«, erkundigte er sich, als hätte er in diesem Moment meine Gedanken gelesen.

War ich das wirklich? Wir nannten uns bislang nicht offiziell Freund und Freundin, aber wir gingen so miteinander um. »Ich will wirklich nicht mit dir über ihn reden.«

Er schürzte die Lippen. »Versprich mir wenigstens, dass ihr vorsichtig seid.«

Verwundert sah ich ihn an. »Das klingt so, als wolltest du mich darauf hinweisen, dass wir die Kondome nicht vergessen sollen.«

»So habe ich das nicht gemeint, und das weißt du auch«, sagte er.

Unsere Blicke trafen sich, und mir war klar, worauf er hinauswollte. »Ich bin vorsichtig.« Auch wenn das eine glatte Lüge war.

Er ließ den Kopf gegen die Wand sinken und atmete tief durch. Einen Moment lang sah ich ihn an, wie er mit verschränkten Armen dastand. Er kam mir in jeder Hinsicht angespannt vor, dabei hatte ich ihm noch nicht mal etwas von der Frau aus dem Club im Palisades gesagt.

»Hast du Hunger?«, fragte er leise. »Wir sollten besser reingehen, bevor Stacey und Sam auf die Idee kommen, den freien Tisch zu benutzen, um Babys zu machen.«

»Wir haben noch einen Geist gefunden«, sagte ich leise.

Verdutzt riss er die Augen auf. »Was?«

»Letzte Woche. Zayne und ich haben einen Exorzismus durchgeführt«, erklärte ich ihm.

Er stieß sich von der Wand ab. »Warum hast du mir nichts davon gesagt?«

»Es war die Frau aus dem Club im Palisades, Roth.« Ich zuckte leicht zusammen, als er mich wütend anfunkelte. »Die Frau, von der ich mich genährt habe.«

»Ganz sicher?«

»Ja, ganz sicher. Es war die Frau.« Mit beiden Händen rieb ich mir übers Gesicht. »Sie ist doch von dort weggegangen, oder nicht?«

Roth nickte. »Ja, das schwöre ich dir, Layla.«

»Aber wie kann sie dann sterben? Angeblich war es ein Herzinfarkt, aber sie war kerngesund. Was ist, wenn es meine Schuld war? Wenn ich sie infiziert habe? Was ist, wenn ich all diese Leute infiziert habe?«

»Hey, hey, langsam. Wie kommst du denn jetzt auf so was?« Roth trat einen Schritt auf mich zu. »Glaubst du das etwa schon länger?«

»Nein«, sagte ich kopfschüttelnd. »Ich frage mich das schon seit einiger Zeit. Zayne ist der Meinung, dass es nichts mit mir zu tun hat. Aber wir haben bis jetzt noch keinen Beweis für die Existenz einer Lilin gefunden, keine konkreten Hinweise, überhaupt nichts. Und jeder, der infiziert wurde, hat sich irgendwann in meiner Nähe aufgehalten.«

»Und wie soll das passiert sein? Bist du etwa rumgelaufen und hast wahllos Leute geküsst? Falls ja, bin ich verdammt sauer, dass du mich ausgelassen hast.«

Ich warf ihm einen verärgerten Blick zu. Schließlich war es ja nicht so, als hätte ich ihn in letzter Zeit nicht geküsst. »Nein, nein, das habe ich nicht. Und ich weiß auch nicht, wie es passiert sein soll. Das ist ja genau der Punkt, den ich nicht begreife.« Ich sagte ihm das, weil ich glaubte, dass er mir nichts verschwieg. Schließlich hatte er das auch nicht bei den Dingen getan, die ich nicht hatte hören wollen. »Meinst du, es hat mit mir zu tun?«

Einen Moment lang stand er völlig reglos da und schaute mich an. Ich war mir nicht mal sicher, ob er überhaupt atmete. Schließlich beugte er sich vor und legte die Hände auf meine Schultern. Es war kein fester Griff, aber er hatte etwas Tröstliches. Ich machte die Augen zu.

»Hör auf«, flüsterte er mir zu, »sinnlose Fragen zu stellen.«

Mehr sagte er nicht, dann nahm er die Hände von meinen Schultern und ließ sie sinken. Sein Schweigen war beunruhigend, mal abgesehen davon, dass ich von ihm keine Antworten auf meine Fragen bekam.

Am Abend, an dem wir uns auf den Weg zu diesem Club in Bethesda machten, roch die Luft nach Schnee. Es war kalt, die Luft war klar.

Die Fahrt zum Club verbrachten wir größtenteils schweigend. Roth saß in seinem Porsche, den er auf dem Parkplatz gegenüber einer Schule abgestellt hatte. Kaum waren Zayne und ich mit dem Impala vorgefahren, stieg er aus.

Ich sah an mir herab und rümpfte die Nase.

Roth war so angezogen, als sei er auf dem Weg zu einem Zirkel voller Hexen. Er trug Lederhose und dunkles Shirt, ein Outfit, das für Gefahr und Chaos stand. Meine Jeans und der blaue Rollkragenpullover standen dagegen mehr für Plätzchenteig und Selbstgestricktes.

»Ich hätte wohl besser etwas Passenderes anziehen sollen«, merkte ich an.

»Ich finde, du sieht gut aus.«

Dankbar lächelte ich Zayne an. »Lieb von dir, aber ich habe das dumpfe Gefühl, dass ich aus der Menge rausstechen werde.«

»Das machst du doch immer.« Sein Grinsen verschwand, als Roth zum Wagen kam. Missmutig kurbelte Zayne das Fenster runter. »Was ist?«

Unbeeindruckt schaute Roth in den Wagen. »Das wurde auch Zeit. Ich warte jetzt schon so lange auf euch, dass mir ein Sechstagebart gewachsen ist.«

Zayne verdrehte die Augen, während ich nach dem Club suchte. Im ersten Moment dachte ich, wir wären hier falsch. Aber der Club befand sich in einem Nobelhotel mit verspiegelten Scheiben und mit Skulpturen, die aussahen wie von einem Fünfjährigen modelliert.

»Ich wünschte wirklich, ich könnte mitkommen«, erklärte Zayne und nahm die Hände vom Lenkrad. »Mir gefällt nicht, dass du allein da reingehst.«

»Sie geht mit *mir* rein«, warf Roth amüsiert ein, während er gegen den Wagen gelchnt dastand. »Sie ist nicht allein.«

»Du zählst nicht.«

Es wurde wirklich Zeit, aus dem Wagen auszusteigen. Ich machte die Beifahrertür auf, aber Zayne griff nach meiner Hand. »Pass gut auf dich auf«, sagte er.

»Mach ich.« Ich zögerte und hatte das Bedürfnis, mich mit einem Kuss von ihm zu verabschieden, aber der Gaffer, der uns durchs offene Fenster beobachtete, hielt mich davon ab.

»Wie süß.« Roth stieß sich vom Wagen ab. Sein Tonfall war amüsiert, aber sein Gesichtsausdruck sprach Bände. »Keine

Sorge, Stony. Sie ist in guten und fähigen Händen. Ich glaube, du weißt, wie gut und fähig diese Hände sind.«

Ein wütender Ausdruck erschien auf Zaynes Gesicht. »Ach, fick dich doch.«

Roth grinste breit. »Also, was das angeht ...«

»Komm ja nicht auf die Idee, den Rest von diesem Satz auszusprechen«, fuhr ich ihn an und warf die Wagentür zu. Über das Dach des Impala hinweg sahen wir uns an. »Ich meine es ernst.«

Er zog eine Braue hoch, dann winkte er Zayne zu. Ich drehte mich weg und lief los. Doch im nächsten Augenblick war Roth auch schon neben mir.

»Das war nicht nötig«, ermahnte ich ihn.

Roths Schultern waren angespannt. »Wie du meinst. Aber das ist jetzt auch nichts, worauf wir uns konzentrieren müssen.«

»Es geht nicht darum, ob wir uns darauf konzentrieren müssen oder nicht.« Wir überquerten die fast menschenleere Straße, was etwas eigenartig war, schließlich war es gerade mal acht Uhr. »Es gibt keinen Grund, solche Dinge zu ihm zu sagen.«

An der Tür angekommen, sah er mich an. »Wirklich nicht, Layla?«

Unsere Blicke trafen sich, und in diesem Moment war es so, als hätte sich sein Schutzschild abgeschaltet. Wut, Enttäuschung, Sehnsucht und Hilflosigkeit – das alles war in seinen bernsteinfarbenen Augen zu erkennen. In der nächsten Sekunde drehte er sich weg und gab mir ein Zeichen, in die Lobby zu gehen. »Bringen wir's hinter uns.«

Sein schroffer Tonfall ließ mich nach Luft schnappen, aber dann straffte ich mich und ging entschlossen an ihm vorbei in die Lobby des Hotels, das einen sehr modernen und geschmackvollen Eindruck machte. Silberne Deckenlampen sorgten für genügend Licht im Eingangsbereich, doch es fühlte sich irgendwie so an, als würde das Gebäude sich uns entgegenstrecken, so als suche es Schutz und Trost. Mir sträubten sich die Nackenhaare.

Ich folgte Roth zum Aufzug, dann fuhren wir schweigend bis rauf in den dreizehnten Stock.

Als wir den langen Flur betraten, war ich das reinste Nervenbündel. Einerseits hatte das natürlich damit zu tun, dass wir uns gleich unter ein Rudel Hexen von der unfreundlichen Sorte mischen würden. Andererseits keimte ein Funken Hoffnung in meiner Brust. Vielleicht konnte die Alte uns ja etwas erzählen, das meine Befürchtungen widerlegte und Zaynes Meinung bestätigte.

Gerade wollte ich Roth fragen, ob wir hier überhaupt richtig waren, da bogen wir um eine Ecke, und vor uns sah ich einen Eingang zu einem Restaurant oder Club. Die Glasscheiben der zweiflügeligen Tür waren bronzefarben getönt, darauf befand sich ein kreisförmiges Design. Durch die Scheiben hindurch konnte ich menschliche Gestalten erkennen, die an Tischen saßen.

»Bist du bereit?«, wollte Roth wissen.

»Klar.«

Er warf mir einen zweifelnden Blick zu, öffnete die Türen und ließ mich eintreten. Als Erstes fiel mir auf, wie normal hier alles war. Völlig normal, und zwar nach menschlichen Maßstäben. An einem Empfangspult blieben wir stehen. An den Tischen saßen Paare, lachten und unterhielten sich. An der hinteren Wand befand sich eine gut sortierte Bar, an der sich Gäste drängten. Aus Deckenlautsprechern drang leise Jazzmusik. Keiner hier war in schwarzer Kluft erschienen. Und ich war genau richtig angezogen. Ich würde niemandem ins Auge stechen.

»Was hast du erwartet?« Er lachte mir leise ins Ohr, und ich begann mich zu fragen, ob meine Antwort »Jedenfalls nicht so was« nur ein Gedanke war oder ob ich die Worte laut ausgesprochen hatte.

»Hast du noch nie davon gehört, dass man nicht aufgrund von Äußerlichkeiten urteilen soll?« Er nahm meine Hand und hielt sie noch etwas fester umschlossen, als ich ihn aufgebracht ansah. »Wie ich schon sagte, Shortie: Lass dich nicht vom äußeren Anschein täuschen. Außerdem musst du in meiner Nähe bleiben.«

Eine schlanke Frau kam zu uns. Sie trug ein schlichtes schwarzes Kleid, das oberhalb der Knie endete. Die Haare hatte sie zu einem eleganten Nackenknoten zusammengefasst. »Es tut mir leid. Ohne Reservierung können Sie keinen Tisch bekommen.«

Roth lächelte sie an. »Woher wissen Sie, dass wir nicht reserviert haben?« Er sah zum Pult, dort lag kein Buch. »Sie kennen doch gar nicht unsere Namen.«

»Ich weiß, dass Sie nicht reserviert haben.« Sie hob das Kinn ein wenig an und betrachtete uns frostig. »Und ich weiß auch, was Sie beide sind. Wenn Sie das Gebäude heil und unversehrt verlassen möchten, schlage ich vor, dass Sie …«

»Rowena«, meldete sich ein Mann zu Wort, der plötzlich hinter ihr auftauchte. »Die beiden werden erwartet. Lassen Sie sie durch.«

Wir wurden erwartet? Ich sah zu Roth, aber an dessen regloser Miene war nichts abzulesen.

Der Frau schien das nicht zu gefallen, trotzdem machte sie uns Platz. Der Mann nickte uns zu. »Kommen Sie mit, sie erwartet Sie bereits.«

Das war alles schon ein bisschen unheimlich. Als wir hinter dem Mann, der Mitte vierzig zu sein schien, durch den Saal gingen, unterbrachen die anderen Gäste … oder besser gesagt:

die Hexen … das, womit sie beschäftigt waren, und starrten uns hinterher. Einige vergaßen darüber, die Gabel weiter zum Mund zu führen, andere drehten sich nur nach uns um. All die starren Mienen und die argwöhnischen Blicke verrieten deutlich, dass man über unsere Anwesenheit nicht gerade glücklich war.

Mit einem Mal war es gar nicht mehr so schlimm, dass Roth meine Hand hielt, auch wenn es mir ein wenig das Gefühl gab, ein Weichei zu sein. Ich war im Nahkampf ausgebildet, nicht im Abwehren von Zaubern.

Der Mann führte uns an der Bar vorbei in einen abgeteilten Bereich des Clubs. Dort gab es nur einen Tisch mit einer großen, halbkreisförmigen Couch. Insgesamt sechs Frauen saßen auf dieser Couch und standen auf, als wir hereinkamen. Sie gingen an uns vorbei, ohne uns eines einzigen Blicks zu würdigen.

Überhaupt nicht seltsam.

Die Couch sah nun leer aus, aber als wir uns dem offenen Bereich näherten, entdeckte ich auf einmal noch eine Frau. Heilige Scheiße, sie sah aus wie die Hüterin der Gruft persönlich. Die Frau war alt … so alt, dass ich nicht so ganz begriff, wie sie immer noch leben und atmen konnte.

Schneeweiße Haarbüschel reichten bis auf ihre schmalen, zerbrechlichen Schultern. Tiefe Falten durchzogen ihr Gesicht, und ihre Augen … sie waren milchig weiß. *Komplett* milchig weiß.

Die alte Frau lächelte, dabei wurden die Furchen in ihrer Haut so tief, dass ich dachte, das Gesicht müsste jeden Moment in sich selbst zusammenfallen. »Was hast du erwartet?« Für eine so alte Frau war sie stimmlich noch gut bei Kräften. »Etwa eine junge Frau? Du suchst doch die Alte, oder nicht?«

»Ja, genau«, antwortete ich, da mir meine Stimme nicht länger den Dienst versagte.

»Eine Alte ist alt und weise … oder einfach nur alt. So oder so wandele ich schon seit vielen Jahren auf dieser Erde«, redete sie weiter, hob eine schmale, blasse Hand und gab uns ein Zeichen, dass wir uns hinsetzen sollten. »Und heute sehe ich zum ersten Mal einen Kronprinzen.«

Roth setzte sich hin und zog mich neben sich. »Es ist mir eine Ehre, Alte.«

Sie hob ihr Kinn ein wenig an. »Und ich hätte auch nie gedacht, dass ich den Tag erlebe, an dem ich das Kind eines Wächters und unserer wahren Mutter zu Gesicht bekomme. Aber das bist du: Liliths eigen Fleisch und Blut.«

Ich hatte keine Ahnung, was ich erwidern sollte.

Die Alte beugte sich so weit vor, dass ich Angst bekam, sie könnte vornüberkippen und vor unseren Augen zu Staub zerfallen. »Was du fürchtest, Kind, ist verkehrt. Manches Böse, meine Kinder, ist einfach unverzichtbar.«

Roths Blick wirkte auf mich, als wollte er fragen: »Na, hab ich's nicht gleich gesagt?« Ich war klug genug, den Mund zu halten.

»Ich weiß, wieso ihr zwei hier seid.« Ihr Lachen klang wie das Scheppern alter, trockener Knochen. »Ich weiß, ihr seid hier, weil ihr nach der Lilin sucht.«

Mein Herz machte einen Satz, und ich fand, dass Ehrlichkeit die beste Strategie war. »Ja, wir müssen die Lilin finden.«

»Am liebsten schon vorgestern«, fügte Roth hinzu. »Ich weiß, ihr wollt alle eine Lilith haben, aber ihr wisst, welche Kettenreaktion die Lilin auslösen wird.«

»Ah, ja. Die Alphas.« Sie fuchtelte mit den Händen. »Mich wundert, dass sie nicht schon längst eingetroffen sind, um mit ihren mächtigen Schwertern alles zu zerteilen, was ihrer Ansicht nach dieser Erde unwürdig ist. Habt ihr schon einmal einen Alpha gesehen, Kinder?«

Ich schüttelte den Kopf. »Nein. Ich war einmal in … in ihrer Nähe, aber gesehen habe ich keinen.«

»Ich auch nicht«, antwortete Roth. »Aus mehr als offensichtlichen Gründen.«

Die Alte musste erneut lachen. »Das ist wahr. Wäre das der Fall, würdest du jetzt nicht hier sitzen, nicht wahr? Ach ja, die Alphas. Sie stellen für uns alle eine Bedrohung dar. Vielleicht sogar für die Menschen. Sie teilen alles nur in Schwarz und Weiß ein. Für sie gibt es keine Grauzonen. Kein Mitgefühl. Sie sind die wahren Monster.«

Ich setzte eine ausdruckslose Miene auf, während sie weiterredete. Die Alphas waren buchstäblich jedermanns Schreckgespenst. Und auch wenn ein Teil von mir sich zu ihnen hingezogen fühlte, machten sie mir gleichzeitig Angst.

»Zurück zur Lilin«, versuchte Roth behutsam das Thema zu wechseln.

»Ungeduldig, junger Prinz? Das solltest du nicht sein.« Die Alte kicherte. »Keine Lilin hat bei uns Zuflucht gesucht, falls es das ist, was du denkst. Was du suchst, befindet sich genau vor dir, Prinz. Das weißt du. Es ist der wahre Grund, warum du aus der Hölle aufgestiegen bist.«

Unbehagen machte sich in mir breit, gleichzeitig kehrte die Angst zurück, die mein ständiger Begleiter geworden war. Ich schaute zu Roth, sah seinen Kiefermuskel zucken. »Wie meinst du das?«, fragte ich.

Sie richtete ihre milchig weißen Augen auf mich. »Er weiß es. Du weißt es. Das ist alles, was ich zu sagen gewillt bin. Ihr seid vergebens hergekommen. Und jetzt geht.« Sie hob den dürren Arm und fuchtelte mit ihren schmalen, knochenartigen Fingern. »Ich habe genug von dieser Unterhaltung. Geht.«

Roth ließ mir keine Gelegenheit zu einem Protest, sondern fasste meine Hand und zog mich hoch. Dann machte er einen tiefen Diener. »Gesegnet seist du.«

Die Alte johlte. »So albern, Prinz, so albern …«

Ein freches Grinsen lag auf seinen Lippen, als er sich zu mir umdrehte, doch sein Blick war so kalt, dass er die Hölle in eine Eiswüste hätte verwandeln können. Er hielt weiter meine Hand fest, als wir um die Tische herumgingen und auf den Ausgang zusteuerten. Womöglich wurden wir erneut von den Hexen beobachtet, so als wollten sie uns irgendwelche Zauber hinterherschleudern, aber das war mir egal.

Was du suchst, befindet sich genau vor dir, Prinz. Das weißt du.

Ich versuchte, meine Hand zu befreien, da sich mein Magen noch mehr verkrampfte, doch Roth hielt sie sofort umso fester. »Tu es nicht, Layla.«

Mein Atem ging so hastig, dass ich wiederholt zweimal ein- und nur einmal ausatmete. Ich ließ mich von ihm durch den Flur bis zum Aufzug ziehen, aber sobald sich die Lifttüren hinter uns geschlossen hatten, drückte ich auf den Notstopp.

»Was verschweigst du mir?«, herrschte ich Roth an und ballte frustriert die Fäuste.

Roth lehnte sich gegen die Kabinenwand. »Ich weiß nicht, wie du auf diesen Gedanken kommst.«

»Spiel nicht mit mir, Roth. Ich will wissen, wieso du wirklich aus der Hölle zurückgekommen bist. Sag mir dir Wahrheit.«

»Warum ich zurückgekommen bin, weißt du doch. Um nach der Lilin zu suchen«, antwortete er und verschränkte die Arme vor der Brust.

Doch ich war überzeugt, dass mehr dahintersteckte. »Es scheint doch so, dass die Alte davon ausgegangen ist, dass wir längst wissen, wer die Lilin ist. So als würde sie sich genau vor uns befinden ... vor mir. Und weißt du, was ich glaube? Ich glaube ...« Mir versagte die Stimme, und ich drehte mich zur Seite.

»Was glaubst du?«, fragte er leise. »Sag es mir, Layla.«

Unsere Blicke trafen sich. »Ich glaube, es gibt keine Lilin, jedenfalls keine, die nach dem Ritual mit Paimon geboren wurde.«

Er sagte nichts, sondern stieß seinen Kopf gegen die Wand. Schließlich kniff er die Augen zu und fluchte leise, was mich total schockierte.

»Roth«, flüsterte ich.

Er rieb sich mit den Händen übers Gesicht. »Es ist nicht so einfach. Ich glaube nicht, dass du verstehen wirst, dass ...«

Ich atmete wieder zweimal ein. »Versuch es doch mal.«

Roth ließ die Arme sinken, seine Augen hatten einen traurigen Ausdruck angenommen, der mir alles verriet, noch bevor ich ein Wort zu hören bekam. »Ich war nicht dabei, als die Ketten zu reißen begannen, und ich weiß auch nicht, ob das geschah, bevor ich in die Feuergruben verbannt wurde, oder ob es sich währenddessen abspielte. Der Boss ... na, er passte nicht richtig auf. Wir konnten dem Ganzen nicht auf den Grund gehen. Wir wussten aber, das Ritual war nicht abgeschlossen worden.«

Ich sank gegen die Kabinenwand und beschwor meine Beine, nicht unter mir wegzuknicken. Ich hatte die Wahrheit hören wollen, und nun musste ich auch damit klarkommen.

»Zumindest dachten wir, das Ritual wäre nicht vollendet worden. Aber Cayman hatte recht. Wer weiß schon, ob es sich bei der fleischlichen Sünde um Sex handeln muss oder ob es auch etwas Artverwandtes sein kann? Keiner von uns kann das mit Gewissheit sagen, aber wir wussten, was hier oben los war, und für uns war klar, dass entweder eine Lilin geboren worden war oder …«

»… oder dass ich diejenige war?«, ergänzte ich.

Wieder kniff er für einen Moment die Augen zu, dann nickte er. »Oder ob du diejenige warst. Das sind die beiden einzigen Möglichkeiten. Das wussten wir alle. Also hat der Boss mich wieder raufgeschickt, um entweder die Lilin zu finden oder auf einen Beweis zu stoßen, dass du diejenige bist.«

Ich presste den Handballen gegen die Brust.

»Deshalb kam ich zuerst zurück zur Schule. Ich war nicht davon überzeugt, dass die Lilin sich tatsächlich dort aufhielt, aber ich … ich musste in deiner Nähe bleiben, um herauszufinden, ob du dich irgendwie verändert hattest«, fuhr er fort und stieß sich von der Wand ab. Nervös ging er vor mir auf und ab, während die Aufzugmusik für eine seltsame Atmosphäre sorgte. »Ich dachte nicht, dass du es bist, weil ich dich kenne. Du bist zwar zur Hälfte Dämonin, aber in deinem Innersten bist du rein. Nicht in dem idiotischen Sinn, in dem Leute irgendetwas als rein bezeichnen. Du bist von Natur aus gut.«

Mein Herz schmerzte, weil mich seine Worte so sehr an das erinnerten, was Zayne glaubte. Offenbar hatten sie beide gemeinsam, dass sie unbeirrt an das Gute in mir glaubten.

»Aber dann wurden andere Schüler infiziert, Leute, die alle auf die eine oder andere Weise eine Verbindung zu dir hatten.« Kopfschüttelnd lief er weiter auf und ab. »Und es gab keinen Beleg für die Existenz der Lilin. Von einem Kokon abgesehen gibt es selbst jetzt noch keine konkrete Spur. Ich hatte gehofft, die Alte würde uns in eine andere Richtung schicken, aber nicht das bestätigen, was … was ich befürchtet hatte.«

Dass ich diejenige war.

Er blieb vor mir stehen, sein hübsches Gesicht spiegelte die Last, die auf seinen Schultern ruhte, wider. »Von Anfang an wusste ich, deine Fähigkeiten waren denen einer Lilin ähnlich. Nicht identisch, aber auch nicht allzu verschieden. Während die Lilin mit einer Berührung die Seelen an sich reißt, machst du das, indem du sie einatmest. Aber vielleicht haben sich deine Fähigkeiten auch verändert. Ich weiß es nicht, allerdings glaube ich nicht, dass es dir bewusst ist und dass du eine Ahnung hast, was mit dir geschieht.«

Jetzt kniff ich die Augen zu. »Besteht da irgendein Unterschied?«

»Ja.«

Ein raues Lachen kam mir über die Lippen. »Aber nicht für die Wächter oder die Alphas. Oder für die Menschen oder …«

»Du hast mir mal gesagt, dass jeder einen freien Willen hat, und ich habe das als Blödsinn abgetan. Erinnerst du dich daran?«

Ich machte die Augen auf. »Ja.«

»Du hattest recht. Wir haben alle einen freien Willen. Sogar Dämonen.« Er legte die Hände an meinen Kopf und beugte sich vor. »Ich habe den Beweis erbracht. Und was mit dir geschieht – sofern du wirklich diejenige bist –, ist etwas, das du dir nicht aus freien Stücken ausgesucht hast. Deshalb besteht da für mich ein Unterschied.«

»Was meinst du mit, ›sofern‹ ich diejenige bin? Wir haben die Lilin nicht gefunden, und die Alte hat mehr oder weniger unmissverständlich gesagt, dass ich diejenige bin. Du bist ja sogar zurückgekommen und …« Wieder versagte mir die Stimme. Ich verstand nicht, warum es derart schmerzte zu erkennen, dass er nur aus dem Grund in die Schule zurückgekehrt war, weil er dachte, ich würde dort Seelen rauben. »Du bist zurückgekommen, weil vieles dafür sprach, dass ich diejenige sein könnte. Warum … warum hast du mir das nicht sofort gesagt?«

Er drehte den Kopf weg und atmete angestrengt durch. »Was hätte das gebracht?«

»Du hättest es mir sagen sollen.«

»Ich wollte dich nicht damit belasten«, erwiderte er.

Etwas in mir reagierte auf dieses sanfte Geständnis, aber ich musste noch etwas anderes erfahren. »Wie lauten deine Befehle für den Fall, dass ich die Verursacherin bin?«

Er schüttelte den Kopf.

Wut stieg so plötzlich in mir auf, dass ich die Hände hob und seine Arme von mir wegstieß. »Sag es mir!«

Wieder sah er mir in die Augen. »Ich soll mich um dich kümmern.«

Seine Worte waren wie ein Schlag ins Gesicht. »Mit anderen Worten: Du sollst mich umbringen?«

Er schluckte. »Layla …«

»Oh mein Gott. Roth, du … du bist wirklich hergekommen, um mich unschädlich zu machen, wie? Wenn du den Beweis findest oder wenn ein anderer Dämon oder ein Wächter es herausfindet, dann sollst du mich aus dem Weg räumen?«

»Dann wäre das meine Aufgabe.«

»Ist das dein Ernst?« Ich rutschte an der Kabinenwand entlang, um auf Abstand zu ihm zu gehen. Mein Magen rebellierte. Nach allem, was wir geteilt hatten, nachdem ich von ihm getröstet worden war, als ich ihm meine Befürchtungen gestanden hatte, verriet er mich auf so schändliche Weise?

»Ich habe dir vertraut. Himmel, alles, was von dir kam, hat nur dazu gedient, mich zu manipulieren! Ist dir das klar? Beim ersten Mal solltest du Paimon finden, und da war ich für dich Mittel zum Zweck. Und diesmal bin ich das Mittel *und* der Zweck. Ich bin nur ein *beschissener Auftrag* für dich.«

Er zuckte zusammen.

Ich lief im Kreis und strich mir die Haare aus dem Gesicht. Meine Gedanken überschlugen sich. »Gibt es noch was, das ich nicht weiß und das du mir erzählen möchtest?«

Nach einer winzigen Pause schüttelte er den Kopf, aber ich hatte ihn durchschaut. Ich ließ die Arme sinken und starrte ihn an. »Du lügst.«

»Du verstehst nicht.«

Es reichte, ich hatte genug! Was genau das Fass zum Überlaufen brachte, wusste ich nicht. Womöglich hatte es etwas damit zu tun, dass Roth als Killer auf mich angesetzt worden war. Ich holte aus und schlug ihm mitten ins Gesicht. Der Treffer verblüffte ihn, aber weiter geschah nichts. Er setzte sich nicht mal zur Wehr, sondern sah mich nur an. Schweigend. Und voller Geheimnisse. Ich holte noch einmal aus, aber diesmal schoss seine Hand vor und bekam meinen Arm zu fassen.

»Hör auf damit«, sagte Roth.

Ich hatte nicht die Absicht, noch länger auf ihn zu hören, hob das Bein und zielte mit dem Knie auf eine äußerst empfindliche Stelle. Doch bevor ich meinen Plan in die Tat umsetzen konnte, wirbelte er mich herum, fixierte meine Arme vor der Brust und hielt mich so an sich gedrückt.

»Lass mich los!«, kreischte ich und warf mich gegen ihn.

Roth rührte sich nicht von der Stelle. »Ganz sicher nicht.

Ich glaube kaum, dass ich von dir noch mal geschlagen werden möchte.«

Ich zog beide Beine an und ließ mich nach vorn fallen. Die Aktion kam für ihn so überraschend, dass meine Bewegung ihn mit nach vorn zog. Im Fallen drehte er sich so, dass er vom Aufprall das meiste einsteckte. Doch dann rollte er sich schnell zur Seite, sodass es ihm gelang, mich auf den Bauch zu drehen und sich so auf mich zu legen, dass er mich mit seinem ganzen Gewicht auf den Boden drückte.

»Hör endlich auf«, zischte er mir ins Ohr. »Ich will dir nicht wehtun.«

»Noch nicht«, gab ich wütend zurück.

Auf einmal verlagerte er sein Gewicht und drehte mich auf den Rücken. Ehe ich reagieren konnte, hatte er meine Arme gepackt und drückte sie über meinem Kopf auf den Boden. Mit meinen Hüften versuchte ich ihn zur Seite zu stoßen, erreichte damit aber das genaue Gegenteil, bis ich wieder unter ihm lag und mich nicht rühren konnte.

Er sah mir in die Augen, dabei veränderte sich etwas in seinem Blick. Meine Brust hob und senkte sich mit jedem angestrengten Atemzug. Roth wirkte nicht wütend, aber meine eigenen Gefühle waren so sehr in Aufruhr, dass ich nicht in der Lage war, etwas von ihm zu empfangen. Doch als er den Blick zu meinen Lippen wandern ließ, da ließen die Schatten auf seinem Gesicht ihn mit einem Mal … begierig aussehen.

Obwohl es Millionen Gründe gab, wieso das völlig verkehrt war, erwachte zwischen uns etwas Vertrautes, eine Verbindung, die uns zusammenschweißte.

»Bitte«, flüsterte ich.

Innerhalb eines Sekundenbruchteils war er von mir aufgesprungen und stand an der gegenüberliegenden Wand der Aufzugkabine. Seine Augen glühten, während er den Rücken durchdrückte.

Keuchend stand ich auf und betätigte erneut den Notstopp. Der Aufzug setzte sich in Bewegung. Roth machte einen Schritt auf mich zu, aber ich schüttelte den Kopf.

Hilflos ballte er die Fäuste. »Layla …«

»Habe ich dir jemals irgendwas bedeutet?« Ich wusste, ich hatte ihn das schon einmal gefragt, aber jetzt … jetzt war es noch viel wichtiger für mich. Als er nicht antwortete, nickte ich, da ich endlich verstand. »Ich will dich nicht in meiner Nähe haben.«

»Das ist nicht möglich.«

»Mir ist egal, was deiner Meinung nach möglich ist oder nicht. Wenn du dich in meine Nähe begibst, werde ich dir wehtun«, warnte ich ihn. Und dann wurde mir etwas klar. *Bambi.* Deshalb hatte er der Schlange befohlen, bei mir zu bleiben. Sie war wie ein GPS-Sender, nur in Form eines dämonischen Tattoos. »Bambi, runter.«

Roth sah mich mit großen Augen an. »Layla, das ist nicht gut. Tu das nicht. Bambi ist so sehr ein Teil von dir, wie sie ein Teil von mir ist.«

»Ich will nichts von dir haben.« Erneut rief ich die Schlange. Sie sprang von meiner Haut und nahm zwischen uns Gestalt an. »Geh zu ihm«, forderte ich sie auf.

Bambi neigte den Kopf zur Seite und betrachtete mich. Der Aufzug kam zum Stehen, die Türen gingen auf, und sie drehte sich zu Roth um.

»Nein«, sagte er. »Layla, du brauchst mich. Du brauchst …«

»Halt dich von mir fern.« Rückwärts verließ ich den Aufzug, riss die Kette ab, die um meinen Hals hing, und schleuderte sie ihm mitsamt Anhänger vor die Füße. »Halt dich einfach nur von mir fern.«

Die Aufzugtüren schlossen sich, Roth und Bambi waren noch in der Kabine. Ich rannte durch die kleine Lobby nach draußen in die kalte Nacht.

Zayne wartete an seinen Impala gelehnt auf mich. Als er mich sah, stieß er sich vom Wagen ab. »Hey, alles in Ordnung?«

»Ja.« Ich wurde langsamer und schaute über die Schulter, aber Roth war mir nicht gefolgt. »Wir müssen los.«

Anstatt mich mit Fragen zu überschütten, hielt er mir die Tür auf, lief um den Wagen herum und ließ den Motor an. Erst da erkundigte er sich: »Was ist passiert?«

Ich schüttelte den Kopf, da ich nicht wusste, wo ich anfangen sollte. »Ich brauche einen Moment«, sagte ich, beugte mich nach vorn und hielt die Hände vors Gesicht.

Zayne legte eine Hand auf mein Knie, während er vom Parkplatz auf die Straße einbog. »Ich bin hier.«

Ich nickte und schloss die Augen. Mehr als diese drei Worte wurden während der Rückfahrt bis zum Anwesen nicht gesprochen. Zayne wusste, dass es zu früh war, um mich mit Fragen zu bedrängen. Das war auch gut so, weil ich nicht gewusst hätte, was ich sagen sollte.

Mein ganzer Körper fühlte sich wie taub an. Oder vielleicht hatte ein Teil von mir die Wahrheit bereits akzeptiert und sich mit den Tatsachen angefreundet, als ich schon vor einer Weile eins und eins zusammengezählt hatte. Trotzdem schmerzte Roths Verrat mich sehr.

Seit seiner Rückkehr hatte er es gewusst. Jedes Mal, wenn er sich mit mir unterhielt, hätte er es mir sagen können, vor allem als ich das letzte Mal zu ihm gegangen war. Ich hatte ihm vertraut, so dumm das auch von mir gewesen war. Denn sobald er einen zweifelsfreien Beweis für meine Schuld gefunden hätte, wäre es ein Leichtes für ihn gewesen, an mich heranzukommen, um seinen Auftrag auszuführen.

Himmel, wie oft ich mit ihm allein gewesen war. An diesem Tag im Club unter dem Palisades, in seinem Loft … Ich schauderte. Bei jeder dieser Gelegenheiten hätte er sich um mich

»kümmern« können. Diese Erkenntnis schmerzte umso schlimmer, weil ich geglaubt hatte, wir wären völlig ehrlich zueinander. Obwohl er mich ohne Rücksicht auf meine Gefühle zurückgewiesen hatte, und trotz aller wunderbaren Empfindungen für Zayne gab es da diese Ecke in meinem Herzen, in der ich all meine Gefühle für Roth angesammelt hatte.

Und nun? Sollte ich mich verkriechen und verrotten? Erneut begann ich am ganzen Körper zu zittern und krallte die Finger in meine Haare.

»Layla?«

Als ich Zaynes Stimme hörte, hob ich den Kopf und stellte fest, dass wir bereits in der Garage des Anwesens standen. Der Motor des Impala war aus. Ich hatte keine Ahnung, wie lange wir schon hier waren, mir fiel nur auf, dass das Wageninnere bereits ausgekühlt war.

Ich sah Zayne an, der mit bleichem Gesicht dasaß, aber meinem Blick nicht auswich. »Lass uns reingehen«, sagte er. »Dann können wir reden, okay?«

Im Haus war alles still. Im Foyer begegneten wir Morris, der mit einem Topf Weihnachtssterne auf dem Weg in eines der Wohnzimmer war. Oben angekommen, schloss Zayne die Tür hinter uns.

Ich drehte mich um, als er zu mir kam und die Arme um meine Schultern legte. Er sagte nichts, sondern drückte mich an seine Brust. Für ein paar ruhige Augenblicke schmiegte ich mich an ihn und schloss die Augen. Wenn ich mit ihm zusammen war und er mich so hielt, fühlte ich mich wieder wie zu der Zeit, bevor das Übel seinen Lauf genommen hatte. Aber ich konnte nicht in der Vergangenheit leben.

Seufzend lehnte ich mich zurück und hob den Kopf, während ich all meinen Mut zusammennahm, um ihm zu erzählen, was die Alte gesagt und welches Geständnis Roth mir gemacht hatte. Ich hatte keine Ahnung, wie es dann weitergehen sollte, denn alles war plötzlich aus den Fugen geraten, und damit musste ich irgendwie klarkommen.

Allerdings kam ich nicht dazu, etwas zu sagen.

Zayne umfasste mein Gesicht und strich mir mit den Daumen über die Wangenknochen. Meine Augen schlossen sich wie von selbst, sein Atem strich über meine Lippen. Alle Sorgen fielen von mir ab und schienen für einen kurzen Augenblick ganz weit weg. Ihn zu küssen sollte eigentlich nicht meine wichtigste Beschäftigung sein, aber bei mir war er sicher aufgehoben. Genau daran musste ich in diesem Moment erinnert werden, in dem ich mich wie ein Monster fühlte.

Unglaublich zärtlich küsste er mich, und ich öffnete die Lippen. Ein kehliges Stöhnen war zu hören, als sein Kuss immer leidenschaftlicher wurde. Ich atmete seinen Geschmack ein und musste ebenfalls leise stöhnen, da er seine Lippen fester auf meine drückte.

Zaynes Hände begannen zu zittern, seine Finger bohrten sich in meine Wangen. Als ich einen Schmerz auf mich überspringen spürte, öffnete ich die Augen. Seine waren weit aufgerissen und starrten ins Nichts, und dann … dann fühlte ich *es*.

Es sammelte sich in meiner Magengrube wie ein kompakter Ball aus purer Energie. Ich fasste ihn an den Handgelenken und hoffte, ihn von mir lösen zu können, bevor alles zu spät war.

Aber das war es bereits.

Ich konnte Zaynes Essenz, seine Reinheit, fühlen, sie schmeckte nach Pfefferminz. Das Zittern sprang von seinen Händen auf den ganzen Körper über. Panik befiel mich, als ich weiter versuchte, mich aus seinem schmerzhaften Griff zu lösen. Doch Zayne war wie erstarrt und bewegte sich nicht.

Und ich … nahm ihm dabei seine Seele.

32. KAPITEL

Die Reinheit von Zaynes Seele und ihre ungeheure Kraft erfüllten jede Zelle meines Körpers, die Dämonin in mir saugte alles auf wie eine Blume, die sich nach Wasser und Sonnenschein verzehrte.

Entsetzen erfasste mich, als sich seine Pupillen so sehr weiteten, dass nur noch ein schmaler blauer Rand zu sehen war. Ich nahm ihm seine Seele, ich nahm *Zaynes* Seele! Er zuckte am ganzen Leib, während er die Finger wie Krallen in meine Wangen bohrte. Ein brutaler Schmerz erfasste die Stellen in meinem Gesicht, von denen etwas Warmes, Nasses über meine Haut lief. Ich musste dem ein Ende setzen. In meiner Verzweiflung fiel mir nichts anderes ein, als Zayne das Knie in den Bauch zu rammen.

Er ließ von mir ab und taumelte ein paar Schritte nach hinten, sein goldener Teint war einem geisterhaften Weiß gewichen.

»Zayne …« Ich wollte nach ihm greifen, aber noch bevor ich bei ihm war, kippte er um.

Mit einem dumpfen Knall schlug er auf dem Fußboden auf, dann rührte er sich nicht mehr. Panik erfasste mich und ließ mich meine Schmerzen vergessen. Das durfte nicht passiert sein. Das war gar nicht möglich, ergab überhaupt keinen Sinn. Wir hatten uns zuvor geküsst, und ich hatte mich nicht genährt. Aber diesmal … Oh Gott! Diesmal war da kein Zögern gewesen. Kaum hatten sich unsere Lippen berührt, hatte ich das Unvorstellbare getan und unvorstellbaren Schaden angerichtet.

Ein Teil seiner Seele wirbelte in meinem Inneren herum, ein glühender Ball aus Wärme und Licht, der fast zu schön war, um ihn zu begreifen.

Nie zuvor hatte ich mich hässlicher und monströser gefühlt als in diesem Moment.

Ich sank neben seinem reglosen Körper auf die Knie und legte die Hände auf seine Brust. Ich konnte keinerlei Regung feststellen und griff nach seinen Schultern. »Zayne! Komm schon, Zayne! Nein! Oh Gott, nein!« Als ich ihn schüttelte, fiel sein Kopf zur Seite weg. »Zayne!«

Keine Reaktion. Nichts. Gar nichts.

Entsetzt sprang ich auf, rannte zur Tür und riss sie auf. Ich wusste selbst nicht so genau, was ich eigentlich rief. Auf jeden Fall musste es laut und schrill gewesen sein, denn im nächsten Moment vernahm ich von allen Seiten herbeieilende Schritte. Innerhalb von Sekunden drängten sich Wächter am Kopf der Treppe.

Fassungslos sah Dez mich an: »Himmel, Layla, dein Gesicht!«

Das war jetzt völlig unwichtig. Ich machte kehrt und rannte zurück in mein Schlafzimmer. »Bitte! Ihr müsst ihm helfen! Bitte!«

Dez war als Erster bei mir, sah Zayne auf dem Boden liegen und wurde kreidebleich. »Was ist passiert, Layla?«

Ich kniete mich neben Zayne hin, während Nicolai und andere Wächter ins Zimmer kamen. Behutsam schob ich die Hände unter Zaynes Kopf, während meine Tränen mir fast die Sicht nahmen. »Ich weiß nicht, was passiert ist. Er hat mich geküsst, aber …«

»Oh Gott«, flüsterte Dez, legte eine Hand auf Zaynes Brust und lauschte an seinem Mund, der einen Spaltbreit offen stand. »Komm schon, Mann, jetzt komm schon.«

Ich zitterte am ganzen Leib, Tränen liefen mir über die Wangen und lösten feine Stiche aus, sobald sie die blutenden Wunden erreichten, die Zayne mir mit den Fingernägeln zugefügt hatte. »Bitte, ihr müsst ihm helfen. Bitte!« Durch den Schleier meiner Tränen hindurch sah ich die Wächter an. Danika stand an der Tür, sie hatte die Hände vor den Mund gelegt, ihr Entsetzen war ihr an den Augen abzulesen. »*Bitte …*«

Und dann kam Abbot herein und schob die anderen Wächter aus dem Weg. Abrupt blieb er stehen und bekam den Mund nicht mehr zu. Vor Schreck stolperte er einen Schritt zurück. »Sohn?«

Von Zayne kam keine Antwort, und ich konnte nur hilflos schluchzen, während ich das Gefühl hatte, dass mein Herz in Stücke gerissen wurde. »Ich verstehe nicht …«

Abbot sah mich an. »Das … das ist dein Werk?«

Ich krallte die Finger in Zaynes Schultern. »Das hätte nicht passieren sollen. Er hat mich geküsst und …«

Abbot schoss so schnell auf mich zu, dass ich das weder mitbekam noch den Schlag spürte, den er mir versetzte. Der wurde mir erst bewusst, als ich auf das Puppenhaus geschleudert wurde und inmitten von Holzsplittern auf dem Boden aufschlug.

»Abbot!«, rief Dez, sprang auf und stellte sich zwischen uns, aber Abbot verpasste ihm einen so enormen Hieb gegen die Brust, dass Dez von den Füßen gerissen wurde und gegen die Wand prallte.

»Aus dem Weg«, warnte Abbot die anderen, während er auf mich zuging. »Geoff, du weißt, was zu tun ist.«

Mit schmerzverzerrtem Gesicht rappelte ich mich auf und sah, wie Geoff aus dem Zimmer lief. »Das war … ein Unfall.«

»Das ist mein Sohn, mein einziger Sohn!«, brüllte Abbot mich so laut an, dass die Bilderrahmen an den Wänden zitterten. »Ich habe dich in dieses Haus geholt, ich habe dich beschützt, und so dankst du mir dafür?«

Ich wich einen Schritt zurück und hob abwehrend die Hand, als ob ihn das hätte abhalten können. »Es tut mir leid! Das hier … das sollte so nicht passieren!«

Vor unbändigem Zorn lief sein Gesicht tiefrot an. »Elijah

hatte recht. Ich hätte ihm gestatten sollen, dass er dich tötet, gleich nachdem wir dich entdeckt hatten.«

Seine Worte taten weh, aber mir blieb keine Zeit, mich näher damit zu beschäftigen. Abbot wollte nach mir greifen, ich wich zur Seite aus. Die Dämonin in mir presste mit aller Kraft gegen Haut und Knochen. So wie in der Nacht von Paimons Angriff gab es kein Zögern, die Wandlung überkam mich mit solcher Wucht, dass ich sie nicht aufhalten konnte.

»Halt!«, kreischte Danika. »Bitte nicht! Sie würde Zayne nie absichtlich wehtun.«

Ihr Protest stieß auf taube Ohren, da Abbot nicht stehen blieb.

Mein Instinkt erwachte. Wenn ich noch länger in diesem Zimmer blieb, würde ich bald tot sein. In Abbots Augen loderte Mordlust, die Dämonin in mir wollte leben, sie wollte eine Schneise in das Zimmer voller Wächter schlagen, wusste aber so gut wie ich, dass die anderen in der Überzahl waren.

Das Rückenteil meines Hemds zerriss, als sich meine Flügel zu spreizen begannen. Fangzähne drückten sich durch das Zahnfleisch, meine Hände dehnten sich zu langen Klauen aus. Jemand im Zimmer stieß einen Fluch aus, als ich in die Hocke ging und mich schwungvoll abstieß. Nur knapp entging ich Abbots Griff und landete hinter ihm auf dem Boden.

Ich warf einen flüchtigen Blick zu Zayne. Nicolai kniete neben ihm, und ich glaubte – und hoffte – sehen zu können, wie sich Zaynes Brust leicht anhob, als würde er ganz flach einatmen. Länger konnte ich ihn aber nicht beobachten. Der Weg zum Ausgang kam mir so weit weg und so unüberwindlich vor. Meine Finger kratzten an der Tür entlang, als mir die Beine weggerissen wurden. Mir blieb nicht mal Zeit, den Aufprall abzufedern. Hart schlug ich auf dem Boden auf, mein Kopf knallte gegen den Türrahmen. Schwarze Flecken nahmen mir teilweise die Sicht, ich lag wie benommen da.

Und dann war Maddox über mir und wirbelte mich herum, während ich nur träge blinzeln konnte. Ich sah Flügel, deren Farbe an einen Himmel kurz vor einem Unwetter erinnerte, dann rammte er links und rechts von meinem Kopf seine wuchtigen Klauenhände auf den Boden. Er warf den Kopf in den Nacken, seine Halsmuskeln waren auf das Äußerste angespannt, aber dann stieß ich ihm das Knie in den Bauch und konnte ihn so von mir wegschleudern.

Ich sprang auf, etwas Warmes, Feuchtes lief mir übers Gesicht. Alles drehte sich um mich, als ich durch das Zimmer nach draußen rannte und die Tür hinter mir zuwarf. Jeder Schritt fühlte sich an, als würde jemand einen Dorn durch meinen Kopf treiben. Der Schmerz wollte mich überwältigen, aber der Instinkt trieb mich an, ihn zu ignorieren.

Ich machte einen Satz über das Geländer und flog ein Stück weit durch die Luft. Meine Flügel entfalteten sich und bremsten meinen Sturz ab. Mit einem lauten, dumpfen Knall landete ich im Erdgeschoss, meine Füße hinterließen Dellen im Holzboden. Links von mir versperrte mir ein Wächter den Weg ins Wohnzimmer, von wo das Wimmern der Babys an meine Ohren drang.

Ich rannte zur Tür, aber kurz bevor ich sie erreicht hatte, stürzte Geoff auf mich zu. Ich wirbelte herum, bereit, mich zur Wehr zu setzen. Seine Hand zuckte mir entgegen, ein kleines gläsernes Behältnis flog auf mich zu. Abwehrend hob ich die Arme, aber es war schon zu spät. Das Glas explodierte in einem Regen aus Splittern und einer milchig weißen Substanz, die von meinem zerrissenen Shirt und meiner Jeans sofort aufgenommen wurde und in die Poren meiner Haut sickerte.

Verwirrt hob ich den Kopf. Geoff stand keine zwei Meter von mir entfernt und atmete schwer. Am Kopf der Treppe tauchte Abbot auf. Womit Geoff mich soeben beworfen hatte, wusste ich nicht, aber mir blieb auch keine Zeit, Fragen zu stellen.

Ich fasste nach dem Türgriff, fest entschlossen, meine Flügel auf die Probe zu stellen und davonzufliegen, doch als der Blick auf meine Hand fiel, erstarrte ich vor Schreck, da die marmorierte Färbung einem hellen rosigen Ton wich.

Mein Herz setzte einen Schlag lang aus, während meine Hände auf normale Größe schrumpften und damit als Waffen unbrauchbar wurden. Die Klauen waren verschwunden, die Fangzähne zogen sich zurück, meine Flügel legten sich wie aus eigenem Antrieb zusammen. Voller Entsetzen sah ich wieder Geoff an. Ich wollte einen Schritt in Richtung Tür machen, doch mein Körper hörte nicht länger auf das, was das Gehirn wollte.

»Blutwurz?«, flüsterte ich, da ich mich jetzt an die Flüssigkeit erinnern konnte.

Vielleicht bildete ich mir das nur ein, aber ich hatte das Gefühl, für einen kurzen Moment tiefes Bedauern in Geoffs Gesicht zu sehen. Dann gaben meine Beine unter mir nach, und mir wurde schwarz vor Augen, noch bevor ich der Länge nach auf dem Boden landete.

Als ich die Augen wieder aufschlug, wunderte ich mich als Erstes darüber, dass ich noch lebte. Aber vielleicht stimmte das auch gar nicht. Ich war von Dunkelheit umgeben. Hatten meine Augen den Geist aufgegeben? Doch dann erwachten meine Sinne nach und nach wieder, und meine Augen stellten sich auf die Schwärze um mich herum ein.

Konturen wurden sichtbar, die nach Gitterstäben aussahen.

Gitterstäbe.

Ich schnappte hastig nach Luft, mein Herz schlug schneller. Als ich den Mund aufmachte, der völlig ausgedörrt war, verkrampfte sich prompt mein Magen. In der Luft hing ein schwerer feuchter Geruch, darunter mischte sich der stechende Gestank von Erbrochenem. Unter mir befand sich eine kühle, harte Fläche.

Ich wusste, wo ich war.

Ich befand mich im Keller tief unter dem Anwesen und lag in einem der Käfige, die als Fallen für Dämonen benutzt wurden. Mir war nicht mal bekannt, ob sie überhaupt jemals zum Einsatz gekommen waren, da sich Dämonen nie nahe genug an das Anwesen heranwagten, um in Gefangenschaft zu geraten. Die Gitterstäbe machten mir eine Flucht unmöglich. Natürlich hätte ich versucht zu entkommen, wenn ich dazu fähig gewesen wäre. Aber die Blutwurz lähmte noch immer meinen Körper.

Ein schmerzhafter Krampf bahnte sich den Weg durch meine Muskeln und machte mir das Atmen so gut wie unmöglich. Keuchend schnappte ich nach Luft, während ich dalag. Irgendwo hinter mir war ein gleichmäßiges Tropfen zu hören, es war das einzige Geräusch, das mir verriet, dass ich nicht in einem Schwarzen Loch gelandet war.

Während ich in die Finsternis starrte, sah ich im Geiste Zaynes bleiches Gesicht und die geweiteten Pupillen vor mir und hörte Abbots schroffe Vorwürfe. Hatte ich wirklich gesehen, wie sich Zaynes Brust leicht angehoben hatte, kurz bevor ich aus meinem Zimmer entkommen war? Ging es ihm gut? Der verhängnisvolle Kuss und seine Folgen gingen mir wieder und wieder durch den Kopf. Ich verstand es einfach nicht. Wir hatten uns zuvor geküsst – und nicht gerade wenig –, ohne dass ihm etwas zugestoßen war. Was war diesmal anders gewesen?

Die Schwärze konnte mir keine Antwort geben, mein Herz schmerzte. Sobald ich nur an Zaynes Namen dachte, riss es auf und eiterte zu einer hässlichen Wunde. Falls ich ihm wehgetan hatte, falls ich ihn verändert hatte, würde ich mir das nie verzeihen können. Keine Strafe würde dafür angemessen sein, nicht mal das, was Abbot oder die anderen Wächter vermutlich für mich vorgesehen hatten.

Die Übelkeit überkam mich, die die Folge davon war, dass ich mich von Zaynes Seele genährt hatte. Als sie wieder abklang und nur die kalten Schauer zurückblieben, kniff ich die Augen zu und weigerte mich, mir den Teil von ihm anzusehen, den ich ihm gestohlen hatte.

Ging es ihm gut?

Ich verstand nicht, wieso diese Seele mir Übelkeit bereitet hatte, wenn das zuvor nicht der Fall gewesen war. Es gab so viele Fragen, aber immer noch keine Antworten.

Nach einer Weile ebbten die Schmerzen an meinen Wangen ein wenig ab und wurden zu einem gleichmäßiges Pochen. Die Blutwurz verhinderte, dass ich mich wandelte, und offenbar hemmte sie auch die natürlichen Heilungsprozesse. Mit jeder Stunde, die verstrich, spürte ich in immer mehr Regionen meines Körpers Schmerzen, und dann begann auch noch mein Magen zu knurren. Mir brannte die Kehle. Wasser. Ich konzentrierte mich ganz auf das Wasser und malte mir aus, wie es sich anfühlte, wenn es meine Speiseröhre hinablief.

Schließlich konnte ich lautere Töne als nur ein Flüstern zustande bringen. Ich fing an zu rufen, bis mir die Stimme versagte.

Niemand kam zu mir.

Noch mehr Zeit verstrich. Stunden. Vielleicht sogar Tage? Irgendwann konnte ich meine Beine und dann auch die Arme bewegen, bis es mir fast schon gelang, mich hinzusetzen, ohne gegen die Gitterstäbe zu stoßen.

Noch immer kam niemand zu mir.

Leises Fiepen und das Geräusch von scharfen Krallen auf Beton gesellten sich zu dem beständigen Tropfen. *Ratten.* Sie kamen näher, ihre Augen glänzten in der Dunkelheit. Ich zog mich in eine Ecke des Käfigs zurück und presste mich gegen die Gitterstäbe.

Hatte man mich vergessen? Oder hatte man mich mit der Absicht hier eingesperrt, mich verhungern und verdursten zu lassen? Mir brannten die Augen. Ich wollte nicht in diesem Käfig sterben. Ich wollte überhaupt nicht sterben. Es war nicht die Dämonin in mir, die sich davor fürchtete, sondern das war ich selbst. Ich wollte leben.

Irgendwann viel später konnte ich meine Zehen nicht mehr spüren, weil es hier unten so kalt war. Die Ratten kamen näher, schnupperten an den Gitterstäben und suchten nach einem Weg ins Käfiginnere.

Ich hatte längst jedes Zeitgefühl verloren, als auf einmal ein schwaches Licht zum Leben erwachte. Die Ratten zogen sich hastig in die tiefen Schatten an den feuchten, glitschigen Wänden zurück. Meine Muskeln waren so verkrampft und geschwächt, dass ich mich zwingen musste, mich zu diesem Licht umzudrehen.

Dann wurde es so hell, dass ich meine überempfindlichen Augen zukneifen musste. Schwere Schritte näherten sich dem Käfig, dann wurde das Licht schwächer, und ich konnte etwas erkennen.

Vor mir stand ein junger Wächter, nur ein oder vielleicht zwei Jahre älter als ich, offenbar einer von den neuesten Rekruten. Aber es war nicht das Alter des Wächters, das mich so in seinen Bann schlug, es war auch nicht das Glas, das er in der Hand hielt und in dem sich vermutlich das von mir begehrte Wasser befand.

Es war vielmehr das, was ich bereits erkennen konnte, noch bevor ich das Gesicht des Wächters sah.

Ich sah ein weißliches, durchscheinendes Leuchten um ihn herum: seine Seele.

»Ich sehe deine Seele«, flüsterte ich angestrengt.

Der Wächter bekam davon nichts mit, als er sich vor meinen Käfig kniete. Er sah über die Schulter, und ich entdeckte die Aura eines zweiten Wächters. Als sie sich abschwächte, erkannte ich Maddox. »Bist du dir sicher, dass es ungefährlich ist, wenn der Käfig geöffnet wird?«, fragte der jüngere Mann.

Maddox blieb vor dem leeren Käfig gleich nebenan stehen und verschränkte die Arme vor der Brust. »Das ist so in Ordnung. Sie wird nichts tun.«

Ich schaute wieder den jüngeren Wächter an, der nach dem Schloss griff.

»Soll sie wirklich so aussehen?«, fragte er.

Sah ich tatsächlich so mies aus? Aber dann schaute ich auf meinen Arm, den ich zum ersten Mal bei Licht betrachten konnte. Die Haut war grau, schwarz und rosa gesprenkelt. Erschrocken riss ich die Augen auf. Was war mit mir passiert?

Ich wollte etwas sagen, doch die Worte blieben in meiner ausgedörrten Kehle stecken.

»Sie ist ein Mischling, halb Dämonin, halb Wächterin«, erklärte Maddox, kam näher und kniete sich neben den jüngeren Mann. »Die Blutwurz sorgt dafür, dass sie weder die eine noch die andere Form vollständig annehmen kann. Gib ihr das Glas, Donn.«

Die Käfigtür ging auf, er hielt mir das Glas hin. Es kostete mich große Anstrengung, es ihm aus der Hand zu nehmen, aber wenn einen etwas motivieren konnte, dann war es Durst. Mit zitternden Fingern führte ich das Glas zum Mund und trank einen großen Schluck, aber in dem Moment, als die Flüssigkeit meine Kehle erreichte, zuckte ich zusammen und ließ das Glas fallen. Das Wasser verteilte sich auf dem Käfigboden, meine schmutzige Jeans saugte es gierig auf.

Maddox seufzte. »Das Wasser ist nicht vergiftet, wir haben

nur ein wenig Blutwurz dazugegeben. Wir können nicht zulassen, dass du dich wandelst.«

»Wi…wieso?«, fragte ich ungläubig.

»Wir müssen dich von hier zum Lagerhaus bringen«, erläuterte Maddox, und mir blieb das Herz stehen. Ich wusste, welchem Zweck diese Lagerhäuser dienten. »Und dabei wollen wir keine Schwierigkeiten mit dir haben.«

Ich wollte erwidern, dass ich niemanden angreifen würde, außer man ließ mir keine andere Wahl. Aber da begann sich schon wieder alles um mich herum zu drehen. Ehe ich abermals in die Bewusstlosigkeit abglitt, brachte ich noch ein Wort heraus. »Z…Zayne?«

Maddox' Gesicht wurde unscharf, als er den Kopf schüttelte, und mir brach es erneut das Herz. Diesmal war ich froh darüber, ins Nichts eintauchen zu dürfen.

Ich hatte keine Ahnung, wie lange ich diesmal außer Gefecht gesetzt worden war, aber als ich aufwachte, befand ich mich nicht mehr in diesem Käfig im Keller unter dem Anwesen. Der Anflug von Erleichterung wurde gleich wieder erstickt, als mir einfiel, was Maddox gesagt hatte.

Ich war in einem Lagerhaus, einem der Orte in der Stadt, an denen Dämonen verhört wurden. Angst lief mir eiskalt über den Rücken und ließ mein Inneres verkrampfen. Oh, das war gar nicht gut …

Eigentlich wunderte es mich nicht, dass sie mich in dieses Lagerhaus gebracht hatten. Sie wollten ihr schmutziges Geschäft nicht auf dem eigenen Grund und Boden erledigen, wo sie ja schließlich immer wieder daran erinnert würden.

Um meinen Hals lag eine Eisenkette, die auf dem Rücken mit der um meine Handgelenke verbunden war. Nicht mal ein Hohedämon war in der Lage, sich von diesen Fesseln zu befreien.

Ich lag auf der Seite. Der Raum war bis auf einen großen Klapptisch leer, wobei ich von meiner Position aus nicht sehen konnte, ob sich irgendetwas auf dem Tisch befand. Da ich wusste, was hier üblicherweise vor sich ging, verkrampfte sich mein Magen bei dem Gedanken daran, welche schrecklichen Folterinstrumente dort möglicherweise bereitlagen.

In meinem Kopf herrschte das reinste Chaos. Ich war zu keinem klaren Gedanken fähig. Ob das an der Blutwurz oder an meinem Hunger lag oder daran, dass meine Verletzungen noch immer nicht zu heilen begonnen hatten, wusste ich nicht. Jeder Atemzug schmerzte, und als mein Verstand allmählich etwas klarer wurde, musste ich daran denken, wie Maddox den Kopf geschüttelt hatte, als ich nach Zayne gefragt hatte. Waren meine schlimmsten Befürchtungen wahr geworden? Ein Schluchzen bahnte sich den Weg durch meine Kehle und kam mir über die Lippen.

»Du bist wach.«

Mühsam drehte ich den Kopf und sah Stiefel und in Leder gekleidete Beine, dann packte mich ein Paar Hände an den Schultern und zog mich hoch in eine sitzende Position.

Mein Kopf fühlte sich an, als wäre jeder Gedanke in Watte verpackt, und meine Zunge kam mir angeschwollen vor, als ich versuchte zu sprechen. »Was … Zayne …?«

Der Wächter trat ein Stück nach hinten, bis ich ihn ganz sehen konnte. Nachdem der schimmernde Lichtschein verblasst war, erkannte ich Maddox. Andere Wächter schienen nicht hier zu sein. Er schlenderte zum Tisch. »Ich mache dir einen Vorschlag, Layla. Ich bekomme eine Antwort von dir, und im Gegenzug gebe ich dir eine.«

Ich ließ den Kopf gegen die Wand sinken. Mit den Armen auf dem Rücken war das keine bequeme Sitzhaltung, aber die stellte das unbedeutendste Problem dar.

Er nahm etwas vom Tisch, das Licht wurde von dem Ge-

genstand auf eine Weise reflektiert, die Übelkeit in mir aufsteigen ließ. Als er sich zu mir umdrehte, hielt er einen eisernen Dolch in den Händen.

Oh verdammt!

»Sag mir, wo Tomas ist, Layla.«

Diese Frage? Ausgerechnet *diese* Frage musste es sein? Schweiß trat mir auf die Stirn. Wenn ich ihm die Wahrheit sagte, belastete ich mich nur selbst, und das konnte ich im Augenblick wirklich nicht gebrauchen. Aber ich *musste* erfahren, was mit Zayne war.

Maddox kniete sich neben meinen Beinen hin, die schmerzhaft angewinkelt waren. »Sag mir, was ihm passiert ist, und ich werde dir von Zayne erzählen.«

Es war verrückt, und vor allem brachte ich mich damit nur in eine noch schlechtere Lage. Aber mir blieb keine Wahl. »Tomas … ist … nicht hier.«

Er schob den Unterkiefer vor. »Ist er tot?«

Ich schluckte und musste die Augen zukneifen, um mich besser konzentrieren zu können. »In der Nacht … als ihr herkamt … hat er mich … in einer Gasse … in eine Falle gelockt. Ich wollte ihm erklären, dass … ich keine Gefahr darstelle … aber das … hat ihn nicht gekümmert.«

»Was ist passiert?«, fragte er mich schroff.

Ich atmete angestrengt durch. »Er hat auf mich eingestochen … und Bambi … die Tätowierung … griff ihn an.«

»Der Hausgeist, der jetzt nicht mehr auf deiner Haut ist?«

»Ja.« Ich machte die Augen einen winzigen Spaltbreit auf. »Bambi hat ihn gefressen … um mich vor ihm zu beschützen.«

»Gefressen?« Seine Stimme war von Abscheu erfüllt. »So ist er gestorben?«

Bedächtig nickte ich. »Was ist … mit Zayne?«

Maddox schwieg lange Zeit, schließlich ließ ich den Kopf

sinken. Unsere Blicke trafen sich. »Du wirst ihn nie wiedersehen.«

Meine Welt zerbrach in tausend Stücke. Ich wollte nach Luft schnappen, aber die schaffte es nicht bis in meine Lunge. »Nein.«

Weiter sagte er nichts, sondern stand auf, da eine Tür geöffnet wurde. Tränen liefen mir über die Wangen. Wenn ich ihn nie wiedersehen würde, konnte das nur eines bedeuten: Ich hatte ihm nicht bloß ein Stück von seiner Seele genommen.

Ich hatte Zayne umgebracht.

Der Schmerz, der mich erfasste, war schlimmer als alles, was ich je gefühlt hatte.

»Layla.«

Als ich Abbots Stimme hörte, hätte ich mich am liebsten zusammengerollt. »Es tut mir ... so leid. Ich ... habe das ... nicht gewollt.«

Schweigen schlug mir entgegen, und ich spürte, dass Abbot näher kam. Durch den Schleier aus Tränen erkannte ich, dass er nicht allein war. Fast der ganze Clan begleitete ihn. Meine Augen wollten wieder nicht richtig mitspielen, aber zumindest hatte ich den Eindruck, dass Nicolai entsetzt auf meinen Anblick reagierte.

»Abbot«, sagte Nicolai und wich ein paar Schritte zurück. »Das ist verkehrt.«

Abbot sah über die Schulter zu ihm, während sich Maddox auf die andere Seite stellte. »Du weißt, es muss getan werden. Es hat sich bewahrheitet, was wir vermutet haben. Es gibt keine Lilin, es gibt nur Layla.«

Ich sagte nichts, weil es die Wahrheit war. Es gab keine Lilin, alles war nur mein Werk. Wie das sein konnte, wusste ich selbst nicht, aber alles sprach gegen mich. Sogar Roth wusste es. Nur Zayne hatte es nicht wahrhaben wollen, und was ihm das eingebracht hatte, war spätestens jetzt klar. Ein Schluchzen ließ meinen ganzen Körper erbeben. Ich musste mich einfach zusammenreißen.

»Wir hätten einschreiten sollen, bevor sie meinen Sohn angegriffen hat«, redete Abbot weiter und drehte sich wieder zu mir um. »Es ist ein Wunder, dass er noch lebt.«

Mir stockte der Atem.

»Wir haben keine eindeutigen Beweise«, hielt Nicolai dagegen, während Donn die Stirn runzelte. »Es sind alles nur Mutmaßungen. Sie ist …«

»Sie ist kein Kind«, warf Donn ein, seine blauen Augen blitzten dabei auf.

Das war mir alles egal, aber wenn Zayne lebte, warum war ich dann hier? »Es … geht ihm gut?«

»Mein Sohn lebt.« Wütend funkelte Abbot mich an.

»Und … wie geht es ihm?«

Nicolai kam ein Stück näher und sah mich mitfühlend an. »Er ist er selbst. Und er hat …«

»Das reicht«, herrschte Abbot ihn an.

Mein Herz begann wild zu schlagen. Zayne ging es tatsächlich gut? Ich wollte ihn sehen, ich wollte mich davon überzeugen, dass es stimmte. »Kann ich … kann ich jetzt nach Hause gehen?«

Abbots Augen ließen eine heftige Gefühlsregung erkennen, aber dann schaute er weg und schüttelte flüchtig den Kopf. »Das kann so nicht weitergehen. Durch meine Nachlässigkeit ist bereits zu viel passiert. Zu viele Leben liegen in meinen Händen, und einige sind mir bereits durch die Finger geglitten.«

»Abbot, ich muss protestieren«, wandte Nicolai ein und löste damit eine hitzige Diskussion aus, der ich nicht folgen konnte.

Zayne lebte, und offenbar ging es ihm gut. Nur das zählte. Alles andere würde sich von selbst ergeben. Er lebte und …

Schmerz explodierte in der Magengegend, ein brutaler, feuriger Schmerz, der sich ausbreitete, mir die Luft zum Atmen nahm und dafür sorgte, dass mein ganzer Körper erstarrte. Alle meine Sinne waren in Alarmbereitschaft. Ich verstand nicht, was gerade eben passiert war oder wieso Nicolai und Dez aufgebracht schrien. Und wieso Abbot mich entsetzt anstarrte.

»So«, sagte Maddox und zog den Arm zurück. Mein Körper folgte dieser Bewegung auf eine Weise, die für mich keinen Sinn ergab. »Das wäre erledigt. Ein für alle Mal.«

Feuer raste durch meinen Leib, während ich nach unten sah. Wieso war mein Bauch ölverschmiert? Nein, das war kein Öl. Das war ... Blut. Sehr viel Blut. An dem Dolch, den Maddox zum Klapptisch brachte, war ebenfalls Blut.

Heilige Scheiße.

Der Bastard hatte auf mich eingestochen.

Ich wollte meine Arme nach vorn ziehen, um die Hände auf die Wunde zu pressen, und vergaß dabei ganz, dass ich ja immer noch gefesselt war. Das war ganz übel. Diese Klinge war aus Eisen, das für Dämonen tödlich war, aber auch wenn ich nur zum Teil Dämonin war, stellte das hier keine ...

Ich machte den Mund auf und schmeckte nur Blut. »Warum?« Die Frage kam über meine Lippen, während ich mich wunderte, warum ich so etwas überhaupt noch aussprach. Ich kannte die Antwort doch längst. Maddox hatte nur das getan, was von ihm erwartet wurde – und was Roth auch aufgetragen worden war: mit allen Mitteln zu verhindern, dass unschuldigen Menschen die Seele geraubt wurde, und auf diese Weise sicherzustellen, dass die Alphas nicht eingriffen. Trotzdem fragte ich noch einmal: »Warum?«

In diesem Augenblick brach das Chaos über uns herein.

Ein Fenster klirrte, und dann stand Roth mitten im Raum. Der Mond tauchte ihn von hinten in silberne Lichtstrahlen, die eine ganz eigene Aura bildeten. Er stieß einen lauten Wutschrei aus.

Dann folgte ein zweiter Schrei.

Die Mauern des Lagerhauses erzitterten, ein weiteres Fenster explodierte, Glassplitter flogen in alle Richtungen. Und im nächsten Moment war Roth nicht mehr allein. Cayman landete in Lauerhaltung neben ihm und sah – abgesehen von den Augen – überraschend menschlich aus. Die Augen glühten wie Topase, die Pupillen waren vertikal gestreckt.

Und dann ... stand Dez neben Cayman. Was hatte er bei ihnen zu suchen?

Die Wächter wandelten sich sofort und breiteten ihre Schwingen aus, während sich die Haut in Granit verwandelte.

Abbot drehte sich zu Dez um und fauchte ihn an: »Was hast du getan?«

»Ich kann das nicht zulassen«, antwortete er und wandelte sich ebenfalls. Hörner wuchsen aus seinem kastanienbraunen, welligen Haar. »Das hier ist verkehrt.«

Maddox hielt den Dolch fest umklammert. »Du kommst zu spät.«

Ich sah auf meinen Bauch, wo sich das Blut immer weiter verteilte. Oh, verdammt, was war das für ein Mist!

»Es wird mir ein Vergnügen sein, euch alle umzubringen«, rief Roth. Ein Schwall heißer Luft jagte von ihm ausgehend durch das Lagerhaus, erfasste Abbot und drückte ihn an die Wand.

Mehrere Wächter eilten zu ihrem Anführer, um sich schützend vor ihn zu stellen. Diese Ablenkung nutzte ich, um alle noch in mir verbliebene Kraft zu mobilisieren, dann zwang ich meine Beinmuskulatur, meinen Anweisungen zu gehorchen, damit ich mich hinstellen konnte.

Donn wollte nach mir fassen, aber ich tauchte unter seinem Arm weg und ignorierte die Schmerzen in der Magengegend, die bis hinauf zwischen meine Schläfen schossen. Ich atmete tief durch, was ebenfalls höllisch wehtat, und machte mich auf eine Auseinandersetzung von wahrscheinlich monumentalen Ausmaßen gefasst. Doch dann schien alles um mich herum zu erstarren. Selbst Abbot rührte sich nicht von der Stelle.

Roth stand in seiner wahren Form vor mir, breitbeinig, die Schultern nach hinten gedrückt. Ich hatte ganz vergessen, wie er aussah, wenn er sich wandelte. Brutal. Höllisch beängstigend. Seine Haut glänzte wie Obsidian, seine Flügel hatten eine größere Spannweite als die der Wächter und beschrieben einen eleganten Bogen. Sein glatter Kopf war in den Nacken gelegt, die Finger waren zu langen Klauen geworden.

Wie zuvor erstaunte mich auch jetzt, wie ähnlich sich Dämonen und Wächter doch waren. Die einzigen wirklichen Unterschiede betrafen ihre Farbe und die Tatsache, dass Dämonen keine Hörner wuchsen.

Roth lächelte auf eine Weise, wie ich sie bei ihm noch nie beobachtet hatte. Er strahlte pure Boshaftigkeit und redliche Wut aus. Unwillkürlich musste ich an einen Racheengel denken, der im Begriff war, dem Wort »Rache« alle Ehre zu machen.

Er machte einen Schritt nach vorn, seine Augen leuchteten orangefarben auf. »Macht euch bereit, denn ich werde gleich Schwefel und Feuer auf euch herabregnen lassen.«

Und genau das tat er auch.

Schwefelgestank breitete sich im Lagerhaus aus, und gleich darauf schossen die Kugeln aus orangefarbenem Licht rund um Roths Hände nach oben und trafen den Wächter, der nicht allzu weit von ihm entfernt dastand. Der Wächter ging in Flammen auf und schrie, während er versuchte, das Feuer zu ersticken. Innerhalb von Sekunden war er komplett davon eingehüllt, taumelte nach hinten und bewirkte damit, dass sich die Flammen im Lagerhaus ausbreiteten.

Cayman fing zwei Wächter ab, während Roth vorrückte und einem anderen Wächter seine Faust tief in die Brust rammte. Als er sie wieder herauszog, hielt er etwas in seinen Klauenfingern, das einem Herz sehr ähnlich sah. Ich zuckte leicht zusammen, als ich sah, wie er das Organ wegschleuderte und den nächsten Wächter mit einem Schlag gegen den Hals fällte.

Roth war ein knallharter Typ, ein … *unheimlicher* knallharter Typ.

Starker Wind kam auf, der die Flammen weiter schürte. Ein lautes Krachen erschütterte das Lagerhaus, das Dach ächzte und zitterte, dann rollte es sich auf wie der Deckel einer riesigen Sardinendose. Verkohltes Mauerwerk stürzte herab, traf zwei Wächter und schickte sie zu Boden.

Mein Gott, war das alles Roths Werk?

Der schuf eine Schneise durch seine Widersacher hindurch, die geradewegs zu mir führte. Er war dabei so auf mich konzentriert, dass er nicht den Wächter wahrnahm, der sich ihm von hinten näherte. Trotz wackliger Beine machte ich einen Satz auf ihn zu. »Roth!«

Er drehte sich um, im gleichen Moment bekam Donn mich zu fassen, legte seine Hand um meinen Hals und schleuderte mich ein paar Meter weit nach hinten. Stöhnend landete ich auf dem harten Boden und hob den Kopf. Das Feuer fraß sich nur ein paar Zentimeter von mir entfernt am Mauerwerk nach oben. Ich wich zurück und stieß mich mit bloßen Füßen vom Untergrund ab.

Plötzlich wurde ich an den Schultern gepackt und hochgezogen, bis ich wieder aufrecht stand. »Ich hab dich«, sagte Dez und drehte mich um. Ich entdeckte Donn, der mit dem Gesicht voran auf dem Boden lag. Mit einem Ruck zerriss Dez die Ketten und befreite meinen Hals und meine Handgelenke.

Irgendein Wächter stieß einen gellenden Schrei aus.

»D…danke.«

Er nickte. »Du kannst nicht ins Anwesen zurück. Ist dir das klar?«

Ich hielt das für ziemlich offensichtlich. »Du wirst so schrecklichen Ärger kriegen … Jasmine und die Zwillinge …«

»Mach dir um uns keine Sorgen.« Mit zusammengekniffenen Augen sah Dez sich um, dann stieg er auf und landete neben Nicolai, um mit ihm gemeinsam die anderen Wächter zurückzudrängen.

Roth war wieder auf dem Weg zu mir, aber ein Wächter stand genau zwischen uns.

In Abwehrstellung kauerte Abbot sich hin, Roth stieg auf und breitete die Schwingen aus. Ich wusste nicht, was in diesem Moment in mich fuhr, auf jeden Fall mobilisierte ich alle noch verbliebenen Kraftreserven, lief los und warf mich zwischen Abbot und Roth. Schwer atmend und das Gesicht mit Asche bedeckt, hob ich meine zitternde Hand. »Nein.«

Roth landete nur ein paar Zentimeter von mir entfernt, sodass mich der Rand seines rasiermesserscharfen Flügels nur knapp verfehlte.

Hinter mir geriet die Luft in Bewegung. Abbot richtete sich auf, sein Gesichtsausdruck war mit dem von Roth identisch. Er sah mir einen Moment lang in die Augen, und obwohl ringsum Flammen und Hitze herrschten, wurde mir kalt. Ich wusste, warum ich dazwischengegangen war und Abbot damit wahrscheinlich das Leben gerettet hatte. In seiner Wut hätte Roth ihn getötet, aber Abbot hatte mich großgezogen, und das … das bedeutete mir immer noch etwas.

Auch wenn es Abbot mittlerweile egal war.

Ich ignorierte den Schmerz in meiner Brust, stolperte einen Schritt nach hinten und stieß gegen Roth. Der legte den Arm um meine Taille, damit er mich stützen konnte.

»Du wurdest von der Hand Gottes berührt«, spie Roth Abbot entgegen, während er mich fester an sich drückte. »Das wird nie wieder vorkommen.«

Er stieß sich mit seinen muskulösen Beinen vom Boden ab und stieg in die Luft. Immer weiter und weiter flogen wir nach oben, bis das brennende Lagerhaus unter uns nur noch ein flammender Lichtpunkt war.

33. KAPITEL

Nachdem wir aufgestiegen waren und das Lagerhaus hinter uns zurückgelassen hatten, konnte ich dem Geschehen nicht mehr ganz folgen, da ich zwischendurch immer wieder bewusstlos wurde.

Roth landete irgendwann auf einem Dach, dicht hinter ihm war Cayman.

»Wir können nicht ins Palisades«, sagte der infernalische Herrscher. Hinter ihm glitzerte die Stadt wie tausend Sterne. »Die wissen, wo du wohnst.«

»Ja, da muss ich dir zustimmen.« Seine bernsteinfarbenen Augen waren wie eine Rettungsleine, an der ich mich festklammerte. »Du musst noch ein bisschen durchhalten, okay, Shortie? Ich werde dich zusammenflicken lassen.«

»Ich kann wieder … Seelen sehen«, verkündete ich, weil es mir aus irgendeinem Grund wichtig erschien, ihn das wissen zu lassen.

Roth lächelte schwach und eindeutig nicht ehrlich. »Tatsächlich? Das freut mich für dich, Baby. Wirklich gut. Wir werden dir was suchen, wo du es bequem hast. Halt nur noch ein paar Minuten durch.«

Wie aus weiter Ferne merkte ich, dass mir wieder Wind ins Gesicht wehte. Diesmal kam es mir nicht wie ein paar Sekunden vor, bis wir das Ziel erreichten, das Roth sich vorgenommen hatte. Vielmehr schienen ewig und drei Tage zu vergehen, ehe wir abermals landeten. Gleich darauf befanden wir uns in einer angenehm warmen Wohnung. Ich wollte fragen, wo wir waren, aber meine Zunge war viel zu schwer dafür.

Roths Herz pochte laut, als er einen schwach beleuchteten Raum durchquerte und mich auf ein Bett legte, das nach Flieder duftete. Kaum hatte er sich aufgerichtet, löste sich ein

Schatten von seinem Arm und wechselte aufs Bett, wo unzählige Punkte sich zu einer Gestalt zusammenfügten.

Bambi schlängelte sich übers Bett, bis sie an meiner Hüfte angekommen war. Sie hob den Kopf an und legte ihn auf meinen Oberschenkel. Es hatte etwas Rührendes, als sie auf einmal zu züngeln anfing, als wollte sie mich auf diese Weise begrüßen.

»Mach die Augen auf, Layla.«

Ich dachte, das hätte ich bereits getan. Verdutzt zwinkerte ich.

»Wie fühlst du dich?«, wollte Roth wissen und strich leicht über meine feuchte Stirn.

Ich überlegte, wie es mir ging. »Die Schmerzen ... sind nicht mehr so schlimm.«

Seine Miene spannte sich an, als hätte er eine Ohrfeige abbekommen. »Das ist gut.« Er sah über meine Schulter. »Cayman?«

Der andere Dämon kam dazu und legte meine Arme zu beiden Seiten von mir aufs Bett. Seine Augen ließen nichts von diesem verschmitzten Humor erkennen, den ich sonst dort hatte sehen können. »Blutwurz«, sagte er, seine Finger berührten meine Hände. »Sie hat es immer noch im Körper, deshalb steckt sie fest. Wandeln kann sie sich erst, wenn das Zeug komplett abgebaut ist.«

Woher wusste er das?

Cayman musste mir die Frage von den Augen abgelesen haben. »Ich bin schon seit langer Zeit mit von der Partie, Süße, und habe so gut wie alles erlebt.«

Ich würde ihm das einfach so glauben müssen.

Roth berührte ganz leicht meine Wangen. »Das sind Spuren von Klauen, Cayman. Von *Klauen*.«

»Ich weiß, Kumpel, aber die sind im Moment zweitrangig.« Cayman schob mein Shirt nach oben. »*Das* ist unser wirkliches Problem.«

»Eisen«, zischte Roth.

»Richtig.« Er drückte seine Hände auf meinen Bauch, aber ich spürte davon fast nichts.

Ich atmete flach durch. »Ich glaube … ich glaube, ich sterbe.«

»Nein«, widersprach Roth energisch, als könnten seine Worte das Unabwendbare doch noch abwenden. »Du wirst nicht sterben.«

»Sie ist in einer schlechten Verfassung«, machte Cayman ihm klar. »Die Blutwurz steckt schon seit einer Weile in ihrem Körper.«

Roth fasste meine Hand und beugte sich zu mir. Während er weiter mit Cayman redete, unterbrach er nicht den Blickkontakt, was sich gut anfühlte, da ich mich an seinen Augen festklammern konnte. »Ich habe sie drei Tage lang nicht erreichen können. Ich dachte, sie würde mich wieder ignorieren.« Betroffen sah er mich an. »Ich habe SMS geschickt und angerufen, aber …«

Ich wollte ihm sagen, dass er unmöglich hatte wissen können, was mit mir los war, aber es war Cayman, der genau diese Worte aussprach. »Das ist nicht gut.«

»Ach, wirklich?«, fuhr Roth ihn an. »Das weiß ich auch, aber wir müssen es trotzdem wieder hinkriegen.«

Er schüttelte den Kopf. »Sie kann sich nicht heilen, Prinz. Ist dir klar, was das heißt? Diese Wunde ist tief. Sie mag ja nur zum Teil Dämonin sein, aber das Eisen erledigt seine Aufgabe. Wäre sie rein menschlich, dann …«

»Ich will das nicht hören«, stieß Roth zwischen zusammengebissenen Zähnen hervor. Seine goldenen Augen begannen zu schillern. »Wir müssen doch irgendetwas tun können.«

Cayman zog sich in die Schatten zurück, als wollte er uns Privatsphäre verschaffen. Ich setzte zum Reden an, aber mir lief Blut aus dem Mund, das Roth schnell wegwischte, ehe er eine Hand an meine Wange legte.

»Ich werde nicht zulassen, dass es so weit kommt. Es muss doch …« Seine Augen leuchteten auf, er sah über die Schulter zu Cayman. »Was ist, wenn sie sich nährt? Könnte das helfen?«

»Ich weiß nicht«, antwortete er. »Schaden kann es jedenfalls nicht.«

»Such mir jemanden, irgendwen«, befahl Roth. »Egal, wen du herbringst, aber mach dich sofort auf den Weg.«

»Nein«, krächzte ich. Irgendwie schaffte ich es, die Lippen zu bewegen, damit sie Worte bilden konnten. »Ich habe schon … genug Schaden angerichtet. Ich werde mich … nicht nähren. Auf gar keinen Fall.«

Roth verzog frustriert das Gesicht. »Du musst aber, und du wirst es auch machen. Mir ist egal, wie sehr du dagegen protestierst, aber ich werde dich nicht sterben lassen.«

Es war schon eigenartig, dass er so um mein Überleben bemüht war, wenn er doch hergeschickt worden war, um mich zu töten, sollte ich mich als die Verursacherin all dieser Vorfälle entpuppen. Allerdings war das jetzt nicht der richtige Zeitpunkt, um aus ihm schlau werden zu wollen. Tief atmete ich ein. »Tu mir das nicht an. Bitte. Bitte … tu mir … das nicht an. *Bitte!*«

Er schüttelte den Kopf. »Layla …«

»Tu mir … das nicht an.«

Er verzog den Mund, seine Haut spannte sich an, und mir wurde klar, dass er dicht davor war, sich zu wandeln. Schließlich beugte er sich vor und drückte seine Stirn auf meine. Er fasste nach meinen Händen und flüsterte: »Tu mir nicht an, dass ich hier sitze und dir beim Sterben zusehe. Tu *du mir* das nicht an.«

Kummer regte sich in mir und drohte mich zu überwältigen, und obwohl seine Worte völlig unerwartet kamen, konnte ich nichts dagegen tun. Ich wusste zwar nicht, wie ich all die anderen Seelen geraubt haben sollte, aber ich würde auf keinen Fall irgendwem vorsätzlich schaden.

»Willst du sterben?«, fragte er leise. »Ist es das, was du willst?«

»Nein, das ... will ich nicht. Aber ich werde ... auch nicht ... irgendwen in die Hölle schicken ... damit ich leben kann.«

Roth erschauderte und atmete ein paarmal tief durch. »Oh Layla«, sagte er betrübt. »Ich kann das nicht zulassen. Wenn das alles hinter uns liegt, kannst du mich hassen, so viel du willst, aber du wirst leben.«

Mein Herz setzte einen Schlag lang aus, und ich wollte erneut protestieren, da rief Cayman: »Moment mal, ich wüsste da vielleicht was.«

Roth sah über die Schulter zu ihm. »Einzelheiten, und zwar schnell.«

»Was ist mit den Hexen?«, sagte er und kam ein paar Schritte näher. »Die, die Lilith anbeten. Die dürften doch ein Interesse daran haben, Liliths Tochter zu retten.«

»Meinst du, die haben irgendein Mittel?«, fragte Roth interessiert.

»Wer weiß schon, wozu diese Freaks fähig sind. Aber einen Versuch wäre es wert.«

»Dann geh hin«, forderte er Cayman auf. »Gib ihnen, was sie haben wollen, wenn sie ihr helfen können. Egal was.«

Cayman zögerte kurz. »Egal was?«

»Jetzt geh schon!«

Im gleichen Moment war Cayman verschwunden. Zack, und weg war er. Roth drehte sich zu mir um. »Wenn das nicht funktioniert, werde ich irgendwen herbringen, und dann wirst du dich nähren.«

Ich wollte erneut widersprechen, aber als ich in seine Augen sah, wusste ich, dass das sinnlos war. Roth wusste es auch.

Wenn die Sache mit den Hexen fehlschlug, blieb keine Zeit, um noch etwas anderes zu versuchen.

Roth nahm meine Hände hoch und küsste sanft meine Fingerknöchel. »Deine Hände sind so kalt.«

Ich blinzelte träge. Es gab so viele Fragen, die ich ihm gern gestellt hätte, aber es kostete mich fast schon zu viel Kraft, einen Atemzug nach dem anderen zu machen.

»Wie hat das angefangen?«, fragte er und sah mich gequält an.

»Zayne ... hat mich geküsst«, flüsterte ich und beobachtete, wie sich seine Pupillen weiteten. »Er hatte ... das schon vorher gemacht ... und es war ... nichts passiert, aber ...«

»Das heißt, der Idiot hat dich geküsst, aber dir wirft man vor, du hättest ihn angegriffen?«

Ich machte die Augen zu, um mich auf das zu konzentrieren, was ich sagen wollte. »Es hängt ... mehr damit zusammen ... aber Zayne ... es geht ihm gut. Jetzt wieder ...«

»Ehrlich gesagt ist mir völlig egal, wie es ihm jetzt geht.«

Ich hätte gelacht, wenn ich dazu in der Lage gewesen wäre.

»Mach die Augen auf, Layla.«

Diesmal brauchte ich dafür länger als zuvor. »Ich bin ... müde.«

Er schluckte angestrengt. »Ich weiß, Baby, aber du musst jetzt die Augen offen halten.«

»O...kay.«

Ein flüchtiges Lächeln umspielte seine Lippen, aber eigentlich war es mehr eine Grimasse als ein Lächeln. Er nahm meine Hände und legte sie in seinen Schoß. »Du hast gesagt, du hast ihn vorher schon mal geküsst, und da ist nichts passiert?« Als ich nickte, fluchte er leise. »Ich hätte es wissen müssen.«

Ich konnte ihm nicht folgen.

»Bambi.« Flüchtig nickend sah er zur Schlange, die sich

neben meiner Hüfte zusammengerollt hatte. »Ich wusste, sie war mit dir eine Bindung eingegangen. Das war das, was ich von ihr gewollt hatte, damit sie dich im Ernstfall beschützen kann. Aber ich wusste nicht, dass sie das auch auf dieser Ebene machen würde. Allerdings ergibt das genau genommen einen Sinn. Du kannst wieder Seelen sehen, richtig?«

»Ja.«

»Das hat mit Bambi zu tun. Jetzt ist sie nicht bei dir, aber als sie es war, ist sie eine Bindung mit dir eingegangen und hat dabei deine Fähigkeiten verändert. Hausgeister sind dazu fähig, und ich könnte mir vorstellen, dass sie bei Halbdämonen noch mehr bewirken können. Ich hatte gedacht, sie würde dich einfach nur stärker machen. Ich wusste nicht, dass sie in der Lage sein würde, dich kontrollieren zu lassen, ob du eine Seele nimmst oder nicht.«

Ich schloss die Augen und ließ die Worte auf mich wirken. Dann hatten also nicht meine Gefühle für Zayne dafür gesorgt, dass ich seine Seele in Ruhe gelassen hatte. Bambi war der wahre Grund dafür – ein dämonischer Hausgeist. Die Enttäuschung versetzte mir einen heftigen Stich, aber wenigstens wusste ich jetzt, wieso ich in der Lage gewesen war, ihn zu küssen. Und es erklärte, warum mich meine Fähigkeiten im Stich gelassen hatten. Jedenfalls größtenteils. Vielleicht war durch Bambis Kräfte auch mein Nähren verändert worden, sodass es mir möglich gewesen war, die Seelen von Dean und Gareth an mich zu reißen. Es passte durchaus zusammen, vor allem weil mir nicht schlecht geworden war, nachdem ich mich von dieser Frau im Club genährt hatte, während mir bei Zayne anschließend übel gewesen war. Der einzige Unterschied bestand darin, dass ich Bambi das eine Mal an mir trug, das andere Mal aber nicht.

Und was mit Maddox und den Fensterscheiben im Haus passiert war … das konnte damit zu tun gehabt haben, dass sich Bambi auf meine Fähigkeiten auswirkte. Es war aber auch denkbar, dass Abbot mit seiner Bemerkung richtiglag, meine Kräfte könnten sich so oder so verändern und weiterentwickeln. Das würde bedeuten, dass dort kein Geist sein Unwesen trieb, was man als gute Neuigkeit bezeichnen konnte.

Wenn das alles so stimmte, dann wäre nichts von alledem passiert, wenn Bambi sich gar nicht erst an mich gebunden hätte. Wütend sein konnte ich aber nicht, denn sie hatte mir auch das Leben gerettet, als ich von Tomas angegriffen worden war. Ich verstand nur nicht, wieso Roth überhaupt gewollt hatte, dass Bambi sich an mich band.

»Wäre das absehbar gewesen, hätte ich dich gezwungen, Bambi zu behalten«, sagte Roth leise. »Ich hätte dich niemals aus dem Aufzug entkommen lassen, wenn ich das wahre Ausmaß von Bambis Wirkung auf dich gekannt hätte.«

Überrascht sah ich ihn an und entdeckte eine Ehrlichkeit in seinem Blick, die zuvor nicht dort gewesen war.

»Verdammt«, fluchte er leise. »Ich habe das alles komplett verbockt.«

Plötzlich tauchte Cayman wieder auf, und Roth musterte ihn eindringlich. »Sag mir bitte, dass du etwas erreicht hast.«

»Habe ich.« Er näherte sich dem Bett, in seiner Hand hielt er eine kleine Phiole. »Sie haben mir keine Garantie geben können, aber es ist das Beste, was sie für mich hatten. Du willst nicht wissen, was ich ihnen dafür versprechen musste.«

»Mir ist egal, was du versprechen musstest.« Roth legte meine Hände zurück aufs Bett und stand auf, dann nahm er die Phiole an sich.

»Oh, irgendwann später wird es dich noch kümmern. Aber darüber können wir immer noch reden.«

Unbehagen erfasste mich, doch Roth hatte bereits den Verschluss abgeschraubt. »Und was ist das?«, erkundigte er sich.

»Irgendein Trank, der die Wirkung der Blutwurz aufheben

soll und der angeblich die natürlichen Heilkräfte des Körpers beschleunigt.« Er machte eine kurze Pause. »Sie haben gesagt, sie wird davon schlafen, und wenn sie dabei in eine Ohnmacht abgleitet, besteht kein Grund zur Sorge.«

Roth nickte und setzte sich wieder zu mir. Selbst wenn das in Wahrheit nur irgendein Trick des Zirkels war, kümmerte es mich nicht. Meine Müdigkeit wurde immer stärker und erlahmender. Ich verspürte einen Anflug von blankem Entsetzen, weil ich wusste, ich war dem Tod verdammt nah, obwohl ich nicht sterben wollte. Ich ließ mir von Roth weit genug hochhelfen, damit er mir den Inhalt der Phiole in den Rachen laufen lassen konnte.

Ich musste würgen. Das Zeug schmeckte wie der aufgewärmte Tod persönlich, aber Roth hielt mir das Behältnis an die Lippen und strich mit dem Daumen an meinem Hals auf und ab, damit ich jeden Tropfen schluckte. »Tut mir leid. Ich weiß, das schmeckt übel, aber du hast es gleich geschafft.«

Als ich alles getrunken hatte, ließ er meinen Kopf zurück auf das Kissen sinken.

»Wenn das nicht wirkt, werde ich den kompletten Zirkel auslöschen.« Ein Muskel zuckte an Roths Kiefer. »Ich hoffe, das ist ihnen klar.«

»Ich glaube schon.« Wieder zog Cayman sich ein Stück zurück, als Roth sich ganz auf mich konzentrierte. »Ich werde mich dann mal ein wenig … ähm … rarmachen.«

Roth erwiderte nichts darauf, stattdessen streckte er sich und machte es sich neben mir auf dem Bett bequem. Meine Beine fühlten sich an, als hätte jemand zentnerschwere Bleigewichte an ihnen festgemacht. Ich drehte den Kopf ein Stück weit zur Seite und sah Roth in die Augen. Es war offensichtlich, dass er das Gleiche dachte wie ich.

Vielleicht war Cayman einfach zu spät mit dem Gebräu der Hexen gekommen.

»Ich möchte dich im Moment einfach nur halten«, sagte er heiser.

Mein Herz verkrampfte sich. Wenn das hier für mich das Ende war, dann wollte ich auch von ihm gehalten werden. Ich wollte nicht allein sein, wenn es so weit war. Eigentlich war es mehr als nur das, doch ich war ja kaum in der Lage zu erfassen, was das bedeutete. Meine Lippen formten das Wort *Okay*, es überstieg jedoch meine Kräfte, es laut auszusprechen.

Er legte die Arme um mich, sein Körper strahlte eine angenehme Wärme ab. Nach kurzer Zeit konnte ich die Augen einfach nicht mehr offen halten. Die Angst fiel von mir ab, und ein sanftes Gefühl von Frieden umgab mich. Wenn das das Ende darstellte, war es gar nicht mal so übel. Eigentlich wirkte es mehr so, als würde man einschlafen.

Roth schmiegte seinen Körper dichter an mich und schob meinen Kopf unter sein Kinn. Er atmete ein. Dann atmete ich ein und glitt weiter in die Dunkelheit ab.

»Layla?«

Ich wollte reagieren, aber dazu war ich nicht mehr in der Lage. Die Leere rief mich zu sich, und es war unmöglich, sich ihr zu widersetzen.

»Kannst du mich hören? Ich möchte, dass du etwas weißt«, redete Roth weiter. Seine Stimme klang belegt und sehr weit entfernt, aber auch sehr eindringlich. »Ich liebe dich, Layla. Hörst du? Ich habe dich von dem Moment an geliebt, als ich das erste Mal deine Stimme gehört habe, und ich werde dich auch weiterhin lieben. Egal, was kommt, ich liebe dich.«

34. KAPITEL

Die Rückkehr aus der Leere war ein Prozess monumentalen Ausmaßes. Meine Finger zuckten, die Zehen verkrampften sich. Der angenehme Geruch nach etwas Würzigem und Wildem umgab mich. Es hätte mich nicht gewundert, wenn von dem Moment an, da mein Gehirn in Wallung geriet, bis zu der Sekunde, als ich die Augen aufschlug, viele Stunden vergangen wären.

Ich blinzelte und stellte fest, dass ich auf eine breite Brust starrte. Eine *nackte* Brust. Eine *nackte Männerbrust.* Meine Erinnerung war verschwommen, dennoch schossen mir immer wieder bruchstückhaft Bilder der vergangenen Ereignisse durch den Kopf. War ich gestorben? Als Leben nach dem Tod schien das hier nämlich gar nicht mal so schlecht zu sein. Aber nein, ein tiefer, anhaltender Schmerz in meinem Körper machte mir klar, dass ich noch immer sehr lebendig war.

Meine Hände waren gegen harte Bauchmuskeln gedrückt, ganz dicht bei ihnen befand sich der Kopf eines wunderschön schuppigen Drachens.

Roth.

Einen Arm hatte er über meine Hüften gelegt, der andere lag unter meinen Schultern. Seine Brust hob und senkte sich gleichmäßig. Zu meiner anderen Seite hatte Bambi es sich eng an mich geschmiegt bequem gemacht. Was für ein sonderbares … Sandwich wir abgaben.

Egal, was kommt, ich liebe dich.

Ein Kribbeln lief über meine Wangen und sprang auf meinen Hals über. Es musste meine Fantasie sein, der diese Worte entsprungen waren. *So* liebte kein Dämon, nicht mal einer wie Roth, der zu einigen sehr undämonischen Dingen in der Lage war. Aber ich konnte mich an den verzweifelten Tonfall seiner Stimme erinnern.

Ich hob den Kopf ein wenig an. Dichte dunkle Wimpern berührten seine Wangen. Den Mund hatte er einen winzigen Spaltbreit geöffnet. Im Schlaf hatten seine Gesichtszüge etwas Jugendliches und Verwundbares an sich, das ich bei ihm nie beobachten konnte, wenn er wach war.

Er sah aus wie ein Engel.

Ich wusste nicht, wie lange ich einfach so dalag und ihn betrachtete, aber wahrscheinlich genügte es, um mich zu einer unheimlichen Gafferin abzustempeln. Allerdings nutzte ich diese Zeit auch, um eine Bestandsaufnahme durchzuführen. Ich war am Leben, und von einem wunden Gefühl am ganzen Körper abgesehen, ging es mir anscheinend gut. Die Blutwurz war abgebaut worden, die Stichwunde am Bauch war zum größten Teil verheilt. Schon bald würde ich wieder auf den Beinen sein.

Aber alles war jetzt anders als zuvor.

So viel war passiert, dass ich noch gar nicht richtig absehen konnte, wie grundlegend anders sich mein Leben in Zukunft gestalten würde. Auf keinen Fall konnte ich ins Anwesen zurückkehren. Nach allem, was Abbot mir angetan hatte – der Käfig, die Ereignisse im Lagerhaus –, wollte ich das sowieso nicht. Auf gar keinen Fall! Ohne Nicolai und Dez wäre ich gestorben … und das hatte Abbot eigentlich erreichen wollen. So wie auch mein leiblicher Vater meinen Tod gewollt hatte. Oh ja, das tat weh, und es würde noch lange schmerzen. Aber damit konnte ich mich jetzt nicht befassen.

Ich *weigerte* mich einfach, noch länger über Elijah und Abbot nachzudenken.

Die Schule? Die konnte ich auch vergessen. Ob mit oder ohne Bambi, dort wäre es für mich viel zu gefährlich. Ich konnte nicht riskieren, auch nur noch eine Person mehr zu infizieren – erst recht nicht, wenn ich nicht wusste, wie ich das überhaupt anstellte. Ich hatte keine Ahnung, was ich machen sollte, ich wusste nur, ich konnte hier nicht bleiben. Die Wächter würden mich verfolgen – ebenso wie die Höllenhunde, wenn sich erst einmal herumgesprochen hatte, dass ich hinter all den Vorfällen steckte. Die Chancen, Zayne jemals wiederzusehen, standen ziemlich schlecht, was mich so fertigmachte, als wäre schon wieder auf mich eingestochen worden.

Ich konnte mich gar nicht mehr erinnern, wie mein Leben ohne ihn gewesen war, und nun würde ich ihn nicht mehr zu Gesicht bekommen, solange ich auf dieser Erde weilte. Das würde mich umbringen, vor allem wenn ich daran dachte, was ich ihm angetan hatte. Hoffen konnte ich nur noch auf eine glaubwürdige Bestätigung, dass es ihm gut ging. Alles in meinem Leben hatte sich innerhalb kürzester Zeit geändert, aber irgendwie würde ich das überleben.

Roth schlug die Augen auf und strahlte vor Erleichterung. Er setzte zum Reden an, aber es kam kein Laut über seine benetzten Lippen. Wir sahen uns gegenseitig an, und in diesem Moment, in diesem Bett, in dem wir beide eng umschlungen lagen, war es so, als gäbe es nur uns beide und nichts sonst auf der Welt.

Schließlich nahm er die Hand von meiner Hüfte und strich mit den Fingerspitzen über meine Wange. »Die Verletzungen sind fast ganz verheilt, da sind nur noch blassrosa Linien zu sehen. Wer hat dich da mit seinen Krallen verletzt?«

Das würde ich ihm auf keinen Fall sagen.

Während ich schwieg, ließ er die Fingerspitzen weiter zu meinem Hals wandern, was mir einen Schauer über den Rücken jagte. »Die Fessel hat Spuren hinterlassen.«

»Ja«, flüsterte ich.

Seine Nasenflügel bebten. »Ich werde sie alle töten.«

Das glaubte ich ihm aufs Wort. »Ich finde nicht, dass das nötig ist.«

»Die haben dir das angetan«, beharrte er. »Ich finde, es ist zwingend nötig.«

Ich schüttelte den Kopf und wollte ihm sagen, dass mit mir alles in Ordnung war. Allerdings waren solche Worte weit von der Wahrheit entfernt. Zugegeben, ich lebte noch, ich atmete, aber in Ordnung war überhaupt nichts.

»Das Zeug, das der Zirkel uns gegeben hat … Habe ich Cayman richtig verstanden?«, fragte ich stattdessen. »Schulden wir denen irgendwas?«

Er zog eine Augenbraue hoch, während er gleichzeitig den Schwung meines Schlüsselbeins nachzeichnete. »Du kannst dir gar nicht vorstellen, wie egal es mir im Moment ist, wem wir was und wie viel schulden.«

Überrascht musste ich lachen, was sich rau und trocken anhörte. »Wie du meinst.«

»Darum kann ich mich später immer noch kümmern.«

Dann sah er mich wieder so eindringlich an wie in dem Moment, als er die Augen aufgemacht hatte. Mir stockte der Atem. Diese Reaktion war verwirrend und sogar beängstigend, denn ich war schon einmal in diesem Blick versunken und fast nicht mehr an die Oberfläche zurückgekehrt.

»Willst du versuchen, ob du aufstehen kannst?«, fragte Roth unvermittelt.

Ich räusperte mich. »Ja. Ich könnte mich mal waschen.«

Das war sogar dringend nötig. Meine Kleidung war dreckig und klebte mir am Leib. Ich hatte keine Ahnung, wann ich das letzte Mal geduscht hatte. Roth schickte Bambi weg und half mir beim Aufsetzen. Die Schlange zog sich zum Kopfende zurück und beobachtete uns von dort. Als ich mich so gedreht hatte, dass ich auf der Bettkante sitzen konnte, erstarrte Roth mitten in der Bewegung.

Er stand vor mir, die Hände auf meinen Armen, aber im nächsten Augenblick kniete er vor mir. »Roth …«, begann ich erschrocken.

»Ist schon gut.« Er kniff die Augen zu und strich über

meine Arme bis hinab zu den Fingerspitzen. »Ich hatte keine Ahnung, ob das helfen würde, was die Hexen uns gegeben haben. Ich dachte, als dir die Augen zufielen …« Er unterbrach sich und musste sich räuspern. »Ich wusste nicht, ob du deine Augen jemals wieder aufmachen würdest.«

Meine Kehle war wie zugeschnürt, und ich konnte nichts anderes tun, als seine Hände zu drücken.

Er schüttelte den Kopf. »Ich konnte nur an all die Lügen denken, die ich dir erzählt hatte, und daran, dass du sterben würdest, ohne die Wahrheit zu erfahren.«

Mir kamen die Worte in den Sinn, die ich meiner Fantasie zugeschrieben hatte. Mein Herz stockte, ich setzte zum Reden an, aber in dem Moment beugte Roth sich vor und tat etwas völlig Unerwartetes.

Er ließ den Kopf in meinen Schoß sinken, fast so wie vor ihm Bambi, und stieß einen erschöpften Seufzer aus.

Meine Hände waren ein Stück von seinem Kopf entfernt, rührten sich aber nicht. Tränen stiegen mir in die Augen, auch wenn ich nicht wusste, wieso. Ich sah dorthin, wo ein schmaler Streifen Tageslicht unter der geschlossenen Jalousie ins Zimmer drang und einen Strahlenkranz auf Roths Rücken warf.

»Als ich an die Oberfläche zurückgekehrt und zum Anwesen gegangen bin, um mit den Wächtern zu reden, da kam Abbot vor dir nach draußen.«

Das war keine Neuigkeit für mich, aber ich spürte, dass da noch mehr kommen würde.

»Abbot warnte mich, noch bevor ich den Mund aufmachen und ihm sagen konnte, wieso ich zu ihm gekommen bin«, berichtete er tonlos. »Aber es war keine Warnung, dass ich nicht seinen Grund und Boden betreten sollte, sondern dass ich mich von dir fernhalten sollte. Ich konnte das gut verstehen. Mir war klar, warum er dich nicht in meiner Nähe wissen wollte. Immerhin bin ich der Kronprinz der Hölle, jemanden wie mich lädt man nicht gern zu sich nach Hause ein. Schon gar nicht, wenn es das Zuhause eines Wächters ist.«

Während er redete, legte ich ihm die Hände auf den Kopf und vergrub die Finger in seinem Haar. Etwas tief im Inneren meiner Brust regte sich und schnürte mir die Kehle zu.

Roth drängte sich an meine Finger wie eine Katze, die noch intensiver gestreichelt werden wollte. »Aber es steckte mehr dahinter. Abbot wusste in dem Moment, was mit dir geschah. Oder zumindest, was nach Paimons Ritual passieren konnte. Er dachte, mein Einfluss würde diese Entwicklung nur noch fördern und ich würde die Dämonin in dir hervorbringen. Ich glaube … ich glaube auch, er wusste, dass ich niemals in der Lage sein würde, den Auftrag auszuführen, mit dem man mich losgeschickt hatte. Er wollte mich nicht in deiner Nähe haben. Er wollte nicht, dass wir zusammen sind.«

Mir war klar, dass mit *zusammen* nicht bloß *im selben Zimmer* gemeint war, sondern etwas Intimeres. Ich erstarrte. »Und was … was hat er gemacht?«

Wieder seufzte er. »Er hat mir gesagt, ich sollte nicht mal auf den Gedanken kommen, etwas mit dir anzufangen, und zuerst musste ich lachen. Ich sagte ihm, das würde nicht passieren. Von dem Augenblick an, als man mich aus der Feuergrube gezogen hatte, war ich auf dem Weg zu dir, aber nicht, weil man es mir aufgetragen hatte – nicht aus dem Grund, den du vermuten würdest. Abbots Drohung war für mich ohne Bedeutung. Allerdings …«

Ich schnappte hastig nach Luft.

»Allerdings wusste er, was er tun musste, um mich von dir fernzuhalten.« Wut ließ seine Stimme zittern. »Er bedrohte nicht mich, sondern dich.«

»Oh mein Gott …« Ich presste die Hände an meine Lippen. Mir war klar, dass Abbot jetzt nicht mehr zu meinen Freunden zählte. Aber war das da auch schon der Fall gewesen?

»Er sagte mir, er würde … er würde dich töten, damit du nicht mehr in meine Nähe kommen könntest.« Als er mich erschrocken einatmen hörte, fluchte er leise. »Er meinte es ernst, Layla. Ein solches Risiko konnte ich nicht eingehen. Was ich dir in dieser Nacht gesagt habe … das wollte ich eigentlich für mich behalten.«

Ich saß da und wollte etwas erwidern, bekam aber keinen Ton heraus. So viele Dinge hatte Roth seit seiner Rückkehr gesagt … so viele vage Erklärungen abgegeben, die bis jetzt keinen Sinn ergaben.

Dann hob er den Kopf und schaute mich an. »Ganz sicher habe ich dich nicht benutzt, weil mir langweilig war, Layla. Und genauso wenig wollte ich dich von mir wegstoßen, aber ich wollte nicht der Grund dafür sein, dass dir wehgetan wird. Unter keinen Umständen.«

»Oh Roth …«, flüsterte ich. Nie im Leben wäre ich auf die Idee gekommen, dass er sich aus diesem Grund von mir abgewendet und mich so tief verletzt hatte.

»Ich wollte mit dir zusammen sein, aber …«

Er hatte nur versucht, mich zu beschützen. Ich verspürte einen Stich im Herzen, der mindestens so sehr schmerzte wie die Wunde in meinem Bauch, die mittlerweile verheilt war.

»Es tut mir leid. Letzten Endes ist es doch alles vergebens gewesen, aber ich kann es nicht ungeschehen machen.« Leicht neigte er den Kopf zur Seite. »Ich weiß, das ändert nichts an dem Schmerz, den ich dir zugefügt habe. Du solltest nur die Wahrheit erfahren und wissen, dass ich …«

Angespannt wartete ich darauf, dass er den Satz zu Ende führte. Ich fragte mich, ob er mir jetzt wohl noch einmal das sagen würde, was ich gehört hatte, kurz bevor ich bewusstlos geworden war. Aber er schwieg. Stattdessen betrachtete er mich so genau, als erwarte er, mich niemals wiederzusehen.

Plötzlich kam mir etwas in den Sinn, das ich ihn fragen musste. »War … war Zayne mit dabei, als Abbot dir diese Dinge gesagt hat?«

Seine bernsteinfarbenen Augen loderten in einem Dutzend schillernder Goldtöne auf. »Ist das wichtig?«

»Ja«, wisperte ich. Es war für mich wichtiger als alles andere, ob Zayne wusste, dass Roth sich auf Abbots Drohung hin von mir abgewandt hatte. Es war wichtig, ob ihm die Wahrheit bekannt gewesen war und er sie mir verschwiegen hatte.

Lange Zeit schwieg er nur, und ich verspürte ein ungutes Kribbeln entlang der Wirbelsäule. »Dadurch ändert sich nichts, Layla, denn er hätte an meiner Stelle ganz genauso gehandelt. Das weiß ich ganz sicher.« Irrte ich mich, oder schwang da deutlicher Respekt in Roths Stimme mit?

Zu viele Dinge wirbelten gleichzeitig durch meinen Kopf. Ich saß da und war völlig perplex. Mein Gehirn fühlte sich an, als wären mehrere Sicherungen gleichzeitig durchgeschmort.

Roth lächelte, als er aufstand und nach meinen Armen griff. »Komm, du wolltest dich waschen.«

Ich reagierte rein reflexartig, als er mich hochzog. Mein erster Schritt war schon zum Scheitern verurteilt, da meine Beine so wacklig waren wie die eines Fohlens, das gerade auf die Welt gekommen war.

»Ich hab dich«, sagte Roth und stützte mich, bevor ich umfallen konnte. »So wie immer.«

So wie immer. Diese Worte hallten wie ein endloses Echo durch meinen Kopf. Nachdem Roth mich ins Badezimmer gebracht hatte, ging er weg, um im Schlafzimmer saubere

Kleidung für mich zu holen. Es war ein hübsches Badezimmer, geräumig, mit großer Wanne und einer abgeteilten Duschkabine. Vor dem Spiegel blieb ich stehen und betrachtete mich. Meine Augen wirkten viel zu groß für mein fahles Gesicht. Von Zaynes Kratzern waren noch blassrosa Streifen zu erkennen. Um meinen Hals verlief eine erdbeerrote wunde Linie. Ich zog meine Sachen aus und warf zum ersten Mal einen Blick auf die Stichverletzung.

Ich schauderte.

Die Stelle über meinem Nabel war verheilt, sie sah hellrosa und höckerig aus. Als Mensch wäre ich verblutet, noch bevor Nicolai und Dez hätten eingreifen können. Entschlossen betrat ich die Duschkabine und drehte den Wasserhahn auf. Ich blieb unter dem Wasserstrahl stehen, bis Schmutz, Schweiß, Blut und all die anderen Dinge, über die ich nicht mal nachdenken wollte, fortgewaschen waren. Mit wackligen Beinen stand ich da, wickelte mir ein Handtuch um und versuchte, meine Haare halbwegs trocken zu rubbeln, gab aber schon nach ein paar Sekunden auf.

Es wurde an die Tür geklopft. »Kann ich reinkommen?«

»Ja.«

Roth betrat das Badezimmer, in den Händen hielt er Kleiderbündel. »Das ist für dich zum Anziehen.«

»Danke.«

Er sah zu mir und ließ den Blick so lange auf mir ruhen, dass meine Ohren rosa anliefen. Mit der freien Hand fuhr er sich durch das zerzauste Haar, legte das Bündel ab und ging zurück ins Schlafzimmer. »Ich warte vor der Tür auf dich. Gib mir Bescheid, wenn du fertig bist.«

Nachdem er gegangen war, legte ich das Handtuch zur Seite und zog Roths Sachen an. Sofort wurde ich von seinem Duft eingehüllt. Roth kam zu mir und stützte mich, als ich zurück zum Bett humpelte. Ich war so müde, dass ich wusste, ich würde mich lange Zeit nicht rühren, als mein Kopf auf das Kissen sank.

Roth setzte sich zu mir und holte ein Handy aus der Tasche. »Ich werde uns was zu essen bestellen. Du musst was in den Magen kriegen.«

Ich hatte zwar keinen Hunger, aber es war ein nettes Angebot. Ich sah mich in dem großen, elegant eingerichteten Schlafzimmer um. »Wem gehört dieses Haus?«

Er sah von der SMS auf, die er gerade auf seinem Handy eintippte. »Weißt du, ich habe keine Ahnung, wem das mal gehört hat. Jetzt ist es jedenfalls Dämoneneigentum. Wenn mir die Stadt zu viel wird, komme ich manchmal her. Genau wie Cayman.«

Was aus den ursprünglichen Eigentümern geworden war, wollte ich lieber nicht wissen. »Wo sind wir hier?«

Er steckte das Handy weg und rieb sich über die nackte Brust. »Wir sind auf der anderen Seite vom Fluss, Richtung Maryland. Weit weg vom Anwesen. Hier sind wir sicher, die Wächter werden uns nicht finden.«

Unangenehme und beunruhigende Gedanken wirbelten mir durch den Kopf, ich schüttelte mich, um sie abzuwehren. »Wo ist Bambi?«

»Sie hat sich um mein Bein gewickelt. Ich dachte mir, du willst im Moment etwas mehr Freiraum haben.«

»Ah.« Ich spielte mit der Bettdecke. Als ich hochsah, beobachtete er mich wieder. Mir stockte der Atem.

Roth legte sich über meine Beine. »Das Essen wird bald geliefert. Wie wär's, wenn du dich ein wenig ausruhst? Ich werde dich wecken, wenn es da ist.«

Ich fühlte mich völlig erschöpft, aber an Schlaf war nicht zu denken. »Kann ich nicht.«

»Warum? Woran denkst du?«, fragte er nach einer kurzen Pause.

»An zu viele Dinge gleichzeitig«, gestand ich ihm und starrte an die Decke. »Ich werde hier nicht bleiben können.«

»Du kannst bleiben, solange du willst.«

Ich lächelte ihn schwach an. »Danke, aber du … du weißt, ich kann es nicht. Ich muss gehen. Wohin, weiß ich nicht, aber ich muss irgendwo hin … irgendwo, wo keine Leute in der Nähe sind. Und auch keine Wächter. Zumindest so lange, bis ich dahintergekommen bin, wie ich diese Leute infiziert habe.«

»Du sagst mir, wann und wohin du gehen willst, und dann machen wir uns auf den Weg.«

Erschrocken sah ich ihn an. »Du kannst nicht mitkommen.«

Roth stutzte. »Und wieso nicht?«

»Du hast den Auftrag, mich zu töten. Wenn du mit mir mitgehst, dann wäre das so, als würdest du dir eine Zielscheibe umhängen.«

Er zog eine Braue hoch. »Sehe ich so aus, als würde mich das kümmern? Außerdem bin ich mir ziemlich sicher, dass ich meine eindeutigen Befehle vom Boss längst missachtet habe. Und glaub ja nicht, ich würde dich allein auf Wanderschaft gehen lassen. Kommt ja gar nicht infrage. Du brauchst jemanden an deiner Seite, du brauchst Hilfe.«

»Roth …«

»Pass auf, du wirst überhaupt nichts allein in Angriff nehmen. Dass du dich in dieser Lage befindest, liegt zum großen Teil auch an mir, weil ich in vielen Dingen nicht ehrlich zu dir war.« Er schob das Kinn vor. »Ich weiß, dass zwischen uns einiges aus dem Lot geraten ist. Aber selbst wenn du mir sagen würdest, dass du dich lieber mit einem Nachtkriecher einlässt, anstatt mir zu verzeihen, werde ich trotzdem an deiner Seite bleiben.«

Ich stützte mich auf den Ellbogen auf. »Du widersetzt dich der Hölle … deinem Boss?«

Grinsend zuckte er mit den Schultern. »Ja.«

»Warum willst du so ein Risiko eingehen?«

Er sah mir in die Augen. »Du kennst den Grund. Tief in deinem Inneren weißt du, warum.«

35. KAPITEL

Ich brauchte noch einmal eineinhalb Tage, bis mein Körper sich ganz erholt hatte. In dieser Zeit entwickelten sich Roth und Cayman zu einer Art Kumpanen, weil sie für meine Unterhaltung sorgten, gleichzeitig aber darauf achteten, dass ich das Bett nicht verließ.

Am Ende hatte ich jeden Film mit Will Ferrell gesehen, der jemals gedreht worden war.

Gemeinsam überlegten wir, wie wir nun weitermachen sollten. Nach allem, was wir herausfinden konnten, hatte ich mich wiederholt in der Nähe aller Infizierten aufgehalten, aber bekanntlich keinen von ihnen geküsst. Jedenfalls traf das auf Dean und Gareth zu, während es sich bei dieser Frau aus dem Club im Palisades ganz anders verhalten hatte. Und trotzdem war sie ebenfalls tot. Wer sonst noch alles betroffen sein mochte, konnten wir überhaupt nicht sagen. Es gab so viele Ungereimtheiten, und wir hatten keine Ahnung, wen wir dazu befragen sollten.

Es war eine große Erleichterung für mich, dass wir so was wie einen Plan hatten, auch wenn der nicht sehr detailliert und bis zum Ende durchdacht war. Aber wenn Ruhe herrschte, weil Roth unterwegs oder Cayman im Sessel eingeschlafen war, musste ich unwillkürlich an alles denken, was ich verloren hatte.

Und das war wirklich eine ganze Menge.

Auch wenn die Wächter sich am Ende gegen mich gestellt hatten, waren sie doch mein Clan und damit das gewesen, was für mich einer Familie am nächsten kam. Ich hatte Zayne verloren, aber wenn ich mir selbst gegenüber ehrlich war, musste ich akzeptieren, dass es dazu schon lange vor diesem verhängnisvollen Kuss gekommen war. Streng genommen hatte ich ihn bereits in dem Moment verloren, als ich mich auf eine Beziehung zu ihm einließ. Denn da wusste ich bereits, wie es enden würde. Wie erwartet hatte ich Zayne wehgetan, unsere Freundschaft war zerstört, und ich war mir sicher, dass er mich jetzt verabscheute, nachdem ich mich von ihm genährt hatte. Er musste von mir angewidert sein, weil er mir vertraut hatte und ich dieses Vertrauen auf eine Weise hintergangen hatte, die weit darüber hinausging, dass ich einen anderen Jungen geküsst hatte.

Ich hätte ihn beinahe umgebracht.

Bislang hatte der Schmerz kein bisschen nachgelassen, und ich war mir nicht sicher, ob das überhaupt jemals der Fall sein würde. Es war so, als hätte ich einen Arm oder ein Bein verloren.

Und meine Freunde? Sam? Stacey? Sie konnte ich auch nicht mehr erreichen. Und ich wusste nicht einmal, ob ich sie womöglich infiziert hatte und sich bei ihnen nur noch keine Symptome gezeigt hatten. Nicht zu wissen, was mit ihnen los war, machte mich fertig. Gott, es war so viel vermasselt worden.

In diesen düsteren Momenten, wie ich gerade jetzt einen erlebte, wollte ich mich einfach nur noch zusammenrollen und mich in etwas absolut Sinnloses verwandeln. Ich war erst siebzehn, aber mein Leben war praktisch schon vorbei. Vielleicht lag ja etwas ganz Neues vor mir, aber es war mit Sicherheit nicht das Leben, das ich mir vorgestellt hatte.

Roth kam ins Wohnzimmer und hielt eine Schüssel mit Käsebällchen in den Händen. Er ließ sich neben mir aufs Sofa plumpsen, warf mir einen Blick zu und stopfte sich eine Handvoll Käsebällchen in den Mund. Nur er konnte etwas so Fettiges und Krümeliges essen und dabei immer noch sexy aussehen.

Verdammter Dämon.

Die Situation zwischen uns war … angespannt. Vieles war

gesagt worden, aber einiges wartete noch immer darauf, ausgesprochen zu werden. In gewisser Weise hatte er mir alles erklärt, aber ich war nicht davon überzeugt, dass ich mir seine schmerzhaft schönen Worte bloß eingebildet hatte. Ich wusste einfach nicht, was ich damit anfangen sollte. Konnte ich Roth vertrauen? Und ihm guten Gewissens einen Platz in meinem Herzen überlassen? Es war schwierig, denn in mir drin herrschte im Augenblick nur noch ein riesiges Chaos.

»Was geht ab?«, fragte er, griff in die Schüssel und holte ein ziemlich großes Käsebällchen heraus.

Ich zuckte mit den Schultern und sah zu Cayman. Der saß da und starrte auf den Fernseher, wo gerade *Buddy – Der Weihnachtself* lief.

Er bot mir das Käsebällchen an, ich nahm es und steckte es mir in den Mund. Krümel fielen mir in den Schoß. Roth sagte nichts, und ich wusste, er wartete.

Ich schlang die Arme um meine Beine und legte das Kinn auf die Knie. »Ich möchte Stacey sehen.«

Er verzog den Mund. »Das halte ich für keine kluge Idee.«

»Ich muss sie und Sam sehen, weil ich sichergehen will, dass ich sie nicht infiziert habe«, machte ich ihm klar. Überraschenderweise achtete Cayman jetzt darauf, was wir redeten. »Ich kann jetzt wieder Auren wahrnehmen, ich werde es den beiden ansehen können.«

»Apropos Auren«, entgegnete Roth. »Ich möchte, dass du wieder Bambi an dich nimmst. Auch wenn sie sich auf deine Fähigkeit auswirkt, macht sie dich auf jeden Fall stärker.«

Ich wollte sie zurücknehmen, und vielleicht würde ich das auch machen. Aber erst wollte ich wissen, ob durch sie meine Seelen saugende Fähigkeit auf einem Terminator-Level gelandet war. »Früher oder später werde ich Bambi zurücknehmen, aber im Moment halte ich es für wichtiger, wieder Seelen sehen zu können.«

»Das ist richtig«, warf Cayman ein und rekelte sich wie eine Katze. »Aber zu deinen Freunden zu gehen wäre dumm. Die Wächter werden nur darauf warten.«

»Das kann sein, aber ich muss wenigstens Stacey sehen«, beharrte ich. »Sie ist meine beste Freundin. Ich muss wissen, ob ich ihr irgendwie wehgetan habe. Ich … ich ertrage diese Ungewissheit nicht.«

Cayman verdrehte die Augen. »Manchmal frage ich mich, ob du nicht in Wahrheit zur Hälfte Mensch bist.«

»Halt die Klappe«, tadelte Roth ihn und rieb sich über die Wange. »Okay, ich verstehe, was du meinst. Wir machen es, aber wir müssen uns beeilen und sehr vorsichtig sein. Und dann müssen wir uns überlegen, was wir als Nächstes machen.«

Erleichtert lockerte ich den Griff um meine Beine. Wenn ich dann noch Zayne sehen könnte … aber das war unmöglich.

Cayman seufzte leise. »Apropos was wir als Nächstes machen. Ich habe gehört, dass Hawaii ziemlich entspannend sein soll. Ich weiß nicht, wie es euch geht, aber ich könnte einen Urlaub am Strand gut gebrauchen.«

Am nächsten Tag, einem Freitag, fuhren wir zu Stacey nach Hause. Ihre Mom war nicht daheim, ihr kleiner Bruder würde mindestens bis um fünf Uhr am Nachmittag in der Kita bleiben. Also schlichen wir uns nach drinnen, um auf Stacey zu warten.

Ins Haus zu kommen war kein Problem, da ich wusste, dass Stacey immer für alle Fälle einen Reserveschlüssel unter dem riesigen Blumentopf auf dem hinteren Patio versteckt hielt. Ich musste nur den Schlüssel hervorholen, und schon konnten wir die Wohnung betreten.

Ein Hauch von Apfel und Kürbis stieg mir in die Nase.

Staceys Mom hatte eine Vorliebe für diese Duftspender, die man an eine Steckdose anschloss, damit es daheim so duftete wie an einem warmen Herbstnachmittag.

Roth folgte mir, und ich wurde das Gefühl nicht los, dass er mir dabei auf den Hintern starrte. Die Kleidung, die er und Cayman für mich »besorgt« hatten, bestand nur aus Teilen, die ich normalerweise gar nicht trug. Enge Kleider, hautenge Jeans, in die ich nur hineinkam, wenn ich mich hinlegte, Lederhosen und Sweater, die wie eine zweite Haut saßen.

Heute trug ich eine weiße Jeans und einen schwarzen Sweater, die mir das Gefühl gaben, als müsste ich mir jeden Moment alles vom Leib reißen und an der nächsten Stange zu tanzen anfangen.

Ich sah über die Schulter und bemerkte sein Grinsen. »Würdest du bitte vorgehen?«, fragte ich.

»Für kein Geld der Welt«, gab er amüsiert zurück.

Nach einem giftigen Blick in Roths Richtung beeilte ich mich, ins Wohnzimmer zu kommen. Stacey musste jeden Augenblick hier sein, und mit etwas Glück war Sam auch dabei. Als wir ein halbes Dutzend Mal durch die Nachbarschaft gefahren waren und nach möglichen Gefahren Ausschau gehalten hatten, waren Roth und ich zu dem Schluss gekommen, dass es besser war, ihr nichts davon zu sagen, dass wir sie besuchen wollten. Geparkt hatten wir schließlich drei Häuserblocks entfernt, allerdings waren wir nicht mit Roths Porsche gefahren, weil er den Wagen für zu auffällig hielt. Stattdessen hatte er sich Caymans Wagen ausgeliehen.

Cayman fuhr einen alten Mustang. Oh ja, ein total unauffälliges Auto.

Ich setzte mich auf die vorderste Kante der Couch und faltete die Hände im Schoß.

Roth hielt sich am gasbefeuerten Kamin auf. »Sollen wir mal verdorben sein und es auf der Couch da treiben?«

Erschrocken sah ich ihn an.

»Oder auf dem Küchentresen.« Er zwinkerte mir zu. »Oder im Schlafzimmer. Dann wäre das nicht nur verdorben, sondern richtig schmutzig.«

Meine Wangen begannen zu glühen, er fing an zu lachen. »Du solltest dein Gesicht sehen.«

»Du bist pervers«, gab ich zurück und verkniff mir ein Grinsen.

Roth zuckte mit den Schultern. »Das ist wirklich nicht das Schlimmste, was man mir an den Kopf werfen kann.«

»Es ändert nichts daran, dass es wahr ist«, murmelte ich, woraufhin er wieder lachte.

Ich hörte, wie die Haustür aufgeschlossen wurde, und sprang auf, aber Roth kam mir zuvor und war als Erster an der Wohnzimmertür.

Stacey kreischte im Flur. »Wer ist …? Roth, du hast mir einen riesigen Schreck eingejagt!«

»Tut mir leid«, säuselte er.

»Wo bist du gewesen? Wo ist Layla? Wie bist du …?« Sie unterbrach sich, da sie an der Wohnzimmertür angekommen war.

Ich lächelte, als ich sie sah, und bekam mit einem Mal weiche Knie. Ich verspürte unendliche Erleichterung. Ihre Aura war so wie immer – ein sanfter Grünton. Keine absolut reine Seele, aber es war alles in Ordnung mit ihr. Ich verstand zwar nicht, wie das möglich sein konnte, weil ich doch ständig in ihrer Nähe gewesen war. Aber im Moment zählte nur, dass es ihr gut ging.

Als sie mich sah, ließ sie ihren Rucksack fallen. »Oh mein Gott, Layla! Wo bist du gewesen? Ich war so in Sorge um dich!« Sie lief auf mich zu, aber ich nahm die Hand hoch, um sie aufzuhalten. »Was ist?«, fragte sie verwundert und blieb stehen.

»Komm mir nicht zu nah. Ich … na ja, ich weiß nicht, ob das für dich sicher ist.«

Sie zog die Augenbrauen zusammen und sah zwischen Roth und mir hin und her. »Warum sollte das nicht sicher für mich sein? Und wo zum Teufel bist du überhaupt gewesen? Alle waren in Sorge um dich. Sam meint, diese Kirchenleute hätten dich entführt, und Zayne war …«

»Was ist mit ihm?«, fiel Roth ihr ins Wort und machte einen Schritt auf Stacey zu. Seine Stimme klang angespannt.

Vor Schreck trat Stacey einen Schritt zurück und schluckte. »Er ist ein paarmal hier vorbeigekommen und hat gefragt, ob ich was von Layla gehört habe. Mehr nicht.«

Mein Herz schlug gegen die Rippen wie ein wildes Tier, das aus einem Käfig zu entkommen versuchte. »Hat … War er normal?«

Diese Frage ließ sie noch verwirrter dreinschauen. »Ja. So wie immer. Nur sehr besorgt und aufgeregt.« Sie warf Roth einen fragenden Blick zu. »Was ist los, Leute?«

»Wann war Zayne das letzte Mal hier?« Dass Roth ihn nicht Stony nannte, zeigte mir, wie ernst die Lage war.

»Gestern. Etwa um diese Zeit. Er kommt jeden Tag vorbei, seit …«

Fluchend drehte sich Roth zu mir um. »Ich habe dir gesagt, dass das keine kluge Idee ist. Wir müssen gehen.«

»Wartet!«, brüllte Stacey und stampfte mit dem Fuß auf. »Kein Mensch geht hier irgendwohin, solange ich nicht weiß, was los ist!«

»Wir haben noch Zeit«, sagte ich zu Roth. »Im Moment höre ich nicht, dass da irgendjemand versucht, die Haustür einzutreten.«

»Ja, im Moment.« Er drehte sich zu mir um und stand verkrampft da. »Ich weiß, du willst darüber nicht nachdenken. Ich glaube ja selbst nicht, dass er dir absichtlich wehtun würde.

Aber das kann ich nicht über die Wächter sagen, die ihm folgen werden. Und du kannst davon ausgehen, dass sie ihm dicht auf den Fersen sind.«

»Das weiß ich auch, Roth. Ich bin nicht blöd. Mir ist klar, dass wir bald gehen müssen, aber Stacey verdient es, zu erfahren, was los ist.«

»Allerdings«, stimmte sie mir zu. »Mir ist egal, ob du der Kronprinz bist. Setz dich einfach hin und halt die Klappe, okay?«

Roth zog verblüfft die Brauen hoch, dann lachte er. »Du kannst froh sein, dass ich dich mag.«

»Jeder mag mich«, konterte sie, atmete tief durch und drehte sich zu mir um. »Was ist passiert?«

»Du solltest dich lieber hinsetzen«, empfahl ich ihr.

Einen Moment lang schien sie mir widersprechen zu wollen, aber dann nahm sie Platz. Ich schilderte ihr in groben Zügen, was geschehen war, wobei ich auf den Käfig und die Folter nicht näher einging. Diese Dinge wollte ich nicht noch einmal durchleben. Als ich zum Schluss kam, war Stacey kreidebleich.

»Mein Gott, Layla, ich ... ich weiß gar nicht, was ich dazu sagen soll. Ich würde dich ja in den Arm nehmen, aber wenn ich dir zu nahe komme, flippst du aus, nicht wahr?«

Ich biss mir auf die Lippe. »Ich kann dir nicht genau sagen, wie ich die Leute infiziert habe. Aber es ... es muss an mir liegen.«

Tränen standen ihr in den Augen. »Nein. Ich weigere mich, das zu glauben. Das steckt nicht in dir, auch wenn du keine Ahnung hast, wie es passiert.«

Ich lächelte sie an und wünschte mir, ich könnte sie umarmen. »Danke, aber ich ...«

»Das ergibt keinen Sinn«, redete sie weiter und schüttelte energisch den Kopf. »Wieso bin ich nicht infiziert? Oder

Sam? Du hast dich immer in unserer Nähe aufgehalten, aber nicht bei den anderen.«

»Das wissen wir nicht«, sagte Roth. »Aber wir werden versuchen, es herauszufinden.«

Mit den Handrücken wischte sie über ihre Wangen, schniefte und ließ die Arme sinken. »Und was willst du machen? Du kannst doch nicht einfach weggehen.«

»Das muss ich aber, Stacey.« Mir wurde übel bei dem Gedanken. »Mindestens so lange, bis ich weiß, was mit mir nicht stimmt.«

»Und was ist mit der Schule? Du kannst dann keinen Abschluss machen. Highschool, Layla.«

»Ich glaube, das weiß sie«, warf Roth spöttisch ein. »Aber danke, dass du sie noch mal darauf aufmerksam machst.«

Ihre Unterlippe zitterte. »Entschuldige, aber das ist eine wirklich große Sache. Was willst du denn aus deinem Leben machen? Wie willst du …?«

»Das wird sich alles finden«, unterbrach er sie nachdrücklich.

Ich seufzte. »Ich kann dazu noch gar nichts sagen. Vielleicht kann ich meinen Abschluss ja doch noch bekommen und Collegekurse online absolvieren, bis sich das hier geklärt hat.«

Stacey stand aus ihrem Sessel auf und schüttelte den Kopf. »Das ist nicht fair.«

Nein, fair war das wirklich nicht.

Unruhig lief sie im Zimmer auf und ab. »Wir müssen doch irgendwas tun können. Das kann doch nicht dein einziger …«

Auf einmal versteifte sich Roth, fluchte leise und drehte sich abrupt zu mir um. Ich war schon aufgesprungen, weil es nur einen Grund für diese Reaktion geben konnte.

»Was ist denn?«, fragte Stacey und schaute sich um.

»Ein Wächter ist in der Nähe«, sagte Roth. »Er ist sehr nah.«

Ich ballte die Fäuste, statisches Knistern tänzelte über meine Haut. »Was hast du gesagt, wann Zayne üblicherweise hier vorbeikommt?«

»Etwa um die Zeit, manchmal auch ein bisschen später.« Stacey riss die Augen auf. »Er würde dir nichts tun, Layla.«

»Ich weiß«, erwiderte ich und konnte nur hoffen, dass wir uns beide nicht irrten. Ich hatte keine Ahnung, wie Zayne jetzt über mich dachte, nachdem ich ihm so wehgetan hatte.

»Ein Wächter wird wissen, dass wir hier sind. Er wird unsere Anwesenheit spüren.« Roth drehte sich weg, seine Miene wirkte angespannt. »Das wird …«

Eine Tür flog auf, Stacey kreischte vor Schreck. Es war die Tür, durch die wir ins Haus gekommen waren und die wir hinter uns abgeschlossen hatten. Man hätte meinen können, dass uns jemand bis zur Tür gefolgt war, aber Zayne war äußerst geschickt darin, ein Schloss zu knacken. Dass er es war, wusste ich, weil der schwache Geruch nach Wintermint mit meinen Sinnen spielte.

Plötzlich stand Roth vor mir, aber ich ging um ihn herum. Ich hatte nicht vor, mich zu verstecken. Gerade als mein Herz einen Satz machte, fiel ein Schatten auf den Eingang zum Wohnzimmer, und dann stand Zayne da.

Ich hatte das Gefühl, dass er mich sofort gefunden hätte, selbst wenn hundert Leute hier dicht gedrängt im Zimmer gestanden hätten. Sein Blick erfasste mich, und das Erste, was mir an ihm auffiel, war seine Aura. Sie war immer noch weiß und wunderschön, aber sie wirkte etwas matt, so wie eine Glühbirne kurz vor dem Erlöschen. Außerdem sah er schrecklich aus.

Dunkle Schatten unter seinen Augen wirkten wie Tintenflecken auf der Haut. Er war unrasiert, wirkte angespannt.

Hatte ich ihm das angetan, als ich ihm einen Teil seiner Seele nahm?

Zayne machte einen unsicheren Schritt nach vorn, es wirkte, als könnte er nicht näher kommen. »Layla«, sagte er. Das eine Wort klang gebrochen, so wie ein Bogen, der überspannt wurde und zerbrach. Müde ließ er die Schultern sinken.

»Ist dir jemand gefolgt?«, fragte Roth.

Aber Zayne starrte mich nur an. Sein Gesicht war blass, seine Brust hob und senkte sich mit jedem tiefen Atemzug.

Roth stieß ein tiefes Grollen aus. »Ist dir jemand gefolgt?«

Stacey machte einen großen Schritt nach hinten. »Ich glaube, ich sollte euch besser ein bisschen aus dem Weg gehen.«

Schließlich schüttelte Zayne den Kopf. »Nein.«

Seine Antwort konnte Roth nicht beruhigen. »Wie kannst du dir da sicher sein?«

»Sie haben keinen Grund, mir zu folgen«, sagte er und zwinkerte ein paarmal. »Mein Gott, Layla, ich ... Es tut mir so leid.«

Erschrocken legte ich mir eine Hand auf die Brust. »Wieso entschuldigst du dich? Ich bin doch ...«

»Ich weiß, was sie mit dir gemacht haben.« Dann sah er Roth an. »Keine Ahnung, was du getan und wie du ihr geholfen hast. Aber ich danke dir für alles. Dafür werde ich mich niemals bei dir revanchieren können. Niemals.«

Hoppla ...

Sogar Roth schien davon überrumpelt zu sein. Er erwiderte nichts, sondern nickte nur. Zayne drehte sich wieder zu mir um und schüttelte den Kopf. Mein Herz verkrampfte sich.

Als es an der Haustür klopfte, stellten sich mir die Nackenhaare auf.

»Das wird wohl kein Wächter sein, oder?«, fragte Stacey. »Ich glaube, die würden wohl nicht erst noch anklopfen.«

Zayne ließ mich nicht aus den Augen. »Nein, die würden nicht anklopfen. Aber ich kann euch versichern, dass sie mir nicht folgen. Sie … sie glauben, dass sie tot ist.«

Roth zog die Oberlippe hoch, Fangzähne kamen zum Vorschein. Er ging auf Zayne zu, und obwohl er genau wusste, dass Zayne für nichts verantwortlich war, wollte er wegen der Sache Blut vergießen … das Blut eines Wächters … *irgendeines* Wächters.

Ich fasste nach seinem Arm und hielt ihn auf. »Tu das nicht. Du weißt, es ist nicht seine Schuld. Geh nicht auf ihn los. Bitte.«

Er betrachtete Zayne, als wollte er dessen Eingeweide als Fingerfarben benutzen. Dann drehte er sich zu mir um, beugte sich vor und sagte: »Nur weil du mich darum gebeten hast. Nur deshalb.«

Zayne kniff die Augen zu. Erneut wurde angeklopft.

»Ähm … ich werde mal nachsehen, wer das ist«, erklärte Stacey.

»Ich komme mit«, meinte Roth. Als er an Zayne vorbeiging, warf er ihm einen warnenden Blick zu. »Ich hoffe für dich, dass ich es nicht bereuen werde, dass ich dich weiteratmen lasse.«

Ein Muskel zuckte an seinem Kiefer, doch Zayne erwiderte nichts. Als Roth und Stacey das Zimmer verlassen hatten, atmete ich tief durch.

»Ich … ich weiß nicht, was ich sagen soll«, flüsterte ich und schlang die Arme um meine Taille. »Aber es tut mir so leid, dass ich dir wehgetan habe. Ich wollte das nicht. Ich weiß, das macht es nicht ungeschehen, aber …«

»Hör auf …«, unterbrach mich Zayne. Für einen Moment versagte ihm die Stimme. »Hör auf, dich zu entschuldigen, Layla. Dich trifft keine Schuld. Du verstehst nicht. Es ist so viel geschehen.« Er unterbrach sich und kam einen Schritt näher. »Mir ist egal, was du mir angetan hast und was passiert ist. Es hat nichts mit dir zu tun. Es kann nichts mit dir zu tun haben.«

»Zayne«, flehte ich ihn leise an.

»Es ist ein Geist im Haus«, sprach er weiter. Im ersten Moment dachte ich, ich hätte mich verhört. »Es ist Petr. Geoff hat ihn mit einer Überwachungskamera erwischt, kurz nachdem ... Oh Gott ... was mein Clan ... dein Clan dir angetan hat ...« Er schluckte angestrengt, und ich hätte schwören können, dass ihm Tränen in den Augen standen. »Sie glauben, du bist tot. Sogar Nicolai war sich nicht sicher, ob er Roth noch rechtzeitig dazuholen konnte. Aber ich wusste, du bist nicht tot. Ich hätte es hier gespürt.« Mit der Hand klopfte er auf seine Brust. »Ich würde es merken, wenn ein Teil meines Herzens fehlen würde.«

Mir stockte der Atem. Die Stimmen im Flur wurden lauter, Stacey und Roth kamen zurück ins Wohnzimmer, hinter ihnen der große, schlanke Sam. Die Luft wurde mir aus der Lunge gepresst, als hätte mir jemand einen Tritt gegen die Brust verpasst.

Mir zitterten die Knie, und ich machte einen Schritt nach hinten, weil mein Gehirn nicht verarbeiten wollte, was meine Augen sahen. Aber es ließ sich unmöglich leugnen. Ich hatte das Gefühl, dass mein Herz zerplatzen wollte.

Zayne zog die Brauen zusammen und war ganz auf mich konzentriert. »Layla?«

Das Zimmer schien sich um mich zu drehen. Beiläufig nahm ich wahr, dass Roth sich neben mich stellte. Aber all mein Denken und Fühlen war auf Sam fokussiert.

Er stand in der Tür, hatte den Kopf zur Seite geneigt und machte einen neugierigen Eindruck. Alles an ihm sah normal aus, jedenfalls nach den Maßstäben des »neuen Sam«. Die kunstvoll zerzauste Frisur, die modische Kleidung, das leuchtende Selbstbewusstsein, das er förmlich vor sich herzutragen schien. Sam hatte sich verändert.

Aber das war alles andere als normal.

Er lächelte noch etwas breiter, seine Augen funkelten. »Layla? Ist alles in Ordnung?«

Seine Stimme fühlte sich an, als würde jemand Nägel über meine Haut ziehen. Ich schnappte nach Luft, und auf einmal … oh mein Gott … auf einmal verstand ich. Alles ergab auf einmal einen schrecklichen Sinn. Ich hatte es bis jetzt bloß nicht erkannt.

»Ich weiß es«, flüsterte ich entsetzt.

Verwirrt sah Stacey mich an, während sie die Arme verschränkte. »Was weißt du?«

»Ah«, säuselte Sam. »Dir dämmert was. Wird auch Zeit. So langsam bekam ich nämlich Zweifel, was deine Intelligenz angeht, *Schwester*.«

Es war, als würde ein eisiger Hauch ins Zimmer wehen, als Roth ebenfalls verstand und leise zu fluchen begann.

Sam sah zu Roth, aber die Gewalttätigkeit, die der Kronprinz ausstrahlte, schien ihn nicht zu kümmern. Ich hatte schon vor einer Weile geglaubt, meine Welt sei zerstört worden, doch das war ein Irrtum gewesen. Sie wurde genau in diesem Moment zerschmettert.

Sam hatte keine Aura. Nichts, gar nichts. So wie bei Roth war da nur eine gewaltige Leere. Bei Roth war das zu erwarten gewesen, aber nicht bei Sam.

Sam hatte keine Seele.

Aber das war noch nicht alles. Ein Mensch verlor nicht mal eben seine Seele. Entweder er hatte eine Seele, oder er hatte keine. Wenn er keine hatte, war er tot – ein Geist. Nur etwas Nichtmenschliches konnte leben und trotzdem keine Seele haben. Oder etwas absolut Besessenes.

Zayne hatte gesagt, dass man im Anwesen einen Geist entdeckt hatte, den Geist von Petr. Petr hatte all diese Dinge getan, für die man mich verantwortlich gemacht hatte. Ich erinnerte mich an die Worte der Alten. Wir hatten ihre Erklärungen komplett falsch gedeutet. Wonach wir suchten, hatte sich tatsächlich die ganze Zeit vor unseren Augen befunden. Es war jemand, der sich immer in meiner Nähe aufhielt und mit einem Großteil der Leute Kontakt hatte, mit denen ich auch zu tun hatte. Als ich erfahren hatte, dass die Frau aus dem Club in den Palisades gestorben war, da hatte ich kurz davon gesprochen, dass die einzige andere Erklärung die war, dass die Lilin mir auf Schritt und Tritt folgte. Aber die Möglichkeit hatte ich gleich darauf wieder verworfen und stattdessen mir selbst die schlimmsten Dinge unterstellt.

In jener Nacht, die so unendlich weit zurückzuliegen schien, hatte Paimons Ritual sehr wohl funktioniert. Meine Unschuld war nie der Schlüssel für den Erfolg des Zaubers gewesen. Cayman hatte genau richtiggelegen, als er sagte, dass eine fleischliche Sünde genügt haben musste. Mein Blut war in dieser Nacht vergossen worden, es hatte sich durch den Boden gefressen, und im Keller der Schule hatte sich ein Kokon befunden, der Teil des Rituals war – mein Blut hatte vergossen werden müssen.

Bambi hatte meine Fähigkeiten beeinflusst, aber nur zum Guten, wie mir jetzt klar wurde. Sie hatte mich nicht dazu veranlasst, den Leuten um mich herum die Seele auszusaugen. Sie hatte mir geholfen, weil ich mit all diesen schrecklichen Dingen gar nichts zu tun hatte. Trotzdem fühlte ich mich deswegen nicht erleichtert.

»Jeder hat gedacht, du bist diejenige. Dein Clan hat es geglaubt, die *Lieben* deines Lebens ebenfalls.« Sam lachte, und es hörte sich genauso an wie Sams Lachen. Es war auch Sams Lachen. Aber wer in dieser Haut steckte, war nicht der Junge, den ich kannte. »Du hast es sogar selbst geglaubt. Das ist schon richtig traurig. So tief ist mangelndes Selbstbewusstsein noch nie gesunken.«

»Sam …« Stacey keuchte und presste sich eine Hand auf die Brust. Alles Blut wich aus ihrem Gesicht. »Was redest du da?«

Seine Pupillen weiteten sich so sehr, dass seine Augen wie Stücke aus Obsidian aussahen. Seine Gesichtszüge blieben unverändert. Nein, seine Seele hatte Sam nicht verloren. Er war auch nicht besessen. Es war noch viel schlimmer, denn was vor uns stand, war längst nicht mehr Sam.

Sam war … die Lilin.

Lest jetzt eine ganz besondere Bonusszene aus Zaynes Perspektive …

»DARF ICH?«

Layla stürmte vor mir davon.

Ich starrte auf die Tür und widerstand dem instinktiven Drang, ihr zu folgen. Der Wunsch war da, weil Wächter nun einmal so reagierten. Wenn etwas vor uns weglief, setzten wir zur Verfolgung an. Aber in diesem Fall gab es einen weitaus wichtigeren Grund für das Verlangen, und der hatte nichts mit dem zu tun, was ich war.

Oder was Layla war.

Mir war in diesem Moment auch völlig egal, was sie im Arbeitszimmer meines Vaters gesucht hatte.

Eigentlich war sie nicht vor mir davongelaufen, sondern hatte mich hier zurückgelassen, und das gefiel mir nicht. Ich konnte mich nicht daran erinnern, dass sie früher so etwas gemacht hatte. Jedenfalls nicht, bevor er – dieser Roth – aufgetaucht war.

Nein, mir gefiel dieser ganze Mist überhaupt nicht.

Ich strich mir die Haare aus dem Gesicht und atmete laut in der Stille des Zimmers aus. Vor meinem geistigen Auge tauchte ohne jede Anstrengung das Bild von Layla im BH auf – was auch für jede andere verdammte Sekunde galt, seit ich sie gesehen hatte.

Oh Gott, sie war so … wunderschön. Aber nicht, dass mir das erst aufgefallen wäre, nachdem ich sie so gesehen hatte. Das hatte ich schon vor langer Zeit erkannt.

Ich ließ den Blick zur Decke wandern.

Keine fünf Sekunden brauchte ich vom Arbeitszimmer bis nach oben in ihr Schlafzimmer. Ich klopfte nicht an, sondern stieß einfach die Tür auf – und da stand sie. Was für ein perfektes Timing.

Cardigan und Strümpfe hatte sie bereits ausgezogen, jetzt trug sie nur noch ihre Shorts und das dünne Tanktop, das per Gesetz hätten verboten werden müssen. Hitze brodelte dicht unter meiner Haut, während ich sie ansah. Es war nicht das Gefühl, das ich verspürte, kurz bevor ich mich wandelte. Es war ein anderes Lodern, ein hitzigeres, das aus größerer Tiefe kam.

Ich trat ein und verschränkte die Arme vor der Brust.

»Was willst du jetzt noch?«

Ihr Tonfall klang weniger tadelnd als vielmehr … verwirrt, was mich wiederum ratlos machte. »Gar nichts.« Ehe ich mich davon abhalten konnte, ging ich zu ihrem Bett und setzte mich hin. Ich streckte die Beine aus, dann klopfte ich mit der Handfläche auf das Bett. »Komm her.«

»Zayne …?« Ratlos sah sie mich an. Ihr rosiger Mund war einen winzigen Spaltbreit geöffnet. »Du bist heute Nacht echt nervig.«

Das stimmte.

Ich wusste das, aber ich … ich konnte mich einfach nicht von ihr fernhalten und war es so verdammt leid, genau das jeden Tag zu versuchen. »Das bist du jede Nacht.« Wieder klopfte ich aufs Bett. »Hör auf, dich so seltsam zu benehmen.« Als sie immer noch wie angewurzelt dastand, zog ich die Augenbrauen hoch. »Kommst du jetzt her?«

Fünf Sekunden. Wenn sie sich in fünf Sekunden nicht von der Stelle rührte, würde ich gehen.

Sie rührte sich von der Stelle.

Layla holte tief Luft, dann kletterte sie zu mir ins Bett und schluckte sichtlich angestrengt. Wir hatten so was schon tausendmal gemacht, aber heute war es anders. Alles war anders.

Ich musste einen klaren Kopf kriegen. »Schöne Shorts.«

»Kannst du aufhören zu reden?«

Unwillkürlich musste ich lachen. »Du hast heute Nacht eine seltsame Laune. Hat das mit dem Keksteig zu tun?«

Sie drehte sich auf die Seite, ihr Mund war auf gleicher Höhe mit meinem. Es passierte nur selten, dass sie mir so nahe kam. Ich fragte mich, ob es ihr überhaupt bewusst war. Unsere Blicke trafen sich, wir sahen uns in die Augen.

Ohne Vorwarnung musste ich plötzlich an den Moment denken, als mir klar geworden war, dass ich mehr für Layla empfand, als mein Vater es beabsichtigt hatte und der gesamte Clan es wollte. Es geschah am Abend des 23. März, als wir in den Räumen unter dem Anwesen Ausweichtechniken übten. Schon den ganzen Abend über war sie nicht bei der Sache gewesen. Ich wusste das, weil sie sich die ganze Zeit auf meinen Mund konzentrierte, wenn ich ihr Anweisungen erteilte. Schon vor einer Weile war mir aufgefallen, dass sie mich anders ansah, aber ich hatte alles unternommen, um nicht darüber nachzudenken, um es nicht zur Kenntnis zu nehmen und um mich nicht damit zu beschäftigen. Ich hielt es schlichtweg für verkehrt, darauf zu reagieren. Nicht weil sie eine Halbdämonin war oder wegen der Dinge, zu denen sie fähig war, sondern weil es immer meine Aufgabe gewesen war, für ihre Sicherheit zu sorgen. Mit ihren allzu lange auf mir ruhenden Blicken und ihrem gelegentlichen Erröten brachte sie diese Sicherheit nämlich in Gefahr.

Aber nach dem Training tat sie das Gleiche wie tausendmal zuvor, indem sie meine Hand nahm, ihre Finger mit meinen verschränkte und sie drückte. Als sich dann unsere Blicke trafen, war mir nicht mal klar, was passierte. Unsere ganze gemeinsame Zeit lief innerhalb von Sekunden vor meinem geistigen Auge ab, und als ich den Händedruck erwiderte, konnte ich nur noch daran denken, dass diese Geste sich wie ein Kuss anfühlte. Dieses Gefühl hatte mir schreckliche Angst gemacht, weil ich damals gewollt hatte, dass es ein Kuss wäre.

Das war jetzt fast zwei Jahre her.

Und ich wollte es noch immer.

Layla drehte sich auf den Rücken.

Fühlte sie, was zwischen uns war? Unsere Geschichte? Wie sich unsere Zukunft änderte und wie keiner von uns – weder mein Vater noch der Clan oder sonst irgendjemand, auch nicht Roth – etwas dagegen tun konnte? Oder hatte sich für sie schon etwas geändert?

Sofort erfasste mich Panik. Was, wenn sich durch ihn etwas für sie geändert hatte? Was, wenn es zu spät war? Sosehr ich diesen Gedanken auch verabscheute, konnte ein Teil von mir es dennoch verstehen. Vielleicht hatte ich zu lange gewartet. Ich hatte ihre Schönheit, ihre Güte und ihr unerschütterliches Vertrauen in mich für selbstverständlich gehalten. Ich hatte alles für selbstverständlich gehalten, was sie betraf.

Mein Mund war wie ausgedörrt. »Was ist los, Layla-Biene?«

»Gar nichts«, flüsterte sie so leise, dass sie kaum zu hören war.

»Blödsinn.« Ich drehte mich auf die Seite und stützte mich auf meinen Arm, damit ich sie ansehen konnte. Kein guter Zug. Oder vielleicht doch. Wir waren nur wenige Zentimeter voneinander entfernt, und ich ließ den Blick von ihren geröteten Wangen bis zum tiefen Ausschnitt ihres Tanktops wandern. Meine Fingerspitzen kribbelten, weil sie sie berühren wollten, weil sie …

Ich zwinkerte, dann sah ich wieder klarer und konnte glauben, was sich da meinen Augen bot. Nicht zum ersten Mal stellte ich fest, dass sich Bambi gern einen Ruheplatz suchte, an dem der dämonische Hausgeist nichts zu suchen hatte.

Und es war auch nicht das erste Mal, dass ich auf die Schlange eifersüchtig war. Wie verrückt musste ich eigentlich sein, um so etwas zu denken?

Als mein Blick über den Schwung der Schlange – und damit

über den Schwung von Laylas Brust – glitt, musste ich seltsamerweise zugeben, dass diese verdammte Tätowierung wunderschön war.

»Es gefällt ihr wohl, sich so hinzulegen, oder?« Meine Stimme kam mir sehr rau vor.

»Ich nehme an, es ist schön weich.« Ihre Brust hob sich, da Layla erschrocken einatmete. »Gott«, ächzte sie. »Manchmal muss ich einfach …«

Ich legte einen Finger an ihr Kinn, im gleichen Moment erwachte tief in mir eine ungeheure Begierde. Die Urgewalt dieses Verlangens brachte mich völlig aus dem Konzept. »Das klingt überzeugend.« Ich wollte … zum Teufel, ich wusste genau, was ich wollte. »Ich möchte wetten, dass das ein weiches Ruhekissen ist.«

Ich zwang mich wegzusehen, stattdessen konzentrierte ich mich auf den Ring, den sie an einer Kette um den Hals trug. Ich strich über die kalten Kettenglieder. »Warum trägst du immer noch diese Halskette?«

Nach kurzem Zögern antwortete sie: »Ich … ich weiß nicht.«

Doch das war eine Lüge. Ich wusste, warum sie die Kette nach wie vor trug. Sie stellte eine Verbindung zu ihrer Mutter dar – ebenso wie zu diesem verdammten Kronprinzen aus der Hölle.

Er hatte hier nichts verloren, entschied ich, während ich den Verlauf der Kette mit den Fingern nachzeichnete, vom zarten Schlüsselbein bis dorthin, wo der Ring ruhte. Ich hielt einen Moment lang inne, mein Puls ging viel zu schnell.

Was ich dann tat, war alles andere als schlau. Ich war mir sicher, dass diese verdammte Schlange nichts für mich übrighatte, aber ich konnte meine Finger nicht davon abhalten, über ihre Haut zu gleiten, bis sie sich ganz nahe an Bambis Kopf befanden.

Insgeheim hatte ich damit gerechnet, dass sich der Hausgeist von der Haut lösen würde, um mich ins Gesicht zu beißen. Umso fassungsloser war ich, als sich Bambi so bewegte, dass ich sie berührte.

Erst dann wurde mir klar, dass ich damit auch Layla berührte. Meine Haut stand in Flammen. Eine Gänsehaut bahnte sich ihren Weg über meinen Körper, während ich Layla in die Augen sah. Diese blassen Augen schlugen mich immer wieder aufs Neue in ihren Bann. So erging es mir schon seit Langem, nur dass ich jetzt etwas in ihnen entdeckte, das ich noch nie gesehen hatte. Ein loderndes Feuer.

Ich zeichnete die feinen Schuppen rund um Bambis Nasenlöcher nach und staunte über die Struktur, die ich dabei ertasten konnte. Das verwirrte mich und entlockte mir ein Lächeln. Es war keine raue Oberfläche, aber ich konnte fühlen, dass die Schlange ein separates Wesen war, verbunden mit Laylas Haut.

»Es fühlt sich nicht so an, wie ich es mir vorgestellt hätte. Die Haut ist ein wenig erhaben, aber sie wirkt wie eine richtige Tätowierung.« Ich musste das sagen, obwohl es genauso idiotisch war, als hätte ich meinen Kopf gegen die Wand gedonnert. Es war doch klar, dass sie das längst wusste. Ganz bestimmt hatte sie dieses Tattoo schon berührt.

Ich verkniff mir ein Stöhnen, als mir *dieses* Bild durch den Kopf ging. Das würde ich auch nie wieder aus meinem Gehirn verbannen können.

Layla schloss die Augen und machte den Mund noch etwas mehr auf. Bei Gott und allen Dämonen der Hölle! Ich wusste, ihr Mund musste das Zarteste sein, was es auf der Welt gab.

»Gefällt es ihr?«, fragte ich.

Layla nickte.

»Dir auch?«, hakte ich nur eine Sekunde später nach.

Sie sah mich an und verfolgte, wie ich den Finger zur schmalen Spitzenborte am Saum ihres Tanktops wandern ließ.

Ich wollte ... nein, ich musste alles sehen, alles, was Layla jetzt war, doch ich wartete. Meine Frage machte es eigentlich klar, fand ich. Wenn sie Ja sagte, dann musste sie wissen, was ich für sie fühlte – etwas, das ich so noch nie für irgendjemanden empfunden hatte. Natürlich wusste ich, was Lust war, doch bei ihr mischte sich unter diese Lust noch etwas viel Stärkeres.

Wenn sie Nein sagte, würde ich auf der Stelle gehen. Auch wenn es mich umbringen würde, mein Entschluss stand fest.

Aber Layla sagte nicht Nein.

»Ja«, hauchte sie, aber für meine Sinne war es wie ein Donnerschlag, der jede einzelne Zelle erzittern ließ.

Ich atmete tief ein, da ich nicht länger warten konnte. So wie ein Kind, das tagelang die Geschenke angestarrt hatte, die unter dem Weihnachtsbaum lagen, konnte ich die Vorfreude nicht mehr ertragen. Ich sah Layla in die Augen, suchte nach einem Hinweis darauf, ob sie unsicher war und zögerte. »Darf ich den Rest der Schlange sehen?«

Sie setzte zu einer Antwort an, aber kein Ton kam ihr über die Lippen. Schließlich nickte sie nur.

Für mich war Weihnachten.

Meine Hand zitterte, als ich nach dem Träger des Tops griff. Ich hoffte, dass es Layla nicht auffiel, und schob den Träger nach unten. Es kostete mich ungeheure Willenskraft, ihr das Top nicht einfach herunterzureißen. Der andere Träger rutschte ebenfalls runter bis zu ihrem Handgelenk. Dann schickte ich ein Stoßgebet zum Himmel, bevor ich Layla eingehend betrachtete.

Mir stockte der Atem, der Arm, auf den ich gestützt lag, fühlte sich mit einem Mal so schwach an, als könnte er mich nicht mehr lange tragen. Ich folgte dem Verlauf von Bambi, aber die Schlange nahm ich gar nicht wahr. Ich sah nur Layla und prägte mir ihr Bild genau ein.

»Layla«, brachte ich leise stöhnend heraus.

Noch nie hatte ich so etwas Schönes gesehen. Das dämonische Tattoo und Laylas Körper waren eine überwältigende Kombination.

Ich konnte mich einfach nicht zurückhalten und verfolgte genau den Verlauf der Schlange zwischen Laylas Brüsten hindurch bis hinunter zu den Rippen, wo Bambi sich um ihren Oberkörper gewickelt hatte. Das Gefühl ihrer Haut, ihr angestrengtes Atmen und die Art, wie sie den Rücken durchbog, reichten aus, dass ich endgültig den Verstand verlor.

Aber wen störte das?

Mein Herz und meine Seele hatte ich doch schon längst an Layla verloren.

DANKSAGUNG

Layla und ihre Crew verdanken ihr Dasein Margo Lipschultz und ihren unglaublichen Lektoratskünsten. Ich danke außerdem Natashya Wilson, der leitenden Chefredakteurin, Jennifer Abbots, der Pressesprecherin mit dem gewissen Etwas und die abgekürzt auch JLA heißt, sowie dem wundervollen Team von den Korrektoren bis hin zu den Buchverkäufern, die hinter den Serien von Harlequin TEEN stehen. Danke euch allen!

Ferner danke ich K. P. Simmon, der zweiten Pressesprecherin mit dem gewissen Etwas, und Stacey Morgan, die dafür gesorgt hat, dass ich nicht den Kopf verliere. Ich danke meinem unglaublich unglaublichen Agenten Kevan Lyon. Du hast es drauf! Und Taryn Fagerness und Brandy Rivers. Ihr seid total irre!

Die nachfolgenden lieben Menschen waren auf die eine oder andere Weise für mich da und haben mich vermutlich davor bewahrt, den Verstand zu verlieren: Laura Kaye, Molly McAdams, Tiffany King, Tiffany Snow, Lesa Rodrigues, Dawn Ransom, Jen Fisher, Vi (Vee!), Sophie Jordan und ... Augenblick mal, ich könnte hier noch endlos weitermachen, aber ich glaube, die meisten fangen jetzt schon an, sich zu langweilen.

Mein letzter und wichtigster Dank gilt Ihnen, meinen Lesern. Ohne Sie wäre das hier niemals Wirklichkeit geworden.

Juli 2018

Jennifer L. Armentrout
Dark Elements –
Sehnsuchtsvolle Berührung
€ 10,99, Taschenbuch
ISBN 978-3-95967-176-7

Hölle oder Himmel?

Roth oder Zayne? Beide lieben Layla, und sie muss sich entscheiden. Layla weiß bald nicht mehr, wo ihr der Kopf steht. Aber während sie noch mit ihrem Gefühlschaos ringt, droht ein höllischer Feind alles zu vernichten, was ihr wichtig ist. Hoffnungslos verstrickt in ein Gespinst aus Lügen und Geheimnissen, bleibt Layla nur die Flucht nach vorn – in einen Krieg, den sie unmöglich allein gewinnen kann ...

www. harpercollins.de

HarperCollins | ya!